清詩話全編

康熙期二

張寅彭 編纂
楊 焄 點校

上海古籍出版社

第三册目次

頑潭詩話

頑潭詩話提要

《頑潭詩話》二卷補遺一卷附録一卷，據民國六年新陽趙詒琛刊《峭帆樓叢書》本點校。輯撰者陳瑚（一六一三——一六七五）字言夏，號頑潭、確菴，晚號七十二潭漁父、無悶道人。江南太倉人。明崇禎十六年舉人。入清隱居鄉里，與大儒陸世儀同學，講學著述以終。門人私謚安道先生。有《確菴文稿》。《清史稿》卷四八〇有傳。陳氏甲申之變後居鄉以避新朝，與友人結詩社，相與唱和。此書即選録唱和各家之詩，類如選本；然各詩每繫以小序，詳志其事由、作意，詩、事互證，多在順治初之五六年間，黍離麥秀，江南士子，誠不媿典型也。如卷上《戳讖》一篇，署甲申年作，序云「余録詩話，特託始於此，以備采風之一助」，自述宗旨甚明。後陳陸溥注亦云「此篇本在卷首，補録於此」，今移至卷中，未知何故，殊失原意。又偶有署年康熙十年辛亥之作者，時距確菴之逝僅四年，則《詩話》主體雖爲順治初事，編成應晚至康熙此數年間也。附録一卷，則爲陳陸溥補輯於陳氏身後。此書一直未刊，道光後始數度以鈔本流傳，直至民國六年方刻入趙詒琛《峭帆樓叢書》，其始末書後所附諸家跋語述之甚詳。

頑潭詩話序

嗚呼！天下最可感歎者，以道德純粹、學通今古之儒而厠身亂世之末流。世莫我是，言莫我省，活國之計莫我詢，譬諸鳳凰居鴟鴞之林，美玉儕碔砆之列。生平所蘊蓄，不得已而託之於言論，寄之於詩歌。一遇亂離，凡所著述，付諸蕩然。或且煨燼零落，僅留殘編。一二守闕之徒輾轉鈔寫，或下己意，妄加塗刪，而作者之心理與真面目，卒不可得而見。嗚呼！此詎非天下最可感歎之事乎？吾鄉陳安道先生，生丁明季，學貫天人之奥，而不獲見用於當時。所著《治統》、《聖學入門》諸書，世尠傳誦，斯可感歎者一也；遺書埋隱，僅存於傳鈔之餘，或者不察，不免有所改竄，斯可感歎者二也；昔年吾師陸文慎公有請以先生從祀兩廡之議，因循未果，賫志以殁，而愛護是書者，若學南先生之令兄仲宣先生，並其愛女蘭均先後逝世，斯可感歎者三也。然則天道豈終有知乎？或曰：感歎之中有可幸者。天雖阨先生，而學南先生卒能傳先生之書。自此書外，别刊有《離憂》、《從游》兩集，邇者《周易傳義合闡》亦見於世。他日彙而刻之，或且如桴亭先生遺書得成全璧，然則天道豈終無知乎？嗚呼！黍離麥秀，中心噎矣；銅駝荆棘，悲何極矣。桃源繚遠，渺不可即矣；溯洄伊人，宛在水中央矣；蓮華潔白，欽遲而神往矣。孔子曰：「莫我知也夫。」又繼之曰：「知我者其天乎！」嗚呼，知我者其天乎！

丁巳夏同里後學唐文治謹序。

頑潭詩話序

昔者王迹熄而《詩》亡，《詩》亡而《春秋》作。然則《詩》不亡，《春秋》可無作乎？曰：《三百篇》所載其國之政事美惡，與其人之性情邪正，炳如也。《詩》不亡，何事乎《春秋》？漢晉以來，稱詩之能道性情者，莫如元亮；能述政事者，莫如子美。是二公者，雖名爲詩，而微文渺指之中，時陳悲痛之辭、刺譏之實，蓋猶有《春秋》之遺意焉。然以視《三百篇》，則《風》、《雅》之變矣。此時爲之也。自此以後，其體彌弱。宋承五季大亂之餘，明君賢相皆尊尚儒術，以禮義漸漬其民，而周、程、張、朱，真儒輩出，陰相誘道，以助教化。是以垂亡之際，人心愈正，抱遺孤，走海島，死而後已。雖三代之世，未聞忠厚惻怛有如此者。逮蒙古襲位，而肥遯窮荒之士，進退存亡不失其正。縱多方網羅，曾不少動其心。其間殺身成仁、長往不顧者，大都以悲憤忠壯之氣發之於詩歌騷雅之間，其最著者則如文山之《指南》、所南之《心史》，皆没身而後傳，易世而始出。至若石湖、月泉之社與《谷音》所記番陽布衣、羅浮狂客之徒，稽之史傳，則姓氏無述焉。後之人觀其寄託而後得原其心，頌其篇章而後得論其世。則詩也者，豈非可以補史氏之闕逸者耶？予不幸身罹世變，與前人相似。年來屏跡荒村，租水田數十弓，歲以其半種秫，奉養之餘，可供好客也。所居有蓮潭七十二，環茅舍皆蓮花。吾與友弄舟嬉遊處也。予二子年近舞勺，好戲弄，客至則輟筆罷書，嘻嘻然樂也。家無婢僕，理鐺具者一人，荷鍤者一人，然未嘗以客來爲厭也。客來，近者歸，遠者止宿。林陰籬落之下，飛觥鬬采之餘，篝鐙風雨，清談永夕，不及時事之治亂、他人之是非。往往託之詩歌以見意，又不必盡出於其所自作，而凡所目見耳聞，皆可詠吟以消歲月。間於吾友散後，筆而志之，編年别部，彙成一帙。始自甲申，以迄今兹。其間有一人爲一類者，《指南》、《心史》之續也；有一事爲一類者，《月泉吟社》之續也；有一時爲一類者，《谷音》之續也。當夫客去獨遊，無所事事，或犁古廟之旁，或釣寒潭之上，即以是述之田夫漁父，鼓掌互笑以爲歡樂，又何必唱《綏聲》之歌，歌《子夜》之曲也哉！若曰：知我罪我，同於《春秋》，則吾豈敢。

頑潭主人陳瑚確菴序。

頑潭詩話卷上

頑潭主人陳瑚確菴輯　同里後學繆朝荃校録

無悶謡

丙戌春，予避地任陽區，自號無悶道人。所居矮屋四楹，茅茨不蔽。爨舍卧牀之外，虚其二楹，以聽風雨。地偏人遠，理亂不聞。任永之失明，杜微之聾閉，庶幾近之。時以國邺家憂，廢詩不作。而即事觸心，有不能已者，乃作謡辭，以寄意焉。確菴記。

我有敝廬，不蔽風雨。容膝易安，寧懷故宇。我有破衲，敗絮其中。紉箴補綴，可以禦冬。我有小瓢，空空自守。且以酌水，且以飲酒。我有短牀，足不能直。雞鳴而起，嚮晦而息。嗚呼！何乾何坤，何旦何暮。何醉何醒，何寐何寤。吾目其矇，吾耳其聾。生乎吾始，死乎吾終。

萼青和

吾有田廬，勝君之屋。既耕而食，亦倦而宿。吾有荷衣，勝君之服。可以禦寒，且以免俗。吾有清茶，勝君之酒。酒飲而狂，茶香而久。吾有小榻，勝君之牀。世無孺子，懸之何妨。嗚呼！乾已成坤，旦已成暮。吾目勿盲，看世之人。吾耳勿聾，聽瓢之聲。何天何地，何終何始。不知其終，安知其始？

伯懷和

吾有陋室，濱湖而樂。散髮長林，花香滿屋。登皋望遠，落霞孤鶩。客問吾廬，碧梧修竹。吾有布袍，純素而樸。時或束帶，蒔花藝菊。時或振袖，琴聲謖謖。服之無斁，共游麋鹿。吾有小艇，茶酒並蓄。緑楊之灘，往觀飛瀑。碧水之灣，以釣游鱅。念兹友生，山陽夜逐。吾有繩牀，絺以爲幄。呼吸徐徐，惟心無欲。夢覺于于，惟神不促。老氏玄虚，奚藉氈褥。嗚呼！何黑何白，何雌何雄。眼不欲觀，是以如盲。耳不欲聞，是以如聾。吾惟知白守黑，知雄守雌，是爲大道之始終。

晚香亭集

予觀雄偉奇特之士，遇則建大功，成大業，震驚一世；不遇則伏處巖穴，甚且託跡於屠沽市販之間，而人莫之識。然其光芒意氣，亦必傑出於儕伍中，時時發越而不可遏。又必有同類者，倡予和女，而爲之相後先焉。友人陸子鴻逸，魁梧奇偉，聲若宏鐘。嘗得異人術，精壬奇，知戰略，先機觀變，雖古智士不能及。鴻逸固饒經濟才，而遭時不造，隱於市。貿易之暇，垂簾讀書，曉經史大略。年四十始學詩，往往有驚人句，晚益高老。以「晚香」名其集。崑山歸玄恭、嘉定陸菊隱、同里藥園、桴亭、寒溪輩亟稱之。四方知名士皆樂與之交，舟車絡繹，春秋無閒日。於丙舍築室三楹，顔曰「春星草堂」。鴻逸逍遥其中，邀二三知己，日以吟詠爲事，大抵撫今追昔、觸物興懷之作居多。鴻逸既善詩，又探性命之窟。歲戊子，同人舉講學會，每月朔必考德課業。鴻逸則辨論風發，切中事理。宜桴亭以爲不獨有英雄之資，且進於聖賢也。昔者嚴君平、王君公之徒，拂抑困屈於廛市，天下後世咸服其高蹈曠達，然未聞盡以詩文學術表見於時。今鴻逸兼而有之，其過於古人，蓋亦遠矣。予爲詮次其詩，殆不勝選，僅録十之一二，以見其志云。確菴序。

雜感

一春又一春，池塘青草生。東風吹弱柳，嫋嫋送人行。樓頭見顔色，懊恨別離輕。洛陽蘇季子，裘敝始成名。

姮娥奔月窟，飛瓊恐懷妬。深鎖廣寒宫，終身不出户。朝修桂樹輪，夕守擣藥兔。欲鍊玄霜成，玉杵三千度。欲裁五色雲，金波没瑶路。摇摇亘古情，脈脈共誰訴？回想有窮恩，卻被靈藥誤。

青松高無枝，孤根盤石固。上有風霜摧，下有蔦蘿附。幸存堅貞心，龍鱗不朽腐。若彼夭桃花，及時濡雨露。無奈春光駛，紅顔滿陌路。

豪傑不用世，名節等鴻毛。小兒衣狐貉，醜女珥蟬貂。千金買駿馬，百金裝寶刀。琵琶度塞曲，兕觥飲葡萄。將軍是衛律，浪道霍嫖姚。自昔王侯第，庭羅馬糞高。濟濟田文客，蕭蕭仲蔚蒿。詎知歌舞地，夜半有鵂號。

虺蛇具毒性，殺人轉盼間。一遇乞人手，跧蹋如蜿蜒。蛇毒烏足恃，神龍潛深淵。九年水泛濫，七載旱迍邅。龍德固善守，眇視滄桑遷。時乘風雷怒，霖雨徧郊原。

狙公賦芧時，衆狙皆不悦。暮四與朝三，狙心便可懾。始知用詐者，乃是狙之訣。列子御長風，泠然駕六合。俯視塵寰間，玄駒鬬蟻穴。正當鼎沸時，析薪無人傑。何如挽天河，一洗雄心熱。

擾擾復擾擾，浮生殊草草。臉際芙蓉花，秋風何太早。懷中明月珠，光華豈常照。驥有逐景才，鹽車太行道。德力兩難稱，空令駑駘笑。歲晏乏孫陽，留骨郭隗好。

流水與高山，古調峻且潔。苟非逢子期，知音千古絶。乍聽巴人聲，和者千萬疊。遊子忘故鄉，靡靡使人悦。東鄰纔殺牛，西鄰成吴越。英雄豈無淚，墮地流碧血。

始皇合一統，天下卒然定。欲爲萬世業，三綱猶未正。扶蘇國之本，讒言即傾聽。李斯牽犬人，任下坑儒令。神仙不死藥，海上殞其命。楚人用一炬，望夷鹿馬盡。漢高具仁度，約法除苛政。蕭何收圖籍，四海翕然應。所争在仁暴，威力安足論。

莊子山中木，得全於無用。復云主人雁，能鳴見放縱。才與不才間，造物誠播弄。人事總茫茫，天道復瞢瞢。

西子住若耶，浣紗工女職。纔進吴王宫，夫差沈於色。當其未進時，何不拒之入？吴人徒怨悵，吳自沼其國。至人同太虛，浮雲掃纖跡。置身萬丈崖，狂瀾安可汩。

次和石隱言懷

徑荒無客至，花鳥一春多。避世經年卧，耽詩盡日哦。林深惟種竹，地少尚留莎。欲接君揮麈，閒時便即過。

次和周仔玉四首

儒家名教得心傳，守志宜同金石堅。伏臘變更原用漢，徵徭煩擾幸無田。群居直欲三緘口，獨坐還思一問天。造物有情安可識，春風秋月自悠然。

勁骨高懷孰與儔，隴梅芳萼滿枝頭。故侯瓜向青門種，勝客觴逢曲水流。鹿覆敗蕉驚復失，羊亡歧路竟何收。堯夫晚歲能尋樂，到處行窩得便休。

賓鴻纔去燕新來，歲歲繁花幾度開。蠟屐尋芳應緩步，春衣試暖恰初裁。賞心池館一泓水，極目雲山萬里臺。榮悴百年俄頃事，忘情草木任栽培。

幽人何事上征鞍，安步當車豈患難。詩遇知音堪結社，缾儲餘粟可辭官。倚欄翹首聽鶯語，憩石憑高待月看。最愛朝來濃睡穩，任他紅日自三竿。

用舊韵贈徐止澳

逃儒歸釋出人寰，踏徧天涯處處山。啼鳥流泉聽説法，眠雲介石當禪關。熱腸乍冷心猶赤，壯志難消鬢未斑。學佛棄家聊寄跡，尋山航海並稱頑。

西來大覺總無文，掃淨青冥絶障雲。揮麈劇談皆妙諦，探囊奇句即聲聞。龍蛇混世原非定，鵰鶚搏空迥不群。一切果能通一貫，三乘亦可列三墳。

梅因屈折耐嚴寒，纔識春風傍杏壇。漫笑詼諧狂曼倩，卻嫌饒舌怪豐干。河山殘賸誰堪擔，歲月飄零任跳丸。蝸觸蠻争那剎事，由他肉眼概相看。

身置高崖眼界空，任他鹿馬望夷宫。康衢未與迷途遠，覺路依稀夢境同。秋蝶飛飛猶覓蕊，寒蛩踽踽尚争雄。丈夫豈效臨歧哭，屠釣之間有太公。

即用前韵贈張斗垣

仙源原不隔塵寰，大地洪鑪豈特山。白鹿先生常守苑，青牛老子已過關。煙霞老我心難死，歲月勞人鬢漸斑。欲覓真詮何處是，尚平未遇石終頑。

赤函寶籙祕真文，手注《陰符》裁五雲。道在稚川真有識，藥從弘景便多聞。芳蘭凡草寧爲伍，野鶴家雞肯共群。會看扶摇遼海日，何如纍纍北邙墳？

吐氣成虹星斗寒，簪冠羽服樹詞壇。文章得失從吾好，榮禄尋常懶去干。壁蠹鍊形吞異字，蜣螂尸解託泥丸。世人碌碌何堪戀，笑彼庸庸白眼看。

落落乾坤一劍空，蛇神牛鬼有何宫？積功累行心常定，濟世除氛道不同。還白果然能轉黑，守雌端的獨稱雄。赤松逸去渾閒事，圯上難逢黄石公。

寒溪行

寒溪之水清且漣，伊洛發脈波迴旋。吁嗟海宇狂瀾塞，選勝翦得東南偏。著書充棟溪上屋，木榻篝鐙徹夜讀。二十一史十三經，研朱點閱每三復。鼓琴樂道春風前，安步高眼心自閒。世人浪説桃源遠，祇隔牆東水一灣。一灣流水千竿竹，掩映光摇几案緑。蒙茸三徑雜千花，寂坐時聞香馥郁。羊仲求仲氣分投，聯牀風雨話綢繆。俄看甲子須臾過，笑彼庸庸何所求。逢令節，莫蹉跎，頻傾佳釀甕頭多。君暢飲，我浩歌，而今不樂待如何？君不見江上故人嚴子陵，羊裘能動客星明。又不見山中宰相陶弘景，帝輦時過白雲冷。先生甘守一溪寒，常伴梅花横瘦影。

秋仲偕同人小集桴亭分題得聽鳥

幽禽戀茂林，良友樂佳會。得遂飲啄情，天機發鼓吹。

答贈賢香

海宇狂瀾汩漪紋，斯時何暇論斯文。白頭放浪無如我，青眼憐才獨有君。往日交遊成大夢，暮年蹤跡總浮雲。漫云伏櫪孫陽顧，惶愧難空冀北群。

重九後允傳昆仲治具招同質叔確菴仇池襄周清燕堂看菊即事

着屐來尋菊，尊開二仲家。光摇銀燭冷，影傍翠屏斜。詩史瀼西客，質叔爲蜀中名士。晚香彭澤花。留連同一醉，端不負年華。

秋日漫興十二首次石隱韻

半塘風月近如何，簫鼓樓船樂事多。劍石月來山弄影，胥江風動水生波。可中亭畔遊人沸，講法臺前選妓歌。祇有老農憂賦役，良宵佳況幾蹉跎。

清秋薄暮畫難圖，景物蕭騷半有無。蟋蟀善争同類鬬，顛當牢守一身孤。乘時孺子雲中鳳，失勢英雄跨下夫。白露蒹葭從我好，扁舟載月自歸湖。

春去秋來轉眼移，時違何必較雄雌。松薪石爛潛龍卧，木落天高過雁悲。王粲廿年終作客，向平五嶽是吾師。江南方爾彫殘日，莫戀家園厭别離。

活計當時在水涯，湖灣菱芡未云賒。烹鮮細切鱸魚膾，薦美新嘗蒓菜芽。囷積稻粱堪卒歲，網牽魚蟹可肥家。而今塵甑炊煙少，吏帖頻來屢歎嗟。

争誚林宗折角巾，蓬鬆席帽學時人。芙蓉綽約還如舊，楊柳蕭條不似春。落月照牀甘耐冷，西風破屋慣欺貧。折腰態度皆稱羨，故步邯鄲見笑顰。

修竹周遭抱曲房，空庭滴翠綴微霜。瑣禽並坐花枝穩，殘蝶慵飛夢境香。老子摩挲明月興，同人潦倒酒杯狂。臨風瀟灑谿山畔，椶笠芒鞋任野妝。

蘆荻灣灣夾岸陰，小舟蕩漾碧谿深。白衣蒼狗人間態，翠竹黄花静者心。曠野背風驅牧馬，疏林落日亂飛禽。纔聞庭院碪聲起，便覺涼飀瘦骨侵。朝來簾外日三竿，卧聽漁歌下蓼灘。釀菊療飢聊卻病，裁荷蔽體不遮寒。龍山有會仍吹帽，鶴髮無煩爲整冠。寵辱悠然常自適，閒看碌碌轉羌丸。湖海飄零老季鷹，蓴鱸興味故園應。佳人錦瑟翻惆悵，遊子雕鞍轉不勝。簾捲蝦鬚辭社燕，座揮麈尾卻秋蠅。低徊暗惜年華晚，兀坐青氊對一鐙。酒癖詩魔老未删，琴尊懶拂硯生斑。袁安僵卧雪窗日，梅福埋名吴市間。水荇波飄牽翠帶，壁蘿風捲墜雲鬟。煙村遠樹斜陽映，徙倚西樓愛晚山。誰説秋光不及春，芙蓉江上勝桃津。漁郎棹入迷前路，稚子驚看何代人。對宇望衡欣有伴，耕田鑿井竟忘貧。閒來濯足滄浪水，鄰叟徜徉魚鳥親。天涯何處覓曹丘，腸斷山窮水盡頭。滴滿青衫豪傑淚，燒乾紅葉秣陵秋。一蟬抱木迎寒怯，孤雁横江起暮愁。干禄故人多得意，擔經策蹇入皇州。

贈汪含章四十兼憶舊遊　含章家休寧，寓居武林。

湖上相逢醉菊時，芒鞋香襯得歸遲。孤山一夜梅花夢，放鶴亭前酒滿巵。
越水吴山障幾重，相思惟有一心通。溶溶今夜西湖月，應照峰頭萬樹松。

飛來峰外兩高峰，時見幽人曳短笻。聞道黄山三十六，去來俱有地仙蹤。

弔任陽馬陳二家

成祖時，龔安節公避難任陽，匿於其家。

俠客由來貴郭朱，馬陳名著任陽區。丈夫然諾渾閒事，安節千秋是大儒。

餘詩見全集及《離憂集》。

後印溪草堂集

丙戌，予僦居印溪之陽。土牆茅屋，内有梅竹雜果數十株，隙地可以栽蔬菜。堂屋之後，草舍三楹，可以静坐調息，讀書作字。客多清流，時來溪上，漱齒濯足，聽漁歌，弄鷗鵬，以此終日。傲然有作，得若干首。翳聞予先世東澥公居海上，實濱此溪，有印溪草堂，今故園奇石猶有存者。有集藏於家，後人失其傳，可慨也。援先哲之遺風，敬附其後，以存竊比之義。戊子秋，示確菴，選十二首。與參自序。

雨泊

閒塘春水生，沿洄理煙艇。濛濛輕雲合，林嶺忽已冥。繫舟古柳下，漁火乞煮茗。樓頭弄横笛，懷舊心逾迥。霢霂夜無聲，甘寢如酩酊。澍雨忽敲篷，詩夢隨風醒。

借書沽酒詩

昔吕滎陽詩云：「除卻借書沽酒外，更無一事擾公私。」予於國變後移居印溪之上，功名富貴，毫不動意。惟日就二三朋好，取書閲之。歸坐草堂，放聲長吟。稍倦，呼兒沽酒，快嚼數巵。醉則偃卧，醒乃更讀，日以爲率。遂賦二詩以自寫。

予性百無嗜，耽書獨成淫。無心南面樂，嘗有擁萬心。名山積書處，津逮時幽尋。風雨一瓻酒，遠餉孤山岑。一言苟會意，詠歌閒絃琴。古義相教督，何啻雙南金。借書。

日暮滄江上，浩歌擊林木。索郎思旅語，去就相如犢。紅粉正當壚，醉向壚頭宿。接䍦時倒戴，酒濁還自漉。酌罷生浩氣，獨手《離騷》讀。悲忼驚四筵，如聞易水筑。沽酒。

遂初詩五章

宿抱逸民志，二廿加衿纓。翩然釋儒服，始得心迹并。散髮披道書，茹芝習無生。遥呼一尊酒，長謝當世名。

懷退自昔年，逸少曾誓墓。予有甲申告廟文。中更顛沛心，簡棲遂情愫。裹足城闕塗，寥落林野步。蘿窗晝無事，閒草《山居賦》。

卜居漆溪上，溪上多芳蓀。惟此同心友，能顧蓬蒿門。慷慨揮蔬酌，静寂鐙火言。愁來不可道，痛哭歌《招魂》。

攜手北門外，相看多異類。賴此同根人，兼此心不二。養親江湖間，山野僻無事。休暇采藥歸，著書以自恣。

退谷真可遊，一身幸無官。山田穢不治，懷古聊自安。陶公煙火通，日夕含清歡。會把清泉酌，閒撫朱絲絃。

中秋信留楊瞻思兄弟齋有贈

遠跡寄西枝，良晤不常聚。得閒無前期，偶與中秋遇。舉網聯嘉魚，菱芡雜供具。皓月生素杯，天香落奇樹。雖非絲竹歡，清言協韶濩。

中秋後五日夏子二音過草堂出法書論賞月中聞雁誦韋蘇州高齋聞雁來之句遂共賦此

茅簷淡秋林，凝香生空齋。日暮美人至，脱然契幽懷。簾櫳鐙火深，探論意彌諧。肅肅茶酒内，淵衷本無涯。歸鴻落寒音，負月立空階。閒詠蘇州詩，寂如對長淮。横琴緑蕉下，高人解青鞋。

採藥

散髮青溪行，尋源來幾曲。手把神農書，足踐麏麚躅。黄精閟土肪，蒼蒲含潤緑。秋菊兼霜收，茯苓松下斸。仙雲對面起，暖日延初旭。毛女乍逢迎，葛翁邈瞻矚。山童擣霜英，玄猿餉醍醁。異趣隨去深，野興閒中篤。降谷淩高峰，詩句時時觸。

送老父東歸

落日已如此，皇皇何處歸？宵炊梅下塢，曉汲竹邊磯。可歎衣裘盡，何時盜賊稀？時家君被盜。年來愧飄泊，就養與心違。

按：與參詩骨古而神秀，不可勝選。如《郊居》有「雪容山更好」之句，《看桂》有「聞香喻道心」之句，皆安石碎金也，然寧割愛矣。與參其知予心哉？確菴記。

還金

學莫先於義利之辨，義利不明，苟富貴，必以賄敗。窮則沮然，易喪其所守。此見金忘躬，利乃不利也。戊亥之交，予避居周市東偏，瀕新塘。塘之南有鄰人徐者，拾白鏹五十金。越三日，歸其主人，封識宛然。里人詫爲異聞。吾友茂先、鼎父、惠父輩相與歡欣而贊歎之，蕚青又爲之傳其事。予亦欲作文以記之，而所欲言者已盡於蕚青之文，乃止。既而思之，昔伊尹耕於莘野，而樂堯舜之道，非其義者，雖千駟萬鍾弗顧，雖一介毋取與予，今其能乎未能也？然則予之有愧於若人也亦已多矣，遂援筆而爲之詩。確菴序。

人生大塊間，如魚呴水中。果腹便有餘，何勞致求豐。鄙人闇此理，皇皇亂其衷。臨財多苟得，見金或忘躬。比聞草茅下，高義一老農。家鮮擔石儲，而乃能固窮。拾遺償厥主，慷慨無恡容。廉恥興人心，不謀自辭同。在昔生民初，含真守悾悾。往來老死絶，予奪兩無庸。淳薄一殊源，巧僞群相攻。安得盡若人，重覩羲皇風。

萼青贈徐君文

天下之所重在風俗，風俗之所重在人心。無風俗因以無人心，而其鼓舞獎勵，使天下回心而向道者，端有賴於一二明道義之君子。今之世，儒生貴族口號聖賢，身被文繡，所謂大人先生者，往往放肆不軌，見金不有失名節，喪大閑。若夫草茅之賤，翹首嬉遊，聚徒摴博，群飲於市，號叫於野，求一閉户自修，蓋已難矣，又安望有輕財好義、尚節敦廉若斯人者乎？善哉，徐君也！幼生蔚洲村，性不忤俗。所居僅一廛，所給無五斗。夏四月，盜賊四起，所在震驚。鄰人周君置白金五十有奇，覆之竹林中，冀人莫之覯也。乃徐君之子折筍入林，獲其遺物，懷之以歸。君絶不動心，命家人置之私室，以待尋金者。越三日，周君歸覓不獲，爲之涕泣。君聞之，召周君而完之璧，封識宛然。吁嗟！揮金不顧，少遜其高；守金以歸，實同其節。四知可畏，關西嚴暮夜之操；一念不欺，晉公還路人之帶。使當名族，猶人情之所難；況出草茅，能無動遠近之敬愛哉？予僦居别墅，喜聞善言，喜行善事。顧子虞颺稱其高節，來索贈篇。噫！此正風俗人心之所關，而予與一二明道明義之君子所當贊歎以從事者也。閭里之間，回心向道，端有日矣。予遂喜而援之筆。

玩月稱觴

丁亥中秋，天氣清佳，風景閒澹，新桐茂引，白露微流。偕二三知己，同涉瀾漕，望層漢。彼明月者，虚白當户，静翳不生，有如高人，可接不可致也。時吾友鼎甫適當知命之年，棲志空空，放情杯酒，髮短而心則長，蓋所謂有託而逃者也。相與稱觴浮白，介此眉壽。而婁城鴻逸、文若、聖傳、重威輩亦各操輕舠，傍晚咸至。幽人勝序，樂事令辰，可謂兼之矣。各賦新詩，合爲卷軸，遺之鼎甫。衆皆屬予作序，以弁其端。確菴記。

中秋諸同社舉鼎甫五十觴兼玩月賦詩并序

天之爲物也，有兩大宜焉。惡乎宜？曰：宜春者風，宜秋者月。風而春天之和者也，月而秋天之清者也。坐春風之中，褊夫樂易而善容；坐秋月之中，庸夫亦孤潔而光明。然月之爲物也，又獨有宜焉。惡乎宜？曰：宜高山，宜湖畔水厓，宜騷人逸客，宜静夜閉關枯坐，宜讀書之聲、琴瑟之音。反此數者，與月對，月必辱，天下之不辱吾月者亦寡矣。人不難於獨清，難於任真。人情當秋而愁，秋也者愁也；見月而悦，月也者悦也。愁與悦各自有其天機。人愁亦愁，愁非我愁；人悦亦悦，悦非我悦。譬之優孟叔敖，終非真叔敖耳。吾友鼎甫，今年五十歲矣。近以浮屠氏隱，終日茹蔬衣布，泊然無營。入其户，惟誦梵不輟，聞木魚戛戛有聲而已。其屏壁所書，皆昔人修身立命之旨。鼎甫之清，清而真者也。僕聞之：行年五十，方知四十九年之非。伯玉，君子人也，四十九年不必有非，即有非，不待五十而後知之也。蓋人之有心猶月也，雲霧四塞，其晦也；忽焉長空澄碧，纖翳不生，皓然而光華矣。今鼎甫清修自苦若此，豈伯玉所謂「知四十九年之非」者耶？其亦寡過而未能者耶？吾知其心必非雲霧四塞而皓然光華者也。如吾鼎甫者，其庶幾乎不辱吾明月也已。諸君子請雅歌賦詩，而侑之以觴。確菴序。

初度正秋中，吾儕句未工。月窺深户白，霞落半溪紅。不淺庾樓裏，還思謝墅東。飄然遺世立，常飯地仙同。三有。

清景江潭晚，高談倡和真。舉觴無俗客，玩月有閒人。桂子含風碎，葵花對日新。廬山堪寄跡，不愧遠公貧。九游。

持此三秋月，來擎五十觴。稻芒初變紫，荷葉乍沾黄。兄弟相師友，崑妻共水鄉。羨君能曠達，而我老逾狂。石隱。

操同寒歲柏，壽比大年椿。無意爲文士，閒心作酒民。有山偏寄傲，是水可投綸。月下花前老，年年秋復春。藝公。

抱志安丘壑，開襟獨灑然。學禪非佞佛，讀《易》已加年。善酒推康樂，高歌有惠連。壺觴話明月，得句共争妍。聖傳。

蓮社初開日，佳期正仲秋。放舟龍窟觜，宛步虎溪頭。棹緩波光合，杯盈月色浮。君當知命歲，不飲欲何求？鴻逸。

遯世多佳客，趨田即野人。水邊遲月坐，屋下出詩論。蓮社因非晉，桃源避自秦。當時一杯酒，豪飲莫辭頻。虞九。

杖策臨溪壑，飄然近古先。吟詩酌春酒，舉社約秋蓮。月意横空寂，雲情適興旋。道人會心處，四十九年前。玉汝。

買得青山當夜籌，三三五五正梢頭。長年采去不知歲，此會偷來恰及秋。蔬圃喜餐禪悦味，瓜棚先酌道人甌。不須更向《豳風》祝，雜沓公堂起暮謳。萼青。

遥有南山宛似陶，羡君好隱在江臯。尊餘緑酒心期古，案有《黄庭》誦法高。數畝稻田浮水岸，幾間茅舍傍瀾漕。蕭蕭短髮存無幾，野服如僧泛小舠。天御。

四郊水色緑沈天，中有高人魯仲連。鑪爇名香三禮後，磬隨經卷六時前。酒杯聊爲先生壽，詩句偏慚下里傳。秋月正佳禾正熟，且同樵牧老餘年。士起。

春風秋月年年易，莫使蹉跎空歎息。東村桃李西鷓鴣，朝有潮兮暮有汐。一年幾見此當頭，落落星辰手可摘。介君眉壽進君觴，明日明年過半百。幼玉。

人道中秋明月好，中秋明月何皎皎。清風吹起天天涯，照徧長空碧未了。野鶴飛來不敢棲，雲間一顧衆山小。中有幽人静掩關，滿階花影無人掃。子夜常聞鐘磬聲，讀罷殘經徹昏曉。今宵掩進千萬觴，月亦同君共潦倒。君有情時月有情，月欲老時君不老。姮娥歲歲爲君偷，玉兔年年爲君搗。確菴。

大隱非忘世，童顔卻記年。東皋久避世，南極近占天。德數鹿門重，居同谷口賢。養魚因作島，種石漫成田。煮茗分丹火，連筒引玉泉。步隨藤屧輭，吟任葛巾偏。世亂身還潔，心安歲永延。坐臨新架竹，眠看舊栽蓮。酒煖霞融斝，琴清雪泛絃。高儕多夏綺，汎愛佩韋弦。國老尊膠序，家人肅豆籩。雨留亭外轄，風約剡中船。放鶴歸蓑釣，祝雞近蜕仙。秋蟾天際浄，香秸樹巔懸。羔兒《豳詩》喜，岡陵古頌傳。商山堪緬想，應續紫芝編。登善。

蔚洲古人村，村中多澄潭。潭潭七十二，處處種紅蓮。涼秋八月中，花萼正芳妍。同志四五六，泛艇共盤桓。皓月映素波，鮮葩拂輕舷。中有龎眉人，浩浩復軒軒。把酒發長嘯，揮毫詠佳篇。高懷一何奇，云是古謫仙。我有萬古情，對君聊一宣。蓮花爲君衣，蓮葉爲君船。蓮實爲君糧，煩君上青天。飛行偏八極，俯視濁世巔。九州九千里，九點如雲煙。誰安而誰危，誰潔而誰羶？誰懷比干忠，誰慕夷齊賢？海中三神山，至今何茫然。歸來語吾儕，豁此萬慮牽。共釀千日酒，步步蓮花邊。重威。

秋夕今當四旬九，捧卮拉月酹良友。得全造化歸誰功，禀受剛金堅素守。久久書成半百年，喃喃佛現廣長口。野服映掩薜荔裳，蔬食懸耽柳旗酒。貌向髡兮飲若髡，胸羅星斗安辭斗。汐社重盟向此宵，鍊形妙術繫君肘。露下湛湛滴穗芒，歌作烏烏兼擊缶。衣袂涼生寂復清，吟詠聲豪健且陡。參井高横午夜逾，老人彩爛丙隅首。期盡觚稜百萬觴，歲收秫秔二十畝。相將扶醉桂輪西，笑指浮名如敝帚。文若。

題畫扇

稱觴之夕，惠甫在座，出畫扇請題，乃高人李木公筆也。圖白頭二老對坐石根，盆植蓮花，側有水火籃，籃中芝草數莖。其隱君子者流耶？率爾漫成一絶，諸兄亦相繼和之。

不問人間漢與秦，相逢終日話天真。若非蓮社池頭客，定是芝山嶺下人。確菴。

二老相逢坐翠微，避人何事語依依。應嫌世上多周粟，共向山中説采薇。重威。

青山曲塢萬花鮮，别有煙霞一洞天。微理談深何日盡，終朝促膝不知年。聖傳。

潯陽三隱太知名，四皓傳觴已世情。争似仙翁結伴好，空山静對劚黄精。登善。

水自無聲山自青，長年不記采參苓。相逢相對深相話，爲説仙家不可聽。蓴青。

采得芝苓滿篚多，道書數卷足摩挲。蓬萊不遠當歸去，偶在人間養太和。木公自題。

寒溪八詠

丁亥冬，聖傳苦病熱不已，嗑嗑伏枕上，屬予爲寒溪小記。予愛聖傳，甚謂記成聖傳喜，冀有起色，遂率筆草成，更益以八詠，用博病者一笑。聖傳果覽之而喜，因於牀第間草自述一篇，并自爲和詩，録一通示同人，確菴、桴亭皆和之如數。藥園素不解詩，但寒溪之上，何可無若人片語？予乃代爲補詠，存之以誌一時情好，嗣相傳爲佳話。鴻逸、與參十餘輩更遥爲和章郵寄，篇詠遂夥，因彙爲一編，示確菴點定之云。石隱記。

寒溪

山爲愚公愚，溪因寒士寒。不知山水意，留待月明看。鴻逸。

選勝得幽奇，喧静絶車馬。水氣滿玄亭，泠然不知夏。王涫。

紺碧涵虚明，凛冽動神髓。魚躍荇藻横，嚴氣乃生理。雅儔。

冷冷寒溪雲，落落西山風。爲問溪上人，寂寞將毋同？尊素。

倚竹

君子非似竹，竹乃似君子。六月清風生，科頭讀心史。確菴。

愛此風日佳，移牀竹裏坐。忽聞解籜聲，新篁添个个。石隱。

此竹君所獨，而我實共之。每來竹下坐，得意便題詩。桴亭。

群龍皆脱迹，矯矯欲干雲。幽人正高卧，風雨隔窗聞。鴻逸。

我愛伊人居，緑竹比如簀。我羨伊人德，金錫與圭璧。尊素。

列竹如雲屯，能斷不能曲。有時風雨來，蛟龍在其腹。接侯。
草亭傍修竹，悠然發清磬。棋殘子未收，新筍破苔徑。聖顒。

閱耕

出門星在天，入門鳥歸樹。群動同一勤，當此有心悟。確菴。
牆裏人讀書，牆外人種田。讀罷一相閱。辛苦各自憐。桴亭。
南窗聊寄傲，跂予眺耕者。耕饁敬如賓，禮失求諸野。尊素。
雪消土脈和，良農已舉趾。相對如畫圖，疑在《豳風》裏。與參。
牆東老沮溺，竊竊相耳語。笑謂讀者誰，時危慎出處。藥園。
天地不可恃，努力翻舊泥。欲知工作好，試看秋穫時。接侯。
布穀聲初聒，催耕借夏租。筆耕生計薄，獨喜免追呼。静孚。

灌蔬

抱甕汲清泉，栽培何費力。衆蔬自爲伍，葵心常向日。鴻逸。
學圃小人事，搰搰復何益。知君抱甕心，聊以當運甓。桴亭。
夜雨一畦緑，春風三徑香。臨溪笑陳仲，空爲别人忙。確菴。

君子謀大道，學圃豈其業。非爲佐饔飧，聊栽薇與蕨。尊素。
不種千樹棗，但種青門瓜。矮屋七八間，云是邵平家。男偉。
青青園中蔬，浸浸日抽葉。盡此手足勞，爲補雨露缺。接侯。
種蔬不擇種，嫩緑已成畝。春雨送雷聲，夜來長新韭。範先。

聽鳥

衆鳥群飛去，一鳥守故林。惡彼食不潔，忍飢向我鳴。石隱。
纔唤不如歸，又聞泥滑滑。世路多崎嶇，征夫淚滿頰。鴻逸。
君道不如鳥，春來啼更好。鳥道不如君，天機獨了了。確菴。
欲曙未曙天，鳥聲動林渚。念君高枕時，樂意不可語。桴亭。
悠悠念我友，鳥鳴適嚶嚶。似此求友聲，神聽終和平。尊素。
厭此聲煩囂，卜居在幽僻。如何竹木巔，乃有市朝客。接侯。
散步眺前村，平野不知處。春鳥忽驚人，啼入深林去。遠公。

垂釣

古今二釣叟，桐江與渭濱。出處各有道，君意將誰遵？桴亭。

閒雲以爲餌，野月以爲鉤。嚴陵較慚愧，多卻一羊裘。確菴。
幽鱗十數尾，微瀾已習安。我來寒溪上，折卻釣魚竿。藥園。
昔人釣磻溪，君釣寒溪潔。磻溪兆風雨，寒溪懍冰雪。尊素。
不隨龍變化，遂與蟲爲伍。欽哉慎勿食，斯須足死我。接侯。
爲愛一竿好，忘機聽蟪蛄。高懷致足樂，不問有魚無。範先。

話　雨

故人雙屐來，清言霏玉屑。一夜明鐙中，唾壺已擊缺。確菴。
三人皆我師，千古理如是。坐聽雨霖鈴，不曾言一字。石隱。
大道貴討論，相謀豈泛泛。樂此疲不知，風雨亦無閒。尊素。
雨窗人事絶，道心自孤警。一味宣城句，微言超已領。藥園。
野樹將殘雨，孤窗報早秋。茶聲人語静，不盡古今愁。聖顒。
小庭談道處，啼鳥落花多。前村有琴客，風雨亦來過。男偉。
門外雨初静，春潮漲古塘。山齋儘酬論，不忍到興亡。雅儔。

眺雪

空白渺無際，風摇天地寒。主人抱微尚，不住啓扉看。確菴。
柴門向荒古，溪沼無鮮毛。王維真解事，添著一芭蕉。藥園。
啓扉看積雪，茫茫失前路。有客衝寒來，贈我以佳句。男偉。
滅燭聽寒林，乃得明月光。出門覽月光，夜氣嚴於霜。接侯。
前村一夜改，門巷積深雪。天公厭絢爛，茫茫還大白。尊素。
開軒一長望，林皋盡玉色。鳥盡寒溪前，人卧寒溪北。聖傳。
天地渺不分，中有浩然氣。王冕赤腳來，蘇武吞氈去。且了。

對月

溥注：諸詠皆以寒溪爲首，先大父補此題。

月華淩太虚，心跡非人境。徐詠陶潛詩，揮杯勸孤影。確菴。

端午競渡

甲申五月四日，得先帝后慘報確信，四海同讎，若喪考妣。詰朝，鄉紳有樓船廣筵縱觀競渡者，諸生郎玄翊憤而刺之。越明年五月，江上告急，羽檄星馳，而舊遊如故，曾不爲意。去北兵渡江之期止四五日耳，人心若此澌滅盡矣。伊土作詩記之，蓋猶有悲痛之思焉。國俗既改，其風彌厲。戊子端午，自監司至輿臺皆出遊，河干都人士女雜遝如雲，幾同溱洧桑濮矣。時天氣酷熱，下午忽風雷驟至，舟船多覆，婦女溺者無算，玉釵花髻飄没於波浪之間，縠羅沾濡，如裸立水厓，亦可醜也。鴻逸聞而譏訶之，用作一絶。確菴記。

痛心三月中旬事，龍馭賓天遏密初。若個漫拋亡國恨，畫船閒看賽靈胥。玄翊。甲申。

晴明最喜是端陽，泛水遊人漫舉觴。南國但知今日樂，舊年燕子識興亡。

金鼓行舟争似龍，暫安此際小江東。四朝全盛渾如昨，獨照榴花淚眼中。

載酒江濱逐隊呼，家家新换避兵符。汨羅人遠猶憑弔，誰復攀髯痛鼎湖？

晴色江城暖艾葵，臨風灑酒不勝悲。龍舟過處空搔首，猶記神宗宴樂時。伊土。乙酉。

千家遊女鬬輕舸，風浪喧闐下急波。豈是靈均煩慰問，多應還欲弔曹娥。鴻逸。戊子。

湄川倡和

大人自乙丑去城，瑣尾無定所；至丙戌，始僑居湄川之陽，授五六童子書；丁亥冬，乃結茅兩楹而家焉。瑚病相去遠，定省闕然，命遜兒代侍。時與參適移居印溪之東偏，去湄川三里而近，聞大人躬耕教授，艱苦窮愁，乃時時過而慰問之。古人云：「越陌度阡，枉用相存。」此道求之當今，可多得耶？往來之間，斐然有唱和之作。彙而存之，蓋亦一時雅志也。男瑚識。

五柳門前問隱君，受書多士兩行分。道真晚節逾丹石，氣誼秋懷薄素旻。風雨箕愁悲古調，藤蘿趙壁護高文。誰知孤竹貽謀遠，薇蕨春深奕葉芬。與參訪侗人陳先生。

魯連矢不帝秦君，客舍驚看漢臘分。海上颶興嗟沴氣，營中星隕薄蒼旻。落花滿目皆紅淚，古碣傷心空緑文。讀罷新詩愁欲盡，與君握手話清芬。大人次韻酬與參。

佩韍非所求，順迹自成退。中山有茅屋，蔭映松竹内。門前到輕舟，步涉聊可代。山田八九畝，日來多蕪穢。引灌資野泉，谷黍寒可刈。鄰山如宛委，古人藏書在。風利到林麓，有時可津逮。遲子同心人，晨夕文酒對。琴歌互起止，冬春齊負戴。速來勿躊躇，山中無俗態。與參寄偕隱詩。

讀詩辨興衰，占爻識進退。傲睨高竹林，人譽滿海内。商周尋干戈，虞夏相禪代。被褐思伊耆，田園尚蕪穢。麥秀方漸漸，茂草鞠可刈。我饁無新畬，維此經訓在。齒來曾昫昫，釜鍾仍不逮。詩書聖賢教，古人相答對。曠海含辛酸，黼冔無復戴。白石叱成羊，蒼狗多變態。大人次和。

藹藹陽春，清霜瘁之。改葩易葉，百卉從時。惟彼寒松。秉性不移。懷霜負雪，翠滌幽姿。風吟高柯，韵叶桐絲。

關關鳴禽，率場啄粟。豈無好音，樂是桎梏。曠哉鳴鶴，高濟無欲。矯翼清霄，羽衣絶俗。銜霜潔唳，引領天旭。

亦有宿莽，經霜不化。亦有閒鷗，棲遲閒暇。望松懷鶴，此情無假。松亦不嗔，鶴亦不吒。順風揚聲，氣逾蘭麝。永結同心，邈邈姑射。與參陽春三章寄確菴。

粲粲明河，動成天章。白雲英華，清飈徐揚。月出皎潔，箕尾畢張。矯然一鶴，聲聞大荒。鶴飛冥旻，駘蕩其羽。翹霜距雪，高曠其宇。河東美人，河鼓相望。菱葉舊栽，銀榆相傍。不忘好音，靈秋時悵。

瞻彼浮雲，隱見匪時。白狼蒼狗，變態依稀。睆爾長庚，露彼商芝。維旭有光，轉引樞機。大人明河三章代答。

越遊適南轅，童孺枉嘉藻。述居但容安，町畽具洒掃。草略況堯夫，安樂終存道。冠袍抑威儀，農皇日遐討。吐詞鬱如經，顥氣貫蒼昊。先生所著《家傳》、《六禮十約》可續孝忠二經，附小學之後。籬下蒔雜花，窪尊自傾倒。學種青門瓜，不灌東皋稻。時時鉏帶經，除虐薙惡草。盥手就清溪，漢臘祀高考。耄耋齒尚强，養真異黃老。家庠裕賢胤，眉山峙疏島。一二古人心，良懷結奇抱。薑桂偶氣味，相贈乏紵縞。掃門時請益，殺青先見稿。藉此報投瓊，魚目漸非寶。與參讀侗居篇賦贈。

南轅極吳會，采風溢文藻。慮周飭遠圖，歸與暫洒掃。帶紱尚有憂，異劍無復道。氣運歷平陂，山川恣幽討。嬴氏伏臘新，守拙存羲昊。習乘款段馬，騎驢學顛倒。秋風候僕夫，肯菑穫新稻。靈雨告農人，立苗除莠草。引觴聊自酌，醉顏在宗考。嘻嘻樂堯舜，煦煦不和老。屬詞況陶潛，選句方賈島。盥流漱清石，讀書發良抱。詩成筆有神，遺我當紵縞。俯仰賦陸沈，蘊結心如槁。時微漢張華，懷此豐城寶。大人次答。

北山讀移文，南山歌種豆。叱牛飲上流，洗耳汙牛口。閉門即深山，去留天地間。賦詩懷遠人，酌酒心且閒。髡頭常著冠，曳杖不脱履。陂平學芻蕘，淵深忘鱠鯉。庭空日色遲，長柄長秋瓠。牽瓠覆茅屋，延蔓自扶疏。荒檐鳥散迹，門外徒張弋。盥手讀古書，焚香坐窮日。仰天出門笑，拍手歌浩浩。欲歌已忘音，落落傷懷抱。大人夏日偶賦。

下濮多種秫，高隴兼種豆。風雨長汙萊，安得餬予口。連雲伏横山，落我几席間。掩卷歌白雲，逍遥有餘閒。岸著管寧帽，倒曳東郭履。盥水清溪濱，赤尾見雙鯉。入夏尚采茶，先秋已斷瓠。乍聞良蜩鳴，發聲猶自疏。鴻飛本無跡，冥冥誰當弋？蹰躇五柳莊，寤寐羲皇日。驢鋏已堪笑，書空更鄙浩。惟應陳元龍，同我散懷抱。與参次答。

頑潭詩教

戊子夏大水，室無容膝，乃攜琴書，偕兒徒輩，放棹中流，隨意所適。潭影空映，荷氣襲人。漁歌鳥語之中，琴聲書響，絡繹間起，徹於田畔。遂日以爲常，殆古人所謂泛宅者歟？予於經史之餘，教之學爲詩，因得聯句若干首。嗟乎！詩教廢久矣。古人之於詩，如今之歌曲，雖閭里童稚，皆能習知其義，故有所興起而成就。予之爲此，不獨以鼓舞性情，亦以裁其宕佚而已。確菴記。

誤道銀河泛客槎，小舠一葉當浮家。魚忘人影閒相狎，蛙愛書聲静不譁。微雨清朝依柳蔭，香風亭午坐蓮花。兒童長日真如歲，目斷前村起暮鴉。

庭中夜坐聯句

荒村曉夜雨聲愁，確。門外魚群入檻流。斷岸行人呼渡楫，遬。隔溪田父置漁鉤。壁間但見蛜蝣滿，牀下惟看荇藻浮。確。歌詠南風何日事，遜。此生甘伴緑波鷗。確。

東潭看荷

荷葉青青荷蕊紅，遬。一潭緑水蕩舟風。游。前山煙起斜陽落，遬。鳥語蟬聲處處同。游。

偕諸徒兩兒啜茗潭上彈琴講書適幼玉晉甫至

放棹荷深處，烹茶傍釣磯。素瓷香氣静，文火沸聲微。鼓瑟漁潛聽，譚經花亂飛。未須愁日夕，相對可忘歸。確。

依前韵聯句

移舟潭水上，遨。不覺近漁磯。游。岸斷路人少，遨。溪深荷葉微。遜。閒魚依藻坐，墀。倦鳥傍林飛。游。鼓瑟譚經罷，圭。斜陽未忍歸。墀。

和前韵

一棹同良友，談深近釣磯。琴音鳴更澹，人語聽將微。雲凈青山立，荷香白鳥飛。艱難生計拙，何地便忘歸。游。

薄暮李夫人以魚酒相餉再爲聯句

載酒船頭樂有餘，墀。琴聲纔罷便論書。確。荷風已静香遥送，墀。荻雨將來聲漸疏。游。杯酒不知愁亂世，遜。盤飧聊復煮枯魚。遨。呼童轉棹還西去，圭。乘醉吟詩到草廬。遨。

君子頌

蓮，花之君子也。人濁我清，花實有焉。放舟中流，相率而爲之頌。共四章，三章四句，一章八句。

潭水淵淵，荇藻連連。確。彼君子兮，受德于天。遨。

哀我生兮，喪亂未平。墀。彼君子兮，零落如星。遜。

未見君子，憂心殷殷。確。既見君子，聊樂我員。遨。未見君子，憂心抑抑。游。既見君子，以永今夕。確。

蕩舟乎潭水之間兮，遜。宛在水中央兮。確。彼君子兮，游。不以無人而不芳兮。確。

詠史詩

潭行課詩，以細柳軍命題，從所講論也。

匈奴入雲中，漢將軍三道。士情貴鼓舞，皇帝躬慰勞。獨有細柳營，節制得其妙。確。嚴肅如雷霆，遜。堅壁阻前導。確。但聞將軍令，游。不聞天子詔。圭。皇帝徐徐行，墀。按轡不敢撓。遨。介胄行軍禮，長揖非爲傲。墀。此是真將軍，確。出師必有效。遜。霸上與棘門，兒戲何足道。確。

大雨歌

庭坐大雨，命作《大雨歌》，用《大風歌》體。

大雨下兮龍在田，遜。水高千尺兮波連天，遨。安得長鯨兮吸百川。確。

海鳥鳴

海鳥名鬼車，鳴則風雨作。廿二夜聞之，即俗所謂糾隊鳥者也。

海鳥從東來，遨。咻咻聲似鬼。出窠便有風，入窠便有雨。鳥兮鳥兮，風雨多出窠，入窠奈爾何？確。

冒雨尋七十二潭薄暮客去移舟歸遂爲聯句

冒雨尋潭罷，確。隨風送客還。遨。人聲兼落葉，墀。漁火暗前山。確。杯酒添餘醉，圭。詩成任意删。呼童徐轉棹，確。不覺到溪灣。遨。

舟行即事行酒

蟬聲啼不斷，確。鳥散日斜時。遜。棹入荷花亂，游。舟牽荇藻遲。坐深殊自得，樂久不知疲。確。筒勸無餘瀝，遜。還教一醉宜。有。

村居聯句

村中明月下，檻外静波流。酌酒寛愁思，吟詩傍小舟。遨。荷花香過夏，木葉露將秋。風起無衣歎，游。驚聞蟋蟀啾。

螢火聯句

隨風頻聚散，確。照水自縱横。墀。星與光同亂，魚窺影亦驚。化時腐草氣，確。囊處讀書聲。圭。疑是菰蘆裏，漁鐙萬點明。確。

七夕泛舟潭中遇雨

七月七夕采紅蓮，墀。不見穿鍼有幾年。山雨乍來孤棹溼，游。林風忽起野禽顛。墀。雙星影没驚愁思，圭。萬葉聲飄動客憐。游。杯酒只今堪一醉，墀。浮生何處不隨緣。游。

戧毛聯句

陰風吹岸柳，點點暗飛花。確。背受芒如刺，膚侵爪欲撾。素。螫人蜂掉尾，射影蜮含沙。確。布穀秋風裏，素。啼聲竟不譁。確。

閒詠

日落林霏動，雲歸月影圓。墀。納涼人露坐，絡緯忽聲傳。游。

飲酒

雲老山光老，月偏人影偏。良朋今夜醉，秉燭話當年。遨。

田家喜晴

田家喜晴日，處處築場時。早稻初登岸，村人力不疲。遨。

漫興

風來楊柳上，枝動落啼烏。歌唱漁歸晚，秋雲不肯無。遨。

風起

螢火到秋微，千林驚鳥飛。短溪翻大浪，不得釣船歸。遨。

自題小舟爲蜉蝣書舍

整頓琴尊下釣船，兒童長日坐如年。書聲荻響時兼雨，花氣波心別有天。豈謂龜蒙依泛宅，還如明子託浮田。元至元間，四明皇甫明子乘小舟，載琴書，往來江湖，有「百日託浮田」之句。人生歲月蜉蝣寄，只此聊當借一廛。

潭上泛月

任陽蔚洲村爲先安節避難地，久欲探訪，以資憑弔。近吾友確菴復匿影其間。地純古，多隱君子。前後皆古潭，大小參錯，相傳七十有二，其實過之。水至深，魚肥而蟹碩，芰脆而蓮大。確菴時爲予道之，予願從之遊。戊子夏傷潦，稼淹没，潭荷不繁，興稍沮。七夕後三日，確菴忽飛書及詩，輕舟相招，予欣然同仲純往。確菴出迓，見二子。少間，確菴出《頑潭詩教》、《蓮社約》、《焚草近作》及《閱過野古集》、《典禮會通》、《相觀録》、《蔚洲詩話》、《寒潭芳訊》相示，予亦出所注《野古》第二册、《辛壬癸甲稿》、《印溪草堂集》、《晚翠菴近稿》，交易互觀。飯畢即命治舟，攜琴尊詩卷，子弟相隨入潭中。於時蒹葭含風，芙蓉浥露，日棲榆柳，而月已吞吐於波光之上矣。確菴曰：「此潭芰菰翳水，多白鳥，未盡其勝。」乃移舟陳頑潭。潭荷在四涯，中無纖芥，一碧萬頃，蓋此潭甲諸潭。潭大水深，浄不可唾。相戒不苛罰，不喧嘩。幽賞高談，肅穆静暢。夜分各酣，適清輝逼人，涼不可禁，乃歸寢。十一日，復治具移舟，就招瀾上諸客，得李葶青、諸鼎甫、惠甫諸公，俱有妙才。而諸氏先世與安節交至深，又予所願交者，乃相見甚歡。避暑古柳下，羽觴流行，吟思繼作。與漁家借筆墨作聯句，但無硯。漁婦出一老瓦盆，乃大笑，遂以命題。時樵子一二負擔道間，見舟中若狂，倚立而觀，不知予輩爲何許人也。已而月光甚佳，回棹至蘆科潭。秋聲四圍，螢火萬點，風起水湧，如魚龍怪舞，不復如昨宵之静碧矣。客各以小舟來飲，童子縱於潭四涯，遠近作清歌以侑觴。客醉，登舟去。予復與確菴聯吟，静致較勝。予起洗盞以祭潭，歎之曰：「自有此潭，空濛寂瀝，不有遺逸如吾黨，誰與賞此寥落？復不得以時聚，聚而或風及雨，得如此兩夕，古今不數太白郎官湖、東坡石鐘山而已，可無述諸？」確菴請歸記其事，并系以詩。時七月十三日也。與參記。

確菴招與參叔姪村話信宿

入秋無事一漁蓑，憶與伊人共嘯歌。明月未來千里棹，春風先到十餘窩。村荒莫恨紅蓮少，潭滿還欣紫蟹多。左手持螯右手酒，大家潦倒意如何。

與參和

秋來潭月與人期，白社相招去不疑。香迸甕頭開柏塞，光摇鷁首動蓮漪。瀼溪座客非干進，北海交徒是故知。異境異人難盡識，更期載酒到中坻。

確菴詠與參至潭上對月清談

静夜美人來，含情滅聞見。明月知我心，波光白于練。

次日移尊船上拉瀾溪諸兄泊舟柳蔭酒酣從漁家借筆聯句

酒酣詩興湧于泉，確。勝友如雲闘麗妍。蕁。筆借漁家盆當硯，句裁花塢葉爲箋。確。林煙漸起鳥聲静，山月欲來人影偏。蕁。棹入寒潭依菡萏，放杯高詠各翛然。參。

又五言二律

良朋今日聚，遠。勝事一宵緣。遜。落日緣高柳，清波接遠天。參。稻花黄間白，惠。荷露碎還圓。參。舟子催歸去，遨。漁歌出暮煙。參。問蟹依漁網，參。停舟傍小橋。惠。杯行邀月下，碁響帶風飄。確。酒醉忘賓主，詩成破寂寥。遠。村翁貪一看，倚杖廢薪樵。確。

又醉後歸棹聞酒香即事

酒香散落滿空潭，好友相攜即勝探。參。令出縱擒疑過七，笑聲稠疊欲逾三。確。波光聚處魚龍舞，參。蘆葉鳴時絡緯參。確。歸去輞川應不遠，夜深漁火在溪南。參。

停舟命遨歌子美客至詩即用原韵

次山久作杯湖主，參。元亮今因蓮社來。蕙帳夜虛呼月伴，確。薜門秋老傍雲開。席收鄰婦堂前棗，參。家有山妻甕底醅。肯戀寒潭同醉醒，明朝仍勸碧筒杯。確。

與參祭潭詞

空潭煙杳，水月皎鏡。煌煌少微，芒寒色正。洒酒祭潭，我敬其浄。醉依船影，鬚眉涵映。露嚶嘯發，遂起歌詠。今古此情，任真得性。何用沈碑，紀名與姓。

與參別後寄瀾上鼎甫諸高士

瀾洲何處問俞華，華父母嘗濟家安節於難。獨有諸君義足誇。筆夢羅含吞鳥藻，心懷季布老風沙。遺文墓道存真石，古屋巢雲隱暮鴉。神物延平何自合，烏絲欄下草橫斜。諸氏多有家安節遺文，予每思齋油素以集其異。

又寄萼青

寂寞滄江太白孫，滿庭秋草映柴門。壁間詩句多高隱，几上陶匏是古尊。筆塜草深鵰鶚立，文泉源濬海濤翻。山陰禊帖題成後，須記黏予竹篠軒。

遠公謝與參作先大父落花詩跋

一晤先生晚，相逢歎偶然。寄詩鴻雁後，題跋桂花前。君是真龔勝，予慚非謫仙。遥知明月夜，《秋水》更成篇。

戳識

甲申。溥注：此篇本在卷首，補録於此。

角牌不知始於何時。以愚揣之，古有籌算法，今牌載百千萬貫皆錢數，又以九爲限，合於算指，意商賈者流舟車旅舍所用，以會計多寡者乎？晚近遂以爲戲弄之具。然予少時所見尚簡略，士君子恥不屑爲。近乃變爲鬭戳，則智巧雜備，機械百出，而好此者乃在博弈之上矣。始於吾郡，施及海内，遂成風俗。聞京師縉紳入朝歸，袍笏未除，毯列已具。三月十九之變，城垂陷，而有屬其僕勿告，謂須了此者。噫！方之襄樊既破，踞地蟋蟀，尚不如是之甚也。石隱深疾之，乃作爲詩謡，冀用少救。顧聞之者曾不知戒，而反以是幾得罪國人，亦可歎矣。予録《詩話》，特託始於此，以備采風之一助焉。

石隱戳讖謡 有序

鬭戳，角戲也。圖《水滸》諸賊，以數貫而編之，分爲四部。大都以上制下，非其部者用滅殺之。殺賊多者爲首功，受上賞。故初曰鬭成，猶言功成云爾。繼變爲馬弔，曰衝、曰旺，則賊運稍張矣。後乃變爲戳，戳之義取牌底所伏之伍，刺中其主以爲功也，而大亂垂矣。有正戳，有亂戳。百老用獻戰之捷也，千生用闖鬭之險也。百千萬馬皆到，則爲順風旗勝之烈也。原其始，不過一時小夫創作，巧爲規利。嗣後縉紳先生，下至輿臺厮養，以及閨閣少婦，無弗昵此，盛極於吾婁，浸淫於郡邑，延蔓於京師，殆成風哉！不好此弄者，謂非韵士。嗚呼！孰知傾敗之數，妖興於人。亡何，獻賊披猖豫楚，闖賊蹂躪秦晉，且僭號大順，禍及宗祏。戳讖之符，遂至於此。謂宜痛心疾首，以懲惡習，或可少救敗亡。奈何舉國如狂，終迷罔覺。予曾謂三絃哀怨，爲亡國之音，肇於吾婁，禍將滋烈。乃鬭戳之戲亦肇於吾婁，後將有不忍言者。用干忌諱，敢爲謡辭，以冀知微君子共戒於斯。謡曰：

奢淫蠱惑人盡醉，吴俗澆風好角戲。華堂列毯客如雲，巧撰戳規教熟記。金錢去來紛若馳，牙籌盈握遥相刺。當場料敵如有神，掌中訣受陰符祕。戰酣狂叫鋭莫當，陡然一闖悉斂避。更有機關懈處窺，蹶將損軍獻絶技。得時得勢順風呼，百千萬馬皆齊至。紅燭高燒夜已央，戳興正濃何假睡。侍姬作態未暇憐，亂把金錢隨意賜。浸淫郡國及京師，處處迷魂無益事。何期竟爲狂賊讖，一闖一獻一順字。天崩地裂罔聞知，始信若輩真戾氣。轉禍爲福在知幾，何當壞卻此妖器。

聖傳詩

大宋亡時諸盜賊，留將名姓亂人群。可憐多少才華客，愁苦歡愉盡是君。

才名嘖嘖動人時，傲僻何嘗近等夷。都爲紙牌柔氣骨，侏儒卻敢乞新詩。

劉　河

劉河，古婁江也。向固渺然巨浸，近水利不修，海口有沙墳起，俗稱海吐舌。崇禎十三四年間，河遂淤塞成平地，潮水不通，水旱皆可慮。甲申，予曾作《開江書》上兩臺，請濬治。然工煩役大，重以爲憂。國變後，吾婁錢給諫入告，有旨遣水部朱子覲到州主濬事，特簡朱大典總督大工。未幾，清人渡江，子覲遁去。蓋時政貪邪，以寵賂入官，不可勝數，皆借兵農之美名，行貪饕之隱慝，無益於國，騷擾而已。一時屯田則有某某，監紀則有某某。郵亭官舍，軒蓋如雲；縉紳有司，刺謁如織。豈非濁亂之末流乎？讀伊士之詩，可謂知當務矣。

伊士近見

一從水利官删後，無怪婁江到海枯。急務于今寧在此，漫勞都水下姑蘇。

石隱詠劉河

溟渤東南注，劉河第一門。洪濤掀地軸，疊浪洗雲根。震澤渟泓闊，姑蘇鎖鑰尊。鑿山疏夏禹，漕粟轉胡元。賈舶鹽醝横，農田水利繁。魚時開劇市，花夕潤名園。六國遺風渺，三吴勝迹存。破倭棄任環，撻賊走秦璠。巨帥曾分閫，雄州特建藩。波瀾添雨雪，形勢繞川原。一氣憑呼吸，元精信吐吞。未聞湮淤案，豈有濬河言。造化多調弄，神明卻倒奔。浮沙忽懸峙，積濁漫成屯。烏鵲何嘗下，蛟龍不敢喧。橋梁安用飭，車馬自騰騫。天運將焉改，書生枉著論。寧知衝要地，迥作鬱紆村。戰艑皆南出，游兵亦北轅。生靈苟全活，陵谷竟飛翻。灌畝知枯澤，尋源想絶恩。山民懷歲稔，野老泣朝暾。再詠消沈跡，伸翰示弟昆。

按：劉河沙塞，歷年以爲患。乙酉夏薙髪之變，各邑兵起，海船千萬艘，欲甘心婁城。竟以水道不通，無可如何。或者反幸劉河之塞，爲州人之利焉。然以形家言度之，南條之水悉入吴淞，北條之水胥歸戚浦，婁城形勢有如反弓，豈順逆之故亦當罪地脈哉？確菴又記。

晚翠菴集

登虎丘者必以中秋爲勝，然而酒肉如坻，士女如雲，笙歌如沸，弗善也。夜闌人散，露下月高。當其時，非雅流不在，非精通要眇之音不發，巴里之唱瞠乎後矣。是故天地間之至妙，生於静也。吾友與參，静者也。感時物之變，謝子衿而卜居印溪之上，以晚翠自名其菴。遲遲澗松，伊人有焉。顧性無他好，日以閉户吟詠爲業，琢句選聲之妙，有遠過古人者。天下之言詩者不少矣，所謂知之者也，否則好之者也，若與參者，可謂知之好之而又樂之者矣。嗟乎！當今此道中一人而已。非其有得，惡能若是；非其至静，又惡能有得也？天下之技，熟者必精，好者必成。吾見與參之於詩，當如僚之於丸、秋之於弈、丈人之於蜩也。自客歲丁亥至今戊子，多與予往還之作。吾索其全帙，殆不勝選，僅存其十之二三焉。確菴記。

丁亥孟陬雨中子音過訪

閉門梅花深，踏雨幽人至。焚香看鳴琴，閒草龍蛇字。寒容向酒開，焰止爐方熾。知君近窮經，韜精蓄深志。以予閒散材，自分山林棄。獨抱今古懷，欲了千秋事。幸此風雪夕，偶爾德星萃。一度一回深，因詩以記異。

訪梅至于王館留飲

水竹相迴合，書堂隱竹根。誰知空翠裏，香白自爲村。苔滿鳥無跡，林寒蜂不喧。主人沽酒待，相對欲忘言。

聽雪

明鐙照深夕，急雪四簷聲。兼雨敲窗溼，因風入竹清。如同谷裏聽，不似在家情。此際茶聲起，依希松吹生。

賦得野雪蓋精廬

幽人凝坐久，閉雪一菴扃。瓦次千層白，煙飛一道青。倚爐焚艾納，袖手對《黄庭》。賸有先春茗，寒泉煮一瓶。

忘情學草木

道書可且卷，空山成枯坐。聰明用無時，四肢亦從惰。相彼草木胸，榮華固非我。披剥順霜雪，四時無不可。野鳥巢其巔，虎豹號其左。喜懼兩無心，内外元氣裹。即此是吾師，蠢蠢增磊砢。

子羽顧草堂予以農務失迓

昨夜農有信，穲稏天風熟。因之起我早，犯露先僮僕。行坐銍聲中，獨手鍾詩讀。歸聞黄叔度，顧我寒溪澳。静者乏將迎，静，嵊兒小字也。衣香堪竹木。應笑書窗前，滿簷曬新穀。

九日假山登眺

爲愛佳名試静探，不期童皁照清潭。落英未破霜前蘤，醉竹初含露背煙。徵士秫收粗給釀，參軍髪薄不勝簪。片雲送晚分攜去，鐙下裁詩雨一菴。

過鳳鄉訪麟士顧先生未遇

耆年奥學心師久，今日追隨更不疑。書舫初歸人盡識，杖藜深入鶴難知。苔花滿院尊彝祕，文獻先朝齒德奇。留牘補當一席話，歸來溪口正朝飢。

同俞子瀛舟下吴淞江

空江櫓聲如鶴鳴，故人同載片帆輕。蒹葭兩岸映秋水，鷗鷺雙飛憶舊盟。老漁踪跡古隱外，陸大用號吴淞漁隱，安節公有詩。溪女無言婉孌情。薄暮寒生風正急，瓦盆篷底酒初傾。

湘游曲

吾聞瀟湘在洞庭，阿誰移來置江滸？相傳有宋柏大夫，龜年也。蓄置溪流灌兹土。四山峰壑稱絶勝，萬頃湖流浄如瑩。風文雲影最天然，淵静神明常澹定。竭來選勝尋幽奇，漁舟側棹投傾欹。衆山倒影在湖裏，天光上下雲離披。水花風發動幽氣，舍舟憑檻看山勢。援葛遥尋古越城，回望湘湖更嫵媚。登舟日側湖半陰，微風習習漁歌沈。蓴花晚香競採採，中流純墨湖光深。朱霞翼翼層層赫，前山變紫湖變赤。白鷺群飛不畏人，忽驚鉤月窺人碧。叩舷濯足歌滄浪，玉簫徐度聲悠揚。拂衣遥指煙城去，攜得芙蕖雙袖香。

武林返棹

一棹縱夷猶，往復錢塘渡。湖山遠凝眸，宛宛見情素。芙蓉尚可採，輕舟買溪步。戎馬生外郊，兵符乍旁午。安道欲閒遊，于何覓浄土。肩輿指武林，乘風駕檣櫓。遥語湖山色，期作他年主。風雪梅花中，載酒逋仙墓。

塘棲舟中即事

溪口桑林溪裏罾，溝池環帀曲通塍。村家稻熟無餘事，小艇沿洄賣藕菱。

崇德口號

瘠土民貧生計左，販鹽婦女赤雙踝。清曉趨城沙路遥，亂髮蒙頭青布裹。

松陵夜宿

今夜秋初半，衣衾試小寒。微波撼孤樹，零露灑叢蘭。碧落隨煙失，湖光與月寬。舟人候風色，偷起揭篷看。

戊子元夕後二日中菴惠札及詩挑鐙夜誦

客從鳳鄉來，袖中懷尺練。武林舊同里，念我無相見。款款惠新詩，展卷歎華繕。高韵薄齊梁，不逐二唐變。尚友歸來翁，遥取韵脚踐。和陶在諸家，豈曰非妙選。峭舊裹淳樸，作者絶雕鍊。先生古經師，晚與詞場擅。初秧脱然至，喜荷忘疏賤。張鐙讀未竟，忽起中宵抃。妙實取自肥，芳華布親串。

次中菴汲古閣詩韵三首寄子晉

六經古泉源，百代人共斟。文義富淵海，恒懼力不任。蒼頡告點畫，列聖每幽尋。冥默探源流，爰歎厚土深。昌黎汲古道，譬之汲井心。綆短古道修，矢念敢弗欽。毛公漢經師，書種遺至今。取此爲高閣，義重荆揚金。

俗儒久習舛，帝虎與島烏。思之或一益，慰意勝空無。嘗懷正謬誤，如髮不料逋。安得古藏書，一定流俗誣。宋代有善本，秦篆神禹圖。山淵日採伐，有似于樵蘇。徵逸訂前心，字字如蠙珠。積書巢其中，寢食時與俱。不才思借貸，焉能辨瓻壺？古語：「借書一瓻。」瓻，盛酒器。黯黯欲落日，百代誰人扶？不能破萬卷，焉從辨真吾？

書藏古名山，此義示不私。李氏仁者心，惟有蘇公窺。積書如良田，焉能廢耘耔？垂垂華實秀，不味安從知？毛子嗜潛篤，聲技百不移。舟車入都門，肩擔人共持。縹籤手未觸，老蠹反笑之。千載視皮客，正史何曾垂。永墮金剛山，自落非人推。作詩勸後世，無令有識嗤。

雨中答子音來韵

春曉鶯啼夢裏聞，梅花寒勒信全慳。美人遲我西窗話，隔雨離情似隔山。

春夜與止菴誦元結詩

月闌星斗宿虚櫩，對客吟成酒半酣。再諷遺詩悟前世，忽驚梅候在江南。

和仲威人日早起

此日聞雷涌赤鱗，書于言外意詳諄。邕非識面交偏舊，膺似忘年氣倍真。梅發窗前君入夢，詩投郢下語驚人。新添一棹桃花水，訪戴應來剡水濱。

三月四日子音向辰攜詩省草堂

賦就新詩擊唾壺，浣愁聊復引清沽。君來亂逐桃花水，好共漁人入畫圖。

送朏元禪姪南行

抛書予久卸青衫，避世君今髪亦芟。各守家風象野古，杜鵑聲裏盼歸帆。乘槎遥指鬱孤岑，島樹如簪群鳥吟。記得水仙操古調，好傳清籟洗吴音。

答仲威先輩見寄

逸民喜誦《清河賦》，倒屣驚分王粲書。仲威示余《靈洞志草》。日暮懷人風正急，荻聲漁火到門初。

和沈石田雨中自遣韵寄確菴

湖村巨浸渺滄浪，老葑沈雲歲洊荒。逋稅未遑憂吏賦，解圍聊且問瓶藏。小船迎養魚跳白，長夜懷人鐙倚黄。野水平吞七十二，紅蕖壓浪拍天香。

北村自壽

戊子仲夏，屈指予年已三十矣。數年來風霜百警，奔走四流，所樂無幾，所憂已多，良用慨歎。今十有九日，適予誕生之辰。獨坐草堂，室人未返。終朝風雨，溪水泛漲，行道既絶，好友不來，但聞鳥鳴在户，蟬吟在林，徒增岑寂而已。鄰翁念我，以蔬肉見遺，因酌此酒，呼其名而自壽之。每進一觴，輒成一詠。雖不足以暢敘幽情，亦以資達人之一笑也。詩成，幼玉適以他事至，即煩作詩筒，爲我寄入村示確菴。何如越宿，確菴已爲我和之。既和之餘，重占三絶相嘲，益令人形穢云爾。蓴青記。

五年塵土到衣冠，斗室團團磨馬盤。詩酒興多生事窄，田園業少世情寬。魚蔬有地身堪老，絲鬢無成鏡嬾看。莫笑草堂成獨坐，鄰翁曾介一壺餐。

百年如寄總浮鷗，且學村歌當酒籌。舌在何妨輕去魏，身存祇爲望依劉。葵蔬歲月年如舊，魚鶴功名志豈休。獨念餘生何日了，徒隨甲子記春秋。

歲月如齋客，經年詩不肥。書荒圓枕夢，荷買耦耕衣。閣小分涼足，庭寬借廕微。齊年當夏臘，三十亦知非。

年光流特易，三度足今朝。滴酒酬花木，攜詩壽笠瓢。髮添鄰老笑，齒向稚兒驕。幸有魚尊在，時時慰寂寥。

確菴和

蕉衣葛屨籜皮冠，呼取鄰翁話舊歡。阮籍眼青煩禮廢，沈郎腰瘦帶圍寬。野凫倦鬭聯拳坐，家犬迎賓仔細看。自是桃源花下客，人間煙火不曾餐。

身侶魚蝦心侶鷗，自傾杯酒自添籌。不辭風雅輕元白，肯以才名讓應劉。夢裏羲皇笑栩栩，山中宰相老休休。莫嫌歲月愁如織，已占春光三十秋。

癯仙無俗慮，明静漸生肥。淡煮蓮花粥，閒裁槲葉衣。草堂居自穩，村酒力還微。欲問高人偶，孤山是與非。

三十閒居好，看花又幾朝。雲歸依藥竈，月老貯詩瓢。李白才何放，陳登意不驕。《陽春》歌未已，和者正寥寥。

又口占相嘲三絶

妙齡屈指正翩翩，早賦南山萬壽篇。若使君年能滿百，後來還有古稀年。

一壺村酒獻君前，髮正玄時齒正堅。問禮古人纔有室，輸君已作地行仙。

淵明自祭非爲怪，君自稱觴未足詆。自是高人情性别，留將千古作詩題。

鴻逸和

曠達年當立，韜光善埋照。恥爲侍中郎，歸侶溪上釣。荷笠出煙林，垂綸卧雲嶠。願擷蘭芷香，曷與蕭艾較。沈識託知音，幽情諧同調。昔勤運甓勞，今遂投簪好。尚友覯深衷，懷人發長嘯。絃酒得天真，詩篇展淵妙。淪跡寓流俗，孤懷越奇峭。莫勒北山文，寧隨東海蹈。慎矣龍能潛，毋令蚓群誚。

同人壽鴻逸

崇禎戊寅、己卯之間，災異疊見。予與陳子確菴、王子登善稍識星氣，念天下將亂，共謀避地。予與王子築村舍於任陽，陳子則偕友人卜居於陽城、諸湖之間。甲申變作，江南擾動，婁城爲尤甚。弘光嗣統，御史祁彪佳安撫吴中，行部至婁。婁人士擁馬首群訴，予亦往視。狀見稠人中一偉丈夫，魁岸特出，時時顧陳子語。予私於陳子：「此頎然者誰也？」陳子曰：「此予避世友，與君同姓，號素樸者也。精壬奇，有偉略。」予喜，前揖，遂定交。明年，南都失，郡邑皆下，吴中民自相賊殺，兵革滿野。晝則金鼓殷地，夜則烽火徹天。而予與陳子所居村獨晏然無恙。時同避地者，素樸與王子石隱、郁子存齋、盛子寒溪，約數人，日與湖村諸父老互爲主賓，操舟往來，賦詩飲酒，不知天地間變革爲何事，雖古南陽不是過矣。而素樸與確菴相契爲尤甚。確菴隱蔚村，素樸爲買田宅。第四子生未帀月，素樸即抱養爲己子，愛之如掌珍。兄嫂相呼，通家往還。晚近友朋如兩君者，亦可謂絶無僅有者與！變既定，素樸爲市隱於婁城之西郊，每市易之暇，垂簾讀書，門無雜交。又營丙舍於西郊之北，廣輪六十畝，葬其先人，傍爲别墅，搆屋三楹，顔曰「春星草堂」。植竹樹梅柳橘柚之屬凡數十百株，隙地則栽雜花杞菊。每當四時佳況，素樸攜家人婦子，簪冠藤杖，逍遥嘯詠其中，自號「鴻逸子」。興至則邀吾黨數人，烹葵燒筍，酌醴焚枯，或藉草飛觴，或焚香論古，或登高舒嘯，或臨流賦詩。四方名人如鹿城歸玄恭、瞜中陸菊隱、禾水徐櫧崖、西安葉静遠，一見即傾倒，以爲在昔嚴君平之高、仲長統之樂，殆兼之矣。鴻逸幼本農家，父子元不聽習舉子業。鴻逸獨性好書史，每耕耘市易之暇，輒手一編。始僅識字句，繼通文義，漸及諸子百家，又旁通三武丹經，已而皆棄去不好，獨好爲詩歌。晚益高老，往往有驚人句。歸玄恭嘗亟賞之。又善種植，手自鉏壅，一草一木，皆識其性情，故所樹無不滋茂。名人士皆樂與之遊，與予尤善。嘗謂予曰：「江南陸氏四十九枝譜皆出一姓，我與君庸詎非一家耶？」予曰：「鄙性好譚學，僅可繼金谿；若君則天才，雄奇如放翁，曠達如甫里，予不及也。君言當識諸心耳。」今年辛亥春正爲君七十生申之期，令子以載已婚冠，讀書執業，能繼父志。鴻逸慨然曰：「吾將歸老田舍間，以春星爲五嶽遊矣。」吴門高士張永暉過其居，爲作隱居小像，屬余傳之。予爲記其大略如此。

野史氏曰：人言鴻逸如嚴君平、仲長統，此但知其一耳。鴻逸固饒經濟，有烈士風，以方古人，亦田疇之流亞也。又善爲小令，酒酣促席，一座盡傾。徐櫧崖曰：「鴻逸長身鐵面，不知者幾目爲傖父。以予觀之，何其雅也。」人以爲確論云。桴亭記。

鴻逸六十贈言

杯深石坳醉銅仙，苕霅清風不計年。半壁河山還自舊，雙丸日月未曾遷。梅花坡上埋雲屐，楊柳溪邊縛釣船。勝事夷門虛左席，且添甲子在林泉。温如陳朝典。

當日王君公，儈牛稱市隱。一市頌公平，則是亦爲政。吾子託廛市，詩禮不踰準。忠恕以待人，持躬自孤耿。未老營菟裘，瑞氣生芝菌。庭有先春花，園抽蟄前筍。暇日偕同人，壺觴時滿引。榮辱不關心，是非付一哂。辛丑當六十，懸弧逢月正。又復當令辰，百福集欄屏。德星臨華軒，和風扇閭井。三爵顔微酡，松枝澹無悶。市上後百年，嘗見若髫齔。莊溪王育。

吟詩酌酒共尋歡，老去能閒亦是難。身健不須憑藥裹，生涯只合問漁竿。逃名擬逐鴻飛遠，玩世聊同市隱看。願得年年無一事，梅花香裏更盤桓。存齋郁法。

峨峨七尺卧江邊，荏苒流光老一廛。玩世誰能容散輩，論心輒欲印前賢。春深別墅攜尊去，雨過吴塘放櫂還。何用更尋方外藥，栽花釀酒是神仙。寒溪盛敬。

丈夫終不負平生，落落孤蹤隱釣耕。肯向北山驚鶴夢，甘從東海狎鷗盟。虛堂月白心如水，三徑花繁酒半醒。卻羡蓮潭吟社約，新詩時賦和春鶯。梅梁曹有武。

避世貴真隱，闤廛亦可寄。韓康與君平，市價嘗不二。吾婁有陸子，素樸非虚字。古貌兼古心，謀義不謀利。結交盡名賢，傲岸自無愧。辯難風雲生，侃侃匪阿媚。别墅吴塘灣，草堂鬱深翠。琴尊任意攜，花藥隨時蒔。茶熟香復清，村中好客至。迄今六十年，慷慨有餘致。我生本拙劣，乃不我遐棄。感君意氣深，追隨獻一觶。拙齋龔挺。

枳棘滿上林，蘭蕙久無色。所以桃源人，飄然與世隔。鴻逸隱者流，俯仰念疇昔。心與山林期，市廛偶寄跡。非無經綸才，援此天下溺。世運既已移，賢者甘稼穡。韓康與君平，致身或有術。嘯詠六十年，煙霞共朝夕。始知幽人懷，曠然有獨得。魯岡吴克孝。

江潭蹤跡伴鷗鳧，不覺人間歲月徂。結客天涯追季布，治生海上近陶朱。空將名姓埋廛市，可有襟懷擊唾壺。好向春風攜大斗，相看一笑醉醍醐。

蓬鬢生涯一布衣，乾坤嘯傲志偏奇。何須桂樹成招隱，卻有梅花待賦詩。窗裏琴尊留好友，庭中書卷教佳兒。如君種德應綿遠，莫道人間獲報遲。藥園江士韶。

欲覓無路境，田疇已識荆。義聲高一諾，俠氣重齊盟。市隱還諧俗，躬耕不羨名。籌添滄海異，把酒話生平。菊齋宋龍。

鴻逸七十贈言

蒼蒼白露冷蒹葭，七十過頭鬢未華。户有薄田多種秫，園無隙地不栽花。忘機魚鳥時爲侶，老學詩篇日到家。憐我與君同所好，相期百歲醉煙霞。王育。

泌水相逢盡樂飢，春郊滿目見鴻飛。雞壇舊事盟今少，鶴髮新簪壽古稀。商洛山中芝正長，桃源洞口麥應肥。養生別有人間世，日日持竿上釣磯。宋龍。

柏木橋邊風景嘉，春星草堂千種花。主人遺世而獨立，澆花蒔藥爲生涯。最是春初好風日，雪白花香玉爲質。塵外幽人得得來，苦吟甘飲湖山側。湖山之側赤欄橋，飛花片片下平皋。烏椑廣蔭可數畝，磯礴其下何逍遥。後倚流泉前廣陌，延目新苗緑于滴。水面魚跳潑剌鳴，續續鶯啼破幽寂。人言此是真神仙，摘花釀酒日陶然。興至狂吟詩百首，倦來高枕石頭眠。原君本是雲霄客，磊落英多身七尺。假使天才得展舒，錯節盤根有謀畫。祇因失卻全盛世，委身市井圖生計。市井中人何太多，蠅營狗苟生姦弊。衆人視君非衆人，君視衆人皆路人。素行偏思恥淫魄，樸情嘗念振狂民。豈知陰賊著心本，洞精矘眄頻摧損。輒把睚眦相掉詰，騫義虧恩不求反。從斯斂退守丘園，七十風光意氣存。世情付與東流水，瓊想瑶思盡一尊。嗟乎嗟乎，君家之樂直與天爲徒，世上誰能有此無？盛敬。《春星草堂歌》即用爲壽。

酒杯詩卷識君賢，藥圃漁莊謝世緣。名在東岡看接武，人來甫里好隨肩。交從雒社圖中老，家住《桃源記》裏天。閒醉微吟身事了，何妨七十有華顛。

誰向騷壇問古風，廓清喜有出群雄。放翁真趣疏狂外，杜老波瀾感慨中。律細自應推大雅，巧深從可奪天工。吟餘散髮溪頭坐，除卻詩筒理釣筒。

柴桑楊柳邵平瓜，竹塢茅堂傍水涯。奴有千頭還種橘，客來雙眼但看花。犁歸春雨烏犍健，書對秋鐙皁帽斜。從此幽棲清夢穩，底須林壑卧煙霞。

十年游鞴半雷塘，彈鋏歸來更帝鄉。頭鬢笑同詩句老，江山閒覺酒人狂。蔦蘿力弱風霜勁，松柏陰濃歲月長。此日相依息塵鞅，流霞應許醉千觴。端峰毛師杜。

超出風塵老逸民，鐵爲軀幹玉爲神。懸河一座談鋒健，擊鉢千篇詩句新。久與名流同結社，乍逢勝日獨尋春。婆娑清醉梅花下，長伴寒香作主人。

植圃繚垣屋數椽，怡情橘柚與溪煙。留賓劇飲消炎暑，課僕勤耕樂晚年。閒荷長鑱尋瑞筐，時撑小艇汲清泉。不衫不履從吾好，一任人呼落魄仙。仇池朱日章。

軼世襟期邁衆才，菰蘆歲月老塵埃。菊英自許三閭飽，蓬境曾爲二仲開。鬬鴨遶欄過舊雨，浴鷗當檻對新醅。白頭談道心差健，不逐滄桑感劫灰。

草堂春色隱華顛，谷口繁花境自妍。黄獨長鑱歌白石，緑蓑横笛跨烏犍。引年不用庚申守，紀事從教甲子編。有約狂吟同刻燭，淡雲涼月坐斜川。翼微周棐。

柳拆梅舒照鬢絲，煖風香雨好春時。座傾北海千鍾酒，墅賭東山一局棋。藥圃閒栽花放早，芝田笑看鹿歸遲。詩成每詫驚人句，冠履風流骨性奇。襄周姚夢熊。

村居詩

元次山曰：「人之命也，惡可强哉？不可强也，不如忘情。忘情當學草木。」斯蓋達人之大致也。然忘情本於無意，無意生於無欲。昔者靖節先生好讀書，不求甚解。飢則叩門乞食，飽則棄餘。親舊置酒相招，造飲輒醉，既醉而退，曾不吝情去留。素不解音律，每酒適輒撫弄，以寄其意。其心跡所之，皆在於有意無意之間。惟其胸中無欲，故能澹然而忘情，任真而自得也。吾聞其風矣，未見其人也。丙戌之春，予遁跡蔚村，得接吾蕚青李子。李子居瀾漕之上，結茅三楹，樸而不斲，花卉一欄，修竹數竿，蕭然有遠古風味。客至則壺酒談心，樂而忘歸。其遇田夫野老如等夷，不立間架。每一興發，便有所吟詠，吟詠便佳，多爲人所傳誦，然不存稿。予過而問焉，則往往忘之矣。夫李子以忘世故有詩，乃并其所爲詩而忘之，忘情之至，殆有近於草木者，是真可以學爲淵明者也。予用蒐得其十之一二，論次而存之，以見李子果能忘情云爾。確菴記。

有　懷

未老投閒寄此身，竹牆花户轉加親。臣心久矣甘薇蕨，帝子何年見鳳麟？舍北書生新社長，江東子弟舊人民。萑苻見説紛紛告，何日銅駝破棘荆？

飲確菴齋出新作見示

客懷無賴酒杯攤，意入高林骨不寒。令出新裁閒亦妙，詩成老手和皆難。移舟覓渡溪無路，掃葉烹茶雨未乾。衹爲病來常節飲，春風雖曉未加餐。

木公見訪草堂

小搆村居學杜陵，草堂茗粥冷如冰。不嫌市遠虀鹽斷，衹愧愁多詩酒增。稚子漸通漁釣客，故人半是水雲僧。年來亦欲除煩惱，母在高堂尚未能。

偕莊甫聽雨

夜雨溪頭岸水肥，曉來處處没漁磯。三年離亂舟爲屋，五月涼風樹當衣。避地故人皆跣足，訴愁野老日成圍。何年著盡人生屐，免使青山皓首歸。

草堂初成邀同社諸子過我是夜庭月始華竹風生笑餘尊湛於東牖客艇集於西溪誠勝事也

秋來築得草爲堂，明月知心自到廊。無事漏長如客歲，有懷香老惜蓮房。清談入夜應須瘦，觴政從新不覺狂。勝會愧予猶短髮，莫將新酒負新涼。

立秋偶成二首

四滿三平過即休，一壺村酒醉江頭。近來漸喜聲聞斷，并把詩心一筆鉤。

步出衡門秋色遥，獨攜笻杖立危橋。漁人不解宫商樂，口唱吴歌細似簫。

與確菴夜坐論詩

《大雅》王風久不陳，誰將七字愜孤心？身非靈運慚同社，家系隴西祇愛吟。友好無妨秋一夜，詩成擬向枕千尋。竹窗鐙火春無盡，琴壁相看此意深。

秋興

竹石初心未肯降，柴門豈敢説雲莊。一秋清楚看梧葉，兩月新涼覆酒缸。眠犬不驚春社醉，分蔬惟喜稻花香。歸來倦向繩牀坐，何處秋聲落草堂？

白菴吟

自幼愛繁華，性不甘拘束。近吾學老農，漸得返太樸。淡飯一兩盂，布袍一兩幅。生事日已微，田園每不熟。倦倚北窗枕，醉濯寒流足。遥念古人心，可以媚幽獨。

予與庸夫居同里同有老親固窮亦略相似除夕村中寂寥因出此詩示之即以當吾兩家春酒介壽可也

風到寒林樹樹孤，淡雲野色共模糊。家羞歲計花當臘，門掩清寒酒作徒。遠市不聞驚爆竹，流年空愧把屠蘇。今宵戲舞清鐙下，更向高堂進一壺。

北風

一夜北風寒，布褐蒙頭厚。窗低鑪火温，榻冷琴書舊。藤蘿冒霧枯，竹籜隨風鬬。落葉如虚舟，蟻國自宇宙。窗外有梅花，一點天心漏。

寄確菴

竹屋朱欄總惘然，村村漠漠隔溪煙。驅開樹色留三徑，學閉柴門弄五絃。愧我稻粱農事晚，羨君衣帽亂時全。曲江歲歲增新恨，野老于今倍可憐。

一春不晤確菴留宿草堂夜話

久閉衡門静不開，忽聞村北一舟來。一本作「懷人春去甚徘徊」。探花早破維摩戒，出户驚迎佛印來。未定干戈絲欲老，已荒桑柘歲堪哀。枝頭又見梅如豆，煮酒相逢淚滿腮。來韵複。

久不晤確菴掉小舟邀之聞潭中水至几榻可慨也

驟雨茫茫掩户過，田園荒盡白成波。村分南北舟横渡，宅傍高低水半窩。吃菜漸知生客少，事魔常伴野僧多。因風欲到蓬蒿徑，不聽蓮歌聽水歌。確菴柬中有「廢斗酒隻雞之禮，而從吃菜事魔之術何如」，故句中及此。

餘詩別見。

頑潭詩話卷上

頑潭詩話卷下

頑潭主人陳瑚確菴輯　同里後學繆朝荃校録

野言

昔伊土好爲詩，其法以空明淡遠爲上，所謂得儲、王、孟、賈之遺者也。今遠公亦好爲詩，克世其家學。自客夏入村即多吟詠，迄今歲而益工。蓋遠公他無所好則心閒，他無所爲則業專，心閒而業專，其能進乎此道無惑也。吾覽其作，往往工爲形似之言，其對物寫照，觸景會心，如集中所載「久晴草瘦」、「山市人煙」、「雲浄山立」之句，他人慘淡經營而不能得者，遠公輒以率然得之。又雅善割愛，每有所成輒示余，屬爲之删削，今存者僅十之一二也。夫近人好言鍾、譚，所以救王、李之積陋，然無唐人之氣體，而僅取淡樸，其易爲人厭，與王、李末流殆無以異。今遠公造句必本唐人，使夫學而進焉，豈區區鍾、譚云爾哉！確菴記。

久雨

雲滯久多陰，愁兼聽雨心。塗泥嫌過客，樹溼怨啼禽。流水聲難静，殘花力不禁。蕭條寒氣薄，草木已春深。

贈幼玉

喜我逢新友，前林喚渡舟。一灣流水闊，千頃秫田幽。詩壁間容覽，茶鐺客可留。往來君不遠，朝夕許同遊。

七夕遊蓮花潭和確菴韵

千潭流水答鳴琴，同聽清音酒未斟。夜露聲寒初月澹，天河影没兩星沈。臨溪洗耳巢由意，避地逃名沮溺心。江海苦遭兵燹後，誰家少婦尚穿鍼？

寄接侯

門外佳山色，供君日夕看。意閒忘水澹，心静覺雲寒。室裏秋蘭碧，溪前楓葉丹。悠然愁玩世，觴詠易爲安。

鐙夜

元夕多風雨，江城鐙火無。水聲連四海，雲氣接重湖。鷗鳥迎游子，漁人覓酒徒。吟詩惟遣興，惆悵一身孤。

早春

坐卧雲還薄，蕭條澹夕暉。久晴小草瘦，乍雨老梅肥。雲冷落江樹，風寒動竹扉。閒情非舊日，海内故人稀。

花朝泛舟周墅

往事真成夢，餘生空復朝。人煙山市在，草木客居凋。别淚如何盡，離魂不可招。那堪舊遊處，廿里若爲遥。

夜雨口占

風雨陰陰半似秋，涔涔入夜聽人愁。溪頭一夜桃花盡，不待天明共水流。

復雨

天亦因時異，紛紛雷電過。急風吹野草，驟雨響溪波。紅淡桃花落，青添柳色多。干戈愁極目，誰不歎蹉跎？

上巳

上巳雨初晴，江雲空未清。膹桃紅不語，嫩葉緑將聲。弔古羈人思，傷時放客情。蘭亭他日事，愁我歎無盟。

途中遇晚

客行天色晚，鄉路一宵勤。日落山光淡，煙生樹影分。易無明小月，難盡暗長雲。宿鳥鳴林際，愁人不可聞。

田家話雨

田家耕事具，話雨水田頭。溪岸銜泥滑，江潭積水流。燕嫌雙羽溼，鳥倦一枝秋。不盡浮雲色，吴天黯黯愁。

聽雨

喜晴纔四日，龍見又今朝。燕影翻林葉，蟬聲落柳條。獨愁溪水漲，更聽雨雷饒。望望前村白，汀煙不肯消。

虹　六月十六夜

白虹今夜見，光怪射長空。淡淡寒星月，蕭蕭天地風。

有感

二十年前人古樸，二十年後人輕薄。安得戎馬不中原，志士甘心老丘壑。

初秋

秋來三五日，雲氣半晴陰。客惱風前意，農愁雨後心。山光遥野澹，水色近潭深。樹有鳴琴在，晨昏聒耳吟。

七夕

雷雨聲聲溼一舟，荷花難解客心愁。干戈何處穿鍼婦，離亂曾空故國樓。涙灑蓼莪三載後，哀同薤露五年秋。山川自古皆成恨，不見今宵女與牛。

先子忌日

年年此日涙，悲痛一身孤。落日蕭然影，高天莫可呼。艱難愁亂世，離亂哭窮途。白雪名猶在，人傳去後無。

曉　晴

窗牖明朝旭，晴空散宿雲。高天遥眼闊，低水近人分。動息耕漁子，往來鳥雀群。清涼因雨後，每日見氤氲。

餘詩别見。

琉璃渾天詩

戊子冬至後十日，論學斯友堂，多談渾天及黄赤九道，諸友猶未達。次日，藥園兄同範先、舜光、男偉、道致、位初、應五復集桴亭與純兒共九人，重舉前説，予乃以琉璃圓鐙命舜光、純兒畫道，分星權爲渾天，因指示日月出没狀，諸友互相傳觀，平日宿疑盡解。時天寒甚，團坐小亭中，笑語甚稠，殊不覺。及啓窗，風雪方亂。因相與大噱，暖濁醪，各浮一大白，賦詩而散。詩以紀事，不限體格，誌所得也。桴亭記。

晚風輕雪小亭寒，團坐譚天興未闌。欲識乾坤無别事，水晶球裹跳雙丸。

此生久坐此球中，底事昏昏只阿蒙。今日與君同一笑，誰人能識太虚空？梓亭。

吾昔未知天，此天此身外。吾今既知天，此天此心載。天兮一何小，心兮一何大。乃知誠明通，萬象總不礙。藥園。

凍雲閣雪滿長空，座上高譚氣轉融。識得乾坤真實事，春風自在此亭中。

莫道蒼穹垂象微，眼前頃刻見天機。昔賢無限璣衡巧，易簡誰踰此範圍。舜光。

竹樹蕭蕭歲欲殘，雨聲初勁雪初寒。十年奥窟無人識，此日幽探悟弄丸。

俗學譚天只管窺，阿誰解製渾天儀。自從雪滿梓亭夜，始識乾坤造化奇。範先。

此卓安地上，天地何所寄。不聆半日譚，幾誤一生事。男偉。

寒色照林泉，幽亭笑語喧。悟深三尺雪，論徹九重天。象緯今宵肄，經綸異日傳。一丸纔轉動，星斗已周旋。道致。

不識軒轅窟，今知邵子窩。雪深窗影亂，風急雨聲多。論道空群障，談天掃宿訛。眼前窺造化，掌底見山河。位初。

促膝梓亭裏，高談滿座歡。濃陰凝雪冷，斜雨占風寒。世上山河小，球中天地寬。始知玄象理，動静總無端。應五。

談天未罷欲黄昏，濁酒銜寒各舉尊。門外雪深何足慮，此中别自有乾坤。

天地移來在一丸，山河日月見毫端。此間不是彌綸手，安得乾坤掌上看。宗程。

春星草堂雅集詩

友人陸子鴻逸於丙舍結草堂三楹，養魚種梅，有武陵桃源之勝。予偕石隱、雪堂、藥園過之，時確菴適從蔚村來，遂留信宿。見户外明星歷歷，確菴因誦子美「春星帶草堂」之句，乃題其堂曰「春星草堂」。石隱用小篆書其額，相與樂甚。因指題字爲韵，各賦詩一章，石隱獨再和焉。詩成，題其壁而去。時庚寅禁煙第二日也。桴亭記。

幽人小築傍清溪，翠竹紅桃罨石低。興到偶來仍舊約，詩成即事不分題。經綸治地同傾耳，時確菴述蔚村築圩規略。字畫開天一識臍。石隱新著字學書，因有「齊」字即古「臍」字。聚首人生渾未易，孤舟明發又東西。桴亭。

此夜何如在越溪，草堂人醉月初低。竹分星斷難成字，柳亞花欹好品題。譚劇微言應刺骨，酒酣深力欲通臍。別離容易經時節，有暇還期過水西。石隱。

風情依約武陵溪，幾樹桃花洞口低。連日勝遊多遺興，一春佳句半無題。小山看去都成麓，淺水探來未没臍。莫道蛾眉成絶代，美人只在苧蘿西。雪堂。

夾岸桃花俯曲溪，醉吟點筆石牀低。書探夜鬼蒼公法，堂借春星杜老題。門外榆槐初判額，盆中枸杞欲生臍。二難四美今宵并，竹影離離月漸西。確菴。

朝來春水欲平溪，草蘸晴煙花影低。自有素心存古道，不妨髠頂類彫題。柳條乍密鶯調舌，柏葉初勻麝養臍。隨意揮毫來快詠，風光不異瀼東西。藥園。

草堂何似浣花溪，日有煙雲宿石低。竹徑乍開從客看，柴門初設待君題。鳥憐羽翠頻窺影，麝惜身香穩護臍。庭外春風正三月，揮杯莫問月沈西。鴻逸。

小與煙霞割一溪，孝廉船過浪痕低。芝蘭臭味神爲爽，金石盟言手自題。源渡春深花映面，蔚村秋半蟹團臍。鴻逸草堂當花源渡西，確菴居蔚村産蟹。天人久已通噓吸，遮莫河流卻到西。石隱再和。

又雅集詩

確菴陳瑚

春暮鴻逸招同石隱九陽雪堂存齋寒溪樊村原竹雅儔飲花下即席賦

十畝芳陰魯望家，夾岡層疊亂雲遮。石闌鳥立窺棋局，荇沼魚翻避釣車。曉露碧滋書帶草，春風紅墮米囊花。高朋坐到斜陽候，尊酒論文興較賒。

鴻逸齋聽雨

十里横塘路，瀟瀟阻客行。連宵驚枕夢，盡日亂棋聲。翠惜盆荷敗，青知砌草生。只愁棲隱處，野漲一時平。

鴻逸招予看花春星草堂燒笱共食見壁間舊句感而有作

繁花婀娜曉風前，緑樹初肥四月天。記得粉牆題句日，摘櫻燒笱一年年。

春星草堂看梅分得來字

江城二月春風來，春星草堂梅花開。小舟蕩漾吴塘口，柳絲夾岸波瀠洄。同行好友六七輩，白頭如新斷金契。閉門埋炤甘沈淪，局脊高天與厚地。一朝聯袂群出遊，浩歌長嘯舒吾愁。其時梅花正堪賞，花光照眼花香浮。花中自是幽棲處，風塵迥絶堪逃世。花外離離五色瓜，花前燁燁三珠樹。雙鳩百舌參差鳴，紫燕黄鸝相和聲。煖風吹花下如霰，時飄一片垂冠纓。或坐清陰石闌亞，或立高岡隔溪話。或因覓句踏蒼苔，形容彷彿蘭亭畫。主人咻頭出酒卮，一飲一石不須辭。醉來便向花間卧，且欲呼天一問之。此花原是瑶臺出，宜伴神仙住姑射。何爲移種到江南，駝塵馬矢無顔色。此花結子能調羹，不比尋常糞土英。郤溷荆榛雜樗櫟，何事天公也不平。天公比年不得意，長星彗孛終朝醉。

人間世事總沈冥，紅粉黄冠任遊戲。是日城内士女迎玉皇於道院。乃知真宰本如斯，萬物榮枯各有時。慎莫不飲空歸去，梅花笑人癡復癡。

石隱王育

戊申二月六日同人集素老道兄春星草堂看梅主賓七人因用高季迪月明林下美人來句各拈一字爲韻育得林字請正

春星草堂鳴春禽，座上名賢號竹林。飲酒談心生妙悟，探題分韵賞清吟。梅梢煙起成紺碧，松杪風吹響暗琴。日暮放船浦溆黑，老人扶掖誰能任。

吟興未已乃取餘六字復各成一首呈正七言絶 月字

遥看梅花皚似雪，酒酣各課詩一絶。天公爲我留畫圖，樹梢添一如弓月。

五言律 明字

春風吹雨過，水漲野塘平。對酒情偏熱，看花眼倍明。修篁臨丙舍，古木鬱佳城。二月寒猶殢，初聞出谷鶯。

五言絶 下字

春遊天放假，小醉梅花下。若不破工夫，恐被東風罵。

七言古 美字

二月春風初入市，報道梅花徧水涘。吾儕未免有情人，肯向寒窗裏雙趾。孤山主人折柬來，買得小舠去如駛。策杖看花花滿衣，歸坐草堂香未已。三年陳釀爲我開，傾杯風韵天然美。座上誦得高子句，各拈一字賦一體。老人詩成興猶劇，七韵皆就愧下里。非敢擅場矜捷奏，所望報桃投以李。犬馬之年年望八，此地重遊悵已矣。

五言古 人字

梅花清寒物，吾儕澹穆人。竭來花下坐，微風扇輕塵。花與人俱冷，青春多苦辛。花開經時落，爲樂及今辰。

調寄滿庭芳 來字

放鶴山中，羅浮夢裏，美人何處飛來？天然國色，第一可憐才。不藉鉛華描抹，青鏡裏、素影堪猜。卻不比，鞦韆院落，梨粉漫成堆。　更青春未艾，淩晨獨步，雅號花魁。爲倉忙一晤，百念皆灰。此際悄無人見，趙師雄、識面方纔。況我輩，是多情種子，能不共徘徊？

辛亥孟夏同崑山歸玄恭李萼青暨存齋菊齋寒溪桴亭過鴻逸道兄春星草堂飲梅樹下分得寒字

村舍清幽似考槃，壺觴隨處恣盤桓。三農注望秧疇雨，四月都忘麥秀寒。久旱，是日大蒸熱。密竹周遮交蔭蔽，百花狼籍未彫殘。分題課詠多名宿，吟得新詩字字安。

初夏同人集鴻逸仁詞兄春星草堂即事呈正并求和教

草堂載酒集詩人，不讓蘭亭禊事新。庭樹重陰如倚蓋，野花雜秀似鋪茵。三時蛙鼓初迎夏，百囀鶯簧巧送春。俯仰古今慷以慨，出塵瀟灑是清貧。

桴亭陸世儀

戊申春仲同石隱存齋樊村寒溪確菴集鴻逸道兄村園看梅得人字賦呈教正

二月六日天氣新，草堂梅開邀佳賓。花光竹色影靈靈、零通亂，徵詩鬭酒聲紛綸。漸覺眼底少高士，何由夢中來美人。興酣日落蕩舟返，微月暮雲迷去津。

過鴻逸道兄齋看梅七絶句郊子美漫興體呈政

入春十日五日雨，梅花易開還易殘。眼前好景莫輕過，卻覓西郊酒伴看。

西郊酒伴能種梅，十株五株隨意栽。客來看梅同酩酊，無人即自銜深杯。

從來看竹不問主，看梅何必主人邀。早過先得二日醉，看花也要奪頭標。

獨坐看梅倚釣磯，與梅相對澹忘機。端詳嫩蕊徐徐放，自在輕花緩緩飛。

千花綽約映簷楣，萬竹參差夾水湄。恰似翠屏圍素女，倚欄傍檻向人窺。

十株梅花九株白，一株忽與胭脂同。萬白叢中紅數點，珊瑚亂灑玉玲瓏。

莫歎無緣遊鄧尉，從來作戲貴逢場。深塢千重萬重雪，開時總是一般香。

辛亥孟夏同崑山歸玄恭李萼青暨諸老友集鴻逸草堂飲梅樹下分得高字

青梅如豆緑陰高，列座飛觴老興豪。酒到歲荒歡會少，人于衰暮往還勞。石隱、存齋皆扶掖登舟。滄桑久變愁吾黨，救濟無人任彼曹。予與殷仲同與聞開江，予又有蘇松浮糧疏揭，皆不得申其志，故云。萬事年來總堪歎，不如花下醉春醪。

寒溪盛敬

春仲同諸公過鴻逸長兄春星草堂看梅分得月字賦呈郢正

策杖訪故人，梅花已先發。相攜入芳叢，四顧生怡悦。不覺坐來久，寒香沁于骨。轉登高丘壑，皓皓如密雪。分明銅坑勝，收拾高人宅。既就草堂飯，還就林下酌。分韵賦新詩，飛花滿巾幘。此會須盡歡，得幾花時節。猶恨醉言歸，不及待明月。

清和二日集春星草堂分得元字似鴻逸長兄博粲

堂背梅成幕，相攜坐樹根。林深嬌鳥喚，花豔稚蜂喧。説古真狂士，飛觴有醉髡。殷勤賓主意，和意可調元。

樊村顧士璉

戊申仲春上浣之六日予同確菴桴亭石隱存齋寒溪看梅於鴻逸鄉園酒醉賦詩以高季迪月明林下美人來爲韵分得美字詩成乘月棹回見長星在參井間時

東城建玉皇醮壇鍊師施亮生主醮傾城往觀偏予數人郊外尋梅亦一奇也拙詠記之呈鴻逸長兄正

戊申春仲妻人喜，偏地梅花如雪裏。東城半天香霧横，玉皇宫殿紛羅綺。鈿車寶馬何匆忙，忘卻梅花清味矣。惟我尋春幾幽人，風月襟懷未嘗已。每歲看梅良友家，人花兩妙皆無比。放舟郊外風日和，數里吴塘弄春水。柴門未到花光浮，遶宅千株雪山似。徘徊林下萬玉攢，花日争耀迷彼此。花逢晴暖吐奇香，鬱金蘭麝羞難擬。循溪上坡細細看，濃淡低昂盡態止。遊人狂叫稱奇哉，何必鄧尉孤山趾。主能延客坐小軒，佳殽具列開名醃。旋取花來漾酒尊，和花飲嚼芬脣齒。觴令終巡顔盡酡，濤箋分韵香留紙。何必今人遜古人，還倣蘭亭作遊記。堪羨幽人樂事多，治亂無關忘泰否。夜觀乾象有氛祥，長星彗孛知誰是。禍福感召固有因，不媚高穹諂老氏。寂寞廣平作賦才，謙之靈素門如市。步虚仙樂未遑聽，偏向荒郊訪陸子。我知魯望好吟詩，愧我吟詩非襲美。

菊齋宋龍

初夏同人集鴻逸道兄春星草堂即席得齋字

乘興同遊畫舫齋，山翁釀熟酒如淮。當階罌粟標新錦，座上耆英盡舊儕。茶竈釣綸歸甫里，柳陰午夢即無懷。時艱竊歎追隨少，良會微吟把悶排。

存齋郁法

春星草堂觀梅之作呈鴻老道兄正分得下字

探梅有前期，輕帆許我借。乘興凌晨往，趁花未及謝。遥望皎如雪，枝枝出屋舍。主人鷗鷺儔，到門無俗駕。共此一日閒，談笑無飾詐。杯酒興方適，斜陽竹林下。仰眺星漢間，光芒正西射。不如卧蓬蒿，急棹春流瀉。

白菴李梅

分得存字

芳筵今日喜開尊，堂滿名賢風雅存。疑是龜蒙同泛宅，誰知元亮獨成村。青梅樹下微微醉，罌粟花前細細論。莫道灌園稱野老，含飴指日弄諸孫。

仇池朱日章

清和節鴻翁先生招同社集春星草堂分得三江韵賦呈郢正

送春邀酒伴，作醵有奇龐。蘡薁開盈畝，薔薇罩一窗。充庖筍作脯，醉客玉爲缸。杜宇催歸急，瞢騰上兩艭。

用棟吴隆

初夏集鴻翁老伯春星草堂分得支韵

長者招攜敢後期，米囊花下坐題詩。黄鶯啼落和煙絮，紫燕銜來帶雨泥。座客君王徵不起，清尊今古話相宜。歸橈容易婁江上，爲愛留髡列更遲。

萍菴顧翔

奉訪素翁先生於春星草堂俚句呈正

孝思無窮處，依依丙舍間。林深忘酷旱，晝静擬空山。賦就惟招隱，耕餘不礙閒。放翁欣復見，遊子已忘還。

遊靈洞唱和詩序

婁地無異，而有靈洞之山、鶴市之桂、陳墓之松參錯交峙於廣漠之野，而莫之知名。雖未爲殊勝，然與一片石、千莖草則有間矣。桂不下數百年物，而山之下家安節處陳周塾，嘗有行窩在。其間松崖元山人陳南野墓，靖難中，匿安節於米囤者，即其人也。茲三者，去草堂數里而近。期與三四同志扁舟容與，發幽弔古於其間，爲日久矣。戊子八月之望，叢桂吐芳，予乃以詩招中菴顧先生、華子天御、陳子確菴，以踐斯約。是日三君子不果來。越夕，陳、華二君子扁舟至溪口，并約湄川陳先生，而九愿亦至。遂同弟向辰、從子仲純艤舟靈洞下，徘徊瞻眺，尋昔人栖遯之跡，無有存者，蓋山之蕪廢也久矣。西望雙桂，鬱然深秀，日薄高舂，不能至其下。念南野之高風，心儀久之，乃布席釣鰲石，舉酒相屬。秋風禾黍，蒼黄在望。四際空闊，胸次浩然，相與作爲聯句。詩成酒酣，釃酒祭山乃下。時日已下銜，洞壑交冥，榜人理楫，秋水方至。已而月上兩岸，楓葉荻花，明瑟輝映。命兒歌子美《朱山人》詩數闋，即舟中共次其韻。抵茅舍，鐙火犬聲，如在輞川中也。鐙下又成數詩乃寢。明日，仲純邀酌於桂下。又明日出鎮，圍棋於黄冠龔叟家。又明日，别去。是遊也，於朋友得陳、華二君子之高，於山水得靈洞、湄溪之深以秀，而又觀乎陳子之侍其尊人者之肅以穆、華子之畜其胤子者之静以正，而弟與姪復佐予以兄弟宗黨之樂。嵊兒雖無知，亦奉几杖，追隨習禮於其間，庶幾人倫之樂事矣。所歉者，中菴先生不與偕來，而松與桂猶不暇及也。確菴命録兹遊倡和詩，彙而存之，以備遺忘。謹端牘而詮之如左。龔掞記。

與參秋夜招天御言夏二盟長

溪上秋月明，窗前展書讀。蕉葉淡濡露，桂花静含馥。寒鐙翳餘輝，孤蛩弔幽獨。遲彼西方人，共此林下宿。

確菴謝與參招看桂花不赴次來韵重訂

枯桐響未終，（時適與天御彈琴。）急手魚書讀。淳意吐良辭，芳華布幽馥。招我共烹葵，慰我寤歌獨。相期東籬下，醉嗅寒英宿。

八月十四夜過龔羽士竹林　與參

良月印前溪，偶向溪上步。溪中有逸者，寂息湛竹露。款竹啓柴扉，清影藉芒屨。東坡過懷民，依依有同趣。撥火起茶煙，瓦鼎香才炷。欣然酌數瓷，滿頰融新乳。隔崖坐漁童，舟人語古渡。豈知兹林下，客亦孤雲赴。高躅藉群紛，虚懷淡凝素。寂離善惡因，百年當獨寤。機冥道心長，静與木石古。伊人逸仙餘，躊躕此環堵。

與參挈榼招湄川天御確菴九愿向辰仲純遊靈洞山坐天門頂聯句

夕陽陂上夕陽平，確菴。 靈洞秋風向晚清。湄川。 禾黍蒼黄如破衲，與參。 雲山雜沓似遥城。確菴，一作向辰。 當年複壁思先隱，與參。 此日班荆話宿盟。確菴。 薄暮遊人歸未得，湄川。 漫將尊酒對山傾。向辰。

穿山懷古 天御

一望蓬蒿接稻粱，昔年朋友共文章。夕陽陂上千秋淚，留與千秋弔夕陽。

登穿山 湄川

數仞丹崖野燒夷，名花零落斷煙靡。桑家故老今何在，鈍宅遺風有所思。墜石幾更秦漢臘，脱巾已失晉唐儀。高岡釀酒仙仙舞，絶勝商山醉紫芝。石壁無人挂薜蘿，詩成起舞醉傞傞。魯連東海紆青練，陶令南山擁翠螺。草樹斜陽歸牧笛，野橋流水傍漁歌。莫辭盞酒花前醉，此日明年得幾過。

西崖石壁詩 鳳軒居士

琴川東去有花蹊，蹊上幽居隔瀼西。書蠹曉晴臨架落，水禽春唤向人啼。門垂楊柳船曾繫，屋隱芙蓉路不迷。昨夜小窗閒話別，歸憐鐙火照青藜。

鳳軒不知何許人覽其餘誦悠然自遠非淮南小山之徒則武陽羽化之士未可知也端牘詮詠因次其韵

清映湄陽有別蹊，好山如畫夕陽西。隱茆無復劉安住，古墓時來大鳥啼。谷裏琴歌誰嗣響，村中樵塢忽深迷。峰頭逸客棲神賞，眄想遐踪恣杖藜。

歸舟歌子美朱山人詩即用原韵聯句

野露荒寒到幅巾，確菴。晚風花落小山貧。與參。漁將歸浦江潮静，客欲投林鳥雀馴。確菴。不住浮雲猶蔽月，湄川。無邊落木正愁人。與參。唄聲隱隱黄昏後，確菴。遥見禪鐙照眼新。向辰。

山歸坐晚翠菴唱和　湄川

山前山後白衣來，挈榼攜酤話石臺。惆悵蒼梧夕照冷，花前能醉幾多迴。

又　確菴

月華清影欲飛來，不住秋聲到石臺。喜有小坡翻白雪，筆牀花落幾千迴。

又 與參

載酒尋山挈伴來，花茵狼籍坐鰲臺。追隨父子同三姓，笑語人知醉客迴。

原　韵 龔嵘

蒹葭白露美人來，相與攜尊坐釣臺。遥憶高風瞻古墓，醉歌拍手夜深迴。

遊山歸展山乘詩草有懷予之作即用原韵奉酬 確菴

玄暉句殊妙，心精理不雜。弄月秋正中，吟風夏逾臘。媿我詩思枯，秃筆如老衲。邕粲有心期，倒屣相對答。

嵘兒以五字懷陳夫子蒙次韵見酬因致謝 與參

讀書有奇功，心理貴勿雜。窮經無晨昏，著書并寒臘。何知此童子，隻偈挑老衲。寸筳撞巨鐘，空山忽響答。

懷陳先生作 龔嵘

西方有佳人，秉慮清無雜。占象玩星分，祀事仍漢臘。獨醒視世醉，禦寒止舊衲。如蘭共家君，風月互流答。

贈溪上羽士龔澗松　湄川

竹徑斜通花滿堤，小扉直入是幽棲。閒身清瘦偏疑鶴，孤夢逍遥不伴奚。試茗汲泉停下釣，掃苔拂石待論題。野塘雞犬迷煙月，舊日桃源一曲谿。

又　確菴

花外行人見古堤，幽心不減是山棲。冠裁籜葉頭如雪，杖製孤笻伴作奚。時設棋筒需野客，慣烹茗粥助詩題。閒來坐卧蒼苔上，獨聽潮聲到小谿。

又　與參

一笠茅菴枕曲堤，竹林中有道人棲。家無兒女花爲伴，背負山圖鶴當奚。几上香清經静展，壁間客去句新題。夜來隔澗幽香發，好似吴興罨畫谿。

飲仲純大田草堂賦贈　湄川

巾葛超摇著屐芒，山家風物似羲皇。一畦豆雨分溪色，十畝瓜花繞屋香。時學阮生留别眼，每因徐穉下懸牀。爨餘不復隨人熱，自有提封古醉鄉。

仲純招醉花話舊 確菴

二十年來角丱交，而今短髮共蕭蕭。愁看城郭非當日，追數風流似昨朝。卜處何勞詹尹決，耦耕喜有丈人招。挑鐙通夜皆情話，□□花前醉一瓢。

又贈座中陸友時新得子 湄川

疏葛蕭蕭一老迂，相逢同醉步兵厨。豆花風動談方洽，桂子香來日未晡。戰茗君餘鴻漸興，聚星我愧太丘徒。莫嫌市隱空懷玉，已見昂昂千里駒。

題竹潭圖 湄川

潭水清泓浸碧筠，澹煙一抹静無塵。每于醉後留芳墨，直欲圖中見古人。讀罷短襟悲夙昔，吟成老眼病精神。秋風不落瀟湘淚，收拾蒼梧夕照新。

次湄川先生韵題仲純姪所藏竹潭圖時方得子 與參

最愛瀟湘竹有筠，空潭一碧絶纖塵。一拳墨潑清溪石，萬里心懷濯足人。雷動籜龍生繭栗，風生紋縠蕩精神。展看手澤多前輩，宜爾傳家奕葉新。

題晚翠菴 湄川

花下幽棲晚翠含，野塘新水一灣南。中懷龍德知無悶，夜識天心爲不貪。閒倚桂香秋月白，微吟蕉雨曉風酣。主人自是高夷葛，羨爾遺風似鈍菴。

題與參晚翠菴 確菴

閱盡人情萬事慵，静中詩卷日從容。慣迎賓客花間犬，粗識君臣架上蜂。釣雨及辰荷作蓋，著書經歲筆爲農。菴題晚翠何人伴，恰有黄冠號澗松。東鄰羽士龔澗松。

中夜晚翠菴聯句

歗歌偕醉後，起視正宵中。確菴。向火焚殘草，依花聽亂蛩。與參。露含雙樹白，月借一燈紅。確菴。晚節期同翠，無勞歎轉蓬。與參。

連日傾尊抱瓢而别竹林雅誼宛然寤寐戲效默菴體呈粲 湄川

兩阮風流似謝家，徜徉我喜繫匏瓜。醉翁山水吟秋石，孺子滄浪釣晚霞。老驥可曾逢伯樂，干將應否識張華。高岡賦罷誰青眼，爲問江郎筆底花。

答涓川先生來韵 與参

子房多難不爲家，學種青門五色瓜。古調絃中霏白雪，壯懷筆底鬱青霞。讀《騷》有恨留三楚，卻老何人贈九華？百尺岡頭迷醉眼，山靈徧照鬼鐙花。

秋日同天御確菴宴集靈洞山 向辰

江鄉自乏登臨勝，載酒聊尋靈洞遊。海上風煙愁黯黯，天涯歌嘯漫悠悠。著書何處多藏稾，泛宅君家有釣舟。極目不堪斜照裏，白蘋紅樹野塘秋。

和青田先生夏日雜興詩

戊子初夏，讀青田《覆瓿集》，有《夏日雜興》七章，其詞悲壯雄渾，可以泣鬼神，動天地。每誦「天邊日出園葵覺，地底雲生柱礎知」之句，塵埃中能物色真人，開國事業見端於此，不僅爲尋常詩人而已。乃同子音、家季共次其韵，以就正涓川先生。先生亦次韵見示。已而復有確菴、蓴青之作。涗特彙而録之，亦以各見其志云。龔涗記。

湄川先生和

嫩雨嵐生薜荔垣，半篙新水到柴門。蟬琴響伴窮愁寂，螢火光憐老眼昏。對酒呼羹千慮淡，曳笻看石一心存。眼前河嶽非當日，腸斷啼鵑帶血魂。

其　二

鉏罷瓜田力有餘，開渠栽竹稱幽居。齋厨煙冷遲吹麥，野蔌芹肥不羡魚。盥手閒披《高士傳》，焚香時讀上皇書。曠懷薄暮東皋望，安步歸來且當車。

其　三

硯田惡歲病炊糜，種秫江潭夜雨悲。存舌張儀羞作客，祕書劉向笑燃藜。開窗溪上觀漁網，築舍村頭問酒旗。悵望盈盈一溝水，含情落日有餘思。

其　四

一片閒情汗漫遊，讀書荒舍强淹留。吹笳月下驚邊夢，賦笛江干起客愁。南國飛鳶歸北國，東流濁水向西流。田家客士空遺恨，槐禁蟬吟欲白頭。

其　五

蕭疏鬢髪遜荒郊，時策孤笻望遠交。落落黍苗生故國，潺潺風雨動書巢。占晴林下聽鳩語，釣晚溪頭傍樹梢。斜日歸鴉尋舊宅，老夫猶未掩衡茅。

其　六

夏至殷農播穀催，百川騰沸使人哀。樹頭鳴鵙陰初動，溪上聞蜩氣始猜。漢寢卧碑成枳棘，吴宫荒礎長莓苔。可憐澤國同鱗介，强自呼童命酒盃。

其　七

緑窗雨歇聽蛙池，兩部清音鼓吹宜。獨醒可容先代隱，佯狂惟有野人知。欃槍沴氣分芒日，箕尾星文託化時。户外蓬蒿三尺滿，窮途何必問悲絲。

與參和

罨雨新篁覆短垣，忽驚野水寇柴門。晝眠不耐鳩聲鬧，夜坐愁看斗氣昏。白酒歌呼聊自慰，故園寥落夢徒存。新亭舉目河山異，剛斷吴儂木石魂。

其二

一畝田園趣有餘，郊居不減是山居。齋厨晚食惟燒筍，濠濮忘機不釣魚。竹塢客來閒煮茗，石牀風細暫抛書。出門安步行偏穩，不羨人間駟馬車。

其三

厨冷煙荒忘作糜，盧郎莫爲道窮悲。清秋碧化文泉塚，長夜鐙燃太乙藜。弄翰窗前亂魚鳥，鬭茶花下鼓槍旗。濂溪菡萏含情日，悵望西方有所思。

其四

款段驅馳鄉里遊，蕭閒精舍每淹留。鹿田聽雨潸悲恨，鐵笛横秋寫客愁。天上少微無北拱，田間野水尚東流。放歌欲逐魯連子，無奈高堂有白頭。

其五

託興龐公寄遠郊，歡情衡宇結深交。新田好雨懷時稼，故壘浮雲歎舊巢。鵓鳩聲聲怨芳草，松篁冉冉尚寒梢。遥瞻靈洞懷先業，何日移家更結茅？

其　六

夏至初來陰便催，鳴蜩嘒嘒使人哀。鴂鳴已誤群芳歇，鳩化頓生凡鳥猜。先寢穹碑卧風雨，故宫遺礎長莓苔。興亡自古多留恨，俱付長庚酒一盃。

其　七

永日閒吟風雨池，白蘋風至頗相宜。文章恥逐當今好，懶拙惟應故舊知。耆碩消亡空悵恨，欃槍疾掃更何時。窮愁杜甫吟秋草，空向風塵泣素絲。

向辰和

溪上藤苗接野垣，松陰寂寂翳衡門。鑪煙静避琴書潤，茗椀愁消心眼昏。杜老草堂松不改，陶公苔徑菊猶存。閒來但展《離騷》讀，竹雨迎風泣楚魂。

其　二

花滿琴軒静有餘，心欣康樂賦山居。薄田無犢難耕秫，曲沼多荷易養魚。芝茁商山堪避世，苔封石室好藏書。閒情甘爲清時棄，敢望飛熊辱後車。

其　三

聞得朱門羡肉糜，昔賢清節不勝悲。郭田五十安飦粥，琴曲三終樂飯藜。文苑何人執牛耳，詩壇莫肯豎降旗。一生消受惟清福，鼎食封侯非所思。

其　四

欲弔湘纍誦《遠遊》，不堪日月漫淹留。幽蘭叢桂山人賞，細柳青蒲野老愁。鴛蹇何心談劍俠，禪枯渾欲混緇流。勸君早踐名山約，四十相將易白頭。

其　五

五馬無勞出遠郊，歸來翁已息知交。鶴閒自愛臨池影，鳩拙仍居未雨巢。清夜鳴琴開碉户，良辰採藥過林梢。年來自得田園趣，一任柴門蔽草茅。

其　六

自歎年華鏡裏催，總非頭白亦堪哀。三冬未濟詩書用，四十猶將姓氏猜。香散一池朝洗藥，陰黏四壁雨生苔。人言恰似維摩詰，經卷繩牀一水盃。

其　七

鑿得蓬軒面小池，輕紅淺緑總相宜。煙藏柳岸鶯難覓，水漲溪田鷺已知。習静卻疑輞口坐，幽棲恰似浣花時。莎蒲瀏鶒溪亭晚，習習涼風點鬢絲。

夏日雜興次劉文成韵邀與參向辰同作 子音

濁酒誰能度土垣，高軒已不過繩門。因摩快雪精神冷，忽聽輕雷咫尺昏。無限世情將荅付，許多書債與年存。石倉武庫俱千載，惆悵空爲入夢魂。《夏日雜興》七首與《從游集》刻本詞句異者過半。

其　二

短蜮長鯨世事餘，不勝林水卜幽居。一池澮灩從澆菜，數挺琅玕可釣魚。頤解羞來丞相鼎，瓢藏欣得北僧書。無才且自隨樗櫟，看盡匪風偈偈車。

其　三

如磬蕭蕭食恃糜，披圖相對慰窮悲。香開竹徑存枸杞，路出柴門滿蒺藜。聊羨隸書懸甲帳，也能秋水襲春旗。調心只在茅齋裏，奴橘江陵非所思。

其四

兀坐聊當汗漫遊，青蔬香飯幾人留。梅花圖畫消煩暑，竹葉杯棬付苦愁。開牖半規惟碧石，爲橋一木有清流。卻思千古嬴秦酷，容得商芝隱白頭。

其五

休文傳賦賴居郊，靈運誰爲刎頸交。覓句自然隨牧路，搆齋何不對禽巢。橘花如雪看奇樹，竹實爲糧候碧梢。濁酒數盃情已澹，任他雷雨溼衡茅。

其六

青草難勝白紙催，平原一望最堪哀。山中紫色芝應長，江上烏衣燕漫猜。積雨琴絲寬似帶，開簾石硯緑于苔。柴扉盡日惟宜閉，飢至欣然水一盃。

其七

晨露清和澹墨池，叢書兩板拙人宜。文章漫許石麟作，世事應推雛鳳知。數柳飄颻渾是恨，孤松先我自爲時。吴船擬買形如葉，獨釣煙波不餌絲。

確菴和

扶疏薜荔當籬垣，颶母風吹雨打門。碧浪似雲翻白晝，青鐙如夢照黄昏。兵戈未定書巢破，煙火裁通土銼存。今日落花誰作主，卻令銷盡黯然魂。

其　二

村村水漲柳花餘，夜夜鵜鶘鬧索居。兒子弄船行貰酒，山妻插滬學求魚。占晴欲廢田家曆，種樹容鈔先隱書。贏得北窗高卧穩，問津已斷故人車。

其　三

清齋日日愛炊糜，留作高陽歲歲悲。久溼菌如衝雨笠，乍晴人曳看雲藜。眼枯芳草王孫淚，腸斷西風帝子旗。記得去年三月裏，一場春夢繫人思。

其　四

菰煙蘆月恣清遊，茶竈書牀盡日留。茆屋未秋風已破，秫田失歲雨爲愁。説經不到無雙地，求友難逢第一流。何必漁陽能寫恨，夜深蛙吹鬧牀頭。

其　五

緑波渺渺暗荒郊，日與忘情草木交。蘆葉一灣圍鷺宅，蓮花千歲老龜巢。移牀就樹雲爲枕，倚竹懷人月滿梢。不用勞勞叩詹尹，十年前已決誅茅。

其　六

斗指南丁秋又催，璣衡往復動淒哀。星侵帝座何年見，彗掃旄頭永夜猜。西蜀青盲成皓首，睢陽白骨長蒼苔。最憐野老無窮淚，都付江頭酒一盃。

其　七

采蓮新社倣天池，物外同心學道宜。止酒久慚根矩介，盜牛差畏彦方知。一潭雲浄波生處，十里香來月上時。我欲忘眠客忘去，幾回潦倒碧筩絲。

蓮花問答

端午後天無日不雨，四周水田悉皆淹廢。村中視外圩尤下，田潭不分，一望盡白，有吾其爲魚之懼。書舍無窗，風饕雨寇，疊浪如雲，不能容一屐。頻呼女奴畚稻草灰吸之，殺其勢。積灰盈尺，如豚栅中。終日抱雙腳，坐牀頭歎息而已。北村以詩四絶相遺，問蓮花無恙否。噫！孰知花亦有時而窮耶？緑葉田田，不數日之間，擎者貼，貼者没，没者腐心乎，愛矣莫能助也。葉猶如此，何有於花？予入村三年，而蓮花歲益不如，亦其窮也。非花之窮，爲窮者所愛而日與之鄰，固有必窮之勢也。獨卧齋頭，愁不能寐，遂如前韵，率成四作，以奉酬北村，亦爲花解嘲也。確菴記。

北村蓮花問

村北村南兩堰分，田田荷葉緑如雲。肯容靈運歸蓮社，可免攢眉一醉君。

聞道田潭水不分，魚蝦應復賤如雲。浮生偷向蓮花醉，明歲明年不問君。

緑水紅蓮開幾分，詩心酒意簇如雲。輕舟倘得沾餘滴，應笑花紅臉到君。

風風月月任平分，莫使紅花亂似雲。昔日梅花君怨我，今朝潭上我思君。

確菴梅花將盡寄所遲客

昨夜梅花光照門，紛紛如雪又如雲。春風無盡相思意，只怨梅花不待君。

確菴蓮花答

舍南舍北水平分，攜杖檐頭看白雲。遥望前村樹深處，每隨風雨欲呼君。

日日尋花花未分，閒心一點亂如雲。蓮花還是無情物，歲歲相思不及君。

蛙黽填廬鬧夜分，窗中波浪似層雲。經旬抱膝牀頭坐，君入村來愁殺君。

緑葉紅蓮兩不分，池塘倒映一天雲。花開疑向深潭下，捉月探花還待君。

和陶田舍詩

晉靖節先生有《癸卯始春懷古田舍》詩二首，中菴首和之，與參亦和，已而兩公又相繼迭和，往來交錯，靖節爲不孤矣。予受而讀之，率成二首，以附會爲知音者。乃兩公復不我棄，再賡和相酧。即使靖節復生，寧不以今日之唱和爲樂哉？予彙爲一卷，而仍以靖節原韵冠之於端，亦尚友古人之意云爾。確菴記。

淵明癸卯歲始春懷古田舍詩二首

在昔聞南畝，當年竟未踐。屢空既有人，春興豈自免。夙晨裝吾駕，啓途情已緬。鳥弄歡新節，冷風送餘善。寒竹被荒蹊，地爲罕人遠。是以植杖翁，悠然不復返。即理愧通識，所保詎乃淺。

先師有遺訓，憂道不憂貧。瞻望邈難逮，轉欲志長勤。秉耒歡時務，解顔勸農人。平疇交遠風，良苗亦懷新。雖未量歲功，即事多所欣。耕種有時息，行者無問津。日入相與歸，壺漿勞近鄰。長吟掩柴門，聊爲隴畝民。

中菴元夕寶晉齋初舉尚齒社和陶始春懷古田舍韵

枯禪一生心，白首諾始踐。富貴非吾物，敢曰恐不免。幽人互招攜，各至意同緬。茗飲連談詠，率爾成衆善。常當奉宗雷，遂依廬山遠。波瀾隱湖静，鷗鷺自往返。微雨暗佳夕，青鐙照春淺。

無田傭破硯，昔歲尚飢貧。已見六經没，能辭四體勤。陶公行乞食，千載感斯人。躬耕寫其懷，同此物候新。虎溪笑時路，聞道亦爲欣。如何負頽頑，日暮迷一津。引翼方自兹，攸好以成鄰。申誓即今誓，敬語劉遺民。

與參印溪詩社約田家詩和陶始春懷古田舍韵

荒土久未開，翻喜牛羊踐。用力苟不齊，寒餒詎可免。邈然念先疇，負耒心已緬。芽穀悟天心，甘雨喜靈善。耕鑿抱淳素，未覺羲農遠。晨興候雞鳴，暮逐歸鳥返。三復老農言，斯理詎云淺。

舊穀行告匱，八口齊食貧。老妻佐織紡，寧敢怨辛勤。下濮水雲合，長歌遠近人。小婦炊玉粒，林香知薦新。兒拾遺穗歸，繞田黄雀欣。解犁惜牛力，驅之飲上津。娱神作秋社，擊鼓邀四鄰。子弟敦詩禮，無勞推秀民。

中菴自序云：與參道兄攜新詩來顧，失於款接。次其册中和陶田舍韵二章爲報。是詩予客歲齒社先有和作，與參或見，不即心理適同，將託沮溺，不予遐棄者也。「不即」二字疑有誤。

生平挂角書，尺覽寸未踐。徬徨百年内，所得皆苟免。句貽誰冰雪，卷發意先緬。緬然千載懷，詎止一鄉善。方信東籬人，去人殊不遠。身非戴安道，君自子猷返。何以遂逢君，同歌海清淺。

輟耕亦有苦，納稼亦有貧。早作夜不息，終身食其勤。本知虞夏没，猶謂羲皇人。君志適同我，添我知交新。把酒對君詩，飢顔如一欣。沙頭我昔遊，往往桃花津。落英與雞犬，十里爲比鄰。外間何足道，爾汝無懷民。

與參自序云：丁亥秋，予以一編謁中菴先生，先生過爲延賞，和其中和陶田舍詩二章，有將託沮溺同爲比鄰之語。先生鉏經有年，經學重天下，不佞所謂望先生之門而不得入者，先生之言聊以爲戲耳。再和二章爲謝。

掃門十年心，心諸身未踐。四十齒向衰，視皮愧難免。扁舟指鹿城，經途忽情緬。鳳凰乃吾鄉，中有天下善。依依室孔邇，邈邈人殊遠。惟留一編書，緘情俟君返。如何大國楚，不陋曹鄶淺。

龐公久龍卧，高義任長貧。一世眼光裏，淵懷接引勤。予本新田夫，歌歈託詩人。長者乃忘年，謬推知交新。緡綸風人願，執鞭古所欣。負耒侍隴端，牽牛飲上津。公也不予棄，瀼水東西鄰。柴桑後彭澤，竊比劉遺民。

確菴和寄中菴與參

黑雲壓南城，足裹不敢踐。酌水肥予心，肉食庶可免。結念屬同志，孤愁正綿緬。未能永忘情，愧彼草木善。好風從東來，所思不在遠。和陶得兩賢，稱指各酧返。遂使坐井人，自悟小巫淺。

兩村兩高士，樂道忘其貧。步檐乾飯遲，行汲提甕勤。今時亦何有，相期千載人。郵筒風雪裏，所得皆清新。幽披見積素，静賞生餘欣。渡河我無筏，願託爲梁津。相去各十里，遥遥結芳鄰。劉周與元亮，并作潯陽民。

與參再次答確菴

南村期卜鄰，此願何時踐？耦耕把犂鉏，溝壑庶可免。擊壤歌黄農，翹然有餘緬。親老各强健，耄年飯猶善。春風换萊衣，笑啼幸無遠。越陌尋所思，風雪遂忘返。時時文酒會，此興復不淺。

吾鄉有遺碩，能安原憲貧。蕭然存白屋，鉏經尤日勤。仿古賡載歌，愧我非其人。若士寒潭上，復和詩句新。急足遠見投,披諷晨夕欣。一撮悟后土,一勺知天津。兩賢我畏愛,錯處東西鄰。熙然共終老,安知懷葛民。

中菴次答與參

衡門掩市廛,經歲未一踐。豈曰務韜晦,省事即姑免。開編見古賢,出處道何緬。何以自鞭策,惟有强爲善。世途縱横作,得報寧在遠。同心印溪棹,數月幾往返。晤言雖不多,所益已非淺。命駕吕安好,灌園陳仲貧。慚無茶粥供,待子一翹勤。野古抱遺編,可自千載人。著書出沈痛,學問日夜新。與物示委蛇,稱情忘戚欣。我詩如膚皮,子掇髓與津。贈言張東壁,聊得詩四鄰。何妨寥廓遊,長此漁樵民。

中菴次答確菴

舉世誰賢愚,反躬視所踐。俗情笑顛沛,猶幸以身免。柴桑一卷詩,詩盡義常緬。杯中復何物,乃與杜康善。本因吾地偏,又謂此心遠。蔚洲芙蕖路,行者去不返。爲問輞川人,安知巢許淺。側身求善計,萬事莫如貧。少壯已偷安,老衰空復勤。相思同明月,來往成三人。一意互傾寫,數篇無故新。向榮亦徒爲,嗤彼卉木欣。轍環尼山迹,遂疲天下津。顔生自簞瓢,閉户絶其鄰。願之植杖年,得附耦耕民。「願之」二字疑誤。

遠公和

草莽久閒居，慚愧跡未踐。春秋對佳日，興懷何能免。平疇眺遠山，幽意情獨緬。鳥聲弄微和，惠風暢人善。徒步行荒蹊，悠然心自遠。感彼隱憂子，長吟屢往返。村村桑柘煙，寒流日淺淺。

誰爲振風雅，憂道不知貧。賴此古人書，志意相劬勤。山河邈焉改，風景易愁人。春風動郊原，草木時爲新。田家日耕種，行歌沮溺欣。桑竹徑中緑，桃花迷問津。雞犬互鳴吠，壺漿交好鄰。無論昔魏晉，願作蝸廬民。

再和陶詩

八月潮生日，招中菴先生爲靈洞陳墓之遊。先生詩來，以疾辭。次日，確菴、大御至，先往遊焉。别與中菴有山陰乘興之約，落落未果。適琴川毛伯子晉過織簾，讀《和陶》往還詩，心賞幽期，端牘詮詠，許爲屬和，傳之以作佳話，再答中菴、確菴，兼寄子晉。龔揆記。

鈍翁一編書，字字期實踐。採訪廿年心，挂漏尚難免。躊躕行窩地，觸岫自情緬。趙岐複壁中，雅與孫嵩善。鈍翁避難，藏陳氏米囤中，讀書不輟。雙松長千尋，十里風聲遠。沿洄遡秋濤，輕舟共往返。

小車獨不至，使我歡悰淺。

烹葵眄嘉客，知不厭予貧。逸句棲情渺，淵衷給賞勤。何當子猷棹，徑造剡溪人。澗道歷冰雪，松姿彌静新。琴川古仙伯，詮詠有餘欣。九天散珠玉，不吝咳唾津。落落未謀面，百里猶比鄰。長謡採芝曲，共作商山民。

村訪

陳子居蔚村七十二潭之上，與瀾漕諸君子有蓮社約，寓禮教於杯酒之會，意甚善也。約言甫就，寄書招王生與桴亭、寒溪，且戲柬曰：「村中荒寒，請廢雞酒之禮，行吃菜事魔之術，何如？」三人遂各欣然攜杖頭往，聖貞附遺以尊酒炙豚，展闊忱也。薄暮抵村，明鐙已在室矣。相見不作寒暄語，各出新著相證，劇談者一日夜，莫逆於心。極性命之幽微，抽經世之鴻緒。鳴琴在右，圖史在左。家人具湯餅，佐以芳醴。時醉時醒，或寐或歌，自謂人世之樂，無過我四人今日也。所著，確菴有《論樂書》、《典禮會通》、《治綱》三種，桴亭有《思辨録》、《八陣發明》，寒溪有《乙酉日記》、《新輯地理險要》三册，若王生不過新詩百首、小文數篇而已。時村雨方密，斗室閒静，各賦詩二章。明日雨小歇，遂放舟出西堰，入宋涇訪諸接侯。發其篋，得新著數篇，讀一過，啜茗而别。因轉棹過瀾漕，晤諸鼎甫，同載還村，復酌。戊子清和月之第一日也。

石隱即事

溼風來曠野，千頃水飛花。草木影交雜，川原勢向斜。人煙遥接處，矮屋十餘家。此地真堪隱，桃源未足誇。

小窗窺遠緑，微雨溼簷花。定樂通今古，言詩辨正邪。寧爲遯世漢，莫學小儒家。篋底千秋業，逢人莫漫誇。

確菴和

天留素心客，隨意雨飛花。談劇蛙聲静，吟成鐙影斜。采蓮君子社，吃菜野人家。此夜聯牀話，鵝湖未足誇。

坐久欲無睡，澹然鐙落花。雷聲來地隱，雨氣入窗斜。論擬空千古，書將貫百家。時憂正方大，吾黨不須誇。

寒溪和

來自春歸日，茅簷不見花。溪頭水聲緩，風裏雨絲斜。論樂先陽律，談經薄漢家。孤村良晤少，此夕實堪誇。

桴亭和

劇談過夜半，醉眼欲生花。雷鬱雨聲積，燭闌人影斜。不知誰是客，適意竟爲家。抵掌商經術，同心未足誇。

石隱訪接侯隨訪鼎甫得寬字

水西有君子，落落姓名寒。長憶懷詩卷，遥尋認釣竿。拏舟村雨細，出堰野潮寬。鄰老知嘉客，停耕隔樹看。

轉棹知非遠，村南訪二難。玉峰隔岸小，瀾水到門寬。趨迎周禮數，灑落晉衣冠。曾向高齋醉，題詩墨未乾。

桴亭和

四月已徂夏，村中猶薄寒。放船呼佃客，試淺借漁竿。微雨水波静，好風平野寬。高人應不遠，時起隔林看。

此是高人隱，蕭蕭竹樹寒。門前繫艇石，屋裏釣魚竿。天地憂方大，身心理自寬。相逢惟恐别，遽起索書看。

寒溪和

懷人春泛艇，雨過水微寒。釣笠隱蘆荻，酒帘懸竹竿。側行河影曲，平望野容寬。遥指揚雄宅，玄亭載酒看。

瀾漕雨雹輟飲

三之日，瀾漕黄幼玉知村中有佳客，冒雨治具相招。遂同確菴、桴亭、寒溪偕往。至則諸鼎甫、晉甫暨其坦君已在門相候矣。坐定，出所著《蔚村八勝》詩相示。予著陶巾就座，皆謂飄然如仙，争來取式。酒數行，風雷大作，僕人呼有龍下。少頃大雨雹，擊屋瓦，聲相驟如刀劍砍殺奔突，積地纍纍，如彈丸，如桃，如小兒拳。村中人來報，田中秧已損十之三四，稍遠有如大石塊擊殺人及破屋者。衆皆改容，慘澹嗟吁，遂輟席。鼎甫昆仲有來朝之約，謝之，同確菴遂解維而東。石隱記。

確菴即席

幽賞高談幾逸民，座中漉酒有陶巾。休疑靈運心猶雜，同是蓮花社裏人。

石隱雨雹

相傳桃花源，一向絶風塵。我來訪漁者，洞口桃花新。白日桑麻静，中多三代人。熙熙土風好，雞酒共留賓。亦既見厥子，還復呼其鄰。訪我塵世事，不知有晉秦。偶訴戰争苦，乖氣感鬼神。中天龍下挂，急雹紛青旻。大者彈落弦，小者齒脱斷。風雷聲益厲，如拳復如輪。擊樹葉齊飛，打水波躍津。僮僕疾走避，匿首牀下蹲。杯酒驚失手，頭上隕葛巾。共怪天何怒，將無生客嗔。曾聞仙家言，凡夫肉臭腥。不敢滯靈境，頃刻足千春。亟復尋舊路，去去不待晨。

桴亭雨雹

瀾漕溪頭水千尺，上有主人能愛客。買魚沽酒續蓮社，痛飲清吟話平昔。主人情重席未終，西北歘忽來長風。驚龍走蛇勢慘惡，天地反覆須臾中。疾雷當空屢欲落，積雪凝冰亂噴薄。大者擊石小射丸，頃刻郊原盡如斫。吾聞至人之所居，戾氣不入其庭除。豈因俗客耐久坐，風雨不樂爲之祛。只今海内無寧郡，一方清福天所靳。我輩安享或未知，無乃上帝垂警訓。願我同志各勵修，藍田鄉約古所求。和氣感天天不怒，雨暘歲歲蒙天庥。

瀾溪和皮陸詩

己丑五月二十九日，移家於瀾漕之上，避水也。田園已蕪，枯坐一室。簡兒子所鈔撮唐人詩，得皮陸唱和一首。愛其閒雅，偕二子共歌之。即依原韵作《瀾溪即事》，并命二子和成，爲之點竄，録之蕉葉。越一日，庸夫舉社，出而質之同人。同人亦喜，更相和也。確菴記。

襲美夏初訪魯望

半里芳陰到陸家，藜牀相勸飯胡麻。林間度宿抛棋局，壁上經旬挂釣車。野客病餘分竹果，鄰翁齋日乞藤花。躊躕未放閒人去，半岸紗綃待月華。

魯望和韵

四鄰多是老農家，百樹雞桑半頃麻。盡趁晴明修網架，每和煙雨掉繅車。啼鶯偶坐身藏葉，餉婦歸來鬢有花。不是對君吟復醉，更將何事送年華。

確菴瀾溪即事用前韵

僑居瀾水便如家，不問田禾不治麻。一夜忽添三尺雨，兩行齊踏大棚車。學書稗子裁蕉葉，沽酒漁郎摘槿花。非是無愁愁不得，恐驚憔悴送年華。

遜兒次和

囊裏無錢付酒家，瓶空無處乞胡麻。西鄰野老修漁網，隔岸兒童學戽車。鄭宅漸生書帶草，江郎何日筆端花？四山遥望煙光合，欲問仙源日月華。

遨兒次和

一曲清流處士家，愁看淫雨淚如麻。溪泉有浪翻籬腳，村岸無圍廢水車。久溼趁晴鉏蔓草，早涼和露翦萱花。衣冠舊日何時見，擬向深山坐九華。

白菴次和

社散人歸水滿家，醉中愁緒細如麻。一餐浄飯修蔬鉢，數客狂呼傾麴車。茶趁僧陀瓶似雪，詩逢老友眼生花。杜陵心事依然在，好向瀼西坐歲華。

且了次和

十世瀾溪住我家，也無雞犬也無麻。村人務本勤鉏耒，稚子無生掉紡車。野店提壺招社客，漁舟曬網看山花。將身放浪形骸外，何事關心鬧物華。

庸夫次和

相逢爾我説浮家，偕隱何妨學績麻。李愿泉甘只此谷，柴桑有酒便攜車。蓮房溪外愁紅粉，杯酒涼中墮白花。若問如何銷夏臘，苦吟字裏度年華。

幼玉次和

連遭淹没已無家，賸得蓬門半塞麻。水闊任横漁父艇，路漫難命故人車。牀頭緑覆蒹葭草，窗外紅浮荇蓼花。愁思方殷難卒歲，空教惆悵惜韶華。

四載霪霖水作家，愁看雨脚復如麻。交衢過步難容屐，町疃淪胥競用車。畚鍤翻栽穜與稑，轆轤撈出豆兼花。三秋白望空勞攘，卒歲何年誦黍華？

頑潭詩話補遺

頑潭主人陳瑚確菴輯　同里後學繆朝荃校録

續月泉吟社

遭時不偶，避世牆東。無力買山，有懷學圃。覩此春日，每念傷心，欲賦無題，獨歎而已。偶過德公齋，示我《春興》六首已，又出《月泉吟社》一册，曰：「此至元丙戌吴潛翁所輯也。」翁隱石湖，集社隱流，吟詠寄志，一時唱和，幾及三千。嗟乎！屈、陶異世同情矣。論時事未可出，而甲子奇合，深用足歎。亦成六首，聊志鄙懷。不敢曰雍門之吟，亦用代長沙之涕耳。桴亭記。

春日田園雜興

牆角春風吹棣棠，豆花香裏菜花香。看魚獨立小池静，數筍閒行行篠長。白眼望天非是醉，科頭溷俗若爲狂。莫言世外人疏放，彭澤情深勝沅湘。

其　二

聞説山中可問津，桃花如夢水如塵。乍看幕燕成新壘，誰憶泥牛换早春。打鼓吹簫今歲社，更衣脱帽舊時人。門前柳色依然緑，陶令年來避葛巾。

其　三

一夜東風春水賒，起看流水入溝斜。籬頭未下絲瓜種，牆腳先開蠶豆花。稚子掘河浮小鴨，山童舉網捉新蝦。已知身世無餘樂，聊爾徜徉未是差。

其　四

春社纔過雨水中，灌園初學問山翁。新成芥辣旋栽苣，既落瓜壺不用葱。衣履已知非晉代，蠶桑聊自説《豳風》。高原小麥青青秀，不見歌聲起故宫。

其　五

野水灘頭長荻芽，池塘處處起鳴蛙。一春多雨占三白，二月無茶摘五加。寒食沓來驚漢臘，代歌時接憶胡笳。春郊風景還如舊，添得傷心是短髽。

其　六

舍北郊南俗事稀，小齋欣與世相違。山鳩唤婦每離樹，蒼鼠窺人時入幃。種秫擬成千日醉，醃菘聊慰一春飢。月泉甲子依稀是，只恐人間歲月非。

楓林書舍聯句

戊子端陽後一日，石隱、尊素、鴻逸、寒溪、桴亭、確菴、士起會於藥園之楓林書舍。午餘小飲，時天半暮虹忽起，光映四座，乃共約聯句爲酒政，效柏梁體，人占一句，以多寡爲勝負。吟笑互發，頃刻而成，罰皆如約，占勝句者獨自舉觴。諸友皆引滿浮大白，莫敢不醉，可謂極遊娱之情，窮嘯歌之樂矣。次日，桴亭更爲節其冗複，銓次成篇，得四十四韵。俟求出素卷，屬桴亭書之。一時之集，遂足爲不朽盛事，古人亦何必多讓也。桴亭記。

東南暮虹吸日光，石隱。横亘天半浮金梁。寒溪。恍兮惚兮混太荒，確菴。赤白紫緑青紅黄。桴亭。誰持玉尺爲度量，石隱。九十一度半差强。確菴。怪魚騰湧翔扶桑，士起。撥雲磨刀割其肪。石隱。或云樓閣蜃吐章，尊素。映水半玦成圓光。確菴。蛟鼉出波伸首望，確菴。翅張尾垂雙鳳凰。確菴。天孫上祝供七襄，桴亭。鈞天出奏飄霓裳。藥園。繞身感孕誕前王，石隱。秦皇複道走媵嬙。確菴。黨上黨下卜豐穰，確菴。入井入釜來無方。桴亭。刻畫大文施丹黄，桴亭。我欲攜之袖中藏。確菴。妖氛四罩敵太陽，石隱。駁雜紊亂干穹蒼。桴亭。黄道赤道移其方，寒溪。神龍斂威霖雨妨。寒溪。月華氤氲當晝揚，桴亭。淫氣交結雄雌狂。石隱。人莫敢指徒彷徨，確菴。珊瑚木難七寶裝。桴亭。鑿嵌堆垛神鬼忙，石隱。醉暈重疊天徜徉。桴亭。大眼五色迷文章，桴亭。生而眇者恨目盲。確菴。懸我繡腸天中央，桴亭。吐我浩氣天俱長。桴亭。荆卿感此激日旁，鴻逸。雷鼓砰擊雲旗颺。桴亭。倚天長劍紛四張，尊素。龍文五彩占吉祥。桴亭。委蛇蜿蜒何激昂，藥園。炤耀屈曲森翺翔。桴亭。沈埋寶物騰光芒，鴻逸。斗牛上射精氣長。寒溪。操作綵棒威邊疆，石隱。化爲慶雲徧萬方。桴亭　此詩「方字」三押，「章」字二押，「黄」字二押，「長」字二押。當日桴亭先生銓次成篇時，未之檢及耶？

楓林書舍分韵賦詩

戊子端陽後一日，確菴過婁，同社諸子與泛舟，尋映岡門楓林書舍，相期信宿，各分韵賦詩，後成者議上罰博笑。

石隱分得分字

繞宅青楓變夏雲，曲池風皺越羅紋。談通名理成玄著，交辨和同乃善群。茶具漫尋臨水滌，詩題隨意就窗分。端居共訝非人境，鶯語鶪音總不聞。

桴亭分得書字

水滿田頭樹滿廬，知君别搆好安居。一江小隔塵初絶，十畝新耕食有餘。蓮社客來緣話雨，桴亭人至爲論書。莫愁佐酒無佳味，賸有溪中自種魚。

確菴分得詩字

小築新開傍緑池，故人纔到便題詩。蓮花欲放端陽後，瓜實將成夏至時。我有葛巾宜漉酒，君餘瓶粟莫愁飢。晚來濯足青楓下，徙倚前村有所思。

尊素分得林字

蘭棹遥遥花塢深，緑灣指點是楓林。三間小築程朱業，一曲清渠天地心。架上餘書看寶樹，堂中有客罷瑶琴。知君植柳希彭澤，何必高歌《梁父吟》。

鴻逸分得陽字

歷歷青楓繞舍旁，草廬絶勝古南陽。閒裁舊史消長日，細翦新荷製短裳。得意自知濠上樂，忘情不是楚中狂。歸來散步深林下，領取人間一味涼。

士起分得端字

君居婁水我新安，何幸連朝把臂歡。捷鬬詞壇號飛將，功成酒政勝爲官。科頭楓下閒中趣，濯足溪頭分外寒。離合年來渾若夢，亦知啼笑最無端。

寒溪分得楓字

十畝池塘一畝宮，早離踪跡俗塵中。蓮如瀾水仍栽芋，竹似寒溪更有楓。展卷列星横座右，垂簾好鳥鬧牆東。我來榴蕊紅于火，待到秋深楓又紅。

藥園分得虞字

薄田數畝遂吾迂，聊當東家浮梅桴。遠俗禽魚咸得慧，避時溪谷亦名愚。刼中兵火争劉項，夢裏乾坤變夏虞。漫向西風勤刈穫，酣秋霜葉笑人癯。

癸巳中秋文會

確菴唱

昆湖今日兔園開，百里逢迎掃徑苔。雨色洗將山色好，文星指點客星來。客星指潛在。絳紗豈隔門生面，黄絹還憑主簿才。倚馬風流誰第一，銀河早見月華催。

潛在和

一色晴雲萬里開，霏霏金粟溼香苔。縱横蘭櫂乘風到，瀲灩文瀾接水來。倒屣慚非文舉座，點頭喜有子昂才。明年此夕銅螭署，應見姮娥月裏催。

張溯顔 禹思

當空碧鑑晚涼開，一徑幽深破石苔。人自隱居風更遠，天于高會月偏來。張衡詩爲愁中賦，李白文多醉後才。爲報聚星琴水上，秋光遮莫暗蛩催。

錢　瑕 梅仙

月到空庭綺席開，秋光如水水無苔。笑言雜疊忘師弟，觴詠分飛自去來。金谷罰多知是聖，湘東燭短愧非才。鄒枚未醉相如醒，曄曄朝霞莫見催。

馮長武 賓伯

一輪驟起暮煙開，賦就賓筵影上苔。酒聖坐長和露滿，文星光動自湖來。月明獨醉三秋月，才大平吞八斗才。卻負高情虚客右，孤懷無伴有愁催。

毛天回 叔豹

晚霞初散曙光開，硯滌清溪染緑苔。友道卻從師道得，文心應共素心來。丹青輕拂吳裝筆，費天來善於寫生。騷賦驚看楚客才。何事月明秋正好，滿簾風雨又相催。

陸煥 拱辰

斗柄文光月正開，露華輕點溼蒼苔。簡賢盡道公門在，作賦多因都督來。香落九天分異種，星占百里聚英才。秋期此夕明年會，笑折瓊枝玉漏催。

劉嚴御 公亮

午橋風景傍湖開，書帶綿芊遶砌苔。蘭玉階前材彦出，文章海内友朋來。師門自昔操冰鑑，小子慚無繡虎才。此夕不愁明月盡，筆花咄咄夜珠催。

許焜 舜光

百里昆湖文社開，墨光波影緑于苔。不貪看月乘秋至，端爲尋師力疾來。伏枕先依蝴蝶夢，揮毫且讓鷓鴣才。主人投轄情偏重，無奈歸心一棹催。

張履祥 爾錫，一姓杜

昆湖水色接天開，剥啄門多屐破苔。遊客未須尋勝去，登龍端許學人來。雲山聳秀三秋日，風雅平分兩邑才。刻燭漫誇文草捷，一輪桂魄照人催。

周士檟 檝芳

月色横空水鑑開，繞庭香露浥莓苔。通經虎觀兼同異，追躅龍門迅往來。已見少微光列宿，會逢聯璧應多才。棘圍咫尺看花近，戰捷無勞燭影催。

吴　遷 勛傳，一姓黄

波光千頃碧天開，野徑秋風長緑苔。瞻斗可知雙劍出，聚奎早卜五星來。墨莊主號昆湖長，絳帳師推鹿洞才。記取來年今此夕，廣寒應見桂華催。

王孝持 男偉

東閣端爲多士開，滿階秋色欲生苔。三年夫子垂帷坐，百里門生聽講來。承問豈無沂水志，掄篇誰是夜珠才？最憐洗酌殷勤意，又倩山頭明月催。

瞿有仲 有仲

龍門百尺傍湖開，欲駕秋風掃積苔。三秀喜瞻仙島瑞，一枝誰折桂林來？射鵰争佩前茅印，穿虎還推飛將才。此夜異光遥燭斗，靈虬不用月華催。

毛褒 華伯

一庭萍藻翠雲開，百里名賢破碧苔。酒薄不知秋露重，徑荒徐放月華來。紛紜觴詠風流古，落拓文章江海才。底是良宵兼勝侣，東烏莫遣曉霞催。

毛衮 補仲

八月湖平一鏡開，蒹葭蘸水碧于苔。天香正向雲中落，經袖遥從海上來。茂望不須争震氣，時危相戒鬬輕才。一輪湧出高林表，處處笙歌次第催。

費來 天來

秋風瑟瑟草堂開，勝侣連翩屐響苔。作賦定隨杯酒落，論文應候月華來。道傳鹿洞推高躅，名仰龍門集異才。無那良宵留不住，烏啼深樹卻相催。

顧　湄　伊人

月炤昆湖一鏡開，秋光深映夜明苔。華堂卻喜青鸞集，講席初從白鹿來。紙墨横飛禰子賦，尊罍歡洽魏王才。罰依金谷仍佳話，爉炬燒紅幸莫催。

陳　逐　碩膚，一字子謙

小山溥露曉香開，夜墮無聲應砌苔。纔向春風攜笈至，近從藥園師遊。又隨涼月過庭來。星占再見高陽里，天網應羅鄴下才。正是揮毫吟詠際，鐘魚忽送梵音催。是夜濳翁延衲禪誦。

王孝持唱

香散天風月桂秋，師門此日復從遊。共推虞海無雙士，更附婁江第一流。坐久文星迴北斗，吟餘詩思繞南州。舒眉再有開懷處，載酒同登汲古樓。

毛表和　奏叔

池上芙蓉正笑秋，相期弄影月中遊。蒲帆遥集欣同調，硯席分張盡勝流。作賦果誰堪琢玉，吟詩幾欲撼滄洲。不知更漏須臾盡，一片紅雲入曉樓。

黄御香 雲翼

金風玉露報清秋，折簡相邀作勝遊。四座即看符列宿，是日二十八人。百川還與障狂流。文章壇坫分藜火，淳樸山川記橘洲。墨沼未乾酣戰好，忽驚明月下高樓。

頑潭詩話附録

蔚村後人陳陸溥乾如輯

婁東十老圖詩歌

吾祖確菴公與嗣祖鴻逸公爲婁東十老之會，略仿香山洛社遺意。吴門高士張永暉繪圖誌盛，而延陵吴譽施亦仿西園故事敘而記之。歲遠人湮，不知落何所矣。此幅則一方外摹寫，坐立位置與原圖間異，而筆墨復不足觀。然披覽之間，猶得想見故國衣冠及前輩風格也。當時詩歌應多，不復得見，僅存敝簏數稿。特倩東村陸先生書之圖後，以存遺蹟云。

裹道人兜、披居士服者爲陳確菴。諱瑚，字言夏，年五十九歲。家住七十二潭。方外裝，與確菴濃談而行行且止者爲宋菊齋。諱龍，字子猶，年六十四歲。家住東皋。幅巾頳顔，執經而辨論者爲陸桴亭。諱世儀，字道威，年六十一歲。家住九龍灣。正容端坐，指揮如意者爲郁存齋。諱法，字儀臣，年六十五歲。家住錦雲溪。高冠而髯，抱膝南向而如有所商確者爲顧樊村。諱士璉，字殷重，年六十四歲。家住樊村涇橋。坐樊村之右，聞言而解頤者爲盛寒溪。諱敬，字聖傳，年六十二歲。家住紅欄干橋。倚雲根、對白水而哦者爲王隨菴。諱撰，字異公，年五十歲。家住海門第一橋。戴笠投綸者爲陸鴻逸。諱義賓，字素樸，年七十一歲。家住吴塘曲。露頂扶杖而危坐者爲王莊溪。諱育，字石隱，年八十歲。家住莊溪之陽。若將問奇於莊溪，而徐步近側者爲江愚菴。諱士韶，字虞九，年六十歲。家住陳門涇之新橋。○新橋即應岡門耶？延陵吴礜施記。

莊溪王育

桴亭酒酣面微赭，滿腹經綸未易寫。樊村虬髯氣吐虹，兀坐四海經營中，高冠峩峩起雲峰。存齋頽然玉山倒，懷仁抱義不知老。寒溪行止動合矩，珊瑚一枝出海底。纂述千古遡良史，和氣翔洽在眉宇。隨菴丰姿温如玉，得喪不足攖其腹，口拈五字吟髭秃。垂綸戴笠者鴻逸，志樂山水無與匹，孑然遺世而獨立。愚菴江子我門徒，天懷孝友俗情疏，淵明飢驅走京都。歸來閉户人望孚，威儀抑抑神清癯。菊齋非僧服僧服，皋羽祠前曾慟哭。海藏龍宫受真籙，世人争呼孫思邈。確菴黝然有深憂，忍卻飢驅爲道謀，文章萬卷走九州。莊溪八十老不死，露頂倚杖看雲起。

寒溪盛敬

茫茫身世事，落落畫圖人。海岳文如染，龍眠筆有神。衣冠存古道，行止任天真。佳話傳來禩，相於共出塵。

隨菴王撰

誰知斯世有吾徒，洛社風流入畫圖。笻杖葛巾天趣在，清泉白石俗情無。小山叢桂心偕隱，古道垂楊跡未孤。愧我不才還自幸，追從時得近型模。

蔚村學者錢嘏

辛酉長至前一日，寒溪先生以《婁東十老圖》命題。展而觀之，則吾師確菴先生及諸先生之玉照也。夫婁東者，婁江之東也。婁江蜿蜒清淑之氣，至斯地而凝聚焉。則斯人之生，固地靈之所鍾歟？然斯人皆千古之人，而非斯世之人也，又何有於斯地？其或地以人重，使天下後世之知有婁江者，將與唐之河汾、宋之濂洛並傳不朽耳。則覩斯圖者，安有不景仰夫斯人而致慨夫斯世也哉！故系之以詩曰：

披圖敢作等閒看，曠世丰姿見筆端。渭水龍螭皆入夢，濂溪風月此同觀。清泉白石容吾黨，翠柏蒼松共歲寒。貌盡猶龍人未識，衹緣都是古衣冠。

南廬王御

十子翩翩壽格强，逸民偏得近朱張。王官水上鷗雙侶，林麓山中詩一囊。好倩虎頭傳浩落，奚煩麟閣卜行藏。披圖粲爾渾無語，不盡春光徧緑楊。

山陰南枝戴易

儒冠僧帽遺民服，形影相憐共白頭。丘壑一時難物色，乾坤千古怨風流。記成汐社江聲咽，歌動冬青草木愁。留得離人哀恨在，塵揚東海見神州。

茂苑俟齋徐枋

聲名久共震寰區，此日披圖慰我思。嶽峙淵渟風格異，龍潛鳳伏事功遲。扶持世道同千古，培植人心豈一時。可惜鵝湖山下客，盡歸洛社話幽離。

樊村紀事

樊村涇者，州城内東南之水也。前朝王兵憲精形家言，鑿朝陽水門，引婁江潮注樊涇，北達至和塘，取巽方秀水爲州治形勝。厥後淤塞，僅存溝迹。四明錢忠介公牧婁，以連年大旱，城居乏水，乃疏樊涇，啓水門。已四十餘年，又將淤塞矣。樊涇雖在東南城，去闤市稍遠，居民少。周環菜圃，菴觀園亭相望，小橋流水，柳陰竹色，晨夕鐘聲，頗有林泉之致，與隱者爲宜。予居樊涇之東，盛寒溪、王戒菴居樊涇之西，三人年皆古稀外，時時過從，蔬酒爲樂，好事者稱爲「樊村三隱」。予因回首二十年前，吴魯岡之君子軒，王減菴之照春閣，郁存齋之静觀樓，王莊溪之斯友堂，陳確菴隱七十二潭，陸桴亭潛九龍灣上，陸鴻逸築春星草堂，龔無競有拙菴，宋子猶有菊齋，此皆舊遊之地也。當年諸友存日，暨我樊村三友同志多人，自讀書談道之暇，遇良辰美景，春花秋月，或四方名賢至止，則殷勤杯酒，盤桓盡歡。會必有記，人必有詩，蓋二十餘年無間也。數年來時事艱虞，存殁異態，良會莫續，感慨係之。近惟王芝麈幾番招友賞菊於古期齋，又舉耆英會於光大堂。亡友王南園喬梓，每秋招友賞桂於無隱林。辛酉冬，王隨菴招友賞雪於三餘館。壬戌春仲，招友集小齋賞梅。癸亥初春，同人聚首於王戒菴之南廬。春暮，集寒溪牡丹花下。此皆山齋所僅見者也。隨菴於癸亥春南遊，今甲子春盡日歸自廬陵。予憶其久客，喜其遠回；又舊友毛亦史卜居鄰右，令弟魯公時得把握，皆爲快事，因遵三簋約，置酒觴客，并招盛寒溪、王戒菴、毛眉史、鄭簪亭、劉癯仙輩皆與焉。若以數君子各成之品行擬諸古人，則高逸似皇甫士安，著述似習彦威，恬退似陳仲弓，才幹似魯仲連，詩文似白香山、蘇子瞻，書畫似米襄陽、倪處士，洵先朝之逸民，當代之雋才也。昔善夫之交松雪，墨妙迹垂梵刹；阿瑛之友鐵崖，詩歌名重玉山。地以人傳，人以才稱。山齋之會，諸賢之詩安在？古今人之不相及也。康熙甲子孟夏上浣之七日，樊村顧士璉記。

鴻逸齋聯句

戊子季冬，確菴、白民二君子來自玉峰，假館於鴻逸齋頭。予與嘐城默菴過訪，聚首逆旅，傾蓋如故。鴻逸出酒肴款宿，篝鐙茅榻，促膝談心，整容互對，時漏鼓三沈矣。諸君慨前修之莫逮，感後晤之難期，遂出筆墨，請共聯詩一首。乃知月泉社裏不廢篇章，許劍亭中還存姓氏。異日回思相見之奇、相知之愛，當有感於是篇矣。次桓徐賚記。

異縣看星聚，默。新知舊日盟。次。素心逾贈縞，匡古對班荆。海内師兼友，天涯弟與兄。確。杯傾鸚鵡動，裘脱鷫鷞輕。次。拔劍低昂舞，調琴斷續聲。鴻。詩書當甲胄，名教足干城。白。玉漏沈多怨，金波炤不平。次。文章雄甫白，道德紹周程。歲臘違新室，威儀想帝京。默。壺觴娱靖節，氈雪老蘇卿。確。危論參同異，傷時感死生。次。馬圖應不作，麟筆欲無正。確。廢壘哀笳急，孤城畫角鳴。次。衣冠悲漢溺，儒雅歎秦阬。確。玉座憐秋草，銅仙泣夜營。次。禔躬行素位，蒙難守艱貞。默。地肺人將隱，天街位自明。白。夢餘蘇化鶴，醉後李騎鯨。鴻。清嘯樓無月，悲歌臺爲名。次。驚逢行帶甲，愁聽野呼庚。白。跼促籠中鳥，飄零糞上英。默。酣歌彌激烈，意氣益峥嶸。默。非爲抒孤憤，何曾賦獨清。確。道貧元有屬，身介若無情。次。東海思投釣，南陽擬向耕。白。無家歸豹隱，何計息龍爭。越國薪嘗卧，秦庭淚欲傾。次。起兵傳勝廣，亡國恨閻丁。默。牛馬隨呼應，魚龍溷迹行。確。濺衣誰報智，擊筑欲除嬴。鴻。慷慨傷南渡，流離賦北征。墨酣聯石鼎，病渴愛金莖。次。霜落賓鴻苦，陽生屈蠖驚。默。小儒荒禮樂，大道鄙縱横。鴻。濂洛源流合，寧原首尾并。起占牛斗分，何日墮欃槍？次。

頑潭詩話跋

《頑潭詩話》向無刻本，葉徵君涵溪道光年間得鈔本於玉峰書肆，均係高人逸士酬倡諸作，一字一句，洵足寶貴。惜蠅頭行草，恒苦讀不終卷，欲借鈔未果，今忽忽四十餘年矣。蘅甫繆君近假葉氏藏本録副見示，展讀一過，曷禁愉快。特其中尚有闕字疑字，無從訂正，未愜予心爾。光緒九年癸未夏六月，邑人顧師軾識，時年八十有五。

委校《頑潭詩話》，一一疑誤，分別簽出。舊校偶有未當處，妄附簽末。承詢編輯條理，竊意編輯之道有二：一、依確菴先生自序，以人與時與事，各以其類歸附；一、原稿本係編年，但當別以甲子，酌分數卷，次第悉仍舊貫。此書本非詩話，而以詩話名者，大約聊存當日挂瓢諸君互倡迭和光景。如此釐訂，或尚不失初意。若竟以詩係人，則全屬總集體裁矣。校畢系以二律，并呈蘅甫仁兄大人教正。

故宮禾黍寫幽衷，半局殘棋劫已終。白社竟逃天地外，青山長在蕨薇中。百年士氣完臣節，一卷《離騷》續變《風》。我欲扁舟蔚村去，蓮花深處訪漁翁。

桃源一曲水淪漣，晞髮山林別有天。太史占星五百里，《谷音》遺集一千年。讀書惕識先民意，擬依確菴先生序意編次。繩武終慚後起賢。先太父曾擬編刊，未果。異代幽光誰發覆，篝鐙重爲整遺編。蘅甫將刊是書。丁亥夏秋孫徐敦穆初稿。

咸豐紀元季冬望前，從涵溪丈借鈔，呵凍草草録畢，因識。

竹中猶喜紙窗明，日日鈔書作課程。縱使鈔成無所用，也勝塵土負平生。新陽潘道根確潛。

舊鈔《頑潭詩話》上、下卷，并訂一册，密行細草，小於蠅頭。有批評夾雜圈點間，難於辨别。向藏婁東葉徵君涵溪先生諱裕仁處，余於今年春二月從其孫伯雲茂才假得之，手自録副，凡四閱月而始畢。此書向未梓行。咸豐紀元，潘晚香先生借鈔一本，有詩題於原鈔本之後，屈指已六十四年矣。不知潘本猶在人間否？光緒癸未七月，鎮洋繆蘅甫朝荃亦借鈔一過。癸丑夏，趙學南詒琛借繆本録於滬上。六月製造局之變，燬於火。學南從兄仲宣明經别録一本於信義。此書除原鈔本外凡有五鈔本，一燬，一不知所往，難得而易失，將何以廣其傳耶？學南矢志闡幽，不惜重資，謀付剞劂，不禁爲之欣喜。因書數語，以誌此書鈔傳源流，而拭目以俟鐫工之成焉。甲寅仲夏，崑山後學王德森謹識。

癸丑七月，學南從弟借太倉繆蘅甫先生校録《頑潭詩話》示余。余以是書向無刻本，世間罕有，力疾手鈔，月餘而竣。今夏，老友王君嚴士亦在太倉，借得原鈔本，録副屬校。按：此原鈔本即葉涵溪徵君得諸玉峰書肆者也，字跡模糊，不可辨識，紙亦殘損，片片欲飛。王君細心體認，終卷無魯魚亥豕之訛，曷勝欽佩。核對一過，校正良多。並録潘晚香先生題詩於後。特惜先生手鈔本流落何所，無從搜訪，爲可惜耳。甲寅六月，崑山後學趙詒翼謹識。

余於壬子年校刻陳確菴先生《離憂集》、《從游集》於滬上，見吾邑潘晚香先生《跋離憂集》云：「向婁東葉涵溪借《頑潭詩話》，呵凍鈔一副本。」於是知兩集外尚有是書。癸丑季春，函詢婁東繆丈蘅甫，逾月即以鈔本寄示。附書云：「此詩話擬刻未果，成吾志者，其在君乎？」卷末附顧師軾跋，知繆丈亦傳録葉氏本也。余亟爲録副，月餘始畢，而病其帝虎烏鳥之多，方欲詳校付梓，詎知天未厭禍，人心好亂，六月中旬，謡諑繁興，一夕數驚。余獨坐峭帆樓，校勘不輟。既望下午，事更危急，不可久留，避至租界十七日。女兒蘭歸家取衣，見案上一册，即挾以出，則繆氏所鈔《頑潭詩話》也。越二日，亂大作，峭帆樓以近於製造局，遂燬於火，獨此書僅存。從兄仲宣篤好婁崑前哲遺箸，因録一本。同邑王君嚴士適得葉君所藏原鈔本，亦重録一過。於是從兄以原鈔及新鈔兩本互勘改正。丙辰春，余移寓蘇垣，即取從兄鈔本校訂。今春付梓，吳興劉君翰怡助以巨貲，婁東唐君蔚芝、李君頌韓重其爲鄉先哲遺箸，亦各貲助，俾潰於成。余獨念當日亂離情狀宛在目前，而繆丈則墓有宿草，從兄亦遽歸道山，女兒蘭又於去冬夭折，惟嚴老與余昕夕會譚，世事之變遷，人生之不測，有如此者，余能無感乎？原稿本分二卷，繆丈鈔本分三卷，今仍編爲二卷，補遺、附録次於後。此書雖以詩話名，實係清初高人逸士唱和諸作，隱寓故國之思，讀之令人悲歎。而《戳讖謡》及《劉河》兩序所云，與今世習尚及藉端生事者有以異乎？嗚呼！吾殆不欲言矣。丁巳仲春，崑山後學趙詒琛謹識。

春酒堂詩話

春酒堂詩話提要

《春酒堂詩話》一卷，據民國四年張氏約園刊《四明叢書》本點校。撰者周容（一六一九—一六七九）字鄮三，一作茂三，浙江鄞縣人。明諸生。明亡後爲僧，不久以母在返俗。曾代人受刑跛足，别號躄堂。性狂放，時人目爲徐文長。康熙時拒薦博學鴻詞科。有《春酒堂詩文集》。此卷有憶康熙十七年戊午事，則當成於翌年下世前。周氏乃不羈之士，又身歷鼎革之變，故説古今詩頗有世事之感，如以唐李端《送劉侍郎》絶句爲友人楊猶龍死之讖、讀王介甫《明妃曲》而斷其人「使當高宗之日必爲秦太師」之類。其詩受知於錢牧齋，嘗手録牧齋《列朝詩集》之小傳，而不喜其詩選；又譏「步其體例而成書者」爲「俚鄙」，此似隱指朱彝尊之《明詩綜》，其時尚在編撰中耳。要之周氏性情中人，説詩以出人意表爲快，然終是一家一得之言，於清初詩學則似影響甚微。郭紹虞《清詩話續編》所據未知何本，較《四明叢書》本少三則，稍嫌不全耳。

春酒堂詩話

鄞縣周容鄮山撰　慈谿馮貞群孟顓編

家嚴常語容曰：「文公叶《詩經》諸韵，似亦有不必拘者。如『六月食鬱及薁，七月亨葵及菽』，『菽』叶『薁』也。『八月剥棗，十月穫稻』，『稻』與『棗』叶，轉韵矣，何必强『棗』爲『走』，强『稻』爲『徒苟反』也。『爲此春酒，以介眉壽』，『酒』叶『壽』，又轉矣。又《鹿鳴》詩，何必叶『鳴』、『苹』、『笙』入七陽乎？一章兩韵，經中多有。」

又曰：「《雅》、《頌》稱『什』，猶軍法以十人爲什也。此即是唐人『律』字之祖，律者亦猶軍之有律也。」

嘗坐牧齋先生昭慶寺寓，適有客以詩卷謁者，先生一展，輒掩置几側，不復視。已而此客辭去，先生顧謂容曰：「凡於人詩，不必於詩也，於目知之。頃見目中有《梅花》詩，且三十首，故不必復視耳。」隨出其《梅花》詩讀之，皆《兔園册》語，相視大笑。又曰：「使當此君前一讀，其輕謾之不能自禁，當更甚於掩置耳。」

又嘗謂容曰：「古人詩無字不體情體物，移易不可。初視殊不覺也，及爲妄改者形出始見。如古詩云：『枕郎左邊，隨郎轉側。』二語爲李于鱗取去，改『左』爲『右』，豈非點金成鐵！」容聞之，不禁失笑。不特見先生讀書體貼，亦以見先生接引後學之懷，坦易可親如此。

杜牧之詠《赤壁》詩云：「東風不與周郎便，銅雀春深鎖二喬。」今古傳誦。容少時，大人嘗指示曰：「此牧之設詞也，死案活翻。」及容稍知作詩，復指示曰：「如此詩必不可學，恐入輕薄耳。何苦以先賢閨閣，簸弄筆墨！」又云：「李建勳《宫詞》：『却羡落花春不管，御溝流得到人間。』此之謂不識廉恥。于鱗選詩甚嚴，而取此何也？慎之！」

次寅問予曰：「李青蓮畢竟是何處人？」予曰：「予不能必其何處，但能斷其必非蜀人。」問：「何以徵之？」曰：「使青蓮果蜀人，必不詠《蜀道難》矣。」

唐玄宗見青蓮「飛燕新妝」詩而能不怒，見襄陽「不才明主棄」句而怒之，此所以爲命也夫。

少陵云：「風吹蒼江樹，雨灑石壁來。」晦庵曰：「杜詩多誤字，如『風吹蒼江樹』，『樹』字無意思，當作『去』字無疑。」故至今刻本皆作「去」字，不知「去」字正無意思也。「樹」字始令人想入圖畫，所謂「山雨欲來風滿樓」也。後閲申鳧盟《説杜》，亦以爲「樹」字，然曰「『風』如何吹得『江』去」，則非也。「來」字亦不黏「石壁」，若云「江」不能「去」，則「壁」亦不能「來」，不反受晦翁大笑哉？又曰「『來』對『去』亦板俗」，亦謬。「去來」、「多少」、「遠近」諸字，但視用之何如耳。

少陵《佳人》詩云：「自云良家子，零落依草木。」又曰：「天寒翠袖薄，日暮倚修竹。」數語近於鬼詩。又崔國輔《怨詞》云：「妾有羅衣裳，秦王在時作。爲舞春風多，秋來不堪著。」則竟似颯然陰風矣。唐人固不特長吉善鬼語也。

有見予《村居》詩者，撫掌曰：「酷似司空圖《修史亭》詩。」予曰：「《修史亭》詩若何？」客曰：

「『誰料平生臂鷹手，挑燈自送佛前錢』，豈不似君『平生射虎心何在，獨倚柴門看插秧』乎？」予曰：「予詩似與否未可知，然『前錢』二字宜商。」客曰：「然則『至今遺恨水潺潺』、『離宮晚樹獨蒼蒼』，俱失商耶？」予曰：「此又當別論耳。」

少陵哀李光弼詩云：「内省未入朝。」正是就彼一生形迹心事，兩字説盡，可謂刻畫。而申凫盟云：「光弼一生失著，以『内省』二字混過。」誤矣。

「天闕象緯逼，雲卧衣裳冷」，「闕」字或作「閫」，或作「閲」，或作「闚」。四字之中，畢竟「闕」字近理，正不必以不稱「卧」字爲嫌。牧齋先生引《東都記》爲證，是矣。一日讀鮑明遠《升天行》云「從師入遠岳，結友事仙靈。五圖發金記，九籥隱丹經。風餐委松宿，雲卧恣天行。冠霞登綵閣，解玉飲椒庭」云云，因想少陵用「雲卧」本此，安知「天闕」非「天行」耶？況題是《龍門奉先寺》，與明遠詩意相近耶！

家舊有《唐詩鼓吹》一册，俱七言近體，意主綺靡，而魔詩俗調，十居其七，不知定之誰氏。首幅有「元贊善大夫郝天挺注」一行，余笑謂固應是此時之書。然上有高曾圖記，不忍廢也。戊午客燕，見牧齋先生《有學集》中有《鼓吹》一序，證爲元遺山選次，以比之王荆公《百家選》。夫荆公《百家選》必可觀，惜未見也。若《鼓吹》之猥鄙，何以當先生意如是？恐不足以服嚴氏、高氏之心。先生往矣，安能起九原而面質之？

馮惟訥《詩紀》曰：「古今詩人以詩名世者，或只一句，或只一聯，或只一篇，夫豈在多哉？」但「空梁燕泥」與「庭草無人」，以煬帝殺之而傳；「楓落吴江」，則可謂之一語傳耳。若「池塘春草」以夢，故非以此盡康樂也。太白、少陵將從何處拈出耶？

薛道衡「空梁落燕泥」，竟至殺身。永叔云：「未爲絶響，何至君臣相仇？」予曰：「此原非絶響，直是道衡詩讖耳。『庭草無人隨意緑』，亦猶是也。」

丁酉夏，别楊猶龍歸。後先生書來，附以詩，結云：「聽到江猿第幾聲？」予爲之悽然，然不以爲怪。癸卯夏夜不寐，吟諷此句，疑唐人曾有之。乃檢唐集，見李司馬《送劉侍郎》絶句云：「幾人同入謝宣城，未及酬恩隔死生。惟有夜猿知客恨，嶧陽溪路第三聲。」不覺大怪。至秋而聞先生歿矣。死生之隔，竟成詩讖，豈李司馬詩先爲吾二人作案耶？痛哉！

有客自鄜州來，云：「州北有杜川，爲少陵故居，石壁上鐫『長天夜散千山月，遠水遥收萬里雲』之句，爲少陵逸句。」予曰：「此必非少陵句也。」客問：「何也？」予曰：「首句淺；次既『遠水』矣，又『遥收』，曾少陵有是？」

唐詩「緑浪東西南北水，紅闌三百九十橋」，又「春城三百九十橋，夾岸朱樓隔柳條」，又「煩君一日殷勤意，示我十年感遇時」。陳郁云：「『十』音當爲『諶』也。」陳郁不知何處人，何其似北人耶？北人無入聲，以入爲平者，豈止一「十」字哉！

樂府「歡作沈水香，儂作博山爐」二語，分明是道人點化，説得好色人冰冷。香在爐中，豈不可畏？偏託女子口中道出，令人不覺，古樂府之妙如此。

見有拈施肩吾閨情詩曰「三更風作切夢刀，萬轉愁成繫腸綫」，以爲警絶。予笑曰：「似此稱詩，何異泛海賈胡爲業風吹入羅刹鬼國耶？即有指南引歸，亦衹泊得島夷界上。」

岳忠武詩詞極佳，蓋緣性情過人故也。然人但傳其《送北伐》并「潭水」、「松風」之句與《滿江紅》調耳，所遺必多。憶癸卯春於張子漸家見忠武真蹟，用筆有法，書《過滁山作》，結云：「好水好山看未足，馬蹄催趁月明歸。」署名一字。詩旨含蓄無限，惜忘前二句。而子漸爲古人已七年矣。嗚呼！

虞山選《列朝》詩，或刻或濫，可議者十之三；作《歷朝傳》，隨意寫生，可誦者十之七。余嘗於曾中將列傳稍爲删節，手録一過，信非近代人所辦。世之挾其弱姿淺調而欲撼之者固可笑，乃有步其體例而成書者，衹見其俚鄙耳。

余未曾覽《滄溟集》，戊午夏，客順德，登清風樓，見其作郡時所題四律中各有「萬里」字。其無心耶？抑故爲之耶？豈成名而有所無不可耶？名之爲害如此。

邱文莊嘗云：「眼前景致口頭語，便是詩家絶妙詞。」此言是矣，然元、白又何以輕而俗邪？此中兩參，乃得三昧耳。

慈水姚亦方嘗問予曰：「唐詩畢竟從何人入手？」予曰：「莫問從何人，且先問從何體。」亦方瞠目曰：「體從五言古，又煩言邪？」予曰：「非也。須從絶句始。」亦方沈吟次，予曰：「唐詩中最得風人遺意者，惟絶句耳。意近而遠，詞淡而濃，節短而情長。從此悟入，無論李、杜、王、孟，即蘇、李、陶、謝皆是矣。」亦方爲之快然。

甯戚《飯牛歌》，鬆快刺耳，已啓唐人風調。友人曰：「安知非後世擬作？」余笑曰：「然則當時未必有甯戚其人。」

歐陽文忠《新茶》詩有云：「年窮臘盡春欲動，蟄雷未起驅龍蛇。夜聞擊鼓滿山谷，千人助呼聲喊呀。萬木寒癡睡不醒，惟有此樹先萌芽。」要知宋時有催茶之法。今山茶最遲，安得先萬木而萌芽乎？又有《和嘗茶》詩云：「溪山擊鼓助雷驚。」

少陵《望嶽》詩，考年譜謂是十五歲時作。余讀詩意良然，如王氏子弟聞郄公求壻，未忘「矜」字。《龍門奉先寺》，亦未能坦東牀腹也。

李義山云：「嫦娥應悔思靈藥，碧海青天夜夜心。」傷風雅極矣，何以人盡誦之？至又云：「兔寒蟾冷桂花白，此夜嫦娥應斷腸。」差覺蘊藉，似亦悔其初作而爲此。

司馬札《宫怨》云〔一〕：「年年花落無人見，空逐飛泉出御溝。」人説與李建勳「却羨落花春不管，御溝流得到人間」之句相似。予謂不然，司馬詩較蘊藉，不礙大雅。

【校勘記】

〔一〕「司馬札」，原誤作「司馬禮」，據《唐才子傳》及《全唐詩》改。

俞次寅一日語余曰：「謝客詩篇頗多，何以獨得意惠連入夢之句？」余曰：「可知此君苦心在求自然。」

長信詩不必不怨，然如王諲所云「飛燕倚身輕，争人巧笑名。知君棄妾意，是妾怨君情」，則幾於罵街婦矣，莫以盛唐，隨人佞譽。

虎林某氏爲女納采，錦繡珠貝，羅列堂上，賓朋姻黨咸集。正歡笑間，忽有一蛇從中梁而墜，衆各愕視，莫能一語。主人不悦。顧某後至，大聲曰：「《雅》不云乎？『惟虺惟蛇，女子之祥』，可賀也。」滿堂協讚，爲之鬨然。周子聞之，曰：「此可謂善説《詩》矣。」

襄陽《歸南山》詩，全章淺率，不待吟諷。不特誦之帝前，見野人唐突，只就詩論詩，殊違雅致，無足録也。後人翻緣勿遇之故，不忍遺棄，亦襄陽不幸中之幸矣。

《黄鶴樓》詩，評讚者無過隨太白爲虚聲耳。獨喜譚友夏「寬然有餘」四字，不特盡崔詩之境，且可推之以悟詩道。非學問博大，性情深厚，則蓄縮羞赧，如牧竪咶席見諸將矣。

有舉僧詩警句曰：「笠重吴天雪，鞋香楚地花。」牧齋先生笑曰：「次句似贈妓詩。」客爲鬨堂。余思先生雖是謔言，然「鞋香」二字實可笑，謔也而寓教也。

「詩有别才，非關學也；詩有别趣，非關理也。」此嚴滄浪之言，無不奉爲心印。不知是言誤後人不淺。請看盛唐諸大家，有一字不本於學者否？有一語不深於理者否？嚴説流弊，遂至竟陵。

《早朝》四詩，賈舍人自是率爾之作，故起、結圓亮而次聯强湊；少陵殊亦見窘。世皆謂王、岑二詩宫商齊響。然唐人最重收韵，岑較王結更覺自然滿暢。且岑是句句和早朝，王、杜未免扯及未朝、罷朝時矣。

陳胤倩詩，主風神而次氣骨，主婉暢而次宏壯。嘗指摘少陵詩，目爲枵句，如「乾坤」、「萬里」諸語。余笑曰：「君奈何又有『乾坤一布鞵』之句耶？」相與大笑。憶此在己亥春慈仁寺雪松下，今成疇昔矣。録及，爲之潸然。

唐武宗怒一宫嬪，命柳學士賦詩釋之。詩曰：「不忿前時誤主恩，已甘寂寞守長門。今朝却得君王顧，重入排房拭淚痕。」余少謂公權此詩殊太淺薄，豈急就御前，《清平》已不免耶？戲捉筆擬云：「宫花乍爾背春陰，旭日迴光豔轉深。自是君恩濃似海，不教詞賦費黄金。」家君見之，笑曰：「寒士酸態。」

容外祖范滁園先生，博學該覽，富於撰述。庚辰春，曾受第二舅仲將翁命，定其詩集。及舅亡後，屢索是集於諸表氏，不可得。今憶一詩云：「仗劍自句東，燈花昨夜紅。山中無斗酒，慚愧杜祁公。」題曰《喜周倩至》，謂家君也。時設帳蘭陰，家君往，從之游，故有是作。容四五歲，家慈輒教之誦是詩。後侍外祖側，舉是問曰：「阿翁作唐詩，亦可引宋事乎？」外祖愕然。時容年十有四。容曾祖著有《松石詩稿》一卷，藏笥中。每欲合外祖稿梓行，題《春酒堂二祖集》，至今未暇，而容鬢髮髮白矣。

容祖八十時，自題聯句於堂柱曰：「庾嶺古梅，清香和我老；燕山叢桂，花蕚待時芳。」蓋祖生辰在冬季，而容父暨伯、叔凡五也。適外祖至，命書者易「待」字爲「及」字，賓客咸贊曰：「尚何待耶！」容祖欣然從之。次日私語容曰：「汝外祖意太急，失却出語意矣。」

王子安《滕王閣》詩俯仰自在，筆力所到，五十六字中有千萬言之勢。而其爲序，不特囿於習氣，且東補西湊，飣餖可醜。從來詩文同道，即謂少陵文不及詩，然斑駮自見古意。乃子安姿稟是□，遂覺詩文判然耶！

有以九言詩見示者，余曰：「詩至七言極矣，漢《柏梁》原已等之諧談俗語；《黄庭經》語語歌行矣，晉人喜書之而未嘗爲之，豈當時亦鄙其體爲道流醮章之類而不足學歟？七言且然，況九言哉！」

盛唐萬楚《五日觀妓》詩云：「西施漫道浣春紗，碧玉今時鬭麗華。眉黛奪將萱草色，紅裙妒殺石榴花。新歌一曲令人豔，醉舞雙眸斂鬢斜。誰道五絲能續命，却教今日死君家。」此詩無不視爲拱璧，何也？「奪將」、「妒殺」，開後人多少俗調；末結竟似弋陽場上曲矣。唐人俗詩甚多，不勝枚舉，獨舉此者，以諸家所贊羡者也。

「不信比來常下淚，開箱驗取石榴裙」，此必非武后詩，好事者醜而擬之。武后何許人，乃肯擬《楊白花》耶？況較之《楊白花》又俚鄙甚。友人曰：「君欲作梁公耶？奚煩爲之湔洗！」

嘉州《東亭送李司馬》詩，前輩謂「到來函谷愁中月，歸去蟠溪夢裏山」二句已入中、晚。余謂此二句非中、晚也。其下「簾前春色應須惜，世上浮名好是閒。西望鄉關腸欲斷，對君衫袖淚痕斑」四句，竟開宋人門户。

容少時有詠古律詩二十首，其詠《相如璧》起句云：「楚璞能歸趙，無城亦可秦。」家君見之，笑曰：「議論可喜。然他日能不録此詩，則進矣。」容至辛卯始悟，曰正嫌議論入詩耳，遂盡焚之。

長吉詩原本《風》、《騷》，留心漢、魏，其視唐人諸調，幾欲夷然不屑。使天副之年，進求章法，將與明遠、玄暉争席矣。余録其佳者，於《感諷》「合浦」、《題趙生壁》、《京城》絶句全章外，如「不知船上月，誰棹滿溪雲」、「長卿懷茂陵，緑草垂石井。彈琴看文君，春風吹鬢影」、「江頭樝樹香，岸上蝴蝶飛」、「沙頭敲石火，燒竹照魚船」、「今夕歲華落，令人惜平生。心事如波濤，中坐時時驚。朔客騎白馬，劍弝懸蘭纓。俊健如生猱，肯拾蓬中螢」、「長安夜半秋，風前幾人老」、「天遠星光没」、「夜遥燈焰短，睡熟小屏深」、「蟲響燈光薄，宵寒藥氣濃」、「蜂語遶妝鏡」、「燕語踏簾鉤」、「人生有窮拙，日暮聊飲酒」、「逢霜作樸樕，得氣爲春柳」、「手持白鸞尾，夜掃南山雲」、「京國心爛熳，夜夢歸家少」、「心事填空雲」、「襄王與武帝，各自留青春」、「夢中相聚笑，覺見半牀月」、「風吹沙作雲，一時度遼水。天白水如練，甲絲雙串斷。行行莫苦辛，城月猶殘半」、「塞長連白空，遥見漢旗紅」、「風吹枯蓬起，城中嘶瘦馬」、「爲有傾人色，翻成足愁苦」、「何物最傷心，馬首鳴金環。野色浩無主，秋明空曠間」、「胡角引北風，薊門白于水。天含青海道，城頭月千里」、「帳北天應盡」、「乘船鏡中入」、「無人柳自春，草渚鴛鴦暖」；起句云「星盡四方高」，又「月落大隄上」，又「九月大野白」；結云「來長安，車軿軿，中有梁冀舊宅、石崇故園」等句，初無鬼氣，何遜古人？其歌詩長調爲古今常所贊誦者，余不道也。善乎須溪之言曰：「落筆細讀，方知作者用心。杜牧之直取二三歌詩而止，未知長吉者也。謂其理不及《騷》，非也，亦未必知《騷》也。更欲僕《騷》，亦非也。」須溪真知長吉哉！《騷》亦安可得僕耶？至謂其自成一家，則謬矣。長吉乃未成家者也，非自成家者也。

《高軒過》注云：「賀七歲能詞章，韓愈、皇甫湜未信，過其家，使賦詩。援筆輒就，目曰《高軒過》。」然詩云：「龐眉書客感秋蓬，誰知死草生華風。」豈七歲兒語耶！意者二公聞其七歲時已能詞章，是追言之，非賦《高軒》時也。

余最恨言詩者拈人單詞隻句，然於長吉，不得不爾。詩不審章而論句，遂趨中、晚。然少陵章法，又須求其不可測處，否則如「丞相祠堂」與「諸葛大名」諸篇，爲宋人師承，涉於議論，失詩本色。嗟乎！既免中、晚之卑，又免宋人之横，吾於近代中，將起誰氏而與言詩乎？

王介甫《明妃曲》有云：「家人萬里傳消息，好在氊城莫相憶。君不見咫尺長門閉阿嬌，人生失意無南北。」又云：「漢恩自淺胡自深。」介甫少而名世，長而結主，何所憤激而爲此言？使當高宗之日，介甫其爲秦太師乎？靖康之禍，釀自熙寧，王、秦兩相，實遥應焉，此詩爲之讖矣。

須溪指《飲中八仙歌》，曰「古無此體」，非也。此歌自從《柏梁》脱胎。

少陵《對雨》詩曰：「不愁巴道路，恐失漢旌旗。」「失」字舊本是「濕」。須溪曰：「『失』字好。」友人問：「畢竟宜從何字？」余曰：「『濕』字險，『失』字晦。」友人曰：「少陵晦句固多。」余曰：「少陵無晦句，衹是今人學問淺耳。」

友人曰：「絶句以一句一意爲正格。」余曰：「如而言，則『春遊芳草地』，何如『打去黄鶯兒』耶？」

班婕妤《紈扇》詩，舊注云：「婕妤失寵，故有是篇。」余曰：「此是婕妤辭輦時作，非失寵後作也，故云：『常恐秋節至。』『常恐』二字有見機意，無固寵意。若既失寵後作，又何云『常恐』乎？」

郭代公以《寶劍篇》發跡，至今若有生氣，讀之一巃豪之調耳。然對英主，正是沈細不得，英雄事業中人，非可以風雅正則論也。

有人問曰：「絶句如何鍊意？」予曰：「意在句中。」友不悟。予笑曰：「崔惠童詩『今日殘花昨日開』，若是『昨日開花今日殘』，便削然無意矣。」

「鵝湖山下稻粱肥，豚栅鷄栖對掩扉。桑柘影斜春社散，家家扶得醉人歸。」友人指爲絶唱。予曰：「自是絶句佳景。然『肥』字落韵，終非盛唐本色。此又不特絶句然也。」

閬仙所傳寥寥，何以爲當時推重？「客舍并州」一絶，結構筋力，固應值得金鑄耳。

張文潛愛誦《玉華宫》，遂擬作《離黄州》詩，向客津津誦之。其詩曰：「扁舟發孤城，揮手謝送者。山回地勢卷，天豁江面瀉。中流望赤壁，石脚插水下。昏昏煙霧嶺，歷歷漁樵舍。居夷實三載，鄰里通假借。别之豈無情，老淚爲一灑。篙工起鳴鼓，輕櫓健於馬。聊爲過江宿，寂寂樊山夜。」予不知是詩視《玉華》健辣若何，祇就「舍」、「夜」、「借」三韵，竟可假借否？文潛豈今之傖父與？乃欲拗折韵脚也。

有傖父謂予曰：「南人詩□好，亦生得地方便宜耳。如『姑蘇城外寒山寺』，有何心力，競指爲絶唱？若效之云『通州城外金龍廟』，便揶揄之矣。」予爲之大笑，然亦可以悟詩中一境。

友人曰：「詩能窮人，信然乎？」曰：「予固聞詩能窮人，但祇見詩能通人耳。唐取士以詩，豈曰『窮人』？『江上峰青』，尤表表者；□『日暮漢宫』，特傳御批除官，千古豔之。若孟郊諸人，□原應爾，安得概以咎詩哉！」友人曰：「詩窮人，亦謂人於詩道進一分，輒於世俗人情退幾許，故窮也。」余曰：

「《詩》三百篇，最於世俗世情留心關切。夫子奈何以之教人？所謂『興觀群怨』者，通之謂也。世之不詩以窮者多矣，將誰咎哉？」

吳人計甫草夙有時名，中丁酉鄉榜，旋以詿誤被黜。癸丑秋，與予相見燕市，出詩，有云：「予本熱中人，十年遭廢置。譬之太史公，一旦割其勢。」予笑曰：「公等科名乃值才人一勢耶？然後知近世得意之家，奴客子弟橫豪里閭者，謂之使勢，蓋本諸此。」座上聞者爲之乾笑而已。

舟過梅墟，錢象元留飲。予噉蟹甚暢，戲舉筆題詩曰：「華筵能及蟹，酒興十分開。染醋忘雙箸，橫螯響一腮。肥知天晦月，寒擬腹鳴雷。但備多薑在，秋深準再來。」時醉矣。次晨驚笑，無異打油。然於噉蟹情狀，可云描盡，附此博笑。

古雪堂文集·詩話

古雪堂文集・詩話提要

據康熙間刊《古雪堂文集》本點校。撰者王令，字仲錫，號半笠，陝西渭南人。官至廣東按察使。有《古雪堂文集》。《詩話》載《文集》卷十三。《文集》有何凝康熙十七年序，《詩話》中「南溟先生筆話」一則亦有「戊午溽暑裁此以作筆話」之記，似即作於此時。寥寥九則，除一則外，皆題曰「詩話」，蓋讀詩而記其逸志韵事也。《四庫存目提要》謂其雜文「詞多蹇澀」，此篇亦是。

古雪堂文集·詩話

關中王令渭川父著
渤海何凝秋水父較

紀漚伯桐溪詩話

漚伯朱子，練江人。喜坐虚白，目力警能，月下敲枰，連夕不倦。善著作。醉後以蘆葉作清笛，音散徹雲杪，過鳥爲之半落。著有《天河冰鑰集》，寓意飄緲。更《清宛》《鯨巢》諸詩，古拙幽窩，殆與綃宫珍怪參挾筆底。常語嵩山第一峯云：「汝曹賴天半酣霧，以作玄幪。顧風狂霧去，秃首遺巾，第許爲予詩中幻一佳句耳。」更有《木門道中叱石》古體云：「天涯出海道，心事付長吟。古磧風埋月，長干雪洗塵。」若兹「風」「雪」兩字，佈置雄幻，更以海作道，以見世路匪平，秪許長吟，互相知己耳。虚生白，朱子之道也。予嘗評其詩集，故隨閲隨以筆。

嵎山詩話

予年三十有五始作詩，便出言雄屹，寧朴不艷。蓋予性本麤豪，素懷昂藏，託深心于海山碧月，跳宕無著焉耳。今近作漸至松毛自茹，幾欲辟穀。案頭得諸名家嘉言，中亦有奇特者，名《憐嵎集》。初頁殘落，第未識何許人。其自序畧云：「詩斬關鐵鉞也。昔磨勒度紅心洋，劈月于舵，乃知舟可鎖雲，帆能掩日，未可以境限句也。」值閲《湘江夜泊》詩云：「俠月下衡山，點破湘江碧。爲訪素心人，欲補《離騷》窄。」惟斯人斯句，可與言詩耳。夫詩句外發言，亦似移家嶠嶼，放意天眉，有兹胸骨，便落筆巉巖，別一境界焉。如集中有狂句云：「移山待新魄，斷竹放雲歸。」意矗而雄，亦可取也。予《古雪堂集》亦有「竹影和雲砌，書聲待月春」之句，朴而逸，藏雄煉矗，又爲嵎山出一地步也。嵎山若喻，亦自識我。

硯樵齋詩話

王十朋志存抱犢，作文勁捷，數語間溪山生色。雁影、梅亭之文，每喜其清冷，若泛石烟、貯松腹也。濱南散人索書，文成，墨痕如野樵。十朋一字不得，乃擲筆于地曰：「此必嚴首座生前好肉食耳。」嘗作詩云：「礙路藤花雪不消，雲邊空有赤欄橋。青童宛若當風立，會飲松頭月一瓢。」斯句飄逸若仙云。十朋詩文得仙家氣骨，觀此信不誣矣。

曲江詩話

初唐風味，蘆管半開；晉魏天音，泛于松簧。雲袖氣骨，裂石流水，可攤莎而卧也。九齡張氏，少嗜書，家貧，就漁火而讀。性清逸，好吟韵，以豁陰翳。郡有裴賓賢者，與之連社。常題《曲江夜泛》詩云：「流水攤莎卧，性閒魚亦親。蓮舟下漁火，良以助予貧。石斛生書牖，牛衣怯暮春。誰是狂吟者，烟波接紫宸。」賓賢誦曲江句，喜曰：「嶺上石梅欲爲汝將來作調羹味也。」時先生已廿三矣。及先生居仕時，但高于風度，雖亘古異書，無不涉獵。每言詩，則笑曰：「是物如轉鬼腕怪舌，匪以博覽求也。」又常以《感遇》詩自適云：「孤鴻海上來，池潢不敢顧。側見雙翠鳥，巢在三珠樹。矯矯珍樹巔，得無金丸懼。美服患人指，高明逼神惡。今我遊溟溟，弋者何所慕。」賓賢後亦爲御史郎，覩其詩，即日歸田。向人言曰：「勿使曲江先生緑烟先破也。」時人并以曲江之高風以及賓賢。予覽之深有感焉，因帙座左，以遠弋者。

哥舒鸞詩話

予坐風鈴間，雪影忽下，迸我愁思。乃啓篋，得《鄜州野史》快讀。其十八摺云：「哥舒生，名鸞，金明縣人，居鄜州之夾嶺。其家花覆短籬，墻拖山杏。每卧月中，吟云：『皓月待我枕，山花分瀑開。緑摇千丈樹，林鳥織泓洄。郤書沉夢午，藤落砌幽莓。不放西山雪，和雲住一間。』時子儀郭公以節度來鄜。肅宗手簡子儀云：『卿抵鄜州，先爲訪騷士哥舒鸞者，著馳驛來長安。』子儀到日即訪鸞，鸞時年七旬矣。使至夾嶺，捫其門，見一小童掃石縫間花。再叩，啓半扉，使者入。徑中皆荒藤石竹，層層相礙，笑曰：『此真幽人之居也。』登其堂，則側松古榆，甑瓦而下，壁間苔蘚横封，上題有詩云：『山苔半似雲，雲卧山未醒。湅溜發松函，藤衣青炯炯。野鶴恠閒事，數椽幽且迴。莫謂去無車，烟濤生小艇。』使者得詩，問主人何往。小童對曰：『吾師日曉時，已乘小艇從山巔而去矣。』使者異其言，復子儀，乃奏聞肅宗，上悵悵數日。」予讀竟，櫓中詩情湧出，遂收入三峽。

錦江詩話

青蓮句自天性中湧出，如鳴爨之桐，芙蓉之鍔，音籟湊集，不假匏管。予讀《錦江曉發》詩，若風絃自調，松月遲烟，不覺心環林壑，氣曳秋蒼焉。其句云：「鴝霧翻岷齒，飛湍下緑城。帆依峯色遠，花拙石灣平。載酒分新雨，論詩避舊名。巫雲應有意，三峽夢中迎。」今于吴江友人篋中偶得此首，如獲牟尼一藏，爲即補入唐人詩選。更「樓閣」詩，亦正其訛焉。詩云：「見説蠶叢路，崎嶔不易行。山從人面起，雲傍馬頭生。一水分秦棧，千峯壓蜀城。升沉原有定，何必問君平。」觀二詩，青蓮千古絶調，又豈止爨桐、芙鍔之能收天籟耶。

南溟先生筆話

宋南溟先生諱翼，晉中丞。王右軍弟子也。貌清古，五十下筆，書法始圓健。或云先生先從鍾衟門習《筆陣訣》，斯訣本出衛夫人秘笥。如此言，則先生與逸少同學弟也。南溟噴濡之法，每爲鍾繇叱曰：「汝使筆不可反爲筆使，濡墨不可反爲墨濡也。」因三年不敢見。蘅門使人窺之，溟捫筆而思，意在大掃也。窺者回復其狀，蘅門喜，乃請見，溟愧謝。後得右軍《筆陣訣》，屹然大悟。其二摺，首秘云：「劃如橫雲壓陣，拔似古月掩天。點如墮石出荒烟，戈引萬鈞弩臂牽。如藤老求遷，踢跳狂泉。爭雨伏神，暗抱山川。驪龍出霧勢，翩翩潛思原，把握得在墨之先。」先生讀竟，跪拜三宿。常語弟子曰：「茲後予方悟筆鋒、硯城、紙戰場、墨鏊纓也。夫武技不嫻，戈矛不精，未有能克敵者。須觀技之精者，巧絶在心，毋容一毫疏畧。今而後，子等爲深記之。」戊午溽暑，裁此以作筆話。倘筆鋒若武侯之石陣，莫教久讀者句中飛出風雷也。

寒食前二日題濕柯詩話

予作冰雪中人久矣，每課栗芋，喜向山莊高敞處鋤之。時一歇鋤吟嘯，似與水山和答。莊杪漸引古柏，刺中山瀑，以濯清塵，更臨流賦詩，以酣野癖。不意柯夢圖南，雲雛結想，累我空清。因感瘴雨蠻烟之域，卑濕若居水底，若侶魚蝦焉。柳煙未禁絶，似黄梅時節，欲試爲穴處者遷，不可得也。恨恨。乃詠《九皐詩》十章，代檄以掃之。或曰：「玄鶴度水，不留虛影。非柯能留人，實柯夢自織耳。何檄焉？」予聞之，拍槐枝叫跳曰：「予心未嘗一刻不在九皐也，予志未嘗一隙離吾冰雪舊巢也。第軀螺之礙，爲境所欺，未害予志，予何患焉。」於是遂焚代檄詩。

評施妙玉詩話

詩之筆力，遠從性峽中間出。故少陵隔世，俱以詩名擅其美，少陵若不自識也。予閒牕裏蕉，霧桐雨中，翻古麗詩，以峯心脾。有妙玉施氏者，隴西人。幼能詩，謬爲冥司所勾，待丹陛間。久之，側聽有拘高素臣者。既至，冥司云：「爾何擅殺二卵？」素臣云：「此少時母飼鷄子八枚，自煮食之，非二也。」冥司拍案怒云：「爾欲證母罪乎？況八子之中，惟二卵雄。故坐爾殺罪，勿逃也。」高惶怖莫措。冥司云：「聞爾生前能詩，願爲誦一章，即與釋去。」素臣久不能成。妙玉自願代高生集韵，請于冥司，許之。句云：「天地涉混沌，聰明損其光。太古一函隱，千古無形傷。庖松性本直，破玉焚其岡。誤踏風塵市，螻蟻悲道傍。造物原多事，以罪誘高郎。還我混沌姿，免汝空徬徨。」冥王讀詩，竟有慚色，併高生釋之。是日魂同生，素臣訪之。女出見，父異之，即以女妻生焉。觀斯篇，兩人併得詩力，且隔世能韵，吾輩不可一日無詩也。

吟壇辨體

吟壇辨體提要

《吟壇辨體》一卷，據康熙間刻本點校。撰者王含光（一六〇六—一六八一）字表樸，號似鶴，又號鶴山、鶴道人，山西猗氏人。明崇禎四年進士，官吏部員外郎。入清歷官至太僕寺少卿、河南按察使。有《谷口集》等。此書論唐人七律平仄，分正、變、拗三體，力破流俗「一三五不論」之弊。變、拗非不論，必由隔字、連字、隔句「借還」之。「借還」即拗救也。後附例詩若干首，并及七絶與五律。其説拗體有全首拗者，不惟一三五不論，并二四六亦不論，而以老杜《暮歸》、《題省中壁》二首爲例。此較趙執信、宋弼等「全拗即是古詩」之説微不同，而似有度。又以李夢陽之拗體繼之，以爲氣格高古，故可不論，則又似過泛。其説甚簡明。清初馮班、王士禛、趙執信等論聲律，王、趙等譜乾隆初始陸續面世，含光此作似無人知，且早於諸家也。

吟壇辨體目録*

* 編者按：此目録與正文多不相合，姑存原貌。

吟壇辨體

引文

七言律始於唐，故詩家謂之近體。而名以律者，爲其嚴整難犯也。後之學者，往往詞意足賞，而聲調未諧，則「一三五不論」之説誤之耳。夫一三五固有不論者，亦有必論者，有似不論而實論者，有一句單論者，有兩句合論者，唐體甚晰，奈何概云不論哉？且律生於音，而音見乎吟，故善作必須善吟。倘心有平仄而口無平仄，土音雜出，失而不覺，烏在宮商迭奏，金石成聲耶？惟熟玩唐句，審音朗誦，悟入自然，信其必不容紊，則率意之失或鮮矣。至若前人偶有無心之誤，而後學輒援以自寬，此狃於便安者所爲，非深心斯道者也。今就鄙見所及，引證唐句，分爲正、變、拗三體，質諸同心，倘淹洽君子，廣我未聞，則風雅鼓吹，端有賴焉！

平起正體

平平仄仄仄平平，仄仄平平仄仄平。

仄仄平平平仄仄，平平仄仄仄平平。
平平仄仄平平仄，仄仄平平仄仄平。
仄仄平平平仄仄，平平仄仄仄平平。

右平起正體，學者易知，而作者難以盡諧，故具變體之式如左。

仄平平仄仄平平，平仄平平平仄平。
平仄仄平平仄仄，仄平平仄仄平平。
仄平平仄平平仄，平仄平平平仄平。
平仄仄平平仄仄，仄平平仄仄平平。

右平起變體，俱在一三五論。加點者，謂不論也；加圈者，謂必論也；重圈者，借必還也。

引　證

第一句首一字借仄，則第三字還平。如「漢文皇帝有高臺」，「漢」借仄，「皇」還平也，而「有」字必仄。

第二句一五可借。如「鶯囀皇州春色闌」，「鶯」、「春」借平皆可，而「皇」字必平。

第三句一三可借。如「金闕曉鐘開萬户」，「金」借平，「曉」借仄皆可，而「開」字必平。

第四句首一字借仄，則第三字還平。如「玉階仙仗擁千官」，「玉」借仄，「仙」還平也。而「擁」字必仄。

第五句一三可借。如「近臣零落今猶在」，「近」借仄，「零」借平皆可，而「今」字必平。

第六句一五可借。如「劉向傳經心事違」，「劉」、「心」借平皆可，而「傳」字必平。

第七句一三可借。如「乘興杳然迷出處」，「乘」借平，「杳」借仄皆可，而「迷」字必平。

第八句首一字借仄，則第三字還平。如「海鷗何事更相疑」，「海」借仄，「何」還平也，而「更」字必仄。

約法

第一句、第四句、第八句相同。第二句、第六句相同。第三句、第七句相同。第五句獨用。

仄起正體

仄仄平平仄仄平，平平仄仄仄平平。

平平仄仄平平仄，仄仄平平仄仄平。

仄仄平平平仄仄，平平仄仄仄平平。

平平仄仄平平仄，仄仄平平仄仄平。

右仄起正體，學者易知，而作者難以盡諧，故具變體之式如左。

平仄平平平仄平，仄平平仄仄平平。

仄平平仄平平仄，平仄平平平仄平。
平仄平平平仄仄，仄平平仄仄平平。
仄平平仄平平仄，平仄平平平仄平。

右仄起變體，亦在一三五論，圈點之法，見前平起變體下。

引證

第一句一五可借。如「丞相祠堂何處尋」，「丞」、「何」借平皆可，而「祠」字必平。
第二句首一字借仄，則第三字還平。如「錦官城外柏森森」，「錦」借仄，「城」還平也，而「柏」字必仄。
第三句一三可借。如「白狼河北音書斷」，「白」借仄，「河」借平皆可，而「音」字必平。
第四句一五可借。如「丹鳳城南秋夜長」，「丹」、「秋」借平皆可，而「城」字必平。
第五句一三可借。如「藍水遠從千澗落」，「藍」借平，「遠」借仄皆可，而「千」字必平。
第六句首一字借仄，則第三字還平。如「玉山高并兩峰寒」，「玉」借仄，「高」還平也，而「兩」字必仄。
第七句一三可借。如「故園楊柳今搖落」，「故」借仄，「楊」借平皆可，而「今」字必平。
第八句一五可借。如「不羨乘槎雲漢邊」，「不」、「雲」借平皆可，而「乘」字必平。約法同前。

右二體各就一句論，非謂句句如此方成變體也。一句中有借兩字者，或借一字亦可，非謂字字如此方成一句也。大抵平聲易借，而仄聲難借，借仄於起句者易，而借仄於對句者難。蓋平音輕而仄音重，起句主倡，其聲震拔，雖借仄聲，亦帶得過，緣第七字仄落故耳。如「越人自貢珊瑚樹」，一雖借

「越」，三仍用「自」。又如「鳥下緑蕪秦苑夕」，一二三連用三仄皆可，在起句故也。至於對句，主應其聲和緩。若首一字借仄，則二三必疊用平聲，然後悠揚易讀，此借還之旨也。若首句平起平落者，雖係起句，而第一字借仄，則第三字必平。如「漢文皇帝有高臺」，緣第七字平落故耳。若首句平起仄落，則一雖借仄，三不還平，如「野人自愛幽栖所」是也。若首句仄起仄落，則第三字用仄亦可，如「五夜漏聲催曉箭」是也。

拗體

變體所不能盡，則入拗體，唐人往往用之，亦有借還，非不論也。拗體之用，或在頷聯，或在結聯。用於平起變體者，俗名折脚，單論本句也。在第三句，如「西望瑶池降王母」，「降」借仄，「王」還平也。在第七句，如「雲白山青萬餘里」，「萬」借仄，「餘」還平也。篇中一見爲單飛雁，再見爲雙飛雁。如李郢詩第三句云「蜀客帆檣背歸燕」，第七句又云「金磬泠泠水南寺」是也。大概此法只是五六兩字倒換平仄，而三四亦須連用平聲，方爲盡善。用於仄起變體者，俗名交股，兩句合論也。在第三句，如「映階碧草自春色」，四句云「隔葉黄鸝空好音」，三句「自」字借仄，四句「空」字還平也。在第七句，如「鬬鷄走馬五陵道」，八句云「惆悵輸他輕薄兒」，七句「五」字借仄，八句「輕」字還平也。又有三五皆交换者，如「溪雲初起日沉閣，山雨欲來風滿樓」，「初」、「欲」交换，「日」、「風」交换也。又有七字全换者，如

「水聲東去市朝變，山勢北來宫殿高」是也。再按折脚體，唐人多用於平起頷聯，間有用於仄起頸聯者。如賈至《早朝》詩第五句云「劍佩聲隨玉墀步」是也。交股體，唐人多用於仄起頷聯，間有用於平起頸聯者。如崔顥《黄鶴樓》詩五六句云「晴川歷歷漢陽樹，芳草萋萋鸚鵡洲」是也。又有用於平起頷聯者，如杜甫詩「客子入門月皎皎，誰家搗練風凄凄」是也。又有用於平起頸聯者，如王維詩「草色全經細雨濕，花枝欲動春風寒」是也。以上四詩，位置不同，在唐集亦未概見。然賈詩結聯重用折脚，未免失粘。崔詩入首散行，杜詩全篇皆拗，王詩八句不粘，各成一體，亦未可爲常格也。《野客叢書》曰：《禁臠》云魯直有换字對句法，如「只今滿座且尊酒，後夜此堂空月明」，又「田中雖問不納履，坐下適來何處蠅」。前此未有人作此體，自魯直變之。《苕溪漁隱》曰：此體出老杜，如「寵光蕙葉與多碧，點注桃花舒小紅」者是也。今俗語謂之拗句格。僕謂此體非出於老杜，與杜同時如王摩詰亦多是句，如「雨中草色緑堪染，水上桃花紅欲然」，又「勸君更進一杯酒，西出陽關無故人」，疑亦久矣。張説詩云：「山接夏雲險，臺留春日長。」此亦拗句格也。愚按：拗句非自魯直始，此説良是。但拗體有一句拗者，有兩句拗者，有全篇拗者，其格不一，惟少陵用之最精。如「霜黄碧梧白鶴栖，城上擊柝復烏啼。客子入門月皎皎，誰家搗練風凄凄。南渡桂水闕舟楫，北歸秦川多鼓鞞。年過半百不稱意，明日看雲還杖藜。」又「掖垣竹埤梧十尋，洞門對雪常陰陰。落花游絲白日静，鳴鳩乳燕青春深。腐儒衰晚謬通籍，退食遲回違寸心。衮職曾無一字補，許身愧比雙南金。」二首八句皆拗。若揆以律體，不惟一三五不論，并二四六亦不論矣。而選律者多收之，爲其亂中自整故耳。近代惟空同獨得其神，即七子亦罕見之。蓋此體難在氣格高古，不在字句詰屈也。

總　説

一三五之宜論，詳見變、拗二體。其法似繁實簡，何也？所謂一三必論者，在平起體中，則第一句、第四句、第八句；在仄起體中，則第二句、第六句，皆係第一字借仄，則第三字還平，此隔字借還之法也。其餘一三可借者，五必論；一五可借者，三必論，變體盡乎此矣。在平起體中用折脚，則於第三句、第七句各就本句之五六倒換，此連字借還之法也。在仄起體中用交股，則於三四七八各就本聯之第五字交換，此隔句借還之法也。拗體盡乎此矣。惟隔字借還者，最宜留心，以防出入。若夫拗體，原非着意爲之，而間或引用，每多水窮雲起之妙，反覺律體之寬，未可與不論者道也。至僕所引唐句，偶取常見者拈出耳，推之千百首皆然。多讀唐者歷證之，或信鄙言不謬。再録全律於左，皆三體兼用者，以備參訂。圈點之式同前，俱在一三五論。惟原句無借字者，正體也。不加圈點。

平起例句

加點者不論，加圈者必論，雙圈者借必還。

古　意

沈佺期

盧家少婦鬱金香，海燕雙栖玳瑁梁。

九月寒砧催木葉，十年征戍憶遼陽。
白狼河北音書斷，丹鳳城南秋夜長，
誰爲含愁獨不見，更教明月照流黄。

題張氏隱居　杜甫

春山無伴獨相求，伐木丁丁山更幽。
澗道餘寒歷冰雪，石門斜日到林丘。
不貪夜識金銀氣，遠害朝看麋鹿游。
乘興杳然迷出處，對君疑是泛虚舟。

晚秋過洞庭　鄭谷

征帆高挂酒初酣，暮景離情兩不堪。
千里晚霞雲夢北，一洲霜橘洞庭南。
溪風送雨過秋寺，石澗驚龍落夜潭。
莫把羈魂吊湘魄，九嶷愁絶鎖烟嵐。

送左先輩

王　建

狂歌白鹿上青天，何似蘭塘釣紫烟。
萬卷祖龍坑外物，一泓孫楚耳中泉。
翩翾鸞榼薫晴浦，轂轆魚車響夜船。
學取青蓮李居士，一生杯酒在神仙。

送秦煉師歸岑公山

吴　融

仙翁歸卧翠微岑，一葉西風月峽深。
松徑定知芳草合，玉書應念素塵侵。
閑雲不繫東西影，野鶴寧知去住心。
蘭渚蒼蒼春欲暮，落花流水怨離琴。

茂　陵

李商隱

漢家天馬出蒲梢，苜蓿榴花遍近郊。
内苑只知銜鳳觜，屬車無復插鷄翹。

玉桃偷得憐方朔，金屋妝成貯阿嬌。
誰料蘇卿老歸國，茂陵松柏雨蕭蕭。

酬李端校書見贈　司空曙

綠槐垂穗乳烏飛，忽憶山中獨未歸。
青鏡流年看髮變，白雲芳草與心違。
乍逢酒客春游慣，久別林僧夜坐稀。
昨日聞君到城市，莫將簪弁勝荷衣。

送李少府貶峽中王少府貶長沙　高適

嗟君此別意何如，駐馬銜杯問謫居。
巫峽啼猿數行淚，衡陽歸雁幾封書。
青楓江上秋天遠，白帝城邊古木疏。
聖代即今多雨露，暫時分手莫躊躕。

經漢武泉

趙嘏

芙蓉苑裏起清秋，漢武泉聲落御溝。
他日江山映蓬鬢，二年楊柳别漁舟。
竹間駐馬題詩去，物外何人識醉游。
盡把歸心付紅葉，晚來隨水向東流。

江亭春霽

李郢

江蘺漠漠荇田田，江上雲亭霽景鮮。
蜀客帆檣背歸燕，楚山花木怨啼鵑。
春風掩映千門柳，曉日凄凉萬井烟。
金磬泠泠水南寺，上方僧室翠微連。

仄起例句

加點者不論，加圈者必論，雙圈者借必還。

九日藍田崔氏莊　杜甫

老去悲秋强自寬，興來今日盡君歡。
羞將短髮還吹帽，笑倩旁人爲整冠。
藍水遠從千澗落，玉山高并兩峰寒。
明年此會知誰健，醉把茱萸仔細看。

冲虚觀　獨孤及

五粒青松護翠苔，石門岑寂斷纖埃。
水浮花片知仙路，風遞鶯聲認嘯臺。
桐井曉寒千乳斂，茗園春嫩一旗開。
馳烟未勒山亭字，可是英靈許再來？

初秋　温庭筠

月出西南露氣秋，綺寮河漢在斜樓。
楊家綉作鴛鴦幔，張氏金爲翡翠鈎。

香燭有光妨宿燕，曉屏無睡待牽牛。
萬家砧杵三篙水，一夕横塘是舊游。

即事　吴融

抵鵲山前寄掩扉，便堪終老脱朝衣。
曉窺青鏡千峰入，暮倚長松獨鶴歸。
雲裏引來泉脈細，雨中移得藥苗肥。
何須一箸鱸魚鱠，始挂孤帆問釣磯。

寄孟進士　王建

依舊池邊草色芳，故人何處憶山陽？
書回蝌蚪江帆暮，曲罷騶虞海樹蒼。
吟望曉烟思桂渚，醉依殘月夢餘杭。
别來南國知誰在，空對襜褕一斷腸。

秋郊閒望　薛逢

楓葉微紅近有霜，碧雲秋色滿吴鄉。
魚銜駭浪雪鱗健，鴉閃殘陽金背光。
心爲感恩長慘慼，鬢因經亂早滄浪。
可憐廣武山前寺，楚漢寧教作戰場。

闕河道中思歸　韋莊

槐陌蟬聲柳市風，驛樓高倚夕陽東。
往來千里路長在，聚散十年人不同。
但見時光流似箭，豈知天道曲如弓。
生平志業匡堯舜，又擬滄浪學釣翁。

八月十五夜宿鶴林寺玩月　劉禹錫

待月東林月正圓，廣庭無樹草無烟。
中秋雲浄出滄海，半夜霜寒當碧天。

輪影漸移金殿外，鏡光猶挂畫樓前。
莫辭達曙殷勤望，一墮西巖又隔年。

洛陽城 元稹

禾黍離離半野蒿，昔人城此豈知勞。
水聲東去市朝變，山勢北來宫殿高。
鴉噪暮雲歸故堞，雁迷寒雨下空壕。
可憐緱嶺登仙子，猶自吹笙醉碧桃。

江行書事 劉滄

遠渚蒹葭覆緑苔，姑蘇南望思徘徊。
空江獨樹楚山背，暮雨孤舟吴苑來。
人渡深秋楓葉落，鳥飛殘照水烟開。
寒潮欲上泛蘋藻，寄薦三閭情自哀。

七絶例句

七言絶句與律體無殊。若律體精熟，則絶句自不逾矩矣。今録三體兼用者於左，圈點之式同前。

凉州詞　王之涣

黄河遠上白雲間，一片孤城萬仞山。
羌笛何須怨楊柳，春風不度玉門關。

西宫秋怨　王昌齡

芙蓉不及美人妝，水殿風來珠翠香。
却恨含情掩秋扇，空懸明月待君王。

峨眉山月歌　李白

峨眉山月半輪秋，影入平羌江水流。
夜發清溪向三峽，思君不見下渝州。

江上别李秀才　韋莊

前年相送灞陵春，今日天涯各避秦。
莫向樽前惜沉醉，與君俱是異鄉人。

和練秀才楊柳

楊巨源

水邊楊柳綠烟絲，立馬煩君折一枝。
惟有春光最相惜，殷勤更向手中吹。

盧溪別人

王昌齡

武陵溪口駐扁舟，溪水隨君向北流。
行到荆門上三峽，莫將孤月對猿愁。

旅懷

杜荀鶴

月華星彩坐來收，嶽色江聲暗結愁。
夜半燈前十年事，一時和雨到心頭。

晴景

王駕

雨前初見花間葉，雨後兼無葉底花。
蛺蝶飛來過墻去，却疑春色在鄰家。

巴陵贈賈舍人　李白

賈生西望憶京華，湘浦南遷莫怨嗟。
聖主恩深漢文帝，憐君不遣到長沙。

別李浦之京　王昌齡

故園今在灞陵西，江畔逢君醉不迷。
小弟鄰莊尚漁獵，一封書寄數行啼。

送元二使安西　王維

渭城朝雨浥輕塵，客舍青青柳色新。
勸君更盡一杯酒，西出陽關無故人。

集靈堂　張祜

虢國夫人承主恩，平明騎馬入金門。
却嫌脂粉污顔色，淡掃蛾眉朝至尊。

送李五

王昌齡

玉碗金罍傾送君，江西日入起黃雲。
扁舟乘月暫來去，誰道滄浪吴楚分。

漢宮曲

皇甫冉

五柞宮中過臘看，萬年枝上雪花殘。
綺窗夜閉玉堂静，素綆朝穿金井寒。

江南春

杜牧

千里鶯啼緑映紅，水村山郭酒旗風。
南朝四百八十寺，多少樓臺烟雨中。

楚宮怨

許渾

獵騎秋來在内稀，渚宮雲雨濕龍衣。
騰騰戰鼓動城闕，江畔射麋猶未歸。

友人游邊回　薛能

游子新從絶塞回，自言曾上李陵臺。
尊前話盡北風起，秋色蕭條胡雁來。

秋思　許渾

琪樹西風枕簟秋，楚雲湘水憶同游。
長歌一曲掩明鏡，昨日少年今白頭。

滁州西澗　韋應物

獨憐幽草澗邊生，上有黄鸝深樹鳴。
春潮帶雨晚來急，野渡無人舟自横。

昭君詞　白居易

漢使却回憑寄語，黄金何日贖蛾眉？
君王若問妾顔色，莫道不如宫裏時。

發明

《詩法要標》一書刊行已久，初學多宗之。蓋集諸家舊説，而編首云吴無障、王二曲選集，恐未必然。觀其論平仄之式云：「一三五不論，二四六分明。」自注云：「平仄之式，定不可易。然考之唐詩句中，一三五字有不盡合平仄者，所謂『一三五不論，二四六分明』也。恐初學起疑，故録一二以表證之。」所引平起詩云：「勞歌一曲解行舟，紅葉青山水急流。日暮酒醒人已遠，滿天風雨下西樓。」所引仄起詩云：「緑樹陰濃夏日長，樓臺倒影入池塘。水晶簾動微風起，一架薔薇滿院香。」注云：「其用圈者，乃不合平仄之字，正所謂一三五不論；其二四六俱合平仄，所謂二四六分明也。學者不可泥定式而自失佳句云。」愚按：爲此説者，蓋不知起落之殊與借還之法也。觀其所指平起一首，内第二句「紅葉青山水急流」，謂「紅」字宜仄而用平也。不知「紅」字雖是平聲，而借加於「葉」字仄聲之上，原無不可。第三句「日暮酒醒人已遠」，謂「酒」字宜平而用仄也。不知「酒」字雖是仄聲，然在起句第三字，亦無不可。第四句「滿天風雨下西樓」，謂「滿」宜平而用仄，「風」宜仄而用平也。不知此句乃落句也，「滿」字借仄於「天」字平聲之上，故「風」字借平以還「滿」字，此一三借還之法，非不論也。所引仄起一首，内第三句「水晶簾動微風起」，謂「水」宜平而用仄也。不知此句乃起句也，「簾」字尚可用仄，何況「水」字乎！凡此皆律中肯綮所存，豈可漫云「不論」哉！謂二四六分明，則「羌笛何須怨楊柳」，「楊」字宜仄而用平，此體疊見唐句，豈第六字亦可不論耶？故知爲「不論」之説者，蓋止見起句之一三有不論，而不知對句之一三則必論也。不知對句之一三有借還，而反以一三之借還爲不論也。止見第五字多有不論，而不知折脚之五，借還在本句六字；交股之五，借還在對句五字也。善學者一反按之，當知其所謂「不論」處正是論處，亦猶不失爲師資耳。

五言律例句

五言律，六朝時已有之，故體格稍寬，爲近於古也。然七言自此展出，學者最宜究心。亦録三體兼用者於左，圈點之法同前。

春日懷李白　杜甫

白也詩無敵，飄然思不群。
清新庾開府，俊逸鮑參軍。
渭北春天樹，江東日暮雲。
何時一樽酒，重與細論文。

曉望　杜甫

白帝更聲盡，陽臺曙色分。

高峰上寒日，疊嶺宿霾雲。
地坼江帆隱，天清木葉聞。
荆扉對麋鹿，應共爾爲群。

日暮 杜甫

牛羊下來夕，各已閉柴門。
風月自清夜，江山非故園。
石泉流暗壁，草露滴秋根。
頭白燈明裏，何須花燼繁。

己上人茅齋 杜甫

己公茅屋下，可以賦新詩。
枕簟入林僻，茶瓜留客遲。
江蓮搖白羽，天棘蔓青絲。
空忝許詢輩，難酬支遁詞。

陪鄭廣文游何將軍山林　杜甫

不識南塘路，新知第五橋。
名園依綠水，野竹上青霄。
谷口舊相得，濠梁同見招。
平生爲幽興，未惜馬蹄遥。

重過何氏山林　杜甫

山雨樽仍在，沙沉榻未移。
犬迎曾宿客，鴉護落巢兒。
雲薄翠微寺，天清皇子陂。
向來幽興極，步屧過東籬。

南陽　李白

斗酒勿爲薄，寸心貴不忘。
坐惜故人去，偏令游子傷。

離哀怨芳草，春思結垂楊。
揮手再三别，臨岐空斷腸。

送通禪師還南陵隱静寺

李白

我聞隱静寺，山水多奇踪。
巖種朗公橘，門深杯渡松。
道人制猛虎，振錫還孤峰。
他日南陵下，相期谷口逢。

秋思

李白

燕支黄葉落，妾望自登臺。
海上碧雲斷，單于秋色來。
胡兵沙塞合，漢使玉關回。
征客無歸日，空悲蕙草摧。

宿立公房　孟浩然

支遁初求道，深公笑買山。
如何石巖趣，自入户庭間。
苔澗春泉滿，蘿軒夜月閑。
能令許玄度，吟卧不知還。

早寒有懷　孟浩然

木落雁南渡，北風江上寒。
我家襄水曲，遥隔楚雲端。
鄉淚客中盡，孤帆天際看。
迷津欲有問，平海夕漫漫。

終南别業（全拗）　王維

中歲頗好道，晚家南山陲。
乘興每獨往，勝事空自知。

行到水窮處，坐看雲起時。
偶然值林叟，談笑無還期。

破山寺後院

常建

清晨入古寺，初日照高林。
曲徑通幽處，禪房花木深。
山光悅鳥性，潭影空人心。
萬籟此俱寂，惟聞鐘磬音。

喜外弟盧綸見宿

司空曙

静夜四無鄰，荒居舊業貧。
雨中黄葉樹，燈下白頭人。
以我獨沉久，愧君相見頻。
平生有深分，况是霍家親。

剩義

一字之誤，雖大家亦不能免。如子美句「武陵一曲想南征」，「橹摇背指菊花開」，一既借仄，三不還平，難免尺璧之瑕。非不論也，蓋「武」、「一」兩字爲料所屈，「橹」、「背」兩字爲景所逼，易則傷句，故不得已而用之，可恕也。又有刊本訛字，如「每依北斗望京華」，一本作「南斗」，從「南」爲是。依南望北，於理既通；借「每」還「南」，於律又協也。學者惟執多以概少，捨短而取長，則不爲小疵所誤耳。

律有起手散行者，如崔顥詩「昔人已乘黄鶴去，此地空餘黄鶴樓。黄鶴一去不復返，白雲千載空悠悠」，前四句散行也。杜甫詩「暮春三月巫峽長，皛皛行雲浮日光」，前二句散行也。李白詩「杜陵賢人清且廉」，沈佺期詩「龍池躍龍龍已飛」，李頎詩「遠公遁迹廬山岑」，首句散行也。在絶句如王勃詩「九月九日望鄉臺」之類。凡此皆先古意而後近體，諸大家偶一用之。初學勿謂一三五不論，而視爲常格也。

讀唐詩不可潦草念過，必按節循聲，求其自然之律，此人心無字詩也。大抵平聲是歇喉處，仄聲是轉喉處。歇喉處宜略緩，轉喉處宜略急。

吟壇辨體跋

讀平宜輕，讀仄宜重。勿讀平而似仄，勿讀仄而似平。土音既浄，天籟自生，又不待按譜尋聲矣。唐制以詩設科，故當時學者鑄格精嚴，審音條達。至可被之聲歌，播之絲竹，未容任意馳騁也。宋元以來，其音漸杳。然唐音雖杳，唐句猶存。讀者惟潛心諷詠，則抑揚緩急之妙，久必有得。自「一三五不論」之説出，初學喜其簡便，靡然從之，唐音幾絶響矣。然近代諸大家，如何、李七子輩，固未嘗不論。而江以南至今多有知者，豈風土使然耶？但大方既不屑言及，而小家又秘之，以坐持短長，是可慨也。僕不揆孤陋，願以一斑之見，私質同心，共追正始，敢强衆以所不樂哉。

谷口逸人王含光似鶴氏撰

（張宇超點校）

來集之先生詩話稿

來集之先生詩話稿提要

《來集之先生詩話稿》不分卷，據浙江省圖書館藏鈔本點校。撰者來集之（一六零四—一六八二），原名鎔，字元成，號椎道人、倘湖道人。浙江蕭山人。明崇禎十三年進士，官安慶府推官。入清不仕。有《倘湖樵書》等。此本凡四册，未及分卷，抄於九行黑格紙上，字蹟漫漶，深淺不一，頗不易辨識。册三、四多則標有「重出」字樣（偶有未重出而誤標者），知爲未定稿，書名亦應爲抄者所加。來氏幹才，明末任地方官有政聲。其生卒年毛奇齡《墓碑銘》與《蕭山來氏家譜》俱確言無疑，而《詩話》既爲未完稿，姑據卒年置於此。此稿録明末清初詩人百數十家，亦偶及明初人如袁凱、劉基乃至元人易恒、張紳等。大抵董斯張《夜泛西湖》前，多録自朱隗《明詩平論二集》。於錢謙益《列朝詩集》等，亦多有選録。開篇之陳函煇，乃來氏曾從其學詩者。又多有稱年兄、年伯、同譜者，關係固自不淺。所録不避古體歌行長篇，其中如顧開雍、劉肇國、蔣超等人之《柳生行》，寫柳敬亭事酣暢淋漓，輯爲一處，與吴梅村之名篇《楚兩生行》同題同體，頗便同觀，可爲談「梅村體」之一助。今爲删去重出者，泯去分册之跡，稍變其貌也。

來集之先生詩話稿

陳寒山夫函煇《偶作》云摘節：「塵逭行處多，夙累坐難遣。龍性不可馴，驥足那能展。遊戲五濁中，笑躄而使蹇。吁嗟末流子，百鍊繞指輭。望塵屈前膝，視陰息餘喘。上相發一言，滿座輒稱善。平生有素心，異乎三子撰。朝爽自西來，停雲映空捲。卓哉誦酒倫，恢矣談天衍。神馬駕日車，豈受羈靮揃。勿令世法深，反笑丈夫淺。」《鶴臺歌》序云：「松滋郡固有鶴澤，晉羊叔子舊遊地。今上甲戌，石碣出于池中，『鶴臺』二字宛然在。考其年月、標題，出羊公手無疑。數千年名跡，借賢王登覽之暇以出，亦南紀之佳話也。因爲歌之。」曰：「高臺有不傾，曲池有不平。君不見七澤之中藏鶴澤，羊公千載爲題名。公家鶴，何氋氃，見客不舞羞長風。非鶴不舞客不韵，誰歟客者勖與充。假令鶴入梁園中，鄒枚司馬凌雲工。九皋一聲相和應，自然清唳留長空。又令鶴見淮南之八公，肯辭羽翼供騎翀。神仙麒驥無銜轡，七煙八景扶青童。曾聽葛翁搗藥鳥，夜喚丁當直到曉。琴高石魚不可騎，以鶴贈之飛杳渺。衹支之國獻雙睛，妖災祲惡不敢生。鑄金刻木待此鳥，不如鶴臺二字獨分明。朱邸王孫天傘手，金輪匝地詫希有。兜率分來法界身，支耶湧現雲雷蚪。此石在晉曾不言，鎮定荆楚如蟠根。黄鶴南飛石出世，緱山今在小山園。」王季重云：「碣没復出，始知杜預癡情，未可便哂，爲鶴解嘲，詞嚴義正，遼海歸來，又當墮羊公之淚矣。」

錢牧齋謙益《秋原耦耕》詩云：「山堂之名耦耕，爲予與孟陽結隱于此也。今改築于墓田之左，仍揭其額，以招孟陽。」詩曰：「罷亞風吹百頃香，秋原正面耦耕堂。宿田爲我粗稂莠，卒歲輸他穫稻粱。黄犢烏犍經國具，水車秧馬救時方。輟耕斗酒還相勞，耳熱休歌種豆章。」

陸翀霄奮飛《朝元臺》詩，和茅止生姬陶楚生降乩之作也。詩云：「曙色朧朧報曉鐘，東皇此息晏春工。金書雉尾垂三詔，玉室螭頭計九功。紫電清霜餘緑蕚，黄芽白雪見砂紅。迴環五氣胎仙就，一日鵬翀萬里風。」

余誕北鷗翔《試蓴》詩云：「一樽良友月方新，不羡郇厨别有珍。緑葉由來宜碧水，秋風早已逗芳津。鹽梅不假生成味，匕箸争浮淡蕩春。羊酪當年甦武子，剡溪何厭一官貧。」李長蘅流芳《蓴羹歌》云：「怪我生長居江東，不識江東蓴羹美。今年四月來西湖，西湖蓴生滿湖水。朝朝暮暮來采蓴，西湖城中無一人。西湖蓴菜蕭山賣，千擔萬擔湘湖濱。吾友數人偏好事，時呼輕舠致此味。柔花嫩葉出水新，小摘輕淹雜生氣。微施薑桂猶清真，未下鹽豉已高貴。吾家平頭解烹煮，間出生意殊可喜。一朝能作千里羹，頓使吾徒摇食指。琉璃盌盛碧玉光，五味紛錯生馨香。出盤四座已嘆息，舉筯不敢争先嘗。淺斟細嚼意未足，指點杯盤戀餘馥。但知脆滑利齒牙，不覺清虚累口腹。血肉腥臊草木苦，此味超然離品目。京師黄芽軟似酥，家園燕笋白于玉。差堪與汝爲執友，菁根杞苗皆臣僕。君不見區區芋魁亦遭遇，西湖蓴生人不顧。季鷹之後有吾徒，此物千年免沉錮。君爲我飲我作歌，得此十斗不足多。世人耳食不貴近，更須遠挹湘湖波。袁石公盛稱湘湖蓴菜美，不知湘湖無蓴，皆從西湖采去，以湘湖水浸之耳。蓴初摘後水浸，經宿愈肥。凡泉水、湖水皆可浸，不必湘湖水也。今人但知有湘湖蓴，又因石公言，謂非湘湖水浸不佳，皆耳食者耳。」

劉伯宗城《營書》云：「天緑蘭臺翰墨林，草茅何自作書蟫。一瓻懶向名家借，三篋聊從估客尋。日月争光思在昔，文章緣起到于今。小船滿載歸連屋，南面應誇好坐臨。」

釋讀徹《次別菩提菴若鏡浄目二友》云：「何人知此歲寒心，下榻多年未有今。住到竟忘爲客久，坐來無夜不更深。敲冰欲斷茶連凍，把火防驚鳥宿林。我已愁歸君莫送，閉門終日即遥岑。」

李長蘅又有《答仲和韵》云：「練祈南下水村賒，一路秋風吉貝花。到市鐘聲知寺近，過墻柳色逐門斜。貧能好事無如我，老解求閒有幾家？若肯重來留十日，不辭淡飯與麤茶。」

周卣臣鼐《送陳卧子司李紹興》詩云：「雲間日下久高搴，作吏仍登蘭渚船。禹廟梅梁靈氣怪，柯亭竹椽古音玄。好從此地尋真本，拚莫臨行選一錢。摇□酣時勤作賦，娥江薇洞水潺潺。」

同譜方太史密之以智《湖上遇老人》詩云：「卜宅雙山學種田，扶筇長揖向予前。雪中敝履上無下，灶裏晨炊滅更然。羊褐朝行龍嶺樹，漁舟夕盪鹿湖烟。平生少小辭城市，不入東門四十年。」

同譜單蓴僧恂《壽陳徵君師八衮初度》詩云：「數峰窗點佛頭青，髣髴三山照碧溟。叱石每教芝籙掛，摩松閒喚筍輿停。紫禽嘯樹春行酒，白橘香簾曉注經。最笑渭綸多事捲，烟霞長好護南星。」《重陽入佘山》詩云：「野蓬鷗領入雲莊，下上酣紅數百章。可拜石多仁者壽，無封樹好古之狂。鱸翻溪姥秋罾緑，芋熟村僧晚爨香。杯底信佳山氣夕，醉哦重漉紫羅囊。」

卜孟碩舜年《冬日諸姬講獵》詩云：「狐領雕弓衆媚娘，碧蹄登降歷村莊。空林奏矢落高鳥，古社聞鑼出野麞。采幨犒觴和熱酪，錦靴回鐙閃殘陽。流歌躍入楊花路，脱馬升堂淡晚粧。」

王季重思任《題韜光菴》詩云：「雲老天窮結數楹，濤呼萬壑盡松聲。鳥來佛座施花去，泉入僧厨漉菜行。一捺斷山流海氣，半株殘塔插湖鳴。靈峰占絶杭州妙，輸與韜光得隱名。」

張公亮明弼《腳板舞歌》：「尚書都門謁高卧，我以邑子得相顧。坐談數語要人來，尚書迎笑薰風迴。要人舉趾高，尚書顔□低。要人如鶴尚書雞，諛音滿堂相嚘咿。天生優童面，但憾鬑鬑鬚。天生痀瘻腰，但喜犀玉扶。頌言祝語盈腹貯，應口而出若師巫。有時指天鳴感泣，雙淚即下如久須。須臾要人一揖退，告居送客例門内。尚書請輿進門三，要人撝謙出門再。要人呼輿一何怒，尚書兩手攀輿一何苦。輿夫努力欲向門，尚書脚板絓輿舞。乍似土蛙銜釣雙爪亂，復似脚踏桔槔墜星雨。烏麂靴底白日照，方玉腰鞓已斷組。髮蓬氣喘老力盡，喉間得罪猶若數。要人微嗔返輿坐，尚書兩頤皆笑破。我時竊觀反欲入地罅，尚書盈盈更自賀。借問尚書爲阿誰，國忠之弟力士兒。」一折絶妙院本，盡情盡態，可笑可哭。九錫萬拜，犬吠雞鳴，視此蔑如矣。

薛千仞岡《留别張隆甫》詩云：「貧賤無足驕，敢以矜色炫。祝鮀宋朝死，天下留口面。我見若仇讎，君聞豈欣羡。情性稍稍同，以此成契善。傲骨不易食，吾子今原憲。藜羹且不糝，節義窮始見。欲止貧相驅，欲行病相戀。行止兩不可，何以計晨晏？徒愛莫能助，徒知莫能薦。惟取固窮操，補收《高士傳》。凍餒誠可憂，言歸苦遊倦。富貴生今日，不如貧且賤。」黄心甫曰：「無可奈何中作不朽佳話，亦酸心，亦快心。」

方年伯孔炤《題肅之弟龍井》云：「草堂曲抱水淙淙，草色因春暮更濃。舩外扣龍疑碧落，瀑西招鶴下青松。谽谺懸檻能藏壑，宛轉前林巧露峰。遥愛陰森幽澗合，況逢蘭若有清鐘。」

徐遵湯《招隱》詩云：「揮戈擊檝與誰論，明喆今知静者尊。木借不才逃劫斧，蘭寧獨立避當門。遠僧宿諸留笻影，名嶽尋盟記履痕。若待買山錢足後，又愁芳草繫王孫。」

陳眉公《題錢侍御小輞川》云：「家去園無百尺餘，登臨猶自上巾車。青山有政修僮約，紅袖含香捧道書。看竹客尋啣字鶴，採蓮舟引聽歌魚。王裴底事偏躭寂，花落花開自掃除。」《新秋》云：「門掩秋風伴寂寥，荒原落日草蕭蕭。獮猴趁月窺山果，鳥雀驚人下黍苗。華屋珠簾驕白苧，疏燈角枕怯冰綃。閒來偶渡前溪口，柳葉菱花一尺潮。」《友人納姬》云：「仙女吹簫忽下樓，問年十七尚含羞。五銖錢串同心結，百和香匀半臂韝。鏡裏見人驚却步，夢中索母學梳頭。起來笑點花簪戴，多子先教采石榴。」

姜居之曰廣《登蓬萊閣李大中丞招飲》詩云：「平生浪羡蓬萊閣，今日真成汗漫遊。天樹曉懸龍蹋影，蜃雲春滿鳳麟洲。烟横一水兼天合，浪擁雙城接地浮。自是神仙能好客，肯容俗子到丹丘。」

袁小修中道《病中漫興》詩云：「塵事何曾掛笑顰，閒時一杖步花茵。無才永定山中計，有病催成道者身。冒雪出雲朝絮絮，殘霞逗日夜鱗鱗。近來微有安心處，調象于今漸已馴。」

黄宫詹景昉《集北郭草堂賦呈閻生》云：「名園闔郡汝爲宗，第五橋邊豈再逢。割樹放飛批頰鳥，闌雲留養剔牙松。落英滿徑侵裙路，餘紫前山照帽容。肯爾拘拘樓四閣，横斜端自出心胸。」《戲爲小遊仙詞》：「紅雲鬱鬱上真居，玉几金堂事未虚。月子剪來粘户裏，雷公驅出代耕餘。何人塗鶴三生血，有客偷狐八道書。畢竟雙莖承露掌，漢廷元不賜相如。」

鄭之玄《中秋日逢陳眉公張賓王陳古白諸君子喜而賦之》詩云：「題詩曾寄講經臺，踪跡于今秋幾迴。檀板隊前髯客醉，木樨花底侍兒來。人逢名下鶯爲友，月在杯中兔有胎。珍重群公緣不淺，熱心消卻十年灰。」

姚宫詹希孟《題醉白堂》云：「江南昔日老尚書，池上開樽映碧蕖。疏傅青門斯足矣，裴公緑野遂歸與。鹽梅妙手調猿鶴，薑桂餘年護鳥魚。欲共香山歌既醉，小蠻扶醉意何如？」

李吴滋《贈薛虞卿樓居杜門詩以志羡》云：「綵筆縱横薛漢儔，名山藏副足千秋。懶搜瀛海三山勝，暫踞元龍百尺樓。雲漢殊堪傲蟣蝨，風塵不復混驊騮。及門忽憶頻題鳳，原是河東第一流。」

倪鴻寶元璐《登老竹嶺》詩云：「喜不身如瓠子肥，隨風吹上最崔巍。峰俱九轉神仙藥，雲只五銖天女衣。若種庾梅應有夢，欲燒蜀棧示無歸。倘容化作山頭鳥，誓取環山不住飛。」

沈君庸承《自述》詩云：「缺墻窩裏草簷低，白榻攤書門板西。數葉葫蘆涼散眼，一盆枸杞老生蹐。殘碁獨佈因追劫，枯筆長拈爲索題。緂緂半村黄日落，自沽濁酒到前溪。」

董玄宰《西興秋渡》詩云：「秋涉試褰裳，風迴海氣涼。濤飛鷗外雪，林綴菊前黄。司馬遊何極，鴟夷跡未荒。山陰勞夢想，遲晚得津梁。」

馬之駿《贈王季重》詩云：「天將優曠達，世豈礙浮沉。易貴非仙骨，難窮是慧心。瘦麟存故步，獨鶴表清音。倘使相逢早，知君未必深。」又「早蜂飛尚弱，昏雀聚還争」、「湖白煙爲岸，村疏水映門」，皆佳句。

李流芳《黄河夜泊》詩云：「明月黄河夜，寒沙似戰塲。奔流聒地響，平野到天荒。吴會日以遠，燕臺路正長。男兒久爲客，不辨是他鄉。」

程孟陽嘉燧《石岡園雜詩》云：「散髪乘山月，明星集夜潭。竹風荷澗北，雨氣石岡南。泉酒帶冰緑，園瓜出井甘。近來疏野性，禽鳥漸相諳。」

王季重思任《豆店》云：「朦朧二三里，海氣發天青。飽馬衝寒色，殘雞落曉星。春鋤人漸出，野火店猶熒。斷續霜橋上，流澌瑟瑟聽。」《金山寺》：「何必游蓬島，金山屹大江。塔孤神骨斷，鐘老毒龍降。石怒真堪拜，風腥不辨哤。尋常潮趁月，四面打僧窗。」《再過金山寺》詩云：「老去渾知畫，金山不可雙。撑天不藉地，到海突攔江。蜃氣華新閣，龍經夾大邦。風濤洶萬古，骨立若爲降。」《遊婺州西峰寺》云：「客腸不可俗，出郭步深秋。紅葉雙峰寺，青山八角樓。野塘多竹色，石逕有泉流。烏下僧門閉，蕭疏憶貫休。」《入平水谿》詩云：「一谿千百曲，暗雨送雲遲。啼碧鳥不見，落紅花自知。篁孫迷竹譜，石骨瘦山肌。亂髪扁舟去，憑人訝阿誰？」或疑先生詩往往過奇，時有累句俚字，以爲傷雅。不知雅在神韻、在氣骨，奈何以山人平腐之調爲雅也！先生律已録如上，猶恨少耳。其他妙句如「僧泉交竹驛，仙屋破雲封」、「門寒宜獨倚，歲老畏人過」、「山深秋易苦，村小月常孤」、「雨畫江山黑，春耕海國黄」，或以全首未粹而割，然片羽吉光，猶勝凡毛輿載。

葛一龍《靈巖山下尋殷叔宅不遇伊侄留宿》詩：「帶湖仍負郭，隱處一峰青。薄暮寺中去，遠舟門外停。地荒風走葉，雲裂水摇星。小阮醉山客，纍纍空數瓶。」《秋陰》云：「西爽忽自晦，不知朝與昏。井上半殘葉，湖中無遠村。桔槔幾日罷，農牧相過存。雲淡一如水，野風吹到門。」《范穆雨中渡湖見訪》詩云：「春寒草未緑，寂掩山中扉。湖口一帆落，是君疑或非。坐來無所問，别後可曾歸。風遠雨香細，隔花吹濕衣。」五律尚奇則傷格，尚平則失秀，惟震父能入奇句于平調之中。此間消息，非有三十年苦吟之功，不足語此也。震父五律，心甫擬之襄陽、東野，似矣。然吾謂其得力于嘉州，緣其骨調孤峭，不令人望而知爲嘉州，所以佳也。一時效爲之者，亦不下數家，或至膚清可厭。不知此等詩全在本領氣藴上着力，奈何欲以淺近虚疏之學而幾頓造哉！凡律多是得句起，覓得好句，方足上下。如鑄鼎安腳，終竟有痕。震父諸律方是得意起，一氣直下，不假補湊，此真高、岑、王、孟嫡派。若意本淺淡，學作清態，以爲格高調遠，反無可取，又不如從琢句煉字入門耳。

沈德符《穀雨日抵家》詩云：「襯日魚鱗水，烘人卵色天。久晴貪穀雨，新火活茶烟。夜讀偕兒塾，春畊老墓田。浪遊頻計左，益悟杜門賢。」

卜舜年《春晴山居》云：「水滿失灘沙，雲開曳彩霞。晴來旋曬藥，雨後急收茶。鶯坐一身柳，蜂歸兩股花。人言無事得，多事最山家。」陳弘緒《園居》詩云：「除卻園丁到，蓬門久不開。鳥憐新霽色，人傍亂紅堆。樓小山全繞，簾重燕數迴。偶因尋稚筍，衝破石邊苔。」此二詩真得隱逸山人之趣。

尹伸《楊憲副招隱鑑湖》詩云：「買山君尚早，邀賞亦隨宜。江練吞溪處，湖容帶雨時。松鳴巖勢動，岸險屋形欹。來路愁遺勝，歸舟笑厭遲。」《觀筍》詩云：「幽香不可秘，此月竹之秋。白箬一溪雨，蒼龍萬户侯。呈身争欲鋭，裂土反從柔。徑尺生來足，三旬應過樓。」

魏浣初《過江》詩云：「榜人貪間道，乘夜獨挑江。羯鼓權支漏，吴歈自信腔。暗潮吞葦岸，側月射篷窗。早見空濛裏，亭亭北固幢。」

方年伯孔炤《白鹿湖》詩云：「浩蕩人中境，無如水上山。長堤前抱嶼，翠石巧藏灣。遥看重波外，花開夾岫間。從容窮巖麓，此地且追攀。」《湖月分韵》云：「衆山遥聳月，帆影故亭亭。斜入船窗白，平鋪酒案清。雙明疑岸火，一抹想蘆汀。流照先漁父，其間誰獨醒？」

潘一桂《曹氏南園池上》詩云：「有此一池足，與天分碧空。停秋光氣迴，引竹翠痕通。密荇聞魚唼，高荷没釣筒。幽心寫吟步，覓句小橋東。」

釋通潤《海雲堂》詩云：「獨挾風霜氣，深秋問草堂。兩鞋隨路遠，孤夢入花長。樓月欹江白，峰雲倒日黄。自予來往熟，山鳥亦迴翔。」《解制將歸簡三如學宫》詩云：「曉起春寒甚，思君巖上廬。當門雪幾許，倚仗興何如？不日理歸櫂，無人傳别書。臨行恐草草，先此托江魚。」其詩竟似嘉州，唐詩僧中無到此者。

方密之年兄以智《贈汝陽山人》詩云：「説劍老他鄉，弓衣作藥囊。少能談鄭白，晚更好岐黄。斷事多奇中，施人有異方。聽言英蓼敗，斫案舞低昂。」

陳卧子子龍《燕中雜詩》云：「西宮花向夕，南内樹臨秋。雁塞雲成陣，龍沙月近樓。羽林天廐馬，謁者閣門籌。共見昇平日，誰分聖主憂？」「聖代離宮少，威儀備漢年。龍池雲出地，鹿苑草連天。夜樹移温室，秋禾熟弄田。但能勞夢卜，晏坐理朱絃。」「河朔多遊俠，金鞍白鼻騧。雙鷹秋渡海，群鹿夜尋沙。苑中鹿冬時輒逸海濱食鹽，至春始歸。舊業高東第，新兵領北牙。按鷹臺下宿，應識苑中花。」《黄石齋先生築講壇于大滌山即玄蓋洞天也予從先生留連累日》：「傳聞玄蓋洞，遠接巨區流。尚與人間近，疑從天外遊。玉芝丹竈夜，石鼓碧雲秋。不見群真會，相攜到十洲。」「三山迷漢使，更起白雲壇。環佩天風滿，旌旗海日殘。草侵群帝静，月度九霄寒。惆悵乘鸞女，焚香獨夜闌。」《秋歸涉黄河》云：「秋水下龍門，黄河九曲渾。西來浮日月，南徙劃乾坤。群燕盤渦掠，千帆折溜奔。茫然思禹迹，何處是崑侖？」

顧夢遊《過鄒舜五隱處》詩云：「三畝盡栽竹，一隅安一亭。不知湖近遠，但覺日蒼青。交澹來朋少，心慈施藥靈。冰尊情所寄，日日弄烟汀。」《寄僧》云：「寒山無客到，破寺有僧存。數折入松徑，一籬開竹門。耕牛閒旱土，野雀噪飢村。托鉢如空返，霜天煮蕨根。」

吴駿公偉業《偶成》詩云：「獨向閑原住，山廬繞碧潭。兒童驅犢健，婦女簇眠蠶。紅葉包江鮓，青絲挈海蚶。秋來鬬茶處，又在道人龕。」《溪橋夜話》詩云：「竹深斜見屋，溪冷不分橋。老樹連書幌，孤村共酒瓢。茶香消積雨，人影話良宵。同入幽棲傳，他年未寂寥。」

周篔《煙雨樓》詩云：「煙雨樓邊過，卻逢煙雨中。丹牕青冥上，碧漲畫橋東。細水魚兒出，頑花鶴頂紅。五湖多異客，疑一見紺瞳。」《贈醫》云：「何必潯陽隱，搴裳詠《碩人》。銀筒仙草貴，玉匣秘書真。俎豆桃源器，須麋絳縣身。相逢彈素局，竹院白鵬親。」

金道隱年兄堡《過易水》詩云：「相視不以目，明明方寸心。樊生一語痛，田子數言深。劍術留銅柱，羅衣恥斷琴。九原無悔色，成敗未知音。」

李舒章雯《長安雜詩》云：「神皋畦町細，深井轆轤盤。玉甲新蔬出，金芽宿麥寒。天鵝侵塞遠，野雀噪風乾。日暮紅塵歇，咿咿畫角殘。」「風塵不可斷，日夜羽書飛。龍武分偏校，華林樹大旂。小侯初躍馬，天子正宵衣。夕對諸公府，蟬聯侍虎幃。」

宋徵輿《贈劉生》詩云：「十年三輔客，弱冠五陵豪。柳葉穿珠彈，蓮花映寶刀。春遊芳樹暖，秋獵朔風高。新拜金吾尉，期門賜錦袍。」

方其義《舟行》詩云：「江上行人少，狂歌何必緘。湖平千里壑，塔作幾層巖。岸有無枝柳，船多不掛帆。雪花飛帶雨，片片落青衫。」

林曙《詠紅樹》云：「越殿煙消輦路荒，疏林猶自帶宮妝。千年瑪瑙爲仙杭，五尺珊瑚是筆牀。故向素秋飛絳雪，翻從白晝下玄霜。分明曲水桃花岸，列坐何妨泛羽觴。」

朱陵《初夏訪岫雲虎丘》詩云：「薄煙輕靄翠微中，夏木陰森寺角紅。花市欲闌榆岸雨，麥天新暖柳塘風。山因舊寓僧相識，遊得居人勝始窮。塔影當窗松竹亂，坐聞鐘磬佛龕東。」《冬日舟中》云：「蒹葭一望港三叉，遥認農家去路斜。舟響小溪過蟹簖，屋頹高岸露牛車。霜輕堤柳猶留葉，氣暖村桃略放花。平野蕭條聊極目，遠天寒影散群鴉。」

顧起元《園居漫興》云：「舌含茗甲初成雀，子孕櫻花乍作魚。紅雨未銷方隱几，緑天微幕正抛書。」「門外槐陰秋漠漠，檐前花影日紛紛。誰箋鳥跡蝸蜒字，自篆猿江鶴樹文。」

胡梅《賣藥閒吟》六言詩云：「牀對蜂房小小，書連燕壘高高。仰看兩崖竹樹，遠抛三徑蓬蒿。童斸一枝曲杖，僧貽百衲分袍。」「鳥立山坡牛角，蟻啣籬落花鬚。雨過沙紋成籀，潭清雲白如魚。獨立不知興盡，枯吟直至更餘。」

陳眉公繼儒《訪光福徐太和不遇留贈》：「崦西茶塢有人家，雲抱青山水抱沙。記得春深無個事，梅花看盡又桃花。」《曉起》：「一簾晴色養花風，鸜鵒馴人不閉籠。曉起卻當殘月白，提壺親自洗梧桐。」《村居》云：「青草湖邊白石西，花籬茅屋酒簾低。來來去去雙黄鳥，不到濃陰不肯啼。」《和令則題畫詩》云：「山村雨霽水痕加，鴨嘴灘頭燕尾沙。新結松棚試新茗，好風無力掃藤花。」《余嘗過一山鄰老而嗜花紅紫映户弄孫負日使人不復有城居車馬之鬧贈以詩》云：「有個小扉松下開，堂前蔬藥繞畦栽。老翁抱孫不抱甕，剛欲灌花風雨來。」《南都》云：「太平風景是京華，白馬黄衫七寶車。寒食鬭雞歸去晚，院門新月印梨花。」《讀少陵集》詩云：「兔脱如飛神鶻見，珠沈無底老龍知。少年莫漫輕吟詠，五十方能讀杜詩。」東坡晚年方好讀陶集，杜祁公晚年方知讀《楞嚴》，王弇州晚年方好讀蘇文，乃知腸肥腦滿時鶻突不少。今人學未若贅疣而自負無前，只是氣浮，亦緣年力未到。眉公此語，豈止點醒學詩人耶！《看花紀事》詩云：「春寒風弱酒旗斜，亞字城南八字沙。午後主人猶病酒，隔籬小犬吠桃花。」《題賣茶山家壁》云：「東西崦曲半人家，種剩梅花種早茶。茶塢落英堆滿寸，怪來茶味是梅花。」《檢史》云：「雪滿前山酒滿觚，一編常對老潛夫。兒曹莫恨咸陽火，焚後殘書讀盡無？」《題壽山福海圖》詩云：「蕭蕭緑髮映朱顔，買鶴修琴不記年。門外客來無酒器，鐵冠長汲杏花泉。」《題壽安寺壁》云：「灌木陰陰殿角斜，寺南一帶好人家。春潮退後西風急，破網無魚掛落花。」「雨餘石壁緑初齊，細拂苔痕認舊題。讀罷支頤碧窗下，枳花如雪打黄鸝。」《山中》云：「空山無伴木無枝，鳥雀啾啾虎豹饑。獨荷長鑱衣短後，五更風雪葬要離。」

陳寒山夫子《壽陳白菴郡尊重九後一日初度》七言徘律云：「春臺登處見秋光，昨日重陽已貯觴。節後風流思醉白，朝端恩數報徵黄。寬條比屋華胥近，吹律臨風兑德長。九畹滋蘭培士氣，百嘉盈稼飽農箱。扶桑日下懸弧彰，杓斗聲中聽履忙。送酒麯街容散吏，題糕彩句續仙郎。九華結實貽彭祖，三壽稱詩説魯臧。晴色滿城參佐集，山公方在習池傍。」

唐時升《田家即事》云：「江村女兒喜行舟，江上人家吉貝秋。緣岸荻花三四里，石橋南去見城頭。」「楝花簌簌柳毿毿，犬吠西鄰餉麥蠶。雨過木綿齊放葉，相邀作社到城南。」「新成燕麥欲相扶，風急高橋落乳烏。社酒醒來人寂寂，紫桐花下數雞雛。」「横塘潮急進船遲，菱荇纏綿罥釣絲。荷葉覆魚先入市，青楓渡口曬鸕鷀。」

譚解元元春詩云：「經旬未鑷鬢間白，月月難忘翦鶴翎。鶴不令飛鬢再出，懶人心事未全停。」「村屋如山徹夜晴，曉眠慵起愛窗明。不知空響誰教觸，春磬一聲鶴一聲。」題曰《鶴吟》。

董遐周斯張《夜泛西湖》云：「放棹中流月滿衣，千山無色炊煙微。二更水鳥無處宿，還向望湖亭上飛。」《葛塢作》云：「笋鞭横出欲穿籬，松子纔生鳥不知。細雨一林山鬼語，白鷗浴起葛公池。」「萬竹沉沉碧刺天，秋如寒食斷村烟。石楠樹老疑楓赤，石虎三更伴鹿眠。」《閨詞》云：「一雙嬌眼點新霞，杏子春衫領故斜。卍字闌干簾半捲，睡猫閒傍牡丹花。」《明君詠》云：「醉眼低垂曉夢餘，新調獵馬試長裾。單于不解人傾國，只道宫妃盡妾如。」《初夏》云：「楊柳陰濃醉碧煙，一溪不雨不晴天。水樓處處憑紅袖，吴下新來茉莉船。」

周安期《贈張雋》詩云：「逃禪有得返求儒，三戒嚴如五戒無。口不可言猶可飲，似聞花外唤提壺。」「威儀入寺曾興嘆，久雨齋居亦誦經。賴是程朱遺榜樣，維摩丈室子雲亭。」張雋答詩云：「幸自無緣唤作儒，不勞重勘會禪無。鴟夷只合嘗噇酒，慚愧王遺五石壺。」「儒林賴可修僧史，緇客翻教讀道經。擔板禪和應不會，春風已過望州亭。」

王端士年兄撰《詠史》一絶云：「虎頭萬里策奇勳，夜縛生王血鹹分。小妹上封歸白髮，何嘗筆硯負將軍。」

陳治安《社老》詩云：「餘姚有老人，年百卅八歲。耳目尚聰明，二毛神未敝。御史偶聞名，縣令理車轄。過府謁太守，觀者摩肩袂。予聞即欲往，課文意方鋭。料當少停留，明晨蚤得睇。肅容向之揖，答禮殊次第。詳叩昨所聞，和平意無戾。家東山一都，名一杜其世。成化當元年，初三亥之際。季夏逢末月，生歷六皇帝。族有八世孫，身不破婚妻。行擔自食力，曾經五日斃。萬六十百三，壽見冥官記。因問何積德，尋常似莫儷。力作修橋梁，工值泥塗砌。餘亦不多言，予前將鬚鬣。執手摩耳輪，請冠視其髻。齒落已更生，面澤身裁細。目斂不外揚，意此長年契。轉身覓畫工，人來視莫諦。平生意好古，況翁度數世。寫像得彷彿，懸作壽星例。如我當後死，還欲銘其碣。」

熊公遠文舉《懷劉蘭生》詩序云：「劉蘭生韓林爲予己卯所取士，官講讀。甲申三月之變，予自分必死，廿日辰投組袁州會館後垣之隘巷。而蘭生爲賊逼迫，適至，見予頻危，痛哭解縛，自是予得不死。然萬死幽囚脅辱，有甚于隘巷一死者矣。蘭生孝友醇謹，遭時如斯，存亡未審。作《懷蘭生》詩焉。」「矮屋網蛛絲，糞土少光輝。死生寧有異，沮勸顧多違。弓刀環枕席，雲月慘霏微。相看無羽翼，安得遂天飛。此景翔魂夢，念君何策歸。豺虎尚縱横，孤蹤詎可依。傳來新信息，萍絮裂庭闈。長嘆問晨星，人言是也非。」文舉字公遠。

李坦園霨《長夏閒居雜興》云：「澹蕩羲皇卧，豪雄河朔杯。斯人難復起，古道日塵埃。闢捷山多徑，全生木不才。兩端終易剖，決策是歸來。」「是迂非敢傲，惟懶乃宜閒。偃蹇狂奴態，浮沉供奉班。蒼頭驅采藥，青眼放看山。大小原殊隱，吾其季孟間。」

魏環溪象樞《生日感賦》云：「攬鏡如登嶽，瀟然萬壑孤。楓秋毛骨立，石榻鹿麋呼。劍鍔天君子，樗根地腐儒。壯懷都折盡，穩欲戢桑弧。」「辟穀非良術，鴟夷亦偶然。多情車馬上，獨覺夢魂邊。罣爲看兒舉，書因拜母傳。不辭婚宦拙，俠氣滿幽燕。」「無家吾有賦，五嶽是誰家？歲月蕉藏鹿，文章筆畫蛇。一官僮僕累，寸舌友人嗟。寂寞邯鄲枕，居然護碧紗。」

郭汾又奎先年兄《亂後至吴門憶同遊諸子》云：「行乞悲吴沼，多無舊識存。空名墟井竈，浩氣俠兒孫。去或雲遊侣，居皆晝杜門。擁樽浮月處，但聽馬嘶昏。」

徐徽子芳聲《答沈康臣兼懷綺季伯調奕喜》詩云：「相見不知樂，徒多别後思。溪流渾舊日，花發自當時。同病憐予瘦，逢歡憶所思。雙魚猶未啓，先得意中辭。」

丁大聲克振《哭倪鴻寶先生》詩云：「治長嬉武事，突騎啓重闉。社稷無生主，門閭有老親。絳袍依日月，青簡答高旻。一代文章盡，吁嗟天地屯。」

陳伯璣允衡《廿六夜抵寓舍》詩云：「物色驚殘臘，更深自叩扉。應門呼信至，把火喜人歸。挈甕賒春酒，開箱换客衣。可憐孤鶩影，猶逐片帆飛。」

姜綺季庭榦《題文園》云：「喜過南湖浄，波添匹練明。積雲含宿雨，初日啓新晴。舟楫隨溪曲，樓臺倚壑平。到門翻覺遠，迢遞百泉鳴。」

王覺斯鐸《詠女土官秦良玉援遼》云：「辭家萬里靖邊氛，天步多艱敢愁君。環甲已藏虬母鏡，揚鞭不着石榴裙。迢遥夢繞巴山月，凛冽身棲鐵嶺雲。處女從來原脱兔，莫言巾幗是將軍。」覺斯此題有數首，「不學吴宫教粉黛，輕將民命易封侯」、「遥思嬝娜淩煙畫，誤當昭君出塞容」，此等結語俱佳。

黎博菴元寬夫子《送樊延昌學使》云：「新從北斗泰山遊，顔色都將古道留。混沌鑿來纔七日，文章起處又千秋。心憐灰燼詩書種，力出衣冠匠丐流。爲報及門諸弟子，賢良依舊得封侯。」

吴宫詹駿公偉業復起，《將至京師寄當事諸老》詩云：「柴門秋色草蕭蕭，幕府驚傳折簡招。敢向煙霞堅笑傲，卻貪耕鑿久逍遥。楊彪病後稱遺老，周黨歸來話聖朝。自是璽書修盛舉，此身只合伴漁樵。」「莫嗟野老倦沉淪，領略青山未是貧。一自弓旌來退谷，苦將行李累衰親。田因買馬頻書券，屋待牽船未結鄰。今日巢由車下拜，淒涼詩卷乞閒身。」「平生蹤跡盡由天，世事浮名總棄捐。不召豈能逃聖代，無官敢即傲高眠。匹夫志在何難奪，君相恩深自見憐。記送鐵崖詩句好，白衣宣至白衣還。」

柳寅東《贈李太虚宗伯》云：「曾記當年對五雲，誰知寶鼎竟淪汾。遷薪大計時難合，鍊石孤忠黨恨分。幸蜀唐仍成帝業，渡江宋豈喪斯文。何人秉筆修明史，此段千秋應使聞。」甲申之事，太虚嘗主南遷，時不能用。

王奉常時敏《西田感興》詩云：「陰陰梧竹暗漁隈，小徑柴扉向水開。書喜旁行從衲授，畫乘閒興畏人催。殘霞映浦低紅樹，細雨滋花襯緑苔。最愛寒煙疏柳畔，雁行斜逐釣船來。」「吴塘北去隔塵囂，老我閒門鎖寂寥。地僻禽魚神自王，境幽雞犬歲常驕。猶嫌樹小難遮屋，卻喜船通不礙橋。安得南村素心侶，芋羹豆飯日相招。」

陳兵垣卧子子龍《秋日雜感》詩云：「南臺西苑柳如絲，鳳輦龍舟向晚移。春燕俄驚三月火，昏鴉空繞萬年枝。橐駝盡繫明光殿，苜蓿翻栽太液池。苦憶教坊供奉伎，短簫横笛譜龜兹。」「經年憔悴客吴關，江草江花莫破顔。豈惜餘生終蹈海，獨憐無力可移山。八厨舊侶誰奔走，三户遺民自往還。圯上隆中俱避地，側身懷古一追攀。」

鄒木石式金《寓同安園》云：「王孫池館舊蕭蕭，白石青萍共寂寥。檻外鶯花迷島嶼，枕邊鐘磬雜芭蕉。安排明月遲僧話，指點清風把鶴招。一榻茶煙修竹暮，黄粱應不記前朝。」

馮秋水如京《雁字》詩云：「遥風忽下破蒼煙，幾陣淋漓墨色鮮。遠水印成新樣帖，長空搨出彩雲箋。殷書無事矜奇怪，秦火焉能染碧天。不是數行争縱合，横批直抹自翩翩。」

黄九煙周星年兄《平山春望》詩云：「春風萬里客登臺，平楚蒼然霽色開。百雉似連孤塔湧，群峰欲渡大江來。生前富貴楊麼笑，亂後文章庾信哀。滿眼煙花今古夢，天荒地老獨徘徊。」《己丑過西湖見吴巖子卞玄文詩步韵寫懷》：「繇來絳灌本無文，雙掌休誇將相紋。騷壘弧螯容我建，醉鄉茅土許誰分？齋前合置支離叟，宅畔何妨冥漠君。歷遍九州芳草緑，卜居詹尹竟何云。」《再和前韵》云：「辛苦傭書更鬻文，雲雷心熱博山紋。恩讐國士憑三尺，長短鄰姝較一分。觱篥歌殘呼朔客，琵琶絃斷咽明君。花前慟哭林間嘯，此日吞聲不復云。」

李霜回令哲年兄《東柯樵唱》云：「卻留矮屋教心降，一徑幽尋架短矼。斜引曲池聊代磵，旁招遠岫盡當窗。豈緣世亂山初老，似訝人孤鳥必雙。辛苦爲懽唯物外，風來籬竹語箏摐。」「北望鷗餘山名亭已隤，蒲帆幅幅倚風開。茶鐺酒白先須辦，好友幽人或一來。入溪斷崖雲自壓，堪巢古樹鶴猶猜。山椒片石呼童洗，他日鑿雲須有臺。」

方文《送齊价人計偕》詩云：「故里山川百戰餘，昔年朋好遂離居。移家忽有數年别，開篋見君前日書。天水未收西極馬，秋風纔化北溟魚。子雲筆在君卿舌，誰似相如奏《子虚》。」

方坦菴年伯拱乾《邏卒歎》云：「西湖自古無明月，錢塘門鼓黄昏發。士女齊拋簫管船，冰壺冷浸湖光歛。近來新添騎馬兵，湖烟未黑斷人行。土音全學滿洲舌，金丸亂射鳧鴨驚。矚目湖邊三里寺，豹狼晝號狐狸睡。上墳籩豆遭擒烹，杖藜敢理遊人事。富家有租收不得，田夫捉主賣送賊。五金卜金百千金，贖歸還恐官司識。高樹柵門防賊走，賊反鎖門置人守。前宵橋東殺牛兒，昨夜溪邊賣米叟。賊中有兵雄且都，賊去山中兵在衢。煌煌鐵馬四十騎，縛得娼家兩博徒。」

謝武狀元弘儀《即事》詩云：「錦袍誰者雕鞍坐，從騎喧闐驚夢破。新營諸將赫輝光，唱道纔聞鞭影過。自言曾逐戰場迴，此地河山手拓開。未奏膚功身已貴，軍門親賜劄牌來。甲第歌鐘隨所擇，屋底主人走脅息。錦帳氍毹日夜張，歌舞未終河影側。其人其才多廝走，或起椎埋或屠狗。頻年鈔掠世宙空，各積金錢高並斗。官階率以意爲之，菲薄金屋不屑圍。名姓何曾司馬識，銓除豈必帝王知。名將曾聞以盜起，未聞盜以官爲市。徒令反側籍爲名，赭書西江一江水。我濫油幢三十年，衹今漂泊炊無煙。自慚才略迴不逮，隔簾羞縮藏頭看。」

黎博菴夫子元寬《耳病》詩云：「耳如空橐不駐聲，許由一洗但勞生。我耳不容九州長，或據其處蠻觸爭。界連須彌及窮髮，化爲蠶叢齕兩葉。我不忍洗似留窮，佛説我食乃爲蟲。智積不濾爾得活，馬駒不喝我得聾。願爾爲我嚴扃户，莫教再還入圓通。人間幾許蒼蠅笑，鱉咳無端矜别調，請以常無觀其徼。」

吳宫詹偉業《捉船行》云：「官差捉船爲載兵，大船買脱中船行。中船蘆港且潛避，小船無知唱歌去。郡符昨下吏如虎，快槳追風摇急櫓。村人露肘捉頭來，背似土牛耐鞭苦。苦辭船小要何用，爭執洶洶路人擁。前頭船見不敢行，曉事篙師斂錢送。船户家家壞十千，官司查點候如年。發回仍索常行費，另派門攤云僱船。君不見官舫嵬峩無用處，打鼓插旗馬頭住。」又《馬草行》云：「秣陵鐵騎秋風早，廐將圉人索芻藁。當時磧北報燒荒，今日江南輸馬草。府帖傳呼點行速，買草先差人打束。香芻堪秣飽驊騮，不數西涼誇苜蓿。京營將士導行錢，解户公攤數十千。長官除頭吏乾没，自將私價僦車船。苦差常例應須免，需索停留終不遣。百里曾行幾日程，十家早破中人産。半路移文稱不用，歸來符取仍裝送。推車晚上秦淮橋，道遇將軍紫騮控。轅門芻豆高如山，紫髯碧眼看奚官。黄馬絡頭馬肥死，忍令百姓愁飢寒。回首滁陽開僕監，龍媒烙字麒麟院。天閑轡逸起黄沙，遊牝三千滿行殿。鍾山南望獵痕燒，放牧秋原見射鵰。寧莝雕胡供伏櫪，不堪園寢草蕭蕭。」

徐穎《采蓴曲》序云：「苓葛薇蘊，采之《國風》；芷蘅蘭茝，采之《離騷》。蓴有厥美，自東晉以前勿亟稱者，以吴、越逸在十五國耳。舊傳塔影所照下産蓴，考之《爾雅》多不載，惟『千里鹽豉』一語，遂成佳事。采泖湖，始季鷹也；采西湖，始漁父也；采太湖，始鄒子也。三者既與，群焉來集。余亦持筐，欣然忘退，歌以永言，抑亦《風》《騷》之遺意焉。」詩曰：「黄緑荷菱相蜿蜒，白龍下澤多遺涎，冰脂清清膠我船。采之者誰自鄒子，髮眉漉漉一棹浮朝煙。南湖風，北湖雨。入鮫宫，之水姆。高束釣綸歸，前山日轉午。東市小兒莫輕擬，我欲持之貢厥篚，願君不棄同葑菲。」

齊价人維藩《鬻馬歌》云：「古來博士有瘦羊，今之博士鬻瘦馬。骨高不鬻欲何待，有時賣者誰收者。博士之馬駕可嗔，大約才具猶夫人。日食芻豆能兼兩，追隨驣蹇猶逡巡。博士之家飯不給，廐有馬食人乏食。飢來汰口于何先，食口争言去馬急。此馬留之終兩傷，鬻去猶支十日糧。實借汝爲救飢法，歸詞駑鈍予恐惶。予觀刑部尚書張，應門一役事不妨。又觀宮諭方樓岡，俸薄長歌飢馬行。人生有馬不可少，瞥然棄之如尋常。飛龍廄中若雲錦，騂騮騄耳以谷量。其間豈必盡絶足，依風使氣皆身强。不幸踼踖鹽車下，桑根苦水充飢腸。粗毛焦鬣不自惜，齒添口爛鳥啄瘡。此時真不堪剪拂，圉人太僕何留良。嗟馬論才亦論過，所争得路與失路。相者舉肥今已瘦，仰天三號欲誰訴？驅馬出門隨所之，多恐孫陽不忍顧。嗚呼！多恐孫陽不忍顧。」

丁大聲克振《黄生行》云：「黄州刺史大年先生嗣所搆文園，山水爲邑中冠，介纖若邀徽之及予，距十年不忘賦也。」詩曰：「黄生長公字君曹，出山性情□山晝。亭臺隈隩傍清溪，高下顯藏亦天搆。登臨萬頃漫玻璃，曲入幽巖滴珠漏。竹木分間各有意，馳岡倚徑能畢奏。是時山梅幾百株，大者屈屹如龍軀。變怪百發造物細，風雲煙霧鼓作殊。翁生日日探奇異，榜花賜詩翰墨濡。恍然四顧□太息，乃少丁徐兩生俱。黄生慕予亦非一，聞言發笑千山咥。馳書立刻選俠雄，開林直下鷹兔疾。書中宛轉千萬聲，願予兩人幸來必。兩人貧士□固常，一日相邀渾未出。往返一周四十里，兩岡八十豈云咫。此來已是百二十，僕夫汗浹如流水。余與徐生同一心，一心齊望河干駛。四槳擊撥星露中，風行頃泊黄家涘。黄君翁君興爾豪，遠客不至方嗚號。驚聞水響側舟至，奔呼跌撲忘低高。怪予兩人若霆怒，持之跳躍如猿猱。解巾脱衫坐無次，先飲幾斗驅寒勞。宮燈纍百白紗襲，古梅一枝一燈入。開簾燈火照香來，宿鳥驚棲落花集。今朝果已竟忘天，世間憂樂何由及？賓主時地總弔陳，但欲飲海如鯨吸。鴉鳴數巡聯席眠，日荒亭午聞鳴泉。欠伸一笑着衣起，顧視眉目皆遊仙。雷呼下階看山立，沿溪逐洄登所便。考梅故騣翁生獎，坐卧隨意契幽敞。□□虚生六十餘，亦解奔趨淑清爽。文士一過山不寧，指畫增拆助奇賞。數杯未周自在松，新月娟娟竹枝上。焚香煮茗開竹樓，竹梢扣窗月上頭。清新香凛沁肌髓，斂形會神浮息咻。野雉咯咯一澗底，□變幾□摇疏修。展簟即此卧明月，掩紗還避霜風攫。早來整履始言别，主人款款好彌結。爲歌《蟋蟀》兼《初筵》，持身旦旦樂孤孑。客既登舟主岸行，水窮舟遠望方□。此景貯胸凡十年，不隨風雨同明滅。」

秦崑尤琅《趵突泉》詩序云：「泉有三孔，相去各尺餘，池水環之，水面忽高數尺，其衝擊吼裂之狀，似有鬼物弄之，不特冠絶七十二泉，《山海經》志中未見其比，道元注以此焉。巖上有吕仙祠、白雪樓，作詩紀之。」詩曰：「天吴夜徙海水立，突兀空中雪浪急。餘呟鼇擲競欲高，石罅迸珠鮫人泣。疑是疏瀹經河濟，支祈鎖向此中閉。眠龍欲寤不得寤，怪沫噴濤驚幽睇。江妃浴日靳晞髮，牧霆神女乍出没。三峰滂出水晶簾，層層跌破寒潭月。我來濯足天池岸，六月飛霰拂人面。扶桑初掛羲御遲，霹靂聲起思縛電。聳鬣池心忽散亂，枕流礪齒儼可盥。須臾復愁雷雨至，嗽玉千尺薄天漢。仙人閣上訪遺躅，嵐光一帶澗底束。泡影未須問滄桑，幾人到此黄粱熟。誰遣文星摇玄洲，斗光直射白雪樓。只今詞賦懸一代，忍看泉頭草樹秋。」

毛馳黄先舒《帝棊歌》云：「帝所御也，純髹漆爲紫金龍鳳，云宫中取暖手措。甲申之變，流于江南民間，見之愴然爲歌。」歌曰：「楚宫梁燕暮相妬，月底牽留黯未霧。笑呼玉女不下雲，手卷晴河作衣素。此時帝醉軒轅臺，金礲結香飛暖灰。宫門魚鑰似愁曙，掌花報開一百迴。啁啾幺鳳毛翎光，雙雙單單紅甲翔。瑶光羨人弄躑躅，惡持玉作方碁局。清宵夢策劉郎馬，古燈照白玻瓈瓦。鈞天幾日停唱歌，殘珠墮翠煙成把。」

族侄諸生來蕃，字盛夫，好古博雅之也。好吟詠，頗有大家風味。《雞鳴歌》云：「牀頭喔喔雞亂鳴，春穀作糜蒲作羹。白霜棲人裂短袖，手□□□如無情。東山赤日照簷下，稻場雜屑若崩瓦。丁男作苦出大言，孰見筐籯粟堪把。高堂老母能健餐，子婦割肉心所歡。墻頭艷花壓腐草，慎勿插鬢多容觀。南樓麗人繡五龍，五日一爪十日胸。幼女紉針學綰結，錯交楊柳當長松。驅埒鹿鹿拭青玉，承顔斂惜釵燕緑。」又《躑躅花》詩云：「山頭躑躅花半紅，山前棠梨亦蒙茸，桑條苦折蓓蕾空。桐花開時卷叢薄，楊葉晴時促蠶叢。傳聞蠶與馬同種，馬生蠶死理則公。丁男種穀宜飼馬，剖皮割肉尚無假。婦人從夫仰衣食，促叢卷薄長嘆息。」

白子益胤謙《蛤蜊》詩云：「累百才克豆，淒然各性情。亂筐傾背殼，細末擣薑橙。好味窮雙筯，窮饕極五鯖。世人輕物命，天地本生成。」

陳卧子子龍《避地》詩云：「江潭愁鼓柂，滄海憶乘桴。此處同攜手，何人敢惜軀。亂離忘歲月，飄泊憎妻孥。莫作窮途看，乾坤定有無。」

趙韞退進美年兄《廣陵》詩云：「猶對蕪城月，簫聲不可聞。池邊笳鼓亂，臺上綺羅分。潮落飛江鶴，天寒起塞雲。此詩能作賦，愁殺鮑參軍。」

同譜黄九煙周星《于廣陵僧舍同諸子坐雨得十五咸》云：「英雄皆抱膝，相顧溼青衫。夏正訛羲曆，商霖悮傅巖。驕人蛙閣閣，説鬼燕喃喃。怪事當窗見，林蕉類遠帆。」又《社題修禊》云：「曲水千年事，平山此日觴。群賢猶竹影，一國自蘭香。姓字元無垢，詩書詎不祥。共誰争沐浴，日月照滄浪。」

同譜李霜回令晳《賣衣》詩云：「憐伊塵敝笥，類我滯荒林。聞可供豪具，寧教戀舊砧。曬仍懸犢鼻，寒且結鶉衿。銖較非關嗇，故人珍重心。」

黄韞生淳耀《泊舟》詩云：「久客知風信，江豨善倒奔。報晴銅角響，占雨紙燈昏。官舫人看熟，孤村井汲渾。東流山縣近，往往識方言。」

陳卧子子龍《越署人日》詩云：「越王古殿接雲霄，人日憑闌積翠遥。殘雪暖消秦望樹，晴光春轉浙江潮。花明南國金屏曉，妝倚東風彩勝摇。漢帝承華仙會夜，馬卿詞賦本飄飄。」《晚渡錢塘》云：「吴山越岫隔中流，簫鼓平明青翰舟。萬户晴江開曉郭，千帆春草送芳洲。桃花欲落潮先至，鶯語初聞露未收。何事西陵常問渡，不堪獨上望京樓。」

同譜陸鯤庭培《贈蕪陰王右白》云：「天分吴楚盛菰蒲，復見英姿似鳳雛。賦重荆樓遲魏武，名推江左頌夷吾。丹青有術增龍目，黄白何方衍鶴符。三十六峰應恨别，知予劇飲酒家胡。」

張德馨如蘭，南京羽林衛指揮官參將，以子可大贈都督。《吴門夜泊》詩云：「夜暗歸雲繞柁牙，江涵星影夜團沙。行人悵望蘇臺柳，曾與吴王掃落花。」

閩縣林涵齋之蕃《壽方巨蒙》詩云：「河湄結草便爲廬，聞説焦先百歲餘。竹榻夜燈同影宿，山園春菜任兒鋤。意中朋友窮愁好，世上公侯禮數疏。腹笥便便千萬卷，總無一字應時書。」「芰荷風老正懸弧，元氣常留仗腐儒。但使心腸同鐵石，何妨霜雪滿頭顱。問天傲睨登名岳，賣藥踟躕過舊都。最羨向平婚嫁畢，白雲攜手傍浮屠。」

黃坤五文煥《落花》詩云：「留戀無如候已催，縱横猶自志難灰。重争日月風扶起，脱辱塗泥燕奪回。色褪何妨添淡致，魂輕别欲换仙胎。蟠桃花説三千歲，空怯頻凋不敢開。」吴縣吴不官時惠，所著有《胥母集》。《雁字》詩云：「題斷鵲橋先一月，計程向北也勞勞。淋漓驟雨鋒猶正，飄蕩斜風致益高。泰岱碑前開混沌，瀟湘波上賡《離騷》。無端亦自傳今古，卻仿中書羨兔毫。」「劃破南方一線天，爲傳霜信到霜前。寒鴉落處疑殘墨，曉露凝時劈素箋。投管誤傳班定遠，騎鯨看殺李青蓮。稻粱禾足晨昏給，從此躬畊老硯田。」「天香飄動列同儔，兵氣依稀摻九州。偶與斷虹連鐵畫，卻當新月借銀鈎。右軍池外翻春草，西子湖頭寫暮愁。聞道□宫蒙上古，莫將今代問公侯。」又謝詮《雁字》詩云：「叫破秋空幾陣分，臨池無數影紛紛。欲摹閨怨傳青塞，獨寫邊愁寄白雲。日下龍蛇真鳥跡，天中蝌斗盡鴻文。無端更渡湘江水，筆墨淋漓六幅裙。」

張亦衡霍《過采石磯有懷李白》詩云：「先生才思與江分，采石磯頭石不群。抹□御前楊國色，重生唐室郭將軍。捫天有路寧拏月，和雪無人但遏雲。憑弔只宜多瀝酒，何人還敢説詩文。」魏惟度云：「亦衡詩，可謂推敲極致矣。既不爲歷下，又不蹈竟陵，翹翹楚楚，自成一家。」余友伍二安《贈吴星若》云：「花不同香鳥異啼，寒温悲笑自家知。此中原不隨呼拜，李杜生前已有詩。」讀亦衡作，益信。

黄俞邰虞稷《次林茂之先生八十自紀韵》詩云：「八斗才名遍九州，七朝遺老至今留。聽談舊事開元載，蚤識先人萬曆秋。藜杖尋詩荒徑外，松風客坐小樓頭。乳山咫尺能招隱，我欲從公一遡遊。」

陳昌元冠侯《官人梅花次魏惟度韵》詩云：「野蔓枯藤不敢遮，癯顔清影映江涯。坐殘夜月吹三弄，陣演先天布五花。寒結素心開晚節，頻分香夢到鄰家。隴頭有信恒須寄，遺識江南第一花。」「千秋香合占天工，落日西低影尚東。素友氣高千古上，春王開□兩年中。映窗自覺虚生白，帶月人看色裏空。野性嵯岈舒放達，苑花應否帳沙籠。」

羅邃子文璧，仁和人，《竹窗閒詠》云：「憑將緩步可當車，一卷《黄庭》意自如。孤嶼客來梅伴鶴，灞橋詩就雪侵驢。疏鐘時度空亭晚，清籟常驚永夜餘。世累盡從流水去，齋頭盡日把奇書。」「草木禽魚每自佳，情□物外意無涯。屢思嫋嫋惟栽柳，且向閒閒學種瓜。曉聽春山啼宿鳥，晚瞻群樹匝寒鴉。年來病入煙霞癖，潑墨淋漓似米家。」

楊古度臣諍，桐城人，《施生池觀競度》詩云：「自在天地間，有生何必放。惟有戕生者，方以放爲上。一水環琳宫，危橋藜可杖。憑欄念佛慈，水日光相盪。競渡一時喧，鱗介驚多狀。江海大生場，縱去生無量。區區一杯水，雖生猶不暢。」又《修藏禪院贈武陵陳坦山明府》一律云：「客遊差勝宦遊安，莫畏吴江煙水寒。家近桃源津可問，人同栗里酒能寬。晤言有唾飛瓊屑，投句如珠落晬盤。半榻豈嫌僧舍寂，知君夢不到邯鄲。」

李淡菴如滂《贈黎博菴夫子次韻》詩云：「清時辭軒冕，潁水暢高音。詩酒陶真性，琴書照素心。庭深俗氣遠，院静月光侵。寄志羲皇上，浮雲任古今。」魏惟度云：「是博菴實録。」

徐升伯英，南城人，《山莊春霽》詩云：「日上紗窗聽早鶯，寒衣初解覺身輕。貪看緑樹經時坐，不憚青山遍處行。花落小溪流復礙，草依曲砌踏還生。春蔬自課園丁種，恰喜紅霞報晚晴。」

徐野君士俊《僧房巢燕》詩云：「竹林鸜鵒伴商量，歲歲經行自遠方。盡道呢喃通梵語，不愁寂寞寄空梁。落花壘是拈花案，候社緣同遥社場。好似峨嵋佛現鳥，月明顔色映山光。」

王丹麓晫，仁和人。《美人梳頭歌》云：「流鶯驚破流蘇夢，牀前日暖菱花動。推窗手弄楊柳枝，樓外賣花聲故遲。侍兒扶起理膏沐，春雲繚繞花煙簇。卻學神粧傲玉妃，厭多妙好呼便隨。靈蛇髻子日換樣，寶釵玉燕時飛飛。纖纖一抹秋山遠，待郎畫出情深淺。下有寒波溜煞人，輕蟬壓鬢斜舒卷。袓衣初脱粉氣連，領頭心事香盤旋。鏡中引視更多態，此時入抱誰不憐？可惜春殘倦欲起，□□亂髪慵梳洗。」

陳幼木菁，江寧人。《牛首山秋眺》詩云：「兹山峽屼勢摩天，曲磴層林入窅然。望裏丹巖開曉日，到來清磬出寒煙。藤蘿倒掛嶙峋壁，樓閣虚憑縹緲巔。安得一龕松石畔，擁書終日抱雲眠。」「夢想名山二十年，向來望處隔蒼煙。幾疑蜃市人間出，不信蓬壺海外懸。雙闕峰迴飛閣迥，六朝松在古藤穿。攀援莫憚疲筋力，絶壑重崖好佇延。」「探奇特地趁秋清，曾與山靈宿有盟。無數村墟紅樹錯，幾重塔殿白雲生。樓從石罅空中構，人在松濤頂上行。最是移情高處立，千峰萬壑大江横。」

曹樹滋端本，陝西人。所著有《碧梧堂草》。其《同戚价人飲萬壽閣次日值重九時价人將北遊》詩云：「十年南北各天涯，高閣開樽感歲華。節候催人驚落葉，輕寒帶雨點秋霞。今宵共醉三峰月，明旦獨看九日花。別後草堂如寄語，半灣溪水傍蒹葭。」

曹石遐胤昌《感時》詩云：「夜雨名山禮少微，泉香石齒即來歸。教兒學劍寧操耒，與客謀生但採薇。百里虎訛天上事，三江濤隔嶺頭飛。鹿門自笑非真隱，十口勞勞製薜衣。」

陳言夏瑚，號確菴。《過鄭雨青印溪書舍》詩云：「印溪東望有高原，犬吠雞鳴自一村。流水緑楊藏竹塢，亂霞紅樹照山門。碁敲静夜花香細，鳥過清陰石丈尊。最是滿庭明月好，素琴相對澹無言。」

史及超殿元大成《清明》詩云：「紫陌香塵二月天，争傳杏酪五侯前。薄衣寒食絲絲雨，細草春流處處煙。自有飛花承蹴踘，誰家高柳過秋千。乘時獨見農夫意，爲惜東風早種田。」

宗定九元鼎，廣陵人。所著有《芙蓉集》。精於寫景，郊居、田家諸作，無一不入微妙，想見其胸次之樂焉。其《秋晚田家即事》云：「漠漠渚田噪暮鴉，瀟疏門柳傍簷斜。老農南圃澆蔬菜，處士西陵採菊花。薄暮輕煙籠樹杪，遠村微月照人家。牛羊夕下渾無事，把酒籬邊説歲華。」《題郊居》云：「茶竈聲清響竹廊，小亭新構面横塘。漁夫晚唱煙生浦，桑婦遲歸月滿筐。一嶺山花燒杜宇，滿池春雨醉鴛鴦。籬間犬吠何人過，不是詩僧定酒狂。」

同譜趙韞退進美，所著有《清止閣》等集。其《作客行》云：「男兒生當天下多事時，讀書擊劍將何之？醉即高歌，醒當别離，擲觴上馬無一辭。朔風吹衣落日寒，美人莫唱《行路難》。千里常有好顔色，書生何能不作客。」

梁玉立清標《保定道中拜漢昭烈關壯繆張桓侯廟》詩云：「荒原風日淡，遺廟傍河濱。霜變祠前草，烏啼戰後塵。蒿萊依手足，喪亂見君臣。易水寒如昔，千年舊烈新。」「百戰河山異，巋然見漢宫。傍簷凋老檜，繞屋響秋蟲。涕淚中原地，驅馳國士風。鄉人勤伏臘，何處哭英雄？」《冬日從獵南苑》詩云：「白日照霓旌，迢迢接鳳城。離宫雲乍斂，甲帳火微明。四野冰霜色，中宵鼓角聲。炊烟千縷上，夜飯羽林兵。」「南郊望不極，驅馬雪中來。日饗熊羆士，寒添乳酪杯。雙旌飛鳥過，一騎按鷹迴。解網知明聖，無煩諫獵才。」

曹秋岳溶，字鑑躬，秀水人。《九日芝麓總憲招讌慈仁寺即席賦》云：「遥天吹角鬢絲稀，南望鄉心未拂衣。象管銀箏今日好，紫萸黄菊故都微。眠依冷石孤吟起，醉劈霜螯萬事非。無力銷兵真倚嘆，冥鴻還傍五陵飛。」「相憐皂帽俯長松，斜日蓬蒿古殿鐘。層閣蕭條飛燕雀，滿城蒼翠落芙蓉。烽煙天闊憑高恨，沙塞花寒對酒濃。江表何年還倦羽，此身終得伴孤筇。」《恭謁禹陵》詩云：「名山環碧啓幽封，祀典荒涼豈盡供。落日殿庭圍篠簜，蒼崖風霧泣鼍龍。揚州貢篚應來享，侯國冠裳儼欲從。拜起獨思乘載苦，合驅江海作朝宗。」

宋玉叔琬，號荔裳，萊陽人。所著有《安雅堂集》。有同年翁玉示以蕭尺木畫杜子美詩册索題，玉叔即題云：「蕭生畫手稱絶妙，風格遠過文待詔。曾貌《天問》與《九歌》，荒唐隱怪皆殊肖。三間大夫色憔悴，山鬼乘貍善窈窕。解衣盤礴余在旁，舉杯向天發狂嘯。翁侯酷愛少陵詩，驚人佳句常相隨。手裂生綃三十幅，蕭生一一丹青之。浣花草堂若在眼，劍門棧道横參差。罷榷歸來無長物，獨携此册還京師。長安公卿頗好事，書畫寧復論真假。百鎰始購宣窑杯，千金贋買銅臺瓦。此圖一出價必高，翁侯愛翫不肯捨。即今遷謫轉蕭瑟，欲歸無舟陸無馬。翁侯，翁侯，誰令爾愛杜陵翁，千年坎壈將無同。蘆花采采雁南度，笠澤烟水秋濛濛。君歸結廬在何處？余欲攜孥學梁鴻。蕭生夙有五湖志，何不招隱來江東？嗚呼，何不招隱來江東，畫君與余持竿垂釣秋風中。」尺木畫今有刻本。《寄侯寶鷄党太傅》詩云：「上相懸車出薊丘，至尊親解御貂裘。千官祖帳榮疏傳，五嶽還丹羨鄴侯。黄綺自鄰君子里，赤松原伴帝師遊。釣璜溪畔明農客，時向東皋一問牛。」《任城晤王蘭陔水部》詩云：「盧橘垂垂屋角青，短籬疏樹草玄亭。閒眠東閣修《花史》，坐對南池注《水經》。檻外鵝群堪卓筆，風前鶴子自梳翎。何人偏唱《陽關疊》，别後浮雲此際停。」

施尚白閏章，號愚山，宛陵人。所著有《觀海》、《紀行》諸集。其《蒼梧雲蓋寺訪無可上人即大史方密之》詩云：「精舍蕭疏天路斜，高人解組即袈裟。滄桑沉陸知無地，江海流離不見家。雲暗蒼梧飛錫杖，夢歸秋浦泛仙槎。與君坐對成今古，嘗盡冰泉舊井茶。」

張僧持愬，號南村。所著有《蘼蕪菴集》。《西溪道上》詩云：「攜將一葉水雲鄉，訪勝前溪不裹糧。村落傍堤煙市暖，人家啓户午炊香。逢迎荷鍤多擔筍，佇立提筐半採桑。舉步總疑仙境是，不知何處更茅堂。」

釋石谿僧殘，號電住，楚人。與涉江老人作《歸釣圖》，題之云：「洞庭之濱有老翁垂竿。過者問：『有魚否？』曰：『無魚有詩。』乃鼓枻而歌，曰：八十滄浪一老翁，蘆花江上水連空。世間多少乘除事，良夜月明收釣筒。」石谿道者曰：「且救得一半。」亦爲之歌曰：「江湖垂釣老成精，識得風波慣懷人。收拾絲綸歸去好，蘆花明月是前身。」

王言遠庭，檇李人。所著有《三仕草》。《戊戌元日早朝》詩云：「燎火光微露未終，青旗輦道動春風。神皋宮闕開天上，王會車書入畫中。泰階六符衡□北，祥□五色日升東。爐香不逐朝煙散，花底攜歸滿袖濃。」《寓陳公季小園》七言排律云：「居然官舍有煙霞，深巷門開落照斜。雨過墻頭茅覆瓦，風吹窗隙紙籠紗。芭蕉結子垂多露，荷芰含香吐並花。盆内戲魚尋樂國，梁間乳燕識歸家。虚牀待夢遊山屐，短□新圖泛海槎。棋罷試矜能覆局，書閒自煮欲翻茶。彈琴静裏招飛鶴，濡髮狂來競走蛇。纖手夜涼看雪藕，清泉日永驗浮瓜。朋來老圃尋蔬甲，秋近荒籬採菊芽。鷦托寸枝如有幸，螢啣孤照亦何誇。清樽一賦明明月，畏聽城樓繞樹鴉。」七言排律，作者絶少如此□□心傳之章。

王貽上士禛，號阮亭，新城人。所著有《阮亭詩集》。《登大觀樓》詩云：「如練江光照素秋，層城縹緲見飛樓。披襟欲覓三山色，濯足真堪萬里流。帆出雲山開島嶼，人從鶴背俯滄洲。泠然竟日能忘返，蠟屐何妨續勝遊。」《無題同彭駿孫賦》云：「纔過禊節罷秋千，到眼流光倍解憐。柳絮横塘三尺水，梨花簾幕午時烟。綠熊簟冷殘春後，白鶴香濃繡佛前。愛寫名經躭慧業，不知人月共嬋娟。」

沈子清希潁，吴門人。《讀書于石子岡山莊》詩云：「野香無度繞蜂衙，呼酒錢多出畫叉。芳草行來惟作客，鶯聲到處可爲家。幾番遠夢迷高柳，一半新詩在落花。遊屐不妨忙竟日，明朝風雨即天涯。」

嚴子餐沆，號顥亭，餘杭人。《春宿翰林院對月獨飲》詩云：「鳳池西接禁垣重，春色遥連右掖松。月出端門移永漏，星臨長樂起疏鐘。青藜火照揮毫晚，金掌杯添賜露濃。簪筆小臣叨内直，五雲縹緲識真龍。」

佟匯白國器，襄平人。所著有《芟亭詩》、《燕行草》、《楚吟》諸集。《和宋荔裳遊予僻園韵》云：「郊居塵自遠，蒼翠障河干。石磊連雲卧，香醅帶酒乾。孤松堪結侶，五柳倩辭官。看竹君偏獨，忘歸興未闌。」「一丘藏曲折，遊騎指岑西。韵逸新篁引，心閒芳草迷。風迴紅欲碎，雨過緑能齊。好鳥□爲主，休嗟酒獨攜。」「秣陵多勝覽，僻好到林間。峰曲亭銜翠，花飛袖惹斑。聊娱三徑竹，差勝一官鰥。愧未蓬門接，空教題壁還。」「知君耽澗壑，屐齒滿荒園。彩筆環清渚，青簾漾隔村。芝裳冰骨韵，梅賦鐵腸存。憑眺懷瀛樹，園樓遶翠墩。」《宋荔裳過飲僻園賦詩見贈次原韵》云：「莫負林泉好，珊珊瓊佩來。歌催啼鳥和，筵照碧流開。愧我平原興，多君宋玉才。淡懷如靖節，頻語菊宜栽。」「山花隨意放，蜂蝡任經營。碧漲春衫溼，萍開曉嶼明。紅霓争芍舞，白雪援鶯聲。不爲嚴城隔，傾樽徹五更。」「鍾阜推繁麗，何如枕石眠？披襟非傲俗，斗酒爲逃禪。夢憶錢塘舊，心同槃澗懸。醉餘題句疾，風雨筆如椽。」「賓筵豐草拂，嘯傲石爲牀。鶴韵傳空谷，花神引醉鄉。素懷隨落月，惜别戀斜陽。殘臘能重訪，寒梅點鸕鷀。」魏惟度曰：「中丞僻園在古長干，山水花木甲白下，四方結駟來遊，日無停暑。宋荔裳原唱和者甚多，惟中丞此作情景逼真，非日坐園中大有會心者不能道。詩傳而僻園不朽矣。」

吴菌次綺《雨後新凉》詩云：「晞髮園林暑不支，喜聞山雨過階墀。雲陰北嶺推窗見，氣爽南軒拂簟知。潤滴蕉光沾鶴背，香殘花片過蛛絲。詩成卻值鳴鳩歇，猶是斜陽未轉時。」

董退周斯張《高暉堂前燕》詩云：「土巢秋秋聲，嫗一四其子。客言此閩喉，象胥不可理。燕問客何言，汝答恐無以。昨到碧眼僧，親渡流沙水。卷舌宣清梵，漁童笑不止。神聖亮斯傳，語亦駢枝耳。木與石何情，點頭而東指。人鳥兩寂寥，五柳琴鳴矣。」

沈青門紹芳《偶成》云：「年來耽泛五湖舟，懶向東陵傍故侯。花底夢回炊正熟，水邊吟罷酒初篘。閒評將帥誰方虎，漫笑書生尚孔周。撾盡漁陽不成弄，空餘骯髒著岑牟。」

吴駿公偉業《述談閩事》詩云：「石牀丹竈飯胡麻，不見仙人萼緑華。雲護松門穿嶺月，雨翻榕樹響溪沙。藤鞋箬帽收崖蜜，豆莢瓜當點乳茶。歸去突星灘上過，數莖棕竹拂桑花。」

嘉善魏子一學濂與予爲乙亥拔貢同榜，登癸未進士，官庶常。《過虎阜》詩云：「移舟遥見塔，白徑輭煙蘿。山色出林少，茶名借寺多。未秋先候月，向夜漸聞歌。花市無冬夏，遊人雨亦過。」

方部村亨咸，桐城人。《寓直雜詩》云：「星辰窺屋漏，榻破借撑門。柝柝聲疑雨，荒荒月似村。令平官吏賤，刑中帝王尊。偃仰勞天問，誰令貫索存。」「白日長無賴，鈎簾坐不斜。泥金書貝葉，洗甕插荷花。息數庭心樹，杯開月腳華。閒曹有忙事，經濟許山家。」

張譙明文光《送張玉甲能鱗》云：「湖上七年，覿面千里。壬辰冬，徵車北上，邀玉甲兄載酒別西子。是夕月光蕩漾，山色希微，真洪谷子、董北苑得意筆也。」詩云：「雙飛鷺鷺覺天寬，一往遊從入夜闌。西子猶憐將去客，東君且喜乍離官。夢中兄弟同舟飲，鏡裏煙巒對月看。偶向孤山山下過，春風吹徹水雲寒。」「離亭此日寄湖心，別緒盈盈湖水深。天地有情存爾我，風塵何事起商參？雲移凍影迷高岫，鳥帶寒聲亂晚林。他日相思君念否，好將清夢到知音。」

曹履坦荃《耒園》詩云：「癸巳秋，予訪家蘭于江上，出《漫園》三十韵示予，蓋既園而詩，詩皆園也。余惠麓之足有地數畝，未能園，烏乎詩？或曰：子先詩而園，比使蘭皋見之，謂園者皆詩也，不亦可乎？因次韵作《耒園》詩。」詩曰：「皤然一叟署山農，蒔菊栽梅未肯慵。盡日課花無事□，四時擕酒爲情鍾。每憐絃管蠶絲度，不問冠簪蛛網封。老計總虛來日想，蒼黄自變看雲容。」「春深最愛緑陰齊，水滿池塘草壓蹊。風引落花翻趁蝶，雨隨飛澗不銜泥。畫圖如繡□山北，香徑斜旁出寺西。門外自喧余自寂，修篁叢裏聽鶯啼。」「西迎爽氣有茅齋，累石爲臺僅可階。生以水山爲性命，坐來土木是形骸。酣歌漫斫王郎劍，艷譜愁翻霍玉釵。極目悵然時獨立，古人不見渺予懷。」

梁玉立清標《新秋感興》詩云：「黄金臺上舊巍峨，鄒衍諸賢曾此過。卻憶漁陽鼙鼓動，只今碣石暮雲多。時清雪雉通王貢，日落長鯨立海波。燕市可憐賓客散，漢家重奏《大風歌》。」「月照金門屬玉寒，井梧一葉墜闌珊。已知詞賦逢時拙，敢向干戈問路難。鷹隼任乘搏擊力，爰居何事市朝看。乾坤日月風濤急，遼海誰能避幼安？」

王敬哉崇簡，宛平人。《送高璁佩假歸》云：「楊柳依依燕子斜，春風落照動悲笳。多君善病諧初志，笑我無謀未有家。閒院簾垂三徑草，小樓門閉四時花。驚聞啼鳥相思處，應□燕山望暮霞。」《贈宋玉叔納姬》云：「鳳凰新得桂叢居，引壁低頭見面初。錦瑟欲調推向夜，牙籤未啓問何書。人堪比玉聲名是，字可呼珠嫵婉如。阿閣幾重常静掩，離門怪爾出徐徐。」《新秋感興》詩云：「憶昔誰人秉國成，甘泉烽火歲頻驚。盈庭聚訟惟鈎黨，伏闕求官藉論兵。坐使威權歸北寺，遂令盜賊躪西京。五陵豪貴皆塵土，日暮青燐遍野横。」「舊感新愁尚淚痕，杞憂徒切亦難論。漸興禮繁非無術，未戢干戈自有原。但見徵翰空下里，不聞束帛賁丘園。孑遺兵後多凶歲，煙火猶餘幾處村。」

徐定侯徵麟《贈王予安》詩云：「久已逃名去，名仍配老蘇。不文安得隱，惟釋可稱儒。夜月雲門寺，秋風賀監湖。忘情情轉切，隔紙聽長吁。」

成青壇克鞏，大名人，字子固。《秋興》詩云：「喧闐戚里雜鳴珂，墨軩朱纓連騎過。野外諸儒綿蕝始，薛中生計券書多。秋戍遠舍收粱稷，日暮驅車策橐駝。歌舞平陽驚驟罷，乘鸞人杳奈愁何。」「銀河玉闕倚高清，陸海神皋舊有名。但擬黄圖煩卜築，屢聞赤舄自經營。潮迴碣石成枌社，屏擁豎閭作鎬京。萬國朝宗還此地，無勞宣室訪諸生。」黄心甫曰：「少陵《秋興》，一首紀一事。後人踵之，漫無一事，亦衍八首，豈不噴飯？青壇先生有一首綜數事者，有耑一事者，有耑一事末復帶出一事者，珠璣錯落，應接不暇，寧止方駕少陵乎！」

張坦公縉彦，字大隱，新鄉人。《金剛臺》詩序云：「元少保于思明據此，常遇春攻之不克，洪武八年始歸。山高林密，獵者持數日糧始能一陟。多野獸，如馬如牛，人望見以爲神。旁有孤峰奇秀，少保用以居女。瀑布殷雷，下注爲河，多孩兒魚。山名女寨，女，花姑也，登山者必祀焉，不則雹雷晦暝不得上。余經營廬室數百椽，掘地得銅鏡、鐵礮，猶元時舊物云。」詩曰：「共傳臺畔賽花姑，雷雨千年事有無。澗底妖燐腥鐵礮，峰頭神獸冷雕弧。空臺月落猿猱亂，大壑雲深壁壘孤。欲向秦庭空灑淚，何如一棹冷江湖。」

陳青雷震生年兄《自蕪關渡江歸經采石燕子金山風帆迅越歸而憶之》：「江山千古然，身到爲我有。妙美寧在膚，展對法宜久。相逢此境佳，心氣冥與守。譬如此境外，隤隤皆荒阜。餘想既不作，靈奇入者厚。我行發蕪陰，兩日到京口。輕舫委柔浪，所經皆目受。一山度江腹，兩磯綴江肘。風利不泊舟，舟前首頻後。可曰予此行，曾見江山否。讀疾想誤書，交淺懷深友。遥遥再見心，盟之道旁柳。」

林若撫雲鳳《龜山寶林寺耶許玄度祠》詩云：「琅琊東武山，乃在海水次。何年隨片雲，一夕忽飛至。越人争聚觀，咄咄稱怪事。閱歷幾千秋，而復有斯寺。龕像孰莊嚴，亭臺誰位置？憶昔許徵君，蕭條此高寄。立誓起浮圖，垂成已先逝。重現帝子身，恰遊梵王地。彦公昧平生，乍見輒呼字。恍悟前世因，盡將財力施。巋然七級尊，迄今猶未墜。我來禮崇祠，風月了不異。風吹竹徑涼，月出松林翠。杖履獨徘徊，悠然多古意。」按：此即予邑蕭山之許寺也。南朝蕭督偶遊此，逢釋曇彦，呼之曰：「許玄度，來何暮，昔日浮屠今如故。」蕭即答曰：「弟子蕭督，豈玄度耶？」即與焚香静坐，頓悟前因，開塔中，但見舊時所用斧鑿之類皆在其□。因再造一塔，而建寺焉。邑誌但言塔頂鐵輪自西域飛來，郡城怪山則山自琅琊一夕飛來耳，不聞有蕭詧所建浮圖與寺，豈滄桑陵谷，今昔異耶？姑存此詩。

梁大將軍化鳳，字翀霄，長安人。詠菊詩四首，其《大紅》云：「紅艷飄飄散晚香，彤雲霞彩焕天章。不乘春曉開金谷，常到秋深醉畫堂。倦拂商飈如醉臉，溼含玉露似綃粧。人生際此堪行樂，酒到花邊引興長。」《美人容》云：「粉臉無言顰笑真，芙蓉嬌艷巧粧新。纖腰無力隨風舞，妖態多情帶月嚬。雨洗紅塵脂莫染，雲堆鴉鬢髻飛春。凌霜寒色秋期至，許與淵明共作鄰。」《玉芙蓉》云：「風動芙蓉一殿香，東籬秋爽正飄揚。冰肌清潤朝含露，玉骨幽閒夜帶霜。輕似粉蛾翻花□，皎如白鶴無□長。殿閑野草凋零盡，獨有芳姿向畫堂。」《月下西施》云：「月照西施冰玉肌，香魂冉冉壓吴姬。清幽不競春花早，冷素寧甘晚節遲。點石翩躚驚粉黛，倚欄翻舞孰妍媸？嫣然微笑渾無語，若似含情宫裏時。」魏惟度曰：「太保屏障江南，坐銷兵氣，而復以公餘出入風雅，與縉紳先生倡和，一時有投壺賭墅風。録其詩，非徒重其□也，重其人焉爾。」

尤展成侗《長安竹枝詞》云：「北門學士玉爲粧，常醉春江錦瑟傍。娶得塞姬相伴宿，鸚哥番語教鴛鴦。」「痘種相沿入貴家，六宫彈指暗咨嗟。春風不到燕都地，不許民間唱買花。」

巢五一震林，武進人。《小遊仙詩》云：「騎將龍角踏雲高，織女機頭借剪刀。聽得東皇催晏早，與郎先製赤霜袍。」「萬雲深處傍粧臺，閑約湘娥去復來。昨夜賭碁滄海外，袖贏龍子四雙回。」

彭燕又賓，華亭人。《春感》詩云：「驅車曾到越王城，萬壑千巖曉黛明。禹廟旌旗飛雨色，苧蘿花草炤江晴。函開玉宇名山聳，甲冷屏皮霸國平。莫怪謝公貪着屐，紅泉碧樹坐中迎。」

王湯谷元曦，字伯馭，掖縣人。《懷聖野》詩云：「名士獨存處士風，先生高致古人同。奇文架上追遷史，韵語年來似放翁。門向市廛真大隱，翮翻天際任孤鴻。卧牀頻憶看山約，楓葉迎秋幾度紅。」

董文友以寧，武進人。《魏宮詞》云：「珠簾五彩照香茵，玳瑁樓邊近紫宸。莫誦陳王舊時賦，只今誰似洛川人？」鄒祗謨《吴宮詞》云：「茂苑宫人依六銖，春來争暖玉樗蒲。如何十二雕欄裏，獨自垂簾聽鷓鴣。」蔣篆鴻玉章，嘉善人。《正德宮詞》云：「胡鷹掣鏇臂生風，宮女戎裝馬上紅。日落秋塵齊轡返，射生直過虎城東。」張秋紹夏《萬曆宮詞》云：「怕送春歸悵歲華，羅衣初汗換穿紗。牡丹看過薰開色，錯認全舒暖洞花。四月朔，始以紗衣易換羅，宮中自隔歲十二月已進暖洞，薰開牡丹。」「天氣全涼羨蔚藍，曲流清望月光涵。團圓餅子誰收拾，貪賞中秋寢不甘。曲流，館名。清望，閣名。藏月餅至除夕食之，曰團圓餅子。」「累夜朋樽候月華，新醅一宿味清嘉。鯽魚盛會輸螃蟹，巧手徐翻蝴蝶花。鯽魚、螃蟹俱有盛會，宮人剥蟹如蝴蝶式以示巧。」「西内秋盛玉粒鋪，戲名打稻倣收租。百回過錦隨鑼上，摹寫人間何所無。打稻之戲有過錦百回，如民間扮故事。」「綫界空壖分八方，掉城頒賞注中央。不知失卻東隅恨，縻費金錢百萬强。掉城之戲，結絲作城，以物擲中者得賞。後東方失地，遂應其讖。」《天啓宮詞》云：「内教場開結隊巡，從畬馬上擁涓人。金冠羽尾真年少，不是先朝長者巾。神祖尚長者巾，熹宗皇帝好紫金冠插長雉尾。」「祀竈祈安一歲闌，内臣禮假七梁冠。彩裝亦佩真弓矢，要比神荼鬱壘看。彩裝，炭製，像武士，列門兩旁，逆賢創爲之。」《崇禎宮詞》云：「廣寒古殿起新楹，宣廟遺文艮嶽名。莫笑坊州求杜若，煤山今日誤煤炕。廣寒殿在煤山，宣宗有文記之。崇禎初年，府尹某誤奏煤山有煤，宫人以爲笑。」

楊猶龍思聖《秋懷》詩云：「小城北郭即東園，束槿栽籬依水痕。野客時來看竹樹，兒童但解散雞豚。雨餘拄杖疏泉脈，晴後科頭具酒樽。當日身輕曾不省，如今始信有煩暄。」《敝園春曉》云：「暉暉初日照籬根，早是春光動敝園。静念榮枯隨草木，閒齊得喪付朝昏。一編入手常懷古，萬壑當窗獨閉門。咫尺桃花渾不識，人間浪説武陵源。」

張玉甲能鱗，大興人。《别譙明兄》詩云：「予與譙兄久任仁錢，戎馬驅馳，公事旁午，湖郭外未嘗熟遊。壬辰仲冬，徵車北發，同譙明兄載酒賦别西子湖步韵。」「幾載同聲視政寬，湖山得暇共遊看。每逢勝概多題詠，應識風流不礙官。南浦尚依憐歲晚，西泠寧忍遽盟寒。良宵凝露花含淚，翻作青衫濕未乾。」「連鑣並轡復同心，賦别依然輒夜深。山水每懷增感慨，弟兄相戀恐商參。啣杯此夕能留飲，把臂何期再入林。遠岫淡妝明黛色，衹緣坐上有知音。」

丁野鶴耀亢，字西生，諸城人。《壬辰春日長安漫興》詩云：「遼元舊□帝王城，雁塞龍沙號北平。一自粧樓開北苑，猶傳艮石出東京。年年湖水飛花入，處處園陵□草生。未見人來歌麥秀，龍髯化處有啼鶯。」「燕臺王氣棲幽并，南北千年有廢興。鳥譯應尋崔浩史，草深遥拜魏文陵。侍臣簪筆時驅馬，御帳屯營自臂鷹。聞道上林親羽獵，相如詞賦莫誇能。」《春仲長安再逢□叔子胡大仿張詞臣楊修野會試感贈》詩云：「儒服能爲白豹褌，名流走馬喜争門。氈纓漸覺南人慣，觿佩猶疑古制存。大内粧樓仍朔漢，禁城哀角似金元。春風處處明妃曲，青塚何勞更斷魂。」

吴繭雪穎，字見末。《黄粱夢處》詩云：「邯鄲道上儘疏狂，磁枕居諸亦太忙。天意不曾輕白髮，人間何處少黄粱。肯將鐘鼎待他日，漫向山河覓故鄉。覺道只須一飯頃，青驢飯草對斜陽。」《漫興》詩云：「閉門午睡倦難支，猶夢風沙馬背時。耕有新聞蟬可聽，書多舊本蠹應嗤。願爲客繡平原像，那得家鄰漂母祠。祇此勞薪常在憶，文中冰雪尚堪怡。」

丁大聲克振《步蔣槎長先生原韵湘遊》詩云：「行雲回岫翠微輕，句入新歌倩小鶯。花滿四山纔沐雨，蘆開一艇乍摇晴。相隨鳥路依歸棹，恰指煙林到暮城。何事佳遊頻護燭，可知珍重夜珠瑩。」《感懷》云：「天下精兵在浙東，貔貅千里宿艨艟。公侯比帳風吹纛，歌舞連營月照弓。小輦時來香閣奥，高軒纔往畫樓通。可憐古越今纔半，艱苦諸君翊戴功。」

馮訥生雲驤《雁字》詩云：「古篆離披幾曲灣，隨風點抹自增删。一從周鳥成文後，不逐輕鷗盡日閒。大畫蒼蒼傳碧落，單行點點注青山。山徑識得無迷誤，萬里寒空屢往還。」

陸麗京圻《望遠曲》云：「雙啼玉筯濕羅巾，爲結相於訪故人。自是口中生石闕，何堪腹内轉車輪。儂聞梧子心難變，郎比蓮花貌絶倫。何事小姑偏獨處，清溪簫鼓夜迎神。」「東鄰艷質早知名，到得藍橋近玉京。天上白蜍看竊藥，人間紅豆已傳情。胡姬獨有壚□傍，名士嘶無國與傾。好待三春花月夜，渡頭桃葉隔江迎。」

予邑毛大可奇齡《送徐伯調遊揚州》詩云：「細雨清江轉緑蘋，風吹暗入柳條新。樽前鼓瑟催來急，桁上懸衣載去貧。瓜步雪消齊賈舶，渭城歌罷醉離人。春來看盡隋堤柳，不及湘湖水上蓴。」黄心甫云：「勉其早歸，用意篤至。」《擬艷詩》云：「東井匏瓜在，西鄰棗樹完。苦心經蘖塢，無力渡桑乾。黃鵠思雄少，青溪得路難。左家徒織素，班氏自愁紈。菟蒻承牀細，芙蓉隱露溥。食禾根可共，結膝履嘗單。黃竹江邊杳，烏頭樹裏寒。南塘春窈窕，北斗夜闌干。弱水離思苦，清河別淚彈。强秦如得返，辛苦望燕丹。」

錢虞鄰德震，字武子，華亭人。《送孫先太常祭告南震南海》詩云：「玉帛開王會，蕭招協帝庭。明禋三禮重，肸蠁萬方寧。北闕辭鄉月，南天入使星。紫流輝驛路，彩鷁候江汀。宿雨梅梁黑，蠻煙荔浦青。雙珪垂日月，百谷盡滄溟。伯禹神功峻，陽侯炎紀靈。山川俱效順，黍稷實維馨。頌德傳碑版，探奇驗水經。嶺枝如可折，先爲寄長亭。」黃心甫曰：「『宿雨』起句句雙承，景事典實。」

曹峨雪勳，字允大，《雜詠》詩云：「嵇康終廢懶，陳平豈長貧。世無管夷吾，莫輕望故人。」「堂堂漢天子，弄兒作三公。女后乃差勝，不相張昌宗。」

熊雪堂文舉《題武穆祠》云：「唾手燕雲事竟虛，中原氣運不留餘。撼軍那費些兒力，談笑東窗一紙書。」

曹秋岳溶，字鑒躬，《得陳章侯書》云：「玉河晴柳跨金鞍，寶劍光攢北斗寒。曾是帝畿遊俠子，如何只向尺書看？」「細草章臺老狹斜，八年相望隔天涯。君如尚憶高陽侶，徑詣餘杭賣酒家。」

陳彥升之遴《初入國史院修史院故玉芝宮也時所編皆萬曆年間事》詩云：「桂殿諸儒集，芝房故册開。曆終陽極數，簡出劫餘灰。得失存殷監，編摹用楚材。紀年規古典，體要自宸裁。中葉神宗後，枯毫史席陪。東周當烈顯，西漢漸成哀。日昃霾成翳，枝榮本暗摧。多藏非國寶，匹嫡起群猜。螟螣兼宮府，蜩螗沸省臺。孰驅黔首散，終召赤眉來。一炬空群廟，斯宮僅免災。庭曾滋瑞草，楹昔奠雲罍。勇諍興藩議，乾綱肅后才。是君無繼作，末命豈栽培。舊録傷金匱，新書愧玉杯。校仍吹火照，人每戴星催。邇事聞多異，微文義或該。禮徵無杞宋，星聚有鄒枚。凍硯□□霰，孤心對苑梅。慎旃狐史筆，上帝日昭回。」

顧修遠，予己卯同譜也，無錫人。《黃粱廟》詩云：「枕邊妻子原非幻，夢裏公侯亦足牽。人世祇緣一飯誤，早知夢好只該眠。」顧雙凡煜，字銘柏，亦無錫人。《過邯鄲黃粱店和壁上韵》云：「今古饑驅夢裏行，炊殘風月隔仙塵。覺來肯許真相識，一枕猶餘未了身。」

曹峨雪勳，字允大，嘉善人。詩序云：「晉江翁裴郎貽我海物，皆耳目所不及，詩以志之。」曰：「有客自南來，惠我方外味。閩海固多奇，狀貌皆瑰異。犀衣厚如木，其角爲酒器。煮之往往浹日夜，和丸兼可治風痺。龍蝦牝多膏，蕩走穴外時乘颸。西人畏蟹勝畏鬼，懸此亦堪驅瘧厲。柔魚用米蒸爲菓，步倚油盡而香熾。篔簹魚脯不及寸，江瑶夙著東坡記。海橄欖名胖大海，西洋海外罕攜至。去皮兼去核，單用其絲療暑氣。石蟠一名仙人掌，堪與佛掌柑爲對。子菜生于子月佳，檀香果熟當秋季。蟳類黃甲而大，蜆米類蛤而細。龍鬚下湯辛解酲，滸苔伴肉寒消膩。鹿陽安得多如許，夷人吹山鹿走穴，乘風壓死以千計。翁郎生平富著述，提筆便寫食物志。庖人難出手，相顧□眙視。此中只解珍燕窩，翻道尋常好烹製。」

高念東衍，字璁珮，淄川人。《和喬木嘆詞》云：「伐喬木，沙霾日晦虬龍哭。凝碧絃絶鬼火飛，鵂鶹怒啄甘泉玉。興亡飽閲龍蛇月，宫雲黑墜溪流咽。影瘦東青石馬寒，銅仙弔古垂青血。星摇天破媧皇死，霜幹爲薪應爾爾。入山不高澤不深，頑鈍如君耐刃斧。便署秦宫亦僇汝，風雨夜暗社神語。劫火須彌無寸土，君不須，哀喬木。」

顧偉南開雍，華亭人。《柳生歌》序云：「揚之泰州柳生，名遇春，别號敬亭。本曹姓，年十五，犯法，亡命盱眙。苦餓，乃挾稗官一篇，爲人説書，遂傾盱眙市。已而渡江，攀柳枝曰：『我自此姓柳矣。』因號柳生。所至輒傾諸豪。是時，南中士大夫避寇卜居者多暱柳生，與之遊。而柳生故與寧南伯左公良玉善，在軍中多所全活。會相國馬、司馬阮用事，齮齕左，則左乃命柳生往請罷兵。時相不報，師遂東。柳生還吴中，酒酣，時時向人説寧南事，聞者皆泣下，而柳生從説書益奇。庚寅七月之季，僕始相見淮浦，爲僕發故宋淮南小吏宋江記一回，縱横感動，聲摇屋瓦，俯仰合離，皆出己意，使聽者悲以泣，喜以樂。世稱柳生，不虚云。」「廣陵柳生能好奇，千年野史口説之。濮陽遊俠走天下，上坐手弄王公卮。十五亡入盱眙市，渡江直上長干里。長干不乏使酒人，白銀蠟炬氍毹紫。諧譁一笑鬨滿堂，長風天末涼如水。是時江左稱太平，楚豫已見萑苻兵。柳生獨言報讎亡命事，聽者咸能感動心怦怦。問汝何師此工巧，雲間少年有莫生。此術自是儒者授，悲歡離合搜經營。憶昔南郡擁旄節，山頭廷尉横江截。執政何人馬貴陽，公子扶蘇禁門血。桓家兒郎五湖長，石頭城下桅檣列。柳生遊説歸中朝，司馬西上追驃姚。欲烹食其侈得意，柳生夜逝還漁樵。逢人劇説故侯事，涕泗交頤聲墮地。

落日青山泣鷓鴣，掩袂向君君筆記。僕亦江南樂毅古雅人，黄河岸旁理憔悴。聽君徵羽聲猶見，公孫劉濞無劍器。酒罷巾車各自馳，鴉啼南浦吹秋詞。興亡日月手板出，吁嗟柳生真好奇。」劉阮仙肇國，潛江人，《柳生行》云：「柳生諸侯老賓客，骨聳神凝面有鐵。少年曾作亡命徒，歸舍無言惟視舌。稗官一卷懷袖中，渥洼忽出群盡空。自言史丘存于野，鬚眉瞋喜俱神工。張樵吴逸俱前輩，見此錯愕避英風。爲問柳生何能爾，儒者莫君曾授旨。揣摩三月不知人，登壇一日駭諸技。偶然挾此駐白門，白門風物六朝存。胡姬壓酒春滿肆，長安遊俠多高軒。花間竹肉山下月，只待生也開清樽。江南寓公難比數，金谷東山對衡宇。赫蹏日昃走芳塵，尋生只存平泉墅。平泉門前客幾人，柳生日日居高茵。興劉蹶項總塵土，陸賈書成語自新。楚將兵雄據上游，勢卷江漢壓吴頭。柳生間道爲揖客，一見歡然儼舊遊。金錢告身頗易得，潔躬獨騎歸林丘。歸言將軍本忠直，力弭小隙圖家國。可憐當宁易生言，熱血空教灑寒碧。噫嘻！柳生薄遊事多識，古史存疑今史實。正人烈士樂從遊，悍卒摧門無動色。隋隄流水邗溝塵，相逢頭白中悲辛。十年身世説不盡，何必欷歔弔古人。更衣重語淚如霰，眼見蒙華逝巖電。淳于優孟學參禪，列傳還從滑稽變。」蔣虎臣超，金壇人，《贈柳生》云：「老鮫飛墮碧華渚，珠流□吐作人語。金鉦戛擊鏗然鳴，劈阮搊箏入耳清。下峽猿猴嘯不絶，雨落灣梢屐齒折。倒繫金繩臨毒井，汗流襬襶苦觸熱。一聲兩聲解殺人，從前結轖開玄津。或稱豪傑驟遇處，弄丸擊筑猶參辰。或作勢利傾隘客，斷齦齧指銜髯戟。須臾珠紫作埃塵，黄金落眼同爛石。魏其賓客散如煙，金谷繁華一鏡緣。鶩羶火熱死槀籍，不如屠沽漁父名新鮮。請君變作廣長舌，叫破懵懵長夢客。開元老人涕泗多，稷下松風動魂魄。」

袁御史凱《風雨宿蕭山》詩云：「東來山郭晚秋時，白酒黄柑興不衰。欲倩山陰王逸少，爲書風雨渡江詩。」《白燕》詩云：「故國飄零事已非，舊時王謝見應稀。月明漢水初無影，雪滿梁園尚未歸。柳絮池塘香入夢，梨花庭院冷侵衣。趙家姊妹多相妬，莫向朝陽殿裏飛。」時大本，名太初，常熟人。《白燕》詩云：「春社年年帶雪歸，海棠庭院月争輝。珠簾十二中間捲，玉剪一雙高下飛。天下公侯誇紫頷，國中儔侣尚烏衣。江湖多少閒鷗鷺，宜與同盟伴釣磯。」楊儀《驪珠雜録》曰：「時大本賦《白燕》詩呈楊鐵厓，鐵厓極稱『珠簾』、『玉剪』之句。袁景文在坐，曰：『詩雖佳，未盡體物之妙。』廉夫不以爲然。景文歸，作詩，翌日呈之，鐵厓擊節嘆賞，連書數紙散坐客。一時呼爲『袁白燕』，以此得名。」李獻吉曰：「《白燕》詩散下最傳，非通論也。」《次圭法師過金秀才隱居》詩云：「墟里人家煙霧深，背岡茅屋自陰陰。不愁逸竹妨嘉谷，自愛繁枝集衆禽。田父櫌耝時得借，漁人舟楫莫相尋。舊聞鷄犬桃源裏，仿佛溪邊花樹林。」「幽人讀書黄浦上，蕭條茅屋倚溪傍。霜霑木葉深深赤，潮雜溪流混混黄。旁舍杯盤多芋栗，秋園門巷亦馨香。爲語當時仲長統，輸君清曠自倘佯。」程孟陽曰：「金元人亦多學杜，未有如此翁之自然者，妙在曠達，覺劉青田尚多著意。」

丁岳，號長山，蕭山人。《送沈彦修》詩云：「江上秋風吹客衣，江邊把酒對斜輝。江鷗不解離人意，故作三三兩兩飛。」《送客》詩云：「蘆花飛雪水增波，一曲樽前感慨歌。客裏可堪頻送客，眼中知己漸無多。」

郲進士經，字仲誼，杭州人。《題唐伯剛貫月》詩云：「使君文采欻翩翩，投檄歸來志浩然。新構鳳麟洲上客，恰如書畫米家船。干將破壁龍俱化，脈望飛空蠹亦仙。更識囊中五色筆，桂花香露灑銀箋。」

《犁眉公集》者，故誠意伯劉文成公庚子二月應聘以後入國朝佐命，垂老之作也。余考公事略，合觀《覆瓿》、《犁眉》二集，竊窺其所爲歌詩，悲惋衰颯，先後異致。其深衷托寄，有非國史、家狀所能表其微者，每盡然傷之。近讀永新劉定之《呆齋集》，撰其鄉人王子讓新詩集序云：「子讓當元時舉于鄉，從籓省辟，佐主帥全普庵勘定江湖，志弗遂，歸隱麟原，終其身弗仕。余讀其詩文，深惜永歎。嗟乎！子讓其奇氣硉矹，胸臆猶若佐全普庵時，以未裸將周京故也。有與子讓同出元科目，佐石抹主帥定婺越，幕府唱和，其氣亦將掣碧海，弋蒼旻，後攀附龍鳳，自擬劉文成，然有作，噫喑鬱伊，捫舌騂顏，曩昔氣澌滅無餘矣。」呆齋之論，其所以責備文成者，亦已苛矣。雖然，史家鋪張佐命，論蹷項之殊勳；永新留連幕府，惜爲韓之雅志。其事固不容相掩，其義亦各有攸當也。讀犁眉之集，而推見其心事，安知不以永新爲後世之子雲乎？《江上曲》云：「紫桂香銷五夜霜，碧雲收盡玉蟾光。琅玕不是人間樹，何處朝陽有鳳凰？」「月出山前青黛寒，雁聲遥下碧雲端。草根錯認驪珠吐，自是西風白露團。」「賓雁來時月滿洲，於今雁去月如鉤。雁來雁去何時了，月照離人又白頭。」「紅蓼丹楓一色秋，楚雲吴水共悠悠。人間萬事西風過，惟有滄江日夜流。」《有感》云：「物换星移事已迷，重來舊處感東西。可憐如鏡天邊月，獨照棲烏半夜啼。」「焚書千古訝嬴秦，逃難茫茫走縉紳。尚憶南山近京洛，白頭容得采芝人。」此詩爲己亥匿青田山中，太祖命孫炎鈎致而作。「甲楯孤棲死不疑，那將宗社換西施。想應嘗膽秋風夜，恰似無忘檇李時。」「鴻雁來時月滿天，客途僕僕自相憐。荒村觸眼惟茅屋，榆柳蕭疏起暮煙。」「黍穗高低菊有華，隱居恰似野人家。夕陽日向西墻過，只爲微生換鬢華。」「魚鹽充牣稻粱肥，誰寤繁華是禍機。日暮無人唁亡國，寒鴉猶帶夕陽飛。」「漫漫陽春不見秋，人生得意總忘愁。茱萸謝盡芙蓉發，清夜吹笙月滿樓。」

周啓，字公明，吉安人。以薦爲教官，召與纂廷試《大明一統賦》，擢爲第一。有《溪園集》。《春日雜興》詩云：「門對江村八九家，紅塵晝静寂無譁。鳳巢遥傍新移竹，魚浪輕吹細落花。春剪未聞深院響，野壺時過短墻賒。少年幾許須行樂，莫惜芳樽賞物華。」「一片殘紅落紫苔，笙歌無夢到樓臺。溪山晝鎖石橋斷，山雨夜添春水來。江上客扶歸馬醉，柳陰人喚打魚回。不知上苑花開否，無路行看羯鼓催。」

揭軌，字孟同，臨川人。文安公傒斯之後。洪武初，以明經舉，除清河主簿，升知縣。謝歸，教授生徒。嘗主江西鄉試，召定《書傳會選》。《晏南市樓》詩云：「帝城歌舞樂繁華，四海清平正一家。龍虎關河環錦綉，鳳凰樓閣麗煙花。金錫賜晏恩榮異，玉殿傳宣禮數加。冠蓋登臨皆善賦，歌詞只許仲宣誇。」「詔出金錢賜酒壚，綺樓勝會集文儒。江頭魚藻新開晏，苑外鶯花又賜酺。趙女酒翻歌扇濕，燕姬香襲舞裙紆。綉筵莫道知音少，司馬能琴絶代無。」《蓉塘詩話》曰：「國初於金陵聚寶門外建輕煙、淡粉、梅妍、柳翠十四樓，以聚四方賓客，觀揭孟同詩可知。國初搢紳晏集皆用官妓，與唐宋不異，後始有禁耳。永樂晏鐸《金陵元夕》詩：『花月春風十四樓。』今諸樓皆廢，南市樓尚存。」

周啓，字孟啓，廣信貴溪人，有《裁衣行》云：「裁衣須裁短短衣，短衣上馬輕如飛。縫袖須縫窄窄袖，袖窄彎弓不礙肘。短衣窄袖樣時新，殷勤寄與從軍人。願郎著衣便弓馬，破敵長驅古城下。明年佩□披紫緋，裁衣不比從軍時。」

易恒，字久成，廬陵人。《題錢思復曲江草堂》詩云：「浣花寂寞鍾山遠，今見風流在曲江。八十儀刑今有幾，三千辭賦總無雙。屋頭秋老凌霜樹，竹下春閒聽雨窗。好向兩村尋舊隱，月輪峰下磵飛瀧。」思復試《浙江潮賦》，爲三千人中第一。構堂於徐范□村，扁爲「曲江草堂」。

張紳，字仲紳，濟南人，洪武間爲浙江布政。《湖中玩月》詩云：「銀波千頃照神州，此夕人間別是秋。地與樓臺相上下，天隨星斗共沈浮。一塵不向空中住，萬象都於物外求。醉吸清華遊碧落，更於何處覓瀛洲？」《送人赴安慶幕僚》：「舒州城在大江邊，我昔過之曾繫船。年豐米穀上街賤，日落魚蝦入市鮮。山起正當官署北，潮來直到驛樓前。知君此去紅蓮幕，民訟無多但識眠。」

堵濂生景濂《壽曹易菴六十》詩云：「天然壺嶠謫仙人，近地桃源寓遠身。領略深山情在未，易菴有未園。典刑吾黨命方中。禮存夏杞惟酣古，觴有春薇可醉賓。交譜歲寒君獨久，後凋松柏竦青旻。」

王瞿菴熙《初秋感興》云：「蕭蕭落木滿江湖，千里乘空雁鶩呼。鳳沼微名真避地，金門大隱豈窮途。風塵歎世從來幻，今古悲秋此日殊。何事平生多感慨，年來回首憶雄圖。」「笳吹新從丹禁聞，到來車馬自紛紛。攀龍盡是南陽客，簪筆無須鄴下文。匝地雲開千騎動，高天日返二陵曛。馳驅好過長安道，幸避揚鞭鐵甲軍。」

萬開來代尚《水中雁字》云：「烏官雲紀竟如何，瞬息滄桑莫浪過。捕影未須驚網罟，論文猶復畏風波。門深如海窗題鳳，書學臨池豈換鵝。乞得龍宮箋九萬，夢中頻賦曉寒歌。」

陳肇曾梁溪《訪黃心甫不得因北兵經過》詩云：「十年未得寄詩瓢，世事渾如夢鹿蕉。千古文章祇自誤，半生貧賤向誰驕？自知介子身將隱，還恐豐公舌更饒。滿目干戈阻良晤，敢從山下問夫椒。」

諸震坤豫《館中即事》詩云：「憔悴風飈滿素緇，尚矜阿閣佔春枝。芸亭公會存綿蕞，蘚石前朝白色絲。官冷幸希題鳳客，馬遲終怯臂鷹兒。昌黎今日猶消拜，□度當時知不知。□祠昌黎。」「東觀崇文貯網羅，西華接武聽鳴珂。官銜暫罷春坊字，晏禮兼停法部歌。薄祿每先三月盡，揮毫還傍五雲多。君王鄭重絲綸寄，鳳沼元通太液波。」「朔風癯骨戰清酣，多病長卿尚一堪。豈有鶯花供館課，但隨霜月赴朝參。書亡中秘丹青賤，史識開元典故諳。最是燭闌佳話未，肯容清夢到江南。」

查伊璜繼佐《落葉》詩云：「水窮煙盡得吾儕，趁好紛紛護小齋。郊島詩情于俗遠，金張門閥與塵埋。物無膠漆總乏數，人未幽清肯到懷。剩有月明孤影在，猶勝斷梗極天涯。」「年來誰不付東流，何事西風入骨愁。有死不同紅紫穴，聊生只合水雲儔。此時匝樹惟烏矣，焉問南歸有雁不。身世飄搖總有性，未甘依戀萎枝頭。」《寄倩升》云：「天邊尺牘到雲居，十載寒溫雙鯉魚。作史可成先帝記，傳經曾訂石齋書。曆頭天上真能改，綱目人間那得疏。閱遍邢餘諸子某，更無詞賦似三閭。」

梁年兄以樟《贈張坦公先生》詩云：「劍笏□騫海□青，南天半壁借藩屏。繡裳四國思分陝，文獻中原見典刑。謝傅高風歸屐齒，征南逸興著山銘。□春西下煙波重，遮莫羊裘動客星。」

曹石霞胤昌《感時》詩云：「夜雨名山禮少微，泉香石齒即來歸。教兒學劍寧操耒，與客謀生但採薇。百里虎訛天上事，三江濤隔嶺頭飛。鹿門自笑非真隱，十口勞勞製薜衣。」

林孝廉木道辰《漫成》詩云：「雙闕層臺繞翠微，上林獵罷讌城歸。碧雞主簿簪花至，白馬將軍射柳歸。宮漏漸沉聞奏樂，蛾眉淡掃侍更衣。於今作賦人猶在，祗是昭陽樹影稀。」

吳藹雪穎《題黃粱夢處》云：「邯鄲道上儘疏狂，磁枕居諸亦太忙。天意不曾輕白髮，人間何處少黃粱？肯將鐘鼎待他日，漫向山河覓故鄉。學道只須一飯頃，青驢飼草對斜陽。」《漫興》詩云：「閉門午睡倦難支，猶夢風沙馬背時。耕有新聞蟬可聽，書多舊本蠹應嗤。願爲客繡平原像，那得家鄰漂母祠。祗此勞薪嘗在憶，文中冰雪尚堪怡。」

齊价人維藩《夾竹桃》詩云：「初拭篔簹谷口筠，旋疑漁棹問迷津。魏徵嫵媚原風節，帝子瀟湘是女神。醉日頸宜如渥赭，柯亭聲自綻朱唇。清秋灼灼尤難得，芳烈能兼冬與春。」

黃解元觀只濤《贈黃皆令鴛湖閨詠》云：「難兄五載憶遊仙，爾後才名更籍然。同京但傳書畫史，一生不識粉脂錢。聞琴女學《猗蘭操》，抱璞人輸種玉田。自挽鹿車歸舊里，悔多題詠遍山川。皆令偕外往來虞山、白下，兄平立致書，責其女伴倡和爲非禮，懼不敢見，兄歿乃歸。」

范秋野國祿《梅花》詩云：「春風好入石湖船，家在湖邊又幾年。倚棹夜歸香出水，折花人醉月當天。吹簫半曲去不見，放鶴一雙飛到前。鄧尉西溪何處所，塢雲遙斷夢魂先。」范國祿，通州人。

王貽上士禎《香奩》其二云：「南浦逢春已可憐，西園花草復綿芊。芳辰歷歷清明候，小語泠泠寶瑟前。香到濃時常斷續，月當圓處最嬋娟。遥知別後懷人夜，應抱寒衾入夢眠。」

毛馳黄先舒《秋夜有懷臨平張沈二子》詩云：「銀漢清秋落枕邊，空樓獨夜黯無眠。故園遊好人如雨，澤國冰霜雁在天。張載能銘空健筆，休文多病感華年。苦乘明月凴高處，衰柳東門萬樹煙。」

徐伯調緘《越中懷古》云：「蒼梧愁見九峰疑，高窆千年護會稽。畫棟蛟龍生霹靂，金函牛斗貯虹霓。萬家煙樹迎秋早，百折飛流到海齊。聞道行歌堪避世，鷓鴣仍向酒杯啼。」

卓火傳天寅《和吴駿公太史西泠閨詠》，蓋爲吴嚴子、卞玄文母子賦也，詩曰：「晴陰拂拂過窗斜，好女河洲本静嘉。白紵山頭雲是主，黄姑溪畔水爲家。一堂内史司三管，二閟書仙判五花。豈必明時稱妙選，春風同載鏤金車。」「緑窗好與護雲雛，玉致瓊腴鑑髮膚。入懷猶聞奇絡雨，窺簷何處記投蒲。周子俶云：「蒲」字通經史稗野，別無二用，押最奇切。兩頰欲洗新來面，十客重開舊日圖。不讓君家蘭蕙本，夫人高弟有花姑。」

曹子顧爾堪《冬日長安書所見》云：「北地寒偏劇，經冬雪未消。霜嚴鴻雁去，風勁駱駝驕。屈耳馴狂象，披肩賣紫貂。葡萄封紙密，爐炭雜泥燒。燭借羊脂照，歌連羯鼓挑。黄芽三尺菜，白韭四時苗。香味珍吴橘，辛盤點蜀椒。搜車疑薏苡，僦舍半鷦鷯。金屋人難貯，塵羹客易邀。銀甖函乳酪，土室護芭蕉。燈市懸紅蠟，弓媒挂皂雕。畫樓檀板叶，繡閣舞裙飄。雍伯矜長袖，崔姬鬬細腰。歲時真可記，宫闕待誰描？塞笛梅方咽，羌笳柳正凋。江南相似否，呵凍寫無聊。」

陳位存謙《蠶事》五排云：「春半興蠶事，經營戒失時。出占先握粟，修禱出陳卮。細細初成質，循循漸餉期。殷勤全賴婦，珍惜不殊兒。葉長須頻採，錢高亦須支。餐聲如雨灑，温性與晴宜。聽鳥猜謡語，懲人黜忘辭。無閒謀晦息，趁暇理晨炊。滿架筐連屋，沿牀燈照帷。眠當三次足，功似九還遲。護氣嚴香禁，藏形借火資。繭收衡夙費，絲就驗前知。貿布遺臧獲，揉綿裂縞綦。行將供織役，兼以佐耕資。課效除貪想，觀生起静思。新蛾貽厥種，繁衍勝螽斯。」

王覺斯鐸《海陵》七言排律云：「銜寒仗劍入東吴，孰道鉢池興不孤。異地舟航傳靺鞨，滿天雨雪妬江湖。時來柳色春深淺，遊去梅花醉有無。白鹿洞中新履跡，青驢石上老仙圖。煩紆欲削張衡牘，曠達能忘何遜觚。此後傷心非戰壘，無邊芳草欲模糊。」

龔采肅《讌捷》詩云：「捷書飛奏明光宫，詔錫昇平燕衎同。金注叵羅三進酒，錦纏匼匝一呼風。將軍自喜從天下，射士争言入彀中。觀築鯨鯢誇武略，碑磨贔屓待文雄。大官頤夥雲如簇，小婦眉憐月似弓。欽賜銀牌競賭墅，隊分鐃吹欲摩空。緑沉爾亦將高卧，墨勅人皆傳半通。側聳駝峰輪鹵獲，左虚麟閣最膚功。市兒拍掌歌兵洗，農父伸眉望歲豐。打矢盡看今夜白，傳烽又報夕陽紅。」

曹允大勳《明妃怨》云：「美人圖解白登圍，曲逆羞稱秘不知。今日和戎誰設計，如花親去做閼氏。」

（楊焄、虞桑玲點校）

載酒園詩話

載酒園詩話提要

《載酒園詩話》五卷，據郭紹虞《清詩話續編》本重予點校。撰者賀裳，字黄公，號檗齋，又號九曲阿隱者、白鳳詞人，生卒年不詳，諸宗元《黄白山先生載酒園詩話評序》謂其年逾九十。江南丹陽人。明崇禎初曾入復社。入清爲諸生。有《蛻疣集》等。此書通論部分稱「載酒園詩話」，論唐詩部分稱「又編」，論宋詩部分復稱「載酒園詩話」，論唐、論宋兩部分又合稱「唐宋詩話」，稱名不一，各自爲卷，蓋作於不同期，未及統合也。其通論部分頗能落實於詩例，而評唐宋詩人，亦每從詩例抽繹出結論，皆能不尚空談。其論大抵以藴藉爲正，正或不正，標準儼然。然謂諷戒只能施之前代，「昭代則不可」，則不免拘執。其論唐詩，略於初盛而詳於中晚，其中如以「甘露之事」逐句坐實李商隱《有感》及《重有感》等，爲吴喬所激賞，盡取入其《西崑發微》中。賀氏論宋詩，殆爲不滿錢牧齋而發，所謂「天啓、崇禎中忽崇尚宋詩，迄今未已。究未知宋人三百年間本末，僅見陸務觀一人」云云，即指牧齋。實則賀氏論宋詩雖有見地，然如推王安石「爲宋詩第一」，「曬子由殆甚於老坡」之類，都不可解，故又頗爲王漁洋所譏。黄生亦有評本，多駁之。惟吴喬《圍爐詩話》卷三及卷五，盡取其論唐、論宋之語，以爲讀賀書「宋人詩集可以不讀」，過甚其詞，莫此爲甚。吴氏論詩引馮班、賀裳爲同道，然稍後趙執信《談龍録》極重吴、馮，而不及賀，由此可悟賀與吴、趙兩家同中亦有異也。此書初與《皺水軒詞筌》、

《紅牙集》、《蜕疣集》合刊，僅通論一卷；康熙刊本爲《賢已集》一卷、《又編》三卷，三卷爲初、盛唐一卷，中唐一卷，晚唐一卷，尚無論宋詩部分；嘉慶二十四年夏之勳煙環閣刻本依次編爲五卷，《唐宋詩話緣起》置於眭修季序後，又增吴錫麒、夏之勳二序，後有范鍇、秦鶴齡二跋。然卷五論宋詩部分闕曾幾以下二十七家，亦不全。今郭紹虞《清詩話續編》所據黄生評本爲最全，且此本卷一署「丹陽賀裳黄公論次」，與《又編》以下各卷「九曲阿隱者」之署名不同。而今存康熙以下各本卷一皆改署「九曲阿隱者」，故知此黄生評本所據爲最早原本。此本民國間曾藏於諸宗元大至閣，今未見。其中之黄生評語，曾由黄氏後人黄賓虹輯出單行，有民國十九年石印本、二十年神州國光社本。

載酒園詩話序

古今立言，惟聖乃化工，若因物肖形，而無所端倪。次焉者，則必有其意之所寓。言寓而善變，莫若莊周氏。郭象以爲知道，故未始藏其狂言。余直視爲未洞於性命，敝敝焉欲齊大小、一憂樂。魏、晉宗之爲曠達，而其深流爲禪之大事因緣，是其意之所寓之可窺。若是源所流失，則惟詩禮樂之教廢，學者拘攣固滯執，遂必以曠達爲歸，而禮樂之失又原於詩無可以興。夫興非流連花鳥、敘述情景止也。雖然，《三百篇》孤臣、獨子、羈人、思婦之所爲，而可識鳥獸草木之名，則流連以敘述，奚其病？顧「關關」、「交交」、「依依」、「灼灼」，以爲興、比，則有其義，以入詠焉，亦賦矣。無所爲興與比，抑所爲賦，止因詞摭事，匪感事而攄詞，故於興、比、賦指微而體遠，《風》、《雅》、《頌》又可無置論。黄公賀先生家富書而少力學，又克深思以逆其志，故立言精而詳。《詩話》殆其餘事，要若已歷作者、選者心腹腎腸，而有其獨得，且折之《三百篇》以取其衷。鍾嶸《詩品》瞠乎後，矧滄浪、須溪而下。抑此亦其寓焉耳，使究其卓識，則《白虎通義》、《蘭臺紀傳》經世大文裁其手，一談藝云乎哉！昔龍門有言：「虞卿非窮愁不能著書。」論史公者，過謂於《遊俠》、《貨殖》三致意，由傷李陵之禍。余特疑其所重正在交道，彼衛、霍炙手，李將軍門翳虚無人，故於睢、齊，耳、餘，魏其、武安、侯生、毛、薛之儔，勢利古誼，極狀如生，意不從可見乎？僅自傷莫援，殆陋甚！今黄公不得究其用於時，天若縱之讀古考道，以淑天下，意固亦有所寓，而無如未易窺也。即兹編中論少陵《諸將》、《出塞》等作，愚每一閲，不禁心忽爲開，而神又忽爲之愴。嗟乎！直談藝云乎哉？請持此以讀黄公詩，且緣此以請其得諸《三百篇》者，而測聖删之旨。通家教下弟眭修季拜手書。

載酒園詩話目録

卷一

李賀詩註
宋人論事失核
宋人議論拘執
野客叢談
瀛奎律髓
劉須溪
高英秀
苕溪漁隱
升菴詩話

顧華玉論詩
藝苑卮言
謝榛詩家直説
袁石公論詩
詩歸
譚評蘇詩

補遺

和詩

載酒園詩話卷一

丹陽賀裳黄公論次
受業從子國璘天山
從孫里昭孟犍仝輯

詩不論理

「詩有別趣，非關理也。」然理原不足以礙詩之妙，如元次山《舂陵行》、孟東野《遊子吟》、韓退之《拘幽操》、李公垂《憫農》詩，真是六經鼓吹。樂天與微之書曰：「文章合爲時而著，歌詩合爲時而作。」然其生平所負，如《哭孔戡》諸詩，終不諧於衆口。此又所謂「言之無文，行之不遠」。故必理與辭相輔而行，乃爲善耳，非理可盡廢也。（黄白山評：「此語本嚴滄浪。『理』字原説得輕泛，只當作『實事』二字看。後人誤將此字太煞認真，故以《舂陵》、《游子》、《拘幽》、《憫農》諸詩當之。方采山極詆滄浪此説，豈知全失滄浪本意，古人有知，必且遥笑地下矣。」）

詩又有以無理而妙者，如李益「早知潮有信，嫁與弄潮兒」，此可以理求乎？然自是妙語。至如義山「八駿日行三萬里，穆王何事不重來」，則又無理之理，更進一層。總之，詩不可執一而論。

論詩雖不可以理拘執，然太背理則亦不堪。温飛卿《博山香爐》曰：「博山香重欲成雲，錦段機絲妬鄂君。粉蝶團飛花轉影，彩鴛雙泳水生紋。」二聯形容香煙之斜正聚散，雖紆曲猶可。末云：「見説楊朱無限淚，可能空爲路歧分？」因煙而思及淚，因淚而思及楊朱，用心真爲僻奥，但燒香亦太濃矣，恐不是解兒。若如義山所云「獸焰微紅隔雲母」，安有是事？〇王元之《雜興》云：「兩株桃杏映籬斜，裝點商州副使家。何事春風容不得，和鶯吹折數枝花。」其子嘉祐曰：「老杜嘗有『恰似春風相欺得，夜來吹折數枝花』。」余以且莫問雷同古人，但安有花枝吹折，鶯不飛去，和花同墜之理？此真傷巧。（黄白山評：「言楊朱爲路岐而泣，若香煙千頭萬緒，其爲路岐多矣。使楊朱見之，又當何如？此云『因煙而思及淚』，有何相干？解詩如此，古人有知，真欲哭矣。」又曰：「此正『詩有别趣』之謂，若必譏其無理，雖三尺童子亦知鶯必不與花同墜矣。」）

用事

《西清詩話》稱少陵用事無跡，如繫風捕影，因言「五更鼓角聲悲壯」，乃用禰衡撾《漁陽操》，其聲悲壯事；「三峽星辰影動摇」，乃用漢武時星辰動摇，東方朔謂民勞之應事。余意解則妙矣，然少陵當日正是古今貫串於胸中，觸手逢源，譬如秫和麯糵而成醴，嘗者更辨其孰爲黍味，孰爲麥味耳。

唐哥舒翰與禄山將崔乾祐戰潼關，見黄旗軍數百隊，官軍與賊互疑，忽隱不見，是日昭陵奏石馬汗流。李晟平朱泚，義山作詩引之：「天教李令心如石，可待昭陵石馬來？」蔡寬夫曰：「此與少陵『玉衣晨自舉，鐵馬汗常趨』同一等用事，但知推奉西平，不知於昭陵事不當。」不知「可待」二字，語甚圓活，何嘗有傷？即謂其貶刺哥舒，作者亦無此意，何況昭陵。按：杜詩作於天寶五載，詔天下通一藝者詣京師，公自洛歸應詔，途次昭陵而作。時禄山未叛，公詩自言靈爽赫奕耳，蔡真瞶瞶。

義山《西溪》詩：「野鶴隨君子，寒松揖大夫。」上句用穆王南征，一軍盡化，君子爲猿鶴，小人爲沙蟲事；下句則秦皇避雨事也。其意則自傷淪落荒野，所見君子惟有鶴，大夫惟有松而已。思路雖深，神韻殊不高雅。

落花詩，宋人推宋莒公兄弟「漢皋珮冷臨江濕，金谷樓危到地香」、「將飛更作迴風舞，已落猶成半面粧」，余襄公「金谷已空新步障，馬嵬徒見舊香囊」。余意三詩俱善形容，語亦工麗；若使事着題，又無痕跡，當以子京爲第一，公序次之〔一〕，襄公又次之。「將飛」、「已落」，不問而知爲落花。余公詩如不讀至「清賞又成經歲別」，再不看題，幾疑爲悼亡矣。此皆祖於義山詠蜂「宓妃腰細難勝露，趙后身輕欲倚風」，思路至此，真爲幽渺。至山谷詠竹而曰：「程嬰杵臼立孤難，伯夷叔齊食薇瘦。」終嫌晦澀。此不過言「苦節」二字耳。

【校勘記】

〔一〕「公序」，原作「伯序」，據《宋史·宋庠傳》改。按：庠字公序。

歐、梅惡西崑之使事，力欲矯之。然如梅聖俞《詠蠅》曰：「怒劍休追逐，凝屏漫指彈。」亦事也，豈言出其口而忘之乎？余意俗題不得雅事襯貼，何以成文？但不宜句句排砌如類書耳。

宋人論詩，多用心於無用之地，風氣使然，名家不免。如山谷之注「喚起」、「催歸」爲二鳥名，東坡之自負「玉樓」、「銀海」，事則然矣，然並無佳處，韓詩不過平常，蘇語且不免粗豪之累。作詩用意固當於其大者，不在尺尺寸寸。（黄白山評：「宋人識趣甚陋，故專以此等爲工，其詩多爲使事所累耳。」）

詩中使事如使材，在能者運用耳。石崇以蠟代薪，釜中之味，不因而加腆。桓温以竹頭治舟，遂成平蜀之功。（黄白山評：「薪火猛，蠟火緩，其味自宜有别。若味不加腆，何事用此！」）如顧況《哀囝》詩頗鄙樸，務觀用爲《戲遣老懷》曰：「阿囝略如郎罷意。」便成一則典故，且語雖謔而有情致，此能化俗事爲雅者也。又羅景綸《貓捕鼠》詩曰：「陋室偏遭黠鼠欺，狸奴雖小策勳奇。拖喉莫訝無遺力，應記當年骨醉時。」此用唐蕭妃臨死曰「願武爲鼠吾爲貓」事也。貓捕鼠本俗事，不足入咏，得此映帶遂雅。

晉荀勗久在中書，專管機事。久之以守尚書令，甚惘惘。或有賀之者，勗曰：「奪我鳳池，諸君賀我耶！」故後人呼中書爲「鳳池」。衛瓘見樂廣而奇之，命諸子造焉，曰：「此人之冰鏡，見之瑩然。」樂非真有鏡，荀非真有池也。飛卿《和太常嘉蓮》詩曰：「同心表瑞荀池上，半面分粧樂鏡中。」推其意，不過言蓮生池内，池内水澄如鏡，照見花影耳，却如此使事，反覺支離。即牋啓中已屬混語，況入之於詩！後有厭薄崑體者，正此種流弊。（黄白山評：「此恐用樂昌破鏡事，較於『半面分粧』字有情耳。」）

語有乍看似佳，細思則瘡痏百出者。如戴敏才「惜樹不磨修月斧，愛花須築避風臺」，亦大費雕鏤而出。但花雖畏風，非臺可避，用飛燕事殊不當。修月事見《酉陽雜俎》，然伐樹何必修月之斧，修月之斧亦非人間所有。若用吴剛伐樹事，又與修月無干。總之，止務瑰奇，不求妥貼，以眩俗目可耳，與風雅正自徑庭。○陸務觀《梅花》詩：「屑玉定煩修月户。」亦用修月事，語却佳，以玉與梅花同白，比擬便有情也。然「堆金難買破天荒」，却俗。

考證

《遯齋閒覽》曰：「杜牧《華清宫》詩：『長安回望繡成堆，山頂千門次第開。一騎紅塵妃子笑，無人知是荔枝來。』尤膾炙人口。據《唐紀》，明皇以十月幸驪山，至春即還宫，是未嘗六月在驪山也。然荔枝盛暑方熟，詞意雖美，而失事實。」此辨甚正。按：陳鴻《長恨傳》叙玉妃授方士語曰：「昔天寶十年，侍輦避暑驪山宫，秋七月，牽牛織女相見之夕，秦人風俗，夜張錦繡，陳飲食，樹瓜花，燔香於庭，號爲乞巧。宫掖間尤尚之。時夜將半，休侍衛於東西廂，獨侍上。上憑肩而立，因仰天感牛女事，密相誓心，願世世爲夫婦。言畢，執手各嗚咽。」白詩曰：「七月七日長生殿，夜半無人私語時。」正詠其事。長生殿在驪山頂，則暑月未嘗不至華清，牧語未爲無據也。然細推詩意，亦止形容楊氏之專寵，固不沾沾求核。正如義山「夜來江令醉，别詔宿臨春」，致堯則曰「密旨不教江令醉，麗華含笑認皇慈」，蓋總以寫倖臣狎客之態，惟在得其神情，原不拘於醉不醉，真所謂「淡粧濃抹兩相宜」也，無容膠執耳。○劉禹錫《哭吕衡州》曰：「遺草一函歸太史，孤墳三尺近要離。」若必拘拘切合，則要離塚在吴，《舊唐書》稱温自衡州還，鬱鬱不得志而没，秦、吴相去數千里，不亦太失事實乎！然總以形容旅櫬藁葬之悲，所謂鏡花水月，不必果有其事。然用事亦有不可不詳辨者，如東坡《贈朝雲》詩曰：「不似楊枝别樂天，却如通德伴伶玄。阿奴絡秀不偕老，天女維摩總解禪。」按：伯仁語仲智曰：「阿奴火攻，固出下策。」則阿奴乃絡秀之子，與伶玄、樂天不倫，可謂大謬，當曰開林或安東耳。不應子瞻不辨，當係一時筆誤，或後人傳寫之訛。（黄白山評：「此題又一首云：『苗而不秀豈其天，不使童烏與我《玄》。』蓋朝雲有子而夭。『阿奴』句亦即此意。作者不誤，讀者自誤耳。」）又仲智對母曰：「伯仁志大而才短，名重而識闇，非自全之道。嵩性抗直，亦不容於世。惟阿奴碌碌，當在阿母目下。」顗以呼嵩，嵩又以呼謨，豈周氏盡以「阿奴」稱弟耶？但加之於浚，殊無所本。〇按：東坡爲高密、建安兩郡王生母孫氏封康國太夫人制曰：「舉觴座上，有伯仁、仲智之賢；持節洛濱，皆汝南、琅琊之貴。」足辨前詩係校者之誤。〇江鄰幾哭蘇子美曰：「郡邸獄冤誰與辨？皋橋客死世同悲。」二語殊勝夢得前詩。子美坐宴客謫官，没於吴中，故用皋橋事尤切。蓋使事雖不必拘，確切則尤妙，但不必過於吹毛。

近代浦長源送人詩「衣上暮寒吴苑雨，馬頭秋色晉陵山」，相傳爲佳句。按：晉陵頗無山色可觀，馬頭所見者，猶然梁溪山耳。作詩時惟計程途，未考事實也。

文人興酣落筆，往往不自知其誤。如陳伯玉則有「吾聞中山相，乃屬放麑翁」，李遐叔則有「何忍嚴子陵，羊裘死荆棘」，陳縱失記孟孫，李不應忘却加足帝腹事也。語雖可傳，事則終誤。

末流之變

詩家宗派，雖有淵源，然推遷既多，往往耳孫不符鼻祖。如鄭谷受知於李頻，李頻受知於姚合，姚合與賈島友善，兼效其詩體。今以姚、鄭並觀，何異臯橋廡下賃舂婦與臨邛當壚者同列？始知凡事盡然，子夏之後有莊周，良不足怪。（黄白山評：「姚詩亦未必美如彼，鄭詩亦未必醜如此，何其軒輊過甚耶！」）宋陸務觀本於曾茶山，茶山生硬粗鄙，務觀逸韵翩翩，此鶴巢之出鸞鳳也。

樂府古詩不宜並列

凡編詩者，切不宜以樂府編入七言古。如柳詩：「楊白花，風吹渡江水。坐令宫樹無顔色，摇蕩春光千萬里。茫茫曉日下長秋，哀歌未斷城鴉起。」真可謂微而顯，宛肖胸中所欲言。然不先知胡太后事，安知此詩之妙。

三　偷

謝惠連《擣衣》詩曰：「腰帶准疇昔，不知今是非。」至張籍《白紵歌》則曰：「裁縫長短不自定，自持刀尺向姑前。」裴説《寄邊衣》則曰：「愁捻銀針信手縫，惆悵無人試寬窄。」雖語益加妍，意實原本於謝，正子瞻所云「鹿入公庖，饌之百方，究其所以美處，總無加於煮食時」也。然庖饌變换得宜，實亦可口。又如金昌緒：「打起黄鶯兒，莫教枝上啼。啼時驚妾夢，不得到遼西。」令狐楚則曰：「幾度春眠覺，紗窗曉望迷。朦朧殘夢裏，猶自在遼西。」張仲素更曰：「嫋嫋城邊柳，依依陌上桑。提籠忘採葉，昨夜夢漁陽。」或反語以見奇，或循蹊而别悟，若盡如此，何病於偷。

偷法一事，名家不免。如劉夢得「山圍故國周遭在，潮打空城寂寞回。淮水東邊舊時月，夜深還過女墻來」，杜牧之「煙籠寒水月籠沙，夜泊秦淮向酒家。商女不知亡國恨，隔江猶唱《後庭花》」，韋端己「江雨霏霏江草齊，六朝如夢鳥空啼。無情最是臺城柳，依舊烟籠十里堤」，三詩雖各詠一事，意調實則相同。愚意偷法一事，誠不能不犯，但當爲韓信之背水，不則爲虞詡之增竈，慎毋爲邵青之火牛可耳。若霍去病不知學古兵法，究亦非是。

升菴曰：「謝靈運詩『明月入綺窗，髣髴想蕙質』，乃杜工部『落月屋梁』之所祖。」余以杜雖本於謝，杜語殊勝。「綺窗」、「蕙質」，未免修飾；「屋梁」、「顔色」，自是老氣也。至杜審言「水作琴中聽」，温庭筠化爲「偶逢秋澗似琴聲」，又似韵勝其質。古有「出藍」、「生冰」之言，良然。

《隱居語録》曰：「詩惡蹈襲古人之意，亦有襲而愈工，若出於己者，蓋思之愈精，則造語愈深也。李華《弔古戰場》曰：『其存其没，家莫聞知。人或有言，將信將疑。娟娟心目，寢寐見之。』陳陶則曰：『可憐無定河邊骨，猶是春閨夢裏人。』蓋工於前也。」余以以文爲詩，此謂之出處，何得爲蹈襲。

若如此苛責，則作詩者必字字杜撰耶。○又如宋錢希白「雙蜂上簾額，獨鵲裊庭柯」，陳後齋以爲本於韋蘇州《聽鶯曲》「有時斷續聽不了，飛去花枝猶裊裊」。余以韋是飛去之後，花枝自裊，力在「飛」字；錢乃初集之時，鵲與枝同裊，景尤可愛也。意不相同，何妨並美。（黄白山評：「必著『飛去』二字，『裊』字始見其工。若錢句入『裊』字，殊覺費力而有迹。宋之去唐，毫釐千里，而猶賞其語景可愛，真擔板漢也。」）

杜牧《邊上聞笳》詩：「何處吹笳薄暮天，塞垣高鳥没狼煙。遊人一聽頭先白，蘇武曾經十九年。」令狐楚《塞上曲》：「陰磧茫茫塞草腓，桔槔烽上暮煙飛。交河一望天連海，蘇武曾將漢節歸。」二詩同用蘇武事而俱佳，然杜詩止於感嘆，令狐便有激發忠義之意，杜不如也。至胡曾竊杜語爲詠史，無論蹈襲可恥，立意先淺直矣，固不足言。

聶夷中詩有古直悲涼之氣，但皆竊美於人。如「鋤禾日當午，汗滴禾下土」，李紳詩也，但改一「田」字，上加以「父耕原上田，子斸山下荒。六月禾未秀，官家已修倉」。又如「生在綺羅下」，「君淚濡羅巾」，本東野《征婦怨》，移其次篇後四語於前，前篇則删前四句，第改「緑羅」爲「綺羅」，「千里」爲「萬里」，「羅巾常在手」爲「今在手」，「今得妾隨身」爲「日得隨路塵」，「如得風」爲「如煙飛」。至「欲別牽郎衣」，則直用無所更定。夫偷語爲鈍賊，茲更直盜其篇，較之館職諸公撏撦義山，作劫尤劇矣。吾不能爲之曲説。（黄白山評：「此皆後人傳寫之譌，移張作李，非當時明盜之也。」）

凡盜法者，妙於以相似之句，用之相反之處。如陳堯佐「千里好山雲乍斂，一樓明月雨初晴」，寫酣適之景如見。至楊萬里〔一〕《梧桐夜雨》詩「千里暮雲山已黑，一燈孤館酒初醒」，又覺凄颯滿目。如此相同，不惟無害，且喜其三隅之反矣。又喬知之《長信宫樹》曰：「餘花鳥弄盡，新葉蟲書遍。」沈佺期《芳樹》曰：「啼鳥弄花疏，遊蜂飲香遍。」二語頗相似。然喬乃高秋，沈則春暮也。沈詠芳樹，故用「遊蜂飲香」。長信，班婕妤所居，班以《團扇詩》傳，故只寫秋意。語雖同，下筆各有斟酌。

【校勘記】

〔一〕「楊萬里」，據阮閱《詩話總龜》、魏慶之《詩人玉屑》及厲鶚《宋詩紀事》，當作「楊萬畢」。

詩有同出一意而工拙自分者。如戎昱《寄湖南張郎中》曰：「寒江近户漫流聲，竹影當窗亂月明。歸夢不知湖水闊，夜來還到洛陽城。」與武元衡「春風一夜吹鄉夢，又逐春風到洛城」、顧況「故園此去千餘里，春夢猶能夜夜歸」同意，而戎語爲勝，以「不知湖水闊」五字有無窮演漾之態也。然皆本於岑參「枕上片時春夢中，行盡江南數千里」。至方干「昨日草枯今日青，羈人又動故鄉情。夜來有夢登歸路，不到桐廬已及明。」則又竿頭進步，妙於脱胎。○韓偓《哭花》：「若是有情争不哭，夜來風雨葬西施。」韋莊《殘花》：「十日笙歌一宵夢，苧蘿烟雨失西施。」兩君同時，當非相襲，然韓語自勝。（黄白山評：「予謂韋語勝。」）

盜法一事，詆之則曰偷勢，美之則曰擬古。然六朝人顯據其名，唐人每陰竊其實，雖謂之偷可也。獨宋人則偷亦不能，如介甫愛少陵「鈎簾宿鷺起，丸藥流鶯囀」，後得句云「青山捫蝨坐，黄鳥挾書眠」，自謂不減於杜，人亦稱之。然二語何異截鶴脛而使短，直與「雪白後園僵」等耳，此真房太尉兵法。

詩家雖厭蹈襲，然如劉浚「不用茱萸仔細看，管取明年各强健」，豈不尤鈍。即樂天翻子美「斫却月中桂，清光應更多」爲「月中幸有閒田地，何不中央種兩株」，亦猶芻狗之再夢也。

翻　案

晚唐人多好翻案。如温飛卿則有「但得戚姬甘定分，不應真有紫芝翁」，徐寅則有「張均兄弟今何在，却是楊妃死報君」。此猶陰平之師，出奇倖勝則可，若認爲通衢，豈止壺頭之困！

王介甫《明妃曲》二篇，詩猶可觀，然意在翻案。如「家人萬里傳消息，好在氊城莫相憶。君不見咫尺長門閉阿嬌，人生失意無南北」，其後篇益甚，故遭人彈射不已。至高季迪長篇則翻案愈奇，結句曰：「妾語還憑歸使傳，妾身没虜不須憐。願君莫殺毛延壽，留畫商巖夢裏賢。」意則正矣，有此事否？恐終是文人之語，非兒女子之言也。余因思此題終不及儲光羲「胡王知妾不勝悲，樂府皆傳漢國詞。朝來馬上《箜篌引》，稍似宫中閒夜時」。大都詩貴入情，不須立異，後人欲求勝古人，遂愈不如古矣。（黄白山評：「此真在裏之言。」）〇又郭代公曰：「自嫁單于國，長銜漢掖悲。容顔日憔悴，有甚畫圖時。」樂天則曰：「漢使却迴憑寄語，黄金何日贖蛾眉？君王若問妾顔色，莫道不如宫裏時。」似此翻案却佳，蓋尤爲切情合事也。

詠史

詠史詩雖是意氣棲託之地，亦須比擬當於其倫。如「漢業存亡俯仰中，留侯於此每從容。固陵始議韓彭地，複道方圖雍齒封」，嗚呼，是徒知進言之易，不知中節之難也。隆準公雖云大度，城府實較重瞳尤甚，非沙中偶語，必不可乞雍齒之封，不至固陵，不可爲韓、彭乞地也。昔人稱留侯善藏其用，此語最當。（黄白山評：「宋人詩總不在話下，取而雌黄之，則其識趣已先陋矣。」）若知無不言，臣子之義宜爾，抑知躁之與瞽，亦侍君子者之所當戒耶。〇又曰：「天下紛紛未一家，販繒屠狗尚雄誇。東陵豈是無能者，獨傍青門手種瓜。」此詩乍觀則佳，細思則謬。邵平身居侯爵，不能救秦之亡，何稱能者？觀其説蕭相國，蓋一明哲保身之士耳。絳、灌與高帝同起徒步，少困閭里，自是秦之失人，反以其屠販爲笑乎？吾亦知介甫是寄托之言，終傷經率。至詠王章曰：「區區女子無高意，追憶牛衣暖即休。」此論却高，非俗子可到。〇「輕刑死人衆，短喪生者偷。仁孝自此薄，哀哉不能謀。露臺惜百金，灞陵無高丘。淺恩施一時，長患被九州。」此詩亦美而未善。大抵荆公目無千古，初見神宗，問唐太宗何如主？即云：「太宗不足法，當以堯、舜爲師。」宜其并薄漢文也。究所設施，國亂民愁，神宗之世，安能及文帝萬一！從來文人多好妄語，最可惡者，如薛能之薄諸葛，然猶是書生大言耳。介甫則實有一種沾沾自負處，此詩已爲異日復肉刑嚆矢。

子瞻作《秦穆公墓》詩曰：「昔公生不誅孟明，豈有死之日，而忍用其良。乃知三子殉公意，亦如齊之二子從田横。」語意高妙。然細思之，終是文人翻案法。《黄鳥》之詩曰：「臨其穴，惴惴其慄。」感恩而殺身者然乎？讀者毋作癡人前説夢可也。（黄白山評：「子瞻好作史論，然評斷多誤，如范增、鼂錯論，皆錯斷了，此詩亦其類也。」）

子由曰：「桓文服荆楚，安取破國都？孔明不料敵，一世空馳驅。」余以此言太謬，丕之於漢，豈若楚之於周哉！漢賊不兩立，鞠躬盡瘁，豈得與共主尚存者等！（黄白山評：「南渡以前，紫陽《綱目》未出，諸公皆據陳壽《三國志》帝魏寇蜀；且因其『應變將略非其所長』之語，並孔明亦不甚取。如老泉論劉備之用諸葛孔明治國之才，則非將也。子由詩貶孔明，亦猶乃翁之見耳。古來詩人，惟子美可稱孔明知己。如《蜀相》詩及『諸葛大名垂宇宙』一律，推服甚至，真不以成敗論英雄者耶！」）

人惟忘情者能作極不情之事，如柳下惠坐懷不亂是也。真如浮雲過太虚，無一毫計較沾滯。孔子見衛夫人，即此種力量。李華《詠史》曰：「沂水春可涉，泮宫映楊葉。麗色異人間，珊珊摇珮環。展禽恒獨處，深巷生禾黍。城上生海雲，城中暗春雨。適來鳴珮者，復是誰家女？泥沾珠綴履，雨濕翠毛簪。電影閉蓮臉，雷聲飛蕙心。自言沂水曲，采蘋兼采菉。歸徑雖可尋，天陰光景促。憐君貞且獨，願許君家宿。徒勞惜衾枕，子不顧雙蛾。豔質誠可重，淫風如禮何！周王惑褒姒，城闕成陂陁。」則此女直一登墻窺宋之東家，展先生亦特一魯男子耳。此欲形其介，反失聖人之大也。《詠四皓》

曰：「後代無其人，戾園滿秋草。」暗諷太子瑛、光王瑤、鄂王琚之事，可謂切妙。然如「側聞驪姬事，申生不自保。暫出商山雲，朅來趨灑掃」，一何直戇！當時潛移默奪，寧至作此語言。至賈幼鄰《詠馮昭儀當熊》曰：「王孫莫諫獵，賤妾解當熊。」爾日捐軀衞主，正倉卒中計無復之之事，豈恃此而遂任其君冒險。一場好事，被鈍筆敘壞，大不解事。

豔詩

正人不宜作豔詩，然《毛詩》首篇即言「河洲」、「窈窕」，固無妨於涉筆，但須照攝「樂而不淫」之義乃善耳。唐崔顥、崔國輔皆以豔詩名，司勳較司馬則殊有藴藉。如「愁來欲奏相思曲，抱得秦箏不忍彈」，尚是止乎禮義。至「時芳不待妾，玉珮無處誇。悔不盛年時，嫁與青樓家」，語雖工，未免激而傷雅。○王龍標「忽見陌頭楊柳色」，即「時芳不待妾」意也，妙在不説出。「悔教夫壻覓封侯」亦即此悔，但悔得稍正。

王適「已能憔悴今如此，更復含情一待君」，徐安期「不須面上渾粧却，留看雙眉待畫人」，蔡環「但恐愁容不相識，爲教恒着別時衣」，皆《草蟲》、《杕杜》之遺音，「飛蓬」、「曲局」之轉境也。（黄白山評：「徐乃催粧詩，殊非此解。」）即劉希夷「願作輕羅着細腰，願爲明鏡分嬌面」，徐安期「曲成虛憶青蛾斂，調急遥憐玉指寒。銀鑰重關聽未闢，不如歸去夢中看」，尚寫虛景，不失《漢廣》、《秣駒》之意。至元積、杜牧、李商隱、韓偓，而上宫之迎，垝垣之望，不惟極意形容，兼亦直認無諱，真桑、濮耳孫也。

○元、白、温、李，皆稱豔手。然樂天惟「來如春夢幾多時，去似朝雲無覓處」一篇爲難堪，餘猶《國風》之好色。飛卿「曲巷斜臨」、「翠羽花冠」、「微風和暖」等篇，俱無刻劃。杜紫微極爲狼藉，然如「緑楊深巷馬頭斜」、「馬鞭斜拂笑回頭」、「笑臉還須待我開」、「背插金釵笑向人」，大抵縱恣於旗亭北里間，自云「青樓薄倖」，不虚耳。元微之「頻頻聞動中門鎖，猶帶春酲懶相送」，李義山「書被催成墨未濃」、「車走雷聲語未通」，始真是浪子宰相，清狂從事。（黄白山評：「李爲幕客，而其詩多牽情寄恨之語，雖不明所指，大要是主人姬妾之類。文人無行，至此極矣。而後人於其所作猶慕而好之，真風雅罪人。」）

唐人豔詩，妙於如或見之。如崔顥「閑來鬬百草，度日不成粧」，儼然一閨秀；王維「散黛恨猶輕，插釵嫌未正。同心勿遽遊，幸待春粧竟」，儼然一宫嬪；韓致光〔一〕「隔簾窺緑齒，映柱送微波」，直畫出一手語之紅綃矣。（黄白山評：「『緑齒』，屐也。」）

【校勘記】

〔一〕「韓致光」，據《唐才子傳》當作「韓致堯」。

孟襄陽，素心士也。其《庭橘》詩「並生憐共蔕，相示感同心」，一何婉昵！至若「照水空自愛，折花將遺誰」，真有生香真色之妙，覺老杜「香霧雲鬟」、「清輝玉臂」，未免太宫様粧矣。

王諲《閨怨》曰：「昨來頻夢見，夫壻莫應知。」情癡語也。情不癡不深。然其《後庭怨》曰：「獨立每看斜日盡，孤眠直至殘燈死。」迷離至此，毋論作詩當以此爲轉步，人事亦或宜有此感通。○張潮《江風行》曰：「商賈歸欲盡，君今向巴東。巴東有巫山，窈窕神女顔。常恐遊此方，果然不知還。」亦以癡而入妙。○「妾夢不離江水上，人傳郎在鳳凰山」，即《小雅》「赫赫南仲，薄伐西戎」意，妙得風聞恍惚，驚疑不定之意。○劉方平《京兆眉》曰：「新作蛾眉樣，誰將月裏同。有來凡幾日，相效滿城中。」似嘲似惜，却全是一片矜能炫慧之意。筆舌至此，可謂入微。

人各有能有不能，不宜强作以備體。李獻吉一代大手，輕豔殊非所長，效義山作無題曰「班女愁來賦興豪」，「豪」字戇甚。閨閣語言，寧傷婉弱，不宜壯健耳。

詠物

詠物詩惟精切乃佳，如少陵之詠馬、詠鷹，雖寫生者不能到。至於晚唐，氣益靡弱，間於長律中出一二俊語，便囂然得名。然八句中率着牽湊，不能全佳，間有形容入俗者。如雍陶《白鷺》詩曰「立當青草人先見，行傍白蓮魚未知」，可爲佳絶；至「一足獨拳寒雨裏，數聲相叫早秋時」，已成俗韵，此黏皮帶骨之累也；末句「林塘得爾須增價，況是詩家物色宜」，竟成打油惡道矣。鄭谷以《鷓鴣》詩得名，雖全篇勻净，警句竟不如雍。如「雨昏青草湖邊過，花落黄陵廟裏啼」，不過淡淡寫景，未能刻畫。（黄白山評：「鄭語正以韵勝，雍句反以刻畫失之。賀之評賞倒置如此！」）又崔珏《鴛鴦》詩凡數章，其佳句如「暫分煙島猶回首，只渡寒塘亦並飛」、「溪頭日暖眠沙穩，渡口風寒浴浪稀」、「紅絲毿落眠汀處，白雪花成蹙浪時」，亦微有致，但神似亦不及雍也；至「映霧盡迷珠殿瓦，逐梭齊上玉人機」，語雖可觀，然遯之瓦與錦，終屬牽曳；又「琴上只聞交頸語，窗前空展共飛詩」，亦鄭谷「遊子乍聞征袖濕，佳人纔唱翠眉低」類耳；至「翡翠莫誇饒彩飾，鸊鵜須羨好毛衣」，益愒然告匱，不復能拊馬而秣以應客。樂天《鶴》詩「低頭袛恐丹砂落，曬翅常疑白雪消」，意態俱佳；然「轉覺鸕鷀毛色下，苦嫌鸚鵡語聲嬌」，亦不老氣也。至宋人謂詠禽須言標致，袛及羽毛、飛鳴則陋，此論亦僻，不足從。（黄白山評：「此論是極意刻畫，翻墮惡道。至以鷺鷥、鸚鵡相比，益令人欲嘔，豈止『不老氣』而已。蓋鶴本清高之物，自不致以二禽反形也。」）

山谷《酴醾》詩：「露濕何郎試湯餅，日烘荀令炷爐香。」楊誠齋云：「此以美丈夫比花也。」余以所言未盡，上言其白，下言其香耳。又云：「此詩出奇，古人未有。」余以此亦余、宋落花一類，總出玉溪，固非獨創。余又思此二語雖佳，尚不及東坡《紅梅》詩「寒心未肯隨春態，酒暈無端上玉肌」，尤無痕跡。當時却盛稱其《海棠》詩「朱唇得酒暈生臉，翠袖卷紗紅映肉」，此猶屏甘鮮而專取厚戫也。○嘗嘆宋人論詩如飲狂泉，如梅聖俞詠芡詩「蝟毛蒼蒼磔不死，銅盤矗矗釘頭生」，如此形容，真堪發笑，較之「一足獨拳」，尤爲惡趣。羅隱《牡丹》詩「若教解語應傾國，任是無情也動人」，何等風致，反謂不能臻其妙處。如此風氣，真詩中百六之運。○宋人詠物詩亦自有工者，如林和靖《蝴蝶》詩「清宿露花應自得，暖争風絮欲相高」，神情俱似矣。後二語用韓馮、莊周事，亦佳。

李君虞曰：「梁空繞復息，簷寒窺欲遍。」真似早燕。詠物如此，晚唐人俱拜下風，何論於宋！

詠　事

東坡曰：「論畫以形似，見與兒童鄰。作詩必此詩，定知非詩人。」此言論畫猶得失參半，論詩則深入三昧。（黄白山評：「蘇本作『定非知詩人』。此謂讀詩者不宜拘執，與上句論畫不宜呆板同意，非指作詩而言。然此語有病。可知蘇、黄二公解古人詩多誤，正是胸中先作此見解耳。」）昔人稱退之「一間茅屋祭昭王」爲晚唐第一，余以不如許渾《經始皇墓》遠甚：「龍蟠虎踞樹層層，勢入浮雲只是崩。一種青山秋草裏，路人惟拜漢文陵。」本詠秦始，却言漢文。韓原詠昭王廟，此則於題外相形，意味深長多矣。即摩詰「莫以今時寵，能忘舊日恩。看花滿眼淚，不共楚王言」，正以詠餅師婦佳耳，若直詠息夫人，有何意味？此編詩者之陋。

「宿昔青門裏，蓬萊仗數移。花嬌迎雜樹，龍喜出平池。落日留王母，微風倚少兒。宫中行樂祕，少有外人知。」「少兒」句指秦、虢、韓。「留王母」，玄宗數召方士入禁中，頗有神仙之好，故特借漢武事寓言之。此詩較之「飛燕昭陽」，真風流藴藉。

用意

楊文公《談苑》曰：「余知制誥日，與余恕同考試，出義山詩共讀，酷愛一絶曰：『珠箔輕明拂玉墀，披香前殿鬭腰肢。不須看盡魚龍戲，終遣君王怒偃師。』擊節稱嘆曰：『古人措辭寓意如此之深，令人感慨不已。』」余初讀此語，殊自茫然，暨思得之，此詩只形容女子慧心，男子一妬字耳。偃師事載《列子》：「周穆王自崑崙歸，途遇一獻工人名偃師，造能倡者獻王，頷音欽其頤則歌合律，捧其手則舞應節。王與戚姬觀之，技將終，倡者瞬其目招王侍妾。王大怒，欲誅偃師。偃師立剖散倡者，廢其心則口不能言，廢其肝則目不能視，廢其腎則足不能步，皆革木膠漆丹青之所爲，悉假物也。」余因自嘆其鈍，而羡古人之敏，自此粗知執筆。每舉以問人，亦未有應聲而解者。今人之病，正在求奇字句，全不想古人用意處耳。義山又有《亂石》一詩，亦深妙。（黄白山評：『「余初讀此語」以下，皆賀自語。查本集題是《宫妓》，則是御前承應之人。此詩使事雖僻，而命意殊屬無禮，以古『齒君路馬有誅』之律律之，則義山洵風雅罪人矣。」又曰：「用意貴深至，以用事發己之意，則必易見其意，方妙。義山用事晦僻，正詩家之大病，乃因楊語而遽稱之，亦是隨人頞頞者爾。」）余嘗選之，而衆以爲疑。余曰：「『虎踞龍蟠縱復横』，即柳州所云『怒者虎鬭，企者鳥厲』也。『星光纔歛雨痕生』，乃用星隕地爲石兼將雨則礎潤二意。『不須併礙東西路，哭殺廚頭阮步兵』，魏步兵廚有美酒，阮籍因乞爲步兵校尉；又常駕車而出，不由徑路，每遇途窮，則慟哭而返。亂石塞路，有類途窮，此義山寄托之詞，而意味深遠，不解其義，烏知其美乎！」義山又《有食笋呈座中》詩「皇都陸海應無數，忍剪凌雲一寸心」，《蜀桐》詩「枉教紫鳳無銜處，斵作秋琴彈《廣陵》」，亦即《亂石》意，但以不使事，故語亮。然《食笋》詩感慨已盡於言内，叔夜死而《廣陵散》不傳，言外有知音難遇意，此語亦深也。

作詩貴於用意，又必有味，斯佳。義山《槿花》詩：「燕體傷風力，鷄香積露文。殷鮮一相雜，啼笑兩難分。月裏寧無姊，雲中亦有君。三清與仙島，何事亦離群？」此詩殊不可解。余嘗句揣之：「燕體」句言花枝娟弱，摇曳風中，猶燕之受風也。「鷄香」者，鷄舌香，入直者含之，言花含露而香似之，蓋以對上「燕」字耳。第三句言其色，第四句言其態。第五、第六又因「啼笑」句來，以美人喻花，又非凡間美人可擬，故引「月姊」、「雲君」，以「仙島」、「離群」結之，見是天所謫降者。不徒奥僻，實亦牽强支離，有心勞日拙之憾。按：「月姊」二句，又用之《李花》詩，當是其得意語，實不然。義山又有《李花》詩「自明無月夜，强笑欲風天」，詠物只須如此，何必詭僻如前作。又《宿晉昌亭聞驚禽》曰：「羈緒鰥鰥夜景侵，高窗不掩見驚禽。飛來曲渚煙方合，過盡南塘樹更深。」數語寫景如畫。後聯「胡馬嘶和榆塞笛，楚猿吟雜橘村砧。失群掛木知何限，遠隔天涯共此心」，始以「羈緒」而感「驚禽」，又因「驚禽」而思及「塞馬」、「楚猿」之失偶傷離者，雖則情深，徑路何紆折也！謝茂秦曰：「詩貴乎遠而近，凡静室索詩，心神渺然，西游天竺國，仍歸上黨昭覺寺，此所謂遠而近之法也。若經天竺，又向扶桑，此遠而又遠，於何歸宿？」此詩未免犯此病。

佳句各有所宜

詩中佳句，有宜於作絶句者，有宜於作律詩者。如高適《哭單父梁少府》本係古詩長篇，《集異記》載旗亭伶官所謳，乃截首四句爲短章：「開篋淚沾臆，見君前日書。夜臺猶寂寞，疑是子雲居。」以原詩並觀，絶句果言短意長，淒涼萬狀。雖不載删者何人，必開元中鉅匠也。（黄白山評：「此即歌者摘四句入調耳，計及删之之人，何癡至此！」余嘗欲删齊己《劍客》詩、趙微明《古别離》二首後四語作絶句，乃佳。《劍客》云：『拔劍繞殘樽，歌終便出門。西風滿天雪，何處報人恩？』《古别離》云：『爲别未幾日，一日如三秋。猶疑望可見，日日上高樓。』前詩寫劍客行徑風生，後詩寫思婦癡情可掬，贅後四語，其妙頓減。又如太白『長安一片月，萬户擣衣聲。秋風吹不盡，總是玉關情』，亦宜删後二句作一絶。」）朱長文「瓜步早潮吞建業，蒜山晴雪照揚州」，不惟寫景工，兼有氣象，却是律詩中好語。忽然遽止，令讀者悵悵如失，有蛟龍無股之嘆。

一聯工力不均

詩有名爲佳聯而上下句工力不能均敵者，如夏子喬「山勢蜂腰斷，溪流燕尾分」、陳傳道「一鳩鳴午寂，雙燕話春愁」、唐子西「片雲明外暗，斜日雨邊晴」，皆下句勝上句；李濤「掃地樹留影，拂床琴有聲」，則上句勝下句，以此知工力悉配之難。（黄白山評：「凡兩句不能並工者，必是先得一好句，徐琢一句對之。上句妙於下句者，必下句爲韵所縛也。下句妙於上句者，下句先成，以上句湊之也。如老杜『接宴身兼杖』，何等工妙，下句『聽歌淚滿衣』，則庸甚。然此韵中除『衣』字别無可對。『百年地僻柴門迥，五月江深草閣寒』，上句費力，下句天成。題下注云『得寒字』。五月中『寒』字頗難入詩，想杜公先爲此字運思，偶成七字，然後湊成一篇，其上句之不稱宜也。」）〇宋延清初唐名家，然如「秋虹映晚日」，固不及下句「江鶴弄晴煙」之妙。又《江南曲》：「採花驚曙鳥，摘葉餵春蠶。」摘葉餵蠶僅一事，因採花而鳥驚，一句中有兩折，亦上句勝也。

前後失貫

作詩宜首尾貫徹，老杜《簡蘇傒》曰：「君不見道邊廢棄池，君不見前者摧折桐。百年死樹中琴瑟，一斛舊水藏蛟龍。丈夫蓋棺事始定，君今幸未成老翁，何恨磊落在山中。」頗有高致，但結句曰「深山窮谷不可處，霹靂魍魎兼狂風」，忽如此轉，不惟與上意相反，味亦索然，縱竿頭進步，不宜爾。

駱義烏《玩初月》詩「忌滿光恒缺」，雖着議論，故自佳。但後二句「既能明似鏡，何用曲如鈎」，何爲又别立論頭，不顧前旨也？

詩嫌於盡

劉希夷「將軍闢轅門，耿介當風立」，頗甚氣岸。陶翰「日落沙塵昏，背河更一戰」，尤爲健決。劉結曰「獻凱歸京師，軍容何翕習」，盡興語也。陶結曰「東出咸陽門，哀哀淚如霰」，敗興語也。崔國輔《從軍行》曰：「塞北胡霜下，營州索兵救。夜裏偷道行，將軍馬亦瘦。刀光照塞月，陣色明如晝。傳聞賊滿山，已共前鋒鬭。」一段踴躍之氣，勃勃言下。觀上官昭儀評沈、宋《晦日昆明》詩優劣，足定數詩高下。○劉長卿曰：「回首虜騎合，城下漢兵稀。白刃兩相向，黄雲愁不飛。手中無尺鐵，徒欲穿重圍。」亦妙於作不了語。其摹寫悍勇，則神彩更在崔上。

字法

作詩雖不必拘拘字句，然往往以字不工而害其句，句不工而害其篇。如林處士「鳥戀藥欄長獨立，樹欺詩壁半旁生」，膾炙今古。愚意「欺」字未善，當作愛惜遜避之意，始與「旁生」字相應。又東坡長君邁有「葉隨流水歸何處，牛帶寒鴉過别村」，寫景亦佳，然「何處」固不及「别村」之工。○作詩雖貴句烹字鍊，至入險僻，則亦可憎。如武允蹈「露萱鉗宿蝶，風木撼鳴鳩」，極其苦搜，十字中止得一「鉗」

字，餘更不新。然新而入俗，何貴於新？又「屋頭風過雁，燈背月移窗」，亦由苦吟而出，究竟不雅。

下字尤忌氣質，如王鎬《送潘文叔》「催租例擾潘邠老，付麥誰憐石曼卿」，語意俱佳，「例」字却張致可厭。（黄白山評：「易以『頗』字，稍虛活。」）

古有佳事入之詩反俗者，如王介甫應學士召，王介以詩諷之曰「蕙帳一空生曉寒」，極有清氣，上句「草廬三顧動春蟄」，一何鄙俚，皆由不鍊字之故。若以雅字易去「動春蟄」，則善矣。

風土詩雖宜精切，亦以韵勝爲貴。如許棠《送龍州樊使君》曰「土産惟宜藥，王租只貢金」，周繇《送人尉黔中》曰「公庭飛白鳥，官俸請丹砂」，古所共推。然許語無周之雅，不得謂朴直勝點染也。

余兒時嘗聞先君語曰：「方干暑夜正浴，時有微雨，忽聞蟬聲，因而得句。急叩友人門，其家已寢，驚起問故。曰：『吾三年前未成之句，今已獲之，喜而相告耳。』乃『蟬曳餘聲過别枝』也。」後余見其全詩，上句爲「鶴盤遠勢投孤嶼」，殊厭其太露咬文嚼字之態，不及下語爲工。凡作詩鍊字，又必自然無跡，斯爲雅道。（黄白山評：「必是先有下句，然後尋上句作對，故一自然，一勉强。」）

屬對

佳句每難佳對，義山之才，猶抱此恨。如《秋日晚思》「枕寒莊蝶去」，雖用莊周夢蝶事，實是寒不成寐耳；對曰「窗冷胤螢消」，此却是真螢，未免借對，不如上句遠矣。（黄白山評：「二句並不佳。」）

《雪》詩「馬似困鹽車」，佳句也；上云「人疑遊麵市」，却醜。《深樹見櫻桃一顆》曰「痛已被鶯含」，事容有之，實爲俊句；上句「惜堪充鳳食」，又涉牽湊。《僧壁》曰「琥珀初成憶舊松」，實勝賈島「種子作喬松」，總言禪臘之久耳；上句「蚌胎未滿思新桂」，語雖工，思之殊不甚關切。

陶瑾《山居》「江燕定巢來自數，巖花落子結還稀」，相傳爲佳句。然江燕以定巢而其來自數，意從「巢」字斷；巖花已落，子結還稀，意乃斷於「落」字，由此言之，對殊不工。（黄白山評：「本言落子，非落花也。」）

宋人巧獵名色，正對外，有就對，有蹉對，有扇對；惟所言假對，最穿鑿可厭。如「廚人具鷄黍，稚子摘楊梅」，謂以「楊」借「羊」；「因尋樵子徑，偶到葛洪家」，謂以「子」借「紫」，以「洪」借「紅」。「五峰高不下，萬木幾經秋」，謂以「下」借「夏」；「閒聽一夜雨，更對柏巖僧」，是以「柏」借「百」；「住山今十載，明日又遷居」，是以「遷」借「千」。真支離鄙細，但可與寫别字人解嘲。（黄白山評：「本唐人有此對法，而未立名目，宋人因爲之目耳，不得以穿鑿病之。」）

宋人口法大家，實競小巧。如「曾求竹醉日，更問柳眠時」，工而纖，亦有「赤子」、「朱耶」之勝。又吕居仁《海陵雜興》曰「土俗尊魚婢，生涯欠木奴」，當時以爲佳對。余因思岑參《北庭》詩「雁塞通鹽澤，龍堆接醋溝」，可謂天生巧合，盛唐人却不以此標榜。

對仗精工，誠爲佳事，但作詩必先觀大意，往往以争奇字句之間，意不得遠，則亦不貴。飛卿《山中與道友夜坐聞邊防不寧因示同志》曰：「龍沙鐵馬犯煙塵，迹近群鷗意倍親。風捲蓬根屯戊己，月移松影守庚申。韜鈐豈足爲經濟，巖壑何嘗是隱淪。心許故人知此意，古來知者竟誰人？」漢有戊己校尉。又人身有三尸蟲，每遇庚申日，乘人之寐，訴人過於上帝，道家於此日，輒不寐以守之。温以邊警，又與道友夜坐，故用此二事。組織干支，真爲工巧。但上下不貫，乍觀觸目，締思則言外殊無感發人意。（黄白山評：「此詩起二句倒叙題面，中兩聯並分承此二句，而末聯總結其意。謂其『上下不貫』，何不觀其全篇章法，而單摘其一聯耶！」）若其《詠蘇武廟》曰：「回日樓臺非甲帳，去時冠劍是丁年。」運思雖亦小巧，却一意貫串，泯然無跡，妙矣。

中、晚人好以虚對實，如元微之「花枝滿院空啼鳥，塵榻無人憶卧龍」、李義山「此日六軍同駐馬，當時七夕笑牽牛」，皆援他事對目前之景。然持戟徘徊，凭肩私語，皆明皇實事，不爲全虚，雖借用「牽牛」，可謂巧心濬發。（黄白山評：「此法實濫觴於少陵，如『驥子』對『鶯歌』，『如馬』對『飲猿』，『《如意舞》』對『《白頭吟》』之類。」）

對有工而反俗者，如許渾《贈王山人》「君臣藥在寧憂病，子母錢多豈患貧」，固知鍊句必先揀料。（黄白山評：「晚唐對仗工而反俗者甚多，如『萬卷祖龍坑外物，一泓孫楚耳中泉』、『煙横博望乘槎水，日上文王避雨陵』、『數枝豔拂文君酒，半里紅欹宋玉牆』。」）

音調

人之臧否，不在形骸；詩之工拙，不專聲調。捉刀人鬚眉不及崔琰，不害其爲英雄。若侏儒自惡其短，而高冠巍屐重裘，飾爲魁梧也，不大可笑乎！且作詩宜有氣格，不宜有氣質。宋人誤以氣質爲氣格，遂以生硬爲高，鄙俚爲樸。始於數名家作俑，至末流益甚。如王庭珪《送胡澹菴謫新州》「癡兒不了公家事，男子要爲天下奇」，立意亦佳，但上句口角浮薄，下句有悻悻之狀。又如俞秀老「夜深童子喚不醒，猛虎一聲山月高」，此豈佳事，而謂可與「爐煙消盡寒燈晦，童子開門雪滿松」、「日午獨覺無餘聲，山童隔竹敲茶臼」並驅也。至所謂折句法，尤可憎。如胡考「鸜鵒杯且酌清濁，麒麟閣懶畫丹青」，正所謂折腰之步，令人嘔噦。（黄白山評：「宋詩原不必置之齒頰，如譏村婦之醜，笑貧家之儉，却是又何足道！折腰句法本出唐人，如『斑竹岡連山雨暗，枇杷門向楚天秋』、『木奴花映桐廬縣，青雀舟隨白鷺濤』，何嘗可厭。惟宋人學步，遂入惡道耳。」）至如楊次公「八十丈虹晴卧影，一千頃玉碧無瑕」、僧顯萬「河摇星斗三更後，月掛梧桐一丈高」，摹擬處總落麄俗。又黄白石《詠雪》「願縮天人散花手，放渠奔走趁晨炊」，語既酸鄙，狀尤扭捏。即劉過《送王簡卿》「放開筆下閒風月，收拾胸中舊甲兵」，亦非雅談也。〇宋人力貶綺靡，意欲澹雅，不覺竟入酸陋。如戴敏才「引些渠水添池滿，移箇柴門傍竹開」，二虚字惡甚。其子復古「一心似水惟平好，萬事如棋不着高」、高菊磵「主人一笑先呼酒，勸客三杯便當茶」、王夢弼「三年受用惟栽竹，一日工夫半爲梅」、方翥《寄友》「胸中襞積千般事，到得相逢一語無」，程東夫「荒村三月不肉味，并與瓜茄倚閣休」，當時自以爲入情切事，不知皆村兒之語，徒供後人捧腹耳。〇宋詩之惡，生硬、鄙俚兩途盡之。更有二種，「山如仁者壽，水似聖之清」，太學究氣；「浮雲一任閒舒卷，萬古青山只麼清」，太禪和氣，皆凌夷風雅者也。

吴體詩子美時或作之，其音節和平温麗者，不徒八九而已。如孔子侃侃之容，亦只朝與下大夫言時，遇上大夫則已誾誾，私覿則愉愉，燕居又申申夭夭矣，豈終日行行乎！東坡曰：「今人學杜甫詩，得其粗俗而已。」誠然，誠然。（黄白山評：「此語豈非爲山谷而發？」）

宋人好用成語入四六，後并用之於詩，故多硬戇。如丁黼《送錢尉》詩「不能刺刺對婢子，已是昂昂真丈夫」，所謂食生不化者也。

范石湖營壽藏，作詩曰：「縱有千年鐵門限，終須一箇土饅頭。」真欲笑殺。（黄白山評：「唐人有張打油一派，尸祝至今，凡胸無書卷而性喜吟咏者皆宗之。」）

宋人亦往往有佳思，苦以拙句敗之。如王鎬「澄江明月一竿絲」，未免意清語重；上句「凍雪寒梅雙屐蠟」，字字壘砌，豈復成語？雖然，無平不陂，物情顛倒，安知此種不仍爲病纇駒，所冀雲霧不常迷，百世下終難逃明眼人鑒别耳。

改古人詩

王荆公好改古人詩，如王駕《晴景》曰：「雨前初見花間蕊，雨後兼無葉底花。蜂蝶飛來過墻去，應疑春色在鄰家。」介甫改爲：「雨前不見花間蕊，雨後全無葉底花。蜂蝶紛紛過墻去，却疑春色在鄰家。」前詩載《百家選》，後詩刻己集中。按：介甫所云「疑」，乃因蜂蝶過墻而人疑之也，着力在「紛紛」

二字；駕所云「疑」，乃蜂蝶疑而飛去，人疑其疑也，着眼在「飛來」二字，兩意俱佳。但「却疑」意只一層，「應疑」意有兩層。近趙凡夫重刻《萬首絶句》，雖入王駕下，竟用荆公改詞，當是未見原本耳。（黄白山評：「王改『却』字，不過易平聲爲仄，字較響耳，其意則猶前人。」）按：此詩雖改，猶未爲失，至改「蟬噪林逾静，鳥鳴山更幽」爲「茅簷相對坐終日，一鳥不鳴山更幽」，則真規圓方竹杖矣。然如劉貢父「明日扁舟滄海去，却將雲裏望蓬萊」，爲「雲氣」，亦自飛蟲之獲。〇又古樂府：「庭前一樹梅，寒多未覺開。祇言花是雪，不悟有香來。」介甫又改爲：「牆角數枝梅，凌寒獨自開。遥知不是雪，時有暗香來。」雖用其語，却全反其意，亦自可嘉。然細味之，則古人之意婉，介甫之氣直。大抵介甫一生，不徒事事立異，性亦不耐含蓄。

樂天「丘墟北門外，寒食誰家哭？風吹曠野紙錢飛，古墓纍纍春草緑。棠梨花映白楊樹，盡是死生離别處。冥漠重泉哭不聞，瀟瀟暮雨人歸去」，東坡易以「烏飛鵲噪皆喬木，清明寒食誰家哭」，此如美人梳掠已竟，增插一釵，究其美處豈係此？至張子野衍其「花非花」爲小詞，則掖庭之流入北里也。

近世謝山人茂秦尤喜改古人詩。白樂天《昭君》詩曰：「漢使却回憑寄語，黄金何日贖蛾眉？君王若問妾顔色，莫道不如宫裏時。」謝云：「此雖不忘君，而詞意兩拙。」因改之曰：「使者南歸重妾思，黄金何日贖蛾眉？漢家天子如相問，莫道不如宫裏時。」岑嘉州《初至犍爲作》曰：「山色軒楹内，灘聲枕席間。草生公府静，花落訟庭閒。雲雨連三峽，風塵接百蠻。到來能幾日，不覺鬢毛斑。」改爲「之官能幾日，兩鬢易成斑。雲雨低三峽，風塵暗百蠻。鳥啼公府静，花落訟庭閒。獨夜饒詩思，灘聲枕席間」。二詩枉自譸張，竟無高出。又曰：「作詩有堂上語、堂下語。若李太白『黄鶴樓中吹玉笛，江城五月《落梅花》』，若上官臨下官，動有昂然氣象，此堂上語也。凡下官見上官，所言殊有條理，不免局促之狀，若劉禹錫『舊時王謝堂前燕，飛入尋常百姓家』，此堂下語也。」因改爲「王謝豪華春草裏，堂前燕子落誰家？」嗚呼！此何異登徒之婦，爲東家子施朱粉耶！（黄白山評：「劉意本謂王侯第宅變爲百姓人家，而語致深婉如此。謝改云云，全失其妙。賀又兩皆抹殺，何唐人之不幸如此！」）戴叔倫《除夜宿石頭驛》曰：「旅館誰相問？寒燈獨可親。百年將盡夜，萬里未歸人。寥落悲前事，支離笑此身。愁顔與衰鬢，明日又逢春。」首聯寫客舍蕭條之景，次聯嗚咽自不待言。第三聯不勝俛仰盛衰之感，恰與「衰鬢」、「逢春」緊相呼應，可謂深得性情之分。反謂：「五言律兩聯若綱目四條，辭不必詳，意不必貫，八句意相聯屬，中無罅隙，何以含蓄？」遂改爲「燈火石頭驛，風煙揚子津。一年將盡夜，萬里未歸人。萍梗南浮越，功名西向秦。明朝對青鏡，衰鬢又逢春」。只圖對仗整齊，堆垛排擠。有詞無意，何能動人？真所謂膠離朱之目也。至欲改「澄江静如練」爲「秋江静如練」，此何止於血指！○茂秦又嘗改宋之問「攀巖踐苔易，迷路出花難」爲「攀巖踐苔滑，迷路出花遲」，劉長卿「向人寒燭静，帶雨夜鐘深」爲「向人寒燭盡，帶雨夜鐘微」，此三字却佳。至如李獻吉改駱賓王《蕩子從軍賦》爲歌行，此便是魏公子約束晉鄙軍，不止李太尉入河陽壁壘。

讀詩雖不宜輕代匠斵，實亦有後人發前人之覆者。王武臣度極多佳句，如「雲生坐來石，風掩讀殘書」、「樵斧和雲斫，漁蓑帶雪披」，俱佳。余嘗怪其「鴉分供餘食，鴿亂着殘棋」，何不以「猧」字易

「鴿」字，不惟用天寶中事，鴿固不能亂棋也。（黄白山評：「味二句語意，自是山間林下之景，棋殘未收，爲鴿所亂，此復何疑！至猧必爲人放之入局，始能亂棋耳，且宫禁事豈可用之山野間？如此談詩，如此改詩，可謂枉費心血也。」）又僧肇「巢重禽初宿，窗明葉旋飄」，愚意「巢重」改爲『枝亞』尤雅。劉潤「棲禽翻麓雪，墮栗破溪冰」，造語亦佳，但禽棲則定，豈復翻雪，當云「驚禽」可耳。（黄白山評：「此本其棲未定之時而言。」）

集句

余最不喜集句詩，以佳則僅一斑斕衣，不且百補破衲也。惟王介甫集《胡笳十八拍》，一氣生成，略無掇拾之跡，且委曲入情，能道琰心事。首篇曰：「良人執戟明光裏，所慕靈妃媲蕭史。空房寂寞施繐帷，棄我不待白頭時。」其三曰：「更鞴雕鞍教走馬，玉骨瘦來無一把。幾回拋鞚抱鞍橋，往往驚墮馬蹄下。」其五曰：「十三學得琵琶成，繡幕重重卷畫屏。一見郎來雙眼明，勸我酤酒花前傾。齊言此夕樂未央，豈知此聲能斷腸。如今正南看北斗，言語傳情不如手。低眉信手續續彈，彈看飛鴻勸胡酒。」其七曰：「明明漢月空相識，道路只今多擁隔。去住彼此無消息，時獨看雲淚霑臆。豺狼喜怒難姑息，自倚紅顔能騎射。千言萬語無人會，漫倚文章真末策。」此語尤與琰切合也。其八曰：「暮去朝來顔色改，四時天氣總愁人。」其十一曰：「晚來幽獨恐傷神，惟見沙蓬水柳春。破除萬事無過酒，虜酒千杯不醉人。含情欲説更無語，一生長恨奈何許。饑對酪肉兮不能餐，强來前帳臨歌舞。」十二曰：「歸來展轉到五更，起看北斗天未明。秦人築城備胡虜，擾擾惟有牛羊聲。萬里飛蓬映天過，風吹漢地衣裳破。欲往城南望城北，三步回頭五步坐。」十三曰：「自斷此生休問天，生得胡兒擬棄捐。一始扶床一初坐，抱攜撫視皆可憐。寧知遠使問名姓，引袖拭淚悲且慶。悲莫悲兮生別離，悲在君家留兩兒。」十五曰：「當時悔來歸又恨，洛陽宫殿焚燒盡。紛紛黎庶逐黄巾，心折此時無一寸。慟哭秋原何處村，千家今有百家存。争持酒食來相饋，舊事無人可共論。」此詩之妙，不減《後出塞》矣。十六曰：「此身飲罷無歸處，心懷百憂復千慮。天翻地覆誰得知，魏公垂淚嫁文姬。天涯憔悴身，托命於新人。念我出腹子，使我嘆恨勞精神。新人新人聽我語，我所思兮在何所？母子分離兮意難任，死生不相知兮何處尋？」十七曰：「燕山雪花大如席，與兒洗面作光澤。怳然天地半夜白，閨中祇是空相憶。點注桃花舒小紅，與兒洗面作華容。欲問平安無使來，桃花依舊笑春風。」十八拍俱佳，獨舉此者，以其尤入神境耳。然介甫亦惟集此一詩爲善，餘所集古、律詩，俱不足觀也。吾勸後人毋作李巖之再使蜀耳。

詩魔

歐陽公《詩話》云：「國朝浮圖以詩名於世者九人，號『九僧詩』。時有進士許洞，會諸詩僧分題，出一紙，約不得犯此一字。其字乃山、水、風、雲、竹、石、花、草、雪、霜、星、月、禽、鳥之類〔一〕，於是諸僧各閣筆。」余意除却十四字，縱復成詩，亦不能佳，猶庖人去五味，樂人去絲竹也。直用此策困之耳，狙獪伎倆，何關風雅！○按：九僧皆宗賈島、姚合，賈詩非借景不妍，要不特賈，即謝朓、王維，不免受困。

【校勘記】

〔一〕「花、草」，原脱，據《六一詩話》補。

歐公在潁州作雪詩，戒不得用玉、月、梨、梅、練、絮、白、舞、鵝、鶴、銀等字。後四十年，子瞻繼守潁州，小雪，與客會飲聚星堂，復舉前事，請客各賦一篇。客詩不傳，兩公之什具在，殊不足觀。固知釣奇立異，設苛法以困人，究亦自困耳。正猶以毳飯召客，亦須陪穆父忍饑半日，豈得獨餔？（黄白山評：「此坡戲劉貢父事，蓋二人俱好謔耳。當時交游雖有錢穆父，然非其人。賀悞憶。」）

疑誤

杜正倫《北門侍宴》詩：「闞名徒上月，鄒辨詎談天？」上句用吴闞澤見名在月中事也，作「十月」者謬。

老杜《春夜宴左氏莊》曰：「檢書燒燭短，看劍引杯長。」一作「説劍」，「説」字不如「看」字之深。《玩月呈漢中王》曰：「關山同一照。」一作「一點」，「照」字不及「點」字之秀。（黄白山評：「此本用修之誤。予謂就本句論，似乎『點』字勝『照』字，若合二句讀之，『關山同一照，烏鵲自多驚』，語氣自相喚應。杜固以月比君，以烏鵲自比，可見作『點』字者是擔板漢耳。」）

薛維翰《春女怨》曰：「白玉堂前一樹梅，今朝忽見數花開。兒家門户重重閉，春色因何入得來？」以苦思激成快響奇想，舒其楚志，全在「重重」二字。拙手改爲「尋常閉」，便寬泛不激烈矣。凡誤字有不必辨者，如李義山「夢爲遠别啼難唤」，必不是「换」；「年華憂共水相催」，必不是「漼」，此直可以心斷之，不須兩載。

王建《鏡聽詞》，今皆作「卷帷上床喜定定，與郎裁衣失翻正」。按：《唐詩正音》乃「不定」也。兩字相懸，豈止尋尺。元微之悼亡詩，集作「顧我無衣搜藎篋」，「藎」字殊不可解。後遇善本，乃是「畫」字。

李郢《春日題山家》極多警句，中云「燕静銜泥處，蜂喧抱蕊回」，思路曲折，造語亦工。余嘗嫌其「處」字不惟不及「回」字之響，且下一句中含三意，上止兩意。後偶得元板書觀之，乃「燕静銜泥起」，殊爲快然。因嘆古人受誣如斯者，殆不可勝數。

楊大年「風來玉宇烏先覺」，有作「轉」字者，便意味索然，「轉」字意已具於「覺」字内也。詩貴含蓄，忌淺露，雖一字，實分徑庭。

温飛卿《錦城曲》曰：「蜀山攢黛留晴雪，簝筍蕨芽縈九折。江風吹巧剪霞綃，花上千枝杜鵑血。杜鵑飛入巖下叢，夜叫思歸山月中。巴水漾情情不盡，文君織得春機紅。怨魄未歸芳草死，江頭學種相思子。樹成寄與望鄉人，白帝荒城五千里。」按：新舊本無不作「五十里」者，獨楊士弘《唐音遺響》作「五千里」。細味語氣，當以「千」字爲美，若止「五十里」，亦安用「望」，又安用「寄」？

王灣《北固山下》曰：「潮平兩岸闊，風正一帆懸。」或作「兩岸失」，非是。凡波浪洶湧，則隔岸不見，波平岸始出耳。「闊」字正與「平」字相應，猶「懸」字與「正」字相應。若使斜風，則帆攲側不似懸矣。（黄白山評：「『平』猶滿也。凡潮落則岸邊之地盡見，故覺其狹，潮滿則岸邊之地爲水所没，故覺岸闊。苟識其意，則作『失』字亦可，蓋指岸邊之地而言。然覺『闊』字妙些。賀力辨正此字，而究竟失作者之意。總之，誤認『平』字作『落』字也。」）

劉昚虚《海上詩送薛文學歸海東》曰：「有時近仙境，不定若夢遊。或見青色古，孤山百里秋。」《唐詩紀事》作「或見青色石，孤山百丈秋」。「百丈」自較勝「百里」，與上「或見」關合。

别本

讀詩得别本互看爲佳。如温飛卿《經故秘書崔監揚州舊居》曰：「昔年曾識范安成，松竹風姿鶴性情。惟向舊山留月色，偶逢秋澗似琴聲。乘舟覓吏經輿縣，爲酒求官得步兵。玉柄寂寥談客散，却尋池閣淚縱横。」今新舊本頷聯皆作「西掖曙河横漏響，北山秋月照江聲」，末云「千頃水流通故墅，至今留得謝公名」，相去遠矣。

杜註

杜《千家註》有佳者，亦有牽湊附會者，漫摘數條。如《隨章留後新亭送諸君》曰：「新亭有高會，行子得良時。日動映江幕，風鳴排檻旗。絶葷終不改，勸酒欲無詞。已墮峴山淚，因題零雨詩。」蔡夢弼註引《東山》「零雨其濛」。愚意此正用孫子荆「晨風飄岐路，零雨被秋草」句耳，若《東山》詩，與送別有何關會？（黄白山評：「《千家注》紕繆甚多，不勝指摘，寧止此數條而已。」）

《荆南兵馬使太常卿趙公大食刀》中云：「趙公玉立高歌起，攬環結珮相終始。萬歲持之護天子，得君亂絲與君理。」王洙註曰：「《左傳》：衆仲曰：『以德和民，不聞以亂，猶治絲而棼之也。』」愚意此直用高歡令諸子理亂絲，文宣獨抽刀斬之，曰「亂者當斬」事耳。此乃與刀關切，引衆仲語，殊太寥廓。

《秋日寄題鄭監湖上亭》曰：「暫住蓬萊閣，終爲江海人。揮金應物理，拖玉豈吾身？羹煮秋蓴弱，杯迎露菊新。賦詩分氣象，佳句莫頻頻。」趙註曰：「末句謂鄭監分我以賦詩之氣象，則佳句莫非頻頻有之乎？」余意此解拙甚，按：公《秋興》詩曰「彩筆昔曾干氣象」，味此詩意，乃是推鄭能詩，故云「分氣象」，即自詠「干」字意。末句乃謔語，何必作疑詞。陽羨人蔣甫讀予此條，因曰渠舊亦註此二語，曰：「爾賦詩當分氣象，佳句不可頻頻而作。『莫』作『適莫』之『莫』。」似爲余語卜一注脚，存之。（黄白山評：「按：賀此説雖知『佳句莫頻頻』之解，而『氣象』字、『分』字、『干』字，似俱未了了。『氣象』指山水言，山水氣象宏遠，詩家之氣象可與相敵；以自言故下『干』字，以目鄭故用『分』字。曰『分』字即『干』字意，憒憒甚矣！」）

「成都猛將有花卿，學語小兒知姓名。用如快鶻風火生，見賊惟多身始輕。綿州刺史着柘黄，我卿掃除即日平。子章髑髏血模糊，手提擲還崔大夫。李侯重有此節度，人道我卿絶世無。既稱絶世無，天子何不喚取守京都！」苕溪漁隱曰：「細考此歌，想花卿在蜀中雖有一時平賊之功，然驕恣不法，人甚苦之，故子美不欲顯言之，但云：『人道我卿絶世無，既稱絶世無，天子何不喚取守京都！』語意含蓄，蓋可知矣。」余意則殊不然。此歌上言其勇，中叙其功，下則惜其不見用。其時禄山雖死，慶緒未滅，思明復叛，良將如卿，遠棄於蜀，此少陵所致嘆也。至「錦城絲管日紛紛，半入江風半入雲。此曲只應天上有，人間能得幾回聞？」用修以爲花卿在蜀頗僭，子美作此諷之，則於詩意似合，疑可從耳。要之，兩詩不作於一時，前自惜其功，後自譏其僭，何必牽拘？（黄白山評：「據史僅言其大掠東蜀，未嘗言及僭擬朝廷。用修只據『天上』二字，遂漫爲此説，要非事實也。予以當時梨園弟子流落人間者不少，如《寄鄭李百韵》詩：『南内開元曲，當時弟子傳。』自注：『柏中丞筵，聞梨園弟子李仙奴歌。』所云『天上有』者，亦即此類。蓋贊其曲之妙，必是當時供奉所進，非人間所嘗聞耳。」）

韓廷延曰：「『峽坼雲霾龍虎卧，江清日抱黿鼉游』，此乃登高臨深，形容疑似之狀耳。雲霾坼峽，山木蟠拏，有似龍虎之卧；日抱清江，灘石波盪，有若黿鼉之游。」升菴曰：「余因悟舊註之非，其云雲氣陰黯，龍虎所伏，日光圓抱，黿鼉出曝，真以爲四物矣。即以杜證杜，如『江光隱映黿鼉窟，石勢參差烏鵲橋』，同一句法，同一解也。」余意真謂龍虎伏、黿鼉曝者，固失之拘，遽歸之山木蟠拏、灘石波盪者，亦未免太鑿。大率此種意境，不即不離，非有非無，摹擬之言，不煩膠執。

《飲中八仙歌》，蔡元度曰：「此歌分八篇，人人各異，雖重押韵無害，亦《三百篇》分章之意。」此論甚妙。余更錯綜離合之，「知章騎馬似乘船」，「醉中往往愛逃禪」，「自稱臣是酒中仙」，「脱帽露頂王公前」，「高談雄辯驚四筵」，皆醉後時；「道逢麯車口流涎」，乃飲而未醉時；「飲如長鯨吸百川」，「皎如玉樹臨風前」，皆方飲時。不惟得酒人之形，兼得其神，真顧、陸所不能畫。（黄白山評：「因道逢麯車而思及於酒，故口流涎耳。若飲而未醉，何必流涎？」）首句註曰：「浙人不喜騎馬而喜乘船，杜蓋嘲之。」余意此直寫知章醉態，馬上離披之景，有似舟中播蕩耳，何嘗有嘲意！

李賀詩註

長吉詩半賴註而明，然細觀之，誤處亦不少。如《感諷》之二曰：「奇俊無少年，日車何躃躃。我待紆雙綬，遺我星星髮。都門賈生墓，青蠅久斷絶。寒食摇揚天，憤景長肅殺。皇漢十二帝，惟帝稱睿哲。一夕信豎兒，文明永淪歇。」註指「青蠅」爲絳、灌之譖。余意此特因末四句，遂援「青蠅止棘」之詩耳。若味其語氣，傷奇俊之人不能常少年，而及賈生，言賈生而及其墓。又云「久斷絶」，必是用虞翻「青蠅爲弔客，有一人知己不恨」之説，傷其墳墓久荒，無人省視。暨因没後淒涼，因思其生時沮厄，嘆漢惟文帝爲賢，又因信讒不能終任賈生，致「文明淪歇」。「青蠅」、「豎兒」，自是兩番惆悵，不須死黏一意。○又《王濬墓下作》曰：「人間無阿童，猶唱水中龍。白草侵煙死，秋梨遶地紅。古書平黑石，神劍斷青銅。耕勢魚鱗起，墳科馬鬣封。菊花垂濕露，棘徑卧乾蓬。松柏愁香澀，南原幾夜風。」註引《鄴侯家傳》曰：「有隱者攜一男六七歲來，云有故須南行，值此男痢疾，既同是道者，願寄之。仍留函子，曰：『若疾不起，以此瘞之。』遂去。八九日而死，以其函瘞之庭中薔薇架下。累月，其人回，發其函，惟一黑石，四方上有字如錐畫，辭曰：『神真鍊形猶未足，化爲我子功相續。丞相瘞之刻玄玉，仙路何長死何速！』」無論其事之荒唐，且用事須與題意關切，此與王濬墓何涉？觀上文「白草」、「秋梨」，下文「乾蓬」、「濕露」，通篇寫墓間蕭條之景，則「古書平黑石」，直言碑字磨滅耳。若用男化石事，「平」字如何解？大抵人因長吉好奇，遂尋奇事以解之，不復顧其本意矣。○《秦宫》詩曰：「桐英永巷騎新馬，内屋深屏生色畫。開門爛用水衡錢，卷起黄河向身瀉。」註曰：「秦宫止得幸於冀家，非得幸於大内。今長吉『永巷騎新馬』、『爛用水衡錢』等説，如鄧通、董偃之流。」余意此正言冀之專横，其奴亦得出入禁掖，用内帑之錢，無所禁忌。若如註言，則董偃亦止用公主家錢，何説詩之固也！○《雁門太守行》，介甫以「黑雲壓城」，安得有月？註云：「此『黑雲』乃城氣也。軍書：『攻城必觀城氣，若有黑雲氣，城必破。』此云『城欲摧』是也，與月似無妨。」余意王尋、王邑圍昆陽時，有雲如壞山，當營而隕,「壓城」亦猶此意。但此篇總形容壯士感恩,臨難不奪其志耳,不必過爲拘泥。「角聲滿天秋色裏,塞上燕脂凝夜紫。半捲紅旗臨易水,霜重鼓寒聲不起。報君黄金臺上意,提攜玉龍爲君死。」覺温序銜鬚,傅燮按劍,儼然在目。

宋人論事失核

韓子蒼曰:「韋蘇州少時,以三衛郎事玄宗,放縱不羈。玄宗崩,始務折節讀書。然余觀其爲人,賦性高潔,所居掃地焚香而坐,與豪縱者不類。其詩清深妙麗,雖唐詩人之盛,亦罕其比,又豈似把筆學爲者?豈蘇州自序之過與!」苕溪漁隱則援「高髻雲鬟」一詩爲證,云:「觀此則應物豪縱不羈之性,暮年猶在。掃地焚香諸事,此是韋集後王欽臣所作序,載《國史補》之語,但恐溢美耳。」余意二説俱非。「司空見慣渾閒事,惱亂蘇州刺史腸」,乃劉夢得事。劉、韋俱刺蘇州,故誤入劉事於韋。按:姚寬爲韋年譜及沈明遠所作傳,歷歷叙其生平,咸有可據。余更就其詩,繹所未備,既云「十五侍皇闈」,又云「弱冠遭世難」,則韋之宿衛當在天寶十一載,至貞元二年始爲蘇州刺史,則已歷四帝,經三十五年矣。其間遭逢禍亂,流離失職,凡數數焉。《逢楊開府》一詩,自是實録。豪華任俠之事,既所深悔,故其立言如漢韋玄成,惟有循理省愆,無復感憤不平之意。故非閱歷世變,或原一困窮巖穴之士,必不能和平温克至是。茹蔬啜茗,固在酣飫之後耳。又其《聽鶯曲》曰:「欲囀不囀意自嬌,羌兒弄笛曲未調。前聲後聲不相及，秦女學箏指猶澀。」不惟形容鶯語入妙，即説箏、笛亦得箇中三昧。觀此益信漁隱之貶固謬，子蒼亦多此一番回護。

宋人議論拘執

宋人作詩極多蠢拙，至論詩則過於苛細，然正供識者一噱耳。如嚴維「柳塘春水漫，花塢夕陽遲」，此偶寫目前之景，如風人「榛苓」、「桃棘」之義，實則山不止於「榛隰」，不止於「苓園」，亦不止於「桃棘」也。劉貢父曰：「『夕陽遲』則係『花』，『春水漫』不須『柳』。」漁隱又曰：「此論非是。『夕陽遲』乃係於『塢』，初不係『花』。以此言之，則『春水漫』不必『柳塘』，『夕陽遲』豈獨『花塢』哉！」不知此酬劉長卿之作，偶爾寄興於夕陽春水，非詠夕陽春水也。夕陽春水，雖則無限，花柳映之，豈不更爲增妍！倘云「野塘」、「山塢」，有何味耶？（黄白山評：「或又評此聯以爲『遲』、『漫』意合掌者，不知『漫』本水泛濫之貌，若與『遲』意合掌，乃是『慢』字。字義不辨，輕評古詩，孟浪可笑。」）又皮光業「行人折柳和春絮，飛燕銜泥帶落花」，裴光約曰：「二句偏枯不爲工，柳當有絮，泥或無花。」不知泥中不全帶落花，帶落花者亦間有之。此是詩家點染法。劉中叟詠桃花曰：「桃花雨過碎紅飛，半逐溪流半染泥。何處飛來雙燕子，一時銜在畫梁西。」又周邦彦小詞「新笋看成堂下竹，落花都上燕巢泥」，秦觀「杏花零落燕泥香」。蓋詞人數數用之，必欲執無者以概有者，不幾於摇手不得，毋乃太沾滯乎！又如

「袖中諫草朝天去，頭上花枝待燕歸」，以「諫草」對「花枝」，雖亦近纖，乃曰：「進諫必以章疏，無用藁之理！」安知章疏不已上達而留藁袖中？吹毛何太甚也！（黄白山評：「此二語果有病，蓋既著『朝天』字，則自宜指章疏言，以『留藁袖中』代爲解釋，愈形其陋矣。」）歐陽公評賈島曰：「『鬢邊雖有絲，不堪織成衣』，就令堪織，能得幾何？」余以此近諧謔，聊快其談鋒耳，不應活句死看。（黄白山評：「此語想路殊陋劣可厭。」）

凡摹擬最忌入俗。姚合形容山邑荒僻，官況蕭條，曰「馬隨山鹿放，鷄逐野禽棲」，真刻畫而不傷雅；至「縣古槐根出」，猶可；下云「官清馬骨高」，「官清」字太着痕跡，「馬骨高」尤入俗諢。梅聖俞乃言勝前二語，真是顛倒。

「汝南晨鷄喔喔鳴，城頭鼓角聲和平。路旁老人憶舊事，相與感泣皆涕零。老人收泣前致辭：官軍入城人不知。忽驚元和十二載，重見天寶承平時。」前二句言兵不血刃，兇渠就縛之易，末見蔡人慶幸之意。雖高文典册不及柳州二《雅》，勁浄流動則過之，夢得自負亦不謬。《隱居詩話》乃云：「起結兩聯，不知爲何説。」何異盲者照鏡耶？大抵宋人評劉詩多可笑者，如《傷愚溪》詩：「溪水悠悠春自來，草堂無主燕飛回。隔簾惟見中庭草，一樹山榴依舊開。」「草聖數行留壞壁，木奴千樹屬鄰家。惟見里門通德牓，殘陽寂寞出樵車。」摹寫荒凉之概，真覺言與泗俱。《詩眼》乃譏其「於子厚了無益，殆《折楊》、《黄華》之雄，易售於流俗。」此詩自因僧言零陵來，言愚溪無曩時之觀，而述所聞以寄恨耳，非頌非誅，非誌非狀，將必欲盛揚子厚之美而後爲有益乎？山谷游廬山，與群僧圍爐，偶舉「一方明月可中庭」之句，一僧遽云：「何不曰『一方明月滿中庭』？」」此僧真可與此二家鼎足也。

小杜《赤壁》詩，古今膾炙，漁隱獨稱其好異。至許彦周則痛詆之，謂：「孫氏霸業，係此一戰，社稷存亡、生靈塗炭都不問，只恐捉了二喬，可見措大不識好惡。」余意詩人之言，何可拘泥至此。若必執此相責，則汨羅之沉，其係心宗國何若！宋玉《招魂》略不之及，但言飲食宫室，玩好音樂，至於「長髮曼鬋」、「蛾眉曼睩」，幾乎喻之以淫也，將使《風》、《騷》道絶矣！詳味詩旨，牧之實有不滿公瑾之意。牧嘗自負知兵，好作大言，每借題自寫胸懷。尺量寸度，豈所以閲神駿於牝牡驪黄之外！（黄白山評：「唐人妙處，正在隨拈一事，而諸事俱包括其中。若如許意，必要將『社稷存亡』等字面真真寫出，然後贊其議論之純正。具此詩解，無怪宋詩遠隔唐人一塵耳！」）〇「公道世間惟白髮，貴人頭上不曾饒」，「年年檢點人間事，惟有春風不世情」，此最粗直之句，而宋人稱之。《華清宫》二篇及《赤壁》詩最有意味，則又敲扑不已，可謂薰蕕不辨。

宋人多不喜孟詩。嚴滄浪曰：「孟郊之詩刻苦，讀之使人不歡。」又曰：「憔悴枯槁，其氣局促不伸，退之許之如此，何耶？」《青箱雜記》曰：「白樂天『無事日月長，不羈天地闊』，此達者之詞也；孟東野『出門即有礙，誰謂天地寬』，此褊狹者之詞也。」蘇潁濱亦指此爲「唐人工於爲詩，陋於聞道」。東坡亦有《讀孟詩》曰：「夜讀孟郊詩，細字如牛毛。寒燈照昏花，佳處時一遭。孤芳擢荒穢，苦語餘《詩》《騷》。水清石鑿鑿，湍激不受篙。初如食小魚，所得不償勞。又似煮蟛蜞，竟日嚼空螯。要當鬬僧清，未足當韓豪。人生如朝露，日夜火煎膏。何苦將兩耳，聽此寒蟲號？不如且置之，飲我玉巵醪。」愚意東野實亦訴窮嘆屈之詞太多，讀其集，頻聞呻吟之聲，使人不歡。但跼天蹐地，《雅》亦有之；「終窶且貧」，《邶風》先有此嘆。且尤不可與樂天比擬，樂天二十八而中春官，踰年即中書判拔萃，未幾又以賢良方正對策高等，由畿尉拜翰林兼拾遺，遷左贊善，始一貶江州耳。然猶官五品，月俸四五萬，寒有衣，飢有食，施及家人。纔數年，復以州守入爲尚書郎知制誥，除中書舍人。屢典名郡，東南山水之區，恣其遨遊。又入爲秘書監，太子賓客分司東都，刑部侍郎，領河南尹，改少傅，以尚書終。其於遇合，可謂榮矣。東野窮餓，不得安養其親，五十始得一第，纔尉溧陽，又困於禿令。此其身世何如，而與白較。旁觀者但聞人嬉笑，而遂責向隅者耶？二蘇皆年少成名，雖有謫遷之悲，未歷飢寒之厄，宜有不知此痛癢之言。且韓詩雖氣魄勝之，而深厚處不及，故有「吾願身爲雲，東野變爲龍。四方上下逐東野，雖有離别無由逢」之句。此老自云：「若世無孔子，不當在弟子之列。」豈輕於自貶者！（黄白山評：「詩以言志，故觀其詩，而其人之襟趣可知，苟戚戚於貧賤，則必汲汲於富貴。人品如此，詩品便爲之不高。雖聲金石而詞錦繡，何足取哉！東野詩，余亦不甚喜，以爲『陋於聞道』，誠然。賀君曲爲回護，似若以其悲苦愁嘆爲當然者，可知賀亦褊狹之士矣。孟後及第，作詩云：『昔日齷齪不足嗟，今朝曠蕩思無涯。春風得意馬蹄疾，一日看遍長安花。』纔獲一第，便爾志滿意得如此，尤爲小器。若愈嘗作《送窮文》、《二鳥賦》，其逼窄狹隘之胸，正與東野相似，安得不引爲同調！」）至於賈雖工爲詠物之言，僅律詩有佳句，《風》、《騷》、樂府之體，實未之備。如《列女操》：「波瀾誓不起，妾心井中水。」《薄命妾》：「青山有蘼蕪，淚葉長不乾。」《塘下行》：「徒將白羽扇，調妾木蘭花。不是城頭樹，那棲來去鴉？」《去婦篇》：「君心匣中鏡，一破不復全。妾心藕中絲，雖斷猶牽連。」情深致婉，妙有諷諭。至若贈文應、道月：「不踐有命草，但飲無聲泉」，「尋常晝日行，不使身影斜」，賈雖經爲僧，未能如此形容也。又如《贈鄭魴》曰：「天地入胸臆，吁嗟生風雷。文章得其微，物象由我裁。宋玉逞大句，李白飛狂才。苟非聖賢心，孰與造化該？勉矣鄭夫子，驪珠今始胎。」《送豆盧策歸別墅》曰：「短松鶴不巢，高日雲始棲。君今瀟湘去，意與雲鶴齊。力買奇險地，手開清淺溪。身披薜荔衣，山陟莓苔梯。一卷冰雪文，避俗常自攜。」《自述》則有「此外有餘暇，鋤荒出幽蘭」。此公胸中眼底，大是不可方物，烏得舉其饑寒失聲之語而訾之！

野客叢談

王勉夫《叢談》中多辨論，余獨喜其一則。樂天《長恨歌》「夕殿螢飛思悄然，孤燈挑盡未成眠」，或謂豈有興慶宮中夜不點燭，明皇自挑燈之理？王曰：「此所以狀宮中向夜蕭索之意，使言高燒畫燭，貴則貴矣，豈復有長恨意耶？」此言深得詩人之致，前説小兒强作解人耳。（黄白山評：「白語誠失檢，勉夫與黄公終屬書生之見。」）

瀛奎律髓

方回選《瀛奎律髓》，雖推尊少陵，其實未曾夢見，佳者多遺，閒泛者悉録。至註解唐人詩，尤多舛謬。（黄白山評：「此語通蔽。宋人學杜之病，不止方回一人。」）如韓偓《亂後春日途經野塘》曰：「季重舊遊多喪逝，子山新賦亦悲哀。」正指魏文帝與質書「元瑜長逝，化爲異物」，及「徐、陳、應、劉，一時俱逝，痛何可言耶」諸語耳。且丕受禪，質會洛陽，拜北中郎將，封列侯，使持節督幽、并諸軍事。太和四年，入爲侍中，其夏始没。《魏志》所載甚明。乃註云：「吴質季重爲曹操所殺，致光之交有爲朱全忠所殺〔一〕，引庾信子山賦事，可謂『極悲哀』矣。」余意此不徒胸無古今，并不明作者之意，試以偓語徐思之，亦何嘗謂季重死耶！

【校勘記】

〔一〕「韓致光」，據《唐才子傳》，當作「韓致堯」。

介甫云：「緑攪寒蕪出，紅争暖樹歸。魚吹塘水動，雁拂塞垣飛。宿鳥驚沙浄，晴雲漏晝稀。却愁春夢裹，燈火着征衣。」方萬里曰：「未有名爲好詩而句中無眼者，請以此觀。」余意人生好眼，只須兩隻，何必盡作大悲相乎？此詩曰「攪」，曰「争」，曰「吹」，曰「拂」，曰「驚」，曰「漏」，六隻眼睛，未免太多。〇此詩雖小失檢點，本亦不惡，但尊以爲法，則郭有道之墊角巾也。（黄白山評：「前兩聯第二、第五並用單字，句法犯重；頸聯又犯二單在第三、第五，句法雖不重，而亦欠變化；況『魚』、『雁』之後，仍入『宿鳥』，意更重複。此詩殊不堪指摘，尚云『小失檢點，本亦不惡』，何其嗜臭如海夫耶！」）

劉須溪

須溪評詩極佳，然亦有過當處。如張司業《節婦吟》：「君知妾有夫，贈妾雙明珠。感君纏綿意，繫在紅羅襦。妾家高樓連苑起，良人執戟明光裏。知君用心如日月，事夫誓擬同生死。還君明珠雙淚垂，何不相逢未嫁時！」此詩一句一轉，語巽而峻，深得《行露》「白茅」之意。劉須溪曰：「好自好，但亦不宜繫。」余謂此説不惟苛細，兼亦不諳事宜。此乃寄東平李司空作也。籍已在他鎮幕府，鄆帥又以書幣聘之，故寄此詩。通篇俱是比體，繫以明國士之感，辭以表從一之志，兩無所負。必如所云，則漢皋之駒亦不宜秣，《摽梅》之「迨吉」、「迨今」，何急不能待也！詩人之言，可如是執乎！此種意見，與見饋牛酒而譖范睢者何異？（黄白山評：「按：李司空即李師古，乃河北三叛鎮之一。張籍自負儒者之流，豈宜失身於叛臣，何論曾受他鎮之聘與否耶！張雖却而不赴，然此詩詞意未免周旋太過，不止如須溪所譏。安有以明珠贈有夫之婦，而猶謂其『用心如日月』者？且推『相逢未嫁』之語，脱未受他人聘，即當赴李帥之召，恐昌黎《送董邵南》又當移而贈文昌矣。」）

高英秀

吾於古今人論詩，雖不喜隨聲附和，亦深惡洗垢索瘢。如羅昭諫《廣陵開元寺作》曰：「滿檻山川漾落暉，檻前前事去如飛。雲中鷄犬劉安過，月裏笙歌煬帝歸。」廣陵即漢淮南，隋江都，此係懷古之作，自引其地之事，猶詠金陵者多言王濬、陳叔寶事也。高英秀乃云「定是鬼詩」，則少陵《玉臺觀》「遂有馮夷來擊鼓，始知嬴女善吹簫」、劉夢得《贈王山人》「飛章上達三清路，受籙平交五嶽神」，亦神怪詩乎？（黄白山評：「漢之淮南在壽春，劉安所都在北，故壽春有八公山，是其遺跡。今誤屬廣陵，勿論其作鬼語，而用事之誤已爲詩病矣。」）

苕溪漁隱

漁隱論詩，余多不以爲善，獨論義山《華清宮》詩「未免被他褒女笑，只教天子暫蒙塵」，「用事失體，在當時非所宜言」。此論甚正。（黄白山評：「此因明皇不久回鑾，特抑貴妃之美不及褒姒，而故作此語，不過翻『傾城』二字之案耳。李意反言以詠本朝事爲無害，豈知害不在意而在辭乎！」）凡遇宗社之禍，臣子當有「嫠不恤緯」之義，乃以「暫蒙塵」爲笑耶？義山詠史，多好譏刺，如「梁臺歌管三更罷，猶自風摇九子鈴」、「晉陽已陷休回顧，更請君王獵一回」、「如何一夢高唐雨，自此無心入武關？」然論前代之事，則足以備諷戒，昭代則不可，不曰「定、哀之間多微詞」乎！（黄白山評：「『獵一回』，本詩作『殺一圍』，正用當時馮小憐語，此誤憶耳。」）少陵《北征》詩曰：「不聞夏殷衰，中自誅褒妲。」舉六軍將士之事，而歸之於明皇，内安玄禮等畏禍之心，外不致啓强悍者效尤之志，又見上皇能自悔過，不難忍情割愛，可以起遠近臣民忠義之志，一言而三善備焉。義山雖法少陵，惜猶昧其大段所在。

升菴詩話

「斫取青光寫《楚辭》，膩香春粉黑離離。無情有恨何人見，露壓煙啼千萬枝。」用修曰：「汗青寫《楚辭》，既是奇事；『膩香春粉』，形容竹尤妙。結句以「情」、「恨」詠竹，似是不類。然觀孟郊詩『竹嬋娟，籠曉煙』，竹可言『嬋娟』，「情」、「恨」亦可言矣。然終不若詠白蓮之妙。李長吉在前，陸魯望詩句非相蹈襲，蓋着題不得避耳。勝棋所用，敗棋之着也；良庖所宰，俗庖之刀也，而工拙則相遠矣。」愚意「無情有恨」，正就「露壓煙啼」處見。蓋因竹枝欹邪厭浥於煙露中，有似於啼，故曰「無情有恨」，此可以形象會，不當以義理求者也。懸想此竹，必非琅玕巨幹，或是弱莖纖柯，不勝風露者。長吉立言自妙，不得便謂之拙。（黄白山評：「詠竹而言啼，正用湘妃染淚之事，而隱約見之。不寫他書，而寫《楚辭》，其意益顯。用修所評，黄公所釋，皆似隔壁話也。」）

《凌歊臺》詩曰：「宋祖凌歊樂未回，三千歌舞宿層臺。」用修曰：「此『宋祖』乃劉裕也。《南史》稱宋祖清簡寡欲，儉於布素，嬪御至少。嘗得姚興從女有寵，頗廢事，謝晦微諫，即時遣出。安得有『三千歌舞』之事？審如是，則石勒之節宫，煬帝之江都矣。」此論最當。又曰：「唐詩至許渾，淺陋極矣，乃晚唐之最下者。孫光憲曰：『許渾詩，李遠賦，不如不作。』當時已有公論。」愚意「淺」則有之，「陋」亦未然。詩誠不能超出晚唐，晚唐不及許者更自無限。即如孫光憲，亦僅能作《浣溪沙》、《菩薩蠻》小詞，有何格律可稱？用修嘗稱晚唐律詩，李義山而下，惟杜牧之爲最。又稱韋莊詩多佳。韋讀許詩曰：「江南才子許渾詩，字字清新句句奇。十斛真珠量不盡，惠休空作碧雲詞。」杜牧又有寄渾之作曰：「江南仲蔚多清調，悵望青雲幾首詩。」其爲名流推許又如此，將何所折衷！余以許詩如名花香草，雖不堪爲棟梁，政自宜於觴詠，安得以一詩失核而盡棄之！近朱平涵《湧幢小品》辯此詩曰：「南宋凡有三祖，裕高祖，義隆太祖，彧世祖。彧荒淫殘忍，『三千歌舞』，詠彧，非詠裕也。」此辯亦妙，但未有確見，尚未敢遽從。（黄白山評：「杜牧有『勢比凌歊宋武臺』句，裕謚武帝，渾必指裕可知。彧雖亦謚孝武，然詩意似非指彧也。」）〇作詩以情意爲主，景與事輔之，兼之者宗工巨匠也，得一端者亦藝林之秀也。許詩情好景好，特意少事少。愚意西崑過於徵實，丁卯跡於空虛，俱是一病。若節取之，則秦綈趙縠，均可適體，必弘大帛之風，咸歸併黜，好尚雖端，亦有目膠離朱，指捩工倕之嘆。如「月過碧窗今夜酒，雨昏紅壁去年書」、「寒雲曉散千峰雪，暖雨晴開一徑花」、「吴岫雨來虚檻冷，楚江風急暮帆多」、「風吹藥蔓迷樵徑，雨暗蘆花失釣船」、「秋寺卧雲移棹晚，暮江乘月落帆遲」、「龍歸曉洞雲猶濕，麝過春山草自香」、「蘭葉露光秋月上，蘆花風起夜潮來」，雖言外不足，即景自工。况讀其全集，絶無荒淫之語，又不爲怨懟之言，此亦得於温柔之教者。至其絶句，則又不在樊川之下矣。王敬美曰：「今五尺之童，纔拈聲律，便棄薄晚唐，自附初、盛，使誦其詩，果初耶盛耶，中耶晚耶？大都取法固當上宗，論詩亦莫輕道。晚唐詩人，如温庭筠之材，許渾之致，見豈五尺之童下，直風會使然耳。覽者悲其衰運可也。」此論頗公，非聞聲而吠者。

用修曰：「晚唐之詩，分爲二派，一派學張籍，一派學賈島。其詩不過五言律，起結皆平平。前聯俗語，十字一串帶過。後聯謂之頸聯，極其用工。又忌用事，謂之『點鬼簿』。惟搜眼前景而深刻思之，所謂『吟成五箇字，撚斷數莖鬚』也。余嘗笑之，彼視詩道也狹矣。《三百篇》皆民間士女所作，何嘗撚鬚！今不讀古而徒事苦吟，撚斷筋骨亦何益哉！真處褌之蝨也。」余意用修以此矯空疏之弊，誠爲石論，但兩家詩派自分，其弟子得失亦自有别。張主言情，語多平易；賈專寫景，意務雕搜。且張佳處本在樂府歌行，舍其委婉諷諭之章，而模其淺近，此誠庸劣；閬仙古詩雖氣格不靡，時多酸陋，短律推敲良具苦心，學之者專務於此，故時有出藍之美。兩派中有善學、不善學之分，概謂之「蝨」，恐非平允。○賈五言律亦出自於杜，如「衰年催釀黍，細雨更移橙」、「帖石防隤岸，開林見遠山」、「暗水流花徑，春星帶草堂」、「緑垂風折笋，紅綻雨肥梅」，皆只寫目前之景，略不使事。至如「仰蜂黏落絮，倒蟻上枯梨」，形容尤入僻細。但少陵不專此一體，亦有使事者、言情者，正如郇公之廚，惟借惟旨，賈體惟以海錯供庖耳。

顧華玉論詩

「玉帳牙旗得上游，安危須共主君憂。竇融表已來關右，陶侃軍宜次石頭。豈有蛟龍曾失水？更無鷹隼與高秋。晝號夜泣兼幽顯，早晚星關雪涕收。」顧璘曰：「此篇所言何事？次聯粗淺，不成風調。古人紀事必明白，但至褒貶乃隱約，未有如此者。」余甚不服此論。按：李集先有《有感二首》，註曰：「乙卯年有感，丙辰歲詩成。」其次篇有句曰「臨危對盧植」，註曰：「是晚獨召故相彭陽公。」余因得盡解之，此詩正紀甘露之事耳。「丹陛猶敷奏」，是韓約報甘露降石榴枝上。「彤廷欻戰争」，是幕中兵見，仇士良倉皇捧乘輿入，召劉泰倫、魏仲卿帥禁兵擊殺朝士。「臨危對盧植」，是士良以王涯手狀上呈，召鄭覃、令狐楚示之。「始悔用龐萌」，是暗指訓、注。「御仗收前隊，凶徒劇背城」，是軍政皆歸於兩中尉，百官入朝，至露刃夾道。「倉皇五色棒，掩遏一陽生」，乃引魏武爲洛陽北部尉殺蹇碩叔父事。又曰「古有清君側，今非乏老成。素心雖未易，此舉太無名。難瞑持冤目，寧吞欲絶聲」，傷涯、餗，元輿輩謀之不善，而又重惜其冤也。「近聞開壽讌，不廢用延英」，尤見舉朝斂手，莫敢正言，慨嘆無盡。此篇題曰《重有感》，首二句是言諸藩鎮之擁兵者，責以主憂臣辱之義。「竇融表已來關右」，指昭義節度劉從諫上表請王涯等罪名。「陶侃軍宜次石頭」，傷他鎮無與之同心，兼諷劉逗遛不進。「豈有蛟龍曾失水，更無鷹隼與高秋」，正言事皆決於北司，宰相惟行文書，安危係於外鎮。「晝號夜哭兼幽顯，早晚星關雪涕收」，又舉向時被禍之家，及目前株蔓猶未絶者，激烈言之。愚意義山位屈幕僚，志存諷諭，亦可嘉矣。（黄白山評：「『蛟龍失水』喻君之失臣。時中人誣宰相王涯、舒元輿等謀反，盡殺之，數日間生殺除拜皆決於中人，帝不與知，故有『蛟龍失水』之喻。下句言朝廷不能正中人之罪，如鷹隼之不能順秋令以擊燕雀也。」）且此何事而可明白言之，讀詩者又可不按本末而妄議耶？○「促漏遥傳動静聞，報章重疊杳難分。舞鸞鏡匣收殘黛，睡鴨香爐换夕熏。歸去豈知還向月，夢來何處更爲雲？南塘漸暖蒲堪結，兩兩鴛鴦護水紋。」顧璘曰：「初聯言夕景，次聯言人事，不知何故作一結如此！」郝新齋曰：「恨不如姮娥入月，神女爲雲，又不如禽鳥之有匹也。」愚意末句郝所言得之。第三聯解亦未是，「向月」、「爲雲」，言不可蹤跡。合前後觀之，總一傷離惜别之詞。此詩非義山集中之勝，但顧亦不知其旨。

藝苑卮言

王元美摘國初句之工者，曰：「入弘、正間，不復可辨，參之貞元、長慶，亦無愧色。」然如「野店喚呼雙骰酒，漁舟争買四腮鱸」，猶是放翁風調也；「白雪作花人面落，青山如鳳馬頭看」，亦似宋人比擬。○七言起句「故人已乘赤龍去，君獨羊裘釣月明」，愚意不惟太臨摹《黄鶴》，且「赤龍」字過於色相，良非雅談。又「出牆老竹青千箇，泛浦春鷗白一雙」，亦不佳。

文章聲價自定，嗜好終是難齊。如老杜「風急天高」、「玉露凋傷」、「老去悲秋」、「昆明池水」四篇，寧非佳詩，必欲取爲全唐壓卷，固宜來黠者之揶揄也。鍾生曰：「老杜至處不在此。」自是公論。然選《詩歸》終不能全删，仍取「老去悲秋」、「昆明池水」，此所謂定價也。弇州尤愛「風急天高」一章，固是意之所觸，情文相會，猶宋孝宗獨稱「功業頻看鏡，行藏獨倚樓」耳。然即此一詩，弇州嫌其結弱，劉須溪則云結復鄭重。平心觀之，弱耶？重耶？恐兩公未免皆膜外之觀也。此詩作於大曆二年夔州時，「艱難苦恨繁霜鬢，潦倒新停濁酒杯」，自是情與境會之言，不經播遷之恨者，固宜以常法律之。○弇州曰：「『昆明池水』穠麗沉切，惜多平調，金石之聲微乖耳。」鍾云：「中四語誦之，心魂謖謖。」覺鍾所言殊有鮫客探珠之功。○近有刻《杜律韓文》者，假托萬曆間楚中一鉅公，評「羞將短髮還吹帽，笑倩旁人爲整冠」曰：「落帽自佳，不必翻案。」噫嘻！如此人亦言詩乎？（黄白山評：「此指郭明龍。」）鍾曰：「二句雖一氣，然上語悲，下語謔，微吟自知，不得隨口念過。」愚意此即弇州所云「情生於文」，正未易論。蓋有出之者偶然，而覽之者實際也。然弇州評此詩曰：「首尾匀稱而斤兩不足。」亦只是較量體格，未及細探情文之言。○論太白《鳳凰臺》結句，亦不及乃弟麟洲之語爲當。

弇州之才，吾所北面，獨其論中、晚人，則如踞峰巒而下視，雖形勢瞭然，未能周悉幽隱。詩至中、晚而衰，誠無辭於掊擊。然讀之亦甚草草，退之至謂「本無所解」，將《琴操》銘詩可一概抹却乎？（黄白山評：「此語過於輕薄，宋人又過於推尊，俱不當。蓋其爲文陳言務去，戛戛其難；而即以此爲詩，故入生硬險峭一路，終非詩家正聲。後人過尊之，不則峻貶之，恐退之兩不受耳。」）

弇州曰：「五言律差易得雄渾，加以二字，便覺費力，雖曼聲可聽而古色漸稀。」此言足令中、晚人心死。雖然，與其僞古而爲宋之江西派，則寧取曼聲。

弇州之論，似目空千古，實亦與古人互相發明。其云：「篇法有起有束，有放有斂，有喚有應，一開則一闔，一揚則一抑，一象則一意，無偏用者。字法有虚有實，有沉有響，虚響易工，沉實難至。五十六字如魏明帝凌雲臺材木，銖兩悉配乃可。」此即隱侯所云「前有浮聲，後須切響。一篇之内，音韵盡殊；一句之中，輕重悉異」意也。其云：「篇法之妙，不見句法；句法之妙，不見字法。有俱屬象而妙，俱屬意而妙，俱作高調而妙，直下不偶對而妙。興與境會，神合氣完。」即嚴滄浪「羚羊掛角，無跡可求。如空中之音，相中之色，水中之月，鏡中之相」意也。但以此律人，則沈隱侯所云「典正可採，酷不入情，博物可嘉，職成拘制」者，未免犯之。李衛公適情不取音韵者，良所悖也，恐爲東野畢之御馬耳。其後公安反唇不休，便是兩驂之曳兩服。

謝榛詩家直説

謝茂秦論詩不顧性情、義理，專重音響，所謂習制氏之鏗鏘，非關作樂之本意也。其糾摘細碎，誠有善者，亦多苛僻。漫列數條：如論耿湋《贈田家翁》詩曰「蠶屋朝寒閉，田家晝雨閒」，謂：「上句語拙，『朝』、『晝』二字合掌。」愚意「朝」者凌晨也，「晝」則卓午也，何爲合掌？蠶屋因曉寒而閉，非竟日不開也。田家當晝雨而閒，雨止則仍復作務，寧嬉坐竟日乎？此可謂妄生瘡痏矣。○論蔡琰曰「薄志節兮念死難」，魏武帝曰「周公吐哺，天下歸心」：「既以周公自任，又曰：『天命在吾，吾爲周文王矣。』老瞞如此欺人。詩貴乎真，文姬得之。」愚意此真腐儒之言，操一生發語，何處非手揜其心，而漫以兒女子律之。○論賈島《望山》詩曰「長安百萬家，家家張屏新。誰家最好山，我願爲其鄰」：「好山非近一家，何必擇鄰哉。」余意此論尤謬，百萬家雖同此山，峰巒向背，各各不同，安得謂獨無勝處？○論劉禹錫《送黔南僧》曰「猿狖窺齋林葉動，蛟龍聞咒浪花低」：「太白《僧伽歌》曰：『瓶裏千年舍利骨，手中萬歲猢猻藤。』詞高氣雄，大過禹錫。」愚意太白長歌，禹錫近體，體製自各不同。且太白二語實不見佳，徒以雄才灝氣行之，遂揜其醜。正如長江中腐胔不能爲累，非可指爲美物也。禹錫未免涉於工麗，然如澄練散綺，何遂不佳？○又曰：「詩有簡而妙者。如阮籍『一身不自保，何況戀妻子』，不如裴説『避亂一身多』；戴叔倫『還作江南會，翻疑夢裏逢』，不如司空曙『乍見翻疑夢』；沈約『及爾同衰暮，非復別離時』，不如崔塗『老別故交難』；張九齡『謬忝爲邦寄，多慚理人術』，不如韋應物『邑有流亡愧俸錢』。」信如所云，詩只作一句耶？文人得心應手，偶爾寫懷，簡者非縮兩句爲一句，煩者非演一句爲兩句也。承接處各有氣脈，一篇自有大旨，那得如此苛斷！○又曰：「專於陶者失之淺易，專於謝者失之餖飣。」此深合詩道之言。獨其自誇以奇古爲骨，平和爲體，兼以初唐、盛唐諸家合而爲一，若蜜蜂歷采百花，自成一種佳味，與芳馨殊不相同，使人莫知所蘊者，乃《暮秋寄懷徐子與》十二詩，讀之殊自平平。尤可笑者，如「登眺秋光迴，浮沉老氣孤」、「地勝閒堪賦，杯清悶可揮」、「鶴爲閒處伴，菊是澹中花」、「姤久金增色，才孤劍養靈」，此何如「日中市朝滿」、「黄鳥度青枝」耶？幸生於今，不爲鍾參軍見也。○茂秦嘗自設問答，曰：「夫作詩者立意易，措辭難，然辭意相屬而不離。若專乎意，或涉議論而失於宋體；工乎辭，或傷氣格而流於晚唐。」此真妙論。因立爲内、外二説，請出一字以試心思，乃得「天」字，遂成若干句。至於「鵾號月黑天」、「長陰夢裏天」、「靈聚洞中天」、「千江各貯天」、「道在混茫天」、「氣慘戰場天」、「波明日本天」、「丹薰夜裏天」、「仰天心貯月」、「諸天空色界」、「混沌是天胚」、「萬物各天幾」、「一法通天笠」，謂之因字得句，復自誇太泄天機。嗚呼！如此天機，恐遭天壓耳。○茂秦屢誨人以悟，然所云悟，特聲律耳。其得處爲淹雅，失處則不免流於平熟。詩法中固有「横空排硬語，妥帖力排奡」者，烏可拘此一途？（黄白山評：「此昌黎語，渠於詩不得正法眼藏正坐此，而賀顧取之耶！」）

袁石公論詩

從來文章必有所自能者，技成而善化轍跡耳。故細心以觀，雖韓、柳之文，李、杜之詩，未嘗無所本。而曰「唐人妙處正在無法」，豈其然哉？拙者字比句擬，剽竊成風，幾乎萬口一響，若此誠陋。然曰「信腕信口，皆成律度」，亦終無是理也。即如石公所稱：「古有以平而傳者，如『睫在眼前人不見』之類是也；以俚而傳者，如『一百饒一下，打汝九十九』之類是也；以俳而傳者，如『迫窘詰曲幾窮哉』

之類是也。」雖傳，正傳其醜耳，如西施與嫫姆並傳，遂謂嫫姆與西施並美耶？〇石公曰：「古之爲詩者，有泛寄之情，無直書之事；其爲文也，有直書之事，無泛寄之情。晉、唐以後，爲詩者有贈別、有叙事，爲文者有辯説、有論叙。架空而言，不必有其事與其人，是詩之體已不虚，文之體已不能實矣。古人之法，顧安可概！」予以信如所云，則商、周十五國之篇，止有比興而無賦；湘纍紉椒蘭，園吏之言鵬鷽，皆實有是事，亦不盡然矣。至盛推宋詩文，謂：「其中實有可以起秦、漢而軼盛唐，韓、柳、元、白、歐則詩之聖，蘇則詩之神。陶僅取其趣，謝僅取其料，李、杜稍假以大。」似猶出六子之下。甚至以「明詩文無一可傳，可傳者僅《劈破玉》、《打棗竿》、《銀柳絲》、《掛真兒》之類」。此則古人無舌，不能起之復言，然後人有眼，中郎亦不能遮之盡黑也。予以蹈襲者王莽法《周官》也，屏棄者亦秦人燒《詩》、《書》也。石公從陝還，亦自知悔，而年已不待。其弟《柴紫書序》中屢言之，可謂善自救敗。獨恨其鋤莠不盡，尚留俟後人耘耨耳。

詩歸

鍾氏《詩歸》失不掩得，得亦不掩失。得者如五丁開蜀道，失者則鐘鼓之享鶢鶋。大率以深心而成僻見，僻見而涉支離，誤認淺陋爲高深，讀之使人怏怏耳。然其持論亦偏，曰：「詩以静好柔厚爲教者也。豪則喧，俊則薄，喧不如静，薄不如厚。」愚意遠喧而取静可也，避豪而得閟不可也；戒薄而求厚可也，舍俊而奬鈍不可也。何必豪與俊獨無詩，夏葛冬裘，曲房曠閣，固不可舉一耳。

唐武后於宫中習貓，使與鸚鵡共處，出示百官，傳觀未遍，貓飢，搏鸚鵡食之，太后甚慚。事載唐史，千古以爲笑柄。閻朝隱獨賦《貓兒鸚鵡篇》，序曰：「鸚鵡，慧鳥也。貓，不仁獸也。飛翔其背焉，嗌啄其頤焉，攀之援之，蹈之履之，弄之藉之，蹌蹌然此爲自得，彼亦以爲自得。畏者無所起其畏，忍者無所行其忍，抑血屬舊故之不若。臣叨踐太子舍人，朝暮侍從，預見其事。聖上方以禮樂文章爲功業，朝野歡娱。强梁充斥之輩，願爲臣妾，稽顙闕下者日萬計。尋而天下一統，實以爲慧可以伏不慧，仁可以伏不仁，亦太平非常之明證。事恐久遠，風雅所缺，再拜稽首爲之篇。」「霹靂引，豐隆鳴，猛獸噫氣蛇吼聲。鸚鵡鳥，同資造化殊粹精。鷫鸘毛，翡翠翼。鵷雛延頸，鶤鷄弄色。鸚鵡鳥，同稟陰陽兮異埏埴。彼何爲兮，隱隱振振？此何爲兮，緑衣翠襟？彼何爲兮，窘窘蠢蠢？此何爲兮，好貌好音？彷彷兮佯佯，似妖姬躧步兮動羅裳。趨趨兮蹌蹌，若處子回眸兮登玉堂。爰有獸也，安其忍，觜其脇，距其胸。與之放曠浪浪兮，從從容容。鈎爪鋸牙也，宵行晝伏無以當，遇之兮忘味。搏擊騰擲也，朝飛暮噪無以拒，逢之兮屏氣。由是言之，貪殘薄則智慧作，貪殘臨之兮不復攫。由是言之，智慧周則貪殘囚，智慧犯之兮不復憂。菲形陋質雖賤微，皇王顧遇長光輝。離宫别館臨朝市，妙舞繁絃雜宫徵。嘉善堂前景福内，合歡殿上明光裏。雲母屏風文彩合，流蘇斗帳香煙起，承恩宴盼接宴喜。高視七頭金駱駝，平懷五尺銅獅子。國有君兮國有臣，君爲主兮臣爲賓。朝有賢兮朝有德，賢爲君兮德爲飾，千秋萬歲兮心轉憶。」此事於翰墨中最醜，即詩佳亦不足收，況鄙誕可笑若此。張説當時以爲風雅罪人，此真定論。《詩歸》獨賞之。鍾曰：「正理奇調。」譚曰：「忽然起止，雷霆風雨。確然陳訴，忠臣仁人。非以詩文爲戲，乃一肚奇趣正理，觸物動摇。且千古而下，皆有感於斯文。」夫以朝隱誦貓爲忠仁，則爾時胡慶以丹漆書龜腹曰「天子萬萬年」，李德昭刮之立盡，此殆不忠不仁之甚者耶！按：《唐詩紀事》稱朝隱「性滑稽，屬詞奇詭，爲武后所賞」。生見薄於本朝，忽推崇於異代。余意選者不應悖謬至此，總是閲《詩紀》時見其體裁怪異而喜之，不考其何時何事也。孟子論誦詩讀書，而歸之論世知人，真不可草草。（黄白山評：「以此入鍾、譚之罪，當亦俯首無辭。」）又如孫思邈四言詩「取金之精，合石之液」，至「南宫注名，北斗落籍」，何關風雅而亦載之？梁簡文帝曰：「未聞吟詠情性，反擬《内則》之篇；操筆寫志，更摹《酒誥》之作。『遲遲春日』，翻學《歸藏》；『湛湛江水』，遂同《大傳》。」自是格言，不得以耽於宫體非之也。

宋之問《浣紗篇贈陸上人》，後云：「自昔專嬌愛，襲玩惟驕奢。達本知空寂，棄彼猶泥沙。永割偏執性，自長薰修芽。攜妾不障道，來止妾西家。」鍾云：「『襲玩』二字，寫盡兒女之情。自此以下，皆死心後語，非大本事人不能，且不知。」又云：「正是食火吞針手段。」總評曰：「《浣紗篇贈陸上人》，題便妙矣，忽説出一段禪理，了無牽合，直是胸中圓透，拈着便是。」余意越女自是千載上人，與爾時何涉？譚又云：「將美色點化上人，是從來祖師好法門。」則何不即作目前美婦人語，却鋪叙西施實事：「一行霸勾踐，再笑傾夫差。一朝還舊都，靚粧尋若耶。鳥驚入松網，魚畏沉荷花。始覺治容妄，方悟群心邪。欽子秉幽意，世人共稱嗟。願言托君懷，倘類蓬生麻。」將死人説得活現也。明是寄托之詞無疑。按：宋龍門奪袍，昆明入選，自誇「三入文史林，兩拜神仙署」，生平頗亦赫奕。後以轉結安樂，太平嫉之，下遷越州長史。史稱其「頗力爲政，窮歷剡溪山，置酒賦詩」。此詩必作於越中，當是偶逢名僧，追念往事，所謂「不向空門何處消」也。宋在韶州，嘗謁六祖。又其《雨從箕山來》曰：「觀花寂不動，聞鳥懸可悟。向夕聞天香，淹留不能去。」人雖險競，於禪乘似多夙根。如房融，一張之黨，流高州後，能譯《楞嚴》。文人慧業，數數有此。鍾、譚專就浣紗及上人評論，似未了了其作詩之意。○宋集有《梁宣王挽詞》，即武三思也。次聯云「業重興王際，功高復辟辰」，乃暗攘五王之功。譚云：「句法典重不癡。」下云「愛賢惟報國，樂善不防身」，正指太子重俊事，巧爲出脱。譚云：「宰相要明此道。」此皆因止見題目爲梁宣王，不究其何人也。宋嘗有《代梁王妃讓封表》，叙述三思存殁，備極哀豔。又《魯忠王挽詞》，即三思子崇訓也。鍾評其詩「邦家錫寵光，存殁貴忠良」曰：「存不必言，説到殁處，方知忠良關係。」崇訓國賊，果「忠良」耶？

陳子昂《薊丘覽古》曰：「南登碣石坂，遥望黄金臺。丘陵盡喬木，昭王安在哉？」此與「駕言發魏都，南向望吹臺。簫管有遺音，梁王安在哉」無異，固知阮詩陳所自出。鍾氏乃謂：「身分銖兩實遠過之。」又曰：「陳子昂、張九齡《感遇》詩，格韵興味有遠出《詠懷》上者。」按：張曰「燕雀感昏旦，檐楹呼匹儔。鴻鵠雖自遠，哀音非所求」，即嗣宗「寧與燕雀翔，不隨黄鵠飛」之意，然則張詩亦自出於阮。乃云：「不可語千古聵人。」先痛駡，作防川之勢以鄣衆口，口豈終壅哉！按鍾云：「古今以嗣宗《詠懷》詩，幾於比《古詩十九首》矣。」盡情删之，止存三首。又評太白《古風》曰：「此題六十首，太白長處殊不在此，而未免以六十首故得名，名之所在，非詩之所在也。」亦止存一首。伯敬見人所稱，便欲尋事作鬧以見奇，詩之是非，何由可定！渠自讀古人草草，古人不受誣也。

張九齡《庭梅》詩曰：「芳意何能早，孤榮亦自危。更憐花蒂弱，不受歲寒移。朝雪那相妬，陰風已屢吹。馨香雖尚爾，飄蕩復誰知！」《詩歸》曰：「梅詩如此，無聲無臭矣。『雪滿山中高士卧，月明林下美人來』，膚不可言。」余觀此詩，字字危慄，起結皆自占地步，正是寄托之詞，亦猶《詠燕》，特稍深耳。若祇作梅花詩看，更謂梅花詩必當如此作，豈惟作者之意河漢，詩道亦隔萬重。

《詩歸》之謬，尤在李、杜。如《客居》詩，止是率爾寫懷之作，原不足選。至其後有句云：「卧愁病脚廢，徐步示小園。」鍾云：「『示』字妙。」按本集乃「視」字，細味文理，亦「視」字爲妥；作「示」字者，寫《詩紀》人一時筆誤耳。偶見其新，遂稱爲妙。好奇之僻，其蔽爲愚，真可一笑！（黃白山評：「按：全書賞誤字者非止一字，總之，一言以蔽之，曰：不學不思耳。即選杜而論，『新炊聞黃粱』，『聞』本作『間』；『辱馬馬尾焦』，『尾』本作『毛』；『並驅紛游場』，本作『並驅動莫當』；『足以送老姿』，本作『足爲送老資』；『御廚絲絡送八珍』，本作『絡繹』；『愛竹遺兒書』，『遺』本作『遣』。」）〇《西枝村尋置草堂地宿贊公土室》曰：「出郭眄細岑，披榛得微路。谿行一流水，曲折方屢渡。」鍾云：「此必浣谿也，二語至今猶是浣谿實録。」蓋徒聞公之築草堂於浣花谿上耳，然浣谿自在成都。贊公以與房琯游從，謫秦州安置。少陵自華之秦，因贊公稱近郭有巖竇之勝，意欲留居，故尋置草堂地，則此谿自是秦州山中之谿，與百花潭上何與？伯敬看詩極有深心，下筆則多鹵莽，往往情生於文，凡事以意爲之。（黃白山評：「所謂『深心』者，如人往長安，不由大道，誤入山鄉僻縣，指説村莊兒女之事，究竟未到長安。」）又如評「堂前撲棗任西鄰，無食無兒一婦人」曰：「許婦人撲棗已是細故，況吴郎之棗乎？當看其作詩《又呈吴郎》，是何等念頭！」如此議論亦妙。但此詩之前，先有《簡吴郎司法》一詩，乃公借瀼西堂與居者，則棗固是公所植，非吴郎棗也。此總因止看《詩紀》，未嘗再參他本故。○鍾云：「七言律，諸家所難，老杜一人選至三十首，不爲嚴且約矣。」然於尋常口耳之前，人人傳誦、代代尸祝者，十或黜其六七。友夏云：「既欲選出真詩，安得顧人唾駡！」余意欲選真詩，不宜以同異作意細推。鍾意先務人棄我取，安得不僻，僻則安得不錯！鍾已吹竽，譚復建鼓從之。如評《覃山人隱居》曰：「此老杜真本事，何不即如此作律，乃爲《秋興》、《諸將》之作，徒費氣力，煩識者一番周旋耶！」夫嗜好不同，如屑屑較量，羊棗膾炙，固是拙陋，乃自甘腐鼠，遽嚇鵷雛，亦何器識哉！按：《諸將》曰：「漢家陵墓對南山，胡虜千秋尚入關。昨日玉魚蒙葬地，早時金盌出人間。見愁汗馬西戎逼，曾閃朱旗北斗殷。多少材官守涇渭，將軍且莫破愁顔。」「韓公本意築三城，擬絶天驕拔漢旌。豈謂盡煩回紇馬，翻然遠救朔方兵？胡來不覺潼關隘，龍起猶聞晉水清。獨使至尊憂社稷，諸君何以答昇平！」「洛陽宫殿化爲烽，休道秦關百二重。滄海未全歸《禹貢》，薊門何處覓堯封？朝廷衮職誰争補？天下軍儲不盡供。稍喜臨邊王相國，肯銷兵甲事春農。」「回首扶桑銅柱標，冥冥氛祲未全消。越裳翡翠無消息，南海珍珠久寂寥。殊錫曾爲大司馬，總戎皆插侍中貂。炎風朔雪天王地，只在忠臣翊聖朝。」「錦江春色逐人來，巫峽清秋萬壑哀。正憶往時嚴僕射，共迎中使望鄉臺。主恩前後三持節，軍令分明數舉杯。西蜀地形天下險，安危須仗出群材。」首篇「玉魚」、「金盌」，是言兵燹之餘，塚墓多傷。次作言張仁愿築三受降城，本欲界別内外，今反仗回紇救援，恃功焚掠，兩致東京塗炭。第五句「胡來不覺潼關隘」，「不覺」二字最妙，即孟子所云「委而去之，地利不如人和」也。末句「獨使至尊憂社稷，諸君何以答昇平」，讀至此，真令頑者泚顔，懦者奮勇，可謂深得諷諭之道。第三篇首句言回紇焚掠之苦，次句指懷恩之變，二寇屢入。「《禹貢》」、「堯封」，是言安、史雖誅，盧龍、魏博諸鎮犬牙負固。故前責諸將之逗留，後獎邊臣之効職，八句中勸懲咸備。第四篇「越裳翡翠」、「南海明珠」，是言擁兵者專殖自封，貢獻虧缺，即《春秋》詰苞茅意。固知作詩須通經術，亦不止毛氏一家也。惟末篇光燄稍減，乃因嚴武初喪，郭英乂驕縱，恐復致亂，故先叙武事，末又叮嚀鄭重，有陰雨徹桑之慮。余嘗謂此數詩可與《小雅・雨無正》篇相匹，反謂其「徒費氣力，煩識者一番周旋」。如此周旋，恐老杜正不屑也。（黄白山評：「按：所述諸作，事實亦失覈。『胡』字兩首並指禄山，『西戎』則指吐蕃。此都略過，而專歸咎於回紇。當時收復東京，史雖有回紇縱兵大掠之語，然在收復西京之後。此云『洛陽宮殿化爲烽，休道秦關百二重』，語勢由洛陽而及長安，自指禄山陷兩京之事無疑。而五首大指總包括『只在忠良翊聖朝』一句，所以深責當時諸將不能爲至尊分憂，惟嚴公可當一面，而今日遂無其人也。賀徒知賞《諸將》之作，以誚鍾、譚之孟浪，而所評又復不能中的，洵説詩之難如此。」）〇譚又評《喜達行在所》曰：「《諸將》詩肯如此做即妙絶，豈七言難於五言，子美亦爾耶！」余謂此言尤妄。按：《達行在》詩曰：「西憶岐陽信，無人遂却迴。眼穿當落日，心死著寒灰。霧樹行相引，蓮峰望或開。所親驚老瘦，辛苦賊中來。」「愁思胡笳夕，淒涼漢苑春。生還今日事，間道暫時人。司隸章初覩，南陽氣已新。喜心翻倒極，嗚咽淚沾巾。」「死去憑誰報？歸來始自憐。猶瞻太白雪，喜遇武功天。影靜千官裏，心蘇七校前。今朝漢社稷，新數中興年。」此是子美身陷賊中，艱難竄徒，得赴行在，痛定思痛，不覺悲喜交集。《諸將》詩乃流落劍南，風聞時事，不勝亡羊補牢之慮。局中事外，如何可同？率爾妄言若此。○《承聞河北諸道節度入朝歡喜口號》曰：「英雄用事若通神，聖哲爲心小一身。燕趙休矜出佳麗，宮闈不擬選才人。」鍾云：「一段善後之慮，説得微婉，妙，妙！」細思此語未盡。憲宗時，高崇文擒劉闢，闢有二妾，皆殊色，監軍請獻之，崇文不從，以配將吏之無妻者。少陵固亦此意，蓋不勝有施女夏，文衣饋魯之慮耳。○《秋興》詩體高格厚，意味深長。以「秋興」命篇，乃因秋起興，非詠秋也。其言忽而蜀中，忽而秦中，忽而寫景，忽而言懷，忽而壯麗，忽而荒涼，忽而直陳，忽而隱喻，正所謂哀傷之至，語言失倫，或笑或泣，苦樂自知者。鍾云：「《秋興》偶然八首耳，非必於八也。今人詩擬《秋興》已非矣，況舍其所爲《秋興》，而專取盈於八首乎？胸中有八首，便無復《秋興》矣。」此言自當，然因擬者之八首，并棄杜之《秋興》，仍是胸中有八首，無《秋興》也。桓温聲雌，并嗤越石乎？然如評「避人焚諫草，騎馬欲鷄栖」、「明朝有封事，數問夜如何」云：「前詩結語是大臣之體，此二句是諫臣之心。」評「無才逐仙隱，不敢恨庖廚」云：「讀此知世上聰明人取禍，不得藉口『高才』二字。大抵古人看『才』字儘深，論道術；今人看『才』字淺，論伎倆。」真使人躍然起舞。

太白高曠人，其詩如大圭不琢，而自有奪虹之色。讀者如泛江海，忽而鼉怒龍吟，金支翠旂，忽而波澄如練，一日千里，不可以溪潭沼沚之觀概之也。鍾、譚細碎人，喜於幽尋暗摸，與光明豁達者氣類固自不侔。故《詩歸》所選李、杜尤舛，論李之失，視杜尤甚。

孟襄陽《宿業師山房待丁公不至》曰：「夕陽度西嶺，群壑倏已暝。松月生夜涼，風泉滿清聽。樵人歸欲盡，煙鳥棲初定。之子期宿來，孤琴候蘿徑。」鍾云：「此『盡』字不如用『稀』字妙。」《采樵作》曰：「采樵入深山，山深樹重疊。橋崩臥槎擁，路險垂藤接。日落伴將稀，山風拂羅衣。長歌負輕策，平望野煙歸。」鍾云：「觀此『稀』字，遠勝『樵人歸欲盡』『盡』字矣。」余意「日落」與「已暝」，亦微分早暮。「日落伴將稀」，是樵子漸去，見己亦當歸。「樵人歸欲盡」，是行人已絶，丁猶不至，有「搔首踟躕」之意，故抱琴候之。自是各寫所觸，何必同？（黄白山評：「余謂不必論二首之意各别，即『樵人歸欲盡』五字，入口亦自宜仄聲，換平聲『稀』字不得。」）

伯敬尤推劉眘虚，其言曰：「妙在止十四首，一字去不得，其用意狠處，全在不肯多。」然觀殷璠所稱「歸夢如春水，悠悠遶故鄉」，又「駐馬渡江處，望鄉得歸舟」，皆在十四首外，則劉詩遺失多矣。人生後世，不宜據所聞見，懸斷古人。鍾嘗云：「李賀投溷詩無復佳者。」即此種論頭也。僻不足怪，笑其辯而堅耳。〇王之涣，開元中有盛名，今惟傳四絶句，又不盡佳。若果止四絶，則旗亭中亦不敢與少伯、達夫以歌辭之多寡角勝負矣。劉詩之傳不廣，亦王類也。

王昌齡《風涼原上作》曰：「陰岑宿雲歸，煙霧濕松柏。風淒日初晚，下嶺望川澤。遠山無晦明，秋水千里白。佳氣盤未央，聖人在凝碧。關門阻天下，信是帝王宅。海内方晏然，廟堂有奇策。時貞守全運，罷去遊説客。予忝蘭臺人，幽尋免貽責。」鍾云：「管、商實際語。」譚云：「『幽尋免貽責』，有不敢游樂之意。讀前『海内晏然』數語，可謂留心經濟。經濟人在山水間，有許多料理，與俗宦不同。」余觀此詩，則絶不然，乃傷才智之士無所用意。按：唐史稱上自東都還，林甫知意厭巡狩，乃與牛仙客謀，增近道粟賦及和糴以實關中。數年蓄積稍豐，上因謂天下無事，安居無爲，悉以政事委林甫。林甫欲專大權，蔽塞人主視聽，召諸諫官，語以立仗馬，黜補闕杜璡爲下邽令，自是諫諍路絶。篇中「晏然」、「奇策」，殆實有所指也。廟堂粉飾太平，中外以言爲諱，不知徹桑未雨，屏棄智謀之士，故亦欲以苟容免咎，此所謂以嘻笑爲裂眥者。然觀其《寄侍御弟》曰：「不應百尺松，空老鍾山靄。」《裴六書堂》曰：「窗下長嘯客，區中無遺想。經綸精微言，兼濟當獨往。」《箜篌引》曰：「僕本東山爲國憂，光明殿前論九疇，麄讀兵書盡冥搜。」少伯自是有志用世人，但評此詩末語則非是。

崔曙《潁陽懷古》曰：「靈谿氛霧歇，皎鏡清心顔。空色不按本集乃「下」字映水，秋聲多在山。世人久疏曠，萬物皆自閒。白鷺寒更浴，孤雲晴未還。昔時讓王者，此地閉玄關。無以躡高步，淒涼岑壑間。」《詩歸》評曰：「醜字敗興。」然舊本實「柴關」也。此詩甚佳，但因傳寫者或點畫之訛，或下筆之誤，遂爾減價。又其《途中曉發》曰：「曉霽長風裏，勞歌赴遠期。雲輕歸海交。」譚云：「奇。」按：舊本乃「疾」字，觀下文「月滿下山遲」，其爲「疾」字無疑。率爾毀譽，何不思之甚！（黄白山評：「按：《史記》云：『箕山有許由冢。』『玄關』字蓋指此。鍾評固不足謫，然舊本改『柴』字，亦失作者本意。」又評：「『海交』，今《詩歸》仍作『疾』字。按：此書翻板非一，豈賀所見本誤作『交』字耶？第『交』字係平聲，律詩無此體，賀亦不言，必本書已誤，而賀刻詩話又再誤耳。」)

朱慶餘：「滿酌勸僮僕，好隨郎馬蹄。春風慎行李，莫上白銅鞮。」鍾曰：「此詩篤情重義，遠勝『欲別牽郎衣』一首者，以『滿酌勸僮僕』五字意頭不同故也。」余意孟詩亦自佳。孟題曰《古別離》，乃是擬作；此題曰《送陳標》，乃是自寫胸懷。孟詩乃伉儷之言，故語中半含嬌妬；此詩乃友朋之語，故言外寓有箴規。同床各夢，不足相形。

譚評蘇詩

《和晁同年九日見寄》曰：「仰看鸞鵠刺天飛，富貴功名老不思。病馬已無千里志，騷人長負一秋悲。古人重九皆如此，別後西湖付與誰？遣子窮愁天有意，吴中山水要清詩。」譚云：「遊止山水好景，每尋替人不得。況坡老開濬西湖，何等關情，決不忍交付與俗人矣。」此評亦好，但作詩時子瞻自杭州通守轉密州，西湖尚未開也。此與伯敬硬斷老杜西枝村尋置草堂地爲成都草堂同病。（黄白山評：「余嘗謂二君評詩，俱是閉着眼睛説話，此其學識浮淺僻陋使然，猶不足怪。乃二三十年中，淺陋無識之士從風而靡，盡奉其所學而學焉，幾如一瞽牽衆瞽號呼丐食矣。」）

譚評蘇詩，大致不離於僻。然有當佩服者，一曰：「『筆不加點，倚馬萬言』，此語極誤人。縱使真才士，何妨稍一停研，而刺刺不休，取一時庸衆張目也。每讀坡公詩，恨不得同時，以此言進之。」又評其「玄鴻橫號黄槲峴，皓鶴下浴紅荷湖」等句曰：「世豈少故作艱奇者，欲絶其源，且恨臭由，奈何復導之使有其詞也！此等詩，昌黎、東野諸人不得不任其過。」二議真有益風雅。

補遺

和詩

古人和意不和韵，故篇什多佳。始於元、白作俑，極於蘇、黄助瀾，遂成藝林業海。然如子瞻和陶《飲酒》，雖不似陶，尚有雙雕並起之妙。至子由所和，竟不知何語矣。子瞻於惠州炙食羊骨，謂子由三年堂庖所飽芻豢，滅齒而不得骨，豈復知此味？此詩和於秉政時，宜其强笑不樂也。然余喜其「生平不飲酒，欲醉何由成」，反真率得陶致。

載酒園詩話又編目録*

初唐

* 編者按：《載酒園詩話》各卷題名不一，經核原本如此，故仍之。詳見提要。

盛唐

張若虚
盧鴻一
蕭穎士
李華
崔顥
崔國輔
王維
儲光羲
丘爲　祖詠　盧象　綦毋潛　裴迪
王縉
孟浩然
張子容
劉眘虚
王昌齡
李白
杜甫
高適　岑參
李頎
常建
嚴武
元結
王季友
沈千運　孟雲卿
張謂

中唐

劉長卿
錢起
郎士元
李嘉佑
韓翃
韋應物
盧綸
秦系

晚唐

李商隱
劉滄
許渾
邵謁
馬戴
項斯
劉駕
喻鳧
于濆
許棠
李洞
無可
羅鄴
羅隱
皮日休　陸龜蒙
薛能

李中
林寬　鄭鏦
曹松
方干
崔塗　張喬　張蠙
李昌符
鄭谷
秦韜玉
劉兼
韋莊
吴融　李咸用
杜荀鶴
貫休
李建勳
王周
胡曾

載酒園詩話又編

九曲阿隱者賀裳黄公氏論次

初唐

太宗皇帝

《大風歌》衝口而出，卓偉不群。即《鴻鵠》酸楚之音，猶有籠罩一世之氣。太宗沾沾鋪張功烈，粉飾治平，即此便輸漢祖一籌，不徒骨之靡弱。〇「螢火不温風」，真爲宫體之靡。「園花釘菊叢」，何來此醜字！

徐賢妃

「一朝歌舞榮，夙昔詩書賤」，豈徒宫闈中，士之變塞者類然也。此語殆參透人情。〇賢妃詩饒有氣骨，殆非上官婉兒可比。

章懷太子

《黄臺瓜辭》不惟音節似古樂府，「三摘猶自可，摘絶抱蔓歸」，言外有身不足恤，憂在宗社意，較之《小弁》尤婉尤痛，讀此益嘆退之《履霜操》之淺。

貞觀諸家

貞觀諸公，整縎有餘，警醒不足。惟魏鄭公《述懷》一篇，磊落露骨性；虞永興《織錦曲》，情事如見。馬賓王《浮江旅思》，楊景猷《還山宅》、《夏日應詔》，皆歌合律、舞應節之作，已爲王子安、杜必簡之先鞭矣。

王　績

詩之亂頭粗服而好者，千載一淵明耳。樂天效之，便傷俚淺，惟王無功差得其髣髴。「陶、王」之稱，余嘗欲以東皐代輞川。輞川誠佳，太秀，多以綺思揜其樸趣。東皐瀟灑落穆，不衫不履，如「來時常道貫，慚愧酒家胡」、「家貧留客久，不暇道精粗」。至若「相逢寧可醉，定不學丹砂」、「昔我未生時，誰者令我萌？棄置勿重陳，委化何足驚」，真齊得喪、一死生之言。曠懷高致，其人白堪尚友，不徒音響似之。○摩詰曰：「五帝與三王，古來稱君子。干戈將揖讓，畢竟何者是？」識田中尚費此一番輾轉。無功直曰：「禮樂囚姬旦，詩書縛孔丘。不如高枕上，時取醉消愁。」箇中纖影不留矣。○彭澤、東皋皆素心之士，陶爲饑寒所驅，時有涼音；王黍秫果藥粗足，故饒逸趣。以九方皐相馬法觀之，顧不河漢。

四傑

《在獄詠蟬序》曰：「有目斯開，不以道昏而昧其視；有翼自薄，不以俗厚而易其真。」鍾惺曰：「『俗厚』，『厚』字，形容好笑。」此解妙而未暢。隱然寫出狂狷一段，踽踽踽踽，不肯闇然媚世意。中聯云：「露重飛難進，風多響易沉。」尤肖才人失路之悲，讀之涕洟欲下。○《帝京篇》，銓官時吏部侍郎裴行儉索文，作以獻者也，故淋漓磊落，竭其才思。今人或病其過於橫溢。余以讀詩者如漢文節儉，自不作露臺可耳，必不得謂未央壯麗，追罪蕭何。○《代女道士王靈妃贈道士李榮》曰：「寄語河邊值查客，乍可忽忽共百年，誰使遥遥期七夕。」大是情至語。後又云：「假令白里似長安，須使青牛學劍端。蘋風入馭來應易，竹杖成龍去不難。」用事尤切。余於衆選外特搜此篇。（黄白山評：「《帝京篇》

凡六百餘字，此篇尚多彼字百餘。彼以長安中事鋪叙，其冗長猶可耐。此不過道男女情事，堆砌飣餖，殊覺可厭。篇中歷叙其初相悦，後相睽之意，而望其復合，而題特爲女道士贈男道士，真不可解。賀特取此，若自矜具眼，何也？」）

駱好徵事，故多滯響；王工寫景，遂饒秀色。至如「海内存知己，天涯若比鄰」，真是理至不磨，人以習聞不覺耳。張曲江「相知無遠近，萬里尚爲鄰」，亦即此意。○《採蓮曲》末叙暮歸曰：「正逢浩蕩江上風，又值徘徊江上月。徘徊蓮浦夜相逢，吴姬越女何丰茸。共問寒光千里外，征客關山路幾重？」不特迷離婉約，態度撩人，結處尤得性情之正。

楊盈川詩不能高，氣殊蒼厚。「寧爲百夫長，勝作一書生」，是憤語，激而成壯。盧之音節頗類於楊，《長安古意》一篇，則楊所無。寫豪獰之態，如「意氣由來排灌夫」，尚不足奇；「專權判不容蕭相」，雖蕭無此事，儼然如見霍氏凌蔑車千秋，趙廣漢突入丞相府召其夫人跪庭下。（黄白山評：「此『蕭相』非指蕭何，似言蕭望之爲前將軍輔政，其本傳自云：『吾嘗備位將相。』傳又云有司奏望之欲『排退許、史，專權擅朝』。當時專權擅朝者，實許、史輩，而諷有司奏望之云云。蓋排陷望之，所謂『不容蕭相』者，正指此事。『專權』自指許、史，與上句『意氣』指田蚡一例。今乃以專權屬蕭相，而誤以爲蕭何，又謂其『無此事』，如此解詩，不顧識者噴飯耶！」）至摹寫游冶，「北堂夜夜人如月，南陌朝朝騎似雲」，亦爲酷肖。自寄託曰：「寂寂寥寥楊子居，年年歲歲一牀書。獨有南山桂花發，飛來飛去襲人裾。」不惟視《帝京篇》結語藴藉，即高達夫「有才不肯學干謁」，亦遜其温柔敦厚也。但《行路難》塵言滚滚，何以至是！少陵曰：「王楊盧駱當時體，輕薄爲文哂未休。」若如此篇，亦不得專咎人輕薄。

陳子昂

詩與樂通，其聲宜直廉，不宜粗厲。凡號雅音者，不徒黜淫哇之響，並宜去噍嗷也。吴少微、富嘉謨力矯頽靡，張説譬之「濃雲鬱興，震雷俱發」，亦猶丘門怪由瑟之意，故必「穆如清風」者，斯爲承。蓋扶輪起靡之功，獨歸之陳射洪耳。○朱子稱「《感遇》詩詞旨幽邃，音節豪宕，恨其不精於理，自託仙佛之間以自高」。此真眼中金屑之見。況「雲構山林盡，瑶圖珠翠煩。鬼功尚未可，人力安能存」，正指爾時天堂大像諸事，方有諷諭，乃以爲譏耶！

杜審言

杜必簡散朗軒豁，其用筆如風發潏生，有遇方成珪、遇圓成璧之妙。即作磊砢語，亦猶蘇了瞻坐桄榔林下食芋飲水，略無攢眉蹙額之態。此僻澀苦寒之對劑也。但上苑芳菲，止於明媚之觀。

沈佺期

古稱沈爲靡麗，今觀之，乃見樸厚耳。其云「約句準篇，如錦繡成文」，正就其「迴忌聲病」言也。然樸厚自是初唐風氣，不足矜，當取其厚中帶動，樸而特警者。如《芳樹》、《和趙麟臺元志春情》、《嘆獄中無燕》、《和元萬頃臨池玩月》，最其振拔。昔人不解，鍾氏始爲表章，可謂有功於沈。○長律至沈而工，較杜、宋實爲嚴整。然惟「盧家少婦」篇首尾温麗，餘亦中聯警耳，結語多平熟，易開人淺率一路，若從此入手，恐不高。○沈以排律名，但讀其應制、酬贈諸篇，未免如暑月中衣冠讌會，芻豢盈盤，歌吹滿耳，令人轉思科頭箕踞、枕石漱流之樂。然如「高樹早涼歸」、「川長看鳥没」，亦自有清冽之味。○沈非宋敵，不獨《晦日昆明》一結也。獨《從驩州廨移住山間水亭贈蘇使君》末云：「古來堯禪舜，何必罪驩兜。」宋不能道。雖是憤語，却超卓不凡。

宋之問

宋古詩多佳，真苦收之不盡。律詩扈從、應制諸篇，實亦不能高出於沈。山水麗情，則沈猶竹生雲夢，宋則伶倫子吹之作鳳鳴矣。○《龍門應制》，宋生平最得意之時也。《明河篇》，極沮喪之事也。

明河事醜耳，詩固佳。《龍門》流利暢達而已，意態層折大不如。嗚呼！一人之詩有遇不遇，尚無關於優劣，況士之坎壈者！○《晦日昆明應制》精密警麗，自不待言，但反覆讀之，終篇有頌無規，律以《卷阿》「矢音」之義，即宋固非其至。（黄白山評：「以此責宋，是猶責宰嚭以忠諫，責孫弘以直言耳。」）○延清謟附易之，謫瀧州，逃歸，匿張仲之家。仲之謀誅三思，安王室，即令兄子曇上變丐贖罪。傾險如此，而曰「自惟最忠孝，斯罪懵所得」，又曰「吾惟抱忠信，吟嘯自安閒」，真是厚顏。然每遇山川禪隱，則津津亹亹，名言如屑。至如「莫使馳光暮，空令歸鶴憐」、「大隱德所薄，歸來可退耕」、「去去獨吾樂，無能愧此生」，雖違心之言，却辭理兼至，殆所稱猩猩人語耶！○《牛女》詩：「失喜先臨鏡，含羞未解羅。誰能留夜色，來夕倍還梭。」聲容意態，無不婉婉可思，較杜必簡「那堪盡此夜，復往弄殘機」，情味殊深矣。杜臨没時謂宋曰：「吾在，久壓公等。今死，固大慰，但恨不見替人。」此正文人大言自矜，猶盈川之「恥居王後」耳。如宋襄公自視爲齊桓公後一人，目中無楚。究其實績，未見相敵也。○「夜絃響松月，朝楫弄苔泉」、「氣青連曙海，雲白洗春湖」、「雨色摇丹嶂，泉聲聒翠微」，造語之妙，可謂前凌謝朓，後挈王維。

劉希夷

劉庭芝藻思快筆，誠一時俊才，但多傾懷而語，不肯留餘。如《采桑》一篇，真尋味無盡。《春女行》前半亦婉約可思，讀至「憶昔楚王宮」以下，不覺興闌人倦矣。鍾氏盛稱之，獨貶其《代悲白頭翁》。此詩悲歌歷落，昔人之賞自不謬，特亦微嫌太盡。◯《孤松篇》極多佳思，及觀宋延清《題張老松樹》詩，便覺宋勁淨，劉沓拖，大有老穉之別。余嘗謂劉詩如花落鳥啼，宋詩似雲蒸霞蔚，不徒手筆迥異，各有所長。宋實出於劉上，何苦奪其句而殺之！況「今年花落顔色改，明年花開復誰在」，亦甚無奇，弇州之辨良是。

喬知之

《哭故人》曰：「平生不得意，泉路復何如？」悲不必言，正妙於誕。高適「夜臺猶寂寞，疑是子雲居」，語較酸咽，固不及此之圓傲。◯「石家金谷重新聲，明珠十斛買娉婷。此日可憐君自許，此時歌舞得人情」，起甚急遽；「君家閨閣不曾難，嘗將歌舞借人看。意氣雄豪非分理，驕矜勢力横相干」，叙甚切直；「辭君去君終不忍，徒勞掩袂傷鉛粉。百年離别在高樓，一代紅顔爲君盡」，語甚決絶。蓋胸中悲憤填膺，無暇爲温柔之音矣。嘗思徐生之「無復嫦娥影，空留明月輝」，即崔郊「從此蕭郎是路人」，皆哀婉而不甚激烈。左司雖負柔情，實饒氣性。觀其生平所作，如「羞將憔悴日，提籠逢故夫」、「還君結綬帶，歸妾織成詩」，常有寧玉碎不瓦全之意。即《定情篇》，新婚之始也，相與遊園，遽感寒竹，而曰：「君念春光好，我向春光啼。」中間叙述班姬、劉蘭芝、秋胡婦，下逮娼樓，凡男子之負心者，刺刺不休。能體貼婦人嬌妬至此，必自情深，不解作薄倖事矣。身不能負人，亦不能忍人負之。緑珠命篇，固以衛尉自擬，直邀之死，期以身殉也。◯鍾惺曰：「『歌舞借人看』，自是快事。然『招客亦須擇人』，武后此語，何可不熟讀！」余意既借人看，承嗣之焰，豈可復拒？與安昌侯僅以巵酒賜彭宣事不同也。「情知點污投泥玉，猶自經營買笑金」，夢得復抱此恨，唐時乃有此惡俗。

崔融

崔與蘇味道、李嶠齊名，似爲秀出；又合杜審言爲「文章四友」，則氣力亦似差遜。「聞有沖天客，披雲下帝畿」，誠媚竈之詞，然事醜而詞則工。如「三年上賓去，千載復來歸。中郎才貌是，柱史姓名非。天仗分旄節，朝容間羽衣。朝朝緱氏鶴，長向洛城飛」，儼然若一真王子晉也。

李嶠

讀李巨山詠物百餘詩，固是淹雅之士，但整核而已，未甚精出。即如《芙蓉園應制》「飛花隨蝶舞，豔曲伴鶯嬌」，較「風來花自舞，春入鳥能言」，其意相越幾何？經慧筆便成秀句，天才洵不可强。

崔湜

初唐應制，千口一聲，惟崔澄瀾力自振拔，與崔、李較，文翎錦翰中，一搏霄翮也。「時來矜早達，事往覺前非」，悔悟時語，可謂名言。襄州還，行復不悛，令人有盆成括之嘆。

郭元振

《寶劍篇》英氣逼人，自是磊落丈夫本色。獨其樂府詩，又何淒豔動人也。誰謂兒女情長則英雄氣短乎？

張說

燕公中年淹縶江潭，曲江晚亦淪落荊楚，其詩皆多哀傷憔悴。然燕公惟切歸闕之思，曲江已安止足之分，恬競自別。言發於衷，作者亦不自知也。〇燕公熱中躁進人也，然亦有見道之言，如「息心觀有欲，棄智反無名」，是大解人語。〇鉅麗之詞，切核始妙。《過寧王宅應制》曰：「帝堯敦族禮，王季友兄心。」真爲極筆。王有讓位之美，斯言深切其事，非泛常棡葉、棣華應酬語也。若岐、薛諸王宅，便那借不得矣。又《王濬墓應制》曰：「有策擒吳嶠，無言讓范宣。」兩語功過昭然，無忝詩史。〇「鴈飛江月冷，猿嘯野風秋」，人人稱之。然「鵲飛山月曙，蟬噪野風秋」，已先爲上官儀道過。王武子琉璃匕中自多甘脆，何必效石家韮蓱虀哉！余故不取。〇燕公大雅之才，雖軒昂不受羈絏，終帶聲希味澹之致。惟「秋風不相待，先至洛陽城」，未免與利齒兒競慧，特其氣渾，固不類中、晚。

蘇頲

燕、許並稱，燕警敏，許質厚。吾評兩公，亦猶龐士元之目顧、陸，一有逸足之用，一任負重之能也。《餞陽將軍兼源州都督御史中丞》曰：「旗合無邀正，冠危有觸邪。」不惟得諷勵體，兼兩切其職，隱然有陳力就列之義。此真綸綍之才，安得不推爲大手筆。

張九齡

初唐人專務鋪叙，讀之常令人悶悶，惟閨闈、戎馬、山川、花鳥之辭，時有善者。求其雅人深致，實可興觀，惟陳拾遺、張曲江兩公耳。《感遇》詩世所共知，余尤喜其《答綦毋學士》曰：「旬雨不愆期，由來自若時。爾無言郡政，吾豈欲天欺！」肯道此語，生平寧復作昧心事。又《與弟游家園》曰：「善積家方慶，恩深國未酬。」豈徒媒利梯榮之念不入胸中，即托明哲以自全，亦豈其志哉！詩有廉頑立懦，起人於百世之下者，此類是也。◯「自君之出矣，不復理殘機。思君如滿月，夜夜減清輝。」辛弘智亦曰：「自君之出矣，梁塵静不飛。思君如滿月，夜夜減容輝。」後二句只差一字，實兩意也。張之「思君如滿月」，直指君説，「夜夜減清輝」，言恩情日衰，猶月之漸昏；辛詩止是爲郎憔悴耳，意却淺。（黄白山評：「二詩只一意，何得以一字不同，遂分兩解！」）

孫逖

古人餞别，如《烝民》、《韓奕》，皆因事贈言，辭不妄發。陳子昂《送崔著作融從梁王東征》曰：「王師非樂戰，之子慎佳兵。」爲黷武之時言也。孫逖《送李補闕充河西節度判官》曰：「西戎雖獻款，上策恥和親。」爲忘戰之時言也。唐詩送人之塞下者多矣，惟此二篇，緩私情，急公義，深合古意。

盛唐

張若虚

《春江花月夜》，其爲名篇不待言，細觀風度格調，則劉希夷《擣衣》諸篇類也。此誠盛唐中之初唐。且若虚與賀季真同時齊名，遽分初、盛，編者殊草草。吾讀詩至賀秘書，真若雲開山出，境界一新，毋寧置張於初，列賀於盛耳。

盧鴻一

《嵩山十志》，其小序更佳於詩，但嫌其轉筆率用「靡者」、「盪者」、「喧者」、「邪者」，「俗人」、「世人」，「機士」、「匪士」，沾沾揚己詈人，有貧賤驕人之態，殊不大雅。

蕭穎士

人有一時負重名，既久而聲暫歇者，唐之蕭茂挺、宋之梅聖俞是也。詩文具在，不知當時何以傾動鑾貊至此？蕭嘗謂：「屈、宋雄壯而不能經，賈生近理，枚、馬瓌麗而不近《風》、《雅》。」然其《江有楓》、《菊榮》、《涼雨》、《有竹》諸篇，豈遂真《風》、《雅》乎？於《三百篇》雖具孫叔之衣冠，尚無優孟之抵掌。然不特蕭也，元次山《二風》、《演興》諸詩，填塞奇字以擬《騷》，反成淺陋。文人好古嗜奇，固多蹈此轍。

李華

李遐叔《雜詩》，雖不足以上繼陳伯玉、張子壽之《感遇》，要亦正聲雅奏也。《詠史》詩大有合於開元、天寶中事，似非無爲而作，恨用事多沓拖耳。然如詠楊僕伐朝鮮曰：「島夷非敢亂，政暴地仍偏。得罪因懷璧，防身輒控弦。三軍求裂土，萬里詎聞天。」説盡邊臣邀功生釁之弊，豈有感於青海之役耶？又「蜀主相諸葛，曹伯任公孫。勿言君臣合，可以濟黎元。爲蜀諒不易，如曹難復論」，即子瞻秋試策問意。

崔顥

崔司勳《王家少婦》詩，寫嬌憨之態，字字入微，固是其生平最得意筆，宜乎見人索詩，應口輒誦。然不聞北海《銅雀妓》乎：「丈夫有餘志，兒女焉足私。擾擾多俗情，投跡互相師。」此老生平好持正論，作殺風景事，真是方枘圓鑿。○《贈梁州張都督》曰：「風霜臣節苦，歲月主恩深。」上句惜其勤勞，下句榮其知遇，有獎有激，得諷勵邊臣之體。○唐人最喜寫勇悍之致，有竭力形容而妙者，王龍標之「邯鄲飲來酒未消，城北原平掣皂雕。射殺空營兩騰虎，迴身却月佩弓鞘」是也；有專叙蕭條淪落而沉毅之概令人迴翔不盡者，崔司勳之「聞道遼西無鬬戰，時時醉向酒家眠」是也。覺摩詰「試拂鐵衣如雪色，聊持寶劍動星文」，未免着色欠蒼。

崔國輔

少陵獻《三大禮賦》，上令集賢學士于休烈、崔國輔試之。詩人中最爲先達，與顥並稱豔手。司勳高渾，集賢韶秀，正復不同。「歸來日尚早，更欲向芳洲。渡口水流急，回船不自由」，酷肖小女子不勝篙楫之態。「相逢畏相失，並着采蓮舟」，描寫鄰女相見，一段温存旖旎，尤咄咄逼真。然是生於水鄉，書所見耳，汴中安有此風景。至如「不能春風裹，吹却麝蘭香」、「獨有鏡中人，由來自相許」，自矜自惜，真爲深入箇中三昧。戎旅詩亦相敵。獨至七言古，則大不如司勳。華子魚當辦幅巾迎孫策也。

王維

唐無李、杜，摩詰便應首推。昔人謂「如秋水芙蕖，倚風自笑」，殊未盡厥美，庶幾「咳唾落九天，隨風生珠玉」耳。三人相較，正猶留侯無收城轉餉之功，襟袖帶煙霞之氣，自非平陽、曲逆可伍。〇「暢以沙際鶴，兼之雲外山」，右丞偶爾自佳，後人尊之爲法，動用數虚字演句，便成餿餕餡矣。吾嘗謂學李而失，易涉粗豪；學杜而失，恐成生硬；學孟而失，將流輕淺；惟學王者不失爲刻鵠類鶩，不意入效顰之手，亦有此種流弊。〇《鄭霍二山人詠》曰：「吾賤不及議，斯人竟誰論？」《送綦毋潛》曰：「吾謀適不用，勿謂知音稀。」《送丘爲》曰：「知禰不能薦，羞稱獻納臣。」皆不勝扼腕躑躅之態。獨《送孟浩然》曰：「杜門不復出，久與世情疏。以此爲長策，勸君歸舊廬。醉歌田舍酒，笑讀古人書。好是一生事，無勞獻《子虛》。」一意勸尋遂初，蓋在禁中忤旨之後也。（黄白山評：「按：王集及《品彙》俱無此詩，《唐詩粹選》以此作張子容詩，必有所據。」）按：孟有《留别王侍御維》曰：「寂寂竟何待？朝朝空自歸。欲尋芳草去，惜與故人違。當路誰相假？知音世所稀。祇應守寂寞，還掩故園扉。」此詩固微答其意，見非無知音，亦非當路之罪，却含藏不露，惟加勸慰。嘗思襄陽當日誦詩誠戇，玄宗亦太褊急。君友兩處周旋，不欲見上有棄士之失，下無巷遇之美，立言最難。人徒賞其措詞之工，不知用意之苦也。

儲光羲

摩詰才高於儲，擬陶則儲較王爲近。但儲詩亦惟此種佳，有廉頗用趙人之意。王兼長，儲獨詣也。○《田家雜興》、《同王十三維偶然作》，最多素心之言。然如「見人乃恭敬，曾不問賢愚。雖若不能言，中心亦難誣」，又如「忽見梁將軍，乘車出宛洛。意氣軼道路，光輝滿墟落」，仍復侘傺矣。阮嗣宗口不臧否人物，登廣武原不禁長嘆。○《樵父》、《漁父》、《牧童》皆寄托之詞，止寫恬適。《采菱》、《射雉》便覺颯然正骨，現於言下。○《華清宫》數篇最高古，如「大聖不私己，精禋爲群氓」、「三雪報大有，孰謂非我靈」，俱可喜。然微類丁謂、王欽若口角。（黄白山評：「詩有諷意，遽比之丁、王，恐冤却古人。」）吾不欲千古才人爲諛臣藉口，不得不申履霜之戒。至崔國輔《觀行香應制》，更不足言。

丘爲　祖詠　盧象　綦毋潛　裴迪

讀丘爲、祖詠詩，如坐春風中，令人心曠神怡。其人與摩詰友，詩亦相近，且終卷和平淡蕩，無叫號噍噭之音。唐詩人惟丘幾近百歲，其詩固亦不干天和也。詠與盧象稍有悲涼之感，然亦不激不傷。盧情深，祖尤骨秀。○《答王維留宿》曰：「握手言未畢，却令傷别離。升堂還駐馬，酌醴便呼兒。」王《送祖》曰：「相逢方一笑，相送還成泣。解纜君已遥，望君猶佇立。」寫得交誼藹然，千載之下，猶難爲懷。○《終南望餘雪》曰：「終南陰嶺秀，積雪浮雲端。林表明霽色，城中增暮寒。」此詩有盛名，愚意嫌一「增」字。「餘雪」者，殘雪也，不應雪殘而寒始增。（黄白山評：「豈不聞『霜前暖，雪後寒』耶？」）○綦毋潛似覺風氣稍别，如「石路在峰心」，非諸公所能道，大似王昌齡句法。○輞川倡和，裴迪尤多，其詩體反不甚與王近，較諸公骨格稍重。裴早友王維，晚交杜甫，篇什必多。今所存惟維集數篇，不勝遺珠之恨。

王縉

「緑樹重陰蓋四鄰，青苔日厚静無塵。科頭箕踞長松下，白眼看他世上人。」一高曠盡之。「聲名不問十年餘，老大誰能更讀書！林中獨酌鄰家酒，門外時聞長者車。」更覺英英不群，有籠罩一世之概，視盧象之「環堵蒙籠一老儒」，真孤鳧介雙鵠也。○「下堦欲離别，相對映蘭叢。含辭未及吐，淚落蘭叢中。高堂静秋日，羅衣飄暮風。誰能待明月，迴首見牀空。」置之樂府無辨，不愧難兄，又不專效阿兄。因笑蘇公動稱家法之陋。

孟浩然

詩忌鬧，孟獨静；詩忌板，孟最圓。然律詩有一篇如一句者，又有上句即有下句者，往往稍涉於輕，乃知有所避，必有所犯。○筆力强弱，實由性生，不復可强，智者善藏其短耳。如孟襄陽寫景、叙事、述情，無一不妙，令讀者躁心欲平。但瑰奇磊落，實所不足，故不甚作七言，專精五字。如《鸚鵡洲送王九之江左》曰：「月明全見蘆花白，風起遥聞杜若香，君行采采莫相忘。」全似《浣溪紗》風調也。○《除夜詠懷》曰：「漸看春逼芙蓉枕，頓覺寒消竹葉杯。守歲家家應未卧，相思那得夢魂來。」雖悽惋入情，却竟是中、晚態度矣。詩格之遷，孟襄陽實其始降。（黄白山評：「盛唐諸名家詩，有偏至而非通才者，如孟浩然、王昌齡皆不善七言律。王之『江上巍巍萬歲樓』一首，其格更卑。詩道之升降，當就大勢論，豈可以一人一詩相訢病耶！」）○孟詩有極平熟之句當戒者，如「天涯一望斷人腸」、「當杯已入手，歌妓莫停聲」，淺人讀之，則爲以水濟水。○孟詩佳處只一「真」字，初讀無奇，尋繹則齒頰間有餘味。若温飛卿所作歌謡，常有乍看心駭目眩，思得其旨，反索然者。此子陽修飾邊幅，不及文叔之簡易耳。

張子容

「朝雲暮雨連天暗，神女知來第幾峰」，意豔而詞則雅，不愧襄陽之友。「樹色煙輕重，湖光風動摇」、「歸路煙中遠，迴舟月上行」，亦甚肖孟氏意態。

劉昚虚

「美人何蕩漾，湖上風日長。玉手欲有贈，徘徊雙明璫。歌聲隨緑水，怨色起青陽。日暮還家望，雲波横洞房。」「怨色起青陽」，即杜審言之「啼鳥驚殘夢，飛花獨攪愁」、劉希夷「月明芳樹群烏飛，風過長林百花起」意也。妙在止寫態度，不甚鋪張，得顰眉不語之致。劉詩傳者十四篇，惟此最有藴藉。○劉夏縣勝處在不避輕脱，率任孤清。如《寄江滔求孟六遺文》：「南望襄陽路，思君情轉親。偏知漢水廣，應與孟家鄰。在日貪爲善，昨來聞更貧。相如有遺草，一爲問家人。」作律至此，幾於以筆爲舌矣。然已隱隱逗張水部一派。（黄白山評：「『漢廣』、『孟鄰』俱有故實，却用得不覺，此聖於用事者也。」）○高、岑非無流走爲律者，輕重迥自不同。殷璠賞其「思苦語奇」，獨謂「氣骨不逮諸公」，此深識之論。

王昌齡

王江寧詩，其美收之不盡，「姦雄乃得志」一篇，尤是集中之冠。「一人計不用，萬里空蕭條」，每一讀之，覺皇甫酈之論董卓，張九齡之議禄山，李湘之策龐勳，千載恨事，歷歷在目，真天地間有數語言。○「初日浄金閨，先照牀前暖。斜光入羅幕，稍稍親絲管。雲髪不勝梳，楊花更吹滿。」婉媚若此，乃不數作，多爲荒凉刻直之音，固薄綺靡不屑也。（黄白山評：「『荒凉刻直』四字，殊非所以目少伯。」）○「桃花四面發」、「高卧南齋時」二篇，俱有古音，在龍標集則不足收，渠自有長技，不煩作詩中平陽侯耳。○《東京諸公與綦毋潛李頎相送至白馬寺宿》曰「薄宦忘機括，醉來復淹留」與「望塵非吾事，入賦且遲留」，同一不羈之態。「望塵」稍戇，「機括」帶謔而冷，令一種識時務人聞之，泚顙刺骨，將欲望而甘心。○龍標古詩，乍嘗螫口，久味津生，耐咀嚼，實在高、岑之上。徒賞其宮詞，非高識也。（黄白山評：「盛唐諸公五言古，予最醉心王龍標，乍看即好，愈讀愈有味。今乃曰『乍嘗螫口』，則賀君之口，必不猶夫人之口矣。」）即論宮詞，如「玉顔不及寒鴉色，猶帶昭陽日影來」，嘗因其造語之秀，殊忘其着想之奇。因嘆詠長信事者多矣，讀此，而崔湜之「不忿君恩斷，新粧視鏡中」，已嫌氣盛；王諲「生君棄妾意，增妾怨君情」，一何傖父！○「錢塘江上是誰家？江上女兒全勝花。吴王在時不得出，今日公然來浣紗。」此直以西施譽江上女兒，借吴王作波勢耳。漢文帝語李廣曰：「令子當高帝時，萬户侯豈足道哉！」同一語意，用之詩，尤法奇而思折。○《重别李評事》曰：「莫道秋江離别難，舟船明日是長安。吴姬緩舞留君醉，隨意青楓白露寒。」「隨意」二字，似與下五字不黏，兩句參觀，便可意會，乃是得醉且醉耳。若正言之，如曰既有緩舞相留之人，天又漸寒，不如且醉。横嵌「隨意」二字於中，如老僧毁律，不復牽拘。然欲奉以爲法，則如鳩摩弟子，先學餐針，始可納室。（黄白山評：「此解終不暢。予友洪方舟云：『隨意』，隨他意也。予謂『露寒』字只當夜深字。莫管夜深，且須盡醉，此正留連不忍分手之意。開口却云『莫道秋江離别難』，自己先進一步説，唐賢詩腸之曲如此。」）○「仗劍行千里，微軀感一言。曾爲大梁客，不負信陵恩。」與張説「握手與君别，岐路贈一言。曹卿禮公子，楚姬饋王孫。倏爾生六翮，翻飛戾九門。當懷客鳥意，會答主人恩」同法，束六句之意爲兩句，尤覺高渾。且張援引古人，借作虚勢，此即據爲實事；張猶不能不待「六翮」之生，此則有士爲知己死，隨時可以報効。不惟法老，膽識俱高一層。

李白

不讀全唐詩，不見盛唐之妙；不遍讀盛唐諸家，不見李、杜之妙。太白胸懷高曠，有置身雲漢、糠粃六合意，不屑屑爲體物之言，其言如風卷雲舒，無可蹤跡。子美思深力大，善於隨事體察，其言如水歸墟，靡坎不盈。兩公之才，非惟不能兼，實亦不可兼也。杜自稱「沉鬱頓挫」，謂李「飛揚跋扈」，二語最善形容。後復稱其「落筆驚風雨，詩成泣鬼神」，推許至矣。亦稱岑參，僅曰「岑生多新語」；亦稱摩詰，僅曰「最傳秀句寰中滿」；亦稱浩然，僅曰「清詩句句盡堪傳」；與高適尤善，雖稱之「詩名惟我共」，其所品目，亦僅曰「驊騮開道路，鷹隼出風塵」而已，未有此揚厲也。宋人乃以好言婦人飲酒病之，則子美「嗜酒須微禄」，「朝回日日典春衣」，不飲酒乎！「大婦同行小婦隨」，「翠眉縈度曲」，不婦人乎！（黄白山評：「『大婦』句本張謂詩，今以爲少陵，何也？」）太白曰：「下士大笑，如蒼蠅聲。」又曰：「仰天大笑出門去，我輩豈是蓬蒿人。」凡作此論者，皆太白千載前豫知其笑，而先自仰天者也。

○《蜀道難》一篇，真與河嶽並垂不朽。即起句「噫吁嚱，危乎高哉」七字，如纍棊架卵，誰敢併於一處？至其造句之妙，「連峰去天不盈尺，孤松倒掛倚絶壁。飛湍瀑流争喧豗，砯崖轉石萬壑雷」，每讀之，劍閣、陰平，如在目前。又如「一夫當關，萬夫莫開。所守或匪親，化爲狼與豺」，不惟劉璋、李勢恨事如見，即孟知祥一輩亦逆揭其肺肝，此真詩之有關係者，豈特文詞之雄！紛紛爲明皇，爲房、杜，譏嚴武，譏章仇兼瓊，俱無煩聚訟。〇「鄭客西入關，行行未能已。白馬華山君，相逢平原里。璧遺鎬池君，明年祖龍死。秦人相謂曰，吾屬可去矣。一往桃花源，千春隔流水。」「秦人相謂曰」，乃史中叙事法，誰敢入之於詩？吾不難其奇而難其妥，嘗嘆李長吉費盡心力，不能不借險句見奇，孰若太白用尋常語自奇！

杜甫

杜詩惟七言古終始多奇，不勝枚舉；五言律亦前後相稱。五古之妙，雖至老不衰，然求其尤精出者，如《玉華宫》、《羌村》、《北征》、《畫鶻行》、《新安吏》、《石壕吏》、《新婚别》、《垂老别》、《無家别》、《佳人》、《夢李白》、前、後《出塞》，俱在未入蜀以前，後雖有《寫懷》、《早發》數章，奇亦不減，終不可多得；餘但手筆妙耳，神完味足，似不復如。老杜有句曰：「爲人性僻耽佳句，語不驚人死不休。老去詩篇渾漫興，春來花鳥莫深愁。」固是實論，非謙退之詞。惟七言律，則失官流徙之後日益精工，反不似拾遺時《曲江》諸作，有老人衰颯之氣。在蜀時猶僅風流瀟灑，夔州後更沉雄温麗。如詠諸葛「伯仲之間見伊吕，指揮若定失蕭曹」，言簡而盡，勝讀一篇史論；明妃「一去紫臺連朔漠，獨留青塚向黄昏。畫圖省識春風面，環珮空歸月下魂」，生前寥落，死後悲涼，一一在目；言戎馬之害，則如「昨日玉魚蒙葬地，早時金盌出人間」；寫景則如「高江急峽雷霆鬭，古樹蒼藤日月昏」、「返照入江翻石壁，歸雲擁樹失山村」；詠物則如角鷹曰「一生自獵知無敵，百中争能恥下鞲」；感慨則如「織女機絲虚夜月，石鯨鱗甲動秋風」，真一代冠冕。至若「盤渦鷺浴底心性，獨樹花發自分明」，雖大家縱筆成趣，無所不可，如西子捧心，更益其妍。然老杜自註亦云「戲爲吴體」，宋人乃以爲句法，專於此效之，竟成東家眉黛矣。吾寧拘寧俗，不敢效顰。○《堂成》詩曰：「暫止飛烏將數子，頻來燕語定新巢。」妙在下一「定」字，將「頻來」二字、「語」字，節節皆生動矣，上句不如也。○文人觸目驚心，無一事輕忽。如《題柏大兄弟山居屋壁》曰：「書籤映夕曛。」決非由思索得者，若粗莽人偶不經意，即失之矣。然上句乃「筆架霑窗雨」，必無晴雨並見之理，當是適逢新霽，斜暉射書上，筆架猶帶殘雨也。又如「遠鷗浮水静，輕燕受風斜」、「花妥鶯梢蝶，溪喧獺趁魚」、「啅雀争枝墜，飛蟲滿院游」、「芹泥隨燕嘴，花蕊上蜂鬚」、「風蝶勤依槳，春鷗不避船」、「柱穿蜂溜蜜，棧缺燕添巢」、「步壑風吹面，看松露滴身」、「路危行木杪，身遠宿雲端」，皆目前之景，特人無此細心，亦無此秀筆耳。○老杜五言律善寫幽細之景，余尤喜其正大者，如「避人焚諫草，騎馬欲鷄栖」、「明朝有封事，數問夜如何」、「受諫無今日，臨危憶古人」、「不過行儉德，盗賊本王臣」、「古來存老馬，不必取長途」，真堪羽翼《風》、《雅》。○少時讀杜，最厭「冠冕通南極，文章落上台」二語，嫌其板而肥膩。今乃知正陰用尉陀魋結見陸生事，深切南海。次句則因相國自製文。因嘆古人下筆無一字苟且，深愧向來淺率。○「晚來江間失大木，猛風中夜飛白屋。天兵斬斷青海戍，殺氣南行動坤軸，不爾苦寒何太酷。巴東之峽生凌澌，彼蒼回斡人得知。」中間一轉，真如危流摺舵，似此斯爲老手。若帆駛水順，縱復一日千里，亦安足奇！○《晚登瀼上堂》曰：「淒其望吕葛，不復夢周孔。」此二語腐儒所不知，奸雄所不欲。非徒有憂時之心，兼具濟時之識者也。○《毛詩》無處不佳，予尤愛《采薇》、《出車》、《杕杜》三篇，一氣貫串，篇斷意聯，妙有次第。千載後得其遺意者，惟老杜《出塞》數詩。始章曰：「戚戚去故里，悠悠赴交河。公家有程期，亡命嬰網羅。君已富境土，開邊一何多！棄絶父母恩，吞聲行負戈。」此應調之始，故但叙别離之恨，而「法重心駭，威尊命賤」之意，躍躍不禁自露。○「出門日已遠，不受徒旅欺」二句，壯勇之氣已隱然可掬。「骨肉恩豈斷，男兒死無時」，見其國而忘家，恩以義斷。「走馬脱轡頭，手中挑青絲。捷下萬仞岡，俯身試搴旗」四句，皆於忙中着閒筆，上寫征行之苦，下寫争先示勇之致。○「磨刀嗚咽水，水赤刃傷手。欲輕斷腸聲，心緒亂已久。丈夫誓許國，憤惋亦何有？功名圖麒麟，戰骨當速朽。」此即《毛詩》「憂心孔疚，我行不來」意，忠義激烈，勃然如生。○「送徒既有長，遠戍亦有身。生死向前去，不勞吏怒嗔。路逢相識人，附書與六親：哀哉兩決絶，不復同苦辛。」此章與首章末句意相似，但前是出門時言，猶感慨意多，此是因附書後再一決絶言之，直前不顧矣。且前止父母，此兼姻戚，文情之密，非複也。補出吏與相識人來，尤見周匝。「附書」下三句，亦暗與次章「骨肉恩豈斷」二語相應，又微反《毛詩》「我戍未定，靡使歸聘」意，妙於脱胎變化。○「迢迢萬里餘，領我赴三軍。軍中異苦樂，主將寧盡聞？隔河見胡騎，倏忽數百群。我始爲奴僕，何時立功勳？」上四章俱是途中事，此章始至軍中而述所經歷，末句不徒感慨，亦有鼓鋭意。○「挽弓當挽强，用箭須用長。射人先射馬，擒賊先擒王。殺人亦有限，立國自有疆。苟能制侵凌，安在多殺傷！」此軍中自勵之言，上四句亦即《毛詩》「豈敢定居，豈不日戒」意，下四句更有「薄伐來威」之旨。○「驅馬天雨雪，軍行入高山。逕危抱寒石，指落層冰間。已去漢月遠，何時築城還？浮雲暮南征，可望不可攀。」「何時築城還」，非還家，乃還幕下，即主將屯軍處也。此是偏師遠役耳。此章言築城事，叙景處不僅本「載途雨雪」，兼從《漸漸之石》章來；末語更有《揚水》之痛。○「單于寇我壘，百里風塵昏。雄劍四五動，彼軍爲我奔。虜其名王歸，繫頸授轅門。潛身備行列，一勝何足論！」此方及戰事。八句凡數層折，蹊迴徑轉，各具奇觀。○「從軍十年餘，曾無分寸功？衆人貴苟得，欲語羞雷同」，軍中蒙蔽之形，不言而見。「中原有鬬争，況在狄與戎。丈夫四方志，安可辭固窮」，亦即「一戰何足論」意。但始猶一戰，此則十年之功，退讓不言，志更不隳，更圖後效，較之「欲言塞下事，天子不召見。東出咸陽門，哀哀淚如霰」，度量相越多少！此詩節節相生，真與《毛詩》表裏，必不可删。世顧避惜群之名，常不全載，真瑣人之見也。○《後出塞》五章，亦有次第，不可删。「男兒生世間，及壯當封侯。戰伐有功業，焉能守舊丘！召募赴薊門，軍動不可留。千金買馬鞍，百金裝刀頭。閭里送我行，親戚擁道周。斑白居上列，酒酣進庶羞。少年别有贈，含笑看吴鈎。」較《前出塞》首篇更覺意氣激昂。味其語氣，前篇似徵調之兵，故其言悲；此似應募之兵，故其言雄。前篇「走馬脱轡頭，手中挑青絲」，貧態可掬；此却「千金買鞍，百金裝刀」，軍容之盛如見。前篇「棄絶父母，吞聲負戈」，悲涼滿眼；此則里戚相餞，殽醴錯陳，吴鈎一贈，尤助壯懷。妙在「含笑看」三字，説得少年鬚眉欲動。如此少年，定一俠士。○「朝進東門營，暮上河陽橋。落日照大旗，馬鳴風蕭蕭」，「軍前風景如畫。「平沙列萬幕，部伍各見招」，二語尤妙。凡勇士所之，無不欲收爲己用者，此語直傳其神。「中天懸明月，令嚴軍寂寥」，「寂寥」妙甚，深見軍中紀律之肅。「悲笳數聲動，壯士慘不驕。借問大將誰，恐是霍嫖姚」，古來名將甚多，而獨舉霍氏。史稱去病士卒乏食，而後軍餘粱肉。殊帶怵惕意，却妙在一「恐」字，語意甚圓。○「古人重守邊，今人重高勳。豈知英雄主，出師亘長雲。六合已一家，四夷且孤軍。遂使貔虎士，奮身勇所聞。拔劍擊大荒，日收胡馬群。誓開玄冥北，持以奉吾君。」「勇所聞」三字，妙得開邊倖功人一輩心髓，儼然傅介子、陳湯、臧宮、馬武等在目。○「獻凱日繼踵，兩蕃静無虞。漁陽豪俠地，擊鼓吹笙竽。雲帆轉遼海，粳稻來東吴。越羅與楚練，照耀輿臺軀。主將位益崇，氣驕凌上都。邊人不敢議，議者死通衢。」首章言應募，次章言入幕，三章言立功，至此極言邊城之富，而邊將之横，始有失身之懼矣。末二句尤含蓄無限。叛志已決，既非口舌可諍；君寵方隆，又不可以上變。觀郭從謹語上曰：「亦有詣闕告其謀者，陛下往往誅之。」此詩真實録也。○「我本良家子，出師亦多門。將驕益愁思，身貴不足論。躍馬三十年，恐辜明主恩。坐見幽州騎，長驅河洛昏。中夜間道歸，故里但空村。惡名幸脱免，窮老無兒孫。」不惟不願富貴，并不顧妻子，脱身歸家，此真忠臣義士。凡宋人杜註，余多以爲穿鑿，獨以此爲指禄山反時自拔歸國者，似乎不謬。此詩有首尾，有照應，有變換。如「我本良家子」，正與首篇「千金買鞍」等相應。「身貴不足論」，與「及壯當封侯」似相反，然以「恐辜主恩」而念爲之轉，則意自不悖。「故里但空村」，非復送行時「擁道周」景象，此正見盛衰之感，還家者無以爲懷，意實相應也。此詩後二章多與唐史合，似實有所指，非漫作者。真西山删去末首，殊不可解。五章始終一氣，不説到還家，則意不完，氣亦不住，竟一無結果人矣。又第四篇註曰：「時好邊功，李林甫任蕃將也。」細觀末章「坐見幽州騎，長驅河洛昏」，畢竟坡解爲確。近世李攀龍獨選第二首，《詩歸》曰：「《出塞》前後，于鱗獨收此首，孟浪之極，應爲『落日照大旗』等句與之相近耳。蓋亦悦其聲響，而風骨或未之知也。」然其所選亦删去第一、第三，則伯敬所賞亦僅在風骨，非以意逆志之解。但其評前篇末首曰：「出門激烈，至此敦厚。出門是士卒氣象，至『殺人亦有限』、『一勝何足論』、『衆人貴苟得』等語，便是大將軍氣象矣。」此論却高。西山又於前篇删第二、第四，當以道途之事不甚緊要耳。不知風人之致正在於此，搴旗示勇，寄書别親，情事所必有者。觀西山删《史》、《漢》叙事處，其病亦與此同。《韓子》曰「長袖善舞」，若禿衿窄袖，僅僅蔽軀，安得有驚鴻之妙！

高適　岑參

唐人稱「有唐以來，詩人之達，惟適而已」。今讀其詩，豁達磊落，寒澀瑣媚之態去之略盡。如《送田少府貶蒼梧》曰：「丈夫窮達未可知，看君不合長數奇。」《贈别晉三處士》曰：「愛君且欲君先達，今上求賢早上書。」《九日酬顔少府》曰：「縱使登高只斷腸，不如獨坐空搔首。」《崔司録宅燕大理李卿》曰：「飲醉欲言歸剡谿，門前駟馬光照衣。路旁觀者徒唧唧，我公不以爲是非。」眉宇如此，豈久處塢壁！○鍾氏曰：「唐人如沈、宋，王、孟，李、杜，錢、劉之類，雖兩人並稱，皆有不能强同處。惟高、岑心手如出一人，其森秀之骨，澹遠之氣，既皆相敵。」余意亦終有别：高五言古勁渾樸厚耳；岑稍點染，遂饒穠色。高七言古最有氣力，李、杜之下，即當首推；岑自膚立，然如崔季珪代魏王，雖雅望非常，真英雄尚屬捉刀人也。惟短律相匹，長律亦岑不如高。

李頎

李頎五言，猶以清機寒色，未見出群；至七言，實不在高適之下。《放歌行答從弟異卿》曰：「吾家令弟才不羈，五言破的人共推。興來逸氣如濤湧，千里長江歸海時。」真善寫文士下筆淋漓之狀。又《送劉十》曰：「前年上書不得意，歸卧東窗兀然醉。諸兄相繼掌青史，第五之名齊驃騎。烹葵摘果告我行，落日夏雲縱復横。聞道謝安開口笑，知君不免爲蒼生。」曲折磊落，姿態横生。至「青青蘭艾本殊香，察見泉魚固不祥。濟水自清河自濁，周公大聖接輿狂。千年魑魅逢華表，九日茱萸作佩囊。善惡死生齊一貫，祇應斗酒任蒼蒼」，每一讀之，勝呼龍泉、擊唾壺矣。

常建

「高山臨大澤，正月蘆花乾。陽色薰兩厓，不改青松寒。」此東野意趣也。「井底玉冰洞地明，琥珀轆轤青絲索。仙人騎鳳披彩霞，挽上銀瓶照天閣。黄金作身雙飛龍，口銜明月噴芙蓉。一時渡海望不見，曉上青樓十二重。」置之長吉集，奚辨乎！二子之生尚在數十年後，此實唐風之始變也。吾讀盛唐諸家，雖淺深濃淡，奇正疏密，各自不同，咸有昌明之象。獨常盱眙如去大梁、吴、楚而入黔、蜀，觸目舉足，皆危崖深箐，其間幽泉怪石，良非中州所有，然亦陰森之氣逼人。○常詩名勝處，幾於支、許清言，即刻劃林泉，亦天然藻繢。獨如「漢上逢老翁，江口爲僵屍」諸篇，宇宙大矣，何地不可行，必效大阮驅車耶？○「玉帛朝回望帝鄉，烏孫歸去不稱王。天涯静處無征戰，兵氣銷爲日月光。」唐三百年，《塞下曲》佳者多矣，昌明博大，無如此篇，出自幽紆之筆，故爲尤奇。○《聽琴秋夜》曰：「寒蟲臨砌默，清吹裹燈頻。」豈形容琴聲之妙，所謂「駟馬仰秣，游魚出聽」耶！别本作「寒蟲臨砌急」，雖肖秋夜，意却淺。又其《江上琴興》曰：「泠泠七絃遍，萬木澄幽陰。能使江月白，又令江水深。」觀此益證「默」字爲確。○詩求可喜，必先去可厭，如「諸峰接一魂」，究竟不穩，不穩則不雅。友夏曰：「追盡山川精髓，使游人毛豎髮立。」吾終不能爲矮人觀場。

嚴武

《題巴州光福寺楠木》曰：「看君幽靄幾千丈，寂寞窮山今遇賞。亦知鐘梵報黄昏，猶卧禪床戀奇響。」興趣不俗，骨氣亦儘高。武詩如此，宜其知少陵也。○《軍城早秋》，自寫英雄本色耳。《寄題杜拾遺錦江野亭》：「腹中書籍幽時曬。」道得此語出，大非粗材。又曰：「莫倚善題《鸚鵡賦》，何須不着鵕鸃冠。」觀此二語，武直以桓温自居，禰衡、郝隆視甫，久欲幕僚之矣，不待三持節之日也。此詩大有駕馭，亦可作武不殺甫之證。

元　結

疏率自任，元次山之本趣也，然亦有太輕太樸者。酬贈、游宴諸詩，須分别存之；惟憫貧窮、悲兵燹之言，宜備矇瞍之誦，爲人牧者尤宜置之座右。

王季友

王季友詩磊塊有筋骨，但亦附寒苦以見長。如「自耕自刈食爲天，如鹿如麋飲野泉。亦知世上公卿貴，且養山中草木年」，誠高出流輩。至「雀鼠晝夜無，知我廚廩貧」，儼然一閬仙矣。又《贈崔高士瓘》曰「問家惟指雲，愛氣嘗言酒」，亦佳。「日月不能老，化腸爲筋否」，殊不堪。僻澀之過，必涉鄙俚，不待賈、孟也。

沈千運　孟雲卿

詩有一意透快，略不含蓄，不礙其爲佳者，沈千運、孟雲卿是也。沈之「近世多夭傷，喜見鬢髮白」，孟之「爲長心易憂，早孤意常傷」，語皆入妙。但讀其全詩，皆羽聲角調，無甚宫商之音。○孟《寒食》詩最佳，「貧居往往無煙火，不獨明朝爲子推」，正可與韓翃詩參看。○《行路難》曰：「海中之水慎勿枯，烏鳶啄蚌傷明珠。」大是激昂。

張謂

張正言詩亦倜儻率真，不甚藴藉，然胸中殊有浩落之趣。「眼前一樽又長滿，胸中萬事如等閒」，有此風調，固宜太白與之把臂。

載酒園詩話又編

九曲阿隱者賀裳黄公氏論次

中唐

劉長卿

隨州絶句，真不減盛唐，次則莫妙於排律。排律惟初、盛爲工，元和以還，牽湊冗複，深可厭也，惟隨州真能接武前賢。至如《嚴維宅送包佶》曰：「江湖同避地，分手自依依。盡室今爲客，驚秋空念歸。歲儲無別墅，寒服羨鄰機。草色村橋晚，蟬聲江樹稀。夜深宜共醉，時難忍相違。何事衡陽雁，汀州忽背飛？」情旨温然，又不徒寫景述事矣。《小鳥篇》，仿佛崔司勳《孟門行》之流。崔詩首尾皆比，中間露出正意，此則全篇是比。「銜花縱有報恩時，擇木難容託身處」，亦從「本擬報君恩，如何反彈射」脱胎。但崔猶有望幸之思，故不勝據鞍顧眄之態；此畏禍之意深，並不暇爲「逝梁發笱」之嘆。然亦有露氣骨處，如「獨立雖輕燕雀群」，終亦不放倒地步。○《月下呈章秀才》曰：「自古悲摇落，誰人奈此何！夜蛩偏傍枕，寒鳥數移柯。向老三年謫，當秋百感多。家貧惟好月，空愧子猷過。」此詩甚佳，衆選不及，殊可怪。○長律至劉隨州而妙，有勝於盛唐人者，却是盛唐人所不願爲。設機以灌，其功倍矣，漢陰丈人自甘抱甕耳。〇《入至德界偶逢洛陽鄰家李光宰》曰：「近北始知黄葉落，向南空見白雲多。」南中多暑，草木不凋，故以葉落爲感，嘆遷謫之久也。下語之妙，乃至於此。〇「機中錦字論長恨」，妙在下一「論」字，雖非詠蘇蕙，讀者遂覺蘇蕙儼然如生。〇「已是洞庭人，猶看灞陵月。昨夜夢中歸，煙波覺來闊」，又「日暮微雨中，州城帶秋色。蕭條主人静，落葉飛不息」，俱非盛唐後語言。然如「只爲乏生計，爾來成遠憂」，不惟輕佻，亦鄙率矣。《長門怨》曰：「黄草生閒地，梨花發舊枝。芳菲自恩幸，看着被風吹。」末句尖警動人，却開後來猥譃之習。雖樂府中不忌，入樂府則俊，入律詩則佻。又《送孫沅歸》：曰「憐君不得已，步步别離難。」「步步」兩字，亦極弄姿也。〇昔人編詩，以開元、大曆初爲盛唐，劉長卿開元、至德間人，列之中唐，殊不解其故。細閲其集，始知之。劉有古調，有新聲。盛唐人無不高凝整渾，隨州短律始收斂氣力，歸於自然，首尾一氣，宛若面語。其後遂流爲張籍一派，益事流走，景不越於目前，情不踰於人我，無復高足闊步，包括宇宙，綜攬人物之意。雖孟襄陽詩，亦有因語真而意近，以機圓而體輕者，然不佻不纖。隨州始有作態之意，實溽暑中之一葉落也。

錢　起

昔人推錢詩者，多舉「長樂鐘聲花外盡，龍池柳色雨中深」。予以二語誠一篇警策，但讀其全篇，終似公廚之饌，饜腹有餘，爽口不足，去王維、李頎尚遠。〇錢詩佳處多經人闡發，余更喜其未經選者，如《罷章陵令山居》二首，甚得閑澹之致，兩起處尤佳。「寧辭園令秩，不改淵明調。解印無與言，見山始一笑。幽人還絶境，誰道苦奔峭。隨雲剩渡溪，出門更垂釣。吾廬青霞裏，窗樹玄猿嘯。微月清風來，方知散髮妙。」又曰：「丘壑趣如此，暮年始棲偃。賴遇無心雲，不笑歸來晚。鳴鳩拂紅枝，初服傍清畎。昨日山僧來，猶嫌嘉遁淺。託君紫陽家，路滅心更遠。梯雲創其居，抱犢上絶巘。杏田溪一曲，霞境峰幾轉。跂石揖飛泉，謝公應在眼。願言攜手去，採藥長不返。」二詩高曠。鍾氏評其《早渡伊川見舊作》，謂：「清和厚遠，不讀此詩，不知錢、劉詩中尚有儲、王一派。」予以如此詩，乃能不爲儲、王者也。○作詩嫌於意隨言盡，如仲文《登覆釜山遇道人》第二篇曰：「真氣重嶂裏，知君嘉遯幽。山階壓丹穴，藥井通伏流。道者帶經出，洞中攜我游。欲驂白蜺去，且爲紫芝留。忽憶武陵事，别家疑數秋。」又《南溪春耕》曰：「荷簑趨南逕，戴勝鳴條枚。溪雨有餘潤，土膏寧厭開。溝塍落花盡，耒耜度雲迴。誰道耦耕倦，仍兼勝賞催。日長農有暇，悔不帶經來。」如此轉筆，真可云水窮雲起矣。○予又喜其《憶山中寄舊友》曰：「數載白雲裏，與君同采薇。樹深煙不散，溪静鷺忘飛。更憶東巖趣，殘陽破翠微。脱巾花下醉，洗藥月前歸。風景今還好，如何此興違！」此誠不減王、孟，不解何以從無賞音。○《觀村民牧山田》曰：「貧民乏井税，瘠土皆耕鑿。禾黍入寒雲，茫茫半山郭。秋來積霖雨，霜降方稑穫。中田聚黎甿，反景空村落。顧慚不耕者，微禄同衛鶴。」此皆長者之言。○大曆中，自丞相以下，出使作牧，無起與士元詩祖餞者，則時論鄙之，故近體中迨居其半。余獨喜其「酒酣暫輕别，路遠始相思」，真入情切事。古稱「錢、郎」，今乃訛爲「錢、劉」，兩家實不相類。

郎士元

郎君胄詩不能高岸，而有談言微中之妙。劉須溪謂其「濃景中别有澹意」，余則謂其澹語中饒有腴味。如「亂流江渡淺，遠色海山微」、「河來當塞曲，山遠與沙平」、「荒城背流水，遠雁入寒雲」、「罷磬風枝動，懸燈雪屋明」，雖蕭寂而不入寒苦。（黄白山評：「『罷磬』一聯，乃僧無可詩。」）至若「月到上方諸品浄，心持半偈萬緣空」，讀之真躁心欲消，妄心欲熄矣。○吾嘗喜其一絶：「或棹輕舟或杖藜，尋常適意釣前溪。草堂竹徑在何處，落日孤煙寒渚西。」可與盧綸「饑食松花渴飲泉，偶從山後到山前。陽坡草軟厚如織，因與鹿麛相伴眠」一詩相匹，真善寫隱淪之趣也。

李嘉佑

高仲武稱李嘉佑「綺靡婉麗，涉於齊、梁」。余意此由未見後人如温、李者耳，猶舜造漆器而指以爲奢也。然《間氣集》所載，殊亦平平。余更喜其「風摇近水葉，雲護欲霜天」、「無人花色慘，多雨鳥聲寒」、「能全季布諾，不道魯連功」、「爽氣遥分隔浦岫，斜光偏照渡江人」，殊有雅致。○按：李詩綺麗不及君平之半，鄭谷曰：「何事後來高仲武，品題《間氣》未公心。」語亦良是。

韓翃

貞元以前人詩多樸重，韓翃在天寶中已有名，其詩始修辭逞態，有風流自賞之意。昌黎曰：「歡愉之辭難工，愁苦之言易好。」獨翃反是。其佳句如「寒雨送歸千里外，東風沉醉百花前」、「露色點衣孤嶼曉，花枝妨帽小園春」、「池畔花深鬬鴨欄，橋邊雨洗藏鴉柳」、「門外碧潭春洗馬，樓前紅燭夜迎人」、「急管晝催平樂酒，春衣夜宿杜陵花」，皆豪華逸樂之概。惟《送李少府入蜀》詩「孤城晚閉秋江上，匹馬寒嘶白露中」，稍覺淒然可念。然在集中，亦如九十春光，一朝風雨耳。第姿韻雖增，風氣亦漸降。至若「葛花滿地能消酒，梔子同心好贈人」、「下筯已憐鵝炙美，開籠無奈鴨媒嬌」、「麈尾手中毛已脱，蟹螯樽上味初香」，駸駸已入輕靡，爲晚唐風調矣。○按：義山有《韓翃舍人即事》詩，如「通内藏珠府，應官解玉坊」，語殊不佳。但此首即不似，他詩不擬韓者反多似之，故知君平爲柔豔之祖。○君平以《寒食》詩得名，宋亡而天下不復禁煙，今人不知鑽燧，又不深習唐事，因不解此詩立言之妙。如「春城無處不飛花，寒食東風御柳斜」二語，猶只澹寫；至「日暮漢宫傳蠟燭，輕煙散入五侯家」，上句言新火，下句言賜火也。此詩作於天寶中，其時楊氏擅寵，國忠、銛與秦、虢、韓三姨號爲五家，豪貴榮盛，莫之能比，故借漢王氏五侯喻之。即賜火一事，而恩澤先霑於戚畹，非他人可望，其餘錫予之濫，又不待言矣。寓意遠，託興微，真得風人之遺。德宗又愛其《調馬》詩：「鴛鴦赭白齒新齊，晚日花間放碧蹄。玉勒乍迴初噴沫，金鞭欲下不成嘶。」余意此詩止於詠物，無斯臧塞淵之旨，固非《寒食》之匹。

韋應物

韋蘇州冰玉之姿，蕙蘭之質，粹如藹如，警目不足，而沁心有餘。然雖以澹漠爲宗，至若「喬木生夏涼，流雲吐華月」、「日落群山陰，天秋百泉響」、「落葉滿空山，何處尋行跡」、「高梧一葉下，空齋歸思多」、「一爲風水便，但見山川馳」、「何因知久要，絲白漆亦堅」，正如嵇叔夜土木形骸，不加修飾，而龍章鳳姿，天質自然特秀。○韋詩皆以平心静氣出之，故多近於有道之言。「身多疾病思田里，邑有流亡愧俸錢」，宛然風人《十畝》、《伐檀》遺意。又如「爲政無異術，當責豈望遷」、「常怪投錢飲，事與賢達疏」、「所願酌貪泉，心不爲磷淄」，省己喻人，皆非素心人不能道。○韋詩誠佳，但觀劉須溪細評，亦太鑽皮出羽。惟云「韋詩潤者如石，孟詩如雪，雖淡無采色，不免有輕盈之意」，此喻尚好。至謂二人意趣相似，則又不然。「自顧躬耕者，才非管樂儔。聞君薦草澤，從此泛滄洲」，自是隱士高尚之言；「促戚下可哀，寬政身致患。日夕思自退，出門望故山」，自是循吏倦還之語。原不同牀，何論各夢！宋人又多以韋、柳並稱，余細觀其詩，亦甚相懸。韋無造作之煩，柳極鍛鍊之力。韋真有曠達之懷，柳終帶排遣之意。詩爲心聲，自不可强。

盧綸

劉長卿外，盧綸爲佳。其詩亦以真而入妙，如「少孤爲客早，多難識君遲」、「貌衰緣藥盡，起晚爲山寒」、「語少心長苦，愁深醉自遲」、「顔衰重喜歸鄉國，身賤多慚問姓名」、「高歌猶愛《思歸引》，醉語惟誇漉酒巾」、「故友九泉留語别，逐臣千里寄書來」，皆能使人情爲之移，甚者欷歔欲絶。寫景之工，則如「估客晝眠知浪静，舟人夜語覺潮生」、「上方月曉聞僧語，下界林疏見客行」、「孤村樹色昏殘雨，遠寺鐘聲帶夕陽」、「折花朝露滴，漱石野泉清」、「泉急魚依藻，花繁鳥近人」、「路濕雲初上，山明日正中」、「人隨雁迢遞，棧與雲重疊」，悉如目見也。○《塞下曲》六首，俱有盛唐之音，「平明尋白羽，没在石稜中」一章尤佳。人顧稱「欲將輕騎逐，大雪滿刀弓」，雖亦矯健，然殊有逗遛之態，何如前語雄壯。

秦系

秦系詩惟工寫景，故能近人。其《贈張評事》作最佳，如「流水閒過院，春風與閉門」，頗有閑澹之趣。又「籬間五月留殘雪，座右千年蔭怪松」，工麗中不失矯健。其他悉有綺思，惜音節漸柔。

皇甫冉　皇甫曾

兩皇甫殊勝二包，雖取境不遠，而神幽韵潔，有涼月疏風、殘蟬新雁之致。如補闕之「果熟任霜封，籬疏從水度」、「山晚雲和雪，汀寒月照霜」、「裛露收新稼，迎寒葺舊廬」，昔人賞鑒固自不錯。侍御之「細泉松徑裏，返景竹林西」、「隔城砧杵急，帶月早鴻還」，亦自清絶；至若「客散高樓上，帆飛細雨中」，旅中讀之，尤不能爲懷。才雖稍亞於兄，正自不墮家法。

李　端

初讀李端集，苦於平熟，遇其時一作態，即新警可喜。如「月落星稀天欲明，孤燈未滅夢難成。披衣更向門前望，不忿朝來鵲喜聲」，何其多姿也！又《九日贈司空曙》：「我有惆悵辭，待君醉時説。長安逢九日，難與菊花別。摘却正開花，暫言花未發。」此與王建《春去曲》「老夫不比少年兒，不中數與春別離」，同一弄姿生色，但細觀之，終有折腰齲齒之態。暫見則妍，效顰即醜。李詩自有正大而佳者，如《雪夜尋太白道士》「出遊居鶴上，避禍入羊中」，不在摩詰「飲人聊割酒，送客乍分風」之下；《瘦馬行》頗有少陵之遺；《雜歌》長篇，宛似太白，中曰「酒沽千日人不醉，琴弄一絃心已悲」，最爲警策。

嚴維

中唐數十年間，亦自風氣不同。其初，類於平淡中時露一入情切景之語，故讀元和以前詩，大抵如空山獨行，忽聞蘭氣，餘則寒柯荒阜而已。如嚴維「柳塘春水漫，花塢夕陽遲」，誠爲佳句，但上云「窗吟絶妙辭」，却鄙。余惟喜其《留别鄒紹先劉長卿》詩：「中年從一尉，自慊此身非。道在甘微禄，時危恥息機。晨趨本郡府，晝掩故山扉。待得干戈畢，何妨更採薇。」頗有長厚之風。又「還家萬里夢，爲客五更愁」，深切情事。「陽雁叫霜來枕上，寒山映月在湖中」、「漁浦浪花摇素壁，西陵樹色入秋窗」，時一神游，忽忽在目。

耿湋

耿湋詩善傳荒寂之景，寫細碎之事，故鍾、譚表章皆當，無失入者。至其所遺，如「暮雪餘春冷，寒燈獨晝明」，深肖山寺；「幾度曾相夢，何時定得書」，酷似懷人之緒；《沙雁篇》尤有寄託，中聯云「還塞知何日，驚弦亂此心。夜陰前侶遠，秋冷後湖深」，讀之令人淒然。〇「雖言千騎上頭居，一世生離恨有餘。葉下綺窗銀燭冷，含啼自草錦中書。」此詩直而温，怨而不怒，當共《秋日》詩爲集中之冠。

司空曙

司空文明每作得一聯好詩，輒爲人壓占。如「乍見翻疑夢，相悲各問年」，可謂情至之語；李益曰「問姓驚初見，稱名憶舊容」，則情尤深，語尤愴，讀之者幾於淚不能收。「池晴龜出曝，松暝鶴飛迴」，寫景亦佳；又有包佶「鳥窺新罅栗，龜上半欹蓮」，尤得點染之趣。正如劉毅樗蒲，方矜得雉，不意他人又復成盧而去。○詩有以謔而妙者，如「無將故人酒，不及石尤風」是也。詩固不必盡莊。

顧况

顧况詩極有氣骨，但七言長篇，粗硬中時雜鄙句，惜有高調而非雅音。如《李供奉彈箜篌歌》：「指剥葱，腕削玉，饒鹽饒醬五味足。弄調人間不識名，彈盡天下崛奇曲。」後又云：「銀器胡瓶馬上馱，瑞錦輕羅滿車送。」真爲可恨。《詩歸》賞之。《烏啼曲》云：「此是天上老鴉鳴，我聞老鴉無此聲。」亦可厭。余所有顧集無此數詩，此編詩者亦具眼也。惟《彈筝歌》尚佳，如「獨抱《梁州》只幾拍，風沙對面胡秦隔。聽中忘却前溪碧，醉後猶疑邊草白。」真在「新繫青絲百尺繩」之上，不宜軼去。然在集中，正不必索隱探幽，終當以《棄婦詞》爲第一。如「記得初嫁君，小姑始扶牀。今日君棄妾，小姑如妾長。迴首語小姑，莫嫁如兄夫。」雖繁絃促節，實能使行雲爲之不流，庭花爲之翻落。其次則《公子行》尚可觀，如「紅光拂拂酒光凝，當街背拉金吾行。朝游鼕鼕鼓聲發，暮遊鼕鼕鼓聲絶。入門不肯自升堂，美人扶踏金階月」。如見膏粱紈袴之狀也。

李　益

中唐人故多佳詩，不及盛唐者，氣力減耳。雅澹則不能高渾，雄奇則不能沉静，清新則不能深厚。至貞元以後，苦寒、放誕、纖縟之音作矣。惟李君虞風氣不墜，如《竹窗聞風》、《野田行》，俱中朝正始之音。余尤愛其入情之句，如《游子吟》：「莫以衣上塵，不謂心如練。」《雜曲》：「愛如寒爐火，棄若秋風扇。山嶽起面前，相看不相見。」「嘗聞生别離，悲莫悲於此。同器不同榮，堂下即千里。」殊有漢、魏樂府之遺。《效古促促曲爲河上思婦作》曰：「促促何促促，黄河九迴曲。嫁與棹船郎，空牀將影宿。不道君心不如石，那令妾貌顔如玉。」讀此覺李嘉佑「花落黄鸝不復來，妾老君心亦應變」，下語殊淺。但君虞能體貼人情至此，何以使勝業銜冤，崇敬生劫？○李以邊辭名，余以「邊馬櫪上驚，雄劍匣中鳴」猶未足奇，如《再赴渭北使府留别》曰「報恩身未死，識路馬還嘶」，信爲悲壯。○《餘花落》曰：「留春春竟去，春去花如此。蝶舞遶應稀，鳥驚飛詎已。衰紅辭故蕚，繁緑扶凋蕊。自萎不勝愁，庭風那更起。」此篇與「應門照緑苔」作體格相似，皆有横波回睇之妙。

于　鵠

讀于鵠詩，惟恨其少。如《途中寄楊陟》曰：「前村見來久，羸馬自行遲。」《出塞》曰：「分陣瞻山勢，潛兵制馬鳴。」《南谿書齋》曰：「茅屋住來久，山深不置門。草生垂井口，花落擁籬根。」《送李明府歸別業》曰：「鹿裘長酒氣，茅屋有茶煙。」《題柏臺山》曰：「枯藤離舊樹，朽石落高峰。」刻劃處無不形神俱似。至《題合溪乾洞》曰：「仙人來往行無跡，石徑春風長緑苔。」殆飄飄乎有凌雲之氣矣！○「秦女窺人不解羞，攀花趁蝶出牆頭。胸前空帶宜男草，嫁得蕭郎愛遠遊。」首二句即王江寧「閨中少婦不知愁，春日凝粧上翠樓」意。但見柳色而悔，是少婦自悔，此却出於旁觀者之矜惜。然語意含蓄，較之「自慚輸厩吏，餘煖在香韉」，可謂好色不淫也。○《江南曲》曰：「偶向江邊採白蘋，還隨女伴賽江神。衆中不敢分明語，暗擲金錢卜遠人。」摹寫一段柔腸慧致，自是化工之筆。讀此則前篇秦女僅有貌耳，深情大不如。

戎　昱

戎有《苦哉行》，寫暴兵之虐甚工。如「去年狂胡來，懼死翻生全。今秋官軍至，豈意遭戈鋋」，真爲酸鼻。○升庵不滿於戎，余觀其集，惟《贈岑郎中》「天下無人鑒詩句，不尋詩伯重尋誰」，真鄙陋耳。好詩尚多，即如升庵所稱《霽雪》詩，亦甚佳。又《過商山作》：「雨暗商山過客稀，路旁孤店閉柴扉。卸鞍良久茅簷下，待得主人樵採歸。」深肖山僻之景。又《古意》曰：「女伴朝來説，知君欲棄捐。懶梳明鏡下，羞到畫堂前。有淚沾脂粉，無情理管絃。不知將巧笑，更遣向誰憐？」宛然如見，伍舉辭荆，廉頗去趙，真使逋臣羈客聞之泣下。《採蓮曲》曰：「雖聽採蓮曲，詎識採蓮心？漾檝愛花遠，回船愁浪深。煙生極浦色，日落半江陰。同侶憐波静，看粧墮玉簪。」此詩殊有波明粧靚之致。○又有《江柳》詩「人看幾重恨，鳥入一枝低」，可謂寫照。

戴叔倫

《女耕田行》曰：「乳燕入巢筍成竹，誰家二女種新穀。無牛無人不及犂，持刀砍地翻作泥。自言家貧母年老，長兄從軍未娶嫂。去年災疫牛囤空，截絹買刀都市中。頭巾掩面畏人識，以刀代牛誰與同？姊妹相攜心正苦，不見路人惟見土。疏通畦隴防亂苗，整頓溝塍待時雨。日正南岡下餉歸，可憐朝雉擾驚飛。東鄰西舍花發盡，共惜餘芳淚滿衣。」此詩語直而氣婉，悲感中仍帶勉勵，作勞中不廢禮防，真有女士之風，裨益風化。張司業得其致，王司馬肖其語，白少傅時或得其意，此殆兼三子之長先鳴者也。○近體詩亦多可觀，如「風枝驚暗鵲，露草覆寒蛩」、「對酒惜餘景，問程愁亂山」、「竹暗閑房雨，茶香别院風」，語皆清警。

羊士諤

詩有美不勝收，品居中下者；亦有無一言可舉，不得不稱爲勝流者，以風度論也。知此可以定羊資州詩矣。○貞元後，集中有佳詩易，無惡詩難。羊士諤詩雖不甚佳，却求一字之惡不可得。○「紅衣落盡暗香殘，葉上秋光白露寒。越女含情已無限，莫教長袖倚闌干。」此詩最流傳人口，然僅賞其標致耳。題是《郡中即事》，固是感秋而作。但「越女含情」，與太守何涉，而「莫教倚欄」也？此正喻孤臣於思婦之意，借以寫留滯周南之感耳。唐時重内而輕外，羊以與吕温善而謫外，故發於語言者如此。然雖感慨而含蓄不露，頗得風人之遺。

李涉

于頔爲觀察使，有酷虐聲。李涉過襄陽，上詩曰：「方城漢水舊城池，陵谷依然世自移。歇馬獨來尋故事，逢人惟説峴山碑。」謝註曰：「勸于公當以羊祜爲法，詞婉而妙。」此言誠然。余因思詩主於諷，無取於激，從諛者固非，亦何須開口便尋事作鬧。歐陽永叔意非不忠，而晏元獻爲之怏怏，其辭直而少巽耳。若此詩，真所爲主文譎諫者，聞之者不怒，而有以感發其善心。余謂此二十八字，尚勝昌黎贈許潁州、崔復州兩篇大文〔一〕。李絶句多佳，此篇尤爲可法。

【校勘記】

〔一〕「許潁州」，據韓愈《昌黎先生集》，當作「許郢州」。

吕温

吕温之謫道州，不以善叔文、執誼，而以傾李吉甫，當時廟堂舉動，亦甚明允。以温之才而傾險若此，正如鑱鱗不以脱釣爲幸，反以失餌爲憂。卒之八司馬尚或身遇湔濯，悲者亦錮止其身，温更殃流於後，可嘆也。温詩不及劉、柳，氣亦勁重蒼厚。其《望思臺》曰：「浸潤成宫蠱，蒼黄弄父兵。人情疑始變，天性感還生。」二語可謂格言。（黄白山評：「二語極善道武帝父子間意，即使乃公自己動筆，不過如此。」）又《合江亭前客命剪竹看遠岸花感懷》曰：「吉凶豈前卜，人事何翻覆！緣看數日花，却剪凌霜竹。」常言契君操，今乃妨衆目。自古病當門，誰言出幽獨！」雖是自喻之言，亦切於「美女破舌，美男破老」之義，聞之殊爲刺心。○温《孟冬蒲津關河亭作》有句云：「雪霜自兹始，草木當更新。嚴冬不肅殺，何以見陽春？」語自佳，然敢作敢爲、勃勃喜事之態，亦見言下。又元稹《解愁》、劉禹錫《華山歌》亦然，俱覺睁眉突眼，躁露不含蓄。至杜牧「大暑去酷吏，清風來故人」，淺躁益甚矣。

柳宗元

大曆以還，詩多崇尚自然。柳子厚始一振厲，篇琢句鍾，起頹靡而蕩穢濁，出入《騷》、《雅》，無一字輕率。其初多務谿刻，故神峻而味冽，既亦漸近温醇。如「高樹臨清池，風驚夜來雨」、「寒月上東嶺，泠泠疏竹根。石泉遠逾響，山鳥時一喧」、「道人庭宇静，苔色連深竹」，不意王、孟之外，復有此奇。○宋人詩法，以韋、柳爲一體。方回謂其同而異，其言甚當。余以韋、柳相同者神骨之清，相異者不獨峭淡之分，先自憂樂之别。（黄白山評：「東坡『發穠纖於簡古，寄至味於澹泊』，上句指韋，下句指柳，本有分别。後人動以二子並稱，而不别其風格之異，總是隔壁聽耳。」）如《贈吴武陵》曰：「聲希閟大樸，聾俗何由聰？」《種朮》曰：「單豹且理内，高門復如何？」韋安有此憤激？《游南亭夜還叙志》曰：「知罃懷褚中，范叔戀綈袍。」《湘口館》曰：「升高欲自舒，彌使遠念來。」韋又安有此愁思？東坡又謂柳在韋上，此言亦甚可思。柳構思精嚴，韋出手稍易。學韋者易以藏拙，學柳者不能覆短也。○《詩眼》曰：「子厚詩尤深難識，前賢亦未推重。自坡老發明其妙，學者方漸知之。」余以柳詩自佳，亦於東坡有同病之憐，親歷其境，故益覺其立言之妙。坡尤好陶詩，此則如身入虞羅，愈見冥鴻之可慕。然坡語曰：「所貴於枯淡者，謂外枯而中膏，似淡而實美，淵明、子厚之流是也。若中邊皆枯，淡亦何足道？」自是至言。即如「曉耕翻露草，夜榜響溪石」、「引杖試荒泉，解帶圍新竹」、「寒花疏寂歷，幽泉微斷續」、「風窗疏竹響，露井寒松滴」，孰非目前之景，而句字高潔，何嘗不澹，何病於穠！○《讀書》曰：「上下觀古今，起伏千萬途。遇欣或自笑，感戚亦以吁。」殆爲千古書淫墨癖人寫照。又曰：「臨文乍了了，徹卷兀若無。」則如先爲余輩一種困學人解嘲矣。○《南澗》詩從樂而説至憂，《覺衰》詩從憂而説至樂，其胸中鬱結則一也。柳子之答賀者，曰：「庸詎知吾之浩浩，非戚戚之尤者乎？」讀此文可解此詩。每見評者曰「近陶」，或曰「達」，余以《山樞》之答《蟋蟀》，猶謂其憂深音蹙，然即陶詩「今我不爲樂，知有來歲不」意也。此更云死不足畏而且樂，其衷懷何如？如此説詩，正未夢見。○《覺衰》詩極有轉摺變化之妙，起曰：「久知老會至，不謂便見侵。今年宜未衰，稍已來相尋。」一句一轉，每轉中下字俱有層折。「齒疏髮就種，奔走力不任」二語，正見「見侵」處。若一直説去，便是俗筆。遽曰：「咄此可奈何，未必傷我心。彭聃安在哉？周孔亦已沉。古稱壽聖人，曾不留至今。但願得美酒，朋友常共斟。是時春向暮，桃李生繁陰。日照天正碧，杳杳歸鴻吟。出門呼所親，扶杖登西林。高歌足自快，《商頌》有遺音。」中間轉筆處，如良御回轅，長年捩舵。至文情之美，則如疾風捲雲，忽吐華月，危峰纔度，便入錦城也。○柳五言詩猶能强自排遣，七言則滿紙涕淚。如「桂嶺瘴來雲似墨，洞庭春盡水如天」、「鵝毛禦臘縫山罽，鷄骨占年拜水神」、「山腹雨晴添象跡，潭心日暖長蛟涎」、「梅嶺寒煙藏翡翠，桂江秋水露鰅鱅」、「驚風亂颭芙蓉水，密雨斜侵薜荔牆」、「蒹葭淅瀝含秋露，橘柚玲瓏透夕陽」、「歸目并隨迴雁盡，愁腸正遇斷猿時」，只就此寫景，已不可堪，不待讀其「一身去國六千里，萬死投荒十二年」矣。○子厚有良史之才，即以韵語出之，亦自鬚眉欲動。如叙韋道安斃盜辭婚事，生氣凜凜。

吾尤喜其「師婚古所病，合姓非用兵」，語甚典雅。○《平淮雅》二篇，誠唐音之冠，柳子亦深自負，但終不可以入周詩。今舉其尤警者，如「我旆我旂，於道於陌。訓於群帥，拳勇來格。公曰徐之，無恃額額。式和爾容，惟義之宅。」「進次於郾，彼昏卒狂。裒兇鞠頑，鋒蝟斧螗。赤子匍匐，厥父是亢。怒其萌芽，以悖太陽。」「皇曰咨愬，裕乃父功。昔我文祖，惟西平是庸。内誨於家，外刑於邦。孰是蔡人，而不率從。」「蔡人率止，惟西平有子。西平有子，惟我有臣。疇允大邦，俾惠我人。於廟告功，以顧萬方。」試較《皇矣》之「臨衝閑閑」，《江漢》之「釐爾圭瓚」，便覺古人風發而漪生，此有巧人織繡之恨。（黄白山評：「如此詩，當以繼響《雅》、《頌》目之可爾，謂終不可入周詩，議論毋乃太刻！」）○《鐃歌鼓吹曲》，又不及《皇武》、《方城》，然較之《七德舞》，則綿蕞猶勝盆子君臣也。

劉禹錫

劉夢得五言古詩，多學南北朝。如《觀舞柘枝》曰：「曲盡迴身處，層波猶注人。」宫體中佳語也。唯近體中間雜古調，終有烏孫學漢之譏，不若唐音自佳。○五古自是劉詩勝場，然其可喜處，多在新聲變調，尖警不含蓄者。《團扇歌》曰：「明年入懷袖，别是機中練。」不惟竿頭進步，正自酸感動人。○《狀天壇遇雨》曰：「疾行穿雨過，却立視雲背。」《羅浮寺》曰：「夜宿最高峰，瞻望浩無鄰。海黑天宇曠，星辰來逼人。」景奇語奇，登山時却實有此事。《插田歌》叙述田夫、計吏問答，如「田夫語計吏：君家儂定記。一來長安道，眼大不相覷。計吏笑致辭：長安真大處。省門高軻峨，儂入無度數。昨來補衛士，惟用筒竹布。君看二三年，我作官人去。」匪徒言動如生，言外感傷時事，使千載後人猶爲之欲哭欲泣。又《葡萄歌》曰：「田野生葡萄，纏繞一枝高。移來碧墀下，張王日高高。兩韵同一「高」字，疑誤。分岐浩繁縟，修蔓蟠詰曲。揚翹向庭柯，意思如有屬。爲之立長檠，布護當軒緑。朱液溉其根，理疏看滲漉。繁葩組綬結，懸實珠璣蹙。馬乳帶輕霜，龍鱗曜初旭。有客汾陰至，臨堂瞪雙目。自言我晉人，種此如種玉。釀之成美酒，令人飲不足。爲君持一斗，往取涼州牧。」形容葡萄形味，既自入神，忽思及孟陀、張讓，隱諷當日中尉之盛，可謂寸水興波之筆。○七言古大致多可觀，其《武昌老人説笛歌》，娓娓不休，極肖過時人追憶盛年，不禁技癢之態。至曰「氣力已微心尚在，時時一曲夢中吹」，不意筆舌之妙，一至於此！○夢得最長於刻劃，如《泰娘歌》：「朱絃已絶爲知音，雲鬢未秋私自惜。」則如見狹邪人矜能炫色，摇摇靡泊之懷。《龍陽縣歌》：「沙平草緑見吏稀，寂寥斜陽照縣鼓。」則宛若身游荒縣。《西山蘭若試茶歌》：「驟雨松聲入鼎來，白雲滿盌花徘徊。」令人渴吻生津。《觀棋歌》：「初疑磊落曙天星，次見搏擊三秋兵。雁行布陣衆未曉，虎穴得子人皆驚。」儼然兩人對弈於旁也。《郡内書情獻裴侍中留守》，其警句云：「萬乘旌旗分一半，八方風雨會中央。」不徒對仗整齊，氣象雄麗，且雒邑爲天下之中，度以上相居守，字字關合，殆無虚設。顧有以「旌旗」對「風雨」不工爲言者，豈非小兒强作解人乎？○夢得佳詩，多在朗、連、夔、和時作者佳；主客以後，始事疏縱；其與白傅倡和者，尤多老人衰颯之音。長律雖有美言，亦多語工而調熟。嗚呼！名宿猶爾，何以責江湖小生？始信《墨子》素絲之悲，吾儕爲學力文，時時當凛此懷。○楊用修極稱劉集之佳，摘句表章之。余觀内外集，覺楊所遺尚多。如《送李侍郎自河南尹再除本官》曰：「宫女猶傳《洞簫賦》，國人先詠《衮衣》詩。」《贈令狐相公鎮太原》曰：「戎羯歸心如内地，天狼無角比凡星。」《酬楊司業巨源》曰：「渤海歸人將集去，梨園子弟請詞來。」《寄朗州温右史》曰：「城邊流水桃花過，簾外春風杜若香。」《送蘄州李郎中赴任》曰：「薤葉照人呈夏簟，松花滿盌試新茶。」《過逢舉法師寺院便送歸江陵》曰：「猿狖窺齋林葉動，蛟龍聞咒浪花低。」《送曹璩歸越中舊隱》曰：「數間茅屋閒臨水，一盞秋燈夜讀書。」《酬浙東元相公》曰：「平湖晚泛窺清鏡，高閣晨開掃翠微。」《自江陵沿流道中》曰：「沙村好處多逢寺，山葉紅時覺勝春。」《守和州秋日即事寄張郎中籍》曰：「雲銜日脚成山雨，風駕潮頭入渚田。」《洛中初冬拜表有懷上京故人》曰：「清洛曉光鋪碧簟，上陽霜葉剪紅綃。」措辭命意，不切其地，即切其人，或切其事與景，真八面皆鋒，較僅工一家之言者，真寒窶矣！

韓　愈

七言古最見筆力，中唐名家，亦多緩弱。惟韓退之有項羽救鉅鹿，呼聲動天，諸侯莫敢仰視之概，至敗亡，猶能以二十八騎於百萬衆中斬將刈旗。稍一沉深，項可劉，韓可杜矣。張司業祭韓詩曰：「獨得雄直氣，發爲古文章。」余意獨舉以評其詩尤當。○《秋懷》詩曰：「清曉卷書坐，南山見高稜。

其下澄秋水，有蛟寒可罾。惜哉不得往，豈謂吾無能。」又《題炭谷湫祠堂》曰：「列峰若攢指，石盂仰環環。巨靈高其捧，保此一掬慳。吁無吹毛刃，血此牛蹄殷。至令乘水旱，鼓舞寡與鰥。」凛然有驅鱷魚、焚佛骨之氣。〇又曰：「低心逐時趨，苦勉祗能暫。有如乘風船，一縱不可纜。」《紀夢》詩曰：「乃知仙人未賢聖，護短憑愚邀我敬。我能屈曲自世間，安能從汝巢神山。」磊落骯髒，如見其人。〇《十操》爲韓詩之最，然尤妙於《拘幽》：「有知無知兮，爲死爲生。臣罪當誅兮，天王聖明。」此真聖賢語。至《履霜操》：「父兮兒寒，母兮兒饑。兒罪當笞，逐兒何爲？」亦復不減。末云：「母生衆兒，有母憐之。獨無母憐，兒寧不悲！」未免淺露矣。此外即《殘形操》爲佳，如思如疑，妙得恍惚之景，當在《猗蘭》、《别鵠》之上。〇琴詩曰：「昵昵兒女語，恩怨相爾汝。劃然變軒昂，勇士赴敵場。浮雲柳絮無根蒂，天地闊遠隨飛揚。」何等灑落！「大絃春温和且平，小絃廉折亮以清。平生未識宫與角，但聞牛鳴盎中雉登木。」無論黏皮帶骨，且不三四句便罵，豈温柔之教？（黄白山評：「『宫如牛鳴窨中』云云，本出《管子》，賀謂『不三四句便罵』，是誤以爲退之自作矣。」）〇東坡評子厚詩，謂：「退之豪放奇險則過之，温麗情深不及。」此言猶當。陳後山曰：「退之於詩本無所解，直以才高而妙耳。」此言則非，韓何至在宋人下！《醉贈張秘書》曰：「險語破鬼膽，高詞媲皇墳。至寶不雕琢，神功謝鋤耘。」高處在此，不及處亦在此。（黄白山評：「此語退之有知，亦當心服。」又評：「天下未有不雕琢、不鋤耘而語能險、詞能高者，二語叙在一處，頗不倫。」）〇韓詩亦善使事，如《送鄭尚書赴南海》曰：「風静鶢鶋去，官廉蚌蛤回。」上句用海大風，下用合浦還珠事，何工妙也！〇《酬天平馬僕射》曰：「威令加徐土，儒風被魯邦。清爲公論重，寬得士心降。」不惟有獎，兼亦有勸，莫謂韓詩全直。○韓詩至《石鼓歌》而才情縱恣已極，至《嗟哉董生行》則駸駸淫於盧仝矣。古人所以戒入鮑魚之肆。（黄白山評：「此退之自謂『才大無所不可』耳。豈胸無主張，容易漸染於人者！」）

盧　仝

王弇州曰：「玉川《月蝕》詩，是病熱人囈語。前則任華，後則盧仝，皆乞兒唱長短歌博酒食者。」余甚快之。然此詩以指元和之黨，猶可説也。至贈馬異篇，不曰一之爲甚乎？其他可笑者，更不勝指。但讀至「相思一夜梅花發，忽到窗前疑是君」，不得不以勝流目之。（黄白山評：「此語全與玉川平時手不類，胡元瑞《詩藪》作劉瑗詩，或是。」）

孟　郊

貞元、元和間，詩道始雜，類各立門户。孟東野最爲高深，如「慈母手中線，遊子身上衣。臨行密密縫，意恐遲遲歸。誰言寸草心，報得三春暉？」真是六經鼓吹，當與退之《拘幽操》同爲全唐第一。吾更喜其《送韓愈從軍篇》云：「王粲有所依，元瑜初應命。一章喻檄明，百萬心氣定。」此即李抱真所云「山東布赦書，士卒皆感泣」，可謂能見其大，而概謂之「蛩吟草間」耶！○《嬋娟篇》人多稱之，然始曰：「花嬋娟，泛春泉。竹嬋娟，籠曉煙。雪嬋娟，不常妍。月嬋娟，真可憐。」以四物並稱，下曰：「夜半姮娥朝太乙，人間本自無靈匹。漢宮承寵不多時，飛燕婕妤相妬嫉。」似三語皆是興意，獨歸重於月，而原本羿妻竊藥之故，仲明上云「可憐」之意，然正是東野寄託之辭。

李賀

李賀骨勁而神秀，在中唐最高渾有氣格，奇不入誕，麗不入纖。雖與温、李並稱西崑，兩家纖麗，其長自在近體，七言古勉强效之，全竊形似，此真理不足者。嚴滄浪至以「玉川之怪，長吉之瑰詭」共言，此猶以蘇蘭、蜣轉並器，且置蜣轉於蘇蘭之上，其爲識者不平，豈徒噲等爲伍而已。賀贈朔客曰：「俊健如生猱，肯拾蓬上螢。」《贈陳商》曰：「太華五千仞，拔地抽森秀。」此即可以評賀詩。○杜牧序賀曰：「蓋《騷》之苗裔，理雖不及，辭或過之。《騷》之有感怨刺懟，言及君臣理亂，時有以激發人意。迺賀所爲，無得有是。」後又云：「少加以理，奴僕命《騷》可也。」宋人貶之，以爲賀詩之妙，正在理外。余細觀賀詩，二說俱謬。賀詩誠不能悉合於理，此詞人皆然，不獨賀也。如《黄家洞》云：「雀步蹙沙聲促促，四尺角弓青石鏃。黑幡三點銅鼓鳴，高作猿啼摇箭箙。綵巾纏踍幅半斜，溪頭簇隊映葛花。山潭晚霧吟白鼉，竹蛇飛蠹射金沙。閒驅竹馬緩歸家，官軍自殺容州槎。」此篇前五句寫蠻人悍勇之狀，「雀步蹙沙」，狀其行也；「角弓石鏃」、「黑幡銅鼓」，言其弧矢及軍中號令；「猿啼」狀其聲；「踍」，脛骨，斜纏綵巾，言其服飾。葛花當是野葛，《博物志》稱「曹瞞習啖野葛」，即此葛，非消酒之葛花也。葛，毒草，白鼉、竹蛇，皆毒物，總言蠻地風物之惡，官軍不能深入久屯。末言軍中殺戮無罪以冒功。讀一過，萬里之外，如在目前。（黄白山評：「徐文長云：『雀步』句狀箭鏃墜沙之聲。」）誰謂不能感發人意乎？又其《採玉歌》曰：「採玉採玉須水碧，琢作步摇徒好色。老夫饑寒龍爲愁，藍溪水氣無清白。夜雨岡頭食蓁子，杜鵑口血老夫淚。藍溪之水厭生人，身死千年恨溪水。斜山柏風雨如嘯，泉脚掛繩青裊裊。林寒白屋念嬌嬰，古臺石磴懸腸草。」此詩極言採玉之苦，以繩懸身下溪而採，人多溺而不起，至水亦厭之。採時又饑寒無食，惟摘蓁子爲糧。及得玉，僅供步摇之用，充玩好而已。傷心慘目之悲，及勞民以求無用之意，隱隱形於言外。此真樂天所云「下以洩導人情，上可以補察時政」者，而曰賀詩全無理，豈其然！○《神絃曲》曰：「西山日没東山昏，旋風吹馬馬踏雲。畫絃素管聲淺繁，花裙綷縩步秋塵。桂葉刷風桂墜子，青狸哭血寒狐死。古壁彩虬金帖尾，雨工騎入秋潭水。百年老鴞成木魅，嘯聲碧火巢中起。」《神絃别曲》曰：「巫山小女隔雲别，春風松花山上發。緑蓋獨穿香徑歸，白馬花竿前孑孑。蜀江風澹水如羅，墮蘭誰泛相經過。南陽桂樹爲君死，雲衫淺污紅脂花。」二詩真有《湘君》、《山鬼》之遺。但中篇語太淺直，如「呼星召鬼歆杯盤，山鬼食前人森寒」，形容殊劣。二詩已不能盡奇，《騷》豈易及，況「奴僕」耶！○世皆稱長吉爲鬼仙之才，語殊不謬。然其集中亦自有清新俊逸者。如《崇義里滯雨》曰：「憂眠枕劍匣，客帳夢封侯。」《傷心行》曰：「燈青蘭膏歇，落照飛蛾舞。古壁生凝塵，羈魂夢中語。」《始爲奉禮憶昌谷山居》曰：「不知船上月，誰棹滿溪雲？」《秋涼寄兄》曰：「夢中相聚笑，覺見半牀月。」《江南弄》曰：「江中綠霧起涼波，天上疊巘紅嵯峨。水風浦雲生老竹，渚暝蒲帆如一幅。鱸魚千頭酒千斛，酒中倒掛南山綠。吴歈越吟未終曲，江上團團帖寒玉。」寫景真是如畫，何嘗鬼語，亦何嘗不佳？按：「團團帖寒玉」，註以爲荷。余意或是言月，觀上文「渚暝」可見，且與「吴歈越吟未終曲」句相應尤急。○長吉豔詩，尤情深語秀。如《江樓曲》曰：「曉釵催鬢語南風，抽帆歸來一日功。」《有所思》曰：「白日蕭條夢不成，橋南更問仙人卜。」《銅雀妓》曰：「石馬卧新烟，憂來何所似？長裾壓高臺，淚眼看花機。」《江潭苑》曰：「十騎簇芙蓉，宫衣小隊紅。練香熏宋鵲，尋箭踏盧龍。旗濕金鈴重，霜乾玉鐙空。今朝畫眉早，不待景陽鐘。」雖崔汴州，曷能過乎？

張籍　王建

高棅《品彙》設立名目，取舍不能盡當，惟七言古以張、王並列，極爲有識。文昌善爲哀婉之音，有嬌絃玉指之致。仲初妙於不含蓄，亦自有曉鐘殘角之韵。後人徒稱其《宫詞》百首，此如食熊啖股，何嘗得其美處。○「妙絶《江南曲》，淒涼怨女詞」，姚秘書之評張司業也。此言甚當。王之《當窗織》、《簇蠶詞》、《去婦》、《老婦嘆鏡》、《促剌詞》，若令出司業手，必當倍爲可觀。惟形容獰惡之態，則王勝於張。王《射虎行》曰：「自去射虎得虎歸，官差射虎得虎遲。獨行以死當虎命，兩人相疑終不定。朝朝暮暮空手回，山下緑苗成道徑。遠立不敢污箭鏃，聞死還來分虎肉。惜留猛虎着深山，射殺恐畏終身閒。」張《猛虎行》曰：「南山北山樹冥冥，猛虎白日遶林行。向晚一身當道食，山中麋鹿盡無聲。年年養子在空谷，雌雄上山不相逐。谷中近窟有山林，長向村家取黄犢。五陵年少不敢射，空來林下看行跡。」張詠猛虎，故摹寫怯弱以見負嵎之威；王詠射虎，故曲盡狡獪之態，用意不同，俱爲酷肖。《詩歸》評王詩曰：「有激之言，字字痛切，似爲千古朝事邊事寫一供狀。」此論妙甚。張詩雖工，僅詞人之言，王詩意深遠矣。（黄白山評：「張詩亦似爲權門勢要傾害朝士之喻，非徒詠猛虎而已。」）○張《古釵嘆》曰：「古釵墮井無顔色，百尺泥中今復得。鳳凰宛轉有古儀，欲爲首飾不稱時。女伴傳看不知主，羅袖拂拭生光輝。蘭膏已盡股半折，雕文刻樣無年月。雖離井底入匣中，不用還與墜時同。」王《開池得古釵》曰：「美人開池北堂下，拾得寶釵金未化。鳳凰半在雙股齊，鈿花落處生黄泥。當時墮地覓不得，暗想窗中還夜啼。可知將來對夫壻，鏡前學梳古時髻。莫言至此亦不遺，還似前人初得時。」王詩作驚喜之意，亦佳。尤妙在暗想墮地時啼，思路周折。至學梳古髻，尤肖嬌憨之態。然意盡於得釵。張所寄託便在絃指之外，令人想見淮陰典連敖，鳳雛治耒陽時也。○張《羈旅行》曰：「荒城無人霜滿路，野火燒橋不得度。寒蟲入窟鳥歸巢，僮僕問我誰家去？行尋田頭暗未息，雙轂長轅礙荆棘。緣岡入澗投田家，主人舂米爲夜食。晨鷄喔喔茅屋旁，行人起掃車上霜。」數語深肖旅途之景。又仲初《田家留客》曰：「遠行僮僕應苦饑，新婦廚中炊欲熟。不嫌田家破門户，蠶房新泥無風土。」又曰：「丁寧回語屋中妻，有客勿令兒夜啼。雙塚直西有縣路，我教丁男送君去。」寫主人情事，亦復如見。如此主賓，恨不令其相值。○張《將軍行》叙戰勝後曰：「擾擾惟有牛羊聲。」《關山月》曰：「軍中探騎暮出城，伏兵暗處低旌戟。」《永嘉行》曰：「紫陌旌旛暗相觸，家家鷄犬飛上屋。」《廢宅行》曰：「宅邊青桑垂宛宛，野蠶食葉還成繭。黄雀銜草入燕窠，嘖嘖啾啾白日晚。去時禾黍埋地中，飢兵掘土翻重重。鵄梟養子庭樹上，曲牆空屋多旋風。」王《遠將歸》曰：「去願車輪遲，回思馬蹄速。」《涼州詞》曰：「驅羊亦着錦爲衣，爲惜氈裘防鬬時。」《温泉宫行》曰：「禁兵去盡無射獵，日西麢鹿登城頭。」梨園子弟偷曲譜，頭白人間教歌舞。」張之傳寫入微，王亦透快而妙。○司業律詩以淺淡而妙，然實鴻鵠之腹毳也。余惟喜其《寄劉和州》：「曉來江氣連城白，雨後山光滿郭青。」光景可思。又《憶陷蕃故人》：「無人收廢帳，歸馬識殘旗。欲祭疑君在，天涯哭此時。」誠堪嗚咽。○司馬律不能佳，排律尤劣，故昔人謂其俗。方回亦以爲一體，列之爲式，陋矣。

白居易

元、白詩不能高，論詩却高。微之《少陵墓誌》、《叙詩與樂天書》，樂天《寄元九書》，皆深得六義之解者，惜所作不逮耳，不得以其詩廢其言也。○白傅實一清綺之才，歌行曲引、樂府雜律詩，極多可觀者。其病有二：一在務多；一在强學少陵，率爾下筆，秦武王與烏獲爭雄，一舉鼎而絶脰矣。○《秦中吟》、《喜雨詩》、《哭孔戡》、《宿紫閣村》，皆樂天得意作。《紫閣村》尚有《石壕吏》遺意。《秦中吟》末篇「一叢深色花，十户中人賦」，差可諷詠。餘皆骨弱體卑，語直意淺。雖欲以廣宸聰，副憂勤，而「言之無文，行之不遠」，去《祈招》之義遠矣。至如宣祖功宗德，固須明暢，然摛辭縱不必雕鏤，亦當深厚爾雅。《七德舞》云：「《七德舞》，《七德歌》，傳自武德至元和。元和小臣白居易，觀舞聽歌知樂意，曲終稽首陳其事：太宗十八舉義兵，白旄黄鉞定兩京，禽充戮竇四海清。二十有四功業成，二十有九即帝位，三十有五致太平。」輕率如此，何以奉之郊廟？退之《元和聖德詩》體裁高渾，猶以其形容稍過，蘇子由遂謂「李斯頌秦所不忍言」，遽譏其陋，何況乃爾！吾讀白諷諭詩，每嘆其有美意而無佳詞也。

○選白詩從無精識，喜恬澹者兼收鄙俚，尚氣格者并削風藻，此子瞻所云「不與飯俱噍，即與飯俱吐」者也。○《詩歸》選白頗有具眼處，如《雜興》詩曰：「楚王多内寵，傾國選嬪妃。又愛從禽樂，馳驟每相隨。錦韝臂花隼，羅袂控金羈。遂習宫中女，皆如馬上兒。色禽合爲荒，刑政兩已衰。雲夢春仍獵，章華夜不歸。東風二月天，春雁正離離。美人挾銀鏑，一發疊雙飛。飛鴻驚斷行，斂翅避蛾眉。君王顧之笑，弓箭生光輝。迴眸語君曰：昔聞莊王時，有一愚夫人，其名曰樊姬。不有此娱樂，三載斷鮮肥。」此詩用意落筆，無限曲折藴藉。初讀之，不信其出白手也，從未見選者，此可謂出珊瑚於海底矣。○樂天樂府不及文昌、仲初，可備採風者尚多。《司天臺》曰：「北辰微暗少光色，四星煌煌如火赤。耀芒動角射三台，上台半滅中台折。是時非無太史官，眼見心知不敢言。明朝趨入明光殿，惟奏慶雲壽星見。」《縛戎人》云：「没蕃被囚思漢土，歸漢被劫爲蕃虜。早知如此悔歸來，兩地寧如一處苦。」《杜陵叟》曰：「三月無雨旱風起，麥苗不秀多黄死。九月降霜秋早寒，禾穗未熟皆青乾。長吏明知不申破，急斂暴徵求考課。典桑賣地納官租，明年衣食將何如？」又云：「不知何人奏皇帝，帝心惻隱知人弊。白麻紙上書德音，京畿盡放今年稅。昨日里胥方到門，手持尺牒榜鄉村。十家租稅九家畢，虚受吾君蠲免恩。」《賣炭翁》曰：「可憐身上衣正單，心憂炭賤願天寒。夜來城外一尺雪，曉駕炭車輾冰轍。牛困人饑日已高，市南門外泥中歇。翩翩兩騎來是誰，黄衣使者白衫兒。手把文書口稱敕，迴車叱牛牽向北。一車炭重千餘斤，官使驅將惜不得。半疋紅紗一疋綾，繫向牛頭充炭直。」《陵園妾》曰：「山宫一閉無開日，此身未死不令出。松門到曉月徘徊，柏城盡日風蕭瑟。」如此種詩，不惟悉一時蠹弊，兼可作後世之前車。吾獨怪姚鉉選《唐文粹》，至盡屏近體不録，固將備一代之風謡，繼千秋之《騷》、《雅》，乃棄此不收，而取其「紫綬朱衣青布衫，顔色不同而已矣。别有一事欲勸君，遇酒逢花且歡喜」，心眼真不復可思！

元稹

詩至元、白，實又一大變。兩人雖並稱，亦各有不同：選語之工，白不如元；波瀾之闊，元不如白；白蒼莽中間存古調，元精工處亦雜新聲，既由風氣轉移，亦自材質有限。元初見輕於李賀，賀固無辭於輕薄，後乃立議以錮之，抑何太甚！讀昌黎《諱辯》，斯世之險，果不在太行、孟門。○《連昌宫辭》輕雋，《長恨歌》婉麗，《津陽門詩》豐贍，要當首白而尾鄭。顧前人諸選惟收元作者，以其含有諷諭耳。○《文粹》收微之詩至多，《連昌宮》、《冬白紵》、《苦樂相倚曲》、《築城詞》外，有《陽城驛》一詩尚可觀。如「公亦不遺布，人自不盜牛。有鳥哭楊震，無兒悲鄧攸」，皆佳句也，餘皆淺直。尤可笑者爲《説劍》，至云「寧斬泓下蛟，莫試街中狗」，較長吉「挼絲團金懸麗⿱罒族，神光欲截藍田玉。提出西方白帝驚，嗷嗷鬼母秋郊哭」，豈止與之作奴。○微之自是一種輕豔之才，所作排律動數十韵，正是誇多鬬靡，雖有秀句，補綴牽湊者亦多，宜爲大雅所薄。集中惟樂府詩多佳，如《憶遠曲》：「水中書字無字痕，君心暗畫誰會君？」《小胡笳引》曰：「流宮變徵漸幽咽，《別鶴》欲飛絃欲絕。秋霜滿樹葉辭風，寒雛墜地烏啼血。」皆工於刻劃也。又《將進酒》，古多言飲酒之事，雖太白之豪宕，長吉之悲涼，亦循此旨，微之忽用蘇秦對燕王事：「將進酒，將進酒，酒中有毒酖主父，言之主父傷主母。母爲妾地父妾天，仰天俯地不忍言。陽爲僵踣主父前，主父不知加妾鞭。旁人知妾爲主説，主將淚洗鞭頭血。推椎主母牽下堂，扶妾遣升堂上牀。將進酒，酒中無毒令主壽。願主迴恩歸主母，遣妾如此由主父。妾爲此事人偶知，自慚不密方自悲。主今顛倒安置妾，貪天僭地誰不爲？」不惟竿頭進步，亦且所言近義矣。○稹又有《野田狐兔行》，寄託妙甚，古今從無選者：「種豆耘鋤，種禾溝甽。禾苗豆田，狐搰兔翦。割鵠餧鷹，烹麟啖犬。鷹怕兔豪，犬被狐引。狐兔相須，鷹犬相盡。日暗天寒，禾稀豆損。鷹犬就烹，狐兔俱哂。」從來姑息驕將，黜戮直臣，遂致寇盜蔓延，敗亡由之，誦此殊爲惕然。○未讀微之《冬白紵》，覺王建首篇亦佳：「天河漫漫北斗燦，宮中烏啼知夜半。新縫白紵舞衣成，來遲邀得吳王迎。低鬟轉面掩雙袖，玉釵浮動秋風生。酒多夜長夜未曉，月明燈光兩相照，後庭歌聲更窈窕。」摹寫驕淫，疑爲窮盡。

至元詩曰：「吴宫夜長宫漏款，簾幕四垂燈焰暖。西施自舞王自管，雪紵翩翩鶴翎散，促節牽繁舞腰懶。舞腰懶，王罷飲，蓋覆西施鳳花錦。身作匡牀臂爲枕，朝佩樅樅王宴寢。寢醒閽報門無事，子胥死後言爲諱。近王之臣諭王意，共笑越王窮惴惴，夜夜抱冰寒不寐。」不徒叙述驕奢縱恣，其寫王狎昵處，真有樊通德所云「淫於色，非慧男子不至」。慧則通，通則流，流而不得其防，意殆非經爲蕩子者不知。至寫群臣諂媚，儼然江、孔口角，覺王詩傖父矣。○《苦樂相倚曲》尤妙，如「君心半夜猜恨生，荆棘滿懷天未明。漢成眼瞥飛燕時，可憐班女恩已衰。未有因由相決絶，猶得半年佯暖熱。轉將深意諭旁人，緝綴瑕疵遺潛説」，將閨房袵席之間，説得一團機械，凛凛可畏。然正是唐玄宗、漢武帝一輩，若陳叔寶之「此處不留人」，衛莊公之「莫往莫來」，正不須此。然陷阱愈深，寃酷愈烈矣。譚元春曰：「深於涉世，乃能寫得如此刻骨，君臣、朋友之間，誦之惕然。」此評妙甚，亦當與此詩同不朽也。

李紳

短李以歌行自負，樂天亦稱之。又少以《憫農》詩見賞於吕温，今二絶盛傳，吕之鑒賞真是不謬。歌行遂不可復見，惟有《追昔游集》耳，頗有體格。如《石泉》詩「微度竹風涵淅瀝，細浮松月透輕明」，《翡翠》詩「蓮莖觸散蓮葉欹，露滴珠光似還浦」，皆秀句也。又「花寺聽鶯入，春湖看雁留」、「橋轉攢虹飲，波通鬬鷁浮」，深肖吴中風景。又《水寺》詩「坐看魚鳥沉浮遠，静見樓臺上下同」，《宿瓜洲》「衝浦迴風翻宿浪，照沙低月斂回潮」，寫景處亦有静觀之妙。

沈亞之

沈亞之《村居》詩曰：「月上蟬韵殘，梧桐陰滿地。」二語清絶。然上語曰：「無樹棲宿鳥，無酒共客醉。」梧陰既已滿地，則樹亦不小，鳥不堪宿耶？此語病也。○按：下賢有集不傳，宋人至取稗史夢中詩附麗成集，最可笑。

賈島

賈詩最佳者，終以卷首《古意》爲尤：「志士終夜心，良馬白日足。」使人讀之，不勝撫髀顧影之悲，可與魏武《龜雖壽》篇並驅。○《遊仙》詩：「借得孤鶴騎，高近金烏飛。天中鶴路直，天盡鶴一息。」亦是奇語，尚不如東野「日下鶴過時，人間落空影」，似乎若或見之。○閬仙五字詩實爲清絶，如「空巢霜葉落，疏牖水螢穿」，即孟襄陽「鳥過煙樹宿，螢傍水軒飛」，不能遠過。又如「雁驚起衰草，猿渴下寒條」、「夕陽飄白露，樹影掃青苔」、「柴門掩寒雨，蟲響出秋蔬」、「地侵山影掃，葉帶露痕書」、「移居見山燒，買樹帶巢烏」，皆於深思静會中得之。○賈有精思而無快筆，往往意工於詞。又生平好用倒句，如

「細響吟乾葦」、「枝重集猿楓」，雖紆曲而猶能達其意。至「舟繫岸邊蘆」，蘆豈堪繫舟，必是繫舟蘆岸。

姚合

姚合《曉望華清宮》曰：「曉看樓殿更分明，遥隔朱欄見鹿行。武帝自知身不死，教修玉殿號長生。」譏刺不露，而言外似嘲似謔，覺顧況「豈知今夜長生殿，獨閉空山月影寒」，調平語直，味索然矣。（黄白山評：「予以顧詩遠勝姚作，具眼者當自辨之。」）○凡作熟題，須得新意乃佳。《楊柳枝》曰：「江亭楊柳折還垂，月照深黄幾樹絲。見説隋堤枯已盡，年年行客怪春遲。」此詩頗脱窠臼。○按：秘書與閬仙善，兼效其體。古詩不惟氣格近之，尚無其酸言。至近體，如「酒熟聽琴酌，詩成削樹題」、「過門無馬跡，滿宅是蟬聲」、「看月嫌松密，垂綸愛水深」、「弄日鶯狂語，迎風蝶倒飛」，俱爲宋人所尊，觀之果亦警策。

載酒園詩話又編

九曲阿隱者賀裳黃公氏論次

晚唐

朱慶餘

朱慶餘不能爲古詩，即近體亦惟工於絶句。如《閨意》：「妝罷低聲問夫婿，畫眉深淺入時無？」《宫詞》：「含情欲説宫中事，鸚鵡前頭不敢言。」真妙於比擬。《宫詞》深妙，更在《閨意》之上。又《公子行》雖無比興，亦酷肖遊冶兒之態：「閒從結客冶遊時，忘却紅樓薄暮期。醉上黄金堤上去，馬鞭捎斷緑楊絲。」末句正與次句相應，寫匆匆急歸之景，何止頰上三毛！

周賀

周賀詩頗多清刻之句，然終嫌未脱僧氣。人多稱其「澄江月上見魚擲，晚徑葉飛聞犬行」。余尤喜其《寄新頭陀》：「遠洞省穿湖底過，斷崖曾向壁中禪。」真巉險而工。

章孝標　章碣

章氏父子詩格俱單，碣尤力弱，然《焚書坑》一作，自足名家。其父孝標《夢鄉》作：「家住吴王舊苑東，屋頭山水勝屏風。尋常夢在秋江上，釣艇游揚藕葉中。」又《歸海上舊居》曰：「鄉路繞蒹葭，縈紆出海涯。人衣披蜃氣，馬跡印鹽花。草没題詩石，潮摧坐釣槎。還歸舊窗裏，凝思向餘霞。」詩境甚清，恨此外皆禘之既灌耳。

張祜

樂天號爲與物無競，乃致張祜坎壈終身，事雖成於元稹，要不能辭「伯仁由我」之譏也。祜自不能爲徐凝俛首，何與於白，更何與於元而泥令狐楚之薦乎？款頭詩、目連救母，藝林載爲雅謔，安知不以其不爲前輩少容而有意壓之？然宫體諸詩，實皆淺淡，即「故國三千里，深宫十二年」，亦甚平常，不知何以合譽至此！惟《金山寺》作真佳，祜自謂可敵綦毋潛《靈隱寺禪院》詩。余則謂正與王灣《北固山中》作並驅耳。結語稍湊，不能損價也。（黄白山評：「此詩結語實不佳，第此韵字數甚窄，結語似爲湊韵所苦，又當爲作者致想耳。」）升菴又以韓垂作勝之。垂中二聯曰：「盤根大江底，插影浮雲間。」

金山一拳，苦不甚高，安能插影雲間？此可言匡廬耳。下曰：「雷霆常間作，風雨時往還。」又可移入羅浮矣。

杜牧

「銀燭秋光冷畫屏，輕羅小扇撲流螢。天街夜色涼如水，卧看牽牛織女星。」亦即「參昂衾裯」之義。但古人興意在前，此倒用於後。昔人感嘆中猶帶慶幸，故情辭悉露；此詩全寫淒涼，反多含蓄。（黄白山評：「此即古詩『盈盈一水間，脈脈不得語』之意，殊非『參昂衾裯』之義。」）〇杜紫微詩，惟絶句最多風調，味永趣長，有明月孤映、高霞獨舉之象，餘詩則不能爾。昔人多稱其《杜秋詩》，今觀之，真如暴漲奔川，略少渟泓澄澈。如叙秋入宫，漳王自少及壯，以至得罪廢削，如「一尺桐偶人，江充知自欺」，語亦可觀。但至「我昨金陵過，聞之爲歔欷」，詩意已足，後却引夏姬、西子、薄后、唐兒、吕、管、孔、孟，滔滔不絶，如此作詩，十紙難竟。至後「指何爲而捉，足何爲而馳，耳何爲而聽，目何爲而窺」，所爲雅人深致安在？此詩不敢攀《琵琶行》之踵。或曰以備詩史，不可從篇章論，則前半吾無敢言，後終不能不病其衍。〇紫微嘗有句曰：「杜詩韓集愁來讀，似倩麻姑癢處搔。」此正一生所得力處，故其詩文俱帶豪健。「天外鸞鳳誰得髓，無人解合續絃膠」，雖隱然自負，未之敢許也。〇《早雁》詩曰：「仙掌月明孤影過，長門燈暗數聲來。」光景真是可思。但全篇惟「金河秋半」四字稍切「早」字，餘皆言熸繳之慘，勸無歸還，似是寄託之作。○杜長律亦極有佳句，如「深秋簾幕千家雨，落日樓臺一笛風」、「蒲根水暖雁初浴，梅徑香寒蜂未知」、「千里暮山重疊翠，一溪寒水淺深清」，又「江碧柳青人盡醉，一瓢顔巷日空高」，俱灑落可誦。至《西江懷古》「千秋釣艇歌明月，萬里沙鷗弄夕陽」，尤有江天浩蕩之景。○《山寺》詩曰：「峭壁引行徑，截然開石門。泉飛濺虚檻，雲起漲河軒。隔水看來路，疏籬見定猿。未聞難久住，歸去復何言？」詩亦清傲。但讀韋蘇州「新泉泄陰壑，高蘿蔭緑塘。攀林一棲止，飲水得清涼。物累誠可遣，疲甿終未忘。還歸坐郡閣，但見山蒼蒼」，彼則温然循良者之言矣。

李群玉

李群玉《梅花》詩：「玉鱗寂寂飛斜月，素豔亭亭對夕陽。」升菴謂「暗香浮動」恐未可比，語亦不誣，惜全篇體弱。高棅編入古詩，殊謬，當仍原集作排律耳。又《詩品》、《品彙》皆作「素手」。余意「素手」不切梅花，本集作「素豔」，「豔」字韵雖不高，意猶較穩，亦從集爲是。（黄白山評：「『豔』字亦不穩，余意作『素影』或可耳。」）按：文江雖生晚唐，不染輕靡僻澀之習，五言古頗有素風，但警拔處亦少。其於温、李不爲，亦不能也。温、李皆厄於令狐，文江則承其薦，而班勅降制，備文人之榮。且温、李咸屬舊知，李僅一時附託，洵知貧賤驕人，自悮不淺。

温庭筠

《奉天西佛寺》詩曰:「憶昔狂童犯順年,玉虬閒暇出甘泉。宗臣欲舞千鈞劍,追騎猶觀七寶鞭。星背紫垣終掃地,日歸黄道却當天。至今南頓諸耆舊,猶指榛蕪作弄田。」按:韓旻西追,段太尉倒用司農印召之而還,故用七寶鞭事。此聯上寫忠義之激昂,下寫乘輿之惶迫,真一篇之警策。○顧華玉璘曰:「温生作詩,全無興象,又乏清温,句法刻俗,無一可法,不知後人何故尊信?大抵清高難及,粗濁易流,蓋便於流俗淺學爾。余恐鄭聲亂雅,故特排擊之。」愚意顧論誠然,然亦少過。大抵温氏之才,能瑰麗而不能澹遠,能尖新而不能雅正,能矜飾而不能自然,然警慧處亦非流俗淺學所易及。正如苧蘿女,呢之雖欲傾城,然使其終身負薪,則亦不平。○七言古詩,句雕字琢,當其沾沾自喜之作,雖竭其伎倆,止於音響卓越,鋪叙藻豔,態度生新,未免其美悉浮於外,有腴而實枯、紆而實近、中乾外强之病。如《懊惱曲》後云:「悠悠楚水流如馬,恨紫愁紅滿平野。野土千年恨不平,至今燒作鴛鴦瓦。」語誠警麗,細思之,有深意否?又《寒寒行》後曰:「心許凌煙名不滅,年年錦字傷離别。彩毫一畫竟何榮,空使青樓淚成血。」《照影曲》結云:「桃花百媚如欲語,曾爲無雙今兩身。」《蓮浦謠》末曰:「荷心有露似驪珠,不是真圓亦摇蕩。」《織錦詞》末云:「素尺熏爐未覺秋,碧池已長新蓮子。」皆意淺體輕,然實秀色可餐。此真所謂應對之才,不必督之幹理;蛾眉之質,無俟繩之井臼也。○短律尤多警句，如《題盧處士居》：「千峰隨雨暗，一徑入雲斜。」《贈越僧岳雲》：「一室故山月，滿瓶秋澗泉。」《題採藥翁草堂》：「衣濕木棉雨，語成松嶺煙。」《題造微禪師院》：「照竹燈和雪，看松月到衣。」《盧氏池上贈同遊者》：「萍皺風來後，荷喧雨到時。」清不減賈，潤更過之。世徒稱其「鷄聲茅店月，人跡板橋霜」，殊未嘗全鼎之味。又《巫山神女廟》曰：「曉峰眉上色，春水臉前波。」尤纖刻可喜。○七言近體之佳者，如「暫對杉松如結社，偶從麋鹿自成群」、「醉後獨知殷甲子，病中猶作晉《春秋》」、「不見水雲應有夢，偶隨鷗鷺自成家」，不問而知爲高僧、隱士、漁父矣。又寫景如「一院落花無客醉，五更殘月有鵑啼」、「緑昏晴氣春風岸，紅漾輕輪野水天」、《咏檜》「長廊夜静聲疑雨，古殿秋深影類雲」，真令人謖謖在耳，忽忽在目。○温不如李，亦時有彼此互勝者。如義山《隋宫》詩「玉璽不緣歸日角，錦帆應是到天涯」，飛卿《春江花月夜》曰「十幅錦帆風力滿，連天展畫金芙蓉」，雖竭力描寫豪奢，不及李語更能狀其無涯之慾。至結句「地下若逢陳後主，豈宜重問《後庭花》」，較温「後主荒宫有曉鶯，飛來只隔西江水」，則温語含蓄多矣。○余嘗戲較温、李一生，截長補短，差足相當，詩歌箋啓，兩皆匹敵。究生平所缺者，温不見古文，李則無小詞；温終困一科名，李未聞有賢子。温憲登第後訢父屈曰：「蛾眉先妬，明妃爲去國之人；猿臂自傷，李廣乃不侯之將。」有此一事，差慰人心。義山已身自得之，亦復何憾！○温憲集不傳，惟《杏花》詩流傳人口。「店香風起夜，村白雨休朝」，殊有父風，此亦謝超宗「鳳凰一毛」也。

李商隱

義山綺才豔骨，作古詩乃學少陵，如《井泥》、《驕兒》、《行次西郊》、《戲題樞言草閣》、《李肱所遺畫松》，頗能質朴。然已有「鏡好鸞空舞，簾疏燕誤飛」、「十五泣春風，背面鞦韆下」諸篇，正如木蘭雖兜牟裲襠，馳逐金戈鐵馬間，神魂固猶在鉛黛也。一離沙場，即視尚書郎不顧，重復理鬢貼花矣。○《韓碑》詩亦甚肖韓，髣髴《石鼓歌》氣概，造語更勝之。○義山之詩，妙於纖細，如《全溪作》：「戰蒲知雁唼，皺月覺魚來」，《晚晴》：「并添高閣迥，微注小窗明。」《細雨》：「氣涼先動竹，點細未開萍。」然亦有極正大者，如《肅皇帝挽辭》：「小臣觀吉從，猶誤欲東封。」《過故崔兖海宅與崔明秀才話舊因寄趙杜李三掾》：「莫憑無鬼論，終負托孤心。」惻然有攀髯號泣及良士不負死友之志，非温所及。至若「試墨書新竹，張琴和古松」、「石梁高瀉月，樵路細侵雲」，尚是尋常好語，唐律中不難得。○義山好作豔詞，多入褻昵之態。如《可嘆》一詩：「幸會東城宴未回，年華憂共水相催。梁家宅裏秦宫入，趙后樓中赤鳳來。冰簟且眠金縷枕，瓊筵不醉玉交盃。宓妃愁坐芝田館，用盡陳王八斗才。」通篇皆「鶉奔鵲彊」之旨，此則刺淫，非導欲也。○取青媲白，大家所笑。然如《贈契宓使君》作：「何年部落到陰陵，奕世勤王國史稱。夜掩牙旗千帳雪，朝飛羽騎一河冰。蕃兒襁負來青塚，狄女壺漿出白登。日晚鸊鵜泉上望，路人遥識郅都鷹。」此詩殆可辟瘧，雖以「青塚」、「白登」組織，但見其工，寧病其纖哉！○温、李俱有《七夕》詩，李曰：「清漏漸移相望久，微雲未接過來遲。」溫曰：「蘇小横塘通桂楫，未應清淺隔牽牛。」皆妙於以荒唐事說得十分真實。温又有作曰：「銀燭有光妨宿燕，畫屏無睡待牽牛。」此則非天上牽牛也，上句尤尖警可喜。又李郢《七夕》詩曰：「欲滅煙花饒俗世，暫煩煙月掩粧臺。」語雖雕琢入情，尚不及二子。○義山有《富平小侯》詩，蓋詠西京張氏也。其詩止形容侈汰，而不入實事。如「不收珠彈抛林外」，乃韓嫣事，正不妨借用耳。（黄白山評：「此本刺時人而寓言富平侯耳，豈詠西京張氏乎？」）然如「綵樹轉燈珠錯落，繡檀迴枕玉雕鎪」，不過驕奢盡之。至「直登宣室螭頭上，横過甘泉豹尾中」，儼然畫出東京梁、竇家兒矣。○長吉、義山皆善作神鬼詩，《神絃曲》有幽陰之氣，《聖女祠》多縹緲之思。如「無質易迷三里霧，不寒長着五銖衣」，真令人可望而不可親，有「是耶非耶」之致。至「一春夢雨常飄瓦，盡日靈風不滿旗」，又似可親而不可望，如曹植所云「神光離合，乍陰乍陽」也。近徐渭有《露筋祠》詩：「烏鳥既能傷義士，蚊虻何苦啐貞肌。由來天道本無定，誰使昆蟲必有知。畫壁幾殘春社雨，靈風時滿夜歸旗。煙波一望三千里，長在湘江洛水湄。」似翻前語，尤覺活現。然徐意殊貞，李已入豔，猶《殘燈》詩，韋蘇州之與沈滿願耳。○「二月二日江上行」一詩，全篇俱摹倣少陵，然在集中殊不見佳。閲李集者，猶漢明帝幸濯龍中，正不煩有馬后。○《代魏宮私贈》小序曰：「黄初三年，已隔存没。追代其意，何必同時。亦廣《子夜》鬼歌之流。」此舉殊屬韵事。但其詩曰：「來時西館阻佳期，去後漳河隔夢思。知有宓妃無限意，春松秋菊可同時？」余以末二語意已見於序中，不必復見於篇中。且贈詩只四句，又以兩句説作詩之意，詩意不盡，且註解又蛇足可厭。雖名家，吾不能緘口。○魏、晉以降，多工賦體，義山猶存比興。如《槿花》詩曰：「風露淒涼秋景繁，可憐榮落在朝昏。未央宫裏三千女，但保紅顔莫保恩。」因槿花之易落，而感女色之易衰，此興而兼比者也。至末句説盡古今色衰愛弛之事，慧心者當不待見前魚而泣下矣。

劉滄

劉龍門極有高調，且終卷無敗群者，但精出處亦少。高棅置之於正變，與義山、用晦並列，便是唐玄宗之重蕭嵩。○《咸陽懷古》最劉詩之勝處，「天空絶塞聞邊雁，葉盡孤村見夜燈」，真堪與許渾《南庭夜坐貽開元寺道者》「高樹有風聞夜磬，遠山無月見秋燈」並驅。（黄白山評：「劉滄長律如《經煬帝行宫》、《題王母廟》、《秋日山寺懷友人》、《經麻姑山》、《春日旅游》諸篇，皆晚唐錚錚者。其餘警聯尚多，如『半夜秋風江色動，滿山寒葉雨聲來』、『緑蕪風晚水邊寺，清磬月高林下禪』、『停燈深夜看仙籙，拂石高秋坐釣臺』、『霜落雁聲來紫塞，月明人夢在青樓』、『蕭郎獨宿落花夜，謝女不歸明月春』，雖氣格未超，而風韻獨絶。賀並不之及，何也？」）

許渾

文人落筆，常有意態偶同者。許郢州《鄭秀才東歸憑達家書》曰：「兩巖花落夜風急，一徑草荒春雨多。」來鵬《山館書情》曰：「侵階草色連朝雨，滿地梨花昨夜風。」二意相似，許稍調高，來則態勝耳。許結曰：「貧居不問應知處，溪上閑船繫綠蘿。」來結曰：「分明記得還家夢，徐孺宅前湖水東。」則來爲振響，許殊弄姿也。○許郢州詩前後多互見，故人譏才短。如《寄題華陽韋秀才院》：「晴攀翠竹題詩滑，秋摘黄花釀酒濃。山殿日斜喧鳥雀，石潭波動戲魚龍。」與《常慶寺遇常州阮秀才》中聯無異，但改「晚收紅葉題詩遍，秋待黄花釀酒濃」，又改「殿」爲「館」之别耳。又《寄殷堯藩》：「帶月獨歸蕭寺遠，看花頻醉庾樓深。」亦與《寄盧郎中》「醉别庾樓山色滿，夜歸蕭寺月光斜」，語略相同。然詩家犯此甚多，太白已先不免。○《金陵懷古》詩曰：「《玉樹》歌殘王氣終，景陽兵合戍樓空。」詠金陵而獨舉陳事者，自此南北不分也。「松楸遠近千官塚，禾黍高低六代宫」，即太白「吴宫花草埋幽徑，晉代衣冠成古丘」意。「石燕拂雲晴亦雨，江豚吹浪夜還風」，嘗見宋僧圓至註周弼《三體唐詩》，引《湘洲記》「零陵有石燕，遇雨則飛」解此句，大謬。金陵有燕子磯俯臨江岸，此專詠其景耳，何暇遠及零陵？「英雄一去豪華盡，惟有青山似洛中」，語稍未練，亦自結得住。此詩在晚唐亦爲振拔，顧璘稱其「前四句雄渾而意象不合」，正不知何者爲意象？又云「次聯粗硬」，粗硬者如是乎？顧貶李貶温，又貶許不遺力。至如邵謁，雖略涉東野藩籬，而語多平直，又稱「詞意俱到」。此猶見衣褐者即尊之，衣組者即訾之，不知相馬以瘦，亦猶相馬以肥耳。

邵　謁

凡詞不足者，須理有餘，所謂「大圭不琢」，非率直之謂。邵謁詩真爲粗硬，如顧氏所喜「朝看相送人，暮看相送人。若遣折楊柳，此地無樹根」，高棅所取「莫辭弔枯骨，千載長如此。安知今日身，不是昔時鬼」，有何意味？集中惟《漢宮井》一篇可存：「轆轤聲絶離宮静，班姬幾度照金井。梧桐老去殘花開，猶似當時美人影。」○按：謁詩枯槁，與飛卿豔詭之才，氣味迥殊。謁集後有咸通七年十六日試官温庭筠榜「雄辭卓然，誠宜榜示衆人，不敢獨專華藻」等語，此真如琥珀拾芥，理之不可解者。又按：唐稗稱温以「中書堂内坐將軍」取怨令狐相國；宣宗微行，温不能識，傲然有長史、司馬、六参、簿尉之詰〔一〕，帝亦愠之。在舉場又多爲鄰鋪假手，沈詢至獨施一席授之。當時訐其攪擾場屋，因謫爲方城尉，制詞有「徒負不羈之才，罕有適時之用」語。後襄陽徐商署爲巡官，徐敗遂廢。則温方困於場屋，何以得爲試官？然唐趙崇祚《花間集》稱「温助教」，則温之官於國子，又似不謬者，恨無博識之士一爲辨之。

【校勘記】

〔一〕「簿尉」，「簿」字原脱，據《唐詩紀事》改。

馬戴

晚唐詩，今昔咸推馬戴。按：戴與賈島、姚合同時，其稱晚唐，猶錢、劉之稱中唐也。其詩惟寫景爲工，如「返照開嵐翠」、「殘日半帆紅」、「宿鳥排花動」，皆佳句也。至如「虹蜺侵棧道，風雨雜江聲」、「猿啼洞庭樹，人在木蘭舟」，每讀此語，便真若身游楚、蜀。○《宿無可上人房》曰：「風傳林磬久，月掩草堂遲。」此聯上句一意貫串，下句「月」字下又有一轉折。大率體澀而思苦，致極清幽，亦近於島也。○《征婦嘆》一詩最有諷諭，從不見選者。「稚子在我抱，送君登遠道。稚子今已行，念君上邊城。蓬根既無定，蓬子焉用生？但見請防胡，不聞言罷兵。及老能得歸，少者還長征。」此詩哀傷慘惻，殊勝平日溪山雲月之作。

項斯

項子遷俊句亦甚可喜，如「溪中雲隔寺，夜半雪添泉」、「鶴睡松枝定，螢歸葛葉垂」、「霞光侵曙發，嵐翠近秋濃」。《小古鏡》詩尤工緻，如「見來深似水，攜去重於錢。鸞翅巢空月，菱花遍小天」，刻劃真爲工妙。但讀全集，則幾如晉元帝之造江東，一臠爲美而已。○余尤恨其「來高樓閣看星坐，着白衣裳把劍行」，宋人遵之，號爲折句法。如盧贊元《詠雪》：「想行客過溪橋滑，免老農憂麥隴乾。」轉轉相效，惡聲盈耳，不能不追咎作俑。

劉駕

劉駕詩亦多直，然集中尚不乏佳篇。世傳其「馬上續殘夢」一詩，誠爲傑構。又《寄遠》作亦工，如「去年君點行，賤妾是新歸。別早見未熟，入夢無定姿。悄悄空閨中，蛩聲遶羅幃。得書喜猶甚，況復見君時」，殊有情致也。又《桑婦》詩亦可觀。（黄白山評：「駕又有《曲江春霽》、《山中有招》二作亦頗可誦，又《馮叟居》一作亦佳。」）「牆下桑葉盡，春蠶半未老。城南路迢迢，今日起更早。四鄰無去伴，醉卧青樓曉。妾顏不如誰，所貴守婦道。一春常在樹，自覺身如鳥。歸來見小姑，新粧弄百草。」不惟妙於摹擬，更得性情之正。此所謂不妄作者，而衆選不及，豈亦杜牧所云「睫在眼前人不見」耶？

喻鳧

喻鳧效賈島爲詩，人稱之「賈、喻」。然觀宋人所推「木落山城出，潮生海棹歸」、「硯和青靄凍，簾對白雲垂」，唐人推其「滄洲違釣隱，紫閣負僧期」，今集皆不載，固知散失者多矣。余嘗喜其「鼉鳴積雨窟，鶴步夕陽沙」，景真語潔。至若「雁天霞脚雨，漁夜葦條風」，鏤劃雖深，斧鑿痕亦嫌太重。

于　濆

晚唐人，余最喜于濆、曹鄴。鄴詩爲鍾、譚表章殆盡，濆詩至一篇不收，殊不可解。如《擬古意》曰：「國色久在室，良媒亦生疑。」不惟説盡尋聲逐影之士，即端木氏之莫容少貶，亦已刻劃鬚眉矣。《塞下曲》曰：「戰鼓聲未齊，烏鳶已相賀。」《長城曲》曰：「死者倍堪傷，僵屍猶抱杵。」《戍客南歸》曰：「莫渡汨羅水，迴君忠孝腸。」《古宴曲》曰：「燕娥奉巵酒，低鬟若無力。十户手胼胝，鳳凰釵一隻。高樓齊下視，日照羅衣色。笑指負薪人，不信生中國。」如此數篇，真當備矇瞍之誦。至其無關風化而工者，更不勝舉。

許　棠

寫景詩雖不嫌雕刻，亦須以雅致爲佳。如鄭巢「茶煙開瓦雪，鶴跡上潭冰」、劉得仁「勁風吹雪聚，渴鳥啄冰開」，可謂精工。若許棠「曉嶂猿窺户，寒湫鹿舐冰」，「舐」字俗矣。即李才江「藥杵聲中搗殘夢，茶鐺影裏煮孤燈」，亦嫌意工語俗。許以《洞庭》詩得名，然讀其全集，數篇之外，皆枯寂無味，不惟不及李、劉，並非鄭匹也。

李洞

才江造語之精，殆有過於閬仙者。如《喜鸞公自蜀歸》曰：「禁院對生臺，尋師到緑槐。寺高猿看講，鐘動鳥知齋。掃石月盈帚，濾泉花滿篩。歸來逢聖節，吟步上堯階。」《古柏》曰：「手植知何代，年齊偃蓋松。結根生別樹，吹子落鄰峰。古幹經龍嗅，高煙過雁衝。可佳繁葉盡，聲不礙秋鐘。」又如《秋日曲江書事》：「片雲穿塔過，孤葉入城飛。」《同僧宿道者院》：「墜果敲樓瓦，高螢映鶴身。」《送行脚僧》：「毳衣沾雨重，棕笠看山欹。」《寄淮海惠澤上人》：「竹裏橋鳴知馬過，塔中燈露見鴻飛。」《廢寺閒居寄懷知己》：「税房兼得調猿石，租地仍分浴鶴泉。」《送郗先輩歸覲華陰》：「僧向瀑泉聲裏賀，鳥穿仙掌指間飛。」取境雖近，運思則遠，真「穿天心，出月脇」而成，雖曰雕蟲，亦豈易及。○《終南》詩亦多警句，如「殘陽高照蜀，敗葉遠浮涇」，縮數千里於目前，真詩中費長房也。又若「斸竹煙嵐凍，偷湫雨雹腥。閒房僧灌頂，浴澗鶴遺翎」、「放泉驚鹿睡，聞磬得人醒」，語俱警拔。獨「敲開洞府扃」、「行處月輪馨」、「研膠潑上屏」，未免以湊韵而嫩。路入蟻封，駿足倒蹄，令人思龍媒天駟無已。

無可

無可詩如秋澗流泉，雖波濤不興，亦自清泠可悦。如「磬寒徹幾里，雲白已經宵」、「霧交高頂草，雲隱下方燈」、「夜雨吟殘燭，秋城憶遠山」，亦不在「聽雨寒更徹，開門落葉深」之下。但多與郎士元相雜，殊不能辨。

羅鄴

三羅雖並稱，虬今不傳一字，若《比紅兒》百首，特若海中佳料耳。唐人又言「隱才雄而疏，鄴才精而緻」，二語頗當。然鄴長律亦卑淺不足觀，惟絶句工妙。如《長安春雨》云：「半夜五侯池館裏，美人驚起爲花愁。」便是開得一寶山，至今猶爲人盜用不已。〇杜紫薇：「南陵水面漫悠悠，風緊雲繁欲變秋。正是客心孤迥處，誰家紅袖凭江樓？」羅鄴曰：「别離不獨恨蹄輪，渡口風帆發更頻。何處青樓方凭檻，半江斜日認歸人。」每讀此二詩，忽忽如行江上。

羅隱

温、李俱善作駢語，故詩亦綺麗。隱之表啓不減兩生，詩獨帶粗豪氣，絶句尤無韵度，酷類宋人，不知爾時何以名重至此？鄴州羅紹威至自號其集爲《偷江東》，青州王師範遣使賫禮幣求其一篇，然猶武人。令狐滈登第，隱賀之，其父綯曰：「吾不喜汝及第，喜汝得羅公一篇耳。」鄭畋女頻誦其詩，窺其貌寢乃已。由今視之，亦何煩爾乎！○隱亦時有警句，但不能首尾温麗。如《文宣王廟》曰「雨淋狀似悲麟泣」，此言聖像爲雨所淋，有似於泣，故其語爲佳；對曰「露滴還同嘆鳳悲」，便是泛常牽湊，一無足觀。○隱不得志於舉場，故善作侘傺之言。如「滿船明月一竿竹，家在五湖歸去來」、「灞陵老將無功業，猶憶當時夜獵歸」，皆激昂悲壯。隱又善於使事，投錢鏐詩「鹽車顧後聲方重，火井窺來焰始浮」，上句方之伯樂，下句尊之以孔明也。臨邛有火井，桓、靈時焰漸微，孔明一窺而復熾。大有勸鏐匡扶唐室意，不止感恩而已。

皮日休　陸龜蒙

淵明《五柳先生贊》曰：「不汲汲於富貴，不戚戚於貧賤。」讀《松陵集》，髣髴猶存其致。詩不爲佳，筆墨之外，自覺高韵可欽，其神明襟度勝耳。吾尤喜其詩序，或數十百言，或數百言，皆疏落有古意。皮、陸並稱，吾之景皮，更甚於陸。一從事禄入幾何，既以給其地之高流，餘波猶沾他郡之賢者。讀其《五貺》諸篇，令人忽忽與之神游，視馬戴僅周一許棠，又不足言矣。竟不克保厥身，并不克保厥名，此文人之重不幸，真可悲可涕也。○皮、陸倡和詩，惟樵詩陸爲勝。如《樵子》云：「纔穿遠林去，已在孤峰上。」《樵徑》云：「方愁山繚繞，更值雲遮截。」《樵斧》云：「丁丁在前澗，杳杳無尋處。巢傾鳥猶在，樹盡猿方去。」《樵家》云：「門當清澗盡，屋在寒雲裏。」《樵擔》云：「風高勢還却，雪厚疑中折。」《樵歌》云：「出林方自轉，隔水猶相應。」《樵火》曰：「深爐與遠燒，此夜仍交光。或似坐奇獸，或如焚異香。」真若目擊，皮所不及也。餘詩則襲美殊多俊句，如「野歇遇松蓋，醉書逢石屏」、「壓酒移溪石，煎茶拾野巢」、「白石淨敲蒸朮火，清泉閒洗種花泥」、「静探石腦衣裾濕，閒鍊松脂院落香」、「石床卧苦渾無蘚，藤匣開稀恐有雲」、「白石煮多熏屋黑，丹砂埋久染泉紅」、「静裏改詩空凭几，寒中著《易》不開簾」、「凉後每謀清月社，晚來專赴白蓮期」、「迎潮預遣收魚笱，防雪先教蓋鶴籠」，又《送日本僧歸國》「取經海底收龍藏，誦咒空中散蜃樓」、《以紗巾寄魯望》「今朝定見看花側，明日應聞漉酒香」，較陸詩更覺醒目。○集中詩亦多近宋調，吴體尤爲可憎。四聲、疊韵，離合、迴文，俱無意味。吾之重之，以其文，以其人。○魯望《自遣》詩曰：「數尺游絲墜碧空，年年長是惹春風。争知天上無人住，亦有春愁鶴髮翁。」似駁似戲，語荒唐而意纖巧，與義山「莫經五脺埋香骨，地下傷春亦白頭」同意，而陸尤味長，以從「游絲」轉下，語有原委也。（黄白山評：「此滄浪所謂『無理而有趣』者，『理』字只如此看，非以鼓吹經史、裨補風化爲理也。」）又義山「雲母屏風燭影深，長河漸落曉星沉。嫦娥應悔偷靈藥，碧海青天夜夜心」，已爲靈妙；陸更云「古往天高事渺茫，爭知靈媛不淒涼。月娥如有相思淚，祇待方諸寄兩行」，此可謂吹波助瀾。

薛能

薛能詩雖不惡，原無當於高流。如五言律「庭樹人書匝，欄花鳥坐低」、「薙草因逢藥，移花便得鶯」、「爲山低鑿牖，容月廣開筵」，僅小有風致耳。至若「青春背我堂堂去，白髮欺人故故生」、「朝廷有道青春好，門館無私白日閒」，已入宋調。乃過自矜誇，詩輕太白，功薄孔明。《寄符郎中》曰：「我生若在開元日，爭遣名爲李翰林。」《籌筆驛》曰：「生欺仲達徒增氣，死見王陽合厚顔。」浮薄不足盡之，何無忌憚！

李中

李中《碧雲集》，孟賓于歷舉其佳句於序，今讀之殊多平平。余更喜其「竹風醒晚醉，窗月伴秋吟」、「虚閣静眠聽遠浪，扁舟閒上泛斜陽」、「步月怕傷三徑蘚，取琴因拂一床塵」、「江近好聽菱芡雨，徑香偏愛蕙蘭風」、「公署静眠思水石，古屏閒展看瀟湘」，雖輕淺，尚有閒澹之致。

林寬 鄭鏦

林寬與許棠同時，《紀事》不載姓氏。余録得其集，大抵賈氏派也。《律髓》録其《少年行》，如「報讎衝雪去，乘醉臂鷹迴」，語亦佳。又有鄭鏦《邯鄲俠少年》：「夜渡濁河津，衣中劍滿身。兵符劫晉鄙，匕首刺秦人。報士非無膽，高堂念有親。昨緣秦趙苦，來往大梁頻。」末二語妙甚，道得此語出，亦非泛泛者，惜未見其集。

曹松

曹松亦學賈氏詩，頗能爲苦寒之句。如「野火風吹闊，春冰鶴啄穿」，甚肖野步；「雲濕煎茶火，冰封汲井繩」，甚肖山中也。又有《送方干》「汲水疑山動，揚帆覺岸行」，俱爲宋人所稱。余意尚不如「天垂無際海，雲白久晴峰」、「衰條難定鳥，缺月易依山」，刻劃尤精也。至其集中之最，終當以《己亥歲》首篇爲冠。

方干

方有《寒食》詩最佳：「百花香氣傍行人，花底垂鞭日易曛。野火不知寒食節，穿林轉壑自燒雲。」雖寓意之遠不及君平，然韓所述者帝里風光，方自寫山林景色也。

崔塗　張喬　張蠙

崔塗、張喬、張蠙皆有入情之句。如喬《遊邊感懷》：「兄弟江南身塞北，雁飛猶自半年餘。夜來因得思鄉夢，重讀前秋轉海書。」蠙《寄友人》：「戀道欲何如，東西遠索居。長疑即見面，翻致久無書。甸麥深藏雉，淮苔淺露魚。相思不我會，明月屢盈虛。」崔《除夜有感》：「迢遞三巴路，羈危萬里身。亂山殘雪夜，孤燭異鄉人。漸與骨肉遠，轉於奴僕親。那堪正飄泊，明日歲華新？」讀之如涼雨淒風，颯然而至，此所謂真詩，正不得以晚唐概薄之。○按：崔此詩尚勝戴叔倫作。戴之「一年將盡夜，萬里未歸人。寥落悲前事，支離笑此身」，已自慘然，此尤覺刻肌砭骨。○崔長短律皆以一氣斡旋，有若口談，真得張水部之深者。如「併聞寒雨多因夜，不得鄉書又到秋」、「正逢搖落仍須別，不待登臨已合悲」，皆本色語之佳者。至《春夕》一篇，又不待言。○喬亦有一氣貫串之妙，尤能作景語。如《華山》：「樹黏青靄合，崖夾白雲濃。」《贈敬亭僧》：「砌木欹臨水，窗峰直倚天。」《沿漢東歸》：「絶壁雲銜寺，空江雪灑船。」《題鄭侍御藍田别業》：「雲霞朝入鏡，猿鳥夜窺燈。」《送許棠》：「夜火山頭市，春江樹杪船。」《思宜春寄友人》：「斷虹全嶺雨，斜月半溪煙。」至若「有景終年住，無機是處閒」，則又真率而妙，此殆兼兩派之長。○蠙詩亦多佳，但其最警處，輒不能出前人範圍。如《叢葦》詩是集中之冠，「花明無月夜，聲急正秋天」又一詩之冠也，不覺已犯義山《李花》詩「自明無月夜」矣。

李昌符

李昌符寫景最爲刻劃，而無蹇澀之態，勝諸苦吟者多矣。如「樹盡禽棲草，冰堅路在河」，恍見塞外蕭條之狀。「忽驚鄉樹出，漸識路人多」，儼然自遠還家也。又《曉行》「破月銜高岳，流星拂曉空」、《題友人屋》「數家分小徑，一水截平蕪」，皆若目擊。至《秋夜》詩「芙蓉葉上三更雨，蟋蟀聲中一點燈」，讀之真亦淒然，惜頸聯强弩，結更入俗耳，此則晚唐通病。

鄭谷

鄭谷詩以淺切而妙，如《寄孫處士》：「酒醒蘚砌花陰轉，病起漁舟鷺跡多。」《題少華甘露寺》：

「飲澗鹿喧雙派水，上樓僧踏一梯雲。」《贈敷溪高士》：「眠窗日暖添幽夢，步野風清散酒醒。」《舟行》：「村逢好處嫌風便，酒到醒時覺夜寒。」《羅利路見海棠》：「一枝低帶流鶯睡，數片狂和舞蝶飛。」《中年》：「情多最恨花無語，愁破方知酒有權。」《寄楊處士》：「春卧甕邊聽酒熟，露吟庭際待花開。」皆入情切景。然終傷婉弱，漸近宋、元格調。吾尤恨其「衰遲自喜添詩學，更把前題改數聯」，何遽作此老婢聲！獨絶句是一名家，不在浣花、丁卯之下。

秦韜玉

秦韜玉詩無足言，獨《貧女》篇遂爲古今口舌。「苦恨年年壓金綫，爲他人作嫁衣裳」，讀之輒爲短氣，不減江州夜月，商婦琵琶也。《春雪》詩「惹砌任教香粉妬，縈簾自學小梅嬌」，弄姿處亦有小翩試風之態。

劉　兼

《紀事》、《品彙》俱無劉兼姓名。詩雖不高，頗有逸致，如「蓮塘小飲香隨艇，月榭高吟水壓天」、「白鷺獨飄山面雪，紅蕖全謝鏡心香」，語俱可觀。《春怨》尤佳：「繡林紅岸落花鈿，故去新來感自然。

絶塞杪春悲漢月，長林深夜泣湘絃。錦書雁斷應難寄，菱鏡鸞孤貌可憐。獨倚畫屏人不會，夢魂纔別戍樓邊。」風調翩翩，可爲韓致光之驂乘〔一〕。

【校勘記】

〔一〕「韓致光」，當作「韓致堯」。

韋莊

韋莊詩飄逸，有輕燕受風之致，尤善寫豪華之景。如「流水帶花穿巷陌，夕陽和樹入簾櫳」、「銀燭樹前長似晝，露桃華裏不知秋」、「繡户夜攢紅燭市，舞衣晴曳碧天霞」，穠麗殆不減於韓翃。至若《聞再幸梁洋》曰：「興慶玉龍寒自躍，昭陵石馬夜空嘶。」《贈邊將》曰：「手招都護新降虜，身着文皇舊賜衣。」尤爲警策。但美盡言内，又集中淺淡者亦多未免，如晉武帝之火浣衣耳。○端己有《長年》詩曰：「長年方悟少年非，人道新詩勝舊詩。十畝野塘留客釣，一軒春雨對僧棋。花間醉任黄鶯語，亭上吟從白鷺窺。大盜不將爐冶去，有心重築太平基。」或謂此詩包括生成，果爲台輔。余謂此詩末二句雖讖佳，詩實不佳。又來鵬夏課卷中有詩曰：「近來靈鵲語何疏，獨憑欄干恨有殊。一夜緑荷風剪破，賺他秋雨不成珠。」識者以爲不祥，是歲果卒。余謂此詩讖雖不佳，詩實佳。嗚呼！詩能窮人，歐陽子以爲「窮而後工」，乃工而益窮耶？○按：《唐詩紀事》「長年」作「長安」，於理大背。「大盜」作「大道」，亦非，正指巢賊之犯闕耳。惟「黄鶯語」乃勝本集「説」字。

吴融　李咸用

作詩最不宜强所不能。如吴子華近體詩，雖品格不高，思路頗細，兼有情致。如「簷外暖絲兼絮墮，檻前輕浪帶鷗來」、「半巖雲粉千竿竹，滿寺風雷百尺泉」、「圍棋已訪生雲石，把釣先尋急雨灘」，皆佳句也。至作長歌，大多可笑。《贈廣利》末曰：「乃知生是天，習是人。莫輕河邊羖䍽，飛作天上麒麟。但日新，又日新。李太白，非通神。」何異優伶傅粉墨者語言，詩道至此，風雅淪胥矣！○李咸用樂府雖尚能膚立，亦有羊質虎皮之恨。嗚呼！古調高言，須骨日近之，可妄效哉！○李嘗有《咏雪》詩：「雲漢風多銀浪濺，崑山火燼玉灰飛。」較宋人「凍合玉樓」、「光摇銀海」差雅。又一篇曰：「横空絡繹雲遺屑，撲浪連翩蝶寄槎。」雖鏤刻，殊覺捏扭，不及前語自然。

杜荀鶴

余嘗謂《詩歸》有得有失，如選李咸用、杜荀鶴，則其最當者。杜於晚唐爲至陋，今試漫舉數聯，如「廉頗解武文無説，謝朓能文武不通」、「典盡客衣三尺雪，鍊精詩句一頭霜」、「遍搜寶玉無藏處，亂殺平人不怕天」、「舉世盡從愁裏老，誰人肯放死時閒」、「喚物舌頭猶未穩，誦詩心孔迥然開」、「争知百歲不百歲，未合白頭今白頭」，豈成人語！讀鍾氏所録，不惟高朴蒼雅，且幾疑爲有道者之言。如《咏廢宅》曰：「人生當貴盛，修德可延之。不慮有今日，争教無破時。」《送人宰縣》曰：「海漲兵荒後，爲官合動情。字人無異術，至論不如清。」即曲江、少陵，不能過也。吾尤喜其《春宫怨》一評，杜詩曰：「風暖鳥聲碎。」鍾云：「三字開詩餘思路。」此真精識矣。令杜詩盡如選中，令選他人盡如選杜，吾於二子俱無間然。○按：余所譏，宋人已有珍爲帳秘，奉作典型者矣，殊不知村野不可以爲高楪。○《春宫怨》，不惟杜集首冠，即在全唐亦屬佳篇。「承恩不在貌，教妾若爲容」，此千古透論。衛碩人不見答，非貌寢也；張良娣擅權，非色勝也。陳鴻《長恨傳》曰：「非徒殊豔尤態獨能致是，蓋才智明慧，善巧便佞，先意希旨，有不可形容者焉。」即此詩轉語。讀此覺義山之「未央宫裏三千女，但保紅顔莫保恩」，尚非至論。○杜集中亦間有佳句，如「一溪寒色漁收網，半樹斜陽鳥傍巢」、「雁驚風浦漁燈動，猿叫霜林橡實疏」、「秋登嶽寺雲隨步，夜宴江樓月滿身」、「寒雨旋疏叢菊豔，晚風時動小松陰」，殊不減許渾。但佳者止得一聯，不能前茅後勁，又鄙俚者太不堪耳。○杜有《戲贈漁家》曰：「見君生計羨君閒，求食求衣有底難？養一箔蠶供釣線，種千竿竹作漁竿。葫蘆杓酌春醲酒，舴艋船流夜漲灘。却笑儂家最辛苦，聽蟬鞭馬入長安。」此竟然一宋詩也。但淺而不俗，猶可恕。

貫休

詩至晚唐而敗壞極矣，不待宋人。大都綺麗則無骨，至鄭谷、李建勳，益復靡靡；樸澹則寡味，李頻、許棠，尤無取焉；甚則粗鄙陋劣，如杜荀鶴、僧貫休者。貫休村野處殊不可耐，如《懷素草書歌》中云：「忽如鄂公喝住單雄信，秦王肩上搭着棗木槊。」此何異傖父所唱鼓兒詞？又如《山居》第八篇末句云：「從他人笑從他笑，地覆天翻也只寧。」豈不可醜！然猶在周存、盧延讓上，以尚有「葉和秋蟻落，僧帶野雲來」、「青雲名士如相訪，茶渚西峰瀑布冰」數語，殊涵清氣也。

李建勳

李建勳詩格最弱，然情致迷離，故亦能動人。如《殘牡丹》詩：「腸斷題詩如執别，芳茵愁更繞欄鋪。風飄金蕊看全落，露滴檀英又暫蘇。失意婕妤粧漸薄，背身妃子病難扶。迴看池館春歸也，又是迢迢看畫圖。」氣骨安在？却有倚門人流目送盼之致，雖莊士雅人所卑，亦爲輕俊佻達者所喜。又如《閒出書懷》曰：「斷酒只攜僧具去，看山從聽馬行遲。」《春雪》曰：「全移暖律何方去，似誤新鶯昨日來。」《梅花寄所親》曰：「雲鬟自沾飄處粉，玉鞭誰指出牆枝。」《春水》曰：「青岸漸平濡柳帶，舊溪應暖負蓴絲。」語皆纖冶，能眩人目。惟《迎神》一篇不愧名家，張司業之耳孫，近來高季迪之鼻祖也。南唐又有張泌，其詩如烏衣、馬糞諸郎，雖非幹理之才，却無傖父容貌詞氣，定其詩格，當韋相、李司徒季孟間。

王周

王周詩最難選。升菴稱其「嘉陵江水色，一帶柔藍碧。天女瑟瑟衣，風梭晚來織」，高廷禮取其「誰知孤宦天涯意，微雨瀟瀟古驛中」，周伯弼取其「雨苔生古壁，雪雀聚寒林」，鍾、譚取《峽船具》詩。余意《船具》誠屬奇觀，但悉取之則嫌於數見不鮮，節取之又嫌其制不備，即鍾、譚已不能不抱憾於斯二者矣。○此詩余深喜其小序古質有高致，可與司空圖、陸龜蒙諸小文並傳。詩則如銘如贊，雖亦本於《小戎》諸篇，終是以文爲詩。古人十句中，亦不全是制度。○按：上官昭容《游長寧公主流杯池》：「石畫粧苔色，風梭織水文。」周《嘉陵江》詩實本於此。

胡曾

舊見胡曾集一卷，皆詠史詩，淺直可厭，遂屏而不録。後讀《才調集》所載，顧有可觀者。如

《塞下曲》「曉侵雉堞烏先覺，春入關山雁獨知」，《贈漁者》「往來南越諳鮫室，生長東吴識蜃樓」，《獨不見》曰「窗殘夜月人何處？簾卷春風燕復來」，俱佳句也。《安定集》中必尚有佳者，惜未之見。

唐宋詩話緣起

古今説詩者多矣，莫不上遡《風》、《騷》，遠稽古漢，下逮建安、黄初，迄開元、大曆而止。其剔幽抉隱，闡揚微渺，非無尚可容人尋繹者。正如秦中雖古帝王之都，自周歷秦、漢、隋、唐，王氣亦幾幾盡矣。余小子，椎魯寡學，述前人之教，尚苦不足，安所容吾辯乎？故所揚榷，斷自唐始。又略於初、盛，而詳於中、晚。以嘉、隆以前，談詩者視中、晚，幾如漢高帝之視夜郎、滇、僰，度外置之；萬曆末年，一時推服，又幾於尉佗魋結箕踞以見陸生，問與高帝孰賢？又如幽州張直方母謂其下曰：「天下有貴於我子者乎？」一則忽之過卑，一則尊之過盛，總非造淩雲臺秤，能令輕重不淆也。抑余讀前輩遺言，尤薄宋人。然宋人之詩，實亦數變，非可一概視之。至如近人之稱許宋詩，不過喜其尖新儇淺，乃南宋中陸務觀一家，亦未能深窺宋人本末也。故余就所見，特加評騭，復成一卷，附之篇末。至勝國則苦見聞不多，同時又以充棟難竟，假我數年，或有全書云。九曲阿隱者賀裳識。

載酒園詩話目録

劉敞
邵雍
曾鞏
鮮于侁
劉攽
鄭獬
文同
蘇軾
蘇轍
秦觀
晁補之
黄庭堅
陳師道
張耒
賀鑄
晁沖之

孔文仲
徐積
唐庚
韓駒
劉跂　韋冠之
釋惠洪
李綱
汪藻
劉子翬　朱松
張九成
沈與求
吕本中
曾幾
陳與義　陳淵
范浚
周必大

載酒園詩話

九曲阿隱者賀裳黄公氏論次

宋

王禹偁　寇凖

王元之秀韵天成，常有臨清流、披惠風之趣。如「掃苔留嫩緑，寫葉惜殘紅」、「鶯花愁不覺，風雨病先知」、《題張處士溪居》「病來芳草生漁艇，睡起殘花落酒瓢」、《贈潘閬》「江城賣藥嘗看鶴，古寺看碑不下驢」、《寄金鄉張贊善》「北堂視膳侵星起，南畝催耕冒雨歸」、《贈湖州張録事》「上直未歸紅藥院，供吟先得白蘋洲」，皆雋永可味。雖學樂天，然得其清，不墮其俗，此善於取材者也。○寇萊公，人多稱其「孤村芳草遠，斜日杏花飛」。余更喜其「數峰横夕照，孤笛起江船」，善寫迷離之況。

李建中　楊徽之　趙湘　王操

宋初全學晚唐，故氣格不高，中聯特多秀色。如李建中《懷湘南舊游》：「静尋緑徑煎茶寺，徧上紅牆賣酒樓。」楊徽之《漢陽晚泊》：「疏鐘未徹聞寒雨，斜月初沉見遠燈。」趙湘《春夕》：「醉醒風傍池邊起，坐久月從花上來。」儼然劉滄、鄭谷、李建勳之筆。楊《僧舍》詩：「偶題巖石雲生筆，閒遶松庭露濕衣。」語尤清麗。〇王操《上李昉》詩，昔人譏其「諫草朝天」，余不謂然，嫌其太袍笏氣耳。然至「倚檻白雲供醉望，揞笻黄葉落吟身」，固有清韵。

潘閬

潘逍遥詩不多見，大都本於無可，間有詠氣。惟《夏日宿西禪院》一詩最佳，子瞻嘗酷愛其「晚涼知有雨，院静若無僧」，而忘其名，則潘集之亡久矣。然此詩前茅後勁亦無可言，惟頷聯清妙。又《渭上秋夕閒望》詩：「殘陽初過雨，何樹不鳴蟬？」《落葉》詩：「幾番經夜雨，一半是秋風。」時皆推之。余觀此種句法，體輕意淺，亦猶蕉衫葛屨，可以禦暑，而非履霜具也。後乃一變爲楊、劉，正如久處蕭寺孤邨，又羨玉樓金屋，勢必然耳。

魏野　曹良弼　魯交

魏仲先微有俊句而體輕，輕則易率，率則易俗。如「有名閒富貴，無事小神仙」，墮惡趣矣。惟善寫塢壁間事，如「妻喜栽花活，兒誇鬭草贏」、「洗硯魚吞墨，烹茶鶴避煙」，田園隱淪之趣，宛然如見也。○曹良弼、魯交亦多清氣。曹《過友人隱居》曰：「旋收松上雪，來煮雨前茶。」意致甚佳。魯《江干》詩曰：「遠山碧千里，夕陽紅半樓。」風景尤爲可念。若林和靖「春水淨於僧眼碧，晚山濃似佛頭青」，形容太着色相矣。

林逋

林處士泉石自娱，筆墨得湖山之助，故清綺絕倫，可謂人與地兩無負也。惜帶晚唐風氣，未免調卑句弱，時有狐裘羔袖之恨。如《孤山寺》「破殿静披齏臼古，齋房閒試酪奴春」、《峽石寺》「燈驚獨鳥迴晴塢，鐘送遥帆落遠汀」，語俱工。而「白公睡閣幽如畫，張祜詩牌妙入神」、「不會剃頭無事者，幾人能老此禪扃」，殊甚狼籍。然警處如「伶倫近日無侯白，奴僕當時有衛青」、「返照未沉僧獨往，長煙如淡鳥横飛」、「松門過水無重數，石壁看霞到盡時」、「五畝自開林下隱，一樽聊敵世間名」、「千里白雲隨野步，一湖明月上秋衣」、「煙含晚樹人家遠，雨濕春風燕子低」，真一時之秀。（黄白山評：「以伶官爲『伶倫』，用字癡甚。且侯白乃佞幸之類，亦非伶官。」）○《鶴》詩「春静棋邊窺野客，雨寒廊底夢滄洲」，妙矣。永叔絕句曰：「樊籠毛羽日低摧，野水長松眼倦開。萬里秋風天外意，日斜閒啄岸邊苔。」便覺興趣更遠。

僧惠崇

漁隱譏人剽竊，載惠崇爲其徒所嘲曰：「河分岡勢司空曙，春入燒痕劉長卿。不是師兄多犯古，古人詩句犯師兄。」爲千古藝林笑談。又《古今詩話》稱寇萊公招崇於池亭，分題，崇得「池鷺」，限「明」字韻，自午至晡，五押得之。「雨歇方塘溢，遲回不復驚。曝翎沙日暖，引步鳴風清。照水千尋迥，棲煙一點明。主人池上鳳，見爾憶蓬瀛。」公稱善。按：「棲煙」一語誠警策，但崇能作此語，何苦撏撦見輕於人？即得中郎帳中本，亦自不可，況攫金於市耶！此詩惟結句帶諂，減高韵。○又按：前詩雖蹈襲，其下聯甚佳。題爲《訪楊雲卿淮上別墅》：「地近得頻到，相攜向野亭。河分岡勢斷，春入燒痕青。望久人收釣，吟餘鶴振翎。不愁歸路晚，明月上前汀。」○崇自撰《句圖》一百聯，余尤喜其「歸禽動疏竹，落果響寒塘」《上谷相公池上》、「鳥歸松墮雪，僧定石沉雲」《宿東林寺》、「空潭聞鹿飲，疏樹見僧行」《隱静寺》、「繁霜衣上積，殘月馬前低」《早行》、「磬斷蟲聲出，峰迴鶴影沉」《秋夕》、「松風吹髮亂，巖溜濺棋寒」《贈李道士》、「禽寒時動竹，露重忽翻荷」《楊秘監池上》、「夜梵通雲竇，秋香滿石叢」《寄白閣能上人》、「落潮鳴下岸，飛雨暗中峰」《瓜洲亭子》、「驚蟬移古柳，鬭雀墮寒庭」《國清寺秋居》，不惟語工，兼多畫意，但以不見全詩爲恨。

僧宇昭

宋初九僧詩，稱賈司倉入室之裔，惠崇其七也。僧宇昭居第八，有《寄題武當郡守吏隱亭》，亦佳：「郡亭傳吏隱，閒自使君心。捲幕知來客，懸燈見宿禽。茶煙逢石斷，棋響入花深。會逐南帆便，來秋寄此吟。」又「餘花留暮蝶，幽草戀斜陽」，語尤工倩。

楊億　錢惟演　劉筠

嘗笑宋人薄館職諸公，不知當日經營位置，備極苦心，實苦其難駕，爲高論譏之，是猶晉人作達，徒利縱恣，原不解嗣宗本趣也。即如大年《梨》詩「九秋青女添霜味，五夜方諸月溜津」，後人詠物能有此形容乎？思公《苦熱》「雪嶺却思迴博望，風窗猶欲傲羲皇」，每一誦之，殆令人忽忽忘暑。況諸公亦不專使事，子儀則有「舊山鶴怨無錢買，新竹僧同借宅栽」，大年則有「梅花遶檻驚春早，布水當簷覺夏寒」，思公則有「雪意未成雲著地，秋聲不斷雁連天」，皆甚雋永。吾嘗謂廬陵詆楊、錢，無異公安毀王、李。明詩壞自萬曆，宋詩壞始景祐、寶元，古今有同恨耳。

晏殊

梅、歐、江、謝咸出晏氏之門，然晏自作詩，實崑體也。當時盛傳「無可奈何花落去，似曾相識燕飛來」。余甚厭其「游梁賦客多風味，莫惜青錢萬選才」，大是俗調。不及《安昌侯作》「蓮勺移家近七遷，魯儒章句世相傳。關中沃壤通涇渭，堂上繁多逐管絃。身服儒衣同蔡義，日將卮酒對彭宣。高墳丈五陽陵外，千古朱雲氣凜然」，首尾匀稱。（黄白山評：「『無可奈何』一聯，生成填詞妙語。若作詩看，即極纖弱矣。《安昌侯作》全詩了無好處。」）又《送人知洪州》「干斗氣沉龍已化，置芻人去榻猶懸」，真警練精切。

李宗諤

《南朝》曰：「仙華玉壽曉沉沉（黄白山評：「此必『漏』字無疑。」），三閣齊雲複道深。平昔金鋪空廢苑，於今《玉樹》有遺音。珠簾映寢方成夢，麝壁飄香未稱心。惆悵雷塘都幾日，吟魂醉魄已相尋。」此詩組練不及錢、劉，惟末句發所未發。

二 宋

大宋《落花》詩「淚臉補痕勞獺髓」，蓋用鄧夫人藥中琥珀屑多，頰成紅點，益助其妍，以形容墮瓣殘香之零斷也。思路至此，曲而細矣。「舞臺收影費鸞腸」，孤鸞不舞，花枝倚風，有似於舞。妙用一「影」字，似幻似真，説得圓活。花落則影收，鸞應思之，此詩之不可以辭害志者也。（黄白山評：「『費鸞腸』三字醜惡之極，且生撰以對『勞獺髓』，意甚偏枯，有何風致而賞之耶！」）余嘗嘆二詩之妙極不難知，夏子喬獨以通篇不露出「落」字，事業遠過其弟。子京果終於侍從，人因服夏藻鑑之精。余謂此真是富貴人相詩法，風騷家恐不煩爾爾。○莒公《春夕》詩七句俱佳，惟末句醜甚。「花低應露下，月暗覺雲來」，風致飄然。「無言聊隱几，萬物一靈臺」，一何酸陋，尚不脱元夜滄虀氣味耶！○小宋鏤刻似遜於兄，韵度殊勝。守成都《春宴北園》曰：「天意歇餘芳，人間日始長。落花風觀閣，睡鴨雨池塘。稍倦持螯手，猶殘婪尾觴。春歸無所預，羈客自迴腸。」（黄白山評：「春時豈可用持螯事？」）《十月宴江瀆亭》曰：「節去歡猶在，賓來賞更延。悠揚初短日，淒緊乍寒天。霽沼元非漲，秋花自少妍。蟻留新獻酹，蕙續不殘煙。戲鰋銜餘藻，游龜避折蓮。流芳真可惜，從此遂凋年。」不惟善狀景候，兼有唐人音節。又《寒食假中》曰：「草色引開盤馬地，簫聲吹暖賣餳天。」亦甚肖汴京風物。○《遭劾出知亳州》曰：「歌管嘈嘈月露前，且將身世付酡然。漫誇鼷鼠機頭箭，不識醯鷄甕外天。青史有人譏巧宦，黄金無術治流年。君看醉趣兼醒趣，始覺靈均更可憐。」雖學崑體，亦加排宕矣。又《出守還拜承旨》曰：「傷禽縱奮愁瘡重，厩馬雖還笑齒長。」尤善寫牢騷之況。

韓琦 趙抃

范希文父子、魏公、潞公皆係偉人，不可拘以章句。然如稚圭《春陰》詩「草濕漫鋪留醉席，榆難擲買春錢」，大是風致也。○趙清獻詩尤尚平澹，然如《除夜宿臨江縣言懷》「漏促已交新歲鼓，酒闌猶剪隔宵燈」、《和虔守任滿入香林寺餞别》「爲逢蕭寺千山好，不惜蘭船一日留」，亦有清味可啜。

蔡襄

蔡君謨本學西崑，後溺於歐、梅，始變其體。然五言古外，即洗滌不盡，如《至和雜書》、《八月一日二日》兩篇，全是中郎之虎賁矣。但西崑亦自不同，昌谷意奇，玉溪思奥，然細細解之，無不首尾貫徹。中枯外腴，以瑰奇掩其錯雜，僅温氏長篇耳。宋人學崑，惟襲其貌，雖學崑，實不知崑也。（黄白山評：「宋初楊、劉詩學温、李，一時競相仿傚，以二公並居翰苑，故目爲『西崑體』，非温、李當時本有此號。此似以『西崑』目温、李，能免吠聲之誚耶！」）如君謨前篇「庭院簾帷一齊下，紅蠟陰沉霜滿瓦。偽鷄頭軟熟七月終，舉手分傳玉杯把」，七月終霜已滿瓦乎？真畫家雪裏蕉也。畫尚可，詩斷不可。僞崑之可厭可恨，實無怪歐、梅之詆斥。但其幽思藻句，亦自不可一概抹殺。即如君謨「曉市人煙披霽旭，夜潭漁火鬭寒星」、「疊雲封日茜，斜雨著虹明」、「山樵斲晚日，野火著寒雲」，寧不勝於枯淡？但君謨亦有尚缺推敲者，如《新雁》詩「幾聲疏樹外，一字斷雲中」，寫景甚工，惜「樹」與「雁」不甚切，特賴一「外」字救之。《龍門香山寺》「波起一灘雷」，警句也；「龕明千像日」，却不韵。惟絶句最妙，《憶從尹師魯宿香山石樓》曰：「霜後丹楓照曲堤，酒闌明月下前溪。石樓夜半雲中笑，驚起沙禽過水西。」《春日》曰：「東風吹雨濕鞦韆，紅點棠梨爛欲燃。擬買芳華贈年少，紫榆春淺未成錢。」風流旖旎，不下宋尚書、晏丞相也。○蔡集中惟《鄭陽行》可備采風，實勝《四賢一不肖》作。如「去年積行潦，田畝魚蛙生。今歲穀翔貴，鼎飪無以烹。繼亦掇原野，草萊不及萌。剥伐及桑棗，拆發連簷甍。誰家有倉囷，指此爲兼并。頭會復箕歛，勸率以爲名」，寫墨吏豪紳如見。又曰：「隴上麥欲黄，寄命在一熟。麥熟有幾何？人稀麥應足。縱得新麥嘗，悲哉舊親屬！」尤爲酸鼻，殊不減元道州《舂陵行》。（黄白山評：「宋人儘多傷時憫俗之作，無如力疲不能布格，手重不能遣調，蓋非其學識之不優，實其才情之不逮耳。」）○「桃花盡日隨流水，洞在清谿何處邊」、「縱使晴明無雨過，入雲深處亦沾衣」，今人皆傳張旭詩。蓋張、蔡皆能書，字稍怪瑋，遂駕之於旭。不見吴兒以趙孟頫《道德經》易其款識爲王右軍乎！（黄白山評：「二絶極饒風韵，疑君謨脚手不能辦此。」）

余靖

《子規》詩「疏煙明月樹，微雨落花村」，真入唐人三昧，惜全篇平平。（黄白山評：「『明月樹』三字頗癡，意欲换爲『夜』字。」）又「霧昏臨水寺，風勁欲霜天」，亦妙。蓋宋初多學賈島、姚合，此尚仍其習耳。僧秘演「久雨寒蟬少，空山落葉深。危樓乘月上，遠寺聽鐘尋」，亦有無可之遺。

歐陽修

歐公古詩苦無興比，惟工賦體耳。至若叙事處，滔滔汩汩，累百千言，不衍不支，宛如面談，亦其得也。所惜意隨言盡，無復餘音繞梁之意。又篇中曲折變化處亦少。公喜學韓，韓本詩之别派，其佳處又非學可到，故公詩常有淺直之恨。○公嘗謂人曰：「吾《廬山高》惟韓愈可及。《琵琶前引》韓愈不可及，杜甫可及；《後引》李白可及，杜甫不可及。」《石林詩話》則曰：「吾詩《廬山高》，今人莫能爲，惟李太白能之。《明妃曲》後篇，太白不能爲，惟杜子美能之；至於前章，則子美亦不能爲，惟吾能之也。」二説聚訟，總可不論，大抵自矜，則斷然者矣。（黄白山評：「宋人沾沾自喜，如夜郎之不知漢大。歐公盛德，亦不免爾爾。」）今觀《廬山高》僅僅鋪叙，言外别無意味。至若「君懷磊落有至寶，世俗不辨珉與砡」、「丈夫壯節似君少，嗟我欲説安得巨筆如長杠」，雖曰「横空盤硬語」，實傖父聲音耳。至《琵琶引》前篇，散叙處已是以文爲詩，至「推手爲琵却手琶」，大是訓詁，詩法所不尚。惟後數語「玉顔流落死天涯，琵琶却傳來漢家。漢宫争按新聲譜，遺恨已深聲更苦。纖纖女手生洞房，學得琵琶不下堂。不識寒雲出塞苦，豈知此聲能斷腸」，稍嗚咽可誦。其後篇「絶色天下無，一失再難得。雖能殺畫工，於事竟何益」，亦落議論。惟結處「明妃去時淚，灑向枝上花。狂風日暮起，飄泊落誰家？紅顔勝人多薄命，莫怨東風當自嗟」，點染稍爲有情。此以追蹤樂天《婦人苦》、《李夫人》諸篇，尚猶河漢，以較李、杜，豈非夸父逐日乎！○詩道至廬陵，真是一厄，如《飛蓋橋望月》中云「乃於其兩間」、「矧夫人之靈」、「而我於此時」，便開後人無數惡習。○永叔本一秀冶之筆，忽爾嗜痂，竟成逐臭。作近體詩便露本質，雖慕平淡，逸韵自饒。如《懷嵩樓新開南軒與郡僚小飲》曰：「繞郭雲煙匝幾重，昔人曾此感懷嵩。霜林落後山争出，野菊開時酒正濃。解帶西風飄畫角，倚闌斜日照青松。會須乘醉攜佳客，踏雪來看群玉峰。」《三日赴宴口占》曰：「賜飲初逢禊節佳，昆池新漲碧無涯。九門寒食多遊騎，三月春陰正養花。共喜流觴修故事，自憐霜鬢惜年華。鳳城殘照歸鞍晚，禁籞無風柳自斜。」《蘇主簿洵挽歌》曰：「布衣馳譽入京都，丹旐俄驚反舊閭。諸老誰能先賈誼？君王猶未識相如。三年弟子行喪禮，千兩鄉人會葬車。我獨空齋掛塵榻，遺編時讀子雲書。」《遊石子澗》曰：「巖巘高庭古澗隈，偶攜佳客共徘徊。席間風起聞天籟，雨後山光入酒盃。泉落斷崖春壑響，花藏深崦過春開。麏麚禽鳥莫驚顧，太守不將車騎來。」《曉詠》曰：「簾外星辰逐斗移，紫河聲轉下雲西。九雛烏起城將曙，百尺樓高月易低。露裛蘭茗惟有淚，秋荒桃李不成蹊。西堂吟思無人助，草滿池塘夢自迷。」《送目》曰：「送目蘅臯望不休，江蘋高下遍汀洲。長堤柳曲妨回首，小苑花深礙倚樓。楚徑蕙風消病渴，洛城花雪蕩春愁。流盃三日佳期近，擲度蘭波負勝遊。」俱極風流富貴之致。（黄白山評：「次聯妨礙，合掌。」）至《詠柳》曰「長亭送客兼迎雨，費盡長條贈别離」，其態度真堪與柳鬬綽約也。又《大行皇帝發引詞》「忽見九門陳羽衛，猶疑五載欲時巡」、《寄秦州田元均》「萬馬不嘶聽號令，諸蕃無事著耕耘」，尤爲典麗。

蘇舜欽

子美與聖俞齊名，顧深以爲恥，每自嘆平生作詩比梅堯臣，字比周越，良可笑也。及觀其詩，麄豪殊甚。即如《中秋吴江新橋對月》，宋人所共推，然「雲頭灧灧開金餅，水面沉沉卧彩虹」，已似官庖肥肉。至「佛地化爲銀世界，仙家多住玉樓臺」，豈雅流所忍言。○「晚泊孤舟古祠下，滿川風雨看潮生」，寧取此種，猶稍有清氣。

梅堯臣

梅詩誠有品，但其拙惡者亦復不少。又因其名太重，常有厚望之意，既所見不副所聞，益增鄙夷。

嘗嘆讀楊、劉諸公詩，如入王、石綺疏繡闥，耳倦絲竹，口厭肥鮮，忽遇葭牆艾席，菁羹橡飯者，反覺其高致。此歐公把臂入林，一時爲之傾動也。諸人不明矯枉之意，盲推眯頌。如「青苔井畔雀兒鬧，烏桕樹頭鴉舅鳴。世事但知開口笑，俗情休要着心行」，及蟹詩「滿腹紅膏肥似髓，貯盤青殼大於杯」，誠爲過樸，亦盛推之。風氣既移，當日所爲美談，今時悉成笑柄。凡詩受累，大都不由於謗者，而由於譽者，類然耳。○宋之詩文，至廬陵始一大變，顧有功於文，有罪於詩。其自爲詩害詩猶淺，論人詩害詩實深。宛陵雖尚平淡，其始猶有秀氣，中歲後始極不堪耳。苟非群兒之推奉，彼亦不敢毅然放恣，大傷雅道也。然非永叔之擁戴，固不能炫惑一世也。宛陵自述曰：「作詩無古今，惟造平淡難。」又曰：「我於詩言豈徒爾，因事激風成小篇。辭雖淺陋頗刻苦，未到二《雅》未肯捐。」今姑舉數篇，《送鄞宰王殿丞》曰：「生意各臑臑，黔角容夬夬。」《贈陳無逸秀才》曰：「在鹿忘守穴，揑足乃焉而。」《送寧鄉令張沆》曰：「竹存帝女啼，夔學林雍鼙。」淡則淡矣，殊不平也。（黄白山評：「亦何曾淡。」）《放鶉》詩曰：「公只知魚之洋洋，鶉之鶉鶉。噫兮！噫兮！」《西湖晚步》曰：「芡韜園客剥，蒲刃水袄驚。」《李密學寄御棗》曰：「其赤如君心，其大如王瓜。」《同韓玉汝謁裴如晦》曰：「逡巡冠帶出，青綬何曳曳！有似縮殼龜，藏頭非得計。」有此二《雅》耶？晦菴儒者，亦曰：「梅聖俞詩不是平淡，乃是枯槁。」可見人心不容盡誣，公論久而自出。愚意歐公之譽，固難解園檀之失；朱子之論，亦尚遺棄他山。都官全集，若汰其鄙俚，精搜雅潔，固自有佳者。如「五更千里夢，殘月一城鷄」，甚肖旅況；「犬鳴林外火，笛響月中村」、「窗冷孤螢入，宵長一雁過」，甚肖夜景；《春氣》曰：「吹花擁細草，送雨來高閣。江燕倚身輕，逆飛前復却。」《發勻陵》曰：

「孤村望漸遠，去鳥飛已先。向晚雲漏日，微光人倚船。」《送胥裴二子迴馬上作》曰：「陰陰雪雲低，游子去將懶。豈惟游子倦，疲馬行亦款。送罷我獨還，迴看雁爲伴。念此日暮時，寂寞閉竹館。」真覺情事如見。○《夏日對雨》曰：「日日城頭雨，還添湖上波。窗中人自聽，門外潦應多。不畏禾生耳，還愁麥化蛾。吾廬無所有，頻看壁間梭。」此篇最爲生動，却不平淡。○梅詩有極佳者，吾尤喜其《擬張九齡詠燕》曰：「眇眇雙飛燕，長年與社回。任從新曆改，只向舊巢歸。永日當人語，輕寒送雨飛。自親梁棟慣，不識海鷗機。」惻然捐軀殉國之言，讀至此，令人不敢復言明哲保身。○《送滕寺丞歸蘇州》曰：「驅車入蜀時，有弟母不往。留婦侍母旁，以子屬婦養。昨得閭門書，婦子死泉壤。此心那得安，棄官提轡鞅。東馳三千里，驀馬求吴槳。吴槳速如飛，歸來拜堂上。堂前去時樹，已覺枝條長。豈無懷抱感，爲壽酌春醠。」欲解其悲，姑諷其孝，又不用勸而用獎，豈惟忠告善道，殆默化於無形矣。此之謂真温柔敦厚，唐三百年間，無此一篇也。梅詩之可敬在此。（黄白山評：「此詩取其意佳可耳，遣調則不脱傖父面目。」）俗人猥稱其「焚香露蓮泣，聞磬霜鷗邁」，誰無一二好語？至「野鳧眠岸有閒意，老樹着花無醜枝」，尤是吴體中尋常語，且下句更覺安排造作，何足爲重！○細閲此詩，兼可悟《論語》中「色難」二字。

陶　弼

陶弼素有盛名，其《兵器》詩叙述和戎釀患，倉卒用兵之害，最爲酸惻。如「自此兩河間，寂寂無戎備。卒閒喜夜歌，將老貪春睡。自此爲太平，恍逾三十歲。戎昊乘我閒，南馳賀蘭騎。陽關久夜開，樞朽不可閉。陣雲起秦雍，殺氣横涇渭。使臣股慄奏，宰相嗔目議。僉曰亟發兵，豎子坑甚易。倉皇築邊壘，未戰力先瘁。逼迫開庫兵，土蝕鋒鋩鋭。防秋採舊屯，推轂謀新寄。舊屯老且死，少者無實藝。良由不訓練，手足迷擊刺。新寄將家子，從小生富貴。《六韜》未曾讀，口但知肉味。師復從中御，進退由閹寺。權輕號令冗，兩戰無遺類。曹公棄七軍，晉人獲三帥。吾兵自此喪，有詔新其製。此器不預設，一旦何從致！朝廷急郡縣，郡縣急官吏。官吏無他術，下責蚩蚩輩。耕牛拔筋角，飛鳥秃翎翅。簳截會稽空，鐵烹堇山碎。供億稍後期，鞭朴異他罪」。讀此一段，知堪掎膺者，不獨高、張、方、王之事，令人不勝杜牧《阿房》之哀。（黄白山評：「『新寄』二字杜撰。」）○《出嶺題石灰舖後》曰：「江勢一兩曲，梅梢三四花。登高休問路，雲下是吾家。」可謂清絶。

李觀

《哀老婦》：「里中一老婦，行行泣路隅。自悼未亡人，暮年從二夫。寡時十八九，嫁時六十餘。昔日遺腹兒，今兹垂白鬚。子豈不欲養，母豈不懷居？繇役及下户，財盡無所輸。異籍幸可免，嫁母乃良圖。牽車送出門，急若盜賊驅。兒孫孫有婦，小大且攀呼。回頭與永訣，欲死無刑誅。我時聞此言，爲之長嘆吁。天民固有窮，鰥寡實其徒。仁政先四者，著在孟軻書。吾君務復古，旦旦師黄虞。

敕書求節婦，許與旌門廬。翳爾愚婦人，豈曰禮所拘。蓬茨四十年，不知形影孤。州縣莫能察，詔旨成徒虚。而況賦役間，群小所同趨。奸欺至骨髓，公利未錙銖。良田歲歲賣，存者惟萊汙。兄弟欲離散，母子因變渝。天地豈非大，曾不容爾軀。嗟嗟孝治主，早晚能聞諸？吾言又無位，反袂空漣如。」按：泰伯，希文門下士也。篇中所言，絶似元豐、熙寧間事，豈垂老見之，不禁哀悼耶？其傷心慘目不待言，「吾君」一段尤爲婉摯。後來叙述吏弊，則鄭俠《流民圖》之所不及繪也。此暨陶弼《兵器》詩俱可備古今鑑戒，不當以宋詩忽之。（黄白山評：「此詩稍可成誦。」）

王安石

宋人先學樂天，學無可，繼乃學義山，故初失之輕淺，繼失之綺靡。都官倡爲平淡，六一附之，然僅在膚膜色澤，未嘗究心於神理，其病遂流於粗直。間雜長句，硬下險字湊韵，不甚求安，狀如山兕野麇，令人不復可耐。後雖風氣屢變，然新聲代作，雅奏日湮，大率敷陳多於比興，藴藉少於發舒，求其意長筆短，十不一二也。讀臨川詩，常令人尋繹於語言之外，當其絶詣，實自可興可觀，不惟於古人無愧而已。吾嘗謂此不當以文恕其人，亦不當以人棄其文，特推爲宋詩中第一。其最妙者在樂府五言古，七言律次之，七言古又次之，五言律稍厭安排，七言絶尤嫌氣盛，然佳篇亦時在也。（黄白山評：「所舉諸作，無一佳者，不知其『絶詣』何在？」）〇《送喬執中秀才歸高郵》曰：「薄飯午不羹，空爐夜無炭。寥寥日避席，烈烈風欺幔。謂予勿惡此，何爲向子嘆。長年客塵沙，無婦助親爨。寒暄慰白首，我弟纔將冠。邅迴歲又晚，想見淮湖漫。古人一日養，不以三公换。田園在戮力，且欲歸鋤畔。行矣子誠然，光陰未宜玩。負米力有餘，能無讀書伴。」前叙其不可不歸，後又微諷其復來，曲折宛轉。介甫一生傲慢，如此詩，一何温藹也。至《送孫正之》則曰：「雲山參差碧四圍，溪水詰曲帶城陴。溪窮壤斷至者誰，予獨與子相諧熙。山城之西鼓吹悲，水風蕭蕭不滿旗。子今去此來無時，予有不可誰余規？」蓋孫不以養歸，故下語剴切，用婉用直，各不妄設。○《日出堂上飲》曰：「日出堂上飲，日西未云休。主人笑而歌，客子嘆以愀。指此堂上柱，始生在巖幽。雨露飽所滋，凌雲亦千秋。所願託永久，何言值君收。乃令卑濕地，百蟻上窮鎪。丹青空外好，鎮壓已堪憂。爲君重去之，不使一蟻留。蟻力雖云小，能生萬蚍蜉。又能高其礎，不使繼者稠。語客且勿然，百年等浮漚。爲客當酌酒，何豫主人謀。」摹寫怡堂之習，真堪疾首痛心。末數語即《衛風·園桃》篇「彼人是哉，子曰何其」意也。此真《風》、《雅》正傳，吾豈汙私所好！○又《我欲往滄海》曰：「我欲往滄海，客來自河源。手探囊中膠，救此千載渾。我語客徒爾，當還治崑崙。嘆息謝不能，相看涕翻盆。客止我且住，濯髮扶桑根。春風吹我舟，萬里空自存。」此即前意，正其變法之本懷也。大抵介甫於未執政前不勝感慨，故《詳定試卷》則曰：「當時賜帛倡優等，今日論才將相中。」《偶成》則曰：「高論頗隨衰俗廢，壯懷難值故人傾。」《愁臺》則曰：「傾壺語罷還登眺，岸幘詩成却嘆嗟。」既執政，則深憤異議，故《詠雪》則曰：「勢合便宜包地盡，功成終欲放春回。寒年不念豐年瑞，只憶青天萬里開。」强項堅執，牢不可破。然細味其語意，亦有孟子所云「若藥不瞑眩，厥疾不瘳」之意。故嘗云：「何妨舉世嫌迂闊，自有斯人慰寂寥。」至《雨過偶書》曰：「誰似浮雲知進退，纔成霖雨便歸山。」則生平輕富貴之念亦隱隱自在，惜其學術之未醇也。子瞻《廣陵會三同舍》曰：「士方在田里，自比渭與莘。出試乃大謬，芻狗難重陳。」山谷亦曰：「負暄真得計，獻御恐成疏。」凡有志經世者，何可不三復斯言！○《定林寺》曰：「衆木凛交覆，孤泉静横分。楚老一枝筇，於此傲人群。城市少美蔬，想今困惔焚。且憑東北風，持寄嶺頭雲。」又《定林》曰：「漱甘涼病齒，坐曠息煩襟。因脱水邊屨，就敷巖上衾。但留雲對宿，仍值月相尋。真樂非無寄，悲蟲亦好音。」作閒適詩又復如此，真無所不妙。○律詩佳句殆不勝指。如《開元僧舍》：「和風滿樹笙簧雜，霽雪兼山粉黛重。」《大風次耿天騭韵》：「縱湧萬川冰柱立，分披千嶂土囊開。魯門莫怪爰居至，鄭圃何妨禦寇來。」《梅花》詩：「風亭把盞酬孤豔，雪徑迴輿認暗香。」《寄陳正叔》：「且同元亮傾樽酒，更與靈均續舊文。」《金陵懷古》：「黄旗已盡年三百，紫氣空酬劍一雙。」皆極刻鏤之工。至《送彦珍》：「握手百憂空往事，還家一笑即芳時。」《寄張先》：「胡床月下知誰對，鑾榼花前想自隨。」《寄友人》：「一篇《封禪》才難學，五畝蓬蒿勢易求。」只淡淡寫來，便使人怡然意解。○《示妹》詩最佳：「孟光求壻得梁鴻，廡下相隨不諱窮。卓犖才名今日事，蕭條門巷古人風。《五噫》尚與時多忤，一笑兼忘我屢空。六月塵沙不相貸，泫然搔首又西東。」自解自悲，於此想見文士家庭之樂。○「病身最覺風露早，歸夢不知山水長」、「佳時流落真何得，勝事蹉跎只可憐」，夢回時不堪誦之。○《江上》曰：「江北秋陰一半開，晚雲含雨更低回。青山繚繞疑無路，忽見千帆隱映來。」《初晴》曰：「一抹明霞黯淡紅，瓦溝已見雪花融。前山未放曉寒散，猶鎖白雲三兩峰。」如此二詩，謂與唐人有異，吾不信也。

王珪

「六鰲」、「雙鳳」，詞誠鉅麗，然尚不及唐人早朝應制。惟宫詞多佳者，然亦工於鋪叙耳，求如子雲之勸百而諷一，亦未易言也。（黄白山評：「『昔聞海上有仙山，煙鎖樓臺日月閒。花似玉容長不老，只應春日勝人間。』此岐公立春進温成閣帖子，時温成已薨，有旨並進如生時。薨後進詞，極難體貼，立意稍近，即似挽詩矣。此作玲瓏活脱，真有水月鏡花之妙，置之唐絶，豈可復辨，乃賀竟不之及，何耶！」）○《奉詔餞潞公出鎮西京》：「功業迴高嘉祐末，精神如破貝州時。」形容老壯，果不入俗，固一時之冠。

舒亶

舒次道《村居》詩：「水遶陂田竹遶籬，榆錢落盡槿花稀。夕陽牛背無人卧，帶得寒鴉兩兩歸。」嘗嘆其清絶。偶又得其兩句，詠敗荷云：「忍看夜影分殘月，别送秋聲入晚風。」山川乃分靈於斯人乎！○亶又有「宿雨閣雲千嶂碧，野花弄日一村香」，亦佳，而全篇不見。當是以其人而累其詩，故集不傳耳。

方子通

方子通，荆公友也。其《紅梅》詩盛傳，如「春風吹酒上凝脂」，亦誠善於刻劃，大勝毛澤民「東牆羞頰逢誰笑，南國酡顔强自持」。

司馬光

荆公詩人猶稱之，温公絶無言及者。余喜其清醇，亦一時雅音。如《哭張子厚》：「人生會歸盡，但問愚與賢。借令陽虎壽，詎足驕顔淵。」雖至論，猶屬端士之常。其最妙者，在五言律。如《哀李牧》曰：「椎牛饗將士，拔距養奇才。虜帳方驚避，秦金已闇來。旌旗移幕府，荆棘蔓叢臺。部曲依稀在，猶能話郭開。」《馬伏波》曰：「漢令班南海，蠻兵避鬱林。天涯柱分界，徼外貢輸金。坐失奸臣意，誰明報國心？一棺忠勇骨，飄泊瘴煙深。」《讀漢武本紀》曰：「方士陳丹術，飄飄意不疑。雲浮仲山鼎，風降壽宫祠。上藥行當就，殊庭庶可期。蓬萊何日返？五利不吾欺。」又「苜蓿花猶短，葡萄葉未齊。更衣過柏谷，走馬宿棠梨。逆旅聊懷璽，田間共鬭鷄。猶思飲雲露，高舉出虹蜺。」如此四詩，有感慨，有諷諭，尤妙在寫漢武癡情如見。至若「長掩柴荆避寒暑，只將花卉記冬春」、「行徑乍迂初見筍，浮舟正好未生蓮」、「俗不好奢田器貴，獄無留繫吏家貧」，俱琅然可貴。

范純仁

范忠宣較司馬文正未能擺却塵言，然如「倚錫静眠松下石，煮茶閒試竹間泉」、「吟榻未移溪月上，醉巾長拂野雲回」、「長年已覺春如夢，遠客惟應醉是家」，亦自多佳句。

劉敞

《荒田行》：「大農棄田避征役，小農挈家就兵籍。良田茫茫少耕者，秋來雨正生荆棘。縣官募兵有著令，募兵如率官有慶。從今無復官勸農，還逐漁鹽作亡命。」描寫廟堂貪功生事，長吏趨承釀成隱患，歷歷如見，固不特宋事爲然也。○余謂此詩尚在司空《道旁田家篇》之上，彼僅説得兼并之害耳，似此方是大憂。

邵雍

讀《擊壤集》，多欲爲魏文侯之聽古樂。然如《月夜》曰：「雨霽風自好，秋深天未寒。移床就階下，看月出林端。有酒欲共飲，無琴可獨彈。他時遇良友，此景復求難。」固自清嘉。

曾鞏

俗傳曾子固不能詩，真妄語耳。「憑闌到處臨清泚，開閣終朝對翠微」、「詩書落落成孤論，耕稼依依憶舊游」，如此風調，不能詩耶？《齊州閲武堂》：「柳間自詫投壺樂，桑下方安佩犢行。」不獨循良如見，兼有儒將風流之致。○「侯嬴夷門白髮翁，荆軻易水奇節士。偶邀禮數車上足，暫飽腥羶館中侈。師迴拔劍不顧生，酒酣拂衣亦送死。磊落高賢勿笑今，豢養傾人久如此。」説得奇節之士索然意消，不惟竿頭進步，亦其識見高處。然太史公云：「緩急所時有也。」爲士者不可不聞此言，求士者又不可不思此言。○子固，介甫執友也。邵子，醇儒也。邵《無酒吟》：「自從新法行，常苦樽無酒。每有賓朋至，盡日閒相守。必欲丐於人，交親自無有。興來典衣買，焉能得長久。」子固《過介甫偶成》：「結交謂無嫌，忠言期有補。直道詎非難，進言竟多迕。知者尚復然，悠悠誰可語？」二詩之佳不必言，新法是非，即此可定矣。余嘗謂爲人辯謗者，正不當盡護其短，但言拗執而介甫之過自輕。如近世王宗沐輩，事事疏其盡善，議論豈得爲公？不公則人不能平，真所謂欲蓋彌彰也。

鮮于侁

《雜詩》：「一氣斡元造，爲功未嘗煩。群生自生妄，天地亦何言。鳧脛不可增，楮葉不可鐫。欲益固爲損，勞心非自然。不見平陽侯，醇酒聊終年。」此詩亦意指新法，然猶直而婉。至子瞻《戲子由》詩：「平生所慚今不恥，坐對疲氓更鞭箠。道逢陽虎呼與言，心知其非口唯唯。」是何語言？《山村》、《詠檜》諸篇，借端耳。

劉攽

貢父詩多可觀者，余極喜其《茂陵徐生歌》：「茂陵徐生老且迂，一心區區長信書。拜章北闕三待報，意欲霍氏安無虞。那知世主心不同，積惡未極難爲功。徙薪曲突事不爾，壯侯幾人當受封？高岸爲谷丘淵移，魯酒之薄邯鄲圍。人生快已各以時，舊意望君君不思。」説得漢宣計山、雲，一如鄭莊公待共叔，參透人情險幻，不在元微之《苦樂相倚曲》下。○通篇惟「魯酒之薄」一句稍嫌食生，不脱宋氣。

鄭獬〔一〕

《採鳧茨》曰：「朝擕一筐出，暮擕一筐歸。十指欲流血，且急眼前饑。官倉豈無粟，粒粒藏珠璣。一粒不出倉，倉中群鼠肥。」妙得風謡之遺，當與貢父《漕舟》詩同備採風。（黄白山評：「此詩騷騷《三百》之遺，使宋人所作皆如此，何遽讓美於唐賢耶？」）○「漕舟上太倉，一鍾且千金。太倉無陳積，漕舟來無極。畿兵已十萬，三垂戍更多。廟堂又濟師，將奈東南何！」真一字一淚也。

【校勘記】

〔一〕「鄭獬」，原誤作「郭獬」。

文同

詩至慶曆後惟畏俚俗，文與可獨能修飾，不爲亂頭粗服之容。（黄白山評：「與可詩文名《丹淵集》，詩殊平平，文特奇崛，可與唐皇甫湜並驅。宋人乃不甚稱之，非特爲畫所掩，亦以當時歐、蘇主盟，文尚平易，奇崛一種遂無復置喙耳。」）《起夜來》曰：「曉窗明緑紗，蜀錦壓春卧。横腮琥珀冷，驚起新夢破。玲瓏轉條脱，縹渺梳倭墮。高軸轡銀牀，時誤君車過。」風流秀出，真如珠玉在瓦礫也。又

《織婦怨》曰：「擲梭兩手倦，踏籋雙足跰。三日不任織，一疋纔可剪。織處畏風日，剪時謹刀尺。皆言邊幅好，自愛經緯密。昨朝將入庫，何事監官怒？大字雕印文，濃和油墨污。父母抱歸舍，抛向中門下。相看各無語，淚迸若傾瀉。質錢解衣服，買絲添上軸。不敢輒下機，連宵停火燭。當須了租賦，豈暇恤襦袴！前知寒切骨，甘心肩骭露。里胥踞門限，叫駡嗔納晚。安得織婦心，變作監官眼？」叙得絮絮縷縷，較長吉「合浦無明珠」，勁渾不如，悽惋殆不能讓。○致語之妙者，如「百蟲促夜去，一雁領寒起」、「歸鳥亂飛葉，暮雲凝遠山」、「暖蟲垂到地，晴鳥語多時」、《運判南園瞻民閣》「萬嶺逼雲秋色裏，一峰擎雪夕陽中」、《漢州王氏林亭》「惜去更觀曾畫壁，記來重注舊題名」、《梅花》「破萼未深聊敵雪，收香不密任隨風」，俱清麗可喜。又《極寒》曰：「燈火宜冬杪，圖書稱夜長。簾鈎掛新月，窗紙漏飛霜。酒醴慚孤宦，氈裘逐異鄉。誰知舊山下，梅豔滿東牆？」《夜思寄蘇子平》曰：「亂竹敲松遠，高齋過雨涼。檢書防落燼，下幕恐遺香。好月娟娟上，輕雷冉冉長。端令阻佳客，不得共清觴。」《和何靖山人海棠》曰：「爲愛香苞照地紅，倚欄終日對芳叢。夜深忽憶高枝好，把酒更來明月中。」尤清越也。按：子平，即子瞻集中稱其「書調潤，字法精美，窮居篤學，日有得」者，當是一韵士。

蘇軾

坡公之美不勝言，其病亦不勝摘，大率俊邁而少淵渟，瑰奇而失詳慎，故多粗豪處、滑稽處、草率處，又多以文爲詩，皆詩之病。然其才自是古今獨絶。○坡詩吾第一服其氣概。《聞子由不赴商州》曰：「惟有王城最堪隱，萬人如海一身藏。」《倅杭時過陳州和柳子玉》曰：「南行千里成何事，一聽秋濤萬鼓音。」《陳述古邀往城北尋春》曰：「曲欄幽榭終寒窘，一看郊原浩蕩春。」後至垂老投荒，夜渡瘴海，猶云：「空餘魯叟乘桴意，粗識軒轅奏樂聲。九死南荒吾不恨，兹游奇絶冠平生。」如此胸襟，真天人也。○《書丹元子所示李太白真》曰：「天人幾何同一漚，謫仙非謫乃其游，麾斥八極耀九州。化爲兩鳥鳴相酬，一鳴一止三千秋。開元有道爲少留，縻之不可矧肯求。西望太白横峨岷，眼高四海空無人。大兒汾陽中令君，小兒天台坐忘真。生平不知高將軍，手污吾足乃敢嗔。作詩一笑君應聞。」文人有一言使人升九天、墮九淵者，此類是也。亦公自寫其傲岸之趣，却令太白生面重開，勝《碑陰記》一段文字遠甚。○《鶴嘆》曰：「園中有鶴馴可呼，我欲呼之立坐隅。鶴有難色側睨予，豈欲臆對如鵩乎？我生如寄良畸孤，三尺長脛閣瘦軀。飲啄少許便有餘，何至以身爲子娱！驅之上堂立斯須，投以餅餌視若無。嘎然長鳴乃下趨，難進易退我不如。」《惠州殘臘獨出》曰：「幽尋本無事，獨往意自長。釣魚豐樂橋，採杞逍遥堂。羅浮春欲動，雲日有清光。處處野梅開，家家臘酒香。路逢眇道士，疑是左元放。我欲從之語，恐復化爲羊。」着想俱不從人間，真化人出無入有之筆。然政如吞刀吐火，可暫不可常。○公詩本一往無餘，徐州後愈益縱恣。然如《乘舟過賈收水閣》：「愛酒陶元亮，能詩張志和。青山來水檻，白雨滿漁簑。淚垢添丁面，貧低舉案蛾。不知何所樂，竟夕獨酣歌。」不惟善寫達人胸懷曠闊，下語亦甚風流藴藉。○黄州詩尤多不羈，「小屋如漁舟，濛濛水雲裹」一篇，最爲沉痛；「雨中看牡丹，依然暮還斂」，亦自惜幽姿，尤有雅人深致。○《和楊公濟梅花》詩，友夏深所不滿，然如「檀心已作龍涎吐，玉頰何妨獺髓醫」，豈非佳話？但似中聯，不宜作絶句耳。○坡詩常有全篇不佳，一二語奇絶者，形容泰山日出，「一點黄金鑄秋橘」，刻劃可謂精工。○《胡完夫母挽辭》曰：「當年織屨隨方進，晚節稱觴見伯仁。回首淒涼便陳蹟，凱風吹盡棘成薪。」《次朱光庭初夏》曰：「卧聞疏響梧桐雨，獨詠微涼殿角風。」《哭王斿父平甫》曰：「聞道騎鯨游汗漫，憶嘗捫蝨話悲辛。」使事妙無痕跡，真鉅匠也。至其清空而妙者，如「野闊牛羊同雁鶩，天長草樹接雲霄」、「古琴彈罷風吹座，山閣醒時月照杯」、「行樂及時須有酒，出門無侶漫看書」、「狙公欺病來分栗，水伯知饞爲出魚」、「床下雪霜侵户月，枕中琴筑落階泉」，俱清新俊逸；若「風來震澤帆初飽，雨入松江水漸肥」、「清風偶與山阿曲，明月聊隨屋角方」，未免太纖；「曲無和者應思郢，論少卑之且借秦」，則破體書、没骨畫也。

蘇轍

欒城身分、氣概總不如兄，然瀟灑俊逸，於雄姿英發中兼有醇醪飲人之致，雖亦遠於唐音，實宋詩之可喜者也。吾暱之殆甚於老坡。長律尤多可喜：閒適則如「遠泛便成終日醉，幽尋不盡數家園」、「簾中飛絮縈殘夢，窗外啼鶯伴獨吟」；風景則如「雨餘嶺上雲披絮，石淺溪頭水蹙鱗」；排遣則如「宦遊底處非巢燕，歸計何嫌誚沐猴」、「士師憔悴經三黜，陶令幽憂付一酣」、「懶將詞賦占鴞臆，頻夢江湖伴蟹螯」；慰人則如「舊傳北海偏憐客，新怪東方苦怒飢。應笑長安居不易，空吟原上草離離」；使事則如《送王恪知襄州》「峴首重尋碑墮淚，習池還指客横鞭。逃亡已覺依劉表，寒俊應須禮浩然」、《寄題趙屼戲綵堂》「橐裝已笑分諸子，吏道何勞問薛公」，不惟切定省，兼切相子。《喜姪邁還家》：「林下酒樽還漫設，床頭《易傳》近看無？」亦深切叔姪也。至《雜詩》：「蒼然澗下松，不願世雕刻。斧斤百夫手，牽挽千牛力。斲成華屋柱，加以綴衣飾。人心喜相賀，松心終自惜。」蒼渾沉深，即列之唐人中，亦錚錚者。（黄白山評：「『綴衣』字出《尚書・顧命》，宋人使事如此，往往因一二字礙其全篇，論詩者固不得輕放過也。」）○《和子瞻好頭赤》一篇，真勝子瞻：「沿邊將士生食肉，小來騎馬不騎竹。翩然赤手挑青絲，捷下巔崖試深谷。牽入故關榆葉赤，未慣中原暖風日。黄金絡頭依圉人，俛首北風懷所歷。」不惟音節入古，且言外感慨悲涼，有吴子泣西河，廉公思趙將之意，大蘇集中未見有是。○二蘇《野鷹來》，大蘇尤俊邁，如「嗟爾公子歸無勞，使鷹可呼亦凡曹」；然子由「可憐野雉亦有爪，兩手捽鷹猶可傷」，借以誚劉琮兄弟，猶覺有意。蓋此題本爲襄陽樂府也，而坡公坦率，潁濱幹略，亦具見矣。○《上元》詩：「荒城熠燿相明滅，野水芙蓉亂白蓮。」螢與蓮皆非歲首所有，豈筠州風氣不正，與中土異耶？（黄白山評：「『熠燿』、『芙蓉』，疑皆燈類。」）○北歸潁上後，詩間雜詼諧，多涉筆成趣。如《九日》：「酒慳慚對客，風起任飄冠。」《葺居》：「旋築高牆護鷄犬，稍容嵇阮醉喧嘩。」然至《題任氏大檜》詩：「便令殺身起大廈，亦恐衆材無匹敵。且留枝葉撓雲霓，猶得世人長太息。」不徒勁直之氣不衰，凜然有大臣以身存亡繫國重輕之義。

秦觀

作田園詩宜於樸直，其曲折頓挫在轉落處，用意不窮便佳，不在雕飾字句；常有用雅字則俗，用俗字反雅者，猶服大練不可承以錦襪耳。少游《田居》詩，描寫情景亦有佳處，但篇中多雜雅言，不甚肖農夫口角，頗有驢非驢、馬非馬之恨。如「鷄號四鄰起，結束赴中原」，此《游俠》、《少年》及《從軍行》中語，田叟何煩爾！然如「寥寥場圃空，跕跕烏鳶下」，「飲酣争獻酬，語闋或悲咤。悠悠燈火暗，刺刺風颼射」，亦深肖田家風景，有儲詩之遺。○昔人評少游詩「時女步春，終傷婉弱」。如「文枕星河横醉後，入簾風絮報春深」，真好姿態。至「屠龍肯自羞無用，畫虎從人笑未成」，亦自骯髒也。然終不如介甫「鷄蟲得失何須問，鵬鷃逍遥各自知」，真是老手。

晁補之

晁之於秦，較有骨氣，如「虚齋閉疏窗，竹日光耿耿。更無司業酒，但有廣文冷。人憐出入獨，自喜往還省。時作苦語詩，幽泉汲修綆」。又《視田贈弟》曰：「一從學聱牙，世事百色廢。賣牛姑補室，歲晚霜雪至。」大有古音。

黄庭堅

讀黄豫章詩，當取其清空平易者，如《曲肱亭》：「仲蔚蓬蒿宅，宣城詩句中。人賢忘巷陋，境勝失途窮。寒菹書萬卷，零亂剛直胸。偃蹇勳業外，嘯歌山水重。晨鷄催不起，擁被聽松風。」不甚矯揉，政自佳。其詩病在好奇，又喜使事，究其所得，實不如楊、劉。（黄白山評：「黄極意學杜，然『月黑虎夔藩』、『貍奴將數子』，誤會杜句爲己詩料，宜其僅得少陵之皮毛也。」）如「春將國豔熏花骨，日借黄金縷水紋」，何等費力。詠弈棋「湘東一目誠堪死，天下中分尚可持」，終亦巧累於理。「霜林收鴨脚，春網薦琴高」，按：「鴨脚」即銀杏，以葉似鴨脚得名；仙人琴高跨鯉而來，故言鯉者多引其事。今曰「薦琴高」，何異「微生一瓶」、「右軍兩隻」耶！〇「蜂房各自開户牖，蟻穴或夢封侯王」，奇句也。但題是《落星寺》，上句形容山腰室廬參差高下之致酷肖，下句未免題外發意矣。此二語有重名，然明眼人正不能爲高名所瞞。〇《詠猩猩毛筆》曰：「愛酒醉魂在，能言機事疏。平生幾兩屐，身後五車書。物色看《王會》，勳勞在石渠。拔毛能濟世，端爲謝楊朱。」雖全篇俳諧，使事處猶覺天趣洋溢。至《接花》詩：「雍也本犁子，仲由元鄙人。升堂與入室，只在一揮斤。」則真如祝欽明之《八風舞》，大雅掃地矣。〇《謝送碾茶》詩：「春風飽識大官羊，不慣腐儒湯餅腸。搜攪十年燈火讀，令我胸中書傳香。已戒應門老馬走，客來問字莫載酒。」如此等亦自清芬逼人。〇漁隱曰：「東坡云：『黄魯直詩文如蝤蛑江珧柱，格韵高絶，盤飱盡廢。然不可多食，多食則發風動氣。』山谷云：『蓋有文章妙一世，而詩句不逮古人者。』指東坡而言也。二公文章，自今視之，世自有公論，豈至各如前言，蓋一時争名之詞耳。俗人便以爲誠然，遂爲譏議，所謂『蚍蜉撼大樹，可笑不自量』者耶？」余意二公之言皆爲至論，非爲争名，終不自掩厥失者，所謂睫無内見之明也。坡詩苦於太盡，常有才大難降，筆走不守之恨。魯直頗能開闢，如虬髯客恥自從龍，要亦倔强海外耳。至漁隱所言，如盲師論南泉公案，謂特作斬貓勢。（黄白山評：「二公互相評論，真正相知之言，不阿所好者。謂爲『争名』，猶是隔壁話。」）

陳師道

後山以薦得官，即除正字，作詩曰：「扶老趨嚴召，徐行及聖時。端能幾字正？敢恨十年遲。肯著金根誤，寧辭乳媪譏。向來憂畏斷，不盡鹿門期。」用事切當，第三語尤天然巧合。○《雪》詩：「木鳴端自語，鳥起不成飛。」真可謂不落色相。○《九日寄秦覯》：「疾風迴雨水明霞，沙步叢祠欲暮鴉。九日清樽欺白髪，十年爲客負黄花。登高懷遠心如在，向老逢辰意有加，淮海少年天下士，獨能無地落烏紗？」一作「可能」，「可」字較「獨」字爲圓，然「獨」字意深，有陋巷不改其樂之意。○方推後山直接少陵，今觀其五言律，氣格誠有相近處。但五言律僅少陵詩中之一，後山相近者又少陵五言律中之一也。優孟抵掌似耳，詎可遽爲楚相！○《聞黄和預病起》曰：「似聞藥病已投機，牛鬬蛇妖頓覺非。

李賀固知當得疾，沈侯可更不勝衣？驚逢白璧三千仞，會見黄金帶十圍。不信詩書端作祟，孰知糠粃亦能肥？」此詩首言病退；次聯用長吉嘔出心肝事，其人當必能詩；後四句是祝其强健豐碩。但新病起即欲十圍之腰，恐不能驟長如是，所謂言之太過，然意致頗佳。

張　末

蘇門六子，余尤喜文潛。如《海州道中》：「悠悠小蝶飛豆花，逃屋無人草滿家，纍纍秋蔓懸寒瓜。」《廣化遇雨》：「撞鐘寺門掩，晚霽尚殘滴。相攜下山去，塵静馬無跡。歸來解鞍歇，新月如破璧。但恐桃花源，回舟已青壁。」大是清越。長律尤多秀句，如「緑野染成延晝永，亂紅吹盡放春歸」、「萬頃澤空供雪意，一枝梅笑破冬嚴」、「新月已生飛鳥外，落霞更在夕陽西」、「青引嫩苔留鳥篆，緑垂殘葉帶蟲書」、「歸鳥各尋芳樹去，夕陽微照遠村耕」，真能擺脱爾時惡氣也。嘗嘆宛丘醇深經術，及其《次張公遠韵》：「何待挑琴知有術，未嘗驅豆更無謀。」輕豔不減温、李，固知不獨一靖節不能忘意閒情耳。○《春日雜書》：「昨日爲雨備，今晨乃大風。臨風謹自備，通夕雪迷空。備一常失計，盡備力難供。因之置不爲，拱手受禍凶。當爲不可壞，任彼萬變攻。築屋如金石，何勞計春冬。」此詩可代箴銘。余意只須此處住，自有餘味。下云：「此道簡且安，古來家國同。」説出正意，反覺索然。每見鍾、譚動欲截去人詩，意嘗厭之，今乃知實有不可不删者。如東坡《湖上夜歸》：「我飲不盡器，半酣味尤長。籃輿湖上歸，春風吹面涼。行到孤山西，夜色已蒼蒼。清吟雜夢寐，得句旋已忘。尚記梨花村，時時聞暗香。」似此真佳。後云：「入城定何時，賓客半在亡。睡眼忽驚矍，繁燈開河塘。市人拍手笑，狀如失林麞。始悟山野姿，異趣難自强。人生安爲樂，吾策殊未良。」不惟太盡無餘，「失林麞」尤不成語，不若「聞香」處即止爲愈也。

賀鑄

人知方回工詞〔一〕，不知其詩亦自勝絶。如《題放鶴亭》：「萬頃白雲山缺處，一庭黄葉雨來時。」《茱萸灣晚泊》：「荻浦漁歸初下雁，楓橋市散只啼鴉。」不減許郢州風調也。《漢上屬日》曰：「白雲蒙山頭，清川山下流。芳洲采香女，薄暮漾歸舟。並蒂雙荷葉，逢迎一障羞。持情不得語，大婦在高樓。」尤爲俊響。

【校勘記】

〔一〕「詞」，原誤作「辭」，據文意改。

晁沖之

叔用，無咎弟也。《田中行》一詩饒有古趣。又「獵回漢苑秋高夜，飲罷秦臺雪作大」、「繫馬欲低當户柳，迎人先出隔牆花」，俱俊氣可掬。

孔文仲

《早行》曰：「客興謂已旦，出視見落月。瘦馬入荒陂，霜花重如雪。海風吹萬里，兩耳凍幾脱。歲晏已苦寒，近北尤凜冽。况當清曉行，遡此原野闊。笠飛帶繞頸，指强不得結。農家煙火微，炙手粗可熱。豈能迂我留，而就苟且活。仰頭視四宇，夜氣亦漸豁。苦心待正晝，白日想不缺。」歷叙旅途之慘，慰安中帶有悲憫，悲憫處仍懷安分止足，固是端人之言。

徐積

徐仲車，高士也。其詩頗有唐音，如《送王潛聖》末云：「關西夫子雖遲暮，行笑行吟正安步。菑川海上牧羊兒，解説公孫放豚去。」磊落中有風度。至「勤穿凍地緣栽竹，喜占明牕爲著書」，則新聲之可聽者。

唐庚

强幼安有《子西文録》一卷，悉追記其遺言，就中論詩者尤多可觀。及讀子西詩，則又不能盡善。

如「山静似太古，日長如小年」，警句也，後聯甚平平；至「夢中頻得句，拈得已忘筌」，益强弩矣。《雪》詩「林表渾無鶴」，亦佳；「林疏只有松」，殊不稱。大都心手不能相如，雖才者猶同此病。○「水過漁村濕，沙寬牧地平。片雲明外暗，斜日雨邊晴。山轉秋光曲，川長暝色横。瘴鄉人自樂，耕釣得浮生。」子西極矜此詩，今觀之，中聯果佳，但作詩有疏疏密密之説，尚嫌其起處太整。○《悯雨》曰：「老楚能令畏壘豐，此身翻累越人窮。至今無奈曾孫稼，幾度虚占少女風。兹事會須星有好，他時曾厭雨其濛。山中賴有茱糧足，不向諸侯托寓公。」此子西謫惠州時作，故以庚桑楚居畏壘之山能令豐穰，惠州以己之故至於不雨反興。起法甚新，但篇中使事不無太多，喜其不至豫章之生硬令人難耐，兼料豐可爲枵者救饑耳。○《初到惠州》曰：「盧橘楊梅乃爾甜，肯容遷謫到眉尖。因行採藥非無得，取足看山未害廉。辨謗若爲家一喙，著書不直字三縑。老師補處吾何敢，政謂宗風不敢謙。」末聯指東坡也。「補處」出釋典，中聯亦小有致。至《湖上》詩：「佳月明作哲，好風聖之清。」真文海泥犁，不意子西亦墮落其内。

韓駒

「北風吹日晝多陰，日暮擁階黄葉深。倦鵲遶枝翻凍影，飛鴻摩月墮孤音。推愁不去如相覓，與老無期稍見侵。顧藉微官少年事，病來那復一分心。」此子蒼《冬日》詩也。前半寫景，後半言懷，詞氣似隨句而降，漸就衰颯，然恬讓之致可掬。嗚呼！獨不可向伏櫪者言耳。○又《夜泊寧陵》曰：「汴水日馳三百里，扁舟東下更開帆。旦辭杞國風微北，夜泊寧陵月正南。老樹挾霜鳴窣窣，寒花垂露落毿毿。茫然不悟身何處，水色天光共蔚藍。」宋人極稱此詩，然亦閑於情致，而減於氣格。但此種詩雖不高，尚無惡氣，如乘款段馬、下澤車，固無將伯之患。曾、韓之流，則本無千里之步，惟善蹄齧耳。

劉跂　韋冠之

宋詩雖不及唐，才情原自不乏。南渡前，但非宛陵、豫章二派，即多可喜。如劉跂《題半隱堂》曰：「一堂圖籍自陶冶，三徑蕭蘭俱歲華。定非平恩許侯宅，會是仲長公理家。端居雅不煩屏當，佳設頗嘗成咄嗟。惟我閑身數來往，微絃一泛即生涯。」韋冠之《寄荆南故人》曰：「餘生自拚一虚舟，未害尋詩慰客愁。梅欲飄零猶醞藉，柳纔依約已風流。關心弟妹無黄犬，入夢江湖有白鷗。別後故人相念否？東風應倚仲宣樓。」如此二詩，亦甚風致也。（黄白山評：「有何風致？」）

釋惠洪

僧詩之妙，無如洪覺範者，此故一名家，不當以僧論也。五言古詩，不徒清氣逼人，用筆高老處，真是如記如畫。近體詩，如《石臺夜坐》：「永與世遺他日志，尚嫌山淺暮年心。凍雲未放僧窗曉，折竹方知夜雪深。」《上元宿百丈》：「夜久雪猿啼嶽頂，夢回清月在梅花。」俱秀骨嶷然。惟帶禪和氣者不佳，固其本業耳。○僧倫式詩「拾句書幽石，收茶踏亂雲」，亦小有致。「煮茗敲冰杜，看經就雪簷」，雖清，不免於寒。

李　綱

「聞說飛蝗起自淮，勢如風雨渡江來。吾家歲事何須慮，只恐人言不是災。」此伯紀謫沙陽監税時聞家信作也，惓惓憂國若此，此真賢宰相之言。如《記舊夢》、《泛舟循惠間山水清絶》、《次韵李似宗小圃》之作非不佳，然不足爲公重。○三「不足」乃介甫一時强辯之言，遂爲後來口實。甚矣，禦人口給之不可也！

汪　藻

《書寧川驛壁》曰：「過眼空花一餉休，坐狂猶得佐名州。雖遭瀧吏嗤韓子，却喜溪神識柳侯。盡日野田行穲稏，有時雲嶠聽鈎輈。會將新濯滄浪足，踏遍千巖萬壑秋。」此詩意氣高曠，一往俊逸，亦有大蘇彷彿。又《醉别李侍郎》曰：「雙槳又乘清夜去，一樽聊發少年狂。」亦洒落可喜。○李光在政府，與秦檜議論不合，安置藤州，差密院使臣伴送。既還，贈詩曰：「日日孤村對落暉，蠻煙深處忍分離。追攀重見蔡明遠，贖罪難逢郭子儀。南渡每憂鳶共墮，北轅應許雁相隨。馬蹄踏遍關山路，他日看來又送誰？」此篇惟末句强弩，中聯亦嗚咽可誦，但意氣不如。至胡澹菴以乞斬王倫竄嶺外，將渡海，和朱咸曰：「銀山千疊酒微酣。」「銀山千疊」，指巨浪也。氣概如此，當使波神退舍矣。

劉子翬　朱松

建炎、紹興諸公，吾最喜劉屏山、朱韋齋兩先生詩。韋齋《謁吴公路許借論衡復留一日》曰：「幽獨不自得，駕言款齋廬。慇懃主人意，投轄恐回車。世途早已涉，此去將焉如？惟憂酒錢盡，使我詩腸枯。會合曾幾何，可復自爲疏！更當留一夕，帳中搜異書。」《送金確然歸弋陽》曰：「昔我雲溪居，送子雲溪瀆。重來問何時，笑指溪上雲。一别四周星，坐此世故紛。衰顔兩非昔，華髪粲可耘。我纏風樹哀，終日無一忻。子乃水菽憂，南北奔走勤。對床語未終，别意如絲紛。歸夢尚隨子，何當嘆離群。」讀此二詩，長厚之氣藹然可掬。又《詠芍藥》云：「已分春光冉冉過，奇葩好去奈愁何！誰令玉頰紅成點，如意痕輕琥珀多。」丰神一何婉媚也！○屏山絶句曰：「偶臨沙岸立多時，淡淡煙村日向低。幽事挽人歸不得，一枝梅影浸澄溪。」此種意趣，豈屠沽兒所解。○《和李巽伯春懷》：「有酒即佳辰，無兵皆樂土。」《巡寨偶書》曰：「群兇昔吾軍，赤指抨嗚弦。防胡屢瓦解，合寇俄星連。」叙述亂離及潰兵之害，真古今一轍。更有《防江行》一篇，不徒詞章陡健，如「拔敵軍之箭以射敵」，深覺爾時將士可用，令人轉憶待制先生之用兵。

張九成

「汲汲我何事，愛此窗日光。北門終日開，風透軒檻涼。負病何以療，讀經真古方。榮辱頓爾失，泰山亦毫芒。呼兒來讀書，絃誦驚滿堂。仕途有捷徑，掩口笑我狂。」滿肚不合時宜，與子由《東方書生行》同意。然蘇曰：「東方書生多愚魯，閉門誦書口生土。窗中白首抱遺編，自信此書傳父祖。辟雍新説從上公，册除僕射酬元功。太常弟子不知數，日夜吟誦如寒蟲。四方窺覘不能得，一卷百金猶復惜。康成穎達棄塵灰，老聃瞿曇更出入。舊書句句傳先師，中途欲棄還自疑。東鄰小兒識機會，半年外舍無不知。乘輕策肥正年少，齒疏唇腐真堪笑。是非得失付他年，眼前且買先騰踔。」不免裂眥而談，此全用嬉笑也。按：蘇譏新學，此并不關學，其旨微異。

沈與求

沈和仲，宣、政遺人也，故其詩尚多清氣。如《過吴江豁然閣》：「濛濛小雨麥秋天，江上人家欲暮煙。行客未能忘勝處，繫船相伴白鷗眠。」《於潛道中》曰：「首路潛溪驛，鷄聲欲曙天。籃輿衝宿霧，棧閣寄層巔。高下林端屋，縱横石罅田。野泉隨處有，草木盡蒼然。」二詩殆可入畫。

吕本中

吕居仁詩亦清致，惜多輕率。如《柳州開元寺夏雨》詩：「風雨翛翛似晚秋，鴉歸門掩伴僧幽。雲深不見千巖秀，水漲初聞萬壑流。鐘唤夢回空悵望，人傳書至竟沉浮。虎頭燕頷非吾相，莫羨班超拜列侯。」《西歸舟中懷通泰諸君》曰：「一雙一隻路旁堠，乍有乍無天際星。亂葉入船侵敗衲，疾風吹水擁枯萍。山林何謝誰方駕，詩語曹劉可乞靈？酒盌茶甌俱不厭，爲公醉倒爲公醒。」不無秀句，卒付頹然，韻度雖饒，終有緩骨孱筋之恨，亦大似其國事也。此種皆韓子蒼流弊。

曾　幾

事莫病於僞爲，如歐、梅之矯楊、錢，未盡爲詩害也。令歐任其秀冶，梅率其清温，原自名家，所恨筆力不高，飾爲勁悍，不覺流於粗鄙，而惡聲出矣。魯直好奇，兼喜使事，實陰效楊、錢，而外變其音節，故多矯揉倔佶，而少自然之趣。然氣清味冽，胸中亦自有權衡，故佳篇尚多。子蒼逸韻天生，疏率自喜，轉覺天趣有餘，結構不足，雖淵源豫章，實與魯直相背。茶山天性粗劣，又復崇尚豫章，粗鄙矯揉，備得諸公之惡境而揣摹之，以爲道在是矣，故盈卷皆啅噪之音。其集中惟《癸未八月十四日至十六夜月色皆佳》一篇可觀，如「明時諒費銀河洗，缺處應須玉斧修」，警句也。（黄白山評：「此聯似西崑。」）雪詩「一夜紙窗明似月」，亦不雕琢而工；至「多年布被冷如冰」，又不可耐矣。一聱登壇，群盲振鐸。自後論詩者日多，害詩者日甚。至江湖詩出，而《卿雲》、《擊壤》以來數千年之正業，至此遂淪長夜。大率宋詩三變，一變爲傖父，再變爲魑魅，三變爲群丐乞食之聲。吾嘗讀《中州集》，高者雅秀，卑者亦不至鄙俚。一時惡氣獨聚於南，豈國之將亡，衰亂先形之筆墨耶！

陳與義　陳淵

選南渡後詩，務取短中之長，有以一聯收者，以一句録者。必求首尾温麗，幾無詩矣。陳簡齋詩以趣勝，不知正其着魔處，然後氣自不可掩。如《雨晴》詩：「牆頭語雀衣猶濕，樓外殘雷氣未平。」《以事走郊外示友》：「黄塵滿面人猶去，紅葉無言秋又歸。」《觀江漲》：「疊浪併翻孤日去，西津横捲半天流。」俱可觀。《送熊博士赴瑞安令》一作尤佳：「衣冠袞袞相逢處，草木蕭蕭未變時。聚散同驚一枕夢，悲懽各誦十年詩。山林有約吾當去，天地無情子亦飢。笑領銅章非失計，歲寒心事欲相期。」雖格調不足言，頗爲入情也。〇幾叟詩又勝簡齋，《曉登嚴陵釣臺》曰：「溪山有底好？適契貧士欲。敢論生不佞，但喜夢非僕。攜笻縱朝步，初日穿林麓。西風扶兩腋，一舉千里鵠。」意氣不凡，下語亦甚新警。

范浚

《偶作》曰：「晏食聊當肉，緩步聊當車。時飲一杯酒，歷觀千載書。正爾良獨難，亦復將何須？」此君詩不多見，觀此胸襟，殊非碌碌者。（黄白山評：「『正爾』二句，如喑丐摇鈴，雖口中大聲唱叫，不解所説何語。山谷之『且然聊爾耳，得也自知之』，吾不能不憾始作俑者。」）

周必大

周益公氣骨不高，而微有淹雅之度。如《詠楊廷秀家園》：「回環自斸三三徑，頃刻常開七七花。」亦有自然之美也。〇公與歐陽鈇相善，每摘其警句示人。余惟喜其「風色似傳花信到，夕陽微放柳梢晴」有態，餘俱寒陋。

朱熹

詩雖不宜苟作，然必字字牽入道理，則詩道之厄也。吾選晦翁詩，惟取多興趣者。（黄白山評：

「胡澹庵嘗以詩人薦朱子於朝，朱大憾其不知己，戒不復作詩。余謂澹庵雖不知朱子，却知詩，蓋紫陽詩實勝當時諸人也。」）如《次秀野雪後書事》：「惆悵江頭幾樹梅，杖藜行遶去還來。前時雪壓無尋處，昨夜月明依舊開。持寄遥憐人似玉，相思應恨劫成灰。沉吟落日寒鴉起，却望柴荆獨自回。」又《次雪韵》：「一夜同雲匝四山，曉來千里共漫漫。不應琪樹猶含凍，翻笑楊花許耐寒。乘興政須披鶴氅，瀹甘尤喜破龍團。無端酒興催吟興，却恐長鯨吸海乾。」二詩俱風致，「楊花」句尤具慧心。○道學諸公詩，亦自有佳句。如徐崇父《毅齋即事》：「苔色上侵閑坐處，鳥聲來和獨吟時。」殊清氣。林鬳齋《送光澤蘇縣丞》：「松廳莫笑無公事，蓮幕常能致俊流。」用事頗切。吕東萊《春日絶句》曰：「一川晚色鷺分去，兩岸煙光鶯唤來。徑欲卜居從釣叟，垂楊缺處竹門開。」尤雅靚也。

陳傅良

《寄陳同甫》曰：「古來材大難爲用，納納乾坤着幾人。但把鷄豚宴同社，莫將鵝鴨惱比鄰。」上句即所謂「民之失德，乾餱以愆」也。合兩句並觀，見俗情慮淺，恩怨本無大故，而毁譽由之。同甫屢經禍患，故以爲戒。下云「世非文字將安托，身與兒孫竟孰親？一語解紛吾豈敢，衹應行道亦酸辛」，讀至此，真欲淚下。嘗嘆如李伯禽者毋論，即「驥子好男兒」，少陵詎得其力？此困窮之士，齒豁頭童，旁搜遠紹，而不悔也。○《冬夜感懷》曰：「已覺二毛嗔婦問，可堪一飯患兒多。」酸感之甚，殆不能再讀。

○《送謝希孟歸黄巖》曰：「圭璧襲繅籍，山龍飾衣裳。不聞燧古初，而興自虞唐。毁車崇騎射，隸作篆籀藏。至今人便之，秦亦忽以亡。」又曰：「累觴以爲懽，班荆以爲儀。交際貴如此，勿使至意虧。頗嘗怪《小雅》，《鹿鳴》至《魚麗》。賓主禮百拜，六經似支離。」此重傷古道之不復也。前篇猶冷諷，次篇全用反語，令聞者自思，不惟立意高，安章頓句亦是鷄群之鶴。

葉 適

宋人於樂府一途尤爲河漢，水心《白紵辭》一篇深得古意：「有美人兮來獨處，陟彼南山兮伐寒紵。挑燈細緝抽苦心，冰花織成雪爲縷。不憂絶技無人學，只愁不堪嫁時着。鄭僑吴札今悠悠〔一〕，争看買笑錦纏頭。」深嘆知音難遇，又不忍遽自決絶，徊翔宛轉，無限風流。

【校勘記】

〔一〕「鄭僑吴札」，原誤作「鄭札吴僑」，據葉適《水心先生文集》改。

劉 宰

《猛虎行》：「市有虎，毋妄言。當關虎士森戈鋋，市上一呼人駕肩。虎雖猛，那得前？市有虎，言非妄。君不見左馮邑，天下壯。斧斤聲斷林壑空，猛虎通衢恣來往。食人肉，飲人血，沉痛積冤那可說？凝香堂上紫煙浮，風流太守憂民憂。一朝下令開信賞，藉皮枕骨彌山丘。虎已滅，人患絶，夜永猶聞泣幽咽。泰山之側如可居，子後夫前甘死別。」亦即「苛政猛於虎」意，而曲折抑揚，備極剴暢。古無此體，實自漫塘創調，遂爲近世李西涯樂府之祖。

吴龍翰　洪适

吾觀晚宋詩有極佳者，其名反不甚彰。如吴龍翰：「妾心江岸石，千古無變更。郎心江上水，倏忽風波生。」「擊筑復擊筑，欲歌雙淚横。寶刀重如命，命如鴻毛輕。」二詩俱有樂府之遺。○洪适：「青青河畔草，英英籬邊菊。雅雅當窗女，濯濯手如玉。淵淵錦中意，粲粲未盈幅。藁砧天一涯，刀頭誤行卜。卻鑑怨新眉，誰教遠山緑！」「迢迢牽牛星，奕奕停梭女。尋盟整遥轡，緘情遵漢渚。欣讌未斯須，别愁眉已度。黄月不我留，殘機忍重顧。翻羡巫山雲，朝朝楚王遇。」深情秀致，全在兩末句弄姿，寫出無聊之態。此詩較《十九首》則有間矣，在晚宋中固是烏群一鷺。

裘萬頃

《雨後》曰：「秋事雨已畢，秋容晴爲妍。新書浮罷稏，餘潤溢潺湲。機杼蛩聲裏，犁鋤鷺影邊。

吾生一何幸，田里又豐年。」《出門》曰：「出門復入門，吾行竟安之？攜書北窗下，翻閱聊自怡。有懷千載人，捲卷還歔欷。采采首陽薇，戀戀商山芝。一裘或終身，欣然釣江湄。斯人不可作，古道日式微。目前稻粱謀，鳧雁方齊飛。青田寂無音，歲晚將疇依？慎勿出門去，塵埃染人衣。」元量生於豫章，殊不染其惡氣，大可敬也。《見雪》一篇，尤見義烈之概。

尤　袤

隆興後推范、陸、尤、楊。嘗見其《海棠》詩：「曉粧無力臙脂重，春醉方酣酒暈深。」精工不在魯直「荀令爐香」之下。又《苦雨》詩：「十年江國水如淫，怕見三秋雨作霖。可念田家妨卒歲，須煩風伯蕩層陰。禾頭昨夜憂生耳，木德何時却守心。歲星守心，天下大豐。兀坐書窗詩作祟，寒蟲鳴咽伴愁吟。」洵爲典雅。

楊萬里

誠齋生平論詩最多，讀其集，則涉麄豪一路。其《送丘宗卿帥蜀》最傳：「諭蜀宣威百萬兵，不須號令自精明。酒揮勃律天西椀，鼓卧蓬婆雪外城。二月海棠傾國色，五更杜宇説鄉情。少陵山谷千年恨，不遇丘遲眼爲青。」「傾國」二字素聯，此却作虛字用，李延年後再見也。「杜宇」句尤極弄姿之妙。二物正蜀中花鳥，不惟精切，兼有風致。次聯亦鉅麗，固是傑作。（黄白山評：「此聯若繩以詩律，則『傾國』是聯字，『鄉情』是聯字，是謂對而不對，犯詩家大病。然作者本意，正是以『國色』對『鄉情』。依此讀去，則『國色』如何『傾』得？不幾令人噴飯耶！此翻賞其作虛字用，則評者之憒憒更可笑也。」）又《夜坐》詩：「荒城日短溪山静，野寺人稀鸛雀鳴。」蕭條之狀如見。

范成大

選宋詩，不復可繩以古法，真須略玄黄，取神駿耳。但當汰其已甚，違拜從純，不可無此權度也。吾於汴宋最愛子由，杭宋則深喜至能，真有華山騄耳歷都過塊之能，雖時亦霜蹄一蹶，要不礙千里之步。《代聖集贈别》曰：「一曲悲歌水倒流，樽前何計緩千憂。事如夢斷無尋處，人似春歸挽不留。草色黏天鶗鴂恨，雨聲連晚鷓鴣愁。迢迢緑浦帆飛去，今夜新晴獨倚樓。」《南徐道中》曰：「半生行路與心違，又逐孤帆擘浪飛。吴岫擁雲遮望眼，楚江浮月冷征衣。長歌悲似垂垂淚，短夢紛如草草歸。若使一廛供閉户，肯將青雀易柴扉。」《入秭歸界》曰：「山根繫馬貨漿家，深入窮鄉事可嗟。蚯蚓祟人能作瘴，茱萸隨俗强煎茶。幽禽不見但聞語，野草無名却看花。窈窕崎嶇殊未艾，去程方始問三巴。」《鄂州南樓》曰：「誰將玉笛弄中秋？黄鶴飛來識舊遊。漢樹有情横北浦，蜀江無語抱南樓。燭天燈火三更市，摇月旌旗萬里舟。」却笑鱸鄉垂釣手，武昌魚好便淹留。」此石湖帥蜀歸過鄂州作也，古云「寧飲建業水，莫食武昌魚」，却如此點化，何减回道人半黍。《再渡胥口》曰：「古來此地快蓬心，天繞明湖日照臨。一雁雲平時隱見，兩山波動對浮沉。衰髯都共荻花老，醉面不如楓葉深。罾户釣徒來問訊，去年盟在肯重尋？」以上諸詩，有似元、白者，有似許渾、韓偓者。又如「月從雪後皆奇夜，天向梅邊别有春」、「鵬鷃相安無可笑，熊魚自古不能兼」、「定中久已安心竟，飽外何煩食肉飛」、「含風竹影淡留月，着雨蛩聲深怨秋」，俱有新趣。絶句之工者，《兖州道中》曰：「虎嘯狐鳴苦竹叢，魂驚終日走蒙茸。松林斷處前山缺，又見南湖數十峰。」《冬日田園雜興》曰：「斜日低山片月高，睡餘行藥繞江郊。霜風掃盡千林葉，閑倚筇枝數鸛巢。」尤澹秀可愛。○范嘗使於金，口奏乞還河南侵最，遂有羈留之議，賦詩曰：「萬里孤臣致命秋，此身何止一浮漚。提攜漢節同生死，休問羝羊解乳否！」此尤其生平大節，不止呫嗶之士。○《請息齋書事》曰：「蝨裏趨時真是賊，虎中宣力任爲倀。」「賊」字太不文，然下句終是快語，亦可愁時破涕也。

陸　游

予初讀《瀛奎律髓》，每遇一類，唐詩後必繼宋詩，鄙俚麄拙，如伺傷接語；得務觀一篇，輒有洋洋盈耳之喜，因極賞之。及閲《劍南全集》，不覺前意頓减。大抵才具無多，意境不遠，惟善寫眼前景物，而音節琅然可聽。一詩中必有一聯致語，如雨中草色，葱翠欲滴。間出新脆之句，猶十月海棠，枯條特發數蕊，妖豔撩人。亦時爲激昂磊落之言，頗有禰衡埸地來前，嵇康揚鎚不輟之態。要惟七言近體有之，餘不能爾。其淋漓最動人者，漫摘數章於後。長篇惟《題少陵畫像》，叙三百年前事，聲容如見，亦令人忽忽難堪。○《江樓醉中作》曰：「淋漓百榼宴江樓，秉燭揮毫氣尚遒。天上但聞星主酒，人間寧有地埋憂？生希李廣名飛將，死慕劉伶贈醉侯。戲語佳人頻一笑，錦江城已六年留。」公得石湖爲幕府，故縱懷若此。及守嚴述懷曰：「桐君故隱兩經秋，小院孤燈夜夜愁。名酒過於求趙璧，異書渾似借荆州。溪山勝處身難到，風月佳時事不休。安得連雲車載釀，金鞭重作浣花游。」回憶舊時主賓，何可復得？正猶少陵在夔更思嚴武不已。從來宦游勝事，真不在職之大小也。○《後寓嘆》曰：「貂蟬未必出兜鍪，要是蒼鷹已下韝。彭澤竟歸端爲酒，輕車已老豈須侯！千年精衛心平海，三日於菟氣食牛。會與高人期物外，摩娑銅狄灞陵秋。」「千年精衛」，自指平日壯懷。「三日於菟」，指後進之士妄生短長者，如韓翃在夷門，同幕少年多輕之。文士蹉跎，每抱此恨，想公當日亦竟不免。○《書齋壁》曰：「平生憂患苦縈纏，菱刺磨成芡實圓。天下不知誰竟是，古來惟有醉差賢。過堂未悟鐘將釁，睨柱誰知璧偶全！自笑爲農行没世，尚如驚雁落空絃。」《遣興》曰：「莫笑龜堂磊塊胸，此中原可貯虚空。尚饒靈運先成佛，那計辛毘不作公。采藥偶逢丹井客，買蓑因過玉宵翁。不須更問歸何許，散髮飄然萬里風。」放翁少時有志經世，嘗投梁參政曰：「士各奮所長，儒生未宜鄙。覆氈草軍書，不畏寒墜指。」故其《感舊》曰：「晚歲猶思事鞍馬，當時那信老耕桑！」及從歷世途，始有「此身幸已免虎口，有手但能持蟹螯」、「生來不啜猩猩酒，老去難營燕燕巢」、「戕天有事君知否，止乞柴荆到死關」之句。余嘗喜其《西窗》一作：「西窗偏受夕陽明，好事能來慰此情。看畫客無寒具手，論書僧有折釵評。蕫宜山茗供閒啜，豉下湖蓴喜共烹。酒肉朱門非我事，諸君小坐聽松聲。」若得如此，亦平地小神仙矣。○天啓、崇禎中，忽崇尚宋詩，迄今未已。究未知宋人三百年間本末也，僅見陸務觀一人耳。實則務觀勝處亦未能知，止愛其讀之易解，學之易成耳。遂無復體格，亦不復鍛鍊深思，僅於中聯作一二姿態語，餘盡不顧，起結尤極草草，方言俗諺，信腕直書。昔江湖小生作支離褊淺之辭，目爲元和詩體。元稹不平，至上書令狐楚。今之效陸體者，亦幸古人骨已朽耳。使之尚在，其不平可勝言哉！

李昴英

李昴英填詞聖手，《景泰寺》詩「遠鴉追夕照，低雁壓西風」，終不脱詞家本色。

四　靈

永嘉四靈，趙紫芝最爲佼佼。如《秋夜偶書》：「此生漫與蠹魚同，白髮難收紙上功。輔嗣《易》行無漢學，玄暉詩變有唐風。夜長燈燼挑頻落，秋老蟲聲聽不窮。多少故人天禄貴，猶將寂寞嘆揚雄。」

《示友》：「中夜清寒入緼袍，一杯山茗當香醪。禽翻竹葉霜初下，人立梅花月正高。無欲自然心似水，有營何止事如毛。春來擬約蕭閑伴，同上天台看海潮。」第二聯神骨俱清，可謂脱西江塵土氣殆盡。（黄白山評：「亦只下句工。」）頷聯却以酸語敗群，真可痛惜，何怪爲嚴羽所輕。然如「野水多於地，春山半是雲」、「池成逢夜雨，籬壞出秋山」，固是《選》語。又《延禧觀》：「鶴毛兼葉下，井氣與雲同。」井爲藏丹之所，此言丹氣也，妙甚。○翁卷視趙師秀差遜，長律佳句，有「種得溪蒲生似髮，教成野鶴舞如人」。又《寄題趙靈秀》「閑燈妨遠夢，秋雨亂愁吟」，亦可喜。○二徐最劣，靈暉又不及靈淵。徐照瀑布詩素號振拔，如「千年流不盡，六月地常寒」，無愧作者。（黄白山評：「『千年流不盡』，凡水皆可説；『六月地常寒』，似深山古寺中語。」）結云「人言深碧處，常有老龍蟠」，却醜。徐璣佳句，則有「寒煙添竹色，疏雪亂梅花」、「水風涼遠樹，河影動疏星」、「月生林欲曉，雨過夏如秋」，皆其項上之臠也。

嚴羽

讀嚴滄浪詩，真如諸於繡䠇中獨見司隸將吏，且喜其言行相顧，不爲鸜鵒之效人語也。古詩亦甚用功於太白，惜氣力不逮耳。短律有沈雲卿、岑嘉州之遺，長律於高適、李頎尤深。獨樂府不能入古，彼自得力於盛唐也。常酷愛其《送客》一絶：「川程極目渺空波，送爾歸舟奈别何。南國音書須早寄，江湖春雁已無多。」○《廬陵客館雨霽登樓言懷寄友》曰：「終日坐紛澒，邈然無少欣。登樓一登覽，始見萬山群。微雨洗殘暑，青天捲浮雲。襟懷兩廓落，朗若見夫君。見君君何在，顧影還獨笑。吏非金門遊，隱異滄洲調。江明秋月白，山空夜猿嘯。徒事百卷文，未返一竿釣。留滯豈勝悲，非君誰與謀？水寒終赴海，雁遠暫賓秋。舉世不可語，猶當問巢由。」觀此詩曲折步驟，足見其生平立言非妄。〇以嚴之精於紀律，有功詩學不少，吾終不推爲第一，獨屬之介甫。昔黄梅令學人悉誦神秀偈子，衣則授於盧能。滄浪素以禪論詩，余故爲下此轉語。千載有知，當亦一笑。

蕭彦毓

豫章派最多惡習，蕭梅坡雖有「西昌有客學南昌」之號，似猶超出。《西湖雜詠》曰：「花心亭上坐，滿眼是湖光。只爲便幽趣，能來倚夕陽。水邊春寺静，柳下小舟藏。不得清明近，鶯花已自忙。」雖淺猶浄也。

趙　蕃

章泉論詩，專祖曾、吕，嘗曰：「若欲波瀾闊，規模須放弘。端由吾氣養，匪自歷階升。」然如「淵明不可得見矣，得見菊花斯可爾」，亦稱爲佳，如此宏闊，吾不愛也。嘗有「紅葉連村雨，黄花獨徑秋。詩窮真得瘦，酒薄不禁愁」，亦自佳。又《哭蔡西山》：「蘭枯蕙死迷三楚，雨暗雲昏礙九嶷。」大是悲壯，惜全篇入俗。惟《詠菊》差可存：「蔓菊伶俜不自持，細香仍着野風吹。少年踴躍豈復夢，明日蕭條更自悲。潭水解令胡廣壽，夕英何補屈原饑？我今漫學潯陽隱，晚立寄懷空有詩。」又《呈葉德璋司法》：「政自摧頽同病鶴，況堪吟諷類寒蛩。」亦致語也。○讀敖陶孫《詩評》，妙於語言，甚思見其詩。惟傳《哭趙忠定汝愚》一篇，中聯「狼胡無地歸姬旦，魚腹終天痛屈原」，信是偉語。起處「左手旋乾右轉坤」，末句「休説渠家末世孫」，終俗而佻，深是可惜。

劉克莊

楊用修稱劉後村《李夫人招魂歌》、《趙昭儀春浴行》、《東阿王紀夢行》，然僅竊西崑之似，且他篇粗鹵者甚多。所作《十老》詩，尤多鄙俗。如《老兵》「金瘡常有些兒痛」，《老儒》「專巧三場恐未然」，真堪笑倒。即如《老妓》「偏呼狎客少時名」，《老妾》「閑時擁髻尚風情」，似能刻劃，亦終不雅。然如《挽陳師復》「闕下舉旛空太學，路傍卧轍幾遺民」，雖全篇戇拙，二語自是金石之音。又《自題小室》「閣上大夫投欲死，甕間吏部寢方酣」，亦小有致。余嘗選其《暝色》、《早行》二詩，皆瑜勝於瑕。《答翁定被酒》二篇，尤是全璧：「牢落祠官冷似秋，賴詩消遣一襟愁。喜延明月常開户，貪對青山懶下樓。客詑瀑奇邀往看，僧誇寺僻約來遊。何當與子分峰隱，饑嗅巖花渴飲流。」「酒户當年頗著聲，可堪病起困飛觥。醉呼褚令爲傖父，狂唤桓公作老兵。舊有峥嶸皆剷去，新無壘塊可澆平。投床懶取《騷》經看，只嗅梅花解宿酲。」風味差不惡也。

江湖詩

江湖詩非無一二語善者，但全篇酸鄙。如韓南澗《詠紅梅》「越女漫誇天下白，壽陽還作醉時粧」，其子澗泉《寒食》詩「吹盡海棠無步障，開成山柳有堆綿」，俱佳。即戴式之人既無行，詞亦鄙俚，詩固不乏佳句。如《寄尋梅者》曰：「蜂黄塗額半含蕊，鶴膝翹空疏帶花。」「鶴膝」狀其枝，「蜂黄」狀其鬚也，頗有思致。至結曰「此是尋梅端的處，折來須付與詩家」，則打油聲復出矣。正如群丐唱歌，非無聲音嘹喨者，奈其言動舉止皆丐何！〇抑余亦興至所書，戴尚多佳句，如「夜涼風動竹，人静月當樓」、「雁影參差半江月，鷄聲伊喔數家村」、「千江月色令人醉，半夜梅花入夢香」、「連朝好雨千山潤，昨夜新秋一葉知」、「樂在五湖風月底，扁舟載酒對西施」、「白石岡頭聞杜宇，對他人墓亦沾巾」，俱妙。

王 鎡

王鎡生宋末，亦法賈、姚，頗得遺意。《谿村》曰：「水路隨村轉，谿晴踏軟沙。斜陽晒魚網，疏竹露人家。行蟹上枯岸，飢禽啣落花。老翁分石坐，閑話到桑麻。」《寄友》曰：「髮影明寒鏡，蕭蕭亦自憐。故人難會面，行客又經年。晴雪添崖瀑，春雲雜燒煙。相思有書札，寫盡夜燈前。」《宿香巖院》曰：「地爐煨火柏枝香，借宿寒寮到上方。山近白雲歸古殿，風高黄葉響空廊。敲門僧踏梅花月，入夜猿啼楓樹霜。夢醒不知窗日上，時聞清磬出松堂。」中聯極是風致，結太卑耳。短律固佳。

文天祥

大節如信公，不待詩爲重；信公能詩，則尤可重耳。嘗有《雲端》一詩：「半空夭矯起層臺，傳道劉安車馬來。山上自晴山下雨，倚欄平立看風雷。」如此氣魄，真有履險如夷之概。至若「人皆有喜榮三仕，我尚無文送五窮」、「酬菊醉餘披草坐，探梅吟罷帶花回」，語雖工，人可及也。

林景熙

嘗嘆詩法壞而宋衰，宋垂亡，詩道反振，真咄咄怪事！讀林景熙詩，真令心眼一開。如「開池納天影，種竹引秋聲」、「日斜禽影亂，水落樹根懸」、「香飄苔徑花誰惜，影落寒泉鶴自看」、「老愛歸田追靖節，狂思入海訪安期」、「萱草堂深衣屢寄，桃花觀冷酒重攜」、「僧閑時與雲來往，鶴老應知城是非」，真視唐人無愧。《詠秦本紀》尤佳：「瑯琊臺上晚雲平，虎視眈眈隘八紘。萬里不知人半死，三山空覺草長生。兆來鬼壁沙丘近，威動神鞭海石輕。書外有書焚不盡，一編圯上漢功名。」較之「坑灰未冷山東亂，劉項原來不讀書」，可謂直向毘盧頂上行矣。又《夢回》詩尤清妙：「夢回荒館月籠秋，何處砧聲喚客愁。深夜無風蓮葉響，水寒更有未眠鷗。」

唐　涇

讀唐義士詩，真令人泣下。如「鳳去只餘《韶》樂在，雁來還有帛書無」《江南》、「頻歲建杓移北斗，何人持節救東甌」《徙廣》、「火旗晻靄雲藏闕，水陣周遭雪壓城」《徙海》、「島上有人悲義士，水濱無處問君王」《崖山》，字字酸辛，固不獨《冬青》一作也。

謝皐羽

《效孟郊體》曰：「牽牛秋正中，海白夜疑曙。野風吹空巢，波濤在孤樹。」蓋不徒優孟抵掌矣。公文亦似詩，得寒瘦之妙。

逃禪詩話

逃禪詩話提要

《逃禪詩話》不分卷，據臺灣廣文書局影印舊鈔本點校。撰者吴喬（一六一一——一六九五），一名殳，字脩齡，江南太倉人，入贅崑山。詩工崑體，又深於禪。有《西崑發微》、《舒拂集》等。《清史稿》卷八四八有傳。按此書無序跋，凡二百三十七則，與其《圍爐詩話》互勘，頗有異同，其中重出者約一百六十餘則，而爲《圍爐詩話》所删者亦復不少。其最可異者，在尊許學夷爲「嚴師」，而《圍爐詩話》竟不復提及。蓋許學夷著《詩源辨體》，大暢嚴滄浪之説，而馮班稍後著《嚴氏糾謬》，駁滄浪以禪説詩不容赦，書甫出即震動時流，吴氏不可能不知，故本書所謂「伯清先生嚴師也，定遠、黄公畏友也」一願，勢難維持。又許氏於七子及胡元瑞等人多維護之辭，亦與《圍爐詩話》之旨相背戾，而斷爲吴氏晚年定論所難兼容。《圍爐詩話》卷六曾自述早年深陷二李之經歷，後始幡悟，遂於許氏亦不免先尊後棄也。許氏自負其論，辭鋒凌厲，惟此點則吴氏始終與之相近（兩家書之辭氣口吻如出一轍），早年致惑，或由此心性相應歟？然則《逃禪》一稿，大抵爲其早年之見耳，與《圍爐詩話》不可同日而語。此稿未刊，流傳身後，偶羼入一二後手之蹟，則不足爲憑也。

逃禪詩話

崑山吴喬脩齡氏著

變復

詩道不出於變、復，變謂不襲古人之狀貌，復謂能得其神理。漢、魏變《三百篇》之四言爲五言，而能復其淳正。初、盛變古體爲唐體，而能復其高渾；變六朝之所靡爲雄麗，而能復其挺秀。晉、宋至陳、隋之古體，元和至明初之近體。唯元和至兩宋，唯變不復，勢必滔滔日下。弘治間庸妄全不知詩，侈意于復，止在狀貌間爲奴才、爲盗賊、爲笑具。事有關係而話言頗煩，別具卷末。

哀樂

詩不越乎哀樂，境順則情樂，境違則情哀。「明良」之歌，境順而樂也，《棫樸》、《旱麓》其類也；《五子之歌》，境違而哀也，《民勞》、《南山》其類也。不關哀樂者，非詩，木偶被文繡也。

詩中有人

詩中有人，故讀其詩，而心術之邪正、制行之純雜、學問之深淺、境遇之得失、朋友之諒柔，皆可見焉。上而《文王》、《大明》、《楚詞》，可以想見文、武、周公、屈子；下而温、李之集，可以想見飛卿、義山；乃至劉伯温、楊孟載，猶然也。如是乃謂之詩，不悖于採風貢俗。若于身心無涉，而唯斅學前人，縱得酷似思王、子美，不過優孟衣冠。

問曰：「此説古未有也，何從得之？」答曰：「禪家問答，禪人未開眼，有勝負心。詩人未開眼，不知有自心、自身、自境，墮於聲色邊事者，皆徇末而忘本者也。」

魚玄機《咏柳》云：「枝迎南北鳥，葉送往來風。」黄巢《咏菊》云：「堪與百花爲總領，自然天賜赭黄袍。」蕩婦、反賊，亦有人作詩中，此意絶于弘治。

嚴滄浪云：「詩不可太著題，不在多使事。押韵不必有出處，用字不必拘來歷。下字貴響，語貴圓，貴灑脱，不可拖帶。忌骨董，趁貼。語忌直，意忌淺，脉忌露，味忌短，音韵忌寬緩，忌廹促。」

嚴滄浪云：「詩禁五俗：俗體、俗意、俗句、俗字、俗韵，皆不可犯。」此言甚善。

畫家貴學師捨短。詩學李、杜，正道也。李之「座中若有一點紅，斗筲之量成千鍾」、杜之「袖中有舊筆，興至時復援」，其可學乎？學字先得敗筆，學詩先得敗句。

學詩不可雜，又不可專守一家。大樂非一音之奏，佳餚非一味之嘗也。

詩乃經史之學，非風雲月露也。《三百篇》中，時事不少；《十九首》無古註，不能測；阮公《詠懷》，亦有時事；唐人不獨子美，諸公皆然；宋詩尚不失此意。人讀經史，須知是詩林；讀詩須廻顧。今日之事爲後之史，是非不違于文。余曰：以意求古人則近，以辭求古人則遠。唐詩有意，托比興以雜出之，其辭婉而微，如人而衣冠。宋詩亦有意，唯賦而少比興，其詞徑以直，如人而赤體。明之盲盛唐詩，字面焕然，無意無法。此病二高萌之，弘、嘉大盛。識者止斥其措詞之不倫，而不言其無意之爲病。是以弘、嘉習氣至今流注人心，隱伏不覺。習氣如乳母衣，縱經灰滌，終有乳氣。人之惟求好句，而不求詩意之所在者，即弘、嘉習氣也。若詩句中無「中原」、「吾黨」、「鳳凰臺」、「鳷鵲觀」，即以爲脱去二李，不亦易乎？此病之難于解免，更自有故。詩乃心聲，非關人事。如空谷幽蘭，不求賞識，乃足爲詩。六朝猶然。唐以詩取士，故省試詩有膚殻語。士子有行卷，有投贈，溢美獻佞，詩品喪矣。

《詩法源流》云：「詩者，原於德性，發于才情。心聲不同，有如其面。故法度可學，而神意不可學。是以太白、子美、昌黎自各有詩，陳子昂、王摩詰、高、岑、賈、許、姚、鄭、張、許亦然，不可强而同之也。」又云：「唐人以詩爲詩，宋人以文爲詩。唐詩主于達性情，故于《三百篇》近；宋詩主議論，故于《三百篇》遠。古詩于《三百篇》近，唐詩于《三百篇》遠。」

太白云：「梁、陳以來，艷薄殊極，沈休文又尚聲律。將復古道，非我而誰？」「梁、陳」謂宫體以下，非謂陶、謝諸公也。

唐詩初讀之，往往不知其意何在；宋詩開卷了然；而明詩有語無意，讀之反不能測。

唐詩有意，而婉曲出之；宋詩有意，而直出之。隆、嘉詩，唯事聲色。

詩之與文，文章有血脉，當觀作者心光之所專注，勿拘面目。唐人繼古人者近體，古體必不敵漢、魏；宋人繼唐詩者詩餘，近體必不敵唐人；元人繼宋詞者戲曲；明人繼元曲者八比，皆心光之所專注也。以唐、宋、元、明詩一例視之，刻舟求劍矣。

景龍、開、寶之詩端重，能養人器度，而不能發人心光；元和、開成之詩深鋭，能發人心光，而亦傷人器度。所以學景龍、開、寶者，滯于皮毛；學大曆、開成者，流于險琢。人能以大曆、開成發其心光，而後以景龍、開、寶養其器度，斯爲得之。人無此工力，所以開、寶而後更無其詩。

盛唐、中唐，其人其詩大略相類。唐末則有二種人，一人有二種詩。二種人者，如趙嘏、韋莊之於皮、陸、杜荀鶴也。一人有二種詩者，如薛逢有「絳節幾時還入夢，碧桃何處更驂鸞」、「邠王玉笛三更咽，虢國巾車十里香」，又有「細推今古事堪愁，貴賤同歸土一丘」、「光陰自旦還將暮，草木從春又到秋」；李山甫《公子家》云「騕褭似龍隨日换，輕盈如燕逐年新」，又有「總是戰争收拾得，却因歌舞破除休」；胡曾有「花對玉鈎簾裏發，歌飄塵土路邊聞」，叙失意不寒陋，而又有《咏史》詩也。

中唐七律清洌秀挺，學者當于此入門，上不落于晚唐之雕刻，中不落于宋人之率直，下不落于明人之假冒。蓋中唐如士大夫之家，猶可幾及；盛唐如王侯之家，如何可學？人被二李輩弄成惡道，有志而識見未到，輕易學之，先入惡道。此不佞所身受者，豈可坐視匍匐入井耶！

盛唐七言律春容渾成，不求妙也；中唐乃妙，晚唐則巧甚，是盛、中、晚之介也。七古中排句，如「雲母帳前初泛濫，水精簾外轉逶迤」輩，入律即粗。明人不知此病，據字句小節，何足攻也。

唐人詩，以周室譬之，初唐，太王、王季時也；盛唐，武王、成王時也，受命制禮，超絶前後；大曆、永泰，昭、穆時也；元和，五伯也，開、寶之王綱已散；開成以後，則七國之維事詐力，小詞出而詩絶，如封建之變郡縣。

有才欲自成家而出奇者，昌黎也，自有可觀；無才而欲出奇，貫休，不足責也。贈李、杜詩而有任華其人，豈非怪事？

非古非律之詩，盛唐多有之，乃是沿習未盡。許伯清悉不收録，則法盡無民矣。其中甚多好詩，何可輕棄？事已至此，耐之可也。非真非草者謂之行書，極便于用，未嘗廢也。

馮定遠曰：「牧齋言詩貴識變。讀破萬卷，則知牧齋之言。」喬謂錢、馮二公之言，在學問與世間。「多讀書，則胸次高，出語與古人相應，一也；博識多知，則文章有根據，二也；所見既多，自知得失，下筆知取捨，三也。」

羅虬《比紅兒》百篇，凡句中出「紅兒」名者，俱不成詩。其曰：「芳姿不合並常人，雲在遥天玉在塵。因事愛思苟奉倩，一生閑坐枉傷神。」又曰：「自隱新從夢裏來，嶺雲微步下陽臺。含情一向春風笑，羞殺凡花盡不開。」又曰：「青史書時未是真，可能纖手却强秦。再三爲謝君王后，要解連環别與人。」又曰：「粧成渾欲認前朝，金鳳雙釵逐步摇。未必慕容宫殿裏，舞風歌月勝纖腰。」又曰：「一首長歌萬恨來，惹愁漂泊水難迴。崔徽有底多頭面，費得微之爾許才。」等是詩。又有一篇曰：「任伊孫武心如鐵，不辦軍前殺此人。」傳云虬殺紅兒，則此好句也，百首盛行，可見唐末人眼翳。

鄭谷《感興》云：「禾黍不陽艷，競栽桃李春。翻令力耕者，半作賣花人。」語有含蓄。

□□《劍客》云：「拔劍倒殘樽，歌終便出門。西風滿天雪，何處報人恩？勇死尋常事，輕讐□□□。□嫌易水上，細碎動離魂。」似盛唐氣岸，而傷于露，所以爲晚唐。

初唐則有四種人、五種詩。四種人者，虞世南輩守舊習者爲一種，陳伯玉復古爲一種，王、楊、盧、駱變纖麗爲雄壯者爲一種，杜、沈、宋定唐體者爲一種。人則於四種詩外，有變而未純、非古非律之詩，不特餘人，即陳、杜、沈、宋亦有之，是五種詩也。

李、杜詩中之法度，讀者推求而見之，作者初無此意。有此意則舉子業矣，郢人、輪扁皆然。

永叔不喜杜詩，介甫謂太白識見污下，皆是理外之事，論詩不必及之。而崔顥之《黄鶴樓》詩，太白彷之以作《鸚鵡洲》、《鳳凰臺》詩；樂天作詩，老嫗解者乃録，俱非有識者所談及，任之説平話者可耳。

伯玉惟復無變，神氣不超，又有偶句。至李、杜而神骨復，衣冠變，絶無「有鳥東南翔，白雲何洋洋」等形似處。

《三百篇》未有留連光影者，非述事則道意。《十九首》多是道意。詩若專重興趣，即入光影。

詩不出於正、窮、流、變、復，正無瑕，窮無詩，變乃人所必趣，流乃勢所必至，復則千古傑士之所爲，伯玉之詩、退之之文是也。庸安人爲文，即是獻吉、元美。

牧野之師，四伐五伐；桓公未嘗多殺，而作内政以寄軍令，故速得志於諸侯；七國不用孫、吴，則敗亡，故變爲人所必趨，勢使然也。詩道姑置《三百》而祖兩漢《十九首》，建安已稍變，阮公又稍變，顔、謝又稍變，永明乃大變。以梁、陳視漢、魏，猶江海之望泰山矣。近體，開元、天寶之於晚唐亦然。復不易言，能於變中不大違雅正，足矣。

不清新即非詩，而清新亦有病。清之病，錢、劉，開、寶人已中之；新之病，大行于元和。

詩文有雅學，有俗學。雅學大費工夫，真實而闇然，見者難識，不便于人事之用；俗學不費工夫，虚僞而的然，能悦衆目，便于人事之用。世之知詩文者艱得，故雅學之門，可以羅雀，後鮮繼者；俗學之門，簫鼓如雷，衣鉢不絶。震川、元美，時同地近。震川却掃荒村，後之學其文者無幾；元美奔走天下，至今壽葬之作，猶溉餘膏。苟爲身計，刺繡文不如倚市門。無奈醒人不能酗酒，有目者不能瞑而執杖取道耳。人欲應酬，俗學足矣；欲見古先作者之意，視俗學如糞溺。

酒名醨，米力已盡也。人之精力，先敝于俗學，悔而改絃，已是醨酒。

以唐、明言之，唐詩爲雅，明詩爲俗；以古體、唐體言之，古體爲雅，唐體爲俗；以絶句、律詩言之，絶句爲雅，律詩爲俗；以五律、七律言之，五律猶雅，七律爲俗，五律作者猶能操縱，七言多窘束故也。

詩乃心聲。心日進于三教百家之言，則詩思月異而歲不同，子美之「讀書破萬卷」是也。惟留心于風雲月露，則爲李諤所譏者而已。人於順逆境遇間所動情思，皆是詩材。子美之詩，多得于此。自失却詩材，唯學古人句樣。

詩如淵明之涵冶性情，子美之憂君愛國者，契于《三百篇》，上也；太白之遺棄塵事，放曠物表者，契于《莊》、《列》，爲次之；怡情景物，優閑自適者，又次之；歎老嗟卑者，又次之；留連聲色者，又次之；攀緣貴要者爲下。而皆發于自心，雖有高下，不失爲詩。唯應酬詩，供人事之用者，同于覥肩酒榼。

盛唐律詩造詣精熟，故爲至極。韓子蒼云：「詩不可太熟，須令生。」蓋忌庸套之熟耳。喬謂宋人專主此意，故山谷之詩生極。高季迪却不免有「天」對「地」、「地」對「天」、「天地」對「山川」之狀，是太熟也，非彈丸脱手之熟。義山欲避此病，而不能如王、孟諸公之彈丸脱手，遂別開幽奥之路，尚爲善避。山谷則不善避者矣。

唐三百年，人非一倫，詩非一種。愚意選之者，須分五時，行五法。五時者，貞觀以下爲始時，開元、天寶爲次時，大曆以下爲三時，元和以下爲四時，開成以下爲終時也；五法者，一嚴，二正，三恕，四寬，五濫也。詩以開元、天寶爲宗極，而導其古體者，陳伯玉；導其近體者，王、楊、盧、駱、杜、沈、宋八君。其時作者，皆未脱陳、隋舊習。草昧之世，不於沿舊習者析之去之，則八君開創之功不顯。況世之貿貿然者，謂初唐爲盛唐所自出，可不嚴乎？亂國用重典之謂也。盛唐之詩，久有定論，故曰正。

大曆以後，力量稍降于前人，而氣脉相通，清新圓轉固在，以其從錢、劉諸君開元、天寶之别派而來故也。不恕則失其氣脉，而所見於盛唐者，亦不全矣。文、景之帝，何必求以漢高之器局哉？元和爲唐人詩道之大變，變則情態百端，嚴與正必不可行。恕猶不足以盡其變態，故須寬也。元和猶家之有妾，妾不妨多。開成則婢也，粧服如緑珠者數十，乃爲季倫之家，與坐高臺、臨清流相稱。凡《才調》所有者多收之，以盡見八十年良士之才情，非濫則有所束矣。昔之選者，尚體制則失中、晚，愛才情則離初、盛，皆以己意權衡唐人者也。須盡起唐人于九原，皆有二身，一作體制詩，一作才情詩，則選者兩無憾矣。

八代人詩，以漢抵盛唐，無初唐草昧之惑人，反覺明而易。以古體比近體，無陳、杜、沈、宋復古體成近體事。西漢至建安，盛唐也；士衡、太冲，錢、劉至李端、李益也；淵明，别出之韋、柳也；元嘉、永明，元和之大變也；康樂變古體，元長變古聲，梁簡文、庾子山，晚唐也。纖微不爽，千餘年來，無一選手表明之者，豈非宇宙間大闕事耶？《詩紀》、《詩所》，倉廩也；《詩删》、《詩歸》，瞽人搔蝨。

唐詩分爲五類：王、楊、盧、駱、陳、杜、沈、宋充實光輝爲一類，天寶大而化之爲一類，并錢、劉於大曆清婉丰神爲一類，元和五伯狎盟、惟力是視爲一類，晚唐殘山剩水爲一類。宋詩分二類：西崑以前之宗姚合、賈島，并於後之豫章、江湖爲一類。明詩唯是盲盛唐，漫山偏野，中郎、鍾、譚，勢不能敵。要而言之，沈、宋至大曆爲正，元和爲變，晚唐至明初爲衰，弘治、嘉靖爲邪。

晚唐才情大横而體制未亡，變之極也。古體至於陳、隋，近體至於宋之江西派、江湖派，體制盡亡，并才情而失之者也。宋之歐、梅欲以平澹復古，平澹非古之真也，遂入于俚陋；明之李獻吉欲以氣概復古，李于鱗欲以高華復古，非古之真也，僞托體制以逞其僞才情之魔事也，二者大可畏也。

晚唐至今日七百餘年，能以才情自見者，如温、李、蘇、黄、高、楊輩，代不乏人。知有體制者，惟萬曆間江陰許伯清先生，及亡友常熟馮班定遠、金壇賀裳黄公三人。伯清聞而知之，定遠、黄公見而知之者也。黄公詳于近體，凡晚唐、兩宋詩人之病，其所作《載酒園詩話》一一舉證而發明之。讀宋人詩集，有披沙覓金之苦。苟讀黄公之書，則晚唐兩宋之瑕瑜畢見，宋人詩集可以不讀，大快事也。定遠古體、近體兼詳。嚴滄浪之説詩，在宋人中爲首推，而所得猶在影響間，未能脚踏實地。後人以其「妙悟」二字似乎深微，共爲宗仰。定遠作一書以破之，如湯之潑雪。讀之則得見古人、唐人真實處，不爲影響之言所誤，大快事也。伯清先生所見體制之深廣，更出二君之上，自《三百篇》以至晚唐，其間源流正變之升降，歷歷舉之，如數十指，爲古體，爲近體，軒之輊之，莫有逃其衡鑑者。不意末季瀾浪之中，乃有是人！

余於三君，伯清先生，嚴師也；定遠、黄公，畏友也，皆如李洞之於閬仙，鑄金爲像者也。而私心尚有所恨焉，黄公以重體制，反殢于僞冒復古之李獻吉，而稱爲先朝大雅才；定遠詩有體制、有才情，近代所鮮，而所見體制不及伯清之深廣，却以此故得伸其才情；伯清得於體制者盡善盡美，至矣極矣，其所自作反束于體制，惟恐一字之踰閑，才情不得勃發。詩誠難事，駑才禿齒，惟自俯首息心而已。伯清之惑于二李更甚，惟定遠與余意合，比之優伶奴僕，不入士類。

若選漢、魏以下八代之詩，較之選唐詩反易。以《詩紀》、《詩所》爲大地，無搜採之勞。以漢、魏爲主，黄初爲伯，晉、宋爲亞，齊、梁、陳、隋爲旅。蓋散與偶、渾樸與綺琢，一望了然故也。唯其中各人之品位力量有不同處，五、七言詩與樂府有名實混雜處，須有高識以論辨之。

唐體既出，而後唐人散句可名古詩。自漢至隋，人作其詩，何名古詩？祇當名爲八代之詩耳。詩自以六義爲門庭堂奥，凡謡諺、占辭、五七言句，非詩也。《詩紀》收之，不可從也。詩與樂府，兩漢已相混。後世借樂府之題以作詩，詩也，非樂府也。《詩所》據題而收之，不可從也。

審古人之品位力量，在乎識辨。詩與樂府之介在乎學。漢人詩之僞者亦存之，别爲一編，不可棄也。如以漢器假周器，猶勝晉、唐之物。

體格名目

詩之體格名目如何？答曰：姜白石《詩説》云：「守法度曰詩，載始末曰引，放情曰歌，體如行書曰行，并二體爲歌行，如蛩響曰吟，通俚俗曰謡，委曲盡情曰曲。」《珊瑚鉤》之説又不然，皆後人附會耳。古有何人先作《詩體明辨》，而作者奉行之耶？凡事無始，是爲正説；偶爾涉筆，漸以成體耳。許伯清曰：「樂府有歌、行、篇、引等名，而體無分別。後人以名辨之，終是穿鑿。今試舉樂府數篇而隱其名，能辨其爲歌、爲行、爲篇、爲引乎？」其言極爲名通。

元微之《樂府古題序》云：「《詩》訖於周，《離騷》迄于楚，是後詩之流爲二十四名：賦、頌、銘、贊、文、誄、箴、詩、行、詠、吟、題、怨、歎、章、篇、操、引、謠、謳、歌、曲、詞、調，皆六義之餘，而作者之旨。由操而下八名，皆起于郊祭、軍賓、吉凶、苦樂之際。在審聲以度詞，審調以節唱。句度短長之數，聲律平上之差，莫不由之準度。而又區別其在琴瑟者爲操、引，採民甿者爲謳、謠，備曲度者總得謂之歌、曲、詞、調。斯皆由樂以定詞，非選詞以配樂也。由詩而下九名，皆屬事而作，雖題號不同，而悉謂之詩，可也。後之審樂者，往往採取其詞，度爲歌曲，蓋選詞以配樂，非由樂以定詞也。而纂撰者由詩而下十七名，盡編爲樂府等題，除《鐃吹》、《横吹》、《郊祀》、《清商》等詞悉在《樂志》，其餘《木蘭》、《仲卿》、《四愁》、《七哀》之輩，亦未必盡播之於管絃，明矣。後之文人達樂者少，不復如是配列。但遇境紀題，往往兼以句讀短長爲歌詩之異。劉補闕云：『樂府肇于漢、魏。』按：仲尼學《文王操》，伯牙作《水仙操》，齊牧犢作《雉朝飛》，魏女作《思歸引》，則不始于漢明矣。況自《風》、《雅》至于樂流，莫非諷興當時之事，以貽後世之人。沿襲古題，唱和重複，文有短長，義俱贅剩。尚不如寓刺古題，美刺見事，猶有詩人引古以諷之義焉。曹、劉、沈、鮑之徒，時得如此，亦復稀少。」

「近代惟子美《悲陳陶》、《兵車》、《麗人》，凡所歌行，即事名篇，無有倚傍。余與白樂天、李公垂輩謂此當理，遂不復擬題。進士劉猛、李餘各賦古樂府詩數十首，中一二章有新義。因爲和之，有用古題全無古意者，若出《門行》、《將進酒》特書列女之類是也；其頗同古義，全創新辭者，則《田家》止言捕捉請先螻蟻之類是也。三子方將極意於此，因粗爲古今歌詩同異之旨焉。」

杜確云：「自古文體，變易多矣。梁簡文帝及庾肩吾之屬始爲輕浮綺靡之辭，名曰宫體。厥後沿習，務于妖艷，謂之摛錦布繡。其有欲尚風格，頗有規正者，不復爲當時所重，諷諫由此廢闕。」

五言詩

五言詩，魏之於漢，同者十之三，異者十之七。同者爲正，而異者爲變。同者情興所至，以不意得之，故體委婉而語悠圓，有天成之妙；異者情興未至，著意爲之，故體多敷叙，語多結搆，漸見作用之迹。故漢人詩少，魏人詩多。漢人潛流爲建安，乃五言之初體，變也。魏人詩雖見作用，實有渾成之氣，雖變猶正。建安五言流而爲太原、士衡輩，風氣始漓，其習漸移，體排偶而語雕刻，五言之再變也。太康雖排偶雕刻，而古體猶存。至宋元嘉中謝康樂輩，風氣益漓，其習盡移，古體盡亡，五言之三變也。惟淵明不宗古體，不襲新體，真率自然，傾倒所有，别是一源。齊永明時，王融、謝玄暉、沈約始用四聲，以爲新變。元嘉雖盡入排偶雕刻，而聲韵猶古。至玄暉、休文，風氣始衰，其習漸卑，聲漸入律，體漸綺靡，五言之四變也。至梁簡文、庾肩吾，聲盡入律，語盡綺靡，古聲盡亡，五言之五變也。陳、隋至唐初，俱沿舊習。高宗永徽以後，王、楊、盧、駱，才力既大，風氣復還，雖律體未成，綺靡未革，而多有雄壯之□，唐人風格氣象始見，五言之六變也。其聲律之純者可稱正宗。中宗景龍中，陳伯玉始復古體，倣阮公而作《感遇》詩，然是唐人古詩，非漢、魏古詩也。而亦有古律混淆，六朝餘習未盡者，維綺靡一洗俱盡。自王、楊、盧、駱，又進而爲沈、宋，才力既大，造詣始純，故體盡整栗，語盡雄壯，氣象風格大備，爲律詩正宗，五言之七變也。唐體至是而始成。沈極莊嚴，宋有流利者。杜審言與沈、宋時同體同，其爲正宗亦同也。詩人至此，始□造詣。

伯清：「七言歌謡，其來雖遠，而詩則始於漢武《柏梁》，人各以其職作一句，實無理致，語太野質，未可爲法。此詩贋也。平子《四愁》兼本《詩》、《騷》，體委婉，語悠圓，有天成之妙，七言之祖也。子桓《燕歌行》，較之《四愁》，體漸敷叙，語漸結構，始見作用之跡，七言之初變也。晉之七言《白紵舞歌》，體皆新變，語皆華麗，而調猶渾成，七言之再變也。鮑明遠有《白紵詞》、《行路難》，《白紵詞》較晉詞更靡，《行路難》體多創設，語多華藻，而調失渾成，七言之三變也。吴均《行路難》，調多不純，體漸綺靡，七言之四變也。梁簡文七言，調皆不純，語盡綺靡，七言之五變也。王、楊、盧三子偶麗極工，變綺靡爲富麗，而調猶未純，語猶未暢，風格雖優，氣象不足，七言之六變也。三子更進而爲沈、宋，調漸純，語漸暢，而舊習未除，七言之七變也。沈氣促，宋勝之。杜審言與沈、宋略同。杜、沈、宋古律之詩，更進而爲開元、天寶高、岑、王、孟諸公。高、岑才力既大，造詣實高，興趣實遠，故七言古調多就純，語皆就暢，氣象風格始備，爲唐人古詩正宗，七言之八變也。五、七言律，體多渾圓，語多活潑，而氣象風格自在，多入聖矣。五、七言古，再進而爲李、杜，才力天縱，造詣極高，意興極遠。故五、七言古，體多變化，語多奇偉，而氣象風格更勝，多入神矣。太白天才勝，子美人力勝；太白光焰在外，子美光焰在內。」崑山顧炎武寧人看讀最博，有云：「漢武《柏梁臺詩》出《三秦記》，云是元封三年癸酉作。考之於史，多不合者。《孝武本紀》：元鼎二年丙寅春，起柏梁臺。梁孝王死已二十九年。其孫平王襄入朝，一以元朔二年甲寅，一以太初四年庚辰，皆不當元封時。又太初以後之官名，不應見于元封時。反覆考訂，無一合者。」喬謂如寧人之言，則《柏梁詩》僞作也，安可奉之爲七言之祖乎？○伯清所列第五變中，梁簡文有《烏夜啼》，乃唐體中七言律詩之祖。

杜悰以西川節度移淮海，温飛卿題其林亭云：「卓氏門前金線柳，隋家堤上錦帆風。貪爲兩地行霖雨，不見池蓮照水紅。」杜氏贈之千絹。使明人作此題，非排律幾十韵，則七律四首，説盡道德文章、功業名位，必不作一絶句也。

《古今詩話》云：「王右丞《終南》詩譏刺時宰，其曰『太乙近天都，連山接海隅』，言勢位蟠據朝野也；『白雲迴望合，青靄入看無』，言有表無裏也；『分野中峰變，陰晴衆壑殊』，言恩澤徧及也；『欲投何處宿，隔水問樵夫』，言托足無地也。」余謂看唐詩常須作此想，方有入處。而山谷則曰：「喜穿鑿者棄其大旨，而於所遇林泉人物，以爲皆有所托，如世間商度隱語，則詩委地矣。」此論又不可不知。

唐人詩有四平頭之病，如竇叔向之「遠書珍重」、「舊事凄凉」，「去日兒童」、「昔年親友」，唐彦謙之「淚隨紅臘」、「腸比朱絃」，「梅向好風」、「柳因微雨」，亦當慎之。

唐詩情深辭婉，故有久久吟思，莫知其意者。若如走馬看花，同於不讀。

右丞《送人》云：「不行無可養，行去百憂新。切切委兄弟，依依向四隣。」與《蓼莪》比美。其曰：「秋風正蕭索，客散孟嘗門。」十字抵一篇《别賦》。

如崔護云：「去年今日此門中，人面桃花相映紅。人面不知何處去，桃花依舊笑春風。」後改爲「人面祗今何處在」，以有「今」字，則前後交付明白也。

前人詩句甚多，後人自當有相同者，那能顧慮，但嚴絶三偷，惟求自盡吾意，偶同勿論也。

詩意大抵出側面。鄭仲賢《送别》云：「亭亭畫舸繫春潭，只待行人酒半酣。不管烟車與風雨，載將離恨過江南。」人自别離，却怨畫舸。義山憶往事而怨錦瑟，亦然。文出正面，詩出側面，其道固然。

詩之似雕琢也有故，意多字少，煉多就少，似乎雕琢。雕琢非詩所貴也。

唐時詩人不肯苟同，所以能自立。齊己見韋蘇州，彷韋體作詩投之，韋大不喜。獻其舊作，乃極嘉賞，曰：「人人自有能事，何得苟同老夫耶？」樂天、義山詩體絶異，樂天愛義山詩極，謂曰：「我死後當爲爾子。」故義山名其子曰「白老」。

紀時事詩不可不慎。韋應物云：「宿將降賊庭，儒生獨全義。」刺許遠失實。

宋、明醜物，傳於今者，多過砂礫。唐人好詩却不傳。如尉遲匡《暮行潼關》云：「明月飛出海，黄河流上天。」《美人踏歌》云：「芙蓉初出水，桃李忽無言。」《塞上》云：「夜夜月爲青塚鏡，年年雪作黑山花。」不得全篇。

劉長卿云：「諸城背水寒吹角，獨樹臨江夜泊船。」一本作「獨戍」。余意「獨戍」爲是，有戍卒處堪泊船也。及讀《宋史·王明傳》「大江采石、小姑間有獨樹口」，乃知古人詩文不可輕改。《唐詩紀事》：王之渙《凉州曲》是「黄河直上白雲間」，坊本作「黄河遠上白雲間」。黄河去凉州千里，何得爲景？且河豈可言「直上雲間」耶？此類宜不少。「曲中人不見」，坊本訛「中」作「終」，則曲未終時見湘靈耶？此類多矣，何從盡改正之？

楊升菴謂韋蘇州《西澗》詩是「獨憐幽草澗邊行」，「行」與「憐」相應爲勝。

劉長卿《賈誼宅》詩云：「漢文有道恩猶薄，湘水無情予豈知。寂寂江山摇落處，憐君何事到天涯。」只言賈誼，而己意自見。

岑參《寄杜拾遺》云：「聖朝無闕事，自覺諫書稀。」反言以見意也。宋人譏其爲順從，死眼不識活句也。

用古而能道意述事，則有情。劉禹錫《送館閣出尹河南者》云：「閣上掩書劉向去，門前修刺孔融來。」是用古述事者也。楊巨源《老將》云：「知愛魯連來海上，肯令王翦在頻陽。」是用古道意者也。若如戴叔倫之「陳琳草檄才猶在，王粲登樓興不賒」、韓翃之「才子舊稱何水部，使君還繼謝臨川」，則浮泛無情，開弘、嘉門逕。

句中不得有可去之字，如李端之「開簾見新月，即便下堦拜」，「即便」有一字可去；「千尋鐵鎖沉江底，一片降旗出石頭」，上四字可去。

盛唐不巧。大曆以後力量不及前人，欲避陳濁麻木之病，漸入于巧。

劉禹錫《咏鶴》云：「徐引竹間步，遠含雲外情。」脱盡粘帶。

楊誠齋謂杜詩「對食暫餐還不能」，七字有三意；余謂義山之「日兼春有暮，愁與醉無醒」，五字中有三意。

覺範謂詩至義山爲一厄，蓋嫌其使僻事，而不察用意之深，猶是歐、梅習氣也。詩人大抵言過其實，如子瞻之「作詩必此詩，定知非詩人」。唐人秘奥盡此，而所作不負其言者有幾。覺範反是，所説不逮所作詩餘幾。覺範謂詩到義山爲一厄，惑於西崑學步者，而不察義山寄趣之深也。

詩句無定體，情能移境，境亦能移情。葉文敏公卒於京邸，門下士皆辭去。余偶誦右丞「秋風正蕭索，客散孟嘗門」，不勝悲感矣。

元微之云：「琵琶宫調八十一，三調絲中彈不出。」謂黄鐘已前極下之聲，須以管色定弦也。詩須有學問，以此而出宋人，又是「前手爲琵却手琶」，終覺粘皮帶骨。王建《琵琶》云：「用力獨彈金殿響，鳳凰飛出四條絃。」「用力」謂撥斷絃。按入木，有本領而不粘帶。

李山甫《贈畫御容者》曰：「初分隆準山河秀，再點重瞳日月明。」畫法先作鼻，次作兩目也。

范傳道見題壁句云：「一鳩啼午寂，雙燕話春愁。」謂是子瞻作，子瞻不敢當。

苕溪漁隱衍爲七言曰：「話盡春愁雙燕子，唤回午夢一黄鸝。」即不貴美，可見七言難于五言。

宋人以「梨花院落溶溶月，柳絮池塘澹澹風」爲富貴氣者，正是宋人死句氣習。唐人則曰：「因從京口渡，使報邵陵王。」

後人於王灣詩，多喜其「潮平兩岸闊，風正一帆懸」，而張曲江則重其「海日生殘夜，江春入舊年」，唐人眼光固別。

長卿云：「身隨敝履經殘雪。」皇甫冉云：「菊爲重陽帶雨開。」巧矣。柳子厚之「驚風亂颭芙蓉葉」，「桂嶺瘴來雲似墨」，更著色相。姚合《送使新羅者》云：「玉節在船清海怪。」則更險急，爲避陳濁麻木，不惜也。如右丞之「明月松間照，清泉石上流」，極是天真大雅，後人學之則爲小兒語。學陶亦然。

《韵語陽秋》云：「『泬寥』、『汍瀾』等字不可趁韵轃平仄而倒用之。」余謂「芊芊」、「悠悠」等亦不可獨用一字。

詩須矜貴，康樂至矣，曲江、右丞、韋、柳皆然，李、杜波瀾闊大，而於此意不失。白傅俚而失矜，杜荀鶴、胡曾輩遂流於賤賤，至南宋而極。

初唐詩似盛唐者即佳，出草昧也；中、晚詩似盛唐者即不佳，墮蹊跡也。

詩有晚，賦亦有晚。子山《枯樹賦》云：「平鱗剖甲，落角摧牙。」後文有「木魅暘睒，山精妖孽」，《洛神》等不如是也。用心與晚唐詩何異？故曰：無所不用其極，故能日新又新。宋、明人都不見此類。

羅昭諫《野花》曰：「生處豈容依玉砌，要時還許上金樽。」次句悲甚。要時少，不要時多，徒增淒惻，反不若芃芃黍苗，永絕金樽者，畎畝自安也。又有曰：「風從昨夜吹銀漢，淚擬何門落玉盤？」久經顛沛者，事未至，先心傷。風吹銀漢，失意之期又將至矣。不知今翻試卷，又被何人折挫？悲孰甚焉！此後即宜放開，乃曰：「抛擲紅塵應有恨，思量仙桂也無端。」説破如嚼蠟，晚唐通病。「農夫背上題軍號，賈客船頭插戰旗」，甲申、乙酉後目擊者也。三國至隋末，兵火多矣，而七子、阮公無此等句；天寶亂時亦不見此。人生境遇甚多，要以不違風雅者方可命句。如畫山水，只畫可居可遊處。

五言古體，更自可畏。李、杜去今不遠，事迹可考，意可揣知。《古詩十九首》，乃其人世代、事跡與作詩之故不可考，故爲賦，爲興，爲比皆不能知。讀之唯見其驚心動魄，一字千金。以此爲師，是以黄帝之兄争年也。建安、黄初、正始乃可考論，當以爲五言之軌範。太康張、陸以下，漸變偶琢。元嘉顔、謝，變而愈甚。至齊武帝時，王融、沈約立四聲八病，詩體愈變。梁、陳與隋，日甚一日。《詩紀》所載，大有醜拙不堪者。唐永徽中，陳伯玉始效阮公《詠懷》爲《感遇》詩，爲之者尚少，多是古、律並雜。至開元、天寶之高達夫、岑嘉州，而古詩大成。至李、杜而入妙，過此則又寥寥。陶淵明固是詩家之伯夷，韋蘇州於李、杜、高、岑之外宗陶，以爲古詩高妙絶倫。柳子厚又宗之，品等蘇州。今以漢、魏之詩比秦、漢之文，以李、杜、高、岑之古詩比韓、歐之文，與盛唐之近體與大曆之近體。□學古詩而至于李、杜、高、岑，足以雄視百代矣。更進於此，則爲李于鱗，于鱗之言曰：「唐無古詩，而有其古詩。」「無古詩」者，謂無漢、魏之古詩也。不許唐人，蓋侈自有之也。又曰：「陳子昂以其古詩爲古詩，弗善也。」蓋謂伯玉但能開唐體之古詩，弗能於漢樂府之義不可曉、語不可讀者，篇篇字字擬之也。于鱗可，是作《郊祀》之相如亦可命爲奴才下賤，夢中囈語。

以唐律比閨媛，初唐端正，盛唐婉順，大曆失之輕逸，開成過于美麗，唐末則妖艷矣。妖艷猶爲好色者所取，若杜牧、皮、陸，乃奇醜也。喬曰：魯望《白蓮》詩有「無情有恨何人見，月曉風清欲墮時」，極其情致。律詩亦非皮所及。而皮之爲人，實雅士也。

古詩可用奇，律詩必用正。而機貴圓活，忌生澁，古、律所同。

皮、陸集中疊韻、離合、藥名、人名、迴文、問答、風人即今之吴歌，大壞詩體。藥名等，古人戲作，非詩也。

三 唐

晚唐五言古，温、李而外無作者。大中、咸通間，諸子習爲之，實無足取。李群玉學太白，稍有似者，而才力太弱；邵謁學孟郊而鄙淺；司馬禮間有遠韵，亦能成篇；曹鄴學六朝，無足採；于濆、蘇極皆不足論，恐惑後人而及之。

開成許用晦七言律，再流而爲唐末李山甫、羅隱諸子。羅、李才力益小，風氣益衰，造詣益卑，於鄙俗村陋中間有一二可採，而輕浮纖巧，斧鑿痕益多，唐律至此盡矣。由盛唐而錢、劉，而子厚，而用晦，而山甫、昭諫，自一源流出，降殺以等，故爲正變。韓、孟、元、白，千奇萬變，其派各出，不與初、盛同流，故爲大變。用晦、昭諫、山甫，猶今世之儒生；韓、孟、元、白，老、莊、楊、墨也。

盛唐律詩，不難于才力，而難于造詣。變而爲輕浮纖巧，勢也；變爲鄙俗村陋也，有故。既成輕浮纖巧，而復厭之，盡去鉛華，專尚理致，意見日新，議論愈切，必至於鄙俗村陋矣。此上承元和，下啓宋人，乃大變也。

「詩豪」之名最誤人。牧之《項王廟》詩雖豪而落宋調，章碣《焚書》亦然。司空圖云：「詩須有味外味。」何以豪耶？

建除、藥名等詩，兒童所爲。

具文見意，如樂天《輓微之》云：「銘旌官重威儀盛，鼓吹聲繁鹵簿長。」後魏帝孫唐宰相，六年七月葬咸陽。」極其鋪張，而無哀惜之意。白傅自作墓誌，但言與劉夢得爲詩友，不及于元，二人隙末耶？

唐小説所載「纖手垂鈎對水窻，紅蕖秋色艶長江」，次句非唐人不能也。

陳去非云：「唐人苦吟，故造語奇且工，但韵格不高。倘能取唐人語，而掇入少陵繩墨中，速肖之術也。」詩必先意次局次語，去非之説倒矣。

竹之本大末細，其體長丈而後有之，非于一二節間可見隆殺之形也，初、盛、中、晚固有之，而非可截然爲四。《三百篇》商、周、魯之詩同在《頌》，文王、厲王之詩同在《大雅》，《憫管、蔡之《棠棣》、刺幽王之《旻》《宛》同在《小雅》，述后稷、公劉之《豳風》、刺衛宣、鄭莊之篇同在《國風》，不分時世，唯夫意之無邪、辭之優柔敦厚而已。洪氏《萬首絶句》，猶不拘前後。《品彙》宗宋人之初、盛、中、晚，而又立正始、正宗、大家、名家，以至旁流、餘響諸名目，以景龍應制之詩，立初唐高華典重之説。錢牧齋謂：「人介兩間，不可截然畫斷。」是矣，猶未窮源。唐人作詩，隨題成體，非有定體。沈、宋諸公之七言律詩，所以高華典重者，以應制而然，非凡詩皆然，而可立爲初唐之體。如南宋兩宫遊晏，張掄、康伯可輩小詞多頌聖德、祝昇平，豈可謂是乾道、淳熙之體耶？詩乃心聲，心由境起，境不一則心亦不一。言心之辭，豈能盡出一途？宋之問《遇佳人》有「妬女猶憐鏡中髮，侍兒堪感路傍人」，徐安貞《問箏》有「曲成虚憶青娥斂，調急遥憐玉指寒。銀鎖重關聽未闢，不如眠去夢中看」，杜審言《春日有懷》有「寄語洛城風日道，明年春色倍還人」，沈佺期有「林中覓草纔生蕙，殿裏争花并是梅」，又有「梅花落處疑殘雪，柳葉開時任好風」，應制有「山鳥初來猶怯囀，林花未發已偷春」，郭元振有「才微易向風塵老，身賤難酬知己恩」，張説《幽州新歲》詩感慨淋漓，《灉湖山寺》詩閑適自賞，又有云「繞殿流鶯凡幾樹，當溪亂蝶許多叢」，蘇頲《扈從》詩尚有「雲山一一看皆美，竹樹蕭蕭畫不成」，諸公七言不多，而清新穎逸之句已爾；使如中、晚之多，更何如也！在大酺扈從典重之題已爾，使作他題，更何如也！劉得仁，晚唐人，禁署早春亦用沈、宋應制之體。使大曆、開成人不作他詩，只作應制詩，吾保其無不高華典重者也。夫景龍應制之詩雖多，而命意、布局、使事無不相同，則多人只一人，多篇只一篇，安可以一人一篇而立之爲體？詩既雷同，則與今世應酬俗學無異，何足貴哉！盛唐之博大沉雄亦然。孟浩然有「坐時衣帶縈纖草，行即裙裾掃落梅」，張謂有「櫻桃解結垂簷子，楊柳能低入户枝」，王灣有「月華照杵空隨妾，風響傳砧不到君」，萬楚有「眉黛奪將萱草色，紅裙妬殺石榴花。誰道五絲能續命，却憐今日死君家」，子美有「却繞井欄添箇箇，偶經花蘂弄輝輝」等，皆是隨題成體，不作死套子語詩。問曰：「如是則初、盛、中、晚爲同等乎？」答曰：不然。余友山陽閻若璩百詩經史瀾翻，談三千年事如指掌，其説詩曰：「詩固有時代，然有不必分而分之，以致舛誤者，唐之初、盛、中、晚是也。錢牧齋嘗曰：『初、盛、中、晚創于宋之嚴羽，成于明之高棅。承譌踵謬，已三百年。夫初、盛、中、晚，論其世與人也。燕公、曲江，彼所謂初唐宗匠也。燕公自岳州以後，詩章悽婉，人謂其得江山之助；曲江自荆州已後，同調諷咏，尤多暮年之作，則二公亦初亦盛。遡岳陽唱和之什，則孟浩然亦初亦盛。□洲「春夜竹亭」之贈，同左掖「梨花」之詠，則錢起、皇甫冉亦盛亦中。一人之身更歷二時，將詩以人次耶？抑人以詩降耶？』而愚更有質論：曲江、浩然皆卒于開元二十八年，何以一初一盛？劉長卿開元二十一年進士。以杜詩年譜考之，所謂『快意八九年，西歸到咸陽』者，在天寶五六載；上泝其『忤下考功第，獨辭京尹堂』者，當在開元二十六七年。則長卿於子美，非後輩矣。而以爲中唐，何也？棅見《中興間氣集》以錢起、劉長卿等二十六人爲中唐，不知集序明言『起自至德元載，終于大曆末年』，選此二十四年之詩。大曆雖分爲中唐，而詩之出於大曆前者甚多也。如錢起、李嘉祐、皇甫冉、韓翃、郎士元、張繼、皇甫曾皆天寶進士，皆當稱盛唐。而唯舉孟雲卿者，以《篋中集》載其人也。不知《篋中集》編於乾元之三年，此元次山序語。原文乃乾元五年也。校《中興間氣集》年數，亦得其五之一。《篋中集》七人，盡以爲盛唐，并孟雲卿而盛之；《中興間氣集》爲中唐，并劉長卿而中之。何隨人步趨，不能自立至此也？又棅斷大曆至元和末爲中唐，開成至五季爲晚唐。夫元和之後尚有穆宗長慶四年、敬宗寶曆二年、文宗太和九年，共十有五年。元、白有《長慶集》，杜牧、許渾輩太和登第，何所置之？舛陋寡稽，莫棅爲甚矣！」其言典確，故盡載之。百詩《贈李映碧》詩曰：「焚餘周石鼓，劫後漢靈光。」可稱典則。

宋人始立初、盛、晚三唐之名，嚴儀卿益爲初、盛、中、晚〔一〕，俱有未安。自武德至景龍爲初唐，其中有仍陳、隋舊習者，有陳伯玉之復古，杜、沈、宋之成立唐體者，不可混合。錢起、李嘉祐，玄宗時人，不當入中唐。文宗開成至昭宗天祐，有義山之瑶草琪花，飛卿之珠明玉潤者，劉滄、趙嘏、韋莊、吴融之燦然動人者，有鄭谷、杜荀鶴、皮日休輩之麞頭鼠目者，亦不可混之而名晚唐。分之以人，不以時也。

【校勘記】

〔一〕「嚴儀卿」，原誤作「嚴羽卿」。

詩貴含蓄，尤貴不着意見、聲色、古事、議論，義山刺楊妃事之「薛王沉醉壽王醒」是也；稍着意見者，子美《玄元廟》之「世家遺舊史，道德付今王」是也；稍着聲色者，「落日留王母，微風倚少兒」是也；稍用古事者，「伯仲之間見伊吕，指揮若定失蕭曹」是也；着議論而不大露圭角者，羅昭諫之「静憐貴族謀身易，危覺文皇創業難」是也；露圭角者，杜牧之《項王廟詩》云「勝負兵家未可期，包羞忍耻是男兒。江東子弟多才俊，捲土重來未可知」，開宋詩門逕矣。宋人更有不倫處，自作「只獻君王一玉環」，而慮「薛王」、「壽王」句蹈禍。

心有依倚即不能迥出流輩，何况于偷？皎然「三偷」，笑具也。詩深爲難，厚更難。《秋興》每篇一意，故厚。曹唐《病馬》只一意，而得好句六聯，演成三首，烏得不薄？眩於好句而不審本意，大曆已後之墮坑落塹處也。

於李、杜後能別開生路，自成一家者，唯韓退之。既欲自立，勢不得不行其心之所喜奇倔之路。於李、杜、韓後能別開生路，自成一家者，唯李義山。不得不行深奥之路，既深奥造句，又不必使人知其意，故經七百年，知之者少。覺範以爲詩道之一厄，高棅以爲隱僻，屬對精切，陸游、楊孟載以爲艷情，能不使義山失笑九原乎？淺見寡聞，難與道也。

楊基以其無題爲艷情。許伯清論千古詩人無不確當，唯於義山，眼同覺範。

三唐變而益下，須于此中識其善處，而戒其蹉跌處，方脱二李惡習，得有進步。《左傳》一人之筆，而前厚重，後流麗，豈必前高于後乎？詩貴有生機一路，乃發于自心者也。唐人作詩，各自用心，寧使體格稍落，不屑襲前人殘唾，是其善處。識此自眼方開。唯以爲病，必受盲盛唐之惑。忠不可以常忠，轉爲質文；春不可以常春，轉爲夏秋；初唐不可以常初，轉爲盛唐；盛唐獨可以七八百年常在乎？活人有少壯老，土木偶人千百年如一日。

開成已後，如「旋挑野菜和根煑」、「雪滿長安酒價高」之類，極爲可笑平淺，成篇者亦不足觀。至如《落花》之「高閣客竟去，小園鶯亂飛」、《弔李義山》之「九泉莫道三光隔，又送文星入夜臺」之類，皆是初、盛人未想到者。初、盛如康莊大道，被沈、宋、李、杜諸公塞滿，無下足處。元和人不得不鑿山開道，開成人抑又甚焉。若抄舊而可爲盛唐，韋、柳、温、李之倫，其才識豈無及弘、嘉者？而絶無一人識法者，懼也，復可不知變哉？

以初、盛視中、晚，如京朝官之于下僚；以初、盛視弘、嘉，如京朝官之於牛丞相。

余友山陽閻若璩百詩博極群書，可敵顧寧人。有云：「《新唐書》以王昌齡爲江寧。岑參云：『王兄尚謫宦，屢見秋雲生。孤城帶後湖，心與湖水清。一縣無諍辭，有時開道徑。』又《送昌齡赴江寧》云：『澤國從一官，滄波幾千里。群公滿天闕，獨去過淮水。』而昌齡《留别岑參兄弟》云：『江城建業樓，山盡滄海頭。副職守兹縣，東南棹孤舟。』則昌齡乃佐貳江寧，非縣人也。又李頎《送王昌齡》云：『夜來蓮華界，夢裏金陵城。歎息此離别，悠悠江海行。』亦非送歸。殷璠嘗言『太原王昌齡』，似稱其郡望。自所作詩，有《灞上閑居》。又《别李浦》云：『故園今在灞陵西。』亦是居灞陵耳。惟本傳云：『貶龍標尉，以世亂還鄉里，爲刺史閭丘曉所殺。』閭丘曉刺史，在新、舊二書爲濠州。《統紀》則曰亳州。《通鑑》作譙郡，譙郡即亳州。則昌齡或濠州，或亳州人，實有可徵也。」

義山之《重有感》惟適己意，不求人知。遠至七百年後，錢牧公始釋之。意尚不知，誰知好惡？蓋人心隱曲處不能已於言，又不欲明告於人，故發於吟咏。《三百篇》中如是者不少，唐人不失此意。宋人詩欲人人知其意，故多直達。弘、嘉才子更欲人人説好。世之皮相者多，自必流于鏗鏘絢爛、有辭無意之途。盲盛唐詩遍天下，貽禍二百餘年。學者以爲當然，唐人詩道絶矣。

李杜

《韵語陽秋》云：「太白樂府於綱常三致意焉，《君道曲》，恐君臣之義不篤也；《東海勇婦》，恐父子之義不篤也；《上留田》，恐兄弟之義不篤也；《空侯謡》，恐朋友之義不篤也；《雙燕篇》，恐夫婦之義不篤也。考其行事，友人路亡，爲之權窆，又收其骨；送蕭十一之魯，拳拳於稚子伯禽；於諸弟各贈以詩，致雍穆之情，則父子、朋友皆庶幾。唯是從永王璘；合于劉，又合于魯，娶于宋，又携金陵之妓，則君臣、夫婦爲有間焉。」

蘇子由云：「李白詩類其爲人，俊發豪放，華而不實，好事喜名而不知義之所在也。言用兵則先登陷陣不以爲難，言遊俠則白晝殺人不以爲非，此豈其誠能也哉？唐人李、杜首稱，甫有好義之心，白不及也。」余謂宋人不知比興，不獨害《三百篇》，即説唐詩亦不得實。太白胸懷有高出六合之氣，詩其寄興爲之，非促促然詩人之作也；飲酒、學仙、用兵、遊俠，又其詩之寄興也。子由以爲賦而譏之，不知詩，何以知太白之人耶？

學杜詩亦然。摸得足，象如柱；摸得耳，象如葉；摸得尾，象如帚，象不過如柱、如葉、如帚，我家户庭何不可畜？所以八百年來，學杜者紛紛也。獨元微之不然，見杜詩之全體，斷非他人所能及。是以决計捨之，而成就自材之所近，其識高出千古。非帝王殿廷，非深山大澤，而欲畜象，徒自困耳。杜集不可不熟讀深究，而不可輕學。○錢起云：「不識相如渴，徒吟子美詩。」賞重又在微之前。秦少游云：「蘇、李高妙，曹、劉豪邁，阮、陶冲澹，鮑、謝峻潔，徐、庾藻麗，子美兼有之。」語更簡快。

元微之云：「子美上薄《風》《騷》，下該沈、宋，言奪蘇、李，氣吞曹、劉，掩顔、謝之孤高，雜徐、庾之流麗，盡得古今之體勢，而兼昔人所獨專。古來詩人，未有如子美者。李、杜並稱，觀李之壯浪縱恣，擺去拘束，摸寫物象，及樂府歌詩，誠亦差肩子美。至若鋪陳終始，排比聲韵，大或千言，次猶數百，豪氣邁而聲調清，屬對律切而脱棄凡近，則李尚不能窺其藩籬，况堂奥乎？」○吴喬曰：世人謂註解《楞嚴經》爲摸象。

「太白天縱絶世，其歌行雖漫衍縱横，變幻恍惚，無不出於天成，從心所欲不踰矩。若必求其法度而學之，則捕風捉影，反爲虚誕。」喬謂太白以樂府授韋渠牟，豈是無法度者哉？但今不得親承，不能于遺編中明之耳。許伯清。下同。

漢、魏詩淳古，太白有光焰。故其擬古五言，伯清皆弗録。喬謂指明而收之何害？不可有遺珠也。如右軍臨元常書《墓田》、《宣示帖》也。

「詩史」乃《唐書》本傳之語。用修斥宋人之説，而謂「詩史」二字是其撰出，何失考至此？伯清又引《石壕吏》等紀事之篇，爲子美辨釋，亦非也。是非不謬于聖人之謂史，苟非子美，孰能當之？「五聖聯龍袞，千官列雁行」，實紀其事，詩史也；「不聞夏殷朝，中自誅褒妲」，爲尊者諱，亦詩史也。《麗人行》之「丞相嗔」，史載其事。嚴武三度入蜀，《通鑑》失詳，得子美之「主恩前後三持節」，錢牧齋詳考之，可以補《通鑑》之闕，不謂之「詩史」，可乎？用修極博，好讀僻書，而正史荒忽，其立論多可駁。

東坡云：「蘇、李之天成，曹、劉之自得，陶、謝之超然，蓋亦至矣。而李、杜以英偉絶世之姿，凌跨百代，古今詩人盡廢。然魏、晉以來，高風絶塵，亦少衰矣。」自是識者之言。元美直以爲杜詩視鮑、謝，覺有傖父面目。夫清溪曲澗，萍藻繁礙漣漪，觀者不快；大河長江，斷艦戰骸，有時蔽水而下，嫌渠不得。

神禹身爲度，聲爲律，天生是人，平九州之水土，以安措萬古生民。其所作爲，如鑿三峽、開龍門，驅龍役鬼以成之，非人力所及。子美之詩，無問莊語放言，莫不成文成象，豈非身爲度、聲爲律乎？其上掩《風》、《騷》，下兼徐、庾，高出一時，曠絶百代，豈非驅龍役鬼，鑿三峽、開龍門乎？天生神禹，以立三才；天生子美，以主詩道，皆非人力之所能至。神禹之功，於諸聖人中未見有二；子美之詩，雖如太白，猶不及焉。蓋太白之詩如厲鄉、漆園世外高人，非如子美有關于生民之大事者也。

詩出于人。有子美之人，而後有子美之詩。子美于君親、兄弟、朋友、黎民，無刻不關其念。置之聖門，必在閔損、有若間，出由、求之上。生于唐代，故以詩發其胸臆。有德者必有言，非如太白，但欲于詩道中復古者也。杜詩當置于六經中敬禮之，何敢輕學？人非子美之人也。元微之極推重杜詩，而自不學杜。知彼知己者，決不妄動。

杜詩云：「扁舟老空去，無補聖明朝。」又云：「明朝有封事，數問夜如何。」又云：「一朝自罪己，萬里車書通。」又云：「舜舉十六相，身尊道何高。秦時用商鞅，法令如牛毛。」又云：「公若登台鼎，臨危莫愛身。」又云：「致君堯舜付公等，早據要路思捐軀。」其于君父一倫，略舉數言，心術可見。而弟兄、朋友、黎庶之憂愛，不可勝舉。不置之六經中，何處可置？詩其小者耳。

子美是非不謬于聖人，故曰「詩史」，非直話紀事之謂也。「清渭東流劍閣深，去住彼此無消息」，言時事者是詩史；即「花驕迎雜樹，龍喜出平池」，不言時事者亦詩史。子美《悶》詩曰：「捲簾唯白水，隱几即青山。」聯中無「悶」，「悶」在篇中。讀其通篇，覺此二句亦「悶」。宋、明則通篇説「悶」矣。唐人謂王維「詩天子」，杜甫「詩宰相」。右丞詩甚佳而有邊幅，子美浩然如海。

子美「群山萬壑」等詩，浩然一往中，亦有委蛇曲折之致；温飛卿《過陳琳墓》詩，委蛇曲折，道盡心事，而無浩然之氣。是晚不及盛之大節，字句其小者也。

「側身天地更懷古，迴首風塵甘息機」十四字中有六層意，「萬里悲秋常作客，百年多病獨登臺」有八層意，安得不厚？詩之難處在深厚，厚更難于深。子建詩，高處亦在厚。

孤雁詩，鮑當云：「更無聲接續，唯有影相隨。」切題而意味短。子美云：「孤雁不飲啄，飛鳴猶念群。誰憐一片影，相失萬重雲。」力量自殊。

子美之詩多發于人倫日用間，所以日新又新，讀之不厭。太白飲酒學仙，讀數十篇，倦矣。

杜集稚語、粗語、笨語有之，曾無一郛殼語。

學杜詩者，宜全集俱讀，勿止守七律；學其七律者，宜諸體盡讀，勿止守「三峽樓臺淹日月」、「萬里悲秋長作客」。

《秋興八首》，杜詩之綱領。首篇前四句，叙時與景之蕭索也。淚落于「蘩菊」，心繫于「孤舟」，不能安處夔州，必爲無賢地主也。結不過在秋景上説，覺得淋漓悲感，聳動通篇，筆情之妙也。

子美在夔，非是一日。次篇乃薄暮作詩之情景。蜀地屢經崔、段等兵事，夔亦宜被騷動，故曰「孤城」。凉秋孤城，又以窮途當日暮，詩懷可知。「依南斗」而「望京華」者，身雖棄逐凄凉，而未嘗一念忘國事之治亂。「處江湖之遠則憂其君」，與范希文同一宰相心事也。猿聲下淚，昔于書卷見之，今處此境，誠有然者，故曰「實下」。浮查，猶上天，已不得還京，故曰「虚隨」。離昔年之畫省，而獨卧山樓寂寞之地，故曰「畫省香爐違伏枕，山樓粉堞隱悲笳」。日斜吟咏，詩成而月已在藤蘿，只以境結，而情在其中。

第三篇乃晨興獨坐山樓，望江上之情景。故起語云：「千家山郭静朝暉，日日江樓坐翠微。」一宿曰宿，再宿曰信。「信宿」與「日日」相應。「信宿漁人還泛泛」，言漁人日日泛江，則己亦日日坐于江樓，無聊甚也。「清秋燕子故飛飛」，言秋時燕可南去，而飛于江上，似乎有意者然。子美此時有南適衡、湘之意矣。「匡衡奏疏功名薄」，謂昔救房次律而罷黜也。「劉向傳經心事違」，言己之文學傳自其祖審言，將以致君澤民，今不可得也。「同學少年多不賤，五陵裘馬自輕肥」，既無賢地主在朝，又無卹窮交之故人，夔之不可留也决矣。〇不佞平生不肯竊他人議論、學問、識見以炫人。朝夕不繼者乃爲偷兒，自顧饘粥粗給，何忍爲此？故馮、賀之語，必著其名。此詩前四句，吴梅村所説也。

「聞道長安似弈棋，百年世事不勝悲」，悲世即悲身也。第三首猶責望同學故友，此則面更不同矣。「王侯第宅多新主，文武衣冠異昔時」，别用一翻入，更無可望也。「直北關山金鼓振，征西車馬羽書遲」，北邊能振國威，西邊不至羽書狎至，宜京都安静，有可還居之理。「魚龍寂寞秋江冷，故國平居有所思」，魚龍川在關中，「秋江」謂夔江，欲還京則無人援引，欲留夔則人情冷落，去住俱難，末句真有「非兕非虎，率彼曠野」之歎。李林甫一疏，賀野無遺才，而使賢士淪落至此。玄宗末年政事，其不亡者幸也。

「蓬萊宫闕對南山，承露金莖霄漢間。西望瑶池見王母，東來紫氣滿函關。雲移雉尾開宫扇，日繞龍鱗識聖顔。一卧滄江驚歲晚，幾回青瑣點朝班。」此詩前四句，言玄宗時長安之繁華也。第五、六句，叙肅宗時扈從還京，官左拾遺，作《春宿左省》、《晚出左掖》、《送人南海勒碑》、《端午賜衣》、《和賈至早朝》、《寶政殿退朝》、《紫宸殿退朝》、《題省中壁》諸詩之時，故言「宫扇」開而得見「聖顔」也。「一卧滄江驚歲晚」，言今日已衰老也。「幾回青瑣點朝班」，「回」，歸也，還也；「點」，去聲，義同「玷」字，謙詞也。此語有「夢」字意，已含在上句「卧」字中。在人爲熱中，在子美則不忘君也。凡讀唐人詩，孤篇須看通篇意，有幾篇者須合看諸篇意，然後作解，庶幾得作者之意，不可執一句一二字輕立論也。《秋興八首》皆是追昔傷今，絶無譏刺。且肅、代時干戈擾攘，日不暇給，何曾有土木學仙之事？《宿昔》詩之「王母」是比楊妃，此八首中絶無此意。宋人詩話謂此詩首句言土木，次句譏學仙，次聯應首句，第三聯應次句，名爲「二字貫穿格」。其胸中無史書時事，固非所責，獨不可於八首中通求作者之意乎？唐人詩被宋人一説便壞，莫如之何！○此詩前六句皆是興，結以賦出正意，與《吹笛》篇同體，不可以起承轉合之法求之也。

「瞿塘峽口曲江頭，萬里風烟接素秋」，言兩地絶遠，而秋懷是同，不忘魏闕。故即叙長安事，曰「花萼夾城通御氣」，言此二地是聖駕所常遊幸，言怠荒也。又曰「芙蓉小苑入邊愁」，則轉出兵亂矣。「珠簾繡柱」而「圍黄鵠」，「錦纜牙檣」而「起白鷗」，荒凉之極。是以「可憐歌舞地」，與第三句怠荒相應。「帝皇州」謂西漢以來，莫不以此破壞。

漢鑿昆明池，武帝遊幸之盛事，猶可想見。今則「織女機絲」已「虚夜月」，「石鯨鱗甲」唯「動秋風」，菰蒲沉没，蓮房墜露，荒凉之極。至于「關塞極天」，非夷狄即叛臣，一家漂蕩于亂世，可悲孰甚焉！

「昆明御宿」三聯，皆叙昔之繁華，必玄宗時。肅宗草草，無是事也。「綵筆」句，追言壯年獻賦，及天寶六載就試尚書省，并疏救房琯事也。獻賦不得成名，就試爲林甫所掩，奔迸賊中，萬死一生，以至行在，僅得一官。又以房琯事被出，忍飢匍匐入蜀，幸得嚴武以父友親代。而武不久又死，孑居夔門，進退維谷。其曰「白頭吟望苦低垂」，千載下思之，猶爲痛哭。○若宋人作此八首詩，自必展卷知意，不須解釋，而看過即無回味。○此詩及義山之《無題》、飛卿之《過陳琳墓》、韓偓之《落花》諸篇，皆是一生身心苦事在其中，作者不好明説，讀者不能即解。○子美《秋興》，人不當和，和之者後生爲無狀。○第四首「金鼓振」、「羽書遲」，似昇平可望矣；而第六篇言「圍黄鵠」、「起白鷗」，幾于無人；第七篇更甚，何其不倫也？此必有故，當更求之。或「振」是「震」之訛，「遲」是「馳」之訛乎？○「昔年文彩動天子」，今日飢寒趨路旁」，是「綵筆」句之註語。〇子美只《宿昔》一篇，壓倒太白《清平樂》、《宮中行樂》諸詩。

全部《史記》是《答任少卿書》之註，玄、肅二朝國史稗官是杜詩之註，全部杜詩是《秋興八首》之註。

「誰家數去酒杯寬」，「數」桑入聲，朋友數之意；「酒杯寬」，言不厭客也，立言温厚。

山谷少時，誤以薛能之「青春背我堂堂去，白髮欺人故故生」爲杜詩。孫莘老云：「杜詩不如此。」山谷因此而知杜詩高雅大體。山谷謂謝師厚之「倒著衣裳迎户外，盡呼兒女拜燈前」，絶似老杜。余謂謝勝于薛矣。若出子美，當更雅重。學杜詩者，至此極矣。更欲進步，須是范希文而專志于詩，又是一生困窮，乃底心性是也。而以爲杜詩在是，猶摸得一毛，而謂象如針矣。

錢牧齋云：「黄魯直學杜，不知杜之真脉絡，所謂『前輩飛騰』、『餘波綺麗』，而擬其『横空排奡』、『奇句硬語』。劉辰翁評杜，不識杜之大家數，鋪陳終始，排比聲韵，而點綴其新清雋冷，單辭隻字。」子瞻《王定國詩集序》云：「太史公謂『好色而不淫，《小雅》怨誹而不亂』，是變風、變雅，烏睹詩之正乎？發乎情，止乎禮義，賢于無所止者而已。若夫發乎情，止乎忠孝，豈可同日而語哉？古今詩人衆矣，而首推子美。豈非流落飢寒，終身不用，而一飯未嘗忘君也歟？」

葉夢得云：「『細雨魚兒出，微風燕子斜。』細雨着水面爲漚，魚浮而淰，大雨則伏而不出；燕體輕微，不能勝猛風，微風則有頡頏之致。全似未嘗用力，所以不礙氣格。晚唐人爲之，則有『魚躍練江抛玉尺，鶯穿紛柳織金梭』矣。」喬謂張蠙之「檣頭細雨垂纖草，水面迴風聚落花」，深得子美此二句體物之意。

夢得又云：「詩以一字爲工，人皆知之。如杜詩之『江山有巴蜀，棟宇自齊梁』，則遠近數千里、上下數百年，只在『有』、『自』二字，而吐吞山水之氣，俯仰古今之懷，皆見言外，人力不可及。」《隱居詩話》云：「夏竦評子美《初月》詩『微升紫塞外，已隱暮雲端』，意主肅宗。吾觀退之『煌煌東方星，奈此衆客醉』，憲宗在儲時作也。」

馮定遠曰：「東坡謂詩至子美爲一變，蓋大曆間李、杜詩格未行，元和、長慶始變，此實文字之大關也。然當時以和韵長篇爲元和體，但言時代，則韓、孟、劉、柳、左司、長吉、義山，皆詩人之赫赫者也。」

又曰：「太白雖奇，而語多本于古人；子美直用當時語，而古人謂杜詩無一字無來處也。」

又曰：「古來善讀齊、梁詩莫如子美，瑕瑜不混。餘人望影子語耳。」

又曰：「庾子山詩，太白得其清新，子美却得其縱。」

又曰：「千古詩人，唯子美可配陳思王。」

又曰：「或問：『老杜學何人而致此？』答之曰：《風》、《雅》之道，未墜於地，識大識小，各有其人。子美焉不學，而未有常師也。」

又曰：「胡孝轅學問所自，不出李于鱗《詩删》，而是非老杜。朱鬱儀校《水經註》，直據俗本。二公皆有重名，而舉事如此，何況餘人？」賀黄公曰：「不遍讀全唐詩，不見盛唐詩之妙；不遍讀盛唐諸公詩，不見李、杜之妙。」喬曰：「不深讀李，不見杜之妙。」

黄公又曰：「杜詩七言古始終多奇，不可枚舉。五言律亦前後相稱。五言古之妙，至老不衰，然其尤精者，如《玉華宫》、《羌村》、《北征》、《畫鶻行》、《新安吏》、《石壕吏》、《新婚别》、《垂老别》、《無家别》、《佳人》、《夢李白》、《前後出塞》，俱在未入蜀時；後雖有《寫懷》、《早發》妙章，奇亦不減，終不多得；餘但手筆妙耳，神完味足，似不如前。惟七言律則失官流徙之後，日益精工，在蜀時猶僅風流瀟灑，夔州後更沉雄温麗。如咏諸葛之『伯仲之間見伊吕，指揮若定失蕭曹』，言簡意盡；明妃之『一去紫闕連朔漠，獨留青塚向黄昏。畫圖省識春風面，環佩空歸月下魂』，生前寥落，死後悲凉，一一在口；戎馬之害，則『昨日玉魚蒙葬地，早時金盌出人間』；寫景則『高江急峽雷霆鬥，古木蒼藤日月昏』、『返照入江翻石壁，歸雲擁樹失山村』；咏角鷹之『一生自獵知無敵，百中争能耻下韝』；感慨則『織女機絲虚夜月，石鯨鱗甲動秋風』，真一代冠冕。」

又云：「《晚登瀼上堂》曰：『凄其望吕葛，不復夢周孔。』有憂時之心，具濟時之識者也。」

又云：「《毛詩》《采薇》、《出車》、《杕杜》三篇，一氣貫串，篇斷意聯，妙有次第。千載後得其遺意者，惟少陵《出塞》數詩，節節相生，必不可删；《後出塞》五章亦有次第，不可删。」喬曰：黄公可謂知詩者矣！文長不能全載，具《載酒園詩話》中，不可不讀。

姜堯章謂：「詩之不工，只是不精思耳。不思而作，雖多奚爲？」此語甚善。又云：「人之所易言，我寡言之；人之所難言，我易言之，自不俗。」又云：「『花』必用『柳』對，是兒童語。而不工，亦是病。」又云：「小詩精深，短章醖藉，大篇須開闔乃妙。」又云：「句中無剩字，非善之善者也。句有餘味，篇有餘意，斯盡善矣。」已上俱黄公語。

「撿書燒燭短，看劍引杯長」，村詩伯語。山谷謂非子美作，余以此聯决之。子美之《官定後獻贈》詩，略不見有介意處，可見〔一〕

【校勘記】

〔一〕以下原闕。

《春望》詩云「國破山河在，城春草木深」，言無人物也；「感時花濺淚，恨别鳥驚心」，花鳥樂事而濺淚驚心，景隨情化也；「烽火連三月，家書抵萬金」，極平常語，以境苦情真，遂同于六經語之不可動摇。《喜達行在》云「生還今日事」，言昨日在途，生死猶不可必；「間道暫時人」，言此後猶未可保；「死去凴誰報，歸來始自憐」，痛定思痛，尤不堪也。《晚行口號》之「遠愧梁江總，還家尚黑頭」，不過是世亂懷鄉耳。劉須溪于「梁江總」作解，通篇絶無此意。《收京》詩之「雜虜横戈數，功臣甲第高」，謂仗回鶻以成功，而諸將濫賞也。《贈王中允》之「一病緣明主，三年獨此心」，深表維之異於均、垍、希烈也。「此道昔歸順，西郊胡正煩。至今猶破胆，應有未招魂」，追叙昔之艱危也；「近侍歸京邑」，幸之也；「移官豈至尊」，子美實以雪房琯中肅宗怒，爲尊者諱也；「無才日衰老」，自嘆而不怨望朝廷也；

「駐馬望千門」，處江湖之遠，則憂其君也。憶太白云「世人皆欲殺，吾意獨憐才」，一个臣之胸襟矣。《秦州》詩之「清渭無情極，愁時獨向東」，身在隴西，不忘長安也；其曰「故老思飛將，何時議築壇」，爲攻相州九節度使平行無主帥也。《野望》之「獨鶴歸何晚，昏鴉已滿林」，刺朝廷君子少而小人多也。《歸燕》之「故巢猶未毀，會傍主人飛」，不忘君也。《螢火》、《蒹葭》二詩，自道也。《苦竹》詩結處，必其良友矣。《擣衣》詩，其時兵戍正多，託閨情以言之。《月夜憶舍弟》之悲苦，後四句一步深一步。《除架》詩之「人生亦有初」，乃「匪兕匪虎，率彼曠野」之嘆。《病馬》詩，仁人之言。《後遊》詩之「江山如有待，花柳更無私」、《江亭》詩之「水流心不競，雲在意俱遲」，非其人，必無此詩思。《漫成》之「仰面貪看鳥，回頭錯應人」，誰將此情景作詩材耶？《落日》詩之「芳菲緣岸圃，樵爨倚灘舟」，景亦人所時遇者，經老杜筆即絶妙。《贈別鄭煉》云「戎馬交馳際，柴門老病身。把君詩過日，念此別驚神」，余願明之爲盛唐詩而作「大漠清秋迷隴樹，黄河日落見層城」以贈別者，一看此也。《詠蜀道畫圖》故有「劍閣星橋北，松州雪嶺東」，余願明之爲老杜者，於喬太卿宅飲別而曰「燕地雪霜連海嶠」者，一見此也。《客夜》云：「客睡何曾著，秋天不肯明。入簾殘月影，高枕遠江聲。計拙無衣食，窮途仗友生。老妻書數紙，應悉未歸情。」睡不著，故難得到曉。「月影」、「江聲」，不睡著時之景也。「無衣食」、「仗友生」，不睡著之情也。結語輾轉無盡也。未有一字虛殼。《贈別韋贊善》云「扶病送君發，自憐猶不歸」，病中送別是兩層不堪，而又不得歸，其情何如？「衹應盡客淚」，收上三層苦況；「復作掩荆扉」，韋去則竟無往來者矣；「江漢故人少，音書從此稀」，愁別後之順逆生死，無從得信也；「往還二十載，歲晚寸心違」，久交心膂，所望以共患難相扶持，老而失之，心將何如耶？《倚杖》詩通篇叙景甚足樂，只結用「淒涼」二字，景物盡變。其曰「憶去年」，必彼時有失意事，還憶之而淒涼也。《弟占歸草堂》詩，鍾伯敬云：「家務瑣屑，有一片骨肉友愛在其内。」此言最得。而鍾之受病亦在此，只見子美細處，不見其久也。《別房太尉墓》云「他鄉復行役，駐馬別孤墳」，亦有三層苦境苦情；「近淚無乾土，低空有斷雲」，上句意中事也，下句不知從何而來。在今思之，實有然者，當是意因境生耳。《去蜀》結云：「安危大臣在，何必淚長流。」眼中意中，有無數過不得，説不能盡處。《冬深》云：「易下楊朱淚，難招楚客魂。風濤暮不穩，捨棹宿誰門？」即羅隱之「風從昨夜吹銀漢，淚擬何門落玉盤」意也。《宿昔》云：「宿昔青門裏，蓬萊仗數移。花驕迎褋樹，龍喜出平池。落日留王母，微風倚少兒。宫中行樂秘，少有外人知。」「花」、「龍」比貴妃、玄宗也；第三聯，天地間何以有此絶妙好辭耶？《西閣》結云：「時危關百慮，盜賤爾猶存。」讀「爾」字，覺有恨聲出于紙上。《麂》詩爲黎元也，「衣冠」、「盜賊」四字同用，筆罰嚴矣；其曰「蒙將」，曰「無才」，曰「不敢恨」，悲憤中之謔辭也。《喜觀即到》云「病中吾見弟，書到汝爲人」，上句言見書即同于見人，下句言久意其死，喜極之詞，「人」字奇絶；「猱玃鬚髯古，蛟龍窟宅尊」，寫瞿塘出人意表。《江漢》詩「古來存老馬，不必取長途」，怨而不怒，子美何至一棄永不收耶？「汎愛容霜鬢」，言王使君非知己也。五律七百餘篇，手抄作巾箱本，得暇即讀。四十年中樂事，忘窮失老。

《砦溪詩話》云：「子美四韵詩及絶句，味之皆覺字多，以字字不閒故也。他人長篇，殊無可讀。」所謂「一人滿天下，三人滿一隅」，余謂詩有意，故字不閑。

《三山語録》説子美《登慈恩寺塔》詩，謂是譏天寶事，「秦山忽破碎」，言人君失道也；「涇渭不可求」，言賢不肖混雜也；「俯視但一氣，焉能辨皇州」，京師與天下俱無紀綱也；「回首叫虞舜，蒼梧雲正浮」，思聖君而不可得也；「惜哉瑶池飲，日宴崑崙丘」，刺酒色也；「黄鵠去不息，哀鳴何所投」，言曲江輩之去位也；「君看隨陽雁，各有稻粱謀」，言小人之素餐也。不如此解，則詩與題全不相關矣。樂天《海圖屏風》言李訓、鄭注之誅宦官，與子美同意。

黄常明説子美《古柏》詩云：「『不露文章世已驚，未能剪伐誰能送』，爲先器識後文藝，與炫露者異；『大厦如傾要棟梁，萬牛回首丘山重』，爲難進易退，非招不往。」

又云：「杜詩之『草有害于人，曾何生阻修。芒刺在我眼，焉能待時秋』，憤邪疾惡，思清王室也。《又觀打魚》之『設綱提綱萬魚急』，刺聚斂也；『能者操舟疾若風，撑突波濤持叉入』，刺巧宦掊民也。」

又云：「子美用經語，如『車轔轔，馬蕭蕭』，未嘗外入一字。如『天屬尊堯典，神功協禹謨』、『卿月升金掌，王春度玉墀』、『濟潭鱣潑潑，春草鹿呦呦』，皆渾成嚴重。」

子美《飲中八仙歌》多重韵，説者謂是八段，不妨重押。《學林新編》又謂詩題是一歌，通篇不移别韵，非分八段。子美詩重韵者不少，因歷舉諸篇，以及《十九首》、曹子建、謝康樂、陸士衡、阮嗣宗、江文通、王仲宣之重韵，以見古有此體，其言甚辨。喬謂古人重詩而輕韵，故《十九》以下多有重韵之詩；後人重韵而輕詩，見重押者駭爲異事。

嚴滄浪云：「任昉《哭范雲》詩，其韵兩『生』字、三『情』字。《天厨禁臠》乃謂平韵五重押，或平或仄韻不可。彼就《飲中八仙歌》立說，陋矣！」《禁臠》，覺範所作。《焦仲卿妻》重二十許韻。

許伯清曰：「漢魏人自用古韻，東、冬、江爲一韻，支、微、齊、佳、灰爲一韻，魚、虞爲一韻，真、文爲一韻，寒、删、先與元之前半截爲一韻，蕭、肴、豪爲一韻，歌、麻爲一韻，庚、青、蒸爲一韻；仄韻倣此。劉宋漸入今韻。學古詩用古韻，五言爲當，七言未宜。以五言盛于漢魏，七言盛于唐也。唐體五言又不當用古韻。」

五　絶

五絶本五古之短篇，而唐人爲之，即有多種。令狐楚之《宫中樂》，同于應制詩；昌黎之《青青水中蒲》，樂府類也；司空曙之「知有前期在」，唯言情，不帶景，《十九首》之氣脉也；劉采春之《囉嗊曲》，《子夜》、《同聲》遺響也；太白之「牀前明月光」、「衆鳥高飛盡」，右丞之「古人非傲吏」，錢起之《逢俠者》，王建之「白頭宫女在，閑坐説玄宗」，義山之「夕陽無限好，其奈近黄昏」，薛瑩之《秋日湖上》輩，辭少而意無窮者，爲正體；「春眠不覺曉」、「打起黄鶯兒」輩，又自爲一體，曲折多也。〇太白五絶，有七古氣象。右丞五絶，自寫也。

五絶如嬰孩嚬笑，少許中有多多許，才與學俱爲長物，天也，非人也。許伯清謂七絶難于五絶，人也，非天也。

不言怨而怨，如太白之《玉堦怨》、右丞之「怪來妝閣閉」；不言樂而樂，如儲光羲之《洛陽道》；不言高而高，如韋蘇州之「山空松子落」、閬仙之「松下問童子」；不言靜而靜，如子厚之《江雪》；不言忠而思，如張仲素之「裊裊城邊柳」；不言忠厚而忠厚，如劉方平之《長信宮》，後人那能及。

王昌齡：「仗劍輕千里，微軀敢一言。曾爲大梁客，不負信陵恩。」錢起：「燕趙悲歌士，相逢劇孟家。寸心言不盡，前路日將斜。」只二十字，足敵一篇《游俠傳》。

少時見錢起之「寸心同尺璧，投此報馮夷」、「盡知行處險，誰肯載時輕」，殊不見好。老來重之，亞于六經。

崔國輔《魏宮詞》，妙在意深。而崔顥《江南曲》云：「君家定何處？妾住在横塘。停船暫相問，或可是同鄉。」絶無深意，而丰神郁然。後人學之，即爲兒童。五絶可能〔一〕

【校勘記】

〔一〕以下原闕。

丁仙芝《採蓮曲》乃五絶句，《品彙》誤也。

五古、五絶亦可相收放。高適《哭梁少府》詩，只取前四句，即成一絶，下文皆鋪叙也。

五絶地小，衹尚情致。是以仙鬼勝于兒童女人，兒童女人勝于文人學士，夢境所作勝于醒時。婦人詩，崔鶯鶯有「待月西廂下，迎風户半開。拂墻花影動，疑是玉人來」。劉采春云：「不喜秦淮水，生憎江上船。載兒夫壻去，經歲又經年。」「借問東園柳，枯來得幾年？自無枝葉分，莫怨太陽偏。」「那年離别日，只道往桐廬。桐廬人不見，今得廣州書。」「莫作商人婦，金釵當卜錢。朝朝江口望，錯認幾人船。」侯夫人云：「粧成多自惜，夢好却成悲。不及楊花意，春來到處飛。」宫女云：「流水何太急，深宫盡日閑。慇勤謝紅葉，好去到人間。」鮑令暉云：「桂吐兩三枝，蘭開四五葉。是時君不歸，春風徒笑妾。」仙鬼詩，如云：「卜得上峽日，秋江風浪多。巴陵一夜雨，腸斷木蘭歌。」落花云：「流水難窮日，斜陽易斷腸。誰同砑光帽，一曲舞山香。」又有云：「午睡醒未晚，無人夢自驚。夕陽如有意，偏憎小窻明。」又云：「點點愁侵骨，綿綿病欲成。須知潘岳鬢，强半爲多情。」又云：「不信心相憶，絲從鬢裏生。閑來倚樓立，相望幾含情。」又云：「命笑無人笑，含嬌何處嬌？徘徊花上月，虚度可憐宵。」又云：「楚水平如練，雙雙白鳥飛。金陵幾多地，一去不言歸。」又云：「河漢已傾斜，神魂欲超越。願郎更迴抱，終天從此别。」又云：「海門連洞庭，一去三千里。十載一歸來，辛苦瀟湘水。」又云：「紅葉醉秋色，碧溪彈夜弦。佳期不可再，風雨杳如年。」

宋詩

詩以《風》、《騷》爲遠祖，漢魏爲近祖，唐人爲父母，優柔敦厚乃家法祖訓。宋詩多率直，人之出筆，定是宋詩，何須學得？宋詩佳者，亦是中、晚唐，學之衹是學唐不佳者。豫章、江湖派惡詩，如何學詩？

人喜宋詩，爲在選本上見其輕快淺秀之句耳。若廣讀全集，釘鉸、打油滿紙，不嘔噦即軒渠。余友賀黄公，廣讀全集者也。昔得聞其話言，省却多少無益工夫。今盡在《載酒園詩話》中。

宋詩最利于枵腹者，陸放翁祇仗《南》《北史》，一生受用不盡。子美則曰：「讀書破萬卷，下筆如有神。」

問曰：「杜詩亦有率直者，何以獨咎宋人？」答曰：子美七律之一氣直下者，用古風之體，於唐爲別調，宋人謂爲詩道當然。杜詩婉轉者居多，不可屈古人以餙己非也。唐人亦有率直句，少分如是。《三百篇》不盡「相鼠」、「投畀」，優柔敦厚必不快心，快心必落宋調。做急做多，亦落宋調。

范希文《贈林和靖》云：「巢由不願仕，堯舜豈遺人。風俗因君厚，文章到老醇。」子美終寄廡下。山谷別開門逕，夜郎倔强。吾不知如何而後可以爲詩？

人自有意，人自言之。宋人每言「奪胎換骨」，去盲盛唐字彷句摹有幾？

希文《漁人》云：「江上往來人，盡道鱸魚美。君看一葉舟，出没風濤裏。」唐人句也。

宋人翻案詩，即是蹈陳言，看不破耳。又多摘前後人相似語，以爲蹈襲。詩貴見自心，偶同前人何害？作意襲之，偷勢亦是賊。

樂天之後，又有昭諫，安得不成宋人詩？

宋人詩話多詞家事，别緝詞話則可。

賀方回《望夫石》云：「亭亭思婦石，下閲幾人代？蕩子長不歸，山椒久相待。微雲蔭鬟彩，初月輝蛾黛。秋雨疊苔衣，春風舞羅帶。婉然姑射子，矯首塵冥外。陳迹遂無窮，佳期從莫再。脱似魯秋胡，妄結桑下愛。玉質委塵沙，悠悠復安在？」不讓李端《古離别》矣。論者謂其粘皮着骨，謂「微雲」下四句也。高識之談。

韓子蒼詩云：「汴水日馳三百里，扁舟東下更開帆。旦辭杞國風微北，夜泊寧陵月正南。老樹挾霜鳴窣窣，寒花灰露落滲滲。茫然不悟身何處，水色天光共蔚藍。」吕居仁舉此詩爲學者法，然非唐人詩，以是死句故也。

唐詩之有遠神者，宋人必加訾詆，直是末如之何！

唐詩之至下者胡曾、羅虬，終是唐詩之下者。宋詩之至高者蘇、黄，終是宋詩之高者。

宋人必欲與唐異，明人必欲與唐同。

義山詩被楊億、劉筠弄壞，永叔力反之，語多直出，似是學杜之流弊。而又生平不喜杜詩，蓋取資于樂天耳。

宋人好尋唐人不是處，俱不中節，于己無益。若尋得唐人好處，出即超其群矣。

宋人多詩話，只説宋人詩，可見其不留心於唐人，烏得長進？姜堯章云：「范至能之温潤，楊廷秀之痛快，蕭東夫之高古，陸務觀之俊逸，江西派不及。」余謂地無硃砂，赤土爲上。

馮定遠云：「宋人詩，逐字逐句講不得，須别具心眼，方知其好處。」余謂宋人之有好處者，不過是不違唐人者耳，未有得唐人深大處者也，況有勝過唐人與自闢世界者乎？「別具心眼」者，謂不以河豚之斫雪流膏，望海蜥鬣越也。

《五代史》文筆潔浄可法，子長則天仙也。宋人推《五代史》過于《史記》。蘇、黄詩鐵中錚錚，宋人耳，便推爲肩齊李、杜。黨耶？盲耶？

許洞邀諸僧，禁「風」、「花」、「泉」、「石」等四十字，皆至閣筆。少陵「蹔往比隣去」篇，何曾犯一字？宋人不言情只叙景之病，即此可見。

范希文《過淮遇風》云：「一棹危于葉，旁觀亦損神。他年在平地，無忽險中身。」直是杜詩。余謂是子美之人，方可作子美之詩，於希文驗之矣。陳去非云：「唐人有苦思，故造語工，得句奇，但格韵不高，不能驂少陵之逸步。」余謂彼皆詩人，少陵非詩人故也。○詩亦無他，情深辭婉而已。唐珏易陵骨詩是也。

韋仲將入蔡中郎塚，乃得用筆之法。常熟老人傳筆法於顔魯公，魯公傳於懷素。書家固有授受秘意。太白以詩法授韋渠牟，則詩家亦有之矣。晚唐人猶有司空圖，不失正眼。不及百年，而風氣大異。五代兵革，失其授受也。許渾作實語，人即痛斥之。宋詩多實語，無一覺者，詩眼已亡也。宋時詩爲舉業已爾，宜乎明之茫然。

宋人只寫眼前景，潘閬害之也；有寒陋聲，聖俞害之也；有生强之狀，山谷害之也。

三唐人詩高下不同，必是自作。宋、明則一人得名，群然趨之。潘閬、楊、劉、梅、歐、江西派、江湖派、何、李、王、李、鍾、譚，無不同然。非獨向火乞兒爲之，亦執牛耳者之無識也。凡事後人不及前人，祇宜指以前人門逕，使之步趨。我有長處，不過一班片甲，有何足學？建安至開元、天寶，可學者何限！

唐人詩被宋人説壞，被明人學壞。不知比興而説詩，開口便錯。義山《驕兒》詩令其莫學父，而於西北立功封侯，託興以言己之有文而不遇也。誤以爲賦，謂其時兵連禍結，以日爲歲，而望三四歲兒立功于二十年外，爲俟河之清，逐塊也。

介甫人拗强，而詩却温和，工力深也。

余謂七律是最俗體者，自漢至唐，合詩之全體而言之也。在今日作者，則又不然。不摹古則不似古人詩，摹之則全無鋒芒神氣。李、杜諸公，不摹而有神氣者也，却又山高水深，一失足即入于宋，故言其難。若僅取成篇，古詩長短無定説，不對偶，無聲病，無粘綴，祇是一篇五字爲句之文，又何難之有？七律犯此四難，所謂費盡氣力也。

昔年謂古體、近體各自成家，各有宗派，古體宗漢魏，近體宗盛唐。今知不然。漢魏人、唐詩如手指然，開合自妙，不失天性。聲病之學起而成近體。少陵如丈夫，足指雖受行縢，不傷跬步。其餘守起承轉合之法者，則爲婦女之纖月弓彎，受幾束縛不自在。故余謂七言律爲最俗體也。

黄山谷至孝，貶黔南，不能將母。《贈王郎》詩曰：「留我左右手，奉承白髮親。」《至贛食蓮子》詩云：「蓮實大如指，分甘念母慈。」贈官于京師、久不歸養者曰：「慈母每占烏鵲喜，家人應賦《扊扅歌》。」子美送李舟詩云：「舟也衣彩衣，告我欲遠適。倚門固有望，斂衣就行役。南登吟《白華》，已見楚山碧。何時太夫人，堂上會親戚？」議舟遠遊無方也。《三百篇》義于此求之。

山谷古詩若盡如《上子瞻》二篇，有何可議？餘乃唐人殘山剩水。

山谷《猩猩毛筆》云：「愛酒醉魂在，能言機事疏。平生幾緉屐，身後五車書。物色看《王會》，勳勞在石渠。拔毛能濟世，端爲謝楊朱。」工煉得唐人法。「管城子無食肉相，孔方兄有絶交書」乃其戲筆，而宋人多彷之。明人有「春風顛似唐張旭，天氣和如魯展禽」，又有「名酒過于求趙璧，異書渾似借荆州」，類此。

《隱居詩話》云：「放翁好綴輯南朝人語成詩，故句雖新而不渾厚。」

葛常之謂興近乎訕。今人不敢作詩，不優柔，乃墮于訕，何關興事？不知其何者爲興？「打起黄鶯兒」、「忽見陌頭楊柳色」，未見其訕也。

陳無己云：「春風永巷閉娉婷，長使青樓浪得名。不惜捲簾通一顧，怕君着眼未分明。」杭妓胡楚曰：「不見當年丁令威，看來處處是相思。若將此恨同芳草，却恐青青有盡時。」一比一興，即深婉，不類宋詩。

賦義極易而極難，如君實之「清茶澹話難逢友，濁酒狂歌易得朋」，則極易；如子美之「側身天地更懷古，回首風塵甘息機」，則極難。宋詩多賦，於難易何居？

邵堯夫《三皇》、《五帝》等吟，正説道理者，非詩也。又云：「誰信畫前原有《易》，自從删後更無

《詩》。」道理亦謬。畫前之《易》是超過伏羲，而文王、周公、孔子不足數；删後無《詩》，陶、杜俱蔑之。過頭大話，宋人通病。

方子通《咏古柏》云：「四邊喬木盡兒孫，曾見吴宫幾度春。若使當時成大厦，也應隨例作埃塵。」《灧澦堆》云：「湍流怪石礙通津，一一操舟若有神。自是世間無好手，古來何事不由人？」有意無辭。試以唐人之辭出其意，如何而可？詩誠難事哉！

詩優柔敦厚，非可豪舉。李、杜詩，人稱其豪，自未嘗作豪想。豪則直，直則違于詩教。牧之自許詩豪，故《項王廟》詩失之於直。石曼卿、蘇子美欲豪，更虚夸可厭。

有題仁宗寢宫云：「農桑不擾歲常登，邊將無功吏不能。四十二年如夢覺，春風吹淚過昭陵。」新法時所作，微而婉矣。

李光忭秦檜，安置滕州，贈伴送使臣云：「馬蹄慣踏關山路，他日重來又送誰？」

參寥《臨平道中》詩云：「風蒲獵獵弄輕柔，欲立蜻蜓不自由。五月臨平山下路，藕花無數滿汀洲。」清穎極而景中無意。其「數聲柔櫓蒼莽外，何處江村人夜歸」、「隔林彷彿聞機杼，知有人家在翠微」，皆佳絶。

許民表作《虞美人花行》云：「鴻門玉斗紛如雪，廿萬降兵夜流血。咸陽宫殿三月紅，霸業已隨烟燼滅。剛强必死仁義王，陰陵失路非天亡。英雄本學萬人敵，何用屑屑悲紅粧？三軍散盡旌旗倒，玉帳佳人座中老。香魂夜逐劍光飛，青血化爲原上草。芳心寂寞倚寒枝，舊曲聞來似斂眉。哀怨徘徊愁不語，恰如初聽楚歌時。滔滔逝水流今古，楚漢興亡兩丘土。當年遺事久成空，慷慨樽前爲誰舞？」此詩有筋節，遠勝蘇、黄。訛爲曾布夫人魏氏所作。

山谷欲自成家，以生强爲高奇；陸放翁輕淺，無含蓄，皆違于唐。

王禹玉爲翰林學士，典内制十八年。祭大社，題詩齋宫云：「隣雞未唱曉驂催，又向靈壇飲福杯。自笑治聾知不足，明年强健得重來。」「社酒治聾」，諺語也。「强健」二字深遠。

山谷之「春將國艷薰花色，日借黄金暎水紋」、介甫之「一水護田將緑遶，兩山排闥送青來」，斧鑿痕之極。

介甫之「扶輿度陽焰，窈窕一川花」，唐人貴秀之句也。又有「水瀰瀰而北出，山靡靡以旁圍。欲窮源而不得，竟悵望以空歸。」又有云：「積李兮縞夜，崇桃兮炫晝。」皆非宋人能造之句。東坡只有「山高月小，水落石出」八字。

真西山《宫中帖子》云：「直將底事消長日？《大學》《中庸》兩卷書。」縱欲規諷，在詩自有其體，如此出語不自重，取厭取輕。

黄公于北宋詩人，推介甫爲第一。知言哉！

比興，宋詩偶有得者，即近唐人。韓魏公罷相判北京，作《園中》詩云：「風定曉枝蝴蝶鬧，雨餘荒圃桔槔閑。」明道《春遊》詩云：「未須愁日暮，天際是輕陰。」皆用比義以説朝事。子瞻《擬陶》云：「前山正可數，後騎且勿驅。」兼用比興以道己意。子瞻《煎茶》詩「活水還須活火烹」，可配永叔「前手爲琵却手琶」。

詩須矜貴。「春宵一刻值千金」，豈可哉？

蘇、黄以詩爲戲，壞事不小。

晏殊詩云：「油壁輕車不再逢，峽雲無迹任西東。梨花院落溶溶月，柳絮池塘淡淡風。幾日寂寥傷酒後，一翻蕭索禁烟中。魚書欲寄何由達？水遠山長處處同。」題曰《寓意》，詩不説明，尚有義山《無題》之體。歐、梅變體而後，此種遂絶。此詩第三聯云「寂寥」、「蕭索」，故次聯以穠麗景句領出之，使不寒陋，有富貴氣。詩惡寒乞，而富貴氣古未之聞。

晏同叔《弔蘇哥》詩是刺宋子京，語含蓄，得唐人法。

詩有寄託必少，唯求好句則多。謝無逸作《蝴蝶》三百首，那得有爾許寄托？好句雖多，是蝴蝶上死語。林和靖《梅花》之「疏影横斜水清淺，暗香浮動月黄昏」，與高季迪之「雪滿山中高士卧，月明林下美人來」，皆是無寄託之好句。後世人詩不過如此，求曹唐《病馬》尚不可得。

宋黄亞夫庶《怪石》詩云：「山鬼水妖著薜荔，天禄辟邪眠莓苔。釣簾對坐心語口，曾見漢家池館來。」洵爲奇絶，而唐人造語不然，庶學杜詩者也。

和靖「疏影横斜」一聯，善矣，而起聯云「衆芳摇落獨鮮妍，占盡東風向小園」，太殺凡近，後四句亦無高致。人得好句，不可不極力淘煅改易，以求相稱。

宋人咏梅云：「疑有化人巢木末。」奇哉！而唐人思路不出此。

宋初九詩僧者，劍南希晝、金華保暹、南粤文兆、天台行肇、洋州簡長、青城惟鳳、江東宇昭、峨嵋懷古、淮南惠崇。當時非不知名，而後世無言及者，以其技倆終不及唐人也。

讀子瞻長篇文，惟恐其盡；讀子瞻長篇詩，惟恐其不盡。子瞻作文意定，信筆直注，曲折變化，無美不具，誠神化之境也。詩不可直注，而亦用此法，故少曲折變化。少陵似乎直注者也，而風雲萬狀，莫測端倪。杜詩蘇文、蘇詩杜文，皆相匹。

有謂子瞻《武王非聖人論》是刺太宗，詩直而文婉，反矣。楊誠齋詩云：「野逕有香尋不得，蘭于石背一花開。」猶可。又云：「不須苦問春多少，煖幕晴㠠總是春。」兒童語矣。